Einaudi. Stile Libero Big

Dello stesso autore nel catalogo Einaudi

Teneri assassini
Romanzo criminale
Nero come il cuore
Nelle mani giuste
Onora il padre
La forma della paura (con M. Rafele)
Il padre e lo straniero

Giancarlo De Cataldo
I Traditori

Einaudi

www.einaudi.it

Questo libro è stato stampato su carta ecosostenibile CyclusOffset, prodotta dalla cartiera danese Dalum Papir A/S con fibre riciclate e sbiancate senza uso di cloro. Per maggiori informazioni: www.greenpeace.it/scrittori

ISBN 978-88-06-20211-8

I Traditori

Prologo

Carini, Palermo

Il mastro di giornata introdusse Salvo Matranga nella cascina. Rozzi teli di canapa oscuravano le finestre. Quattro uomini dall'aria severa attendevano nella penombra, rischiarata appena dal lucore di una candela. Tre di loro erano in piedi: il capo giovane e due uomini d'onore di Villagrazia di recente nomina. Don Calò, il capo anziano della Società, sedeva a un tavolo sul quale erano posati gli oggetti necessari alla punciuta: un calice d'oro con dentro un'ostia consacrata, tre palle di pistola dipinte di nero, un'immaginetta dell'Addolorata, la candela, un pugnale, sei scuri sigari contorti. Nell'incontrare lo sguardo dell'autorevole personaggio, Salvo chinò la testa in segno di rispetto. Don Calò apprezzò con un sorriso appena abbozzato. Poi fece cenno al capo giovane di dare inizio alla cerimonia. Il capo giovane si piazzò davanti a Salvo e cominciò a interrogarlo.

– Saggio compagno, scusate, che cosa avete ricevuto dalla Società?

– Io ho ricevuto dalla Società un bacio e una stretta di mano per ciascun compagno, piú un bacio del capo giovane.

– Scusate, saggio compagno, dove vi hanno rimpiazzato e come vi hanno rimpiazzato?

– Una bella mattina di sabato spunta e non spunta il sole da un cavaliere mi sento chiamare. La prima volta non mi sono voltato e la seconda volta mi sono voltato. Lui mi ha fatto cenno con la mano destra di avvicinarmi a lui: mi avvicinai, mi barcò sopra il cavallo, mi portò a riva di mare per la quale ho visto una barchetta d'oro con tre valenti marinai. Mi hanno imbarcato e mi portarono in mezzo al mare ove c'era una bella isoletta chiamata Favignana: allora mi hanno sbarcato, hanno formato e mi hanno rimpiazzato.

– Scusate, bello compagno, col vostro bello permesso... non c'erano dei pesci che vi impedirono di navigare, i pescecani?

– Alto e bello compagno, sapetelo bene che i pesci grossi si fecero piccoli e i piccoli si fecero grossi: si hanno trasformato.

Il capo giovane guardò verso il don, che gli fece cenno di procedere. Il capo giovane prese i sigari e li distribuí, uno per ciascuno. Quando fu il turno di Salvo, invece di dargli il sigaro lo fissò dritto negli occhi e riprese con le domande.

– Saggio compagno, mi sapete dire che dote vi ha dato la Società?

– Saggio compagno, a me la Società mi ha dato sette belle cose.

– Scusate, mi sapete dire quali sono?

– Umiltà, serietà, politica, forza politica, carta, coltello e rasoio.

– Scusate, bello compagno, che cosa ne fate dell'umiltà e della serietà?

– Io, perché devo essere serio e umiltoso coi miei saggi compagni e con le persone degne e meritevoli.

– E della politica cosa ne fate?

– Della politica parlo coi miei saggi compagni e con le persone degne e meritevoli.

– Scusate, e della forza politica cosa ne fate?

– Compagno, sapetelo bene che con la forza politica parlo con infami e traggediaturi.

– Che cosa ne fate della carta e a che cosa vi serve?

– Con la carta debbo transiggere soldo, centesimo e millesimo.

– Scusate, saggio compagno, la vostra Società è tanto povera che fa conto dei centesimi e dei millesimi?

– Alto e bello compagno, non vi permettete a dirlo! Sapete bene che la mia Società fa conto dei millesimi e centesimi per non lasciare sporgere la Camorra. Sapete che la mia Società con una mano transigge i diritti, i centesimi e i millesimi e con l'altra dispone di carte da mille!

– Saggio compagno, scusate, che cosa ne fate del rasoio?

– Il rasoio mi serve per tagliare la faccia a tutti gli infami e ai traggediaturi.

– E non avete il coltello?

– Bello compagno, sapetelo bene che il coltello col rasoio c'è una grande differenza!

– Alto e bello compagno, mi sapete dire che differenza c'è fra il coltello e il rasoio?

– Bello compagno, sapetelo bene: vi asserve per insegnare che il coltello è ferro ma il rasoio è ferro amaro, e quando si taglia un infame con rasoio ci avvelena il sangue e muore come un cane, come si merita.

Il capo giovane consegnò finalmente anche a Salvo il sigaro, annuendo. Poi andò al tavolo, prese le tre palle e le chiuse nel pugno sinistro. Infine, aprí il pugno. Le tre palle rotolarono sul piano del tavolo. La loro corsa si fermò contro la mano aperta di don Calò.

Don Calò fece segno al ragazzo di accostarsi. Salvo obbedí senza esitare, guardando fisso negli occhi dell'altro. Don Calò arroventò la punta del pugnale sulla fiamma della candela.

Salvo arrotolò la manica della camicia bianca e porse il braccio. Don Calò sollevò il pugnale. Salvo s'impose di mantenere gli occhi bene aperti.

Con la punta del coltello, don Calò incise un taglio leggero all'altezza del polso di Salvo. Colarono poche gocce di sangue, che andarono a bagnare l'immaginetta dell'Addolorata. Il capo giovane si rivolse al mastro di giornata, che aveva seguito, immobile come tutti gli altri, le fasi del rito.

Don Calò annuí.

Salvo si sentiva il cuore in gola per la solennità del momento. Stava per diventare un Uomo. Un Uomo di don Calò, il soprastante del barone di Villagrazia.

– Con una mano accendo la lampa e con l'altra faccio giorno, un calice d'oro finissimo e un'ostia consacrata, parola d'omertà sformato 'stu Corpu di Società. Poi, certamenti, dànno dei regolamenti, dei baci ricevuti della Società e tutte le regole che esistono, e quindi questo giovanotto è fatto e si deve rispettare come un fratello e volerlo bene e aiutarlo in qualsiasi questione che si trova, e basta!

La cerimonia era compiuta, il rito celebrato. Salvo Matranga era finalmente un Uomo. Furono tolti i teli dalle finestre. Una luce abbacinante che sapeva di primavera precoce invase la cascina. Tutti si fecero intorno a Salvo, lo abbracciarono e baciarono tre volte sulle guance. Il mastro di giornata gli porse un fazzoletto di seta per tamponare il sangue. Don Calò stappò una bottiglia di malvasia nera e accordò a Salvo l'onore della prima sorsata.

– Ti sei portato bene col capraro, Salvo.
– Feci quello che andava fatto, don Calò.

Parte prima

Calabria, 1844. Quattro anni prima

Il prete ha la tonaca lorda e lo sguardo acceso di follia. Brandisce la torcia urlando frasi sconnesse in un incerto latino misto all'aspra cadenza gutturale del luogo. Invoca il suo Dio, pensa Lorenzo con una punta di disprezzo, o forse il diavolo. Contadini armati di forconi fanno eco alle urla con un sommesso mormorio. Schiacciata contro il portone della chiesa, una povera chiesa di campagna, legata a un palo improvvisato, sopra un cumulo di fascine secche, la ragazza dai capelli rossi ha la veste bianca stracciata, scarpe sfilacciate di corda ai piedi, e fissa il cielo con un sorriso vago. Ma la notte è nera, non ci sono stelle, e solo il riverbero agitato della torcia illumina una scena che sa di Goya e di notturni fiamminghi. Nell'oscurità che protegge i patrioti, gli occhi sarcastici del Calabrotto mandano lampi inquieti. La guida si fa il segno della croce e sputa per terra.

– Ve l'avevo detto che San Rocchino è posto maledetto. Ccà 'nci sunnu sulu malacarni!

– Che fanno? – s'informa Lorenzo, e intanto lascia scivolare dalla tracolla il moschetto.

– 'bbrúscianu 'na strega!

– Parla italiano!

– Quella è una strega.

– E tu che ne sai?

– 'Ndavi i capelli rossi. È il segno del demonio.

Lorenzo fa un cenno al Marchigiano, che ha già la pistola in pugno. Si lanciano sul prete, ignorando l'imprecazione soffocata del Calabrotto. Gli altri si accodano. Trentatre uomini armati occupano il piazzale. Un grido acuto si leva dal gruppo dei contadini.

– I briganti! I briganti!

Lorenzo allarga le braccia e si sforza di dominare la rabbia. Sono sbarcati da due giorni, e dovunque la stessa canzone. Dovunque al loro passaggio piazze deserte, case abbandonate, masserie svuotate d'ogni vettovaglia. E quel grido ossessivo: i briganti. I briganti. Dove sono i millecinquecento insorti di cui avevano letto sul «Mediterraneo» di Malta? Dove i Figli della Giovane Italia che avrebbero dovuto attenderli sul costone di Santa Roccella?

– Non siamo briganti. Siamo patrioti! Siamo venuti a liberare la Calabria dal dominio oppressivo del Re borbone! Siamo qui per darvi la libertà, fratelli calabresi! – proclama, e una nota di sfiducia affiora nella sua giovane parlata veneziana.

I contadini arretrano, ripiegando i forconi. Solo uno resta fermo. L'indice puntato contro il Calabrotto. Il Calabrotto che posa una mano sulla spalla di Lorenzo.

– È 'nutili ca pirditi tempu cu chisti, barone. O 'nci sparamu súbbitu, o 'ndi 'ndi jiamu!

Il contadino sputa per terra. L'indice si sposta su Lorenzo e poi torna sul Calabrotto.

– Chiddu è 'u Calabrotto, – dice infine, piano, il contadino, come si trattasse di una semplice constatazione. – E vui siti briganti!

– Chi vi dissi? Sparàtinci, e facímula finita!

Il contadino fa partire un altro sputo e si unisce ai compari. Il buio li inghiotte, svaniscono rapidi, senza un suono.

– Il prete! – urla qualcuno.

Cinque, dieci mani si avventano contro il prete, che sta tentando di appiccare il fuoco al cumulo di fascine. Ma quello si dibatte, lotta, sbava e schizza, urla, salmodia e canta, si libera degli assalitori, finché Lorenzo non lo schianta al suolo con un pugno alla tempia. Una scintilla raggiunge la legna arida. Il fuoco divampa. Lorenzo si getta sulla ragazza. Con un colpo di pugnale lacera le funi che l'avvincono. La solleva e la porta lontano dalle fiamme. È svenuta. La depone su uno strato di foglie secche, si accerta che il suo cuore batta ancora, cerca di forzarla a bere una goccia d'acqua. La ragazza apre gli occhi. Ha lo sguardo perso.

– Sei al sicuro, adesso, – sussurra Lorenzo.

Lei sorride. Lorenzo le passa una mano fra i capelli. Puzzano di capra. Piú tardi, si mette ai voti la fucilazione del prete.

– Siamo combattenti, non assassini, – insorge Lorenzo.

La proposta è respinta all'unanimità. Decidono di lasciare libero il prete. Solo il Calabrotto è perplesso. Sputa, si arrotola un sigaro.

– 'A strega porta malocchiu, – commenta, fissando Lorenzo di sbieco.

Dormono sulla piazzola, dividendosi i turni di guardia. Quando ripartono, al mattino, occhi beffardi li guardano andar via. Solo nel pomeriggio un massaro, tornando dal pascolo, scoprirà il corpo del prete che dondola da un castagno.

Il primo a cadere è l'Irlandese. Una palla gli spappola la fronte. Lorenzo se lo ritrova fra le braccia, stupore negli occhi verdi, purezza che si spegne nel rigagnolo di sangue, addio, fratello, fa in tempo a pensare, sognavi la tua terra libera dagli inglesi, ma non c'è spazio per i sogni, nemmeno per il nostro. Lorenzo adagia al suolo il compagno caduto e si guarda intorno. Tirano dal costone, tirano dall'abetaia, tirano da ogni direzione. Nuvole di fumo e detonazioni secche, continue, coprono ordini, grida, canti. Cade un compagno, fulminato al cuore, ne cadono altri due. Lorenzo arma il moschetto. Li aspettavano. Sono in trappola. L'impresa è finita prima ancora di cominciare. Sta per prendere la mira quando si sente afferrare. Si ritrova nella macchia, il volto graffiato dai rovi. È la ragazza. Lorenzo se ne libera con una spinta. Lei si aggrappa al moschetto, stringe forte la canna, la punta verso il basso, tenace, cocciuta.

– Lasciami andare!

La ragazza si dimena. Non molla la presa. Due ragazzi di Bergamo ripiegano all'estremità del vallone, via, via, urlano, mentre il Pittore, un sigaro all'angolo della bocca, cerca di mettere in salvo i suoi preziosi disegni. Lorenzo fissa la ragazza, le parla piano, dolcemente.

– Vai via, puoi farcela a riprendere il Neto. Sono pochi passi. Vai via. Qua si muore!

Ma la ragazza scuote la testa. Pulviscolo bianco e moscerini volano via dai capelli stopposi. Il suo odore selvatico copre, per un breve momento, quello acre della polvere. Lorenzo cerca ancora di allontanarla.

– Vai! Dovevo lasciarti in mano a quelle bestie, sei una bestia anche tu, come loro!

La ragazza rotola via, s'arresta contro un roveto in fiore. Nel suo sguardo, ora, una luce indefinibile: offesa, forse, o, chissà perché, divertita.

– È una trappola, Lorenzo. Siamo stati traditi.

Il Marchigiano ha la giubba strappata, fili di sangue fra i peli neri della barba.

– Il Calabrotto?

– Sparito dopo Monasterio. Ha detto che andava in avanscoperta. Non s'è piú visto.

– Forse l'hanno preso.

– O forse non era quello che diceva di essere.

Il moschetto pende inerte dalla tracolla del Marchigiano, spezzato all'altezza del calcio. Armi miserabili per una miserabile impresa. Avrebbe dovuto dare ascolto al Maestro. Il Maestro aveva scoraggiato la spedizione. Il Maestro non aveva dato credito alle voci di contadini in rivolta e parroci in fuga. Avrebbe dovuto fidarsi del Maestro. Del Maestro e del suo istinto. Ma ormai era troppo tardi per rimediare. Fra la polvere e le urla, i soldati di Sua Maestà e gli «urbani» scendono sparando all'impazzata lungo il pendio. Dieci compagni hanno improvvisato un quadrato. Lorenzo tira un colpo alla cieca, poi getta l'arma. Estrae lo stiletto che si porta dietro dai tempi di Venezia e lo passa al compagno.

– Vuol dire che andremo a morire con dignità.

Il Marchigiano annuisce.

– Viva l'Italia.

– Viva!

Il Marchigiano si leva nella sua alta statura, e con un ruggito si lancia contro il nemico. Lorenzo si precipita a seguirlo. Incespica. Cade pesantemente. Rovi che lo sferzano, sangue sul mento. La ragazza se ne sta accucciata, dalle sue labbra sigillate sembra partire un canto sommesso. La ragazza ha annodato i lacci degli scarponi. Non vuol saperne di lasciarlo morire. Lorenzo si impegna a disfare il nodo. Lei sta intaccando una canna di fiume. Ne farà un altro dei suoi dannati zufoli. Lorenzo è in piedi, nella polvere che si va diradando. I soldati controllano i superstiti. Sono rimasti vivi in quindici. Un ufficiale rivolta il cadavere del Marchigiano, il collo piegato in modo innaturale. Lorenzo torna ad accucciarsi. La ragazza indica il fondo del canalone. Lorenzo la guarda senza capire. La ragazza disegna con la punta del coltello una roccia, e nella roccia una fenditura. Gli suggerisce una via di fuga. Morire da martiri della rivoluzione, o salvare la pelle per altre e piú nobili imprese? D'improvviso, un guizzo negli occhi di lei lo fa girare di scatto.

– Ccà 'n autru ci nn'è! – sta gridando un «urbano» dall'aria esaltata.

Un tenente pallido, corti capelli scuri, avanza cauto verso Lorenzo, spianando una corta pistola. La ragazza è alle sue spalle. Forse l'ufficiale non l'ha ancora notata. Forse può ancora salvarsi. Con un gesto deciso Lorenzo si para davanti al tenente e gli porge il moschetto.

– Mi chiamo Lorenzo di Vallelaura. Sono vostro prigioniero.

L'altro lo scruta, l'aria ironica.

– Piemontese?

– Veneziano.

– Ah, ti xe de Venexia? – ridacchia il tenente. Poi, senza motivo, lo colpisce alla tempia con il calcio della pistola.

Quattro zampe ha ogni capra, quattro i capretti, quattro le pecorelle e quattro i cagnolini. E quattro i lupi che calano dai monti, le femmine avanti per seguire l'usta, i giovani maschi ai lati per tracciare di spruzzi le radure del pascolo. È l'armonia del creato. Il padrone dice: le bestie bianche si chiamano Bianchina, quelle nere si chiamano Nerina. Ogni creatura ha un nome, persino gli alberi e gli steli d'erba. La ragazza no. Lei non ha nome. Ti chiamerò Ragazza, le aveva detto il canonico. La ragazza non ha nome e non ha voce. S'è svegliata un giorno sui colli, non c'era un prima, ma ci sarebbe stato sempre un dopo. Quattro zampe ha ogni capra. Il gregge ha trentasei capre. Ci sono, dunque, centoquarantaquattro zampe. I numeri non mentono, i numeri non tradiscono. Poi un giorno una Bianchina resta impigliata in una trappola per i lupi, e perde una zampa. Ci sono, dunque, centoquarantatre zampe nel gregge. Per un solo giorno, ventiquattro ore, perché poi Bianchina muore, e le zampe diventano centoquaranta. Non poteva andare diversamente. I numeri non amano le anomalie. Ti piacciono i numeri, dice il canonico, accarezzandole la gola, quand'è il tramonto, e da ogni ovile si levano il fumo delle focaie e il canto notturno dei pastori. Il canonico l'accarezza piú giú, fra le gambe, e le regala un libro. È pieno di tavole e di numeri. La ragazza non sa leggere, ma impara presto a collegare fra loro i numeri.

Non sono che i simboli, riportati sulla carta, della stessa armonia del creato. La sequenza delle foglie sul pino loricato, le elitre degli insetti che volano radenti sul Neto, i bordi lisci dei sassi che rimbalzano se li lanci con una certa inclinazione. La ragazza non sa se dietro tutto questo c'è Dio, ma certe notti di luna piena il suo cuore si gonfia di una pena segreta. Esiste un mondo oltre la sua vallata? Ci sono uomini diversi da quelli corti e neri che le dànno ordini e la colpiscono con la verga se non li esegue come si deve? E per quegli altri uomini il numero ha lo stesso significato che per lei? Il canonico le porta un messale. La ragazza capisce che per le lettere funziona come per i numeri. Funziona attraverso i simboli. C come capretta, D come Domineddio, E come elefante, F come la fanfara della festa di San Rocco. Ma anche C come il cane che curò le ferite del santo, D come il Diavolo che fa urlare di notte il canonico e gli fa confessare il suo peccato, E come l'espiazione che la comunità si attende dal canonico, F come i forconi con cui le dànno la caccia, il canonico in testa a tutti, per bruciarla contro la porta della chiesa, perché il rogo scacci, finalmente, dal paese Satanasso e la sua Striga. La ragazza corre, e correndo conta i passi. Settecentocinquanta da dove hanno preso il soldato biondo alla spaccatura nella roccia, e dalla spaccatura alla riva del Neto milleseicento, e per guadare il fiume ventiquattro passi su altrettanti sassi, e dall'approdo alla caverna dove passerà la notte sessantasei passi. Sessantasei come le gambe degli stranieri che erano sbarcati di notte fra il mare e la foce del fiume. Il Calabrotto li aveva condotti in paese. Erano tutti sulla piazza, davanti alla chiesa. Il canonico con la torcia in mano, lo sguardo esaltato, la bava alla bocca, che urlava litanie. La ragazza guarda le stelle prima di avvolgersi nella pelle di capra. Guardava le stelle anche quella notte, legata al portone della chiesa. Guardava le stelle che non volevano mostrarsi e si domandava che cosa fosse quel peccato per il quale volevano bruciarla. Il soldato biondo si era avvicinato al canonico e l'aveva abbattuto con un manrovescio. La ragazza conta trecentoventicinque stelle attraverso la striscia opaca della via lattea. Vaga a lungo con lo sguardo cercando l'ultima stella, perché quel numero asimmetrico la offende. Ha letto nei libri del canonico certi nomi che le risuonano in testa: Cassiopea, l'Alfa del Centauro, il Gran Carro e quello piccino... ogni lettera ha un suono diverso, la somma delle lettere fa una parola, ma i suoni non si sommano semplicemente, il risultato finale è un suono diverso, un numero diverso, Cassiopea è una canzone, Cassiopea piú la stella del Centauro un altro suono, la Striga comincia a riprodurre i numeri in forma di suoni, si diverte a giocare con loro, ne risultano armonie che disturbano l'orecchio, solo certe capre un po' balzane e i ratti sembrano comprenderli, i ratti che si fermano ad ascoltarla, rapiti, quando la Striga suona lo zufolo di canna, ritti sulle zampe di dietro, i baffi immobili, gli occhi che sembrano corrispondere con quelli di lei... Quando decide d'immaginare l'ultima stella, e lo decide perché lei sa che quella stella, da qualche parte, esiste, e lo sa perché i numeri non hanno una fine e un principio, allora, proprio allora, il volto della notte si confonde con quello del soldato biondo, e la ragazza capisce che c'è una cosa sola da fare: tornare da lui. Ma ha appena varcato la soglia della grotta che si sente afferrare. Un tanfo di marcio le provoca un conato di vomito. Si dibatte, lancia urla mute, ma la stretta è possente, la soffoca, non offre scampo.

– Aundi ti 'ndi vai, strega? – chiede, la voce beffarda, il brigante Calabrotto.

Lorenzo rinviene sotto un getto d'acqua ghiacciata. Sono legati a due a due, con corde strettissime ai polsi e incatenati per i piedi. A lui è toccato in sorte il Pittore. Stringe fra le mani la cassetta dei colori. Chissà come è riuscito a salvarla.

– Ohi, Lorenzo! Se riesco a scamparla, faccio un bel quadro col rogo della strega… Certo, se aspettavi un momento a salvarla…

– Ma che dici!

– Una scena caravaggesca. Chissà quando mi capiterà un'altra occasione cosí.

– Sai dove andiamo?

– A Cosenza. Pare che ci sarà un processo.

– Farebbero meglio a fucilarci subito.

– Non è detto. 'O Re Bomba è imprevedibile. Magari gli gira bene e ce la caviamo co' trent'anni a Montefusco.

– E nel frattempo la Rivoluzione ci avrà liberati, no?

Un soldato dall'aria giovanissima e spaurita si accosta, urlando qualcosa in dialetto.

– Che cazzo vuoi, eh? Non ti capisco! Parla italiano! – urla, a sua volta, Lorenzo.

Il soldatino alza il moschetto, pronto a colpire. Il Pittore dice velocemente qualcosa in un dialetto che ricorda quello del militare. Il soldatino arretra, abbassa l'arma e si fa il segno della croce. Il Pittore scoppia a ridere, e parla ancora. Il soldatino scappa.

– Ma che gli hai detto?

– Ti pittu comu a 'n diavulu e 'u diavulu ti mancia.

– Come?

– Ti dipingo come un diavolo... e il diavolo ti mangia.

– Parli il dialetto?

– Quando serve...

Poi arriva il tenente, quello che lo aveva picchiato, li mettono in piedi a calci e strattoni, e comincia la marcia.

Il viaggio verso Cosenza dura una settimana. Ricevono un tozzo di pane e una gavetta d'acqua ogni sei ore. Un napoletano ha una ferita al fianco, si lamenta per il dolore, cade ogni due passi trascinando con sé il compagno di catena. Lorenzo chiede al tenente che lo si lasci montare su un cavallo o su un mulo. Il tenente sputa per terra. Lorenzo giura che si ricorderà di lui, al momento opportuno. Se verrà mai, il momento opportuno. Il napoletano muore durante la sosta notturna. Chiamano invano per tutta la notte. All'alba, il tenente constata il decesso, annuisce piú volte, poi libera il compagno del morto e ordina di ripartire.

– Non lo seppellite? Lo lasciate qua come un cane?

– Tu tieni la lingua troppo lunga, veneziano, – sibila il tenente, – ringrazia la Madonna che non ti posso toccare, perché se dipendeva da me...

Nella voce del tenente, una sfumatura quasi esotica. Francese, forse svizzero, lo giudica Lorenzo. Uno dei tanti mercenari dell'esercito di Sua Maestà. Lorenzo non ricorda piú in quale libro o articolo del Maestro ha letto che gli eserciti mercenari sono destinati a sgretolarsi sotto la spinta degli uomini di fede. Be', forse il Maestro si riferiva a qualche altro esercito. Quello borbonico sembra reggere sin troppo bene all'urto. O dovrebbe dire, piuttosto, alla puntura di spillo... Comunque, le parole del tenente lo torturano. Che voleva dire quell'allusione, «non ti posso toccare»? Suo padre ha saputo? E allora? Non ha mai chiesto il suo aiuto. Quando ha cercato di ragionare sull'Ideale ne ha ricevuto in risposta un anatema senza scampo. È perduto, e lo sarà per sempre. Morirà in quel lembo d'Africa consegnato dal caso all'Italia, esecrato, solo, ma con orgoglio. E con dignità.

Strada facendo, si unisce alla compagnia un battaglione dei cacciatori della riserva. Li comanda il giudice regio Saraceni, un ometto pallido dal sorriso untuoso. Convoca i prigionieri e li esorta alla speranza. Infinita è la grazia del sovrano, per chi è disposto ad ammettere le proprie colpe. Qualcuno gli ride in faccia. Il giudice manda un sospiro d'ipocrita comprensione. Lorenzo chiede udienza. Gli racconta della morte del napoletano. Il giudice annuisce, grave. Il giorno dopo, il tenente monta a cavallo e scompare, scortato da due armigeri. Prima di andarsene, si sofferma a fissare Lorenzo con lo sguardo acceso di odio. Attraversano paesi presidiati da altri battaglioni. L'azzurro delle divise regie si confonde con quello del cielo. Il caldo è infernale. Ogni volta il giudice li fa fermare sulla piazza e arringa una piccola folla di contadini e pastori, mentre i borghesi assistono dai balconi delle loro alte case.

– Per volere di Dio e grazia di Sua Maestà, sono stati catturati questi pericolosi briganti capitanati dal famigerato Calabrotto...

I borghesi applaudono. Lorenzo ricorda il proclama che si erano proposti di distribuire dopo lo sbarco. Ci avevano messo due settimane a redigerlo. Le settimane di Corfú, nella Grecia Ionia finalmente libera dall'oppressione, dove i vecchi parlavano ancora il dialetto della Riva degli Schiavoni.

> Vinceremo o moriremo con voi, o calabresi! Grideremo, come voi avete gridato, che scopo comune è di costituire l'Italia e le sue

> isole in nazionalità libera, una e indipendente... continuate, o calabresi, nella generosa via che avete dimostrato volere unicamente percorrere, e l'Italia, resa grande e indipendente, chiamerà la vostra la benedetta delle sue terre, il nido della sua libertà, il primo campo delle sue vittorie...

Cecità, improvvisazione, follia. Lorenzo incrocia lo sguardo di un giovane contadino. Sembra il fratello di quello di San Rocchino. È curioso, e allo stesso tempo freddo. Sembra volergli dire: sarei anche dalla tua parte, se solo dimostrassi di saperci fare. Ma a queste condizioni, perché dovrei rischiare la pelle? Per aggiungere un'altra sconfitta all'infinita teoria di sconfitte della mia gente? Cecità, improvvisazione, follia. Il magistrato lancia il suo «Viva il Re!» I borghesi si uniscono, entusiasti. Per strappare un grido dalla bocca dei contadini, i soldati lavorano di baionetta. Il giovane si allontana. Quella gente non è contro di loro, ma non sarà mai con loro. Quella gente sarà sempre con il piú forte.

A Cosenza li scaricano in una vasta cella. Dalle finestre a bocca di lupo si scorge uno spicchio del cielo pallido di un pomeriggio di sole velato. Lorenzo pensa alla ragazza. Lei, almeno, è in salvo. Finché un altro prete ignorante, un contadino superstizioso, un brigante incarognito non decideranno che non c'è posto per lei a questo mondo. Nemmeno in quella indecifrabile Calabria, che, pazzi, volevano «liberare»...

Condotto all'interrogatorio il sesto giorno, Lorenzo interrompe le formalità con un gesto deciso.

– Chiedo di non essere chiamato barone. Ho rinunciato da anni al mio titolo, dovreste saperlo.

L'inquisitore aggrotta la fronte e si passa una mano fra i radi capelli.

– Non si può rinunciare a ciò che proviene direttamente da Dio, barone.

Il giudice non ha fretta. Pone le domande con pacatezza, articolate questioni che, spesso, contengono già in sé le risposte. Lorenzo ammette ciò che non può essere negato: gli incontri a Corfú, l'arruolamento dei volontari, lo sbarco, la marcia all'interno della Calabria, finanche l'idea di suscitare la rivolta.

L'inquirente pare soddisfatto della condotta dell'inquisito. Con un gesto maestoso posa gli occhialetti sull'incartamento, va alla porta, l'apre, dice qualcosa a un segretario. Qualche minuto dopo compare un servo, con una brocca di vino liquoroso e dei taralli cosparsi di zucchero.

– Servitevene, prego, barone.

Lorenzo rifiuta. Il giudice si versa un calice di vino, addenta un tarallo, sorride comprensivo.

– Non disprezzate i prodotti della nostra terra, barone. Sono fatti con amore dai nostri contadini.

– Li hanno mai assaporati, i vostri contadini, che voi trattate come servi della gleba?

Il giudice sospira.

– Ma cosa ne sapete voi, in fondo, della nostra terra? Forse che il vostro arrivo è stato accolto da grandi manifestazioni popolari, urla di giubilo? Forse che, quando passavate di villaggio in villaggio, le file della vostra banda si sono ingrossate di legioni di volontari pronti a versare il sangue per... – Il giudice fruga tra le carte, prende un documento, lo scorre con le dita paffute, infine trova il punto e legge. – Ecco, per l'uguaglianza dei diritti e dei doveri, delle pene e delle ricompense... Forse che tutto questo è accaduto, barone? Se fosse accaduto, consentitemi di ricorrere a un modo di dire delle nostre parti... se fosse accaduto, voi ora sareste il coltello e io la carne, e invece...

Lorenzo tace. Quasi inconsapevolmente, la sua mano corre verso il vassoietto, afferra un tarallo, lo porta alla bocca. Il giudice approva compiaciuto.

– No, tutto questo non è accaduto. Questa plebe che voi vi proponete di riscattare dalla sua condizione di servaggio, questa plebe è cosí entusiasta del vostro soccorso che vi chiama «briganti», «banditi», «assassini».

Lorenzo depone il tarallo addentato. Si alza, sforzandosi di conferire il tono piú fiero alla sua battuta.

– Sapete tutto, a quanto pare, eccellenza. Non colgo il senso di questo interrogatorio.

– Sedete, vi prego, – lo invita conciliante il giudice, – vi parlo come un padre, abbiate comprensione.

Lorenzo, suo malgrado, obbedisce. Da quell'uomo promana una sorta di forza tranquilla che si sta lentamente insinuando nelle sue difese. Il giudice inforca gli occhialetti e si china sulle carte. Le compulsa per qualche istante, poi torna a concentrarsi su Lorenzo. Il suo tono si fa grave, quasi ieratico.

– Non tutto è perduto. Nutro la fondata speranza che il processo che sarà celebrato possa concludersi in modo... accettabile per entrambe le parti. Ma voi... voi dovete illuminarmi su una circostanza essenziale per la ricostruzione della vicenda. E dovete convincere i vostri compagni che il vostro futuro, il vostro onore, la vostra vita stessa dipendono da questa faccenda, per noi essenziale.

Lorenzo tace. Sente che il colloquio si sta avvicinando al punto cruciale. Non vuole concedere nulla. È già stato troppo accondiscendente. Il giudice si sporge sull'austero tavolo di noce. La sua voce, ora, è quasi un sussurro.

– Desidero che mi informiate circa il ruolo del noto cospiratore Giuseppe Mazzini nella spedizione.

È questo, dunque, il nocciolo della questione. Mazzini. Non c'è uomo al mondo che autocrati e sbirraglia temano piú di Mazzini. Non c'è testa coronata, in Europa, che non desideri assistere all'esecuzione capitale del profeta che giurò la distruzione di regni e imperi. Lorenzo ricambia, deciso, lo sguardo dell'inquisitore.

– Mazzini era sin dal primo momento contrario alla spedizione. Non ve lo hanno forse detto le vostre spie?

Una smorfia di delusione si dipinge sul volto del giudice.

– Voi, barone, non volete dunque comprendere! Di ciò che riferiscono le spie non ho la minima considerazione. È la vostra parola quella che fa fede. Voi...

– Io comprendo sin troppo bene, eccellenza, – taglia corto Lorenzo, alzandosi. – Da questo momento, non risponderò piú alle vostre domande.

– Credo che avremo modo di riparlarne comunque. Potete andare. Gli sbirri vi riaccompagneranno nella vostra cella.

I vecchi dicono che occhio di strega è malo occhio, e non c'è che un rimedio per la pace dell'anima: il fuoco. Ma il Calabrotto non crede ai vecchi. Ha grandi progetti per quella creatura della notte. Il Calabrotto misura a passi concentrati l'angusta cella dove è stato «provvisoriamente» rinchiuso in attesa della regia bolla. Lussardi, il fiorentino, quello che si crede l'uomo piú furbo del mondo, pagherà almeno dieci fiorini per un simile bocconcino. Non pretenderà di convincerlo che lei è ancora vergine: se l'è già goduta il prete, e cosí ha fatto lui, e cosí tornerà a fare prima di consegnarla. Dieci fiorini del Granducato, quasi una fortuna al cambio. Quel che serve per starsene un po' lontano dai guai e fare la vita del signore. Il Calabrotto si domanda se anche il barone biondo se la sia goduta. No, conclude. Il barone è un signore di nascita. I signori non ragionano come loro del popolo. I signori trattano le donne, anche le piú sgualdrine, con i guanti di velluto. Questo barone, poi, è un signore, sí, ma è anche pazzo. Perché solo un pazzo può illudersi di sbarcare in Calabria con quattro giuvanotti chi sann'i latti e rovesciare Sua Maestà il Re, solo un pazzo può desiderare di abbandonare il lusso di Venezia per venirsene a morire in una lurida cella di Calabria. D'altronde, per tutto il tempo trascorso con quei disgraziati, prima che i gendarmi e gli «urbani» si presentassero all'appuntamento, fra quei due non è successo niente. Signuri e streghi si vede che non si prendono, ride il brigante. La notte, quando tutti lo credevano addormentato, l'ha osservata a lungo. La Striga dormiva pochissimo, e con un occhio sempre aperto. Una volta, facendosi comprendere a gesti, si era fatta dare dal Pittore un foglio bianco e ci aveva scritto sopra... numeri. Nient'altro che numeri. Dicono i vecchi che a toccare un foglio scritto di Striga, «solo a toccare, compare, le mani a un cristiano 'nci fannu gancrena». Chiacchiere, leggende. Il Calabrotto si ritiene uomo di mondo. Che altra definizione impiegare per uno che ha girato in lungo e largo le Calabrie, dal mare di Tropea alle cime del Pollino, e ha imparato i rudimenti della lettura da un professore napoletano che la banda di Vassagnuzzo aveva sequestrato nel '39? L'unico pericolo è che la Striga finisca in mano a qualcun altro. Ma è un pericolo remoto. La ragazza sta nella grotta di Passo di Lupo, sicura, guardata a vista da due dei suoi uomini piú fidati. Sa che non le torceranno un capello. Sa che, pure non bastasse il rispetto che gli portano e il timore del castigo, basterebbe la paura della Striga a tenerli lontani da lei. Sí, la temono i suoi uomini, toccano al suo passaggio l'immaginetta di san Rocco, baciano la medaglia della Vergine, sulle loro labbra riarse affiorano litanie lamentose. Non c'è niente come la paura per tenere gli uomini al posto loro. La Striga non porta piú male di qualunque altra femmina. E a lui porterà un bel po' di fiorini. Non c'era mai stato, né mai ci sarebbe stato, dal Pollino asperso di neve al Golfo di Squillace, brigante piú furbo e piú saggio del Calabrotto. Dalle tasche del giaccone estrae un mozzicone di sigaro, alluma la pietra focaia, aspira due o tre boccate voluttuose e si stende a meditare sulla lercia branda. Vassagnuzzo lo chiamavano cosí per via della bassa statura. Era un capobrigante corto e feroce dal quale il Calabrotto era andato, per cosí dire, a scuola, agli albori della sua onorata carriera di tagliagole. Era stato Vassagnuzzo a raccattarlo, la notte in cui vagava con la roncola ancora bagnata del sangue del massaro che aveva disonorato la sua povera sorella. E di quello della disonorata, s'intende, ché al disonore solo un rimedio esiste. Era entrato nella banda per forza naturale delle cose, «distinu, figghiju meu». E aveva saputo, prima dalle leggende che circondavano 'u Vassagnuzzo, e poi dalla sua viva voce.

– Eu mi curcai cu 'na strega. E mi bagnai del suo sangue. Poi 'a 'bbrusciài. Per questo sono invincibile e immortale!

Invincibile lo era stato Vassagnuzzo, per un po'. Quanto all'immortale, quella era un'altra storia, e l'aveva raccontata il coltello da cinghiale del Calabrotto, una sera che 'u Vassagnuzzo aveva troppo bevuto e si era abbandonato a confidenze fuori luogo sul tesoro nascosto nell'abbazia. E anche se il tesoro era risultato inesistente, il Calabrotto aveva comunque ereditato la banda, il cappello piumato del capo e un grado intermedio nella 'ndrina di mastro Filiberto Potí, che sino a quel momento aveva degnamente onorato. Ma con la legittima successione del Vassagnuzzo, Striga non c'entrava. Il suo sangue forse non rendeva immortali, ma nemmeno fottersela conduceva a morte. O direttamente nelle braccia del demonio. Il Calabrotto l'ha avuta, la riavrà e poi la venderà al fiorentino. Di 'bbrusciàri chi fabbrica denari non è proprio cosa.

– Lisanti Domenico, detto il Calabrotto...

Tanto preso di pensiero è, che nemmanco s'è accorto dell'arrivo del giudice. Balza in piedi, e in segno di rispetto si leva il berretto. Il giudice annuisce, arriccia il naso al fetore della cella, sventola un papiro con caratteri arzigogolati.

– Lisanti, sei libero. In considerazione dei meriti acquisiti in occasione della cattura dei cospiratori, Sua Maestà, che Dio l'abbia in gloria...

– Che Dio l'abbia in gloria… – salmodia ossequioso il Calabrotto.

– Ti accorda, – riprende il giudice, – la grazia su tutti i delitti commessi in passato.

Con il cuore gonfio di orgoglio (mai si vide un brigante piú potente e intelligente, mai), il Calabrotto afferra la bolla dalle mani del giudice e la scorre. Perché non si sa mai, quando si ha a che fare con i gentiluomini, regi e imperatori in testa. E infatti, quello che legge e rilegge, per essere sicuro che la sua incerta cultura non l'abbia tradito, non gli piace per niente, e il suo volto si rabbuia, e con un gesto secco rende al giudice la carta.

– Che cosa significa questo, eccellenza?

– Questo cosa, Lisanti?

– Qua c'è scritto che devo andare in esilio.

– Bene. Vedo che sai davvero leggere, e dire che non ti avevo creduto… Sua Maestà, che Dio l'abbia in gloria, ti fornirà un passaporto e cento scudi.

– Ma sono le mie terre, eccellenza! Io… io non mi sono mai mosso dalle Calabrie, dove vado, come…

– Comprenderai, Lisanti, che le tue… imprese negli ultimi anni hanno suscitato un certo malcontento nella popolazione. Vuoi forse che, mentre te ne stai a passeggiare tranquillo una domenica mattina, magari all'uscita dalla santa messa, il figlio o il nipote di uno di quei disgraziati che tu e la tua banda avete scannato ad Abbadia venga a pigliarsi la sua giusta vendetta? O preferisci che ti ricordi del rapimento del marchese Sposíto, o dell'attacco alla stazione di posta di San Vincenzo a Marerosso…

– Eccellenza, non erano questi i patti.

– Puoi sempre rifiutare la grazia, Lisanti. È un tuo diritto… In tal caso, affronterai il processo, come gli altri. E sarai messo in cella insieme agli altri. Che saranno felici di apprendere dalla tua viva voce le circostanze del tradimento...

I due uomini si fronteggiano. Se volessi, pensa il Calabrotto, con due colpi ti caverei gli occhi dalle orbite, ti farei ingoiare il vetro delle lenti, ti aprirei il petto e strapperei il tuo cuore marcio di eccellenza e me lo mangerei davanti a tutti, crudo e pieno di sangue. Ci scommetto: avrebbe lo stesso sapore del cuore di qualunque altro essere umano. Forse piú amaro, piú denso di fiele. Sí, potrei fare tutto questo. E poi? Le tenaglie? Il patibolo? Il bandito abbassa piano lo sguardo. C'è chi nasce in un posto, e lo chiamano eccellenza e signore, e chi nasce in un altro posto, e lo chiamano brigante: è sempre stato cosí, e sempre cosí sarà.

Il Calabrotto china il capo. Annuisce. Riprende la bolla e la intasca. Il giudice si vede già nei suoi appartamenti, in una tinozza colma d'acqua calda, a mondarsi dalla vergognosa trattativa. Ma il Calabrotto torna a fissarlo. Un sorriso scaltro affiora sulle labbra carnose, sensuali. Il giudice avverte il tanfo di un fiato da rettile fra la corona di denti marci, quando il brigante si accosta e gli sussurra: – Una grazia, eccellenza...

– Dite, – concede brusco Saraceni.

– M'abbisogna 'nu jornu. 'Nu jornu soltanto per prendere tutta la roba, e poi di me non sentirete piú parlare.

– Sei ore. Non avrai un istante di piú.

– Me le farò bastare, eccellenza.

Il giorno che precede la lettura della sentenza, due sbirri vengono a prendere Lorenzo. I polsi cinti dalle manette, catene ai piedi, lo scortano fuori dalla prigione. Il sole di luglio quasi lo acceca, vacilla, barcolla, gli sbirri lo sostengono, premurosi, persino ossequiosi.

– Coraggio, baro', si risolverà tutto.

– Ci stanno novità importanti.

Lorenzo si chiede se si tratti dell'ossequio degli umili, dei servi verso un signore, o se non stia per succedere qualcosa. Nell'ultima settimana, in modo del tutto inatteso, il giudice Saraceni ha sospeso gli interrogatori. Dopo averli torchiati, a ciascuno di loro riproponendo ossessivamente la stessa domanda e la stessa offerta di trattativa – tradire Mazzini, in pratica –, l'inquirente ha fatto irruzione nella cella, brandendo un foglio, un'oscura rivista francese sulla quale, a suo dire, era riportata la «rivendicazione» di Mazzini. Non gli hanno creduto. E la scarsa convinzione che trapelava dalle parole di Saraceni li ha convinti che tutti loro, compreso l'inquirente, non sono che pedine di un gioco che s'è deciso altrove. E che si concluderà con l'ecatombe. Sulla sentenza non si fanno illusioni. L'avvocato, un vecchio liberale napoletano, si è limitato a un tiepido augurio: che la clemenza illumini il Sovrano. Sono, dunque, condannati. E proprio per questo una strana esaltazione si è impadronita di ciascuno.

Che il martirio serva almeno a scuotere le coscienze! C'è chi ne è assolutamente certo. Il Re ci uccide, ma il nostro sangue ricadrà per l'eternità su di lui, la Storia l'ha già ucciso, ha sentenziato. Dopo aver scrutato negli occhi dei pastori e dei contadini, Lorenzo non ha piú certezze. Se non ci fosse la fede a sorreggerli, quella fede cieca, dannata, persino ottusa nell'Ideale, avrebbero lo stesso coraggio nell'affrontare la morte? Perciò, si è guardato bene dal disilludere i compagni, e ha vergato, come loro, lettere strazianti alla famiglia e ai compagni del comitato di Londra. Un compagno piangeva nel ripensare alla fulva moglie, ai tre figli condannati all'abbandono. Quanto a lui, non si lascerà alle spalle che esecrazione e odio, e dunque ogni sentimentalismo è fuori luogo.

– Ecco, barone, è qui. Siamo arrivati.

Con grande stupore, si ritrova nell'atrio di una casa padronale. Bei mobili di legno, ritratti alle pareti, uomini dall'aria austera, donne nei costumi tradizionali del Sud, scene di caccia con cani pezzati che azzannano un villoso cinghiale. L'inquisitore Saraceni gli viene incontro sorridente.

– Se mi date la vostra parola d'onore che non tenterete sciocchezze, vi farò liberare dalle manette.

– Perché sono qui?

– Oh, lo vedrete, lo vedrete presto.

Lo conducono in un bagno, dove, sotto gli occhi attenti e vagamente divertiti dei due sbirri, si cala in un mastello ricolmo d'acqua tiepida e profumata. Da quant'è che non gli viene concesso il lusso di un bagno? Si scopre grato della sensazione di benessere che si fa strada in ogni fibra del corpo. La ferita riportata sulle dune di Siria è un microscopico segno opaco, una sbiadita cicatrice. Ripensa alla divisa che indossava a quel tempo, la divisa della marina imperiale austriaca. Ripensa all'orgoglio con cui il padre aveva accolto la notizia del primo sangue versato in guerra dall'unico figlio maschio. A come aveva minimizzato: «Solo una scaramuccia coi turchi...» Ripensa alle lacrime di Lisetta, la prima conquista campagnola, a quelle di Margherita di Saint-Pierre, la sua promessa, che non rivedrà mai piú...

– Su, rivestitevi, barone. Vi attendono dabbasso.

Indossa panni freschi, stirati, che odorano di liscivia. Panni borghesi. Concede uno sguardo pieno di rammarico all'uniforme lacera impregnata del tanfo della prigione. Lungo la scalinata che conduce dabbasso incrocia una fanciulla che indossa una veste di raso viola. Lei china pudicamente lo sguardo, ma Lorenzo ha fatto in tempo a cogliere il bagliore incuriosito di due occhi nerissimi. La figlia del giudice? Una fantesca?

Una porta si apre. È nello studio del giudice. Rigido, impettito, al centro della sala lo fissa suo padre. Marco Antonio di Vallelaura indossa l'alta uniforme di tenente generale della marina imperiale di Sua Maestà l'Imperatore di Austria e Ungheria. A un cenno del giudice, gli sbirri si dileguano. Saraceni invita padre e figlio a sedere. Ma loro restano in piedi. Il tenente generale Marco Antonio di Vallelaura fissa un punto imprecisato davanti a sé. Tutto, tutto pur di non guardarmi, vero, padre? Tutto, pur di non riconoscere questo tuo unico figlio degenere... Eppure, deve reprimere un moto d'affetto, ricacciare in gola le prime parole, dolci e care, che gli affiorano alle labbra, imporsi di conservare anche lui l'ostinato silenzio, padre, caro padre, e vorrebbe gettarsi ai suoi piedi, essere, finalmente, riconosciuto...

– Preferite che vi lasci soli? – azzarda, rispettoso, il giudice.

Padre e figlio annuiscono all'unisono. L'inquisitore esce, chiudendosi piano la porta alle spalle.

Lorenzo muove un passo verso il padre.

– Fermati.

Lorenzo osserva l'uomo che gli ha dato la vita. Il suo modello per i primi, felici anni. Come gli era apparso alto e imponente, allora, nella sua uniforme da cerimonia. E che brividi, che emozioni aveva provato quando, a sette anni, era stato per la prima volta ammesso al rito dell'alzabandiera sulla goletta *Leopoli*. Per quanti anni erano stati un corpo e un'anima? E Lorenzo, Lorenzo che fremeva di orgoglio e di gioia per ogni sua piú insignificante manifestazione di affetto, mai avrebbe potuto pensare che le cose sarebbero precipitate a tal punto. Va', e che tu sia maledetto, gli aveva scritto, quando Lorenzo gli aveva comunicato che non avrebbe accettato il perdono dell'Imperatore e non avrebbe restituito la *Leopoli* che lui e altri ardimentosi avevano dirottato verso le isole greche. E non era trascorso che un misero anno. Ora suo padre gli appare un uomo ridicolo. Gonfiato, nella sua modesta statura, dall'uniforme da parata. Un uomo patetico, rigido, ostile. L'incarnazione del vecchiume. Il simbolo di tutto ciò che la giovane Italia avrebbe, un giorno, spazzato via.

– Sei venuto ad assistere alla mia esecuzione?

– Sono venuto dietro preghiera della tua cara madre.

– Potevi risparmiarti il viaggio.

– È quello che le ho detto, ma lei ha insistito.

– E dunque?

– L'Imperatore ha intercesso personalmente presso Sua Maestà il Re di Napoli.

– Che onore!

– Non certo sollecitato da me.

– Non avevo dubbi in merito, padre.

– Non usare quel nome. Io non ho piú un figlio!

– Come sei teatrale!

– Ascoltami. Avrai salva la vita. In cambio, verrai arruolato come agente irregolare alle dirette dipendenze del cancellierato di Vienna.

– Dovrei diventare una spia? Un traditore?

– Tu sei già un traditore, Lorenzo. Hai tradito la tua famiglia, la divisa che avevi giurato di onorare...

Eppure. Eppure c'è autentico dolore in quel richiamo al suo nome – è la prima volta dall'inizio del colloquio, e sarà l'ultima – e una vibrazione di pietà che serra Lorenzo in una morsa d'angoscia. Di nuovo, affiora quel desiderio di... di toccare l'uomo che gli ha dato la vita. Un abbraccio, forse anche solo una carezza. Sentire per un'ultima volta la sua mano ruvida e protettiva sulla spalla.

– Hai tempo sino a domani.

– E i miei compagni? Che ne sarà di loro?

– Deciderà Sua Maestà.

Lorenzo vacilla, il cuore in tumulto. Vivere! Gli si offre la possibilità di vivere. Vivere la meravigliosa vita. Già. La meravigliosa vita del rinnegato, del traditore. Con passo deciso si avvia alla porta, la spalanca. Il giudice è in attesa, inquieto.

– Riportatemi in cella, vi prego.

I due padri restano soli. Libero dalla presenza del ragazzo, il tenente generale cede alla disperazione. Implora, si umilia. Una pesante borsa colma di ducati si abbatte sulla scrivania di Saraceni. Il giudice s'inalbera, simula un conato d'indignazione, ma nei suoi occhi lampeggia avidità. Pone fine al colloquio con un gesto brusco. Quando il padre esce, la borsa coi ducati è ancora là. Il giudice la soppesa, pensieroso. Qualcosa bisognerà pure inventarsi!

La sentenza esce a mezzogiorno. Morte. Per tutti. Decisione inappellabile. L'esecuzione è fissata per l'indomani. Morte. Per tutti. Ascoltano in piedi la formula di rito, letta con voce ferma e implacabile dallo stesso Saraceni. Prima di rientrare nella camera di consiglio, il giudice confabula con gli sbirri. Quando vengono a incatenarli, Lorenzo si ritrova separato dagli altri. Cerca di protestare, ma uno degli sbirri gli torce il braccio dietro la schiena e lo spinge via. Il giudice, intanto, sta offrendo una limonata fredda a un damerino improfumato. È un maresciallo, viene da Napoli, porta l'ultima parola di Sua Maestà, che Dio l'abbia in gloria.

– Avete fatto il vostro dovere, – sta dicendo il maresciallo, che con uno schiocco di lingua sembra apprezzare la bevanda, gelata al punto giusto.

– Ho semplicemente obbedito agli ordini di Sua Maestà, che Dio l'abbia in gloria!

– Sua Maestà, – proclama il maresciallo, – ha deciso per nove...

Il giudice sospira.

– Nove condannati o nove graziati?

– Nove condannati. Graziati gli altri.

– Sia fatta la sua volontà.

Il giudice ripensa al colloquio che ha avuto, quella mattina stessa, con sua figlia. Assunta Marianna gli ha detto che intende tornare a Parigi, riprendere gli studi, abbandonare per sempre «un regno in cui la vita umana non ha alcun valore». Il giudice ha cercato di obiettare, ma la sua unica figlia è stata categorica. Il padre ha l'autorità per toglierle ogni sostegno, i documenti, ogni spazio di vita, persino per farla rinchiudere per disobbedienza, ed è pronto a farlo. Il contagio si diffonde pericolosamente. Le nuove idee si diffondono come un'epidemia, e minacciano la stabilità millenaria cosí faticosamente ripristinata dopo l'avventura napoleonica. I giovani sono stanchi, impazienti. Presto venti di guerra spireranno in tutta Europa. Sua Maestà è stato troppo clemente: solo una spietata repressione consentirà all'ordine di prevalere sul disordine. Ma le questioni di fondo possono attendere. C'è qualcosa di piú urgente da appurare.

– Chi sono i… prescelti?

Il maresciallo gli porge una lista. Il giudice la percorre con aria noncurante. Il nome di Lorenzo di Vallelaura non fa parte dell'elenco dei graziati. È considerato uno dei capi della rivolta. Pagherà per questo. Il giudice sospira.

– Si tratta di una lista… irrevocabile?

Il maresciallo gli lancia un'occhiata perplessa. Il giudice solleva la borsa piena di ducati e la soppesa con aria sorniona. Il maresciallo si sporge sulla scrivania.

– Non c'è niente di irrevocabile a questo mondo, fuorché la morte.

Il giudice apre la borsa, ne preleva un mucchietto di ducati e li deposita davanti a sé.

Il maresciallo corruga la fronte. Il giudice aggiunge qualche altro ducato al mucchietto. L'altro sorride, beve un ultimo sorso di limonata.

– Davvero eccellente. Sono i limoni delle vostre tenute di Amalfi, caro amico?

– Vengono dalla villa di Capri della povera Concepita…

Il giudice, con fare distratto, aggiunge un decimo nome alla lista. Il maresciallo aggrotta la fronte.

– Nove, eccellenza, devono essere nove. È un ordine, non dimenticatelo.

Il giudice annuisce e cancella un nome a caso. Il maresciallo si alza, intasca i ducati, saluta militarmente.

Piú tardi, il giudice Saraceni riceve una visita, e piú tardi ancora, sul far del tramonto, scortato da due «urbani», raggiunge la prigione ed entra nella cella dove ha fatto isolare Lorenzo di Vallelaura. Il giovane sembra di colpo invecchiato di anni. Ha le occhiaie vuote, il volto scavato, una smorfia quasi ebete gli deforma le belle labbra. Il giudice si lascia scappare un ghigno di trionfo. Nella sua ventennale carriera di fedele esecutore degli ordini dei regnanti ne ha incontrati tanti come lui. Eroi di latta e di cartone, impavidi nella buona sorte, vili davanti alla concreta morte. Sí, vili. Il giudice sa leggere le anime, fa parte del suo mestiere. Sa che quel ragazzo illuso, nel tempo che lo separa dalla fine, ha guardato dentro sé stesso. E ha letto il disgusto per i sogni che si mutano in polvere, la commiserazione per il proprio destino, ha letto rabbia, rabbia e furia cieca contro il Maestro che manda i giovani a morte e contro quegli altri giovani che si lasciano mandare al macello in nome di un'idea astratta e vana, ha letto l'orrore della palla che gli spezzerà il cranio, che spazzerà via i pensieri, il ricordo delle donne che ha avute e il desiderio di quelle che non avrà mai piú. Il ragazzo è pronto, e io sarò un uomo ricco, pensa il giudice, e ripete, con tono lieve, l'offerta del tradimento.

– Non ho niente da dirvi. Accetto la sentenza. Sia quello che deve essere.

La risposta di Lorenzo lo coglie di sorpresa. Il giudice ha un moto di stizza. Per un istante pensa di essersi sbagliato.

Forse la sua esperienza, per una volta, lo ha tradito. Forse il giovane Vallelaura è davvero un convinto rivoluzionario, un cosciente martire della causa. Un pensiero lo sfiora: ha fatto quello che ha potuto, sarebbe saggio abbandonare la partita, ma è un pensiero intollerabile. Ci sono vasti appezzamenti di terreno intorno a quello, modesto, dove ha edificato la sua casa, che attendono l'offerta giusta. Guarda con piú attenzione il ragazzo, e si rasserena. Si tratta solo di insistere, di trovare la chiave giusta. Il ragazzo non è pronto. Occorre ancora un piccolo sforzo. Del resto, a chi vuoi darla a bere, figliolo? Ti tradiscono la lieve esitazione di un sospiro, il fremito delle labbra, il lampo incerto che ha solcato i tuoi occhi chiari venati di pagliuzze dorate, occhi di ragazza piú che di soldato. Resisti perché ti sei calato in una parte che non t'appartiene piú. Vuoi vivere. Vuoi ferocemente vivere, con la feroce energia dei tuoi anni feroci. E vivrai, per Dio, vivrai... E io sarò un uomo ricco. Il giudice fa un cenno ai due «urbani». Gente abituata a obbedire senza fare domande. Gente di fiducia. Gente preparata. Costeranno qualcosa, ma è necessario. Gli uomini afferrano Lorenzo e lo trascinano fuori dalla cella. Attraversano un basso corridoio, sbucano nel piazzale illuminato dal plenilunio. Un altro cenno del magistrato, e Lorenzo è sbattuto contro un muro.

– Questo è contro le regole! L'esecuzione è fissata per domani! Voi non potete...

– Sono io che decido le regole, caro ragazzo. Su, procedete!

Gli legano le mani. Cerca di dibattersi, lo colpiscono, lo immobilizzano. Una benda nera gli oscura la vista. Lorenzo cade in ginocchio, si contorce, i due scherani lo risollevano, lo rimettono al suo posto, contro il muro. Dalla gola del ragazzo parte un guaito di cane. Il giudice, inflessibile, dà l'ordine di imbracciare i moschetti. Lorenzo ha le gambe libere, vorrebbe fuggire ma il terrore lo paralizza. Avverte lo schiocco dei fucili che vengono armati, in una tiepida sonnolenza percepisce l'ultimo comando del giudice. È la fine. Parte una salva. Non è la fine. Il giudice si avvicina, lo libera della benda. I due «urbani» ridono a crepapelle. Il giudice li zittisce con un cenno imperioso. Lorenzo è scivolato di nuovo sulle ginocchia. Il giudice si china su di lui, la sua voce è un raschio, minaccioso e melodioso allo stesso tempo.

– Hai capito adesso, giovane idiota, quant'è importante la vita? Allora, decidi! Le prossime palle non saranno a salve...

Li conducono all'esecuzione all'alba. Hanno scelto una radura con pochi alberi, per legare i condannati gli «urbani» devono piantare rudi stecche e palanche nell'erba secca. Secondo il terzo grado del pubblico esempio, che si riserva ai delitti capitali, i condannati sono a piedi nudi, vestiti di nero, e un velo ne copre i volti. Il Pittore, graziato, disegna la scena. Il giudice Saraceni non ha sollevato obiezioni alla richiesta di un cittadino straniero (il Pittore è piemontese) in attesa di espulsione dal Regno. Gli altri graziati piangono, e anche il Pittore, sulle prime, ha pianto per la sorte dei condannati. Ma ora si guarda intorno. Le colline che circondano la radura, eccezion fatta per due regi funzionari, un prete che offre, sdegnosamente respinto, l'estrema unzione, tre pastori e un pazzo con le braghe calate, sono deserte. I patrioti incedono in silenzio, i soldati sono annoiati e non vedono l'ora di finirla. Non è soggetto che possa interessare un artista del suo calibro, e tanto squallore offenderebbe la memoria stessa dei martiri. L'arte prevale sulla commozione, il dovere della propaganda rivoluzionaria sull'emozione. Il Pittore ricostruisce la scena: le colline sono gremite di gente, contadini dai lineamenti fieri, pastori che fissano sdegnati gli sbirri, avvolti in un'aura di universale disprezzo, donne in lacrime che piangono il fiore della migliore gioventú italiana. Sotto il tocco abile delle sue dita, quella mesta e solitaria cerimonia si fa aggressiva festa di popolo, e mentre verga, frenetico, gli schizzi, il Pittore immagina che un coro possente si levi dalla folla, «chi per la patria muor... vissuto è assai», e che grida di «Viva l'Italia!» e «Viva la Repubblica!» e «Morte al tiranno!» s'intreccino, eccitando gli animi, spingendoli a nuove, formidabili imprese. E immagina Terenzi, o forse Ludovisi, incitare i soldati esitanti, sbalorditi da tanto amor di popolo, a tirare, ché «gli ordini vanno eseguiti, siamo anche noi soldati, tirate, dunque, e mirate al cuore!» È cosí intento all'opera che il rumore della scarica lo coglie di sorpresa. Alza gli occhi dal foglio. I compagni sono abbattuti, alcuni, non ancora morti, si agitano, scomposti dal tormento. Il Pittore reprime l'impulso di avvicinarsi per cogliere i dettagli piú raccapriccianti. L'ufficiale al comando del plotone infligge ai moribondi il colpo di grazia. Anche Lorenzo assiste alla scena: mancare a quell'appuntamento avrebbe significato destare giustificati sospetti, e l'insospettabilità, gli ha spiegato Saraceni, è la migliore arma di una spia. Nella tasca della giubba, generosamente donatagli dal giudice, custodisce la lettera d'arruolamento del cancellierato. Il suo animo è spento, le labbra serrate, non una lacrima bagna i suoi occhi. Il Pittore ne scambia la freddezza per esemplare dignità: lo schizzo del patriota ferreo nella sua determinazione rivoluzionaria farà, negli anni a venire, il giro degli esuli, contribuendo ad alimentare la fama di purezza cristallina di Lorenzo. A un ordine del giudice, la compagnia della buona morte, composta dai nobili del paese, raccoglie i cadaveri. Deposti sui carri, saranno seppelliti cristianamente, a maggior gloria della pietosa benevolenza di Sua Maestà. Il Pittore inquadra il giudice Saraceni. Si terge la fronte dal sudore, si passa un fazzoletto sulla faccia. Il Pittore ha l'impressione che lanci un'occhiata in direzione di Lorenzo, forse per un istante lo sfiora l'ombra di un sospetto, ma presto si concentra sul volto dell'inquisitore: come rendere tanto orrore, tanta ipocrisia senza scadere nel banale?

Piú tardi, scostando un lembo del tendaggio della carrozza che, scortata da sei «urbani», conduce i graziati al porto di Napoli, da dove raggiungeranno la Francia e infine Londra, a Lorenzo sembra di scorgere la figuretta smagrita della ragazza. Se è lei, è in compagnia di un tizio alto, dall'aria distinta. Con un braccio le cinge le spalle, in un gesto affettuoso e protettivo, con l'altro regge una gabbia nella quale qualcosa si agita. Un sentore di blando struggimento gli attraversa il petto, poi la carrozza urta un sasso, la tenda ricade, l'immagine svanisce.

– Diventeremo amici, – dice il fiorentino Lussardi alla ragazza che ha appena comperato, a caro prezzo, dal Calabrotto. Striga, la chiama il brigante. Gli ha raccontato tutto di lei, senza tacere nessun particolare, e insieme hanno riso, da uomini di mondo, delle sciocche superstizioni dei villani. – Diventeremo amici, faremo un bel terzetto, tu, io e Codino!

Codino è il topo albino che si agita nella gabbietta. A Londra, Lussardi si procurerà un flauto e le insegnerà a suonarlo. Piano piano addestreranno la bestiola, e qualche vantaggio, alla fine, ne verrà. Nel peggiore dei casi, potrà sempre venderla a qualche ricco nobile depravato. Certi inglesi vanno pazzi per le bambine italiane, e anche per i «cittini», che Dio li perdoni, genia di sodomiti senzadio. Anche se la Striga sembra un po' grandicella per gente con simili gusti… Eh, sí, deve averne passate, la fanciulletta. In ogni caso, lui, Lussardi, non toccherebbe mai con un dito una che è stata fottuta da quella bestia del Calabrotto. La ragazza ha visto passare il suo soldato biondo, e le è bastato un semplice sguardo per sentire che non è piú lo stesso di prima. Ogni creatura ha dentro di sé una certa riserva di numeri. È dal loro equilibrio che dipende l'armonia di ciascuno. La Striga sa leggere quell'armonia segreta, è un dono che viene da chissà dove, ma è anche una maledizione. Perché la Striga capisce quando l'armonia è saltata, e sa quanto è difficile ricomporla. C'è chi non ci riuscirà mai piú. Il soldato biondo è uno di questi sventurati. L'armonia l'ha persa per sempre. E dove non c'è armonia, lí domina la paura. Il regno dei numeri dispari ha vinto, e la Striga ha paura. Paura dell'uomo dalla voce insinuante e del suo topo, paura di quello che si è lasciata alle spalle, paura del futuro. Vorrebbe fermarsi qui, scavare una buca di sei piedi per sei e lasciarsi bagnare dalla terra umida di vermi e poi asciugare dal sole e poi impallidire ai suoni armoniosi delle stelle. Ma l'uomo la incita ad andare avanti. Hanno appuntamento con qualcuno, prenderanno un vapore, poi un altro, poi chissà. Non ha paura, invece, di niente e di nessuno, il brigante Calabrotto. È sulla strada per Itri, accompagnato dai tre che ha scelto per il «temporaneo soggiorno» nella parte meridionale dello Stato pontificio (c'è altro posto per un bravo cristiano, a questo mondo?), intento a soppesare i fiorini estorti al toscano (mercanteggiava, il bastardo, e c'è voluta la minaccia della roncola per ricondurlo alla ragione), quando s'imbatte in due viandanti. Il Calabrotto si sente in buona: si limita a spogliarli degli averi, niente gole tagliate nella sua nuova vita, non se non è strettamente necessario, e indica loro, con buona cortesia, come raggiungere la piú vicina stazione di posta.

Parte seconda

Londra, 1847-48

Lorenzo sigillò il plico e uscí nel pomeriggio londinese. Un barcone avanzava lento sul Tamigi gonfio di pioggia. Pensò che Londra aveva qualcosa della sua Venezia: tutte e due città d'acqua, condividevano un che di mesto e di indeterminato. Ma forse dipendeva dalla pioggia. Sotto la pioggia tutte le città finiscono per somigliarsi.

Raggiunse il piú vicino ufficio postale e compilò il modulo di spedizione. La lettera avrebbe raggiunto l'indirizzo di copertura e da lí sarebbe stata inoltrata senza indugio al maresciallo Radetzky. Lorenzo spiava Mazzini. Nelle lettere si riferiva a lui come a «M.», con la semplice iniziale. Circa ogni mese riceveva un dispaccio cifrato con ordini spesso contraddittori. Quand'era appena sbarcato a Londra gli era stato chiesto di riferire circa le reazioni di M. al fallimento dell'impresa calabrese. Costernazione, aveva lapidariamente comunicato. Con insospettabile senso dell'umorismo, avevano chiesto proprio a lui di mettere in giro una chiacchiera sul presunto tradimento di un affiliato. Lorenzo aveva tentennato. Si era appena accostato alla cerchia di M. Aveva capito subito che era un uomo difficile: avvezzo a essere inseguito dalle polizie di mezzo mondo, si muoveva con estrema circospezione, era terribilmente riservato e parco di confidenze. La mossa poteva apparire troppo brusca, alimentare il sospetto. L'ordine era stato ribadito in termini perentori.

Lorenzo aveva affrontato con cautela l'argomento. M. si era alterato. Traditori fra noi? Non sono che italiani. «Gli italiani sono troie. Io non ho mai avuto fede in loro, e ora meno che mai. Urlano, e basta». A Vienna avevano apprezzato, e rilanciato: bisognava spargere la voce che un paio di cospiratori erano inclini alla sodomia. Lorenzo, questa volta, aveva fatto finta di niente: sarebbe stato davvero esagerato. Ma a Vienna tendevano a esagerare. Sembravano provare un grande interesse per il pettegolezzo e la diceria. I rapporti nei quali Lorenzo si dilungava sulle attività propriamente cospirative di M. erano considerati meno dei resconti di vita minuta. M. divideva la sua operosa giornata fra i rivoluzionari di mezza Europa, la raccolta di fondi per la causa, gli articoli che gli davano da vivere, la scuola popolare che aveva impiantato per dare un'istruzione ai figli degli immigrati poveri e il cenacolo di Thomas Carlyle. L'amicizia fra uno scrittore reazionario caro alla Regina e un rivoluzionario del calibro di M. appariva ai piú inspiegabile. Anche Lorenzo era rimasto molto sorpreso dall'affetto che legava due uomini cosí diversi fra loro. In un suo messaggio aveva azzardato l'ipotesi di una colleganza massonica in chiave antiabsburgica. Gli era stato ordinato di non impicciarsi di «alta strategia». Cosí Lorenzo infarciva le sue note di particolari insignificanti, o addirittura inventati di sana pianta. M. suonava Paganini alla chitarra, e a volte cantava, accompagnando le note con la sua voce roca da fumatore accanito. M. aveva una relazione con una proletaria, e un'altra con la sua amante storica, la cospiratrice Giuditta Sidoli. M., quand'era rilassato, riusciva a essere persino divertente. Amava i gatti, dei quali non perdeva occasione per elogiare l'indipendenza e lo spirito di libertà, e tollerava i cani. Lady Carlyle era in freddo con M. perché ne era innamorata, eppure M. le aveva fatto chiaramente intendere che non avrebbe mai tradito l'amico e protettore, dal che il risentimento della donna. L'amante ufficiale, la signora Tancioni, non era mai invitata ai convegni in casa Carlyle. In quanto di origine proletaria, non la ritenevano degna di sedere in mezzo a loro: amici di democratici e di rivoluzionari, ma troppo *old England*, troppo affezionati all'etichetta e a una rigida divisione delle classi per accettarla. Si diceva che la Tancioni avesse riconosciuto un figlio di M. Questa era un'autentica menzogna. Il figlio non c'entrava un accidente; il figlio era di chissà chi, e lei era stata accolta e sostenuta da M., che era un uomo generoso. Quest'ultima notazione, ovviamente, Lorenzo se l'era tenuta per sé: non poteva essere certo riportata in una corrispondenza che aveva come scopo unico quello di denigrare M.

L'impiegato gli rese la ricevuta, Lorenzo ringraziò con un gentile inchino. Per le comunicazioni usavano un cifrario che cambiava ogni sei mesi. In ogni caso, nessuno avrebbe mai intercettato quelle lettere. Dio benedica la Regina e le poste inglesi. La tradizionale riservatezza anglosassone impediva alle polizie piú o meno segrete di violare la corrispondenza. Il divieto era ancora piú assoluto dopo i fatti del '44. Ancora una volta, colpa, o merito, di M. Si era scoperto, infatti, che parte del carteggio fra M. e i rivoltosi di Calabria era finito nelle mani dell'Impero grazie alla connivenza dei servizi segreti di Sua Maestà. Quando M. ne era venuto a conoscenza, aveva levato vibranti proteste. Carlyle aveva gettato nella mischia il peso della sua indiscussa autorevolezza. Morale: il governo era stato costretto a scusarsi per aver interferito con l'attività rivoluzionaria di chi voleva abbattere altri governi. Lorenzo si calò in testa il largo cappello di feltro e affrontò Tottenham. Una banda di ragazzini cenciosi lo prese d'assedio. Chi portava un topo in una gabbia, chi cantava una canzone accompagnandosi con la fisarmonica, una minuscola brunetta si puliva il moccio dal naso tendendo una manina scarna e sporca. Il fetore che si levava dai loro corpi era paragonabile a quello proveniente dalle strade di periferia, autentiche fogne a cielo aperto lungo le quali una plebe aggressiva e dannata scaricava i propri liquami, materiali e morali. Un ragazzetto poco piú alto degli altri, e in apparenza meno denutrito, scuro, ricciuto e dallo sguardo vivacissimo, improvvisò al flauto *Adio bela Venexia, adio laguna*... Una fitta di struggente nostalgia punse il cuore di Lorenzo. Si mise a canticchiare, sul tempo sgangherato del giovane cantore, l'antica villanella che risaliva alle Crociate:

Adio care putele venexiane
mi vago a misurarme co' la luna
vago a farghe paura a le sultane
ma tornarò onorato e in gran fortuna
a 'sti porti, a 'ste rive, a 'ste cavane
e a dirve ancora tornarò: putele,
ve voi piú ben, se' deventae piú bele!

Avrebbe mai rivisto le sue calli e il campanile, ascoltato il canto acuto del gondoliere echeggiare nelle notti di luna piena? Distribuí qualche moneta, carezzò sui capelli il ragazzino.

– My lord, signore... so fare anche «e tiorte i remi e voga | che femo 'sta calà...»

– Va bene, basta cosí.

– Ma no, perché? Avete una voce notevole, Lorenzo, e il piccolino è cosí grazioso, – disse una donna, alle sue spalle.

Lorenzo si voltò. Lady Violet Cosgrave lo fissava con i suoi grandi occhi scuri, riparandosi dalla pioggia sotto un vezzoso ombrellino color lillà. Lady Violet era l'ultima arrivata nella cerchia dei Carlyle. Ed era cosí bella! I ragazzini presero d'assalto la signora invocando una monetina, «A penny, please, madam, a penny...» Lorenzo si sentí avvampare di vergogna per lo spettacolo di miseria che quei bambini italiani offrivano.

– Via, andate via!

– Non siate cosí brusco. Voglio assolutamente sentire un'altra canzone.

Il ragazzino ricciuto, come se avesse compreso, o comunque intuito, diede fiato al suo flauto. «E tiorte i remi e voga...» Lorenzo intonò, dapprima esitante, poi sempre piú convinto, il canto dei pescatori di Chioggia. Gli altri ragazzini assistevano, lacerati fra l'invidia del privilegio toccato in sorte al loro compagno e la speranza di nuove regalie.

Quando l'esibizione ebbe termine, lady Violet accarezzò il piccolo.

– Come ti chiami?

– Mi son il Mestrino, per servirvi, my lady.

– Ti va un gelato?

Lussardi trascinò la Striga al centro dello stanzone e la colpí con uno schiaffo. La Striga restò in piedi, orgogliosa, ribelle. Lussardi la colpí ancora, e ancora, finché cadde in ginocchio e si coprí il volto insanguinato. Il fiorentino si pulí le mani sulla giubba lercia. Dieci piccoli diavoli si stringevano alle pareti, i topi, le rane e i micetti si agitavano nelle gabbie. Gli occhi pieni di terrore e di speranza gli fecero capire che, nonostante tutte le difficoltà, aveva ancora il controllo della situazione. Eh, sí, perché il terrore dei suoi schiavi era quello che la lezione si estendesse anche a loro, colpevoli di complicità per aver favorito la fuga del Mestrino, e di omertà per avergliela taciuta per due giorni. Quanto alla speranza, stava in questo: che il padrone si sfogasse con la pazza, e lasciasse perdere gli altri. Dopotutto, era lei l'anima nera della compagnia.

Lussardi aveva altri piani.

– Tu, – ordinò a un ragazzino smunto e tignoso che faceva correre le dita tozze sulla tastiera di un'enorme fisarmonica, – vieni qui, Muso di Lepre.

Il ragazzino si alzò esitante, posò lo strumento e raggiunse a capo chino il padrone.

– Tirale un calcio.

Il ragazzino esitò. Lussardi digrignò i denti.

– Vuoi essere il prossimo? Su, avanti!

Il ragazzino sferrò un calcetto alla Striga.

– Piú forte!

Il ragazzino eseguí. Lussardi annuí, compiaciuto. Poi guardò verso gli altri.

– Tutti insieme!

I ragazzini si avventarono sulla Striga, e a turno la colpirono, chi con un calcio, chi con un pugno. Lussardi osservava, pronto a intervenire se i piccoli avessero esagerato. La Striga aveva bisogno di una lezione, perché era stata di sicuro lei a istigare alla fuga il Mestrino, uno dei suoi «figli» migliori, ossia quello che portava piú denaro alla fine di ogni giornata. Sí, aveva bisogno di una lezione, ma senza sciuparla. Erano quasi tre anni che la sfamava e vestiva, quell'ingrata puttanella, e non era ancora rientrato delle spese.

– Basta cosí. E che vi serva di lezione. La parola di Lussardi non si discute! Chi è che comanda qua?

– Il padrone, – risposero in coro i ragazzini.

– Questa sera, per punizione, soltanto pane e acqua per tutti, e per la Striga solo acqua. Domani mattina tu, Muso di Lepre, la porterai al fiume e la laverai. Bisogna che sia pronta a tornare al lavoro. Che ne direbbero i vostri genitori, se sapessero come vi comportate? Siete degli ingrati, siete, con tutto quello che faccio per voi!

Piú tardi, mentre i ragazzini dormivano abbracciati agli strumenti o agli animali, Lussardi scivolò fuori dal capannone incastonato nel cuore malfamato di Shoreditch e si diresse, a piedi, verso i dock di Liverpool Street. Per la verità, avrebbe potuto permettersi una carrozza. E ci aveva anche pensato: la notte era sconsigliabile avventurarsi per certi sentieri, per non parlare dei cattivi incontri che si potevano fare lungo le rive del fiume. Ma ultimamente le cose non andavano come si deve. I tempi erano cupi, da un momento all'altro potevano succedere fatti impensabili, il flusso dei ragazzetti dall'Italia aveva già subito un pesante rallentamento, le quote che i parroci esigevano per chiudere un occhio, e a volte tutti e due, si facevano sempre piú esose. E poi, aveva pur sempre il pugnale con sé. La meta era una taverna di marinai, il *Nag's Hook*. Era lí che sperava di incontrare lord Chatam. E di vendergli la Striga. Quella ragazza era stata il peggior acquisto della sua vita. L'aveva messa a chiedere l'elemosina con il topo, e quella, il primo giorno, aveva liberato l'animaletto. Col flauto non era andata meglio: dal rozzo strumento di canna che, amava dire Lussardi, costituiva la «dotazione» dell'apprendista mendicante, la Striga traeva melodie cosí assurde che la gente o si metteva a ridere o scappava sentendo puzza di demonio. Era riuscito a piazzarla come domestica in una famiglia di possidenti terrieri, a trenta leghe dalla capitale, e lei aveva mandato a monte una caccia alla volpe salvando la bestiola dalle fauci dei cani. Le aveva trovato un impiego, sempre come domestica, da un signorotto del Surrey. Aveva resistito tre mesi, poi l'avevano cacciata dopo averla sorpresa nell'atto di compiere un gesto inaudito: leggere un trattato di matematica.

– Capirete bene, *esquire*... una domestica in grado di leggere e scrivere è contro le regole!

Aveva allora puntato, come estrema risorsa, sulla strada. Ma nemmeno come carne da letto la Striga valeva una cicca. Al primo cliente aveva quasi strappato un orecchio a morsi. Altri fuggivano da una creatura che trovavano troppo strana e inquietante per quei rapidi istanti di oblio che un uomo chiede a una fanciulla. Non restava, dunque, che affidarsi a qualcuno che andasse giustappunto in cerca di sensazioni strane e inquietanti. Lord Chatam. L'ultima risorsa. Perché chi finiva da lord Chatam non tornava indietro. Ah, ce ne sarebbero state di storie da raccontare su quel pervertito! Ma comunque, quando pagava, proprio un gran signore.

Lussardi si riteneva un benefattore. I bambini che comperava in giro per l'Italia venivano sottratti a un destino di miseria, pellagra, tifo ancora peggiore di quello che, a prima vista, sembrava attenderli a Londra. I piú abili, dopotutto, qualche modo per cavarsela lo trovavano sempre: c'erano molte fabbriche e tintorie e allevamenti di animali che avevano bisogno di braccia robuste da impiegare, con paga dignitosa (cosí almeno sosteneva la stampa governativa) e accettabili condizioni di vita. Certo, la mortalità era alta, ma i lamenti delle anime pie non dovevano commuovere piú di tanto: era una legge di natura, chi sta sopra sta sopra e chi sta sotto deve lottare per prenderne il posto. Lussardi stesso – impropriamente detto fiorentino, quand'era carrarese purosangue – non era forse nato da un cavatore che se n'era andato a trent'anni coi polmoni sbriciolati dalle polveri di quel marmo che abbelliva le lussuose magioni di tanti lord e baronetti… e da una donna dagli incerti mestieri… e non s'era issato su, su, fino a dove gli era stato possibile (mai, peraltro, porre limiti alla Divina Provvidenza) grazie all'abilità e alla spregiudicatezza?

Lord Chatam sedeva a un tavolo sul fondo della taverna. Quando il suo sguardo si posava sulla massa di ubriachi e donnacce degli altri tavoli, il chiacchiericcio si spegneva, il tono si faceva piú soffice. Popolino villano e vile: temevano lord Chatam, la sua potenza, la sua ricchezza. E lui amava sporcarsi in luoghi indegni come il *Nag's Hook*. Lussardi gli andò incontro e si inchinò in segno di sottomissione e rispetto. Il signore sembrò apprezzare. I suoi occhi erano lame di ghiaccio. Lord Chatam non concedeva mai la prova d'appello, perciò la trattativa doveva essere condotta con il massimo scrupolo. Forse non sarebbe rientrato dei dieci fiorini sborsati al Calabrotto e delle spese, ma in ogni caso non ne sarebbe uscito a mani vuote.

– Che cosa mi porti, questa volta, mio buon amico? – chiese, insospettabilmente gentile, il lord, invitando il toscano a prendere posto accanto a sé.

– Un'autentica strega, my lord. Sembra uscita da una raffigurazione medioevale.

Sul volto affilato del nobile si dipinse una smorfia sprezzante.

– Spero che non sia una nuova delusione, come la precedente.

– Ne sarete entusiasta, my lord. Sul mio onore.

– Tu non hai piú onore di me, e io, come ben sai, ne sono privo.

Ed è per questo, amico mio, pensò amaramente lord Chatam inghiottendo una caramella d'oppio, è per questo che tu e io siamo complici.

Quando Lorenzo e lady Violet fecero irruzione nel capannone di Shoreditch, accompagnati dal Mestrino e da tre agenti in borghese, si offrí ai loro occhi uno spettacolo terribile. C'erano nove, forse dieci bambini, di una magrezza impressionante. In piccole gabbie erano ospitati animaletti irrequieti. Qualcuno dei bambini aveva uno strumento musicale. Tutti avevano gli abiti laceri. Il fetore era insopportabile. Dapprima terrorizzati dall'invasione degli sconosciuti, poi rassicurati dalla presenza del Mestrino, si stringevano intorno all'amichetto ritrovato, tempestandolo di domande. E il Mestrino ripeteva a ciascuno quanto lady Cosgrave gli aveva giurato davanti a un delizioso gelato alla crema, sotto gli sguardi apparentemente indifferenti degli altezzosi camerieri del *Queen's Royal Garden*: non ci saranno piú padroni né botte, per te e per i tuoi amici, ma solo mani amorevoli che si prenderanno cura di voi.

La storia del Mestrino aveva commosso l'impetuosa inglesina. Lorenzo l'aveva vista arrossire e serrare i pugni d'indignazione mentre le traduceva l'interrogatorio del ragazzetto. Lorenzo l'aveva persino vista piangere, e con una punta di ironia aveva pensato che, l'indomani, i salotti di Belgrave avrebbero avuto di che discutere: l'eccentrica, giovane, bellissima Cosgrave in un club esclusivo con uno straniero, uno di quei rivoluzionari, sapete, e con un moccioso mendicante, e come se non bastasse aveva pianto, pianto in pubblico, come una qualsiasi sguattera.

– Mi chiamo Mestrino perché vengo da Mestre, vicino a Venezia.

– Quanti anni hai?

– Vuoi sapere quelli veri o quelli che dice il padrone?

– Quelli veri. E non chiamarlo piú padrone. Non hai piú padroni, da adesso.

– Quelli veri son quindici. Ma io devo dire undici. Cosí mi dànno piú soldi.

Ma che dicessero pure, che sparlassero pure, pensava lady Violet, mentre distribuiva carezze e caramelle incitando i bambini a montare sulla carrozza che li avrebbe condotti alla scuola italiana. Lei era lady Cosgrave. Aveva diciannove anni. Una ricchezza considerevole della quale non doveva rendere conto a nessuno. Ricchezza mal guadagnata: il frutto di avi corsari e rotti a ogni tradimento. Spettava a lei riscattarla attraverso un futuro di nobili imprese. Lady Violet Cosgrave aveva un solo faro come guida: rivoltare il mondo, farlo diventare un luogo diverso e migliore.

Di Lussardi si erano perse le tracce. Forse qualcuno, magari un poliziotto prezzolato, lo aveva avvertito per tempo.

Il Mestrino tardava a montare sulla carrozza. I suoi compagni lo invocavano a gran voce. Lorenzo tornò nel capannone per cercarlo.

– Manca una mia amica.

– Chi?

– La Striga.

Piú tardi, Muso di Lepre raccontò che Lussardi, due giorni prima, l'aveva venduta a un signore inglese. Un uomo molto cattivo, aggiunse, facendosi il segno della croce.

Lord Cosgrave sbarrò la strada alla figlia, già pronta per uscire. Era una domenica mattina di ottobre. L'inverno si annunciava inclemente su Londra.

– Dove vai?

– Lo sai bene. Al numero 5 di Greville Street.

– Lo sai che disapprovo!

– E tu lo sai che io sono abituata a fare di testa mia.

Lord Cosgrave sbuffò. Stravedeva per quella figlia dell'amore. Dell'unico amore della sua vita scombinata. Per lei aveva derogato a piú di una delle rigide regole del suo mondo. L'aveva fatta ricca. Aveva pensato al suo futuro, ben sapendo che, il giorno in cui fosse mancato, le sarebbe mancata la sua protezione, e il resto della famiglia avrebbe fatto a pezzi la «meticcia», mai accettata, mai amata. Le aveva consentito un'istruzione negata a tante altre donne, anche dell'alta società. Avrebbe fatto tutto per lei. Ma era anche suo dovere di padre intervenire. Questa faccenda della scuola popolare del signor Mazzini stava diventando giorno dopo giorno sempre piú imbarazzante. Gli era stato fatto notare in piú occasioni, con discrezione ma con fermezza, da autorevoli membri della sua cerchia. Lady Violet era sulla bocca di tutti.

– Lo sai che in questa tua... scuola si formano giovani rivoluzionari?

– Andiamo, padre! Insegniamo un po' di inglese e matematica, arte e italiano, storia e un mestiere a dei piccoli schiavi che senza di noi...

– Insegnate «'riting, reading, 'rithmetic and revolution», secondo qualcuno.

– Qualcuno chi? I tuoi amici schiavisti e reazionari?

– Veramente, la frase sarebbe del tuo amico Carlyle.

– Carlyle è una brava persona, ma a volte sa essere persino piú insopportabile di te.

Con un bacio affettuoso, lady Violet credette di porre termine alla conversazione. Di solito, andava cosí. Un vezzo, una moina, e il burbero ma tenero lord avrebbe ceduto le armi. Ma lord Cosgrave era particolarmente cupo quella domenica. Afferrò la figlia per un braccio e la costrinse a fissarlo negli occhi acquosi, accesi di una luce quasi appassionata.

– Iniziative simili rischiano di minare alla base la nostra civiltà, Violet. E fanno soffrire la nostra economia.

Lady Violet avvampò.

– Non ti sembra di esagerare?

– Quei bambini che tu vuoi sottrarre al loro destino naturale...

– Destino naturale? Quale destino naturale? Quello di essere venduti come schiavi da famiglie in miseria a un mercante di carne umana, sbattuti sulla strada a suonare un flauto e far ballare un topo?

– Questa è solo l'apparenza del fenomeno. Ho parlato con persone molto piú informate di te e di me, sicuramente immuni alla propaganda del tuo amico Mazzini, e posso dirti che la maggior parte di quei piccoli italiani trova impiego dignitoso nelle nostre fabbriche e nelle tintorie.

– Fabbriche, tintorie... Ma ci sei mai stato in uno di quei posti, padre? Hai mai visto come vengono trattati quei bambini? Senza luce né acqua per lavarsi, con sorveglianti che li frustano, ammalati di tubercolosi, costretti a dormire in venti in tuguri infami. Non posso credere che tu...

– Una grande nazione esige sacrifici, a volte.

– No. Tu mi stai dicendo che una grande nazione esige schiavi. È una cosa diversa.

– Non possiamo essere tutti dottori, Violet. Se fossimo tutti dottori, chi manderebbe avanti le fabbriche, chi coltiverebbe i campi, chi...

Lady Violet si sciolse dalla stretta del padre. Un gesto secco, indispettito, inusuale per lei. Il lord la fissò, uno sguardo di stupore e di orgoglio ferito.

– Violet, ti proibisco di andare in quella scuola!

Lady Violet sentí di essere prossima a varcare una frontiera. Una linea di non ritorno. Non erano mancati i contrasti con il padre e il suo mondo. Mai, però, in forma cosí esplicita. Che cosa sarebbe accaduto se avesse davvero oltrepassato quella linea?

– Mi dispiace. Ho già deciso.

– Per amor di Dio, Violet! Succederà qualcosa stamattina. Non andare...

Era solo sua la colpa, rifletté amaramente lord Cosgrave mentre dalla finestra la vedeva montare in carrozza. L'italiano biondo, con un inchino, si offrí di aiutarla. Violet lo respinse con un gesto secco. Suo malgrado, lord Cosgrave sorrise. Che temperamento! Non sarà facile domare la ragazza. Non lo sarà per nessuno, rivoluzionario o pari d'Inghilterra che sia. Magari, un giorno, all'alta camera, si sarebbe trovato a votare una qualche mozione socialista. Magari presentata dalla sua irruenta figliola! Intanto, c'erano cose piú urgenti da fare. Lord Cosgrave spedí alla scuola due lacchè di fiducia, armati di bastone e di pistola. Con l'ordine di intervenire, se necessario.

La carrozza abbandonò i quartieri centrali battuti dalla pioggia e prese la via dissestata che menava al sobborgo italiano di Hatton Garden. Lady Violet era infervorata. Imporporata da un rossore di passioni che accendeva il suo volto bruno, appariva ancora piú desiderabile agli occhi di Lorenzo.

– Chi non ha vissuto a Londra non può immaginare che cosa siano miseria e sofferenza. Meniamo vanto della nostra decantata democrazia e la miseria bussa alle nostre porte. Ma noi fingiamo di non vederla. Il signor Carlyle e la sua cerchia... ottime persone, per carità! Ma sembra non abbiano mai letto il signor Dickens. M. invece... Non ho mai conosciuto, e credo che mai conoscerò, un uomo come lui. Il suo sforzo per migliorare le condizioni di vita del popolo, educarlo, dargli un'anima, capite, Lorenzo? Un'anima.

– Ne parlate come un'innamorata.

Lady Violet rise.

– So distinguere l'ammirazione dal desiderio, amico mio, – rispose, sfiorandogli come per caso una mano. – E poi, al signor M. le pretendenti non mancano.

Lorenzo rabbrividí a quel contatto. Violet. Cosí bella. Cosí piena di vita e di fantasia. Cosí appassionata ed entusiasta. Alta come un'inglese, ma bruna e con profondi occhi di taglio orientale. Si vociferava che fosse frutto di una relazione fra lord Cosgrave e una principessa indiana. Lord Cosgrave aveva in effetti comandato una stazione di sepoy a Madras, e la somiglianza fra lady Violet e quell'anguilla rinsecchita della madre si limitava al comune cognome. Ma l'argomento era tabú nei circoli che contano. Del resto, avendo imparato a conoscere il carattere ribelle e spavaldo della ragazza, Lorenzo non aveva dubbi che, se gliene avesse accennato, lei non avrebbe lesinato spiegazioni. E forse si sarebbe proclamata orgogliosa del proprio meticciato. D'altronde, si era già ripetutamente espressa per la parità dei diritti fra uomo e donna. Sfoggiava calzoni da uomo e fumava in pubblico. Aveva partecipato in abiti maschili a un'autopsia, sfidando il divieto per le donne di accostarsi all'arte medica.

– I ragazzi sono contentissimi delle famiglie che li ospitano. E io sono molto contenta di loro. Muso di Lepre fa progressi continui nella lingua inglese, e il Mestrino è un vero talento con i colori. Il signor Rossetti sostiene che se fosse appena piú ordinato potrebbe prenderlo, come dite voi italiani, a bottega. Quel disgustoso mercante di carne umana, Lussardi, è ancora alla macchia, e io sospetto che i nostri valorosi agenti dello Yard non abbiano tutta questa voglia di mettergli le mani addosso. Dopotutto, secondo mio padre, istruire il popolo significa danneggiare l'economia. Ma voi non dite niente, Lorenzo?

– Ascolto l'incanto della vostra voce, Violet.

– Se non foste un serio e coerente rivoluzionario, direi che mi state corteggiando come un qualunque cascamorto.

Se sapessi chi sono veramente, pensò Lorenzo, rabbuiandosi, se solo potessi intuirlo...

Un forte rumore, come di una folla in tumulto, lo distolse dai suoi cupi pensieri. All'imbocco di Greville Street, un poliziotto in divisa bloccò la carrozza. C'era un assembramento minaccioso proprio davanti alla scuola degli italiani. La polizia aveva isolato la zona con un cordone. Non si poteva proseguire.

Lady Violet si sporse dal finestrino e ordinò al poliziotto di levarsi di mezzo. Quello la riconobbe e si fece da parte, avvertendo che non si riteneva responsabile di quanto sarebbe potuto accadere.

La carrozza avanzò sino a raggiungere l'edificio dove aveva sede la scuola. Lorenzo e lady Violet smontarono dalla carrozza. Una folla di forse cinquanta individui lanciava grida minacciose all'indirizzo della scuola. Preti e donne scarmigliate, italiani e inglesi urlavano: «Fuori Mazzini!», «Ridateci i nostri figli!», «Pane, Cristo e lavoro». Un'altra folla, piú esigua, forse dieci, quindici persone, spalle al portone sprangato della scuola, fronteggiava i manifestanti. Lorenzo riconobbe il giovane pittore Rossetti e altri volti amici. I poliziotti cercavano di evitare che i due gruppi venissero a contatto. Tutti gridavano. La confusione era massima.

– Non è prudente restare qui, Violet. C'è aria di scontro.

– Non cercate mai di darmi consigli, e tantomeno ordini, Lorenzo. O non saremo piú amici.

Lady Violet si lanciò contro i manifestanti. Lorenzo la seguí sospirando. Si aprirono un varco a spintoni e gomitate, oltrepassarono il cordone di poliziotti e raggiunsero il portone. Lorenzo s'informò da un giovane italiano, e spiegò a lady Violet che la manifestazione era nata da una protesta dei parroci.

– Ci accusano di impartire ai ragazzi un'educazione atea. Dicono che abbiamo rapito i loro figli, che impediamo loro di frequentare le scuole cattoliche.

– Schiocchezze! – insorse lady Violet. – È una montatura. Sono stati pagati per fare confusione. Il problema è economico. Le scuole cattoliche sono una truffa. I preti prendono soldi dai padroni delle fabbriche, fingono di iscrivere i bambini e li mandano a lavorare in fabbrica. Da quando c'è la nostra scuola i preti perdono l'incasso e i padroni delle fabbriche perdono la loro manodopera a basso costo e si infuriano. Tutto qui.

– Pienamente d'accordo, – osservò Lorenzo, – ma a quanto pare i poliziotti non hanno nessuna intenzione di intervenire...

Lady Violet stava per replicare, e forse per lanciarsi a testa bassa contro i manifestanti, quando il portone si spalancò e sulla soglia apparve Mazzini. Alla vista di quell'uomo di modesta statura, asciutto, racchiuso in un austero abito scuro, si fece improvvisamente un gran silenzio. Mazzini abbracciò la scena con sguardo ironico, e con passo calmo si diresse verso l'ufficiale di polizia piú alto in grado.

Quella sera, all'*Old Avon Club*, mentre sorseggiava un whisky in sua compagnia, lord Cosgrave si sentí ripetere da un anziano pari, veterano come lui delle campagne indiane, lo stesso racconto che aveva ascoltato, qualche ora prima, dalla viva voce dei lacchè.

– Una cosa inconcepibile, quella accaduta oggi alla scuola popolare. Si è visto il signor Mazzini ordinare... capisci, amico mio... ordinare a un ufficiale di polizia di sgomberare la piazza. E l'ufficiale gli ha obbedito! Mazzini avanti, la polizia inglese dietro, e i preti che se ne tornano a casa con le pive nel sacco. Inaudito, inaudito!

Lord Cosgrave convenne, con frasi di circostanza, sulla pericolosità crescente dei rivoluzionari e sull'inconcepibile benevolenza che la corona sembrava accordare loro. Non poté trattenere, però, un sorrisetto ripensando alla frase con cui Mazzini, a cose fatte, aveva commentato lo sgombero della piazza, frase che gli era stata riferita da Violet.

«Non venissero a seccarci i coglioni dove comandiamo noi!» aveva detto Mazzini, accendendosi un sigaro, mentre preti e figuranti pagati dagli imprenditori battevano in ritirata.

Qualche giorno dopo, Lorenzo e lady Violet si rividero in una galleria a West Ham, alla mostra di Dante Gabriel Rossetti. Il giovanissimo pittore esponeva per la prima volta le sue opere.

– Ancora acerbe ma promettenti, – esclamò un sedicente critico, compiacendosi della sua stessa voce. Si guadagnò una rispostaccia da lady Violet, affascinata da un autoritratto che mostrava un ragazzo dai capelli ribaldi, l'aria corrucciata di chi sfida il mondo ed è consapevole, fin troppo, di poterlo facilmente conquistare. Lorenzo provò una punta di gelosia. Dante Gabriel Rossetti era amabile, tranciante nelle sue definizioni iconoclaste dell'arte contemporanea, patriottico sino al midollo nel rivendicare la somma eredità di Dante e Giotto, l'universalità del genio italico.

– Non è forse vero che il san Giorgio che uccide il drago che fa bella mostra di sé sulla sterlina d'oro di Sua Maestà la Regina è frutto del talento di messer Benedetto Pistrucci, romano?

Qualcuno fece notare l'assenza di M., strana assenza in un grande appassionato d'arte come lui, oltretutto amico personale dei Rossetti.

Si tornò, cosí, a parlare di M., centro ossessivo della cerchia.

– La sua casa è troppo distante da West Ham.

– Risparmia sulla carrozza. Ma non perché, come vuole la leggenda, i genovesi siano tirchi. È che M. vive poveramente. Ogni suo avere è destinato alla causa.

– Già. Ho sentito dire che, quando Carlyle vuole averlo come ospite, lo manda a prendere in carrozza.

– Sí, l'ho sentito anch'io, ma so anche che, per non gravare sull'amico, M. preferisce farsi la strada a piedi, piuttosto che accettare un dono che, ai suoi occhi, suona come un'umiliazione.

– Su un solo vizio non transige: i sigari. Ne fuma una quantità enorme. Non ricordo di averlo mai visto senza uno dei suoi puzzolentissimi sigari.

Lady Violet prese da parte Lorenzo.

– Ma perché Mazzini veste sempre di nero?

– Perché porta il lutto –. Lorenzo distolse lo sguardo e aggiunse piano: – Il lutto per l'Italia divisa.

Il volto di lady Violet si accese di ammirazione. Lorenzo le prese una mano. Lei non la ritirò.

– Violet!

Era sopraggiunta una donna bruttina dall'aria intelligente.

– Vi presento Ada Lovelace, – disse lady Violet ritirando in tutta fretta la mano, – la figlia di lord Byron. Ma non ha ereditato dal padre la passione cospirativa. Lei vive per i numeri, Lorenzo.

E spiegò che Ada e il famoso matematico Charles Babbage lavoravano a una macchina per il calcolo differenziale che avrebbe rivoluzionato il mondo.

– Sarà l'arte a rivoluzionare il mondo, – s'intromise arrogante Dante Gabriel Rossetti. – Che ne pensate dei miei quadri?

Le due signore lo ricoprirono di elogi. Il pittore fissò con aria interrogativa Lorenzo, che era rimasto silenzioso.

– Sono bellissimi, – disse, piano.

– È chiaro. Non ne capite un accidente d'arte. Sentite, so che state cercando una ragazza. La Striga, mi pare si chiami...

– Ne sapete qualcosa?

– Forse. A Londra, amico mio, convergono il meglio e il peggio del mondo. Ma se quello che temo dovesse rivelarsi vero, per la vostra amica non ci sarà speranza.

Lorenzo si sentí colto da una vertigine. Amica? La Striga non era un'amica. La Striga era un pezzo del suo passato che non sarebbe mai stato cancellato. Comprese che, dovunque l'avessero condotto i capricci del destino, sarebbe stato sempre fuori posto. Un esule, un rinnegato, un uomo a metà. Echeggiò la risata calda, di gola, di lady Violet. Un fiotto di desiderio lo attraversò. Lady Violet lo fissò per un istante che gli parve eterno, poi distolse lo sguardo e prese sottobraccio il giovane pittore.

In tasca Lorenzo aveva la lettera per il cancellierato. Gli ricordava che, in fondo, era solo una spia.

Lord Jerome Chatam amava mettere a loro agio le sue giovani prede. Voleva che si sentissero amate, riverite e rispettate. Credessero pure che la fortuna aveva dato loro un aiuto insperato, le aveva sottratte a un destino di miseria, innalzate al rango di vestali di un gaio ordine presieduto, nella veste di sommo sacerdote, da lui. L'affondo finale doveva giungere inaspettato, repentino, e tanto piú gradito quanto piú a lungo agognato dall'artefice, tanto piú fatale per la preda. Lord Chatam amava definirsi un demiurgo di destini. Non elaborava mai un piano preciso, nella fase aurorale delle sue imprese. Vi erano prede che si godevano un meritato appannaggio in dignitose casette a Wimbledon, e altre che fungevano da devote mogli a oscuri fattori di campagna. E, naturalmente, tumuli nel vasto giardino della sua tenuta nel Kent che garantivano pace eterna a coloro ai quali era stato riservato un esito differente. Ciò che veramente contava, per lord Chatam, era il controllo totale e assoluto delle prede. La ragazza italiana, per esempio. Già troppo sviluppata per i suoi gusti. D'incarnato rosaceo, secca come un'inglese, molto lontana dal tipo mediterraneo che altre volte Lussardi gli aveva procurato. Eppure, dotata di forme, a suo modo. Non puzzava abbastanza, nonostante la trascuratezza igienica, ma a questo si poteva porre rimedio. Interessante oggetto di studio, comunque. Comprendeva la lingua inglese, e sembrava addirittura in grado di leggere e di scrivere. Con lui aveva, per i primi giorni, mantenuto un atteggiamento fra il distaccato e il rassegnato. Per quanto si fosse sforzato di apparire rassicurante, nel profondo diffidava. C'era, poi, come una corrente oscura che promanava da lei. Una forza misteriosa che sapeva di radici antiche, di pratiche precluse ai comuni mortali, un miscuglio di ragione e magia, di perversione e innocenza che non aveva mancato di esercitare una potente attrazione sul lord. Un pomeriggio l'aveva condotta in biblioteca, e le aveva mostrato il volume di sir Walter Scott sulla stregoneria.

– Vedi? – le aveva detto, indicando l'icona di una strega bruciata. – Tu sei come lei. In altre epoche saresti finita sul rogo, oggi sei nelle mie mani. E il tuo destino dipende esclusivamente da me.

La Striga aveva sorriso. Che senso avrebbe avuto dirgli che lei aveva già vissuto quella scena, laggiú, in Calabria? L'avrebbe creduta ancora piú folle, e ne avrebbe tratto motivo di ulteriore eccitazione. E non c'era bisogno che il lord le anticipasse il suo destino, o alimentasse vaghe speranze. Lei poteva leggergli nell'anima. La sua era distorta, asimmetrica, disperata. Il lord era il canonico che le frugava sotto la veste. Era il Calabrotto, era Lussardi, il lord erano tutte le facce del Male che aveva imparato a conoscere nei suoi anni di vita. Diciassette. Anni dispari. Sarebbe stata salva solo se fosse arrivata a diciotto. Si disinteressò del libro sulle streghe. C'era di molto meglio, nell'ampia e fornitissima biblioteca di lord Chatam. Scrisse su un foglio: «May I take another book?»

– Ma certo, mia cara, – concesse il lord.

La Striga percorse con lo sguardo gli scaffali pieni di volumi disposti con ordine ossessivo. Ne calcolò all'istante il numero: tremilasettecentoventisette. Ancora un numero dispari. Scelse un trattato di algebra e si immerse nella lettura.

Qualche giorno dopo, il lord fece bastonare dai servi Lussardi, che aveva avuto l'ardire di presentarsi al cancello dell'austero palazzotto di Grosvenore Square avanzando pretese e minacciando ritorsioni. Quel pidocchio non era nemmeno all'altezza di infastidirlo, ma un certo nervosismo era riuscito a provocarglielo. Ordinò alla Striga di andare in bagno sotto i suoi occhi. Lei eseguí senza battere ciglio. Il lord decise che avrebbe organizzato uno dei *tableaux vivants* per i quali era giustamente famoso in tutta Londra. Mentre la ragazza si immergeva in una vasca piena d'acqua calda, si ripromise di invitare Dante Gabriel Rossetti. Il suo autoritratto era meraviglioso, stillava, a onta delle intenzioni dell'artista – un onesto libertino dai fin troppo prevedibili e scontati gusti sessuali –, un'eccitante, malsana sensualità. Rossetti era riuscito a catturare l'essenza di quella depravazione che lord Chatam inseguiva da sempre. Forse l'offerta di venti sterline d'oro l'avrebbe persuaso a immortalare per la posterità il suo profilo errabondo e perennemente inquieto?

Parte terza

1848

Milano, aprile

Un giovane pattugliava il fossato del Castello sforzesco. Veniva dalla Sardegna. Era basso, muscoloso ma agile, aveva corti capelli ricci e sorprendenti occhi azzurri, retaggio di una delle tante invasioni che avevano rimescolato il sangue dell'isola. Lo chiamavano Terra di Nessuno. Lo chiamavano assassino. Un giorno, il Re di Torino aveva chiuso per legge quei pascoli che per millenni erano stati libero patrimonio di ogni pastore, di ogni contadino. Nel giro di una notte, pochi avidi speculatori erano diventati i padroni della terra. Ma la terra è di tutti, aveva urlato suo padre, imbracciando il moschetto. Suo padre aveva combattuto per sette lunghi anni contro l'iniqua «legge delle chiudende». Era diventato un bandito leggendario. Soldati, carabinieri, preti e spie gli avevano dato una caccia spietata. Girava di villaggio in villaggio aizzando il popolo a combattere contro i signori che succhiavano il sangue della Sardegna: scritte con il motto della sua banda, «La terra è di tutti», comparivano sui muretti a secco dei piú sperduti casolari e sulle pareti delle caserme del regio esercito, e a volte venivano tatuate a sangue sui corpi dei rinnegati. Suo padre era caduto per imboscata una mattina d'aprile. Circondato dagli sbirri, aveva scelto di darsi la morte. Il ragazzo era ancora un bambino quando, sulla piazzetta di Tonara, gli avevano mostrato il corpo appeso a testa in giú.

Un tenente sabaudo aveva sputato sui poveri resti.

– Diceva che la terra è di tutti, – aveva urlato, rivolto alla folla di uomini silenziosi e di mute donne vestite di nero che non si sarebbero mai piegate a versare una lacrima. – Guardatelo, adesso: è terra di nessuno.

Lui aveva appena sette anni. Quella stessa notte si presentò ai soldati di guardia e disse che voleva abbracciare per l'ultima volta il corpo del padre. I soldati lasciarono fare. Erano nervosi, temevano incidenti. Da ore i pastori percuotevano le campane del gregge: un canto funebre in onore di suo padre, il bandito. Si impossessò del coltello che il padre nascondeva in uno stivale. Aveva deciso che il suo nome sarebbe stato Terra di Nessuno. Aveva deciso che la vendetta sarebbe stato lo scopo della sua vita. Il destino, però, aveva deciso diversamente. La madre intuí la sua determinazione e lo affidò a un parente di città. Il parente lo fece entrare in seminario. Fuggí. Fu ripreso, e punito. Fuggí ancora, fu ripreso e punito piú duramente. Capí che, se voleva portare a compimento i suoi propositi, avrebbe dovuto fingersi sottomesso. Crescere, fortificarsi, cogliere la prima occasione che gli si fosse presentata.

Dieci anni dopo era per tutti un ragazzo saggio. Di notte però, quando nessuno lo vedeva, si esercitava a colpire bersagli di fango e di paglia. Il giorno del diciottesimo compleanno comunicò al priore l'intenzione di prendere i voti. Il priore pianse di commozione, e lo volle al suo fianco nella processione dell'Assunta. Terra di Nessuno gli baciò la veste. La processione attraversò le vie centrali della città, salutata dalla folla. Terra di Nessuno incedeva calmo e compreso, sorreggendo un'icona della Vergine, e intanto esplorava volti, ispezionava fisionomie, scrutava profili. Cercava l'uomo che aveva sputato sul cadavere del padre. Lo vide, ritto sul palco delle autorità. Era ingrassato, imbolsito, sbuffava e sudava costretto in un'alta uniforme troppo stretta. L'avevano promosso colonnello. Quando la processione sfilò davanti al palco, Terra di Nessuno si distaccò per accostarsi all'ufficiale. Con un mezzo inchino porse all'uomo l'icona. Mentre quello, sorpreso, accettava il dono, con un rapido movimento estrasse dalla tonaca il coltello e gli tagliò la gola. Non cercò nemmeno di fuggire, eppure, nell'enorme confusione, avrebbe potuto farlo. Si consegnò. Fu ammanettato, picchiato. Lo interrogarono. La sua gelida calma impressionò gli inquirenti. Un importante medico disse che era pazzo, e, come tale, non poteva essere condannato a morte. Lo imprigionarono in un forte umido, con le catene ai piedi e un pesante collare di ferro. Le autorità ecclesiastiche sollevarono conflitto di giurisdizione. I piemontesi, che lo avrebbero fucilato sul posto, dovettero affrontare una sofisticata battaglia legale.

Fuggí tre mesi dopo, mentre lo traducevano nel continente. Trovò un imbarco come mozzo. Lui, uomo di terra, dovette adattarsi alle leggi del mare. Si disse: sarà per poco tempo. Dimenticò presto il proposito. Imparò lingue sconosciute, amò donne che non avrebbe incontrato mai una seconda volta. Il coltello spense qualche vita, salvando la sua. Il mare sapeva essere aspro e dolce. Imparò ad amarlo. Il mare non conosceva limiti. Il mare appagava la sua sete di libertà. Incontrò italiani a Caracas, a San Francisco, negli scali piú infami dell'Africa del Nord. Tutti gli parlavano di moti falliti, della repressione, di un certo Mazzini. Tutti fuggivano da qualcuno o da qualcosa. Lui, ormai, si sentiva in pace con sé stesso e con il mondo. Le notizie risuonavano al suo orecchio distratto come una musica ironica e gentile. Poi, due mesi prima, a Marsiglia, qualcuno aveva detto che in Italia si respirava aria di rivoluzione. Un nome correva sulla bocca di tutti: Garibaldi. Anch'egli un marinaio senza patria, un eroe predestinato secondo molti, un avventuriero che aveva trafficato in schiavi secondo altri. C'erano marinai slavi che ascoltavano scettici e ungheresi che s'infiammavano, gridavano che la libertà degli italiani era anche la loro libertà. In un batter d'occhio si crearono due fazioni. Scoppiò una rissa. Terra di Nessuno stava istintivamente dalla parte degli ungheresi. Gli slavi furono messi in fuga. Gli chiesero quando si sarebbe imbarcato per andare a liberare l'Italia. Quando, e non se. Sentí che qualcosa moriva e qualcos'altro rinasceva dentro di lui. Rivide suo padre appeso a testa in giú, accarezzò il coltello, decise.

Raggiunse Milano pochi giorni dopo la cacciata degli austriaci. Chiese di incontrare Mazzini. Risero di lui. Mazzini se ne sta a Londra, o a Parigi, o a Lugano, al sicuro, lontano dalle sciabole e dai moschetti... Un repubblicano lo prese in simpatia.

– Se hai tanta voglia di combattere, ragazzo, bussa ai piemontesi. Re Carlo Alberto ha bisogno di carne fresca per la sua conquista.

Ma lui non avrebbe mai indossato la divisa degli assassini di suo padre. Si uní, invece, a una brigata di volontari, perlopiú studenti toscani. Ragazzi pieni di ottime intenzioni, con gli occhi accesi dal sogno della causa, ma senza quella cattiveria che, nell'azione, ti salva la vita. Erano acquartierati a Milano. L'azione tardava. In Terra di Nessuno crescevano l'insofferenza e il tedio. Aveva deciso di lasciare Milano per Venezia, dove l'avvocato Daniele Manin resisteva impavido all'assedio degli austriaci, quando si sparse la voce che da un momento all'altro sarebbe arrivato Mazzini. Il giorno in cui Mazzini entrò in Milano, era pronto, come chiunque, ad accoglierlo con orgoglio, pronto a impugnare la lama e a versare il sangue. Gli ordinarono, invece, di presidiare certe strade intorno al Castello: Milano era liberata, ma gli austriaci si stavano riorganizzando, e un colpo di mano era sempre possibile.

Fu cosí che, mentre percorreva con il fucile a tracolla il perimetro del fossato, Terra di Nessuno incontrò Lorenzo, e la sua vita cambiò.

Milano, aprile

A ricevere il suo ultimo rapporto avevano mandato un tizio dall'aria truce. Si faceva chiamare il Trevigiano, ostentava un gran barbone da patriota e campava la vita facendo lavori su commissione. La gamma delle sue prestazioni abbracciava furto, rapina, stupro e, all'occorrenza, omicidio.

Lorenzo ne aveva già sentito parlare, e non ebbe difficoltà a riconoscerlo quando si incontrarono a pochi passi dal fossato del Castello. Milano era nelle mani degli insorti. Il rischio era altissimo. Lorenzo chiese al Trevigiano di abbassare il pistolone e gli consegnò senza ulteriori convenevoli la lettera in cui raccontava il trionfale ritorno in patria di Mazzini e l'osannante accoglienza che gli avevano tributato, appena poche ore prima.

– Quanta pressa, sior! Cossa xe, ti ga paura che a star visin al Trevisan te ciapi el mal francese?

I denti marci, il puzzo che emanava dalla figura intabarrata... tutto era disgustoso in quel brigante. Il mestiere di spia era disgustoso. La sua vita era disgustosa, pensò Lorenzo. Ma era l'unica che aveva, e tradire era il prezzo che giorno dopo giorno pagava per conservarla.

– Ti xe stà a Venexia?

– Certo, sior. Tira 'na bruta aria. La città xe finía. Non fusse par quel mato scriterià de Manin, i se saría già arresi da un tòco. I li coparà tuti, sior...

Venezia. La sua Venezia. Una ferita aperta. Come avrebbe reagito Mazzini se gli avesse chiesto di andare a Venezia? Eppure, sentiva di dover fare qualcosa per la sua città. Sapeva di poterlo fare.

– Ti ghe portaressi un mio messaggio al cancellierato?

Il Trevigiano lo scrutò con un'occhiata furba.

– Dipende.

Lorenzo si cacciò le mani in tasca e ne estrasse qualche moneta d'oro. L'altro arraffò il denaro e lo fece scomparire nelle pieghe del mantello.

– S'ciavo vostro, sior. El me comanda.

– Dighe che mi me offro de andar a Venexia. Convinsarò Manin a arenderse. Dirò che xe 'na decision de Mazzini in persona. Faré questo par mi?

Il brigante tossí e lasciò partire un grumo di sputo denso e verdastro.

– E vu credé che i ve scoltarà? Quei xe tedeschi, e de noialtri i se sbate i cojoni... i ne 'dópara finché ghe servimo, e po'... E po' i paga mal, 'na miseria, sior. Se no podesse far conto de 'sta mia bela pistola, a 'sta ora saría za morto de fame... Scoltè, sior, go visto che gavè la scarsela ben fornía... vol dir che i patrioti i paga ben, mejo de quei altri là... a noialtri, in fondo, chi ne lo fa far? Co' quel che savemo, mi e ti... Ma par cossa no 'ndemo dal vostro sior Mazzini, ghe dixemo che gavemo scoverto l'elenco dele spie, ghe lo consegnemo, se femo 'na bela provista de schei e i mandemo tuti in mona, eh?

Un traditore. Un doppio traditore. Un verme pronto a vendere la madre. Con questa gente faceva lega! Lorenzo capí che il suo messaggio non sarebbe mai arrivato al cancellierato. E la lettera? Se il Trevigiano l'avesse venduto ai patrioti... La mano corse d'istinto alla pistola a un solo colpo che teneva nel taschino.

– Ssst! Go sentío dei passi, – disse il Trevigiano. – Qua intorno gira la ronda. Buteve zó, mi vago controlar. Cussí dopo podemo parlar in pase del nostro picolo… tramaccio.

Lorenzo si acquattò. Il Trevigiano si allontanò di qualche passo e sparí dietro una svolta delle mura. Lorenzo lo seguí. Il Trevigiano doveva avere un udito davvero fine. C'era un giovane, basso, snello, armato di moschetto. Perlustrava il fossato dando le spalle al Trevigiano. La ronda. Il bandito procedeva silenzioso, spianando l'arma. Lorenzo impugnò la pistola, mirò alla nuca del Trevigiano, fece fuoco. L'uomo si accasciò senza un lamento. Terra di Nessuno si girò di scatto, pronto a fare fuoco. Si vide venire incontro Lorenzo, con le mani alzate e la pistola bene in mostra, vide il corpo del Trevigiano e la sua arma, comprese tutto all'istante, impallidí, si maledisse per essere stato colto di sorpresa, infine abbassò il moschetto e andò verso Lorenzo.

– A quanto pare vi devo la vita.

– Detesto le persone che sparano alle spalle.

Terra di Nessuno annuí. Si avvicinò al cadavere, che giaceva a faccia in giú, e lo spostò con lo stivale.

– Chi era? Un ladro?

Lorenzo si chinò sul corpo, finse una rapida ricerca, consegnò a Terra di Nessuno la lettera, la sua lettera.

– Forse qualcosa di peggio. Una spia.

E solo allora Terra di Nessuno si decise a porgere la mano a Lorenzo.

Milano, aprile

Il luogotenente Paolo Vittorelli de la Morgière attendeva da venti minuti nell'anticamera dell'albergo *Bella Venezia*. Il signor Mazzini si faceva aspettare. Mentre contava per l'ennesima volta le mattonelle fiorate sulla parete, tirando boccate nervose dalla pipa di radica calabrese caricata con tabacco olandese, il luogotenente si domandava se il misterioso «agente 51» che tante preziose informazioni divulgava agli austriaci non fosse proprio quel giovane veneto biondo, educato e dignitosissimo, sicuramente di origini nobiliari, che lo aveva introdotto nell'anticamera pregandolo di attendere. Ne aveva tutte le caratteristiche, a ben vedere. Era ammesso alla cerchia dei piú stretti collaboratori di Mazzini. Aveva seguito passo dopo passo il Maestro da Londra a Parigi e da lí a Milano. Questione comunque interessante, che un giorno, il sabaudo non ne dubitava, sarebbe stata brillantemente risolta. Mazzini tardava ancora. L'albergo era in pieno fermento. I piú audaci cospiratori vi erano di casa. Nemici giurati di Sua Maestà sino a ieri, e oggi alleati. Ironia della Storia! L'esercito sabaudo era entrato in Milano da due giorni. Consigliato dai suoi esperti, e anziani, generali, Carlo Alberto, Re di Sardegna, aveva dato ordine di attendere. Grave errore strategico, pensava il luogotenente Paolo Vittorelli de la Morgière. Bisognava approfittare della sorpresa, attaccare gli austriaci, scompaginare la difesa precaria del nemico, stringere immediati accordi coi veneziani, arruolare nelle milizie le bande garibaldine, dar loro mano libera per attrezzare la guerriglia. Tutto, pur di penetrare le inespugnabili fortezze austriache del Quadrilatero. Vincere. E poi, al momento giusto, regolare i conti coi repubblicani. Bisognava, in altri termini, *s'enficher* delle strategie raccomandate dai vecchi manuali di guerriglia. Ma il luogotenente Vittorelli de la Morgière, il piú giovane ufficiale alle dirette dipendenze del Re, non aveva né l'età né l'autorevolezza, né, soprattutto, la volontà per opporsi ai disegni dei comandanti. Bestie da tavolino, certo, ma pur sempre capi. Agitarsi con abilità dietro le quinte avrebbe fatto di lui, e rapidamente, un uomo influente. Perciò si era offerto volontario per la missione che tanto stava a cuore a Carlo Alberto. Una notevole dose di fortuna gli aveva consentito di mettere le mani sull'archivio austriaco. In pratica, Vittorelli disponeva dell'intera mappa delle spie che Metternich e Radetzky avevano infiltrato nelle file dei patrioti. Si trattava di sigle, com'è ovvio nel mondo delle spie, di numeri. Ma risalire dai numeri ai nomi non era impossibile. Occorrevano solo tempo e tenacia. Qualità che al giovane Paolo Vittorelli de la Morgière non facevano certo difetto. Se ripensava a com'era andata gli veniva da ridere. Quei coglioni dei patrioti avevano avuto il tesoro sotto il sedere e se l'erano lasciato scappare. L'archivista incaricato di conservare la corrispondenza delle spie di Metternich aveva redatto, con scrupolo absburgico, minuziose cartelline dall'ordine maniacale. Orientarsi nell'archivio di Milano era una delle cose piú facili di questo mondo. 51 era un soggetto interessante. Meno retorico e servile dei suoi consimili, tutti impegnati a compiacere il sovrano facendogli pervenire, in sostanza, ciò che il sovrano amava sentirsi raccontare. I rapporti di 51 oscillavano fra la critica e l'ammirazione, fra slanci guerreschi e riflessione politica. Poteva forse trattarsi di un ex patriota convertito alla causa absburgica? Ma allora, cosa lo aveva indotto a traghettarsi all'altra sponda? Il denaro? O un qualche oscuro segreto? Sí, 51 era un tipo davvero interessante. Un italiano. E come tale, lacerato fra abnegazione e opportunismo. Carlo Alberto, lui o un altro, chiunque avesse coronato il sogno di unire il paese, avrebbe avuto il suo daffare con un popolo cosí ambiguo, fondamentalmente ingovernabile. In ogni modo, si sarebbero incontrati, prima o poi, lui e 51. Il luogotenente ne era piú che certo. Re Carlo Alberto lo aveva inviato a Milano, in gran segreto, per sondare il terreno con Mazzini. In caso di vittoria, sarebbe stato disposto ad appoggiare una monarchia sabauda estesa all'intero Regno d'Italia, o a quel che se ne sarebbe potuto conquistare? Il misterioso 51 ne era convinto. O si sbagliava. Oppure era un agente doppio. Era nota la finissima abilità di M. nel tessere trame, leggendaria la sua disponibilità di contatti insospettabili fin nelle piú alte sfere della parte avversa. La beffa di Roma era ancora ben impressa nella mente dei potenti di tutta Europa: nemmeno un anno prima M. era stato in grado di far ritrovare a papa Pio IX una sua lettera autografa sul sedile della carrozza pontificia. Praticamente, sotto il culo del papa, ridacchiò Vittorelli de la Morgière. Sí. Mettere le mani sull'archivio era stato un autentico colpo di fortuna. Merito di un ragazzino che l'aveva fermato su una delle ultime barricate. Non c'era molto piú da difendere, visto che gli austriaci erano fuggiti a gambe levate da ormai due settimane, e che il tricolore svettava su ogni palazzo di Milano. Ma i bravi cittadini avevano deciso che comunque un minimo di sicurezza era opportuna, e cosí, mentre cercava di guadagnare l'albergo che lo avrebbe ospitato in incognito, si era visto spianare sotto il naso una carabina retta dalle mani tremanti di un giovanissimo patriota.

– Alt! Chi sei?
– Sono un patriota, viva Pio IX, – aveva risposto, sperando che, nel frattempo, le istruzioni che gli erano state comunicate non fossero cambiate.
– Parola d'ordine.
– Augusto Anfossi.
Il ragazzino si era rilassato.
– Non sei di queste parti.
– Sono piemontese.
– Viva Carlo Alberto!
– Viva!
– Dove sei diretto?
– Al *Regina*.
– Allora ti conviene tagliare per il Castello. Di' che ti mando io, Luigino il Martinitt, e ti faranno passare da dentro.
Da dentro era nientemeno che all'interno della branca informativa del cancellierato. Una miniera d'informazioni abbandonate dagli austriaci in precipitosa fuga.
La porta della stanza di Mazzini si aprí, e il giovane biondo fece capolino.
– Il signor Mazzini l'attende.
Mentre varcava la soglia con un largo sorriso sulle labbra, Vittorelli si chiese se, come gesto di buona volontà, sarebbe stato utile consegnare a Mazzini l'elenco delle spie. Ma poi se lo trovò davanti, il lugubre tisicuzzo che infiammava gli esaltati di mezzo mondo, e cambiò idea. Che ne sarebbe stato dell'Italia in mani simili? Certi segreti meglio affidarli alle mani giuste. Quelle di un gentiluomo. Le sue. E del resto, Carlo Alberto in persona gli aveva ordinato di andarci con i piedi di piombo con quel suddito piemontese sul cui capo pendeva tuttora una condanna a morte.
Glielo aveva ordinato, *ça va sans dire*, in francese.

Londra, maggio

Dante Gabriel Rossetti non piaceva a lord Chatam. Il giovane pittore era rimasto indifferente al cospetto della magnificenza del palazzo. Aveva increspato un sopracciglio davanti alle piú fini stampe giapponesi del periodo Edo, a suo dire eccessivamente ridondanti, e s'era persino concesso un commento sprezzante sulle colonne marmoree installate nel vestibolo. E, come se non bastasse, girava voce che il giovane Rossetti componesse addirittura dei versi: vocazione, agli occhi del nobiluomo, estremamente disdicevole. Ancora meno piaceva a lord Chatam la sua accompagnatrice, la puledra di Cosgrave. Le sue arie da suffragetta, la franchezza del suo linguaggio indisponevano il lord. La sua insistenza per ottenere la firma in calce a chissà quale petizione era francamente irritante. Vi fosse almeno stata, fra quei due, una qualche tensione erotica... macché. La giovinetta incarnava quel pericoloso tipo di donna avvezza a scegliere il maschio, se non a dominarlo. Il genere mantide religiosa o femmina di scorpione, per intendersi. Il pittore e aspirante poeta, almeno, non pareva affatto il prototipo del sottomesso. Oltretutto, con grave disprezzo della convenienza, lady Violet si ostinava a chiamarlo «Chatam», omettendo il titolo: la sua condizione di figlia di un pari glielo avrebbe, in astratto, consentito; il sesso lo vietava categoricamente.

– Insomma, Chatam, la firmate o no questa petizione?

– Temo di non aver afferrato compiutamente i termini della questione.

– Si tratta di una bambina di dodici anni. Rosie Wexingham. È stata condannata a morte, capite, a morte, per il furto di un coniglio!

– Doveva essere un bell'animale grasso, my lady...

– Scherzate, scherzate pure. Ma un giorno anche a voi le nostre leggi appariranno in tutta la loro crudeltà, e converrete sulle mie posizioni.

– A me le leggi vanno benissimo, my lady. Mi limito semplicemente a ignorarle.

– Quindi, a vostro modo, siete anche voi un rivoluzionario...

Lord Chatam alla fine cedette. Con uno svolazzo annoiato sottoscrisse la petizione. Era l'unico sistema per far tacere quella femmina irruenta e concentrarsi sulla questione che gli stava a cuore: il ritratto. Ma Dante Gabriel Rossetti tentennava.

– Mi sarà impossibile cancellare la piega crudele delle vostre labbra, lord Chatam.

– Nessuno vi chiede di farlo, Rossetti. Anzi, vi dò un consiglio: rimarcatela.

– Volete che tutti dicano che siete un uomo crudele?

– Non ne ho mai fatto mistero.

Ma anche a lady Violet c'era qualcosa che stava profondamente a cuore. Un segreto che condivideva con Dante Gabriel, e che aveva indotto, infine, il pittore ad accettare, dopo reiterati rifiuti, l'invito del lord. Fu quando un servo portò il vassoio con il porto che la ragazza lasciò cadere la domanda, con tono di apparente indifferenza.

– Mi hanno detto che avete una nuova *protégée*.

– Le voci corrono a Londra...

A un comando del lord introdussero la Striga.

La ragazza lanciò un'occhiata interrogativa e incrociò lo sguardo del pittore e lo stupore di lady Violet. Era quella, dunque, la creatura semiselvaggia di cui gli aveva parlato Lorenzo. Molto piú bella di come le era stata descritta. Erano stati amanti, lei e Lorenzo? Violet provava gelosia? Non aveva notizie di Lorenzo da quando era partito con Mazzini per liberare l'Italia. A volte pensava a lui con affetto, altre volte con una punta di nostalgia. Ma non le batteva mai forte il cuore. Nemmeno in quel momento.

La Striga indossava un abito rosso, aveva i capelli raccolti a crocchia sulla nuca, capelli rossi, carnagione diafana. Sembrava un'inglesina, un'inglesina perbene, concluse fra sé lady Violet. L'ultimo trastullo di lord Chatam non se la passa poi male, pensava intanto Dante Gabriel Rossetti, si direbbe quasi che la sua grazia misteriosa sia riuscita ad ammansire, se non a domare, la bestia.

– Suonaci qualcosa, cara, – ordinò il lord.

La Striga abbandonò la stanza con un inchino, per farvi ritorno, subito dopo, con un flauto. Guardò ancora i presenti, portò lo strumento alla bocca, attese un impercettibile cenno di lord Chatam e iniziò a suonare. Lady Violet non credeva alle proprie orecchie. Ma che razza di musica era mai quella? Dagli italiani, che, si sa, sono grandi musicisti, si aspettava la melodia del Bellini, la forza dirompente di Donizetti, la gaiezza ribalda di Rossini, la maestosità di Verdi, e invece… Armonie disarmoniche, stonature patenti, un guazzabuglio incomprensibile e inverecondo di note. Si sarebbe accontentata anche di una canzone popolare suonata con serenità, d'altronde si trattava pur sempre di una… Già, ma chi era davvero quella Striga? Lorenzo le aveva raccontato di averla salvata da un prete esaltato. Era poi ricomparsa tra i «figli» dell'osceno Lussardi, e adesso… E non simulava! Padroneggiava lo strumento con perfezione, le note, a considerarle isolatamente, erano ben prese, nette, non strascicate. Era l'insieme a turbare nel profondo. Conteneva in sé qualcosa di malsano, qualcosa di diabolico, e nello stesso tempo s'intuiva una struttura consapevole. Lord Chatam assaporava a occhi chiusi, il viso inusualmente rasserenato. Quanto a Dante Gabriel, era letteralmente rapito dalla Striga. L'esecuzione ebbe termine. Dante Gabriel applaudí, frenetico. Il lord si riscosse dal torpore e ordinò alla ragazza di allontanarsi.

– Credo che vi ritrarrò, lord Chatam, – disse il pittore, deciso, – ma potrebbe costarvi molto caro.

– Il denaro è l'ultima delle mie preoccupazioni, mio caro e giovane amico.

– Non è di denaro che sto parlando, my lord.

Curtatone - Goito, maggio
Milano, giugno

Se il popolo italiano fosse fatto di studenti e professori, l'Italia sarebbe libera da un pezzo. Ma studenti e professori non sono che un'infima minoranza. E il popolo, quello vero, sta da un'altra parte. Sta alla finestra. Guarda, aspetta di vedere come si mettono le sorti della battaglia, si prepara ad accorrere in soccorso del vincitore. Terra di Nessuno non aveva dimenticato l'entusiasmo dei milanesi, il loro gusto per la lotta, l'aria di libertà che si era respirata, per un breve momento, all'ombra del Duomo. Ma lo slancio iniziale si era presto impantanato nelle beghe fra i capi della rivolta. Di popolo vero, a Curtatone, a Montanara, sul Mincio e a Goito, dove si combatteva, non se n'era visto. Abbondavano, per contro, gli ufficiali tronfi e ignavi, dominava l'improvvisazione, li mandavano al macello con la miseria di dieci cannoni e qualche moschetto male in arnese. Eppure. Avevano resistito per un'intera giornata a uno dei piú formidabili eserciti del mondo. Avevano attaccato con incoscienza, a ondate, riempiendo i vuoti della prima fila falcidiata tra un inno goliardico e una citazione omerica, ignorando i pavidi ordini di servizio dei gallonati, fidandosi solo di vecchi professori trasformati in improvvisati capipopolo dagli occhi iniettati di sangue. Verso la metà del pomeriggio, Terra di Nessuno, due livornesi e tre pisani si erano trovati bloccati da un distaccamento austriaco che occupava un rudere in cima a una bassa collinetta. Bassa, ma pur sempre in grado di dominare il plotone italiano precariamente protetto da un mucchietto di sassi. E di eliminare un uomo alla volta con il tiro micidiale dall'alto.

– Non possiamo restare qui a farci impiombare come piccioni! – disse un livornese.

– Ma non possiamo neanche uscire allo scoperto, – obiettò un pisano.

Terra di Nessuno li contemplò. Gli avevano affidato quei ragazzi, forse perché era appena piú vecchio di loro. Quindi, ne era responsabile. Ne conosceva a malapena i nomi. Di lingua erano ben forniti, ma quanto a pratica militare, ardimento a parte, erano un disastro. Se c'era un uomo in grado di cavarli d'impaccio, quello era lui, Terra di Nessuno. Mentre si alzava di scatto, e si avventava scartando a destra e a sinistra contro la postazione austriaca, pensò che, in fondo, era l'unico uomo del popolo in mezzo a tanti dottori, e se doveva finire lí, in quella pianura padana di contadini strafottenti, be', che finisse pure. Gli studenti impiegarono qualche secondo a reagire. Si domandavano che gli avesse preso a quel pazzo del sardo. Urlarono, per cercare di farlo ragionare: quello andava incontro a morte sicura, e senza di lui che ne sarebbe stato di loro? Primo, si mosse un pisano. E poi, dietro, tutti gli altri. Dalla postazione, gli austriaci videro avanzare un disperato che gridava, sparava, gridava, ricaricava e sparava, ricaricava, gridava e sparava un altro colpo. Il tenente al comando del drappello rise, e promise un congruo premio a chi lo avesse tirato giú per primo. Cadde, invece, mentre stava prendendo la mira, fulminato alla gola da una palla indirizzata con talento sapiente. Ora, dietro il folle c'erano altri uomini, e tutti avanzavano urlando e sparando. Un sergente maggiore, il piú alto in grado dopo il tenente, armò il moschetto, inquadrò il folle, fece fuoco. Uno scarto del corpo, all'ultimo istante, e il tiro andò perso. Anche gli altri soldati sparavano, ma il parossismo deviava i colpi, o forse il diavolo in persona proteggeva il folle, che ora era a venti metri, quindici metri, dieci metri... Un caporale fu il primo ad alzare le mani, lasciando cadere il moschetto. Gli altri, uno alla volta, seguirono il suo esempio. Qualcuno si fece il segno della croce. Poi, ultimo, si arrese anche il sergente. Quando raggiunse il rudere, Terra di Nessuno li trovò inginocchiati: pregavano a mani giunte, imploravano di aver salva la vita. Terra di Nessuno ricacciò in gola il grido di trionfo e si sentí invadere da un malinconico flusso di pietà. Sopraggiunsero gli studenti. Si accese una disputa sulla sorte da riservare agli austriaci vinti. V'era chi propendeva per un'esecuzione sommaria e chi per legarli e riportarli al comando, come bottino di guerra. La questione andò avanti per alcuni minuti. Nessuno intendeva recedere dalla propria posizione. Quando cominciarono le citazioni dai filosofi classici, Terra di Nessuno perse la pazienza ed esplose un colpo di moschetto in aria. Tutti si azzittirono. Terra di Nessuno chiese ai suoi compagni se qualcuno di loro parlasse il tedesco. Si fece avanti un livornese. Il piú accanito fautore della linea sanguinaria.

– Digli che ci consegnino le armi. Poi possono andarsene.

– Ma...

– Diglielo!

Il livornese, piuttosto contrariato, tradusse. Gli austriaci non credevano alle proprie orecchie. Il sergente si profuse in ringraziamenti. Voleva assolutamente conoscere il nome del suo salvatore. Terra di Nessuno gli fece cenno di sbrigarsi. Il sergente indicò il cadavere del suo comandante. Terra di Nessuno annuí. Due austriaci presero il corpo e lo portarono via, seguiti dai commilitoni. Il livornese schiumava rabbia.

– Perché l'hai lasciati andare, sardo? Potevamo scambiarli con qualcuno dei nostri.

– E potevamo rimetterci la pelle tutti. Dobbiamo andare avanti e ricongiungerci alla retroguardia. E dobbiamo farlo in fretta. Quei disgraziati avrebbero rallentato la nostra marcia.

– Per questo li si doveva eliminare!

Terra di Nessuno fissò duramente il livornese. L'altro chinò il capo. Un'ora dopo ritrovarono il grosso della truppa. La battaglia era finita. Avevano perso, ma combattendo valorosamente. Avevano, se non altro, ritardato l'avanzata del nemico. Due giorni dopo erano a Goito, e insieme ai fantaccini di Carlo Alberto si prendevano una sonora rivincita. La strada per la Lombardia era sgombra. Le inespugnabili fortezze del Quadrilatero pronte a cedere. Bisognava solo andare avanti. Giunse, inatteso, l'ordine di ripiegare a Milano. Gli studenti protestarono. Qualcuno si ammutinò. I «suoi» livornesi e pisani, ormai inseparabili, volevano sequestrare l'araldo regio e impartirgli una severa lezione. Terra di Nessuno afferrò per la collottola il solito livornese.

– Ma vuoi imparare a comportarti come un soldato, per Dio?

L'araldo fece dietrofront e si allontanò al gran galoppo. Terra di Nessuno e i suoi raggiunsero il quartier generale a Porta Ticinese dopo tre giorni di mesta marcia.

La notizia degli ammutinamenti aveva fatto il giro delle truppe. I regolari guardavano con sospetto ai volontari. Terra di Nessuno incrociò sul piazzale d'addestramento un tenente piemontese e passò oltre. L'ufficiale si irrigidí e lo apostrofò con un insulto in francese. Terra di Nessuno lo fissò, quieto.

– Se vuoi insultarmi, fallo almeno in italiano.

– Voglio il tuo nome, il grado e la matricola... subito!

– Nella guerra che combatto io non ci sono nomi, gradi e matricole. Ci sono solo combattenti e scaldasedie. Tu a che razza appartieni?

L'ufficiale si fece paonazzo. La sua mano scattò verso la sciabola che portava al fianco. Terra di Nessuno impugnò la pattadesa, ma si limitò a mostrarla all'iracondo piemontese. Questo coltello, sembrava dire il suo ghigno beffardo, ha già bevuto il sangue di quelli della tua risma. Vuoi essere il prossimo?

L'ufficiale si sgonfiò, cercando rifugio nel sarcasmo.

– Oh, un volontario... Bene, bene, mio caro, ho paura che presto sarete smobilitati.

– Siamo già stati smobilitati, eccellenza, – sibilò Terra di Nessuno, sullo stesso tono, – il 15 di maggio. Noi combattiamo *gratis et amore dei*. Perdonateci se abbiamo versato il sangue sotto le vostre bandiere. Ma non datevi pensiero: anche con il nostro aiuto, questa maledetta guerra riuscirete ugualmente a perderla!

Milano, giugno

Il giorno prima di partire per Venezia, Lorenzo vide piangere Mazzini. Cullava fra le braccia, come un figlio malato, un giovane gatto agonizzante, gli occhi rosi dalla setticemia, e sospirava, raschiandosi la gola arrochita dal fumo e dalla sofferenza. Non si era commosso cosí profondamente nemmeno due mesi prima, quando, dopo undici anni di esilio, aveva potuto riabbracciare la madre.

– Il fatto è, Lorenzo, che noi uomini sappiamo dare una spiegazione al dolore, farcene una ragione, accettarlo. Per gli animali è diverso. Per loro il dolore è incomprensibile. Per questo non possono tollerarlo. E tutto ciò, anche se fa parte dei disegni di Dio, è ingiusto.

Dopo molte insistenze, il Maestro aveva acconsentito alla sua richiesta di unirsi a Manin. Lorenzo uscí dal colloquio in preda a una grande confusione. Mazzini piangeva per un gatto, ed era pronto a mandare a morire migliaia di giovani. Mazzini approvava infine la missione veneziana, e gli affidava lettere compromettenti per Daniele Manin, gli raccomandava di evitare il pericolo ma lo esortava, in caso di cattura, a seguire l'esempio del giovane Ruffini, che si era tagliato la gola in carcere per non divenire delatore. Mazzini giudicava le vite – umane e animali – sulla base di criteri che sfuggivano ai piú. Era fraterno, ecumenico e comprensivo, e, nello stesso tempo, deciso e sanguinario.

Lorenzo intascò i due passaporti, che, insieme alle lettere, gli avrebbero garantito – cosí sperava – la benevolenza degli austriaci suoi padroni. Rivedere Venezia era un'urgenza dolorosa. Era pronto a tutto. Dopo la morte del Trevigiano, i contatti con Vienna si erano interrotti. Lorenzo si sentiva libero di assumere iniziative. E, in cuor suo, credeva, sinceramente credeva, di poter scongiurare l'inevitabile massacro.

La sera, Griffin McCoy gli chiese di prenderlo con sé. Griffin era un giornalista americano, inviato a Milano da una catena di quotidiani della costa orientale con l'incarico di riferire sull'esaltante rivoluzione patriottica italiana. Era alto, biondo, atletico e ottimista. Stimava Mazzini, ma stravedeva per Garibaldi, ai suoi occhi un autentico mito incarnato.

– Un grande uomo. Un vero Davy Crockett. A Boston i miei lettori impazziranno per lui. E poi è un confratello.

– Non dovrebbe essere una notizia riservata?

– Per voi europei, forse, ma da noi in America le cose vanno diversamente. Se non sei un confratello, è difficile che diventi presidente.

– E Mazzini? Come lo vedono i tuoi lettori, Mazzini?

– Come Giorgio Washington, come Beniamino Franklin... l'uomo che farà l'Italia con la testa mentre i suoi ragazzi si sbattono per farla col cuore.

L'idea di forzare il blocco austriaco rappresentava per l'avventuroso americano un'occasione imperdibile per incontrare Manin, un rivoluzionario ancor piú radicale di Mazzini. Quell'uomo era capace di minare il campanile e affogare l'intera città nel canale, piuttosto che riconsegnarla agli imperiali.

Lorenzo si era opposto con tutte le forze. Il suo piano era già di per sé rozzo e spericolato, e non c'era nessuna certezza di riuscita: gli austraci potevano non fidarsi delle sue credenziali, o qualche patriota zelante poteva perquisirlo con scrupolo e trovare le prove del tradimento. O poteva finire nel mezzo di una scaramuccia fra squadre armate e beccarsi una palla vagante. Un giornalista impiccione, e perdipiú straniero, era l'ultima compagnia che si sarebbe desiderato.

– Non è una buona idea. Il blocco è impenetrabile.

– E tu come lo passerai, allora?

– Con un po' di fortuna, Griffin.

– Quella a noi americani non manca mai.

– Non è un gioco, maledetto testone! A Venezia sono condannato a morte. Se ci prendono insieme, io finisco al muro come traditore, e tu come spia.

– Storie! Ho il passaporto americano, posso andare dappertutto.

– Tu hai troppa fiducia nei soldati dell'Imperatore.

– No, ho fiducia nell'America. E comunque, potrò esserti utile.

– Ah, sí? E in che modo?

– Ti farò passare per il mio assistente.

– Andiamo, Griffin! Non può funzionare.

– Perché? Sei alto come me, biondo come me, hai pure gli occhi chiari come un uomo del nuovo mondo. Ti basta accorciare quel barbone e parlare il meno possibile. Il tuo accento è troppo marcato, potrebbero insospettirsi. Al resto penserò io.

– Non se ne parla, – tagliò corto Lorenzo.

Palermo, luglio

Ruggero Settimo, presidente del parlamento siciliano, e il baronetto di Villagrazia uscirono insieme dal palazzo del governo. Con loro c'era l'avvocato Francesco Crispi, l'anima della rivolta nell'isola. Salvo Matranga fece un cenno a Tore e 'u Siccu, e si misero a seguire, con discrezione, il terzetto. Don Calò era stato chiaro: niente doveva accadere a quei tre grandi. Dalla loro sicurezza dipendeva la vita stessa degli Uomini della Società. Non erano tollerati errori. Si alternavano nella sorveglianza a squadre di tre, coinvolte tutte le «decine» della Società. Palermo sembrava tranquilla, dopo i moti di gennaio e l'invasione dei viddani che, nei mesi successivi, aveva seriamente messo a repentaglio le proprietà delle «persone degne e meritevoli». Quelle che la Società aveva giurato di proteggere.

In principio, il barone, e con lui tutti gli Uomini della Società, stavano col vecchio Re. Il loro compito era di preservare un ordine che si andava sgretolando sotto l'avanzata impetuosa dei «liberali». Poi i baroni si erano divisi. Alcuni erano rimasti leali al vecchio ordine, altri si erano schierati col nuovo. Il «suo» barone era diventato uno stretto collaboratore del governo rivoluzionario: dietro le insistenze del figlio. Michele Liberato di Villagrazia aveva studiato avanzati sistemi d'irrigazione e le colture «all'inglese». Il baronetto scalpitava per prendere il posto del signor barone padre e condurre verso inesplorati e avventurosi lidi la tradizione di famiglia...

Quindi, Salvo era, a tutti gli effetti, un «liberale». Per quanto gliene potesse interessare. Avevano cacciato un re? Sarebbe tornato. O ne avrebbero messo un altro al posto suo. Cambiavano i potenti? Non cambiava il mondo: chi sta sopra e chi sotto. Era sempre e solo questione di píccioli. Quanto a lui, aveva una missione, e l'avrebbe compiuta.

– Chi facemu, Salvu'?

I tre si stavano dividendo. Settimo e l'avvocato Crispi montavano su una carrozza, il baronetto aveva presa la strada che conduceva al pericoloso quartiere dell'Albergheria.

– Vui pigghiati 'u fiaccheru. Al baronetto ci penzu ju.

Il baronetto procedeva a passo lento. Come pregustando i momenti che, di lí a poco, avrebbe trascorsi fra le voluttuose minne della cantante Chantal Chérie. Che si diceva fosse francese.

«Francisa di Scilla e Cariddi, 'sta grandissima pulla», si diceva avesse esclamato, quasi soffocato dalle risate, il signor barone padre, quando i sorveglianti lo avevano informato sull'identità dell'ultima fiamma del figlio. Un grandissimo pezzo di fimmina, indubbiamente. Il baronetto Michele Liberato sarà pure liberale, ma a certe tradizioni dei signori ci teneva, eccome.

Il problema, semmai, era un altro. In preda ai fremiti erotici, il baronetto aveva preso una direzione pericolosa. Tagliare per l'Albergheria gli faceva risparmiare un bel tratto di strada, ma lo esponeva a rischi di ben altro genere. Il baronetto era conosciuto come uno dei capi della rivolta. E nel popolo serpeggiava ormai da mesi una strisciante rivolta contro la rivolta. Il rischio di aggressioni era elevato: il blocco navale borbonico aveva messo in ginocchio la Sicilia, i tentennamenti di Re Carlo Alberto, 'u piemuntisi, rendevano incerta la sorte della guerra, e, con essa, quella del giovane governo di Palermo. La plebe era una bestia indocile, che non si comandava solo a parole e belle promesse. Il baronetto ostentava la piú assoluta fiducia nel progresso che avrebbe spazzato via il vecchio ordine. Salvo lo aveva sentito dire con le proprie orecchie. Ma col progresso non si riempie la pancia, e con la libertà meno che meno. Perciò Salvo stava all'erta.

Non lontano dai bastioni della città spagnola incrociò mastro Balduccio Salemi, il fattore del barone. L'uomo si profuse in un inchino, piú che rispettoso, untuoso. Salvo si limitò a un secco cenno del capo. Da quando era stato «battezzato» stava imparando, come tutti gli Uomini, a fare economia di gesti e, soprattutto, di parole. Il fattore, a capo chino, riprese la sua via. Un uomo gretto e vile. Ma senza di lui, a quest'ora Salvo non sarebbe stato che uno dei tanti disperati che battono le campagne per un tozzo di pane, un servo, una merda di cane. E invece, grazie a mastro Balduccio e al capraro, ora era un Uomo.

Questo capraro aveva mancato di rispetto a una figlia di mastro Balduccio. Il fattore era andato a lamentarsene con il barone, che aveva girato l'incombenza al suo soprastante. Don Calò aveva messo a disposizione il giovane Matranga, il figlio della Sciancata e di un soldato napoleonico che era rimasto a servizio del generale Guglielmo Pepe dopo la rivolta del '20. Salvo Matranga sapeva che dall'esito della missione dipendeva il suo futuro. Sapeva di non essere stato scelto a caso. Tanti anni prima aveva fatto la posta a don Calò, fuori dalla villa del barone, e quando aveva visto comparire la sua massiccia figura, gli si era gettato ai piedi.

– Fatemi Uomo, pigghiàtimi 'nta Sucità, per carità di Dio!

– A tempo debito, – aveva risposto lapidario don Calò. E don Calò manteneva sempre la parola.

Il capraro era un uomo alto, forte, sprezzante del pericolo. Girava voce che l'oltraggio non fosse stato consumato non per l'eroica resistenza opposta dalla figlia del fattore, ma per l'esatto contrario: il rifiuto del capraro di giacersi con quella femmina assatanata. Come che stessero le cose, era una questione che a Salvo non interessava. Storie di capi e di baroni: a lui una cosa sola stava a cuore. Entrare nella Società. Il resto non aveva importanza. Poiché non possedeva un'arma da fuoco, né i píccioli per procurarsela, e visto che non aveva nessuna intenzione di ricorrere ad aiuti esterni, aveva deciso di fare da sé. Aveva affrontato il capraro faccia a faccia, mentre portava le bestie al pascolo su un'altana poco distante da Carini. L'aveva insultato ferocemente, sino a fargli uscire il sangue dagli occhi, e poi, invece di battersi, si era dato alla fuga. Era un ragazzo magro e agile, Salvo Matranga, e conosceva ogni singolo anfratto di quelle terre maledette. Il capraro, piú grosso e possente di lui, ma anche piú lento, si era presto sfiancato. Se ne stava tornando sui suoi passi quando Salvo lo aveva attaccato di sorpresa e con un unico colpo gli aveva tagliato la gola. Aveva gettato il corpo in una forra. Nessuno l'aveva visto, e anche se qualcuno l'avesse visto, nessuno avrebbe parlato. A ogni buon conto, urlò, a beneficio di eventuali spettatori, o forse al vento caldo della primavera, o forse per dar fiato all'orgoglio che gli intasava il petto, la frase concordata con don Calò.

– Questo colpo santo di pugnale ve lo manda don Calò per conto del barone di Villagrazia.

Nei giorni seguenti i cantastorie avrebbero raccontato all'intera Sicilia dell'atto di giustizia. Il suo nome sarebbe corso di bocca in bocca. Lui si doveva limitare, secondo le regole, a starsene zitto e lasciar dire. Rispetto e prestigio sarebbero cresciuti giorno dopo giorno. Come si conviene a un Uomo.

Era ormai nella piazza di San Nicolò quando si rese conto che, immerso nei ricordi, gonfio del suo stupido orgoglio, aveva perso di vista il baronetto. La piazza era assolata e deserta. Incrociò lo sguardo di una donna. Aveva il viso gonfio, disfatto dal caldo. Stendeva poveri panni alla fune tesa fra due angusti balconi. Sentí uno scalpiccio, un'esclamazione soffocata. La donna si ritirò precipitosamente, abbandonando il bucato. Altri rumori, come di una rissa. Provenivano dal retro di palazzo Giallongo di Fiumetorto, nella vicinissima piazza di San Nicolò. Mise mano al coltello, partí di corsa. Se fosse accaduto qualcosa al baronetto…

Girò intorno al palazzo. I rumori crescevano d'intensità. Altre grida soffocate. Qualcuno si batteva. Svoltò per un vicolo, poi per un altro. Se li vide davanti all'improvviso. Erano in tre. Gli davano le spalle. Il baronetto, schiacciato contro un muro, agitava un frustino a mo' di bastone.

– Serve qualcosa, cumpari? – disse, avanzando di un passo.

I tre si voltarono all'unisono. Facce di contadini, di pescatori. Facce scavate dalla fame. Erano a mani nude. Poveri, e disperati.

– Cerchiamo pane, – quasi si giustificò uno di loro.

Salvo sventolò il coltello.

– E 'u circati a 'stu cristianu? 'Unnu sapiti ca è 'u barunettu di Villagrazia? Ca vi cummanna a tutti pari?

– Siddu era puru Gisucristu… – commentò un altro.

E si avventarono contro Salvo. Lui scartò sulla sinistra e con un fendente rigò il braccio del primo assalitore. Quello lanciò un urlo e si fermò inebetito a osservare il sangue che zampillava dalla ferita. Anche i suoi compari si bloccarono, interdetti.

– Turnativinni a' casa, picciotti, ca megghiu è...

Il ferito aveva preso a lamentarsi con un pianto sommesso, quasi una litania. Gli altri due continuavano a fronteggiare Salvo, ma si capiva che non sapevano che partito prendere. Salvo avanzò di un passo e puntò il coltello alla pancia di uno di loro. Con la coda dell'occhio teneva sotto controllo l'altro.

– Mi capisti, malacarne?

I due compari raccattarono il ferito e fuggirono via, lasciandosi alle spalle una sequela di bestemmie. Salvo ripulí il coltello e lo intascò. Andò incontro al baronetto con il viso serio. Michele Liberato di Villagrazia era pallido, ma non tremava. Aveva tenuto coraggiosamente testa agli assalitori, dandogli il tempo di intervenire. Omu era.

– Tutto bene, 'ccillenza. Il pericolo è passato. Erano sulu tri misirabili.

Il baronetto si passò una mano fra i capelli.

– Chiedono pane, e hanno ragione. Se non porremo fine a questa miseria, la Rivoluzione non avrà futuro, – commentò fra sé e sé, mestamente.

– Se permettete, vi accompagno a... dove dovete andare, eccellenza.

Il baronetto annuí, poi gli chiese il nome.

– Salvo Matranga, Uomo della Società del barone di Villagrazia vostro padre illustre, ai vostri ordini, eccellenza.

Il baronetto annuí ancora, e si rimise in cammino.

Campagna veneta, luglio

Venezia si avvicinava.

La carrozza si arrestò al primo avamposto austriaco. Con ostentata sicurezza, McCoy porse all'ufficiale di picchetto, un tenente dai lineamenti slavati, il proprio passaporto. Alla fine, Lorenzo aveva accettato di essere accompagnato dall'americano. In fondo, si stava dimostrando utile. L'ufficiale compulsò il documento e chiese qualcosa in tedesco. Lorenzo, che il padre austriacante aveva obbligato a imparare la lingua di Goethe, raccontò la versione concordata e consegnò a sua volta il passaporto. Un triangolino nel margine sinistro dell'ultimo foglio era il segno convenzionale del cancellierato. L'ufficiale intascò entrambi i documenti e lanciò un ordine ai subalterni. Cinque uomini spianarono i moschetti e ordinarono agli occupanti di scendere dalla carrozza.

– Che diavolo succede? – ringhiò l'americano.

– Te l'avevo detto che non poteva funzionare.

– Di' a questo deficiente che protesterò con il mio governo...

– Stai tranquillo. Lascia fare a me.

Scesero dalla carrozza. Lorenzo chiese di condurlo dall'ufficiale piú alto in grado. Il tenente annuí, e rivolse uno sguardo interrogativo all'americano.

– È un giornalista. Non sa niente. Me ne sono servito per recare un messaggio urgente al cancellierato.

Il tenente annuí ancora. Ordinò che i due fossero separati. Tre uomini presero in consegna Griffin McCoy e il cocchiere. Mentre lo portavano via, l'americano continuava a sbraitare, insultando nella sua lingua i soldati. Lorenzo seguí il tenente nella modesta casamatta dove il plotone era acquartierato. Piú tardi lo scortarono a Fusina. Dopo una notte trascorsa su un ruvido paglericcio, poco dopo l'alba fu introdotto alla presenza di un capitano dell'armata austriaca. Era un croato. Gli offrí un caffè d'orzo, lo invitò a sedersi e cominciò a interrogarlo in italiano. Lorenzo presentò le credenziali, consegnò i passaporti che aveva avuti da Mazzini – cosí che a Vienna potessero studiarli – e cercò di esporre i dettagli della sua missione. Il capitano non lo lasciò nemmeno iniziare.

– Devo controllare. Ne riparleremo dopo.

Lo richiusero di nuovo in cella. Gli dettero pane e una mesta brodaglia, acqua e indumenti puliti. La clausura durò due giorni. Verso la sera del secondo giorno, lo condussero di nuovo dal croato. Questa volta il capitano era decisamente piú cordiale.

– C'è stato uno scambio di dispacci con Vienna. A quanto pare, siete realmente ciò che sostenete di essere.

– Ve l'avevo detto.

– Il vostro amico americano...

– Lui non sa niente. È solo un sognatore, un ingenuo.

– Ne siamo consapevoli. Infatti, in questo momento è già sulla strada del ritorno. E voi presto lo raggiungerete.

– Io non tornerò a Milano.

– Ah, no? E come mai? Mazzini è a Milano, quindi è là che dovreste trovarvi, in questo momento. Perché avete abbandonato Milano? Gli ordini che vi erano stati impartiti erano precisi: dovete osservare e riferire ciò che concerne il cospiratore Mazzini.

– Ordini? Quali ordini? Sono mesi che nessuno mi dà un ordine. Sapete anche voi come stanno le cose, capitano.

– In tal caso, vale l'ultimo ordine ricevuto. Dovete sorvegliare Mazzini.

– Le cose sono cambiate.

– Questo non sta a voi giudicarlo.

– A Venezia potrò essere piú utile. Lasciatemi entrare. Potrò far cessare la resistenza. Seminare la discordia fra i patrioti. Lasciatemi almeno tentare!

Il croato accese una pipa di schiuma.

– Chi mi assicura che, una volta entrato a Venezia, non cambierete ancora bandiera? Dopotutto, avete già tradito una volta…

Lorenzo avvampò. Cosí, era questo che si nascondeva, dietro l'apparente cordialità del croato. Il disprezzo. E lo avrebbe accompagnato dunque per tutta la vita. Abbassò la voce, tentando di simulare un tono umile.

– Vi prego! Non posso tornare a Milano. Che cosa racconterò all'americano, agli altri…

– Oh, quanto a questo… dite che siete fuggito segando le sbarre, che avete drogato i guardiani… D'altronde, la menzogna è il vostro pane quotidiano.

– Non vi permetto! Voi non potete…

– Io posso, barone di Vallelaura. Posso farvi fucilare all'istante come spia o come disertore. O come spia e disertore, se preferite. Quindi, non vi conviene alzare la voce con me. In ogni caso, la decisione non spetta a me, ma a Vienna.

– Fatemi parlare con Vienna, allora.

– Spiacente. Vienna ha già deciso. Vi farò riaccompagnare. È tutto.

Lorenzo chinò il capo. Pensò di giocarsi le lettere di Mazzini come ultima chance. Ma il capitano le avrebbe confiscate senza concedere niente in cambio: quelle lettere, nella sua visione del mondo, appartenevano all'Impero. Cosí come la sua stessa anima apparteneva all'Impero. Lorenzo poteva saltargli alla gola, stringere sino a fargli scoppiare le vene, strappargli gli occhi. Non era la forza che gli mancava, né la disperazione. Era solo l'onore. Lorenzo chinò il capo perché sapeva che non avrebbe reagito. Nelle parole del croato echeggiava il raschio sarcastico del giudice Saraceni. Lo schiocco della palla che gli avrebbe spaccato il cranio. La paura. La maledetta paura. Ma qualcosa per testimoniare di essere un uomo poteva ancora fare. Mentre lo scortavano alla carrozza, si fece dare un sigaro e del fuoco. Attese che le porte venissero sbarrate dall'esterno e che il veicolo si avviasse. Poi scucí la tasca interna del giubbotto, estrasse le lettere di Mazzini e le bruciò, una dopo l'altra, aspirando l'acre odore del fumo e il suo incomparabile gusto di sconfitta.

Al suo ritorno a Milano, la guerra era già finita. Avevano perso.

Londra, dicembre

Lord Chatam festeggiò il Natale con la sola compagnia di una buona dose di oppio e di un frizzante vinello francese. Detestava le feste, gli assembramenti, il calore che si sviluppa dal contatto dei corpi. Poco prima che scoccasse la mezzanotte, accese sette candele e si soffermò a contemplare il ritratto che campeggiava nel salone di rappresentanza. Dante Gabriel Rossetti era stato di parola. La riproduzione era, se possibile, ancora piú crudele del modello. Quanto gli era costato quel ritratto! Consegnata l'opera, l'artista non aveva atteso un solo minuto per esigere la ricompensa. E lui aveva lasciato andare la Striga con lo stesso abito bianco che indossava la prima volta che s'erano incontrati. A quest'ora, si disse, consultando la pendola prossima a battere l'ora di Nostro Signore, a quest'ora giacciono insieme. La puntura amara di un sentimento che non sapeva identificare – gelosia? Possibile? Gelosia di una... di quella... – gli rendeva il vinello amaro di fiele. Ah, Striga, Striga... Si affacciò un lacchè. La piccola Rosie chiedeva udienza a sua grazia. Lord Chatam ordinò al servo di occuparsene. Poiché ogni buona azione viene inesorabilmente ricompensata, lord Chatam era stato nominato tutore legale della Wexingham, la bambina che la petizione di lady Violet aveva infine salvato dalla forca. Lord Chatam trovava le buone azioni detestabili, e per questo se ne era astenuto per tutta la vita. Il caso della bambina non faceva eccezione. La Wexingham era una creatura sporca, infetta e già condannata sin dalla nascita. Aveva cercato di sedurlo – doveva essere piuttosto esperta della strada, la mocciosa – ed era già stata sorpresa a tentare di rubare un candelabro. Si riaffacciò il lacchè. Rosie chiedeva licenza di assistere alla messa di mezzanotte. Avrebbe raggiunto la chiesetta a ridosso dell'Old Bailey, sede della storica corte di giustizia del Regno, insieme alla sua snaturata madre, un'ubriacona tisica – gli sembrava di risentire il suo odore di sartiame imputridito – e ad altri «parenti» della stessa risma.

– Portacela in carrozza, aspetta la fine, distribuisci qualche sovrana, poi riconducila qui. Bada che nessuno le usi violenza, e tu per primo tieni le mani a posto o ti farò frustare.

Le avrebbe costituito un vitalizio e l'avrebbe riaffidata alla madre. Aveva l'autorità per farlo. A lady Violet avrebbe detto la verità: che, nonostante tutti gli sforzi, la ragazzina era irrecuperabile. Lord Chatam sprofondò nella sua poltrona preferita e attizzò la pipa ad acqua che, ancora giovanissimo, aveva vinto a faraone a un ancora piú giovane Byron. Aspirò due boccate d'oppio e chiuse gli occhi. Addio, Striga. Per allietare la serata aveva convocato due ragazzi, ma dopo averli osservati a lungo e minuziosamente, si era sentito pervadere da un cupo sentimento di depressione. Li aveva pagati con generosità e congedati senza sfiorarli con un dito. Addio, Striga. Di tutti i progetti che avevo per te non resta che un mucchio di cenere. E il ritratto, naturalmente. Quando riaprí gli occhi, davanti a lui danzavano ombre confuse. Gli parve di riconoscere quelle di suo padre e di sua madre, morti nell'incendio dell'avita dimora che era stato lui stesso a cagionare, quando aveva solo tredici anni. Piú tardi, altre ombre si aggiunsero a quelle inquiete dei genitori. Erano i ragazzi che aveva seppellito, e quelli che aveva beneficiato. Se ne stavano muti e imbarazzati, con la loro aria triste e rassegnata. Addio, Striga, non mi riprenderò mai piú dal tuo incantamento.

Una luce fredda penetrava dalle finestre. Lord Chatam pensò, per la prima volta nella sua vita, che solo la morte avrebbe potuto infine dargli ciò che inseguiva da sempre. E poiché lord Chatam pensava che l'azione dovesse immancabilmente fare seguito al pensiero, decise, in quel preciso momento, di uccidersi. Salí nella sua camera da letto, teatro, in altri tempi, di memorabili imprese che ora gli apparivano incomprensibilmente sudice, e, dopo aver frugato in un prezioso baule veneziano, trovò quel che cercava: il nastro di raso turco con il quale, alcuni anni addietro, si era divertito a portare sull'orlo dello strangolamento uno dei piú deliziosi ragazzi con i quali avesse mai trafficato, Billy di Chesterfield. Che, a quest'ora, si godeva una nidiata di allegri pargoletti nella tenuta dello Yorkshire che gli era stata benevolmente rimessa da sua grazia...

Lord Chatam saggiò la consistenza del nastro, la giudicò compatibile con il progetto, e, annuendo, si diresse nell'ampia e fornita cantina. Scelse una bottiglia di porto, la stappò, ne bevve un'abbondante metà a garganella. Il vino e l'oppio cominciavano a fare effetto. La sonnolenza stava per prendere il sopravvento. Ma se avesse ceduto, sarebbe venuto meno al suo proposito. E questo non poteva, non doveva accadere. Su una delle spesse pareti faceva bella mostra di sé un anello di ferro: in altri tempi, da qualcuno dei suoi avi depravati, la cantina era stata adibita a luogo segreto di tortura. Lord Chatam aveva innovato, visto che era stato tanto fortunato da vivere in un'epoca in cui un uomo benestante poteva permettersi di praticare la tortura alla luce del sole. Prese uno sgabello e vi salí. Fece passare il nastro nell'anello e confezionò un nodo scorsoio. Ci infilò il collo e strinse. Chiuse gli occhi e, scalciando, si liberò dello sgabello. Spinto dal contraccolpo, il nastro si tese. Lord Chatam avvertí uno strappo furioso, uno spasmo terribile, poi il nastro si spezzò, e lord Chatam si ritrovò schiantato al suolo. Con un dolore insopportabile al collo e la coscienza ancora viva e nuovamente lucida. Si rialzò in piedi, barcollò. Il collo gli pendeva da un lato. Provò a raddrizzarlo, ma il dolore era insopportabile. Vomitò. Cadde nel suo stesso vomito. Vomitò ancora. Il dolore non accennava a scemare. Lord Chatam si massaggiò il collo, poi, con un immane sforzo di concentrazione, se lo afferrò con entrambe le mani e cercò di raddrizzarlo. Un altro conato di vomito lo squassò. Si risollevò. E in quel momento, dal fondo della sua anima, partí una risata irrefrenabile. Dunque, il peso della sua buona azione era stato tanto preponderante da annullare gli effetti di un'intera vita scellerata. O era la Striga che gli sbarrava le porte dell'inferno? Ma se era destino che vivesse, se nemmeno la morte voleva saperne di lui, non era forse il momento di tornare alla sua vecchia, cara vita di sempre?

Parte quarta

1849

Gennaio

Mario Tozzi ha capelli neri e ricci, e occhi ribaldi che, a volte, s'accendono di innocente crudeltà. Dal ponte della nave vede avvicinarsi il porto di Marsiglia. Chissà se riuscirà a incontrare Mazzini in persona e a consegnargli le lettere del comitato rivoluzionario romano. Roma: finalmente liberata dal papa e dai preti!

I preti, Mario, l'ha visti girare per casa sin da quando era alto du' soldi e tutti lo chiamavano Mariolino e dicevano che un giorno avrebbe preso il posto di papà. I Tozzi, coi preti, ci commerciano da generazioni. Non c'è chiesa nell'Urbe che non risplenda dei paramenti lussureggianti amorevolmente cuciti da sarti e apprendisti nelle buie cantine della fabbrica di famiglia, a Borgo Pio. Non c'è papa, cardinale, vescovo o umile prelato che non sia passato, almeno per una volta, dalle mani der sor Bartolo, padre esemplare, perfetto *pater familias* e preclaro paternostraro agli occhi delle sottane che se so' spolpate Roma, grandissimo fijo de madre ignota nelle conventicole del ceto operaio. Un devoto, devotissimo, sor Bartolo. Tanto devoto da mettersi a lutto quando, due anni prima, con sciagurata decisione Pio IX aveva deciso di spalancare le porte del ghetto, ponendo fine alla secolare segregazione degli ebrei. E poiché il papa, qualunque papa, anche quello che meno prossimo è alla tua visione del mondo, è comunque, per diritto divino, assistito dal dogma dell'infallibilità, era stato giocoforza, per il credente Bartolo, attribuire ad altri la responsabilità della nefandezza: ai cardinali mollacchioni, alle mene dei banchieri strozzati dai giudii ganavimme, cioè usurai, e, naturalmente, alla mala genia dei mazziniani.

– Si annidano dappertutto, quei dannati! – soleva ripetere ai famigliari, convenuti a gozzoviglie d'abbacchi e vino dei Castelli, e occasionalmente d'istrice, la spinosa che la nobiltà cacciava con accanimento nelle foreste ciociare. – Dappertutto! Pronti a colpire nell'ombra coi loro pugnali, gente senzaddio, diavoli che ti catturano l'anima con uno sguardo e una volta che te l'hanno presa sei fottuto, fottuto per sempre!

Il bastimento attracca. Mario Tozzi pensa a suo padre, pòro sor Bartolo. Quando ha saputo che suo figlio s'era messo coi senzaddio a momenti gli prende uno stranguglione, e poi voleva mettere mano alla cinghia, e Mario gliel'ha strappata con un colpo solo e ha cercato persino di convincerlo.

– Roma se merita quarche cosa de piú de 'sti papi rincojoniti e de 'sti preti magnoni.

Ma non c'era stato verso di spiegargli che tutti loro, a ben vedere, avrebbero avuto da guadagnarci, dalla causa. Er sor Bartolo aveva immantinente chiuso la baracca, licenziati lavoratori e servi, s'era caricato armi e bagagli sulla carrozza collo stemma volgare di famiglia – ago, filo e la chiave di san Pietro – e aveva seguito Pio IX nell'esilio a Gaeta. Mario l'aveva visti andare via con un certo sollievo. Almeno erano al sicuro. E, dopo la vittoria, sarebbero tornati. Ci avrebbe pensato lui a proteggerli. Quando, insieme ai compagni, sarebbero diventati i nuovi padroni di Roma.

Mario s'è fatto repubblicano a quindici anni. A furia de sta' vicino ai preti, c'era qualche prete che s'era avvicinato troppo a quel ragazzotto dalla bellezza ribalda. E ancora portava sulla guancia il segno della zaccagnata del suo primo coltellino, 'sto debosciato. Da quel momento, Mario aveva cominciato a guardare ai preti in un modo diverso. Magnavano, bevevano, fottevano e se ne fottevano, ma la domenica predicavano predicavano, e guai a contraddire le loro prediche. Erano pieni de quatrini, e il popolo soffriva la fame e la miseria. Una persona che avesse un po' de core, diteme voi, da che parte doveva stare? Si era legato ai rivoluzionari piú accesi. Aveva fomentato gli operai del padre. Passava le serate col capopopolo Ciceruacchio e i suoi figli, e con gli altri cospiratori. Manco due mesi prima avevano brindato insieme alla morte del ministro Pellegrino Rossi, ché se anche, come era opinione corrente, non era stato un pugnale rivoluzionario a spegnerlo, ma agenti piemontesi o isolati facinorosi, be', se l'era meritata, e tolto de mezzo lui, la strada alla Repubblica era spianata.

Un giovane alto e biondo è sul molo ad accoglierlo. Si presenta come Lorenzo di Vallelaura. Ha l'aria cupa, lo sguardo sfuggente tipico della gente del Nord. Mario cerca di scambiare qualche battuta, ma 'sto Lorenzo continua a tacere, immusonito. Mario si domanda se la tetraggine sia un costume diffuso fra i mazziniani: se cosí è, i romani devono fare eccezione, perché anche nei momenti piú cupi, anche quando tutto sembrava perduto e papa Pio, 'sto 'nfame, tradiva una speranza dopo l'altra, anche allora c'era sempre chi stemperava la tensione con una battuta, chi metteva in tavola un po' di fava e pecorino, chi te ricordava, insomma, che la vita può essere un gran casino, ma è anche, soprattutto, una e una sola. Una, una sola e saporita, e d'un sapore che se non lo cogli subito te lo perdi per sempre. Altro che diavoli e acquesante.

L'incontro con Mazzini è breve, e, se deve dirla tutta, un po' deludente. Mazzini è proprio come se l'aspettava: grave e composto, di poche parole. Mario porge al Maestro le condoglianze per la morte del padre, che cosí duramente l'ha colpito, e gli consegna le lettere. Dentro, fra le altre cose, c'è l'annuncio della sua elezione a deputato della nuova assemblea costituente. Mario gli racconta la sua storia, quella del prete pervertito, e Mazzini lo esorta a non confondere la chiesa con Dio, il papa con la fede, le imperfezioni umane con l'armonia del creato. Anvedi che predica! Ogni accenno all'assassinio di Pellegrino Rossi è spento da un gesto fra l'indifferente e il dolente. E quando, infine, Mario gli dice che ha il compito di scortarlo a Roma, Mazzini, laconico, ribatte che è presto, poi gli dà la mano e scompare, seguito dai suoi. Mah, pensa Mario, tutto qui? Resta solo il biondo dall'aria lugubre. Mario chiede indicazioni. Il veneziano spiega che non è affar suo, gli consiglia un buon albergo. Mario decide di ripartire. A Roma sarà piú utile (e si sentirà meno stronzo). Il biondo annuisce, e gli fa capire che la conversazione, per quanto lo riguarda, ha avuto termine.

A sera, al porto, Mario fa amicizia con un altro compagno. Un sardo dal nome curioso, Terra di Nessuno. Si scoprono tutti e due impazienti dell'azione; esibiscono l'uno la pattadesa, l'altro il serratore dalla lama a scatto, decantano le qualità dei rispettivi coltelli.

Il sardo è davvero un tipo a modo. Riesce pure a convincere Mario a inghiottire cozze e altri molluschi, quella roba de mare che per un romano vero è veleno. Il sardo racconta le campagne del '48, le marce nella notte, il sangue austriaco bevuto dalle baionette.

– Tutto sembrava perduto, e invece tutto ricomincia! – s'esalta, e tutto, dice piú e piú volte, tutto dipende dal Maestro. Mario capisce che Mazzini è, per lui, come il padre che ha perso quand'era ancora bambino. Un padre che vuole cambiare il mondo.

– Obiettivo ambizioso, – commenta Mario, tracannando l'ennesimo boccale di quel vinello rosato e spiritoso che monta leggero alla testa.

Il sardo sembra andare in puzza, indispettito dall'ironia di Mario.

– Perché? C'è un altro motivo per fare la rivoluzione?

– Io m'accontenterei de levàmme d'attorno un po' de preti e un po' de vecchi rompicojoni... e de vive' un po' mejo...

Il sardo lo guarda strano.

Mario s'affretta ad aggiungere: – Naturalmente, la causa è tutto! – Ma l'altro è poco convinto.

– Questo non è un gioco, romano. Mettitelo bene in testa!

Poco distante, in una stanzetta illuminata a stento da due candele che vanno immiserendosi, Lorenzo finisce di scrivere due lettere che spedirà la mattina seguente. Nella prima annuncia al cancellierato che presto Mazzini tornerà in Italia, e chiede disposizioni. Nella seconda, che gli è costata giorni e giorni di tentativi e rinunce, confessa a lady Violet di essere perdutamente innamorato.

Lady Violet ha una nuova amica. Janet Corrigan. Janet è irlandese. Suo padre ha accumulato una fortuna fabbricando birra. Janet ha i capelli rossi ed è già stata «segnalata» alle autorità per il suo attivismo nel movimento per i diritti delle donne. È naturale che cerchi di coinvolgerla nel suo grande progetto: una raccolta di fondi e di armi per i patrioti italiani, decisi a riprendere la guerra contro l'invasore.

– Finirai per finanziare anche la causa irlandese! – ride l'amica, che comunque accetta l'offerta. Sulla tovaglia di una casa da tè in Chelsea viene dispiegato il piano: lancio della sottoscrizione, coinvolgimento dei simpatizzanti e tentativo di (benevola) estorsione di denaro a vecchi nobili annoiati e disposti a lasciarsi (benevolmente) sedurre da due avvenenti fanciulle. Modello lord Chatam, per intendersi. Acquisto delle armi. Imballaggio delle stesse. Noleggio di un trasportatore di fiducia, da ingaggiare per mezzo di qualche circolo socialista. Infine, partenza a bordo di un piroscafo.

– Partenza? Vuoi andare in Italia?

– Potremmo andarci insieme... Se decidiamo di farlo, niente potrà impedircelo.

– E tuo padre?

– Non dipendo piú dalla sua autorità, dovresti saperlo.

– Tu mi nascondi qualcosa, Violet!

Violet arrossisce. Janet ha qualche anno piú di lei: Violet spera ardentemente che abbia piú esperienza nel campo dei sentimenti. Osa pensare, addirittura, che l'abbia già fatto, che si sia concessa a un uomo. Che sappia spiegarle, in altri termini, che cosa sia, o che cosa possa essere, l'amore. È così che le mostra la lettera di Lorenzo. Janet legge quelle pagine che grondano passione e desiderio, e quando restituisce la missiva, ha anche lei le guance imporporate, e lo sguardo acceso.

– Allora? – domanda Violet, sulle spine.

– È innamorato perso!

– Questo è chiaro, ma tu che ne dici?

– Come si fa a giudicare un sentimento per lettera? Com'è? Parlami di lui.

– È... cupo. Tenero, ma cupo.

– Lo ami?

– Non lo so.

– Lo desideri al punto da svegliarti nel cuore della notte fradicia di sudore e con la febbre? Senti che la tua carne urla quando lui si avvicina? Sogni che una palla nemica lo porta via e la mattina, al risveglio, sei decisa a farti monaca?

– Janet! Ma come puoi pensare...

– E mi sono limitata alla superficie. Come avrai notato, non ho ancora tirato in ballo l'argomento figli, famiglia, abito bianco…

– Janet, ti prego…

– Comunque, mia cara, non c'è che un modo per risolvere questo dilemma: andare in Italia.

– Allora verrai?

– Non mi tirerei indietro per tutto l'oro del mondo!

Febbraio

Alla fine, Mario Tozzi c'è tornato, a Roma. E che ci restava a fare a Marsiglia, mentre il Maestro era perennemente chiuso a gran consiglio con i fedelissimi, e i giorni passavano, e le voci sull'entrata in guerra dei piemontesi si rincorrevano? Il sardo, Terra di Nessuno, s'è imbarcato anche lui. Forse Mazzini gli ha affidato una missione, o forse ha solo voglia di menare le mani.

Il viaggio pare a Mario interminabile. Il mal di mare lo tormenta. Quando il sardo gli offre formaggio e pane secco, gli vomita sui piedi. Il sardo ride, e lo forza a inghiottire un boccone dopo l'altro.

– E bulívisi fare 'a guerra! – commenta sarcastico il sardo. Mario lo guarda interdetto. Il sardo traduce: volevi fare la guerra e ti fai mettere al tappeto da un po' di onde... È un'offesa di quelle che, dalle parti del Borgo, si lavano con la lametta. Ma tra fratelli – perché chi è pronto a versare il sangue per la causa questo è: un fratello – si deve lasciar correre. D'altronde, la cura del sardo fa il suo effetto. Mario corutta, e la nausea piano piano si attenua sino a svanire. Cosí, Mario ringrazia il sardo per avergli salvato la vita.

– Ricordatene al momento opportuno, – risponde quello, di colpo cupo. Fratelli, italiani, pensa Mario, d'accordo, ma ammàzzate, quanto semo diversi!

A Roma, Mario richiama i quindici operai del padre.

– Riapro la fabbrica!

Quelli lo prendono per pazzo. Col papa lontano e i pochi preti rimasti rintanati nelle canoniche per paura delle sacrosante vendette, chi vuoi che si comperi i paramenti e gli arredi, le pianete e le tonache?

– Niente pianete e niente zuccotti, fratelli. Da ora in avanti produrremo solo abiti civili e divise per i soldati.

– E con che stoffa, Marioli', – s'informa, scettico, un anziano sarto con gli occhi devastati da anni di lavoro nella tetra penombra dei magazzini der sor Bartolo, – tu' padre s'è portato via puro le forbici.

– A questo penserò io.

Stringe un accordo con l'assemblea che ora comanda su Roma, in pratica diventa il fornitore ufficiale. In cambio, gli garantiscono un prestito, ma non è sufficiente per assumere tutti quelli che Mario ha richiamato in servizio. Mandarne via qualcuno? E come? E che figura ci fa, il repubblicano solidale? Allora li riunisce, e li convince ad accettare una paga ridotta. Promette che quando la situazione si sarà consolidata le cose miglioreranno per tutti. Chiede fiducia, offrendo un progetto, spacciando ideali. Molti accettano, qualcuno si defila. Fra loro, uno sfregiato che chiamano er Berva: per la leggendaria perizia nell'uso del coltello e perché, a giudizio unanime, è uno che il cuore o non l'ha mai avuto o s'è scordato presto d'averlo.

Nel rifiutare l'accordo, er Berva si lascia scappare una frase che incuriosisce Mario.

– De 'sti tempi, 'n omo co' li cojoni va a cerca' fortuna a Ancona.

– Perché, Berva, che ce sta de diverso a Ancona?

– Certe domande è mejo nun farle, Marioli'...

Mario ci pensa un po' su, poi riferisce all'assemblea. Un paio de capoccioni promettono che indagheranno. Viene a saperlo anche il sardo. E, secondo la sua natura impulsiva, invece di fare domande, attrezza una giberna e si mette in viaggio.

Del grottesco tentato suicidio del Natale gli è rimasto un segno indelebile. Il collo storto, che non vuol saperne di riprendere il suo posto naturale. Cosí abbiamo un nuovo inglese sciancato, dopo il povero Byron, ha commentato lord Chatam davanti all'ennesimo, vano e dolorosissimo intervento del medico personale della Regina. Un collare ortopedico, recente invenzione di un tedesco – o russo, vallo a sapere –, gli consente, quand'è in società, di assumere una postura meno ridicola. D'altronde, nessuno, in società, oserebbe ridere di lord Chatam. D'altronde, per dirla tutta, lord Chatam si astiene ormai da tempo da quella fiera del vaniloquio e della sciatteria che i suoi contemporanei chiamano «società». Negli ultimi due mesi ha cercato in ogni modo di riprendere la sua vecchia, cara vita. Ha organizzato un'orgia dopo l'altra, sguinzagliando i piú accreditati prosseneti di Londra alla ricerca di prelibatezze esotiche. Nell'avita magione sono transitate gemelle siamesi, nani dalle mostruose appendici, veneri dalla carne nera e dagli occhi a mandorla, due condannati a morte, un parricida e un ladro di cervi della corona, costretti ad accoppiarsi a turno, in cambio della grazia, con il cadavere di un'annegata davanti a una selezionata élite di invitati. Sei ragazze di campagna dello Yorkshire sono state comperate da un mercante di carne umana, legate, affidate alle cure di alcuni nordafricani e forzate a nutrirsi dei loro escrementi. Inutile. La noia, il disgusto hanno ormai preso il sopravvento. I figuranti sono stati lautamente ricompensati, le ragazze di campagna piú di chiunque. Il mercante di carne umana è stato bastonato dai servi e gli è stato proibito di rimettere piede in Inghilterra. Ma neanche le buone azioni hanno sortito il minimo effetto sul tedio di lord Chatam. Un ingegnoso francese ha mostrato immagini pornografiche in movimento, ispirate all'opera del marchese De Sade, con un apparecchio di sua invenzione. Lord Chatam si è addormentato a metà dello spettacolo. Ha raddoppiato il consumo di oppio. Voleva stordirsi, si è scoperto insensibile alle dosi progressive di droga. Una maledizione grava su di lui: il Bene e il Male lo opprimono in egual misura, giorno dopo giorno una prigione invalicabile gli succhia l'aria intorno, e la condanna ha il doloroso gusto dell'eternità. Vengono in visita lady Violet e una prosperosa ragazza di sangue irlandese. Chiedono soldi per una delle tante cause che accendono i cuori impetuosi. Lord Chatam lascia partire uno dei *bons mots* che l'hanno reso celebre.

– Denaro a della gente che lo userà per venire qui, a casa mia, farmi la pelle e bruciare tutto? Mi sembra un'ottima idea, lady Violet.

Il tono con cui lo pronuncia non ha niente dello spirito acre di una volta. Sembra la benevola reprimenda di un parroco di campagna, l'accondiscendente benedizione di un burbero padre. Per un breve istante si vede nei panni di lord Cosgrave, il «padre-conservatore-che-finge-di-contrastare-la-figlia-rivoluzionaria-e-poi-fa-esattamente-ciò-che-lei-pretende. Un innocuo ex cattivo convertito. Finirà abate in qualche monastero? Protettore di orfanelle?

– Prendete e levatevi dai piedi! – quasi ruggisce, elargendo alle «rivoluzionarie» uno scrigno colmo di gioie, come se la villania potesse scacciare le tetre nubi che opprimono il cielo della sua anima.

– Lady Lovelace mi incarica di mandarvi i suoi saluti. Stasera ci sarà un ricevimento nella sua casa di Holborn. Lady Lovelace gradirebbe molto avervi fra i suoi ospiti, – azzarda l'irlandese.

– Pare che la Striga suonerà le sue ultime composizioni, – aggiunge, con soave perfidia, Violet.

Lord Chatam decide di accettare la sfida. Lady Lovelace lo accoglie come un ospite d'onore. Lord Chatam è come sempre acido, odioso, e impeccabile, nonostante la singolare postura a cui lo obbliga il collo storto. La Striga si mostra verso mezzanotte. Nascosta da un séparé illuminato sul retro da una lanterna che ne proietta i soli vaghi contorni d'ombra sulla stoffa opaca, dona inutilmente le sue meravigliose armonie a un pubblico annoiato.

– Un trucco *à la chinoise*, – commenta il suo attuale mentore, Dante Gabriel Rossetti.

Solo lord Chatam e lady Lovelace sembrano entrare in sintonia con quella musica che tutti giudicano astrusa. La matematica nota l'interesse avido con cui lord Chatam segue le note.

– Sono numeri, – gli spiega. – Ho una mia teoria. Cercherò di verificarla.

– È semplicemente sublime! – si entusiasma lord Chatam.

Stanchi applausi di convenienza salutano l'esibizione. La Striga non si mostrerà piú. Chatam è deluso, amareggiato. Provoca Rossetti, che si pavoneggia con un ventaglio giapponese attorniato da una torma di vecchie imbellettate.

– E voi non andrete a liberare l'Italia, maestro Rossetti?

– Ho dato il mio contributo, e naturalmente sto dalla loro parte, rappresentano, ai miei occhi, il nuovo che spazzerà via il vecchiume del nostro marcio mondo. Ma mi sento ormai molto piú inglese che italiano, e dopotutto sono un artista, non un guerriero. Preferisco il rosso della chioma di una modella a quello del sangue di un ferito…

Rossetti è dimagrito, scavato. Ha gli occhi arrossati e le pupille dilatate dell'oppiomane. Lord Chatam si chiede se la

Striga lo ami ancora. Se lo abbia mai amato. In fondo, il pittore l'ha comperata in cambio di un ritratto. Potrebbe ucciderlo, e riprendersela. Ma un pudore inconsueto, un senso di vergogna lo trattiene dall'imbarcarsi nell'ennesima scelleratezza. È la condizione di sospensione in cui versa, la sua condanna. Non può farci niente, se non soffrirne.

Marzo

Dentro la villa del Vascello, sul Gianicolo, un pianista dall'aria ispirata suona Bellini per la delizia di due rinsecchite ottuagenarie. Lorenzo si lascia accarezzare dalla melodia, e quando una malinconia senza rimedio lo invade, esce sulla balconata che si affaccia su Roma. Sotto di lui, in un vasto giardino rischiarato da una miriade di torce, è accampato, fra i busti degli antichi imperatori, un drappello dei cinquecento bersaglieri che Luciano Manara ha sfilato da sotto il naso del suo comandante La Marmora. È il picchetto che attende impaziente l'arrivo dell'ospite piú prestigioso: Mazzini. Oltre l'orizzonte s'intravedono i bagliori dei «moccoletti», accesi dal popolo per festeggiare il Carnevale. Alle sue spalle echeggia una risata femminile.

– Oh, this wonderful Roman night!

Lorenzo si volta di scatto, cullato dalla speranza. Se fosse lady Violet? Ma si ritrova davanti a una perfetta sconosciuta, sorpresa dalla sua aria fra l'imbambolato e l'appassionato.

– I beg your pardon. I was looking for a friend.

La giovane donna rientra nella villa, titubante, sciocca farfalla. Lorenzo si accende un sigaretto, tira due boccate amare, aspira l'aria della notte: sa di terra bruciata, polvere, del respiro del fiume, con un fondo potente di primavera avida di fioritura. A Roma da una settimana, non ha notizie di lady Violet. Le sue lettere non hanno mai avuto risposta. Gli appuntamenti che le ha fissato sono andati deserti. Le dispute dei patrioti lo lasciano indifferente. Nella sua mente e nel suo cuore non c'è posto che per lady Violet. Per il suo sogno che sente, dolorosamente, sempre piú prossimo a infrangersi. Dove, dove ha sbagliato? Le sue lettere erano troppo appassionate? O si è soltanto illuso di piacerle, mentre... mentre non conta nulla agli occhi di lei?

Lorenzo rientra nel salone. Luciano Buonaparte, principe di Canino, rotonda e tonitruante parodia in sedicesimo del suo illustre avo, sta illustrando scompostamente a un gruppetto di borghesi il suo ennesimo piano rivoluzionario: gonfiare un centinaio di mongolfiere, farci salire sopra uomini decisi a tutto, carichi di armi, e bombardare dall'alto le truppe austriache. Camerieri in livrea passano vassoi con tartine alla francese e calici di liquori. Il console americano prende Lorenzo sottobraccio. Griffin McCoy gli ha parlato di lui, della sua folle impresa veneziana. Lorenzo è costretto a raccontare per l'ennesima volta l'ingresso di Mazzini in Roma. Un telegramma laconico e felice del poeta Goffredo Mameli – «Roma. Repubblica. Venite» – ha vinto le sue ultime resistenze. Il Maestro è entrato da Porta del Popolo il pomeriggio del 5 marzo 1849.

– È come se una scarica elettrica stesse per fulminarmi, – ha sussurrato.

Lorenzo e altri due hanno dovuto sorreggerlo, per evitare che crollasse, lí, davanti a tutti. È stato solo un breve momento. Sono partiti i fuochi d'artificio. Una folla osannante lo ha sollevato in trionfo.

Il console, appagato, lascia libero Lorenzo, e si dedica a un'anziana e combattiva nobildonna. Lorenzo lancia uno sguardo carico di apprensione ai due lacchè incaricati di introdurre gli ospiti. Entra una coppia elegante. Una cascata di capelli neri gli provoca un tuffo al cuore. Ma è un altro errore, l'ennesimo miraggio. Non è lei. Non è lady Violet. Terra di Nessuno attira la sua attenzione con un cenno e gli mostra un giovane ufficiale dall'aria ispirata. Molte signore lo divorano con lo sguardo.

– Ti presento il tenente Carlo Pisacane.

L'ufficiale si irrigidisce nel saluto, poi tende a Lorenzo una mano morbida e ben curata.

– Pensate anche voi, come il nostro amico sardo, che la situazione ad Ancona sia cosí catastrofica?

– Ho sentito delle voci, – risponde Lorenzo, tenendosi sul vago.

– Bisogna intervenire senza indugio! – insiste Terra di Nessuno.

– Ne parlerò al Maestro, – conclude Pisacane.

Lorenzo si allontana con una scusa. Mente acuta, il sardo. Ha capito bene come stanno le cose. Prima di lasciare Livorno, un corriere gli ha recapitato l'ultimo dispaccio cifrato. Il cancellierato gli ordinava di recarsi, appunto, in Ancona, e di «fomentare». A Vienna avevano deciso di incoraggiare le azioni «sgradevoli» di una rissosa minoranza di delinquenti comuni prestati alla causa repubblicana. Lorenzo ha deciso di ignorare l'ordine. Se lady Violet continuerà a negarsi, o peggio, se gli dirà che non lo ama, si tirerà un colpo. È stanco di tutta quella miseria, del fango del tradimento.

Mario Tozzi, il giovane «sarto» ufficiale della Repubblica, gli porge dell'acidulo vino dei Castelli. Lorenzo stesso indossa una sua creazione, un elegante combinato grigio a tre pezzi in stile inglese, impreziosito da un panciotto color nocciola, né troppo lezioso né troppo austero.

– Questa festa è un vero mortorio! – commenta il romano, sbuffando.

– Aspettiamo tutti che arrivi Lui…

Mario non risponde. Lorenzo lo vede trasalire, imporporarsi. Vede i suoi occhi, sino a un attimo prima acquosi di noia, farsi d'improvviso vigili. Segue la direzione dello sguardo e la vede. Lady Violet. Saluta Terra di Nessuno. Quel damerino di Pisacane le dedica un inappuntabile baciamano. Lady Violet è stranamente pallida, come sofferente. S'appoggia al braccio di una florida ragazzona dai capelli rossi. Lorenzo ha una vertigine. Mario Tozzi gli afferra un braccio.

– La conoscete? Quella signora? Dovete assolutamente presentarmela, amico mio…

Lorenzo si libera dalla stretta e cerca di farsi strada verso di lei.

– Eccolo, – bisbiglia lady Violet, rivolta a Janet, – è lui.

– Il biondino? Bel ragazzo. Complimenti.

– Non lasciarmi!

– Ah, no, devi sbrigartela da sola, mia cara. Gli devi una spiegazione, povero ragazzo.

Janet si avventa su Pisacane. Terra di Nessuno si allontana di qualche passo con un inchino un po' goffo. Lorenzo e lady Violet sono faccia a faccia. Soli.

– Non avete risposto alle mie lettere. Non siete venuta agli appuntamenti.

Lady Violet china il capo. Non riesce a sostenere la passione bruciante che pulsa nella voce, negli occhi di lui.

– Voi… – inizia a balbettare, poi sulle sue labbra affiora un sorriso mesto. – La verità è che non so che cosa dirvi, Lorenzo.

– Dovete dirmi soltanto tre parole: io vi amo!

Lady Violet si sente mancare l'aria.

– Usciamo, volete? – propone, e con un tocco gentile gli sfiora l'avambraccio.

Dal giardino partono squilli imperiosi di tromba. Gli invitati si precipitano alla balconata.

– È arrivato Mazzini! – urla qualcuno.

Esplode una salva di fucileria. I bersaglieri fanno il presentat-arm. Partono i primi urrà. La folla rientra nella villa. Tutti si accalcano all'ingresso. Il Buonaparte mena fendenti a destra e a manca, si fa largo con la sua tozza complessione, urla e sbraita, non intende a nessun costo rinunciare al privilegio di essere il primo ad afferrare la mano del Maestro. E Mazzini, finalmente, compare. Un applauso oceanico lo accoglie. Mazzini alza la mano per placare l'entusiasmo. I lacchè portano una sedia, alta, imbottita. Mazzini si siede. Tutti si dispongono intorno a lui a semicerchio. Nella grande sala cala un religioso silenzio.

– Violet...

– Lorenzo, vi prego. Ascoltiamo Mazzini. Parleremo dopo...

Mazzini si schiarisce la gola. Lorenzo trattiene un ruggito di furore, stringe i pugni, annuisce. Mario Tozzi ha manovrato in modo da portarsi alle spalle della ragazza. Una lieve pressione contro la mano di lei la induce a voltarsi. Lady Violet si trova davanti uno sconosciuto. È moro, riccio, non troppo alto. L'uomo piú bello che lady Violet abbia mai visto. La voce di Mazzini si leva, roca, possente. Non ha il tempo di terminare la prima frase che un urlo immane esplode dal giardino. Mazzini tace: non è abituato a essere interrotto. Una porta si spalanca. Compare Luciano Manara, in alta uniforme.

– Carlo Alberto ha rotto la tregua. Il Piemonte è in guerra contro l'Austria!

Mazzini balza in piedi. Una confusione indescrivibile, un'agitazione febbrile s'impadroniscono di ciascuno. Salgono grida, si lanciano proclami, saltano tappi di bottiglie. Tutti si fanno intorno a Manara. Mario afferra una mano di lady Violet e la stringe fra le proprie. Lei lascia fare, sommersa da un'ondata di calore. Luciano non s'è accorto di niente. Janet, invece, ha seguito l'intera scena.

– Poor guy...

Una mattina il vecchio maggiordomo Clarence, quanto di piú simile a un amico lord Chatam abbia mai conosciuto, irrompe, eccitato e premuroso, in camera da letto, spalanca i pesanti tendaggi e, irrispettoso di ogni buona regola, con voce asciutta annuncia: – È tornata. È in biblioteca.

Lord Chatam indossa una vestaglia, dimentica il collare, e con la barba incolta e l'odore della notte ancora addosso si precipita in biblioteca. Sulle prime stenta a riconoscerla. Chi le ha imposto quel trucco da morta vivente? Chi quel lezioso abitino da bambola? Il suo amante, senza dubbio, quel maledetto pittore! Si sta guadagnando fama immortale con un modello di donna malata, arrendevole, eppure sottilmente perversa... Lord Chatam formula all'istante un commento mordace, ma gli muore sulla lingua quando lei si alza, e con quel sorriso che il lord non avrebbe mai potuto cancellare dalla sua anima, per quanto potesse durare il suo tormento, gli va vicino e gli posa una mano sul collo. Lord Chatam avverte una scossa, perde l'equilibrio, deve sorreggersi a un sostegno per non cadere. Per un interminabile istante si smarrisce negli occhi della ragazza. Vede scorrere immagini di un mare in tempesta che, piano piano, si placa. Una grande pace scende sul suo cuore. Ora lord Chatam è nel mare. È un enorme, immenso cetaceo che pulsa di felicità animale. Poi è il battito stesso di miliardi di minuti organismi che si fondono con la materia cristallina delle onde. E ancora di piú, è il mare stesso, il mare che...

L'esclamazione soffocata di Clarence lo riporta alla realtà.

– My lord, il vostro collo è... il vostro collo è tornato a posto!

Lord Chatam muove la testa, incredulo. Sí, è tornato tutto come prima. Ma non ha tempo di stupirsi, perché la Striga lo prende per mano e lo conduce al tavolo da lettura. Ha portato un libro, è pieno di strani disegni. Ogni pagina è divisa in due parti: da un lato, le mani di un uomo, le varie posizioni che le dita possono assumere. Dall'altro, le corrispondenti lettere. Lord Chatam rivolge un'occhiata interrogativa alla Striga. Clarence si schiarisce la voce e interviene.

– Se mi è consentito, my lord...

– Allora?

– Si tratta delle tavole che spiegano il linguaggio delle persone che non possono parlare. È un sistema per comunicare con loro.

Piú tardi, la Striga gli insegna a comporre il proprio nome, L-O-R-D C-H-A-T-A-M. Lord Chatam esegue. La Striga approva. Lord Chatam è felice. Prima di andarsene, la Striga compone un messaggio. Lord Chatam non riesce a comprendere. La Striga lo disegna, con il suo tratto preciso, geometrico. Rimasto solo, lord Chatam si mette a intrepretare i segni. Rifiuta l'aiuto di Clarence e prova e riprova sinché non riesce a decifrarli.

«Voi non dovete mai piú essere infelice», c'è scritto.

Con la Repubblica romana ormai in guerra, la fabbrica di Mario lavora a pieno regime. Ogni giorno si moltiplicano le commesse, ogni giorno arrivano nuovi operai, nuovi progetti, nuovi ideali. Ma né con i progetti né con gli ideali ci si riempie la pancia. La Repubblica chiede molto, fatica, abnegazione, disinteresse, e presto chiederà anche il sangue dei suoi figli. La Repubblica chiede tanto e non dà niente in cambio. Qualcuno comincia ad azzardare che il figlio der sor Bartolo è peggio del padre: avido come lui, e perdipiú, co' tutte 'ste chiacchiere sulla causa e l'ideale, ipocrita. Il vecchio, almeno, era 'n fijo de 'na mignotta, e non ne faceva mistero. Mario rilancia: divideranno i profitti.

– Profitti? Io vedo solo ragnatele, – bofonchia uno dei piú agitati.

– Ma non volete capire che fra tre, quattro mesi… quando avremo vinto… diventeremo la piú importante fabbrica di Roma?

Inutile. O saranno ripristinate le vecchie condizioni di Bartolo, o la fabbrica il pischelletto se la pò scorda'. Mario decide di ricorrere agli ebrei. Terra di Nessuno e Lorenzo lo scortano. Gli ebrei se ne stanno rintanati nelle loro catapecchie, mentre i tre avanzano nelle stradine antiche a ridosso di Cenci e Campitelli. Una donnetta vestita di nero, nel vederseli comparire davanti, richiude precipitosamente l'uscio. Terra di Nessuno perde la pazienza.

– Ma l'avete capito che siete liberi, per Dio? – urla, prendendo a calci la porta. – Venite fuori! Le cose sono cambiate! Nessuno vi darà la caccia…

– È tempo sprecato, co' questi, – commenta indolente Mario, – so' solo giudii!

Terra di Nessuno la prende male.

– Giudii, gentili, che differenza fa? È solo gente impaurita… sono duemila anni che si nascondono.

– Seee, seee. Tu non sai come so' fatti dentro. Fanno i poveri, e in casa ci hanno l'oro!

Per l'ennesima volta, da quando l'ha incontrato, Terra di Nessuno si domanda che razza di rivoluzionario sia questo romano. Un curioso impasto di arroganza, astuzia, generosità e pregiudizio. E, una volta di piú, si domanda se Mazzini non nutra troppe illusioni sulla natura umana. Se il grande disegno di liberare l'Italia non sia destinato a perire per mano degli italiani liberati. Lorenzo, invece, se ne sta zitto e cupo. Lady Violet non ha mai ripreso il discorso. Le rare volte che si sono incrociati, quasi per caso, ha continuato a evitarlo. Lorenzo ha deciso che l'affronterà, se necessario, con la forza. Confesserà il suo tradimento. Rimetterà la sua vita nelle mani della donna della sua vita. O perderà quella vita che diventa, di ora in ora, sempre piú un peso.

– Oh, ecco, ce semo!

La casa di Davide il ganavimme rigurgita di arredi, candelabri a sette braccia, lini, stoffe preziose, ori, orologi. C'è persino una curiosa figura, una scimmia scolpita che, mossa da invisibili ingranaggi, muove le zampe pelose e suona qualche nota su un rudimentale organetto. Accanto al vecchio Davide, che indossa il copricapo tradizionale e sfoggia una barba degna del piú accanito patriota, c'è una fanciulla di inverosimile bellezza. L'usuraio la presenta come sua figlia Esther. Terra di Nessuno si perde nei suoi grandi occhi neri, segue la linea bizzarra del naso impertinente, cerca con ostinazione provocatoria il profilo del suo seno. Lei gli scocca un'occhiata glaciale e si sofferma su Lorenzo, infine si ritira con un inchino dignitoso. Terra di Nessuno si sente avvampare di voglia. Da quant'è che non tocca una donna? Esplode, prepotente, il desiderio, intorpidito da quando ha abbandonato la libera vita del mare. Vuole una donna. Vuole abbracciare carni morbide, perdersi in quell'odore ineguagliabile di piacere, profumo e sudore. Il ganavimme non la finisce piú di mercanteggiare. È diffidente, e non ne fa mistero. Certo, se a fare una simile richiesta fosse stato il suo onorato signor padre Bartolo, ma nelle presenti condizioni... E se la guerra dovesse finire male? E se il papa dovesse tornare? Sua Santità potrebbe non gradire, e porre nel nulla tutti i contratti stipulati durante l'interregno.

– Vi è mai venuto in mente che potremmo requisire tutti i vostri averi? – sbotta Lorenzo.

Mario è esterrefatto. Terra di Nessuno gli intima di tacere: Mazzini non approva certi metodi, a Roma, poi! Qua non si tratta di requisizioni, ma di diritto.

– Sia fatta la volontà del Santo Benedetto!

L'ebreo è spaventato. La minaccia ha effetto. L'accordo è sigillato da una stretta di mano.

– E lo chiama accordo, 'tacci sua! – bestemmia Mario, quando il pallido sole di febbraio li accoglie nelle vie, ancora e sempre deserte, del ghetto. Soppesa la borsa col suo magro tintinnante bottino – e s'è impegnato a vita per quei quattro denari maledetti! – e sta per lanciarsi in una filippica contro la mala razza dei giudii quando appare, furtiva, la bella figlia dell'usuraio. Con un gesto rapido gli porge una carta.

– Tenete. E vincete. Che Dio sia con voi –. Poi dice qualcosa all'orecchio di Lorenzo, e scompare.

– Ahò, – spia Mario, – ma che t'ha detto?

– Niente. Che cos'è quella carta?

Mario la apre. È una lettera di credito per il signor Mario Tozzi per l'enorme somma di mille paoli, pagabili al portatore presso il Banco di Santo Spirito. Terra di Nessuno è raggiante. Cerca di contagiare con il suo entusiasmo un Mario improvvisamente pensoso. L'avvenire sembra assicurato. Potrà rendere il debito all'usuraio. Ingrandire la fabbrica. Assumere nuovi operai. Ridurre la giornata di lavoro. Mario annuisce, ma sta seguendo un altro pensiero. Mille paoli! Intascarli la sera stessa, al massimo l'indomani mattina. Metterci le mani sopra. È il momento di riflettere con freddezza sulla guerra, pensa. Di analizzare le possibilità di vittoria e di sconfitta. Su un piatto della bilancia la gloria, sull'altro la fortuna. Ventiquattro anni, tutta una vita davanti. Parigi, l'America... Londra... Co' mille paoli in saccoccia e il cervello pieno di idee, l'Italia pare, come ha detto quel tale, un'espressione geografica. Mario riapre gli occhi. Il sardo lo scruta, sospettoso. Mario assesta una pacca sulla spalla di Lorenzo.

– 'A biondo, me sa c'hai fatto colpo!

Si separano appena fuori dal Borgo. Lorenzo si concede un bagno caldo, passeggia inquieto nel tramonto a Trinità dei Monti, infine, rotti gli indugi, si fa portare in carrozza a palazzo Grazioli, dove lady Violet ha preso alloggio insieme alla sua amica. Davanti al palazzo staziona un'altra carrozza. Il vetturale sonnecchia a cassetta. Guardie armate e un portiere incorruttibile gli sbarrano il passo. Lorenzo ottiene che venga recapitato un suo messaggio. Attende, in un crescendo d'impazienza, meditando l'irruzione, vagheggiando di strappare la spiegazione che non può piú essere rimandata. Si affaccia miss Janet, il volto atteggiato a una smorfia dolente.

– Non vi riceverà. Fareste meglio a tornare a casa.

– Perché è cosí crudele con me? – si lascia sfuggire.

Miss Janet gli sfiora i biondi capelli con una carezza che ha del materno.

– Non si tratta di crudeltà, ma di passione.

– Chi è lui?

Miss Janet indica con lo sguardo la carrozza in sosta davanti al portone.

– Andate, ve ne prego, – aggiunge, e rientra rapida nell'androne.

Lorenzo sveglia il vetturale, gli ficca in tasca una manciata di monete, gli estorce il nome. Accoglie la rivelazione con il gelo nell'anima.

Venti minuti dopo è nella stanza che l'assemblea gli ha messo a disposizione a palazzo Campitelli. Stringe nella destra la piccola pistola con la quale, una vita fa, ha fulminato il Trevigiano. La soppesa, la punta alla tempia, lascia scivolare il dito sul grilletto. Ecco. Dovrebbe farlo subito, adesso. Senza dar tempo ai ripensamenti. Esita, invece. Ancora una volta la scena della finta fucilazione invade la sua mente, scaccia ogni altro pensiero. Armano il plotone. Gli bendano gli occhi. Il giudice dà l'ordine di sparare. La palla che gli spaccherà il cranio rotola via dalla canna in una nube di gas. Lorenzo abbassa la pistola. Non ha il coraggio di farlo. Non l'ha mai avuto. Lady Violet ha ragione a non volerne sapere di lui. È un dannato. E per i dannati non c'è pace, a questo mondo.

Quella notte stessa, chiesta licenza a Mazzini, Lorenzo parte per Ancona.

Aprile

La Striga torna spesso a trovarlo. Non preannuncia mai le sue visite, ma lord Chatam, come se fra loro esistesse una misteriosa forma di corrispondenza, sa sempre quando sarà il momento. E si fa trovare pronto: rasato, sobrio, con indosso abiti discreti e mai eccessivi. Il tempo dell'attesa lo trascorre studiando e ristudiando il linguaggio dei sordomuti. In capo a tre sedute, sono in grado di comunicare anche i concetti piú difficoltosi. Un giorno la Striga gli dice qualcosa che lui non riesce a comprendere.

– Perdonatemi, vi sto usando.

– Voi non potete capire quanto la vostra presenza mi sia indispensabile, – risponde, sperando che l'emozione non lo abbia indotto a qualche errore.

La Striga arrossisce, si alza di scatto e se ne va. Lui passa giorni d'angoscia. Teme di averla offesa. Ha il terrore di averla persa. Ma la Striga ritorna, e le conversazioni riprendono, e la pace regna nuovamente nel cuore indecifrabile di lord Chatam. Un altro giorno, percepisce la tristezza di lei. E glielo dice.

– I numeri stanno perdendo la loro armonia, – spiega la Striga.

– La verità è un'altra. Non siete felice con lui.

Quello che lei gli dedica è il piú bel sorriso che lord Chatam abbia mai visto. Le onde di energia che si dipanano dalle labbra socchiuse della Striga lo investono con la forza di una valanga. Lord Chatam torna bambino. Un esserino mesto e infelice. Un fiotto di pianto lo inonda. Il fiotto si fa fiume, il fiume un mare nel quale lord Chatam nuota con l'innocenza di una creatura primordiale. Clarence lo desta a notte fonda. Le candele sono consumate. Lord Chatam è solo. Il sorriso della Striga aleggia ancora nell'aria, insieme al suo profumo tenue, impalpabile.

Mazzini è una furia. Da Lorenzo nessuna nuova: sembra svanito in Ancona. Sulla stampa reazionaria, notizie inquietanti di stupri, grassazioni, persino omicidi commessi in quella città «in nome della Repubblica». Ma la Repubblica non c'entra. I disordini di Ancona sono opera di scriteriati, feccia verminosa che si scava tane in ogni rivolta. O, peggio, agenti provocatori. Felice Orsini, un sanguigno romagnolo nel quale Mazzini ripone assoluta fiducia, è convocato e nominato su due piedi proconsole con pieni poteri. Terra di Nessuno lo accompagnerà nella missione che dovrà ripulire Ancona e rendere l'onore alla Repubblica.

La sera avanti la partenza, Terra di Nessuno consuma una cena solitaria all'osteria di Porta del Popolo, ritrovo dei piú accesi repubblicani, quando fa irruzione Ciceruacchio. È una leggenda vivente, l'anima di Roma. È un bottaio grasso e gioviale che ha studiato da li preti de Sant'Apollinare, e per questo li conosce bene, e per questo li odia tanto. Lascia intendere che l'assassinio di Pellegrino Rossi è stato cosa sua. Benedice matrimoni assiste a funerali combina conventicole. Dice che non si muove foglia a Roma che Ciceruacchio non voglia. La sua parola può piú di quella di Mazzini. La gentucola lo adora. Quando la massiccia sagoma del tribuno si staglia sull'uscio, nell'osteria di Porta del Popolo si fa un grande silenzio. Ciceruacchio incede lento sino al centro della sala, consapevole del suo carisma, e con voce cavernosa annuncia: – So' arrivati li froci!

Un brusio crescente si leva dalla folla di soldati della guardia civica in libera uscita, volontari, gazzettieri, artigiani chiavari, sediari e lattonieri che si ammassano fra le panche robuste e gli aromi di sugo e carni e vino dei Castelli.

– Che dice Mazzini?

– Che intenzioni hanno?

– Quanti sono?

– So' già sbarcati?

– È vero che sta arrivando pure Garibaldi?

Ciceruacchio, con un gesto ieratico, impone il silenzio, ordina una coda alla vaccinara e un litro di bianco, e va a schiantarsi accanto a Terra di Nessuno.

– Hai capito, sardo? – ripete, passandosi una mano fra i radi capelli. – So' arrivati li froci!

Terra di Nessuno depone con cura nella scodella la costoletta di abbacchio, si terge le labbra con un panno e ribatte, serio: – Se parlassi italiano, di tanto in tanto, capirei anch'io. Chi sarebbero questi... froci?

Un riso sguaiato pervade l'uditorio.

– Ammàzzate, sardo, so' tre mesi che stai a Roma e ancora nun te sei 'mparato! – motteggia qualcuno.

– Sardo, – spiega paziente Ciceruacchio, svelando uno degli innumerevoli misteri di quella lingua densa e sarcastica che nei suoi doppi sensi grondanti grossolanità e disincanto affratella nobiluomini e plebaglia, – froci vie' da «francioși». Però frocio vordi' pure «pederasta», sarebbe 'n omo che va coll'omini... Ma nun è che so' veramente tutti froci, anzi, in mezzo a loro è pieno de gente co' li cojoni... è per via de quer modo de fare, come te posso spiega'... diciamo lezioso, va bene?

– E allora?

– E allora che, sardo?

– Tu che ne pensi?

– De li froci... pardon, de li francesi? Che in fondo fanno la loro parte. È tutta 'na recita. Minacciano fuoco e fiamme, ma alla fine non tradiranno lo spirito della Repubblica. Luigi Napoleone è un vecchio cospiratore. Ha combattuto a Modena nel '31. Ai suoi tempi era affiliato ai carbonari. Mica 'n omo pò veramente cambia' cosí! Se troverà 'n accordo.

– Ne sei sicuro?

– Bè', – borbotta il capopopolo, – questa è l'opinione del Maestro... Che, ci hai quarche cosa da di'?

Terra di Nessuno china il capo e non risponde. Ancora una volta, pensa, desolato, ancora una volta Mazzini confida nella natura umana. E ancora una volta si sbaglia.

Ancona è un'elettrica scarica acida di benefica violenza. Ancona è la palingenesi, la resurrezione. Ancona è come dev'essere la vita: come vuole il mondo che sia. Una corsa, ora comica, ora tragica, verso un inafferrabile traguardo. La posta in palio è solo una: ritardare la morte. Lorenzo passeggia nervosamente davanti al suo nascondiglio: un magazzino abbandonato ingombro di travi marce, sartiame rugginoso, vele divorate da innumerevoli legioni di grassi ratti impestati. Le ombre di una notte senza luna danzano sinistre fra le acque limacciose del porto, appena mosse dal rollio delle poche imbarcazioni sfuggite al blocco navale con il quale austriaci e francesi cercano di impedire i rifornimenti all'odiata Repubblica romana. Per due notti di fila er Berva, il suo agente in Ancona, ha disertato il quotidiano appuntamento. C'è solo una ragione che può averlo trattenuto. La Repubblica ha finalmente deciso di affrontare la situazione. La missione, si dice con una punta di rammarico, la missione volge al termine. Lorenzo ripercorre le scellerate imprese dell'ultimo periodo. Sequestro e mutilazione, mediante taglio dell'elice dell'orecchio destro, del notaio Spadoni. Stupro della figlia minore del funzionario papalino Delre. Estorsione in danno del canonico Videtta. Sequestro e uccisione del ricco possidente Porrighi, la seconda essendosi resa necessaria in seguito al rifiuto del fratello del rapito di pagare il riscatto. Una scintilla di luce saetta dalla parte opposta del molo, seguita dal suono di passi pesanti. D'istinto Lorenzo si accuccia dietro una catasta di legna fradicia e mette mano alla pistola che custodisce nel taschino.

– Commissario...

– Berva. Sei in ritardo di due giorni!

Er Berva ha il muso di topo, una barbaccia ispida che tende al biondo, il petto incavato scosso da frequenti accessi di tosse, lascito delle ore trascorse nell'umido scantinato della sartoria di Mario Tozzi al Borgo.

È spaventato, e non ne fa mistero.

– Commissa', qua le cose se mettono male. È arrivato un certo Orsini, co' lui ce sta un pischello sardagnuolo, uno co' 'na faccia de fijo de 'na mignotta... Dice che devono riportare l'ordine...

Lorenzo s'accende un sigaretto e prende tempo. Sí, è proprio finita. E complimenti a Mazzini. Ha scelto gli uomini giusti. Terra di Nessuno è il soldato piú leale che abbia mai incontrato: sarebbe piaciuto a suo padre, il tenente generale della imperialregia marina.

Quanto a Orsini, è agitato, spesso confuso, ma deciso e privo di scrupoli: sin da quando, ragazzino, uccise un servo per futili motivi e per scampare al giusto castigo giurò di farsi prete, per essere poi graziato per intervento della sua famiglia.

– Commissa', dite qualcosa, Cristo santo!

– E che ti devo dire? Fine della pista. Almeno per te. Sei sicuro di non essere stato seguito?

– Sicurissimo.

– Nessuno sa che sei qui? Nessuno dei compagni, voglio dire...

– Commissa', ma che gioco è questo? Lo sapete che de me ve potete fida'...

– Bravo, bravo, Berva, vedrai che tutto s'aggiusterà.

L'altro lo fissa con tanto d'occhi. Lorenzo gli ha fatto credere di essere stato inviato quale commissario straordinario da Mazzini in persona. Scopo della missione, peraltro segretissima: seminare il terrore rivoluzionario. In pratica, ha trasformato un manipolo di banditi in agenti segreti della giusta causa. E, all'infuori der Berva, nessuno sa il suo nome, nessuno l'ha mai visto in faccia.

– Tutto s'aggiusterà cor cazzo! Metà dei compagni so' già finiti in gattabuja, e a me me stanno a cerca' pe' mari e pe' monti...

– Ah, la situazione dunque è a questo punto.

– E pure peggio! Sentite, commissa', tocca che ci andate a parlare, co' 'sto Orsini, e je spiegate come sta la situazione, perché me sa che questo ci ha strane idee per la testa...

– Mi sa che è troppo tardi...

Er Berva lascia partire un ruggito. Lorenzo gli posa una mano sulla spalla, e con l'altra impugna la pistola pronta a fare fuoco.

– Che significa «è tardi»? Ma chi cazzo è 'sto Orsini?

– Il rappresentante del governo, Berva.

– Ma nun sète voi er rappresentante de Mazzini? Ma che m'avete pijato per il culo tutto 'sto tempo?

– Le cose cambiano, amico, – taglia corto Lorenzo, e gli pianta una palla in fronte.

Er Berva si accascia, fulminato, un'espressione di risentito stupore sulla faccia. Lorenzo ripone l'arma, si guarda intorno, trascina il corpo sulla soglia del magazzino. Non prova nessuna pietà per la sua ultima vittima. È un assassino, un traditore, un rinnegato. E si scopre felice di esserlo. È notte nera dovunque a questo mondo, e un abisso senza contorni e senza luci ci avvolge tutti. E allora che si sprofondi in questo abisso, che se ne divenga parte, e parte attiva. Perché non esiste luce, e non c'è scelta. Soltanto la morte. Ma questa, ride Lorenzo mentre arma di nuovo la pistola, è una scelta che ho già fatto. Io non voglio morire, e non voglio piú soffrire. Lorenzo punta l'arma alla gamba, prende con cura la mira, fa fuoco. Ha calcolato tutto. La palla lo coglie di striscio, un bruciore, un calore repentino, una rosa di sangue per adesso, forse domani qualche linea di febbre. Quanto basta a giustificare l'eroica menzogna che venderà ai cari compagni rivoluzionari. Adagia la pistola sul corpo del Berva e lancia un urlo, poi un altro. Continua a urlare finché un lucore incerto si manifesta al principio del molo, e uno scalpiccio affrettato annuncia la ronda. Allora si getta sul cadavere e finge di svenire, ricacciando indietro un sorriso di trionfo.

Maggio

Mario rincasa da una tempestosa seduta dell'assemblea. La linea di Mazzini si è rivelata un fiasco clamoroso. I colloqui con i francesi sono naufragati. Garibaldi si è attestato a villa Savorelli per organizzare l'estrema difesa. La guerra è nell'aria. Nessuno spera sul serio di farcela contro un esercito potente e organizzato come quello di Luigi Bonaparte. La scelta è fra una resa onorevole e la resistenza a oltranza. Mazzini è intransigente. L'unica cosa sensata è riparare a Londra, prima che sia troppo tardi. Mario si chiede come esporre la situazione senza farci la figura del vigliacco. Violet ha indossato un abito da uomo che le dona straordinariamente.

– Esco, – gli dice, con un rapido bacio, – non aspettarmi, farò molto tardi.

– Posso sapere dove…

– Vado a incontrare una prostituta, – risponde lei, schietta, serena.

– Cosa?

È stata un'idea di Cristina di Belgioioso, la principessa che si batte da sempre per la causa. Lei e Violet sono diventate grandi amiche. Condividono la stessa insofferenza per i limiti imposti alla libertà delle donne dall'oppressione degli uomini. Credono fermamente che Rivoluzione non significhi soltanto cacciare lo straniero, ma liberare l'individuo, qualunque sia il suo sesso, da ogni forma di oppressione.

Idee pericolose, frutto di un estremismo del momento che, spera Mario, il tempo e la saggezza ridurranno a piú mite partito. Ma intanto...

– Ascoltami, – s'infervora Violet, – ci sarà la guerra! E guerra significa morti, e feriti. E se per i primi servono preti e litanie (ma non si vede una tonaca in giro per l'Urbe manco a pagarla a peso d'oro, tutti nascosti a Gaeta sotto le gonne di Sua Santità, i servi di Cristo!), i feriti hanno bisogno di cure e di assistenza tanto nel corpo quanto dell'anima. Perciò la principessa propone di reclutare le prostitute romane come corpo ausiliario della carità: infermiere, insomma, ché del corpo le «sventurate» una certa pratica devono pure essersela fatta, in tanti anni di onorata professione.

– Che? Volete trasforma' le mignotte in infermiere? – insorge Mario, incredulo. – Te e l'amica tua siete due pazze! E in ogni caso, io ti proibisco...

Violet lo frena con un gesto imperioso. Gelida, gli volge le spalle e si avvia alla porta. Mario comprende che è andato pericolosamente vicino a varcare un limite. Il limite. Dovrà fare ricorso a molta pazienza, molta ironia, molto spirito di sopportazione se vorrà domare la donna della sua vita. Un altro passo falso e rischierà di perderla, per sempre.

– Aspetta, – le dice, afferrandola per un braccio, – vengo con voi.

– Non ce n'è bisogno, grazie.

– Ma due donne sole...

– Ci accompagna Ciceruacchio. È stato lui a fissarci un appuntamento con una certa Rosa Monticiana.

Mario lascia andare il braccio, e involontariamente arrossisce. Rosa Monticiana. Ripensa a certi pomeriggi d'estate, al portoncino discreto alla Suburra, a un donnone dai seni prorompenti e dal buonumore contagioso che gli arruffava i capelli chiamandolo «er fijo der sor Bartolo nostro».

– La conosci, vero?

Mario china il capo e non risponde. Violet ride.

– Non soffro di gelosia del passato, tesoro. Ma è meglio se stasera te ne resti qui a casa.

Piú tardi, Rosa Monticiana si arruola, come prima volontaria, nel corpo ausiliario delle infermiere della Repubblica.

– E le altre faranno come me, stàteve sicura, principe'. Ma quatrini nun ne volemo. Se lo dovemo fa', lo famo pe' l'omini, che a noi ce sèrveno sani, e co' tutta l'artijeria che je funziona. E poi, se potemo anna' 'n culo a preti e monzignori, che dar purpito ce maledicheno e de notte se ne vengheno a mori' drento a le cosce nostre…

Dopo il fatto dell'Albergheria, a Palermo, fra Salvo Matranga e il baronetto Michele Liberato di Villagrazia era nato qualcosa di assai simile all'amicizia. Il baronetto aveva eletto Salvo a propria scorta, e Salvo era diventato la sua ombra, il suo confidente, colui che lo teneva costantemente informato dei sentimenti del popolo verso la Rivoluzione. A contatto con Michele Liberato, Salvo aveva cominciato a dare un senso a quelle formule – la «politica» e la «forza politica», per esempio – che aveva ripetuto a memoria, senza comprenderne granché, quando l'avevano affiliato.

Un giorno, il baronetto gli aveva offerto il caffè e gli aveva chiesto: – Salvo, ma tu perché stai dalla nostra parte?

– Perché me lo ordinarono, eccellenza.

– Allora per te una parte vale l'altra? Se ti ordinassero di passare coi Borboni lo faresti senza pensarci?

– Eccellenza, io ignorante sono. Queste sono cose da signori.

– Ora ti spiego…

Salvo, che era analfabeta ma di cervello pronto, aveva cercato di interpretare a proprio modo l'arringa del baronetto.

C'erano i signori di sempre, i baroni per intendersi, e questi «liberali» che sognavano di diventare i signori di domani. Quasi tutti i baroni, e il Re in testa, erano scesi in armi contro questo disegno, che consideravano contrario all'ordine naturale delle cose. Solo in pochi, fra cui il barone padre, avevano deciso che il modo migliore per restare baroni, e conservare dunque proprio quell'ordine naturale delle cose, era di mettersi d'accordo con gli aspiranti nuovi signori e spartirsi la torta. I primi reagivano con la «forza politica», che si riserva agli infami e ai traditori; i secondi con la «politica», che serve a trovare la reciproca convenienza con le persone «degne e meritevoli».

– Mi sbaglio, signor barone?

– No. Per ora le cose stanno cosí, ma ricordati che niente è eterno, fuorché la morte.

– E vale a dire, scusate?

– Vale a dire che mio padre ha le sue idee, e io le mie. Vale a dire che io andrò sino in fondo. E come me la pensano l'avvocato Crispi e tanti altri.

Aaah, pensò Salvo, era tutto un gioco di dare e avere. Ma un gioco anche a futticumpagnu: i baroni si facevano «liberali» per fottere i liberali, i liberali si appoggiavano ai baroni per fotterli. Michele stava con questi ultimi.

Un'altra cosa aveva capito, Salvo. Il baronetto sapeva benissimo chi era Salvo, e che cosa rappresentava. Qui, però, le loro strade si dividevano. Quando Michele Liberato aveva cercato di convincerlo che la «politica» e la «forza politica» potevano essere messe al servizio di un'altra causa che non fosse quella della Società, anzi, che la Società stessa avrebbe dovuto cambiare e farsi essa stessa strumento di «dignità e di cambiamento», era rimasto deluso. Nella partita fra baroni e liberali, la Società stava in mezzo, o per meglio dire, da tutte e due le parti. Chiunque avesse vinto, loro ci sarebbero stati sempre. Perché di cose eterne, a questo mondo, non ce n'è solo una, ma due: la morte e la Società. Possibile che un uomo di tanto valore non capisse una verità cosí elementare? Però, di alcuni insegnamenti Salvo aveva comunque fatto tesoro. Si era messo di buona lena a imparare l'alfabeto, e in poche settimane, con l'aiuto di un'istitutrice amica del baronetto, una *demoiselle* francese che gli aveva mostrata una notevole simpatia, aveva fatto progressi impressionanti. Una sera di dicembre, aveva sbalordito il baronetto leggendo a voce alta il titolo del «Monitore».

– «Luigi Bonaparte eletto presidente dei francesi».

Il baronetto si era complimentato con lui.

– Bravo, Salvuzzu! Sai leggere! D'ora in poi, oltre al coltello, hai un'altra arma. Molto piú potente.

Strane idee cominciarono a girare per la testa di Salvo. Un'arma piú potente della lama. Un'arma che avrebbe potuto condurlo dovunque avesse voluto. Per intanto, le parole giuste che Michele aveva lasciato cadere a chi di dovere, la risonanza dell'amicizia che era nata fra di loro, la confidenza con cui lo trattava anche in pubblico avevano notevolmente giovato alla sua posizione in seno alla Società. «Amicu d'u signurinu», lo apostrofava spesso e volentieri don Calò senza nessuna ironia.

In definitiva, anche se certe cose essenziali della vita gli sfuggivano, il baronetto era un grande uomo, e Salvo gli era riconoscente e devoto. Perciò, quando venne il momento di comunicargli la dolorosa decisione, si offrí volontario: stavano per dare a quel grande uomo un dispiacere profondo, stavano per dare un colpo mortale alla sua causa, era giusto che fosse un amico a occuparsene. Se ne era discusso molto, prima di raggiungere la soluzione. Don Calò aveva pazientemente demolito la resistenza del barone padre.

– Ve lo dissi e ve lo ripeto, con tutto il rispetto, signor barone: questa terra senza un re non può stare, e siccome i vostri amici liberali uno migliore di Ferdinando non riuscirono a trovarlo, prepariamoci ad accogliere degnamente il ritorno di Sua Maestà!

Il barone padre aveva opposto quantomeno un embrione di resistenza. Dall'inizio di quell'avventura si era sentito riformatore della sua terra e profeta della sua gente, si era visto, di volta in volta, governatore generale, viceré, ambasciatore a Londra, alla peggio, e rinunciare a sogni di cosí ampio respiro era davvero doloroso.

– E state sicuro che il Re è generoso, certo, ma tiene la memoria lunga, e al momento opportuno saprà ricordarsi di chi ha fatto la scelta giusta.

Che le cose andassero male, in Italia e in Sicilia, e a Palermo in particolare, il barone l'aveva chiaro in mente. Re Ferdinando, deposto l'anno precedente, aveva lanciato un ultimatum che il parlamento isolano aveva sdegnosamente respinto. La battaglia finale era imminente. Era vano nutrire illusioni sul suo esito. Che altro restava da fare, se si voleva salvare il salvabile? Si doveva correre il rischio di sanzioni pesanti, di un arresto, di – Dio ne scampi – una confisca? Che ne sarebbe stato, allora, dei suoi grandiosi progetti riformatori? Il barone cedette alla logica stringente dell'Uomo della Società. E si limitò a raccomandare a Salvo che rassicurasse Michele, suo figlio, nel modo piú caldo e convincente possibile, che si trattava soltanto di una ritirata temporanea, che la fede non era in discussione, che sarebbero venuti tempi migliori.

Salvo sorprese il baronetto nel centro di Palermo, in desolata contemplazione di quella che un tempo era stata la ricca e golosa vetrina del piú elegante caffè di via Maqueda, e che adesso, nella città messa in ginocchio dal blocco navale e dall'ostilità dei regnanti di mezzo mondo, esibiva ripiani deserti e polvere.

– Il signor barone vostro padre mi incarica di porgervi i suoi saluti, eccellenza.

Michele, ancora una volta, lo sorprese. Gli era bastata un'occhiata per intuire.

– Hanno deciso, vero? Mio padre si ritira? Ha accettato l'ultimatum del Re?

Malgrado quanto gli era stato insegnato sulle regole della Società, Salvo si sentí penetrare da quello sguardo profondo e amaro, e chinò il capo. Gli mancò persino il coraggio di riferire l'altra parte del messaggio. Che se la vedesse il barone padre; quella, dopotutto, era una guerra di signori, e perdipiú fra padre e figlio in contrasto non ci voleva mettere bocca. Lui, in quanto Uomo, la sua parte l'aveva fatta.

Mentre il baronetto annuiva mesto, sentí che un'ultima cosa doveva farla. Era una cosa che gli veniva dal cuore, e a volte al cuore si deve obbedire.

Salvo tese la mano e, a mezza voce, disse: – Io... io sono onorato di avervi conosciuto, eccellenza.

Michele afferrò la mano e gliela strinse forte.

Giugno - Agosto

A Roma è guerra. L'ambasciatore francese Lesseps ha stretto un patto con Mazzini, ma il giorno dopo il suo governo l'ha smentito. I francesi hanno attaccato e sono stati respinti. Una, due, dieci volte. Ma i prodigi di valore di Garibaldi poco possono contro nemici cosí superiori per numero e armamenti. Si bruciano cataste di cadaveri. I feriti gemono negli ospizi improvvisati al Pellegrino, amorevolmente curati da nobildonne e prostitute accomunate dalla pietà rivoluzionaria. Lady Violet occupa una branda in un angolo del vecchio carcere delle Mantellate. È smagrita, trasandata. Mario non riesce quasi piú a parlarle. La situazione è disperata, la guerra è persa, da un momento all'altro i francesi sfonderanno. Nessuno sarà risparmiato. Non resta che la fuga, ma Violet non sente ragioni. Mario la sorprende mentre recita a un moribondo una terzina di lord Byron.

– «For freedom's battle once begun, | bequeath'd by bleeding sire to son, | though baffled oft is ever won»[1].

Anvedi che consolazione, per quel disgraziato! Per scampare alla prima linea, Mario s'inventa un lavoro dopo l'altro, una consegna urgente dopo l'altra. Asserragliato con pochi, fidati operai nella fabbrica del Borgo, viene pizzicato

[1] «Perché la battaglia della libertà una volta cominciata, | trasmessa dal padre insanguinato al figlio erede, | per quanto spesso perduta alfine sarà vinta».

dal bando generale con il quale Mazzini richiama alle armi tutti i maschi validi dai sedici anni in su. Abbandona a malincuore ago, filo e le fatture che nessuno evaderà, ma che torneranno utili se mai un giorno qualcuno dovesse chiedergli conto dello stato delle sue finanze. Cucita in un taschino del giustacuore custodisce la lettera di credito per cinquecento paoli. Ha diviso in due la somma elargita dalla figlia di Davide il ganavimme: metà alla causa e metà per il futuro. Se ci sarà un futuro. Prima di raggiungere la squadra a cui è stato assegnato, con un vecchio moschetto e una giberna stipata di gallette ammuffite, passa a salutare lady Violet. Lei lo abbraccia, lo bacia con passione. Commossa di vederlo in uniforme, si sfila dal collo un pendente con uno strano diadema e gli impone, con gesto teatrale, di portarlo sempre su di sé.

– È uno *svāstika*, il simbolo del sole. Ti proteggerà dalle palle dei nemici come ha protetto mio padre in India.

Mario va alla battaglia con la morte nel cuore. In testa ha un unico pensiero: Londra. Incrocia Mazzini sulla via che mena ai contrafforti del Gianicolo, dove Garibaldi continua imperterrito a fare strage di giubbe blu. Il Maestro, come d'abitudine vestito di nero, esibisce un bastone dal pomello d'argento. Si sposta di quartiere in quartiere, di strada in strada, confortando chi è stanco, aizzando chi tituba, consolando le vedove e gli afflitti.

– Dobbiamo dare a tutti il senso di una vita normale, democratica, libera, – spiega. – Oggi c'è la guerra, ma la pace tornerà a prevalere!

Nel suo perseguire il vivo dello scontro, attirato dall'odore della polvere e dalle scariche di mitraglia, nel quale tanti leggono il volo leggiadro dell'ape attirata dal miele, l'esausto Mario intuisce piuttosto la mosca sedotta dalla merda. A Londra, borbotta fra sé, a Londra!

Accanto al Maestro avanza Lorenzo. Concede a Mario un sorriso accennato, gli augura sorte benigna, lo congeda con una stretta di mano. Con lui s'è chiarito al ritorno da Ancona. Ha sofferto per lady Violet, ma non gli serba rancore. Augura alla nuova coppia un luminoso futuro. A lady Violet ha fatto arrivare una preziosa orchidea accompagnata da un biglietto gentile. Attende, freddo, l'occasione propizia, mentre nessuno sospetta il gelo che lo divora. La sua vita non è che simulazione, tenebra, menzogna. Un crescente, perverso piacere dilaga dove un tempo c'erano passione e dolore. Quanto al Maestro, ha preso per buona la versione che Lorenzo aveva inventato sui fatti di Ancona. Ma mentre si abbracciavano, platealmente, davanti agli altri, Lorenzo non aveva mancato di notare il guizzo ironico negli occhi di Mazzini.

La Striga non mangia, non beve e non dorme da tre giorni. Si aggira spettrale nella nuova, grande e luminosa dimora di Dante Gabriel Rossetti, divorata da un'inquietudine senza sfogo.

Il pittore è chiuso da settimane nell'atelier. Cosí ama definire, alla maniera francese, l'abbaino dal tetto spiovente nel quale mescola i colori nel disperato tentativo di recuperare un minimo d'ispirazione. Assume dosi crescenti di oppio e di hashish da un narghilè la cui bottiglia ha dipinto personalmente. Tedio e spossatezza lo tengono lontano dalla tela. A schiere, salgono nell'atelier giovani modelle, ambigue creature dal sesso incerto, loschi orientali fornitori della materia prima dei sogni. Da tempo, ormai, lui non le rivolge uno sguardo, non la degna d'attenzione. La Striga è indifferente. La ragione del suo turbamento è di tutt'altro genere. La Striga può tollerare il tradimento degli uomini, ma non quello dei numeri. La Striga cerca un errore. O cerca di persuadersi che non può esistere errore. Un errore nella ferrea logica dei numeri. Si annida da qualche parte, quest'errore, ma la Striga non l'ha ancora scoperto. E ritrovarsi incapace di scoprire l'errore è come ammettere di essere stata tradita dai numeri. Lord Chatam, che va a cercarla ogni giorno, è rimandato indietro dalla domestica, anche lei un tempo modella, oggi caduta in disgrazia per un'ignobile malattia della pelle che le deturpa i lineamenti. Lord Chatam è cambiato. Il pittore è cambiato. Il soldato biondo che l'aveva strappata alle fiamme è cambiato. La Striga stessa è cambiata, e cosí profondamente, da quando contava le zampe delle capre sui monti di Calabria. Postulare che il numero pari modelli l'ordine e quello dispari configuri il disordine è forse, riflette la Striga, una primitiva, immotivata illusione. Se a ogni essere umano è assegnata una sequenza numerica, e se gli esseri umani si modificano, evolvono, progrediscono, o degradano, anche i numeri si modificano, evolvono, progrediscono, degradano. L'ordine celeste non può dunque riflettersi in un'immobilità originariamente imposta, ma è divenire. Ma il divenire non è forse prossimo al caos? Quale la causa del cambiamento? Un moto incontrollabile del divenire, oppure una nuova sequenza, predeterminabile, ovvero ricostruibile a posteriori? Tutto il movimento non è forse energia? Ma di questa energia non potrà, non dovrà esistere una qualche traccia? Infine: il caos che imbriglia le nostre esistenze può forse essere imbrigliato? Possiamo ipotizzare che un giorno si possa «comandare» sui numeri, e non esserne comandati?

Lady Ada Lovelace sorprende la Striga davanti all'ampia finestra spalancata sui giardini di Kensington. Avrà pagato la domestica per intrufolarsi in casa, ma dopo il primo moto di fastidio, la Striga è contenta di rivedere l'amica.

– Leggete qua, – la invita lady Ada, porgendole un foglio sul quale sono vergate alcune sequenze di cifre intervallate da spazi bianchi.

La Striga legge, e rilegge. Un modesto rossore si diffonde sul suo volto.

– La riconoscete, vero? – domanda lady Ada.

La Striga annuisce. Lady Ada intona una melodia dissonante. La Striga chiude gli occhi.

– È la vostra musica, – spiega piano lady Ada, – sono i vostri numeri. Voi musicate sequenze numeriche, l'ho prima intuito e poi ho anche decifrato la chiave. Ditemi: perché?

La Striga non sa rispondere. Perché è il mio modo di dare ordine al caos, avrebbe risposto, ancora una settimana prima; perché la musica è armonia di là da ciò che noi immaginiamo essere l'armonia codificata dai musicisti di sempre, e il numero è alla base della struttura di ogni armonia. Infine, perché il numero è tutto. Ma non in questo momento. Non mentre si sente cosí fragile, cosí priva di ancoraggio.

– Venite. C'è una persona che voglio farvi conoscere, – la invita lady Ada, e la prende per mano.

Villa Pamphilj e villa Valentini sono perdute, cadute in mano francese dopo una notte di scontri furiosi. Tra i cadaveri insepolti dei miliziani sono riapparsi i religiosi, corvi svolazzanti ammantati di nera ipocrisia al seguito del generale Oudinot.

– Preti bastardi, – tuona Ciceruacchio, sputando una rocchia di tabacco marrone, poi arma il moschetto e fulmina, quasi senza mirare, un cecchino imprudente che s'era sporto di un'anticchia dal torrione del casotto Algardi. – Benedicheno solo i morti loro e je dànno cristiana sepoltura, e i nostri restano a imputridire al sole!

Luigi, il figlio tredicenne di Ciceruacchio, fa da instancabile staffetta fra il quartier generale di villa Savorelli e il Gianicolo, dove la prima linea resiste ancora. Garibaldi è accorso a Testaccio, ha caricato sotto un intenso fuoco di artiglieria e ha respinto l'avanguardia francese. I bersaglieri di Manara, a San Pietro in Montorio, tengono testa in cinquecento a diciottomila armigeri. Le notizie rinfrancano gli avamposti, parte una selva di «Urrà!» Si grida «Viva Mazzini, viva Garibaldi, viva la Repubblica!» Ciceruacchio mastica tabacco e abbatte francesi come polli sul bancone del macello.

– E intanto il capoccia loro, 'sto grandissimo fijo de 'na mignotta de La Marmora, ha bombardato Genova. E meno male che eravamo alleati! Me sa che ci hai ragione te, Lore', bisognava fa' piazza pulita finché eravamo 'n tempo, mo' è troppo tardi.

Lorenzo annuisce e scarica il moschetto nella polvere acre di un orizzonte indistinto, velato da un sole malato e implacabile. Mazzini s'è opposto al suo progetto di dare alle fiamme chiese e confessionali, e di impiccare gli ultimi preti rimasti in città. Appena due giorni avanti ha scritto al papa rinnovandogli l'invito a ritornare a Roma, assicurando per giunta «tutte le guarentigie necessarie per la sua indipendenza nell'esercizio della sua potestà spirituale». E sempre Mazzini ha ordinato di celebrare in pompa magna le feste religiose, aprendo al popolo, sorpreso, basiliche e sagrestie.

– È una follia! – è insorto Lorenzo.

– Follia sarebbe coprirsi d'onta oltraggiando Dio! – ha tuonato Mazzini.

La guerra assume, di ora in ora, connotati sorprendenti. Da un lato l'assemblea tratta; dall'altro si versa il sangue invocando un ripensamento del papa. Da un lato si sfornano leggi egualitarie, laiche e progressiste, dall'altro si organizzano *Te Deum* per sollecitare all'impresa la divina protezione. Si versa, insomma, in un caos che Lorenzo sente benefico e complice. Sopraggiunge Terra di Nessuno. I difensori del

Gianicolo lo salutano con uno slancio che sa di affetto, e odora della morte mille volte sfidata insieme. Nel vivo della battaglia, Terra ha guadagnato quei galloni che nessun comandante, nemmeno Garibaldi, che pure talora lo degna della sua confidenza, si sognerebbe mai di formalizzare. Soldato semplice, è piú ascoltato e temuto di un capo. Il suo sprezzo del pericolo è leggendario. La sua generosità senza tornaconto lo ha innalzato nel cuore di Mazzini. Ecco un uomo retto e decisamente migliore di me, medita Lorenzo. Se dovessimo entrambi sopravvivere all'impresa, queste sue qualità morali potrebbero rivelarsi assai utili al mio gioco. Un idealista, un puro: su quale migliore alleato potrà mai contare un rinnegato?

– Dobbiamo sfondare. Ordine del Generale!

I combattenti restano perplessi. Difendono da settimane la rocca delimitata dalla villa del Vascello, convinti che, quando ne fossero infine scacciati, Roma ineluttabilmente cadrebbe. Poche le armi, munizioni e rifornimenti cominciano a scarseggiare. Una sortita è roba da incoscienti.

– Stamo alla frutta, – commenta Ciceruacchio caricando l'arma, pronto a obbedire senza tentennamenti, – vordi' che stasera annamo tutti a spala' carbone all'inferno!

Ma Terra di Nessuno non ama la morte. Quanto a Garibaldi, non sopporta nemmeno di perdere con onore. Se si attacca, è solo per vincere.

– L'avamposto è indebolito dalle perdite, – spiega, – le retrovie sono state spedite di gran carriera a San Paolo fuori le mura, dove due battaglioni francesi sono intrappolati sotto il nostro fuoco. È il momento buono. Li respingeremo, e guadagneremo qualche giorno di calma.

Gli uomini si preparano. Fra loro c'è anche Mario. Ha il volto terreo, il fucile gli trema fra le mani. Lorenzo lo ha studiato con cura, in quei giorni di resa dei conti. Può leggergli nell'anima. È un vile. Medita una fuga che non ha il coraggio di mettere in atto perché sa che perderebbe per sempre lady Violet. Lorenzo si chiede se l'imminente battaglia non gli possa offrire l'occasione che cerca da tempo. Si porta accanto a Mario, lo incita con una frase affettuosa, gode del terrore che si allarga nei suoi occhi, del pallore, del tremolio.

Il trombettiere suona la carica. Ciceruacchio rinforza con un urlo belluino e una bestemmia. Terra di Nessuno è il primo a lanciarsi all'assalto. Lorenzo afferra Mario per un braccio e lo sospinge fuori dal precario riparo, verso il fuoco. Per un istante pensa che sarebbe beffardo cadere insieme, fianco a fianco, l'uno fra le braccia dell'altro. Ma una nuova sicurezza lo sorregge, da quando ha abbracciato la fede del rinnegato. Non morirà a Roma. I francesi, disseminati fra le piante e i ruderi di villa Pamphilj, sono colti di sorpresa dall'assalto. Le prime linee vacillano sotto il fuoco della fucileria. Terra di Nessuno e due compagni caricano a baionetta tre ufficiali che lasciano cadere le armi e si consegnano. Proseguono verso il folto della villa. Sagome in giubba blu si profilano dietro i tronchi massicci degli ippocastani. I francesi sono in rotta. È un tiro al bersaglio. Urla, polvere, gemiti si mescolano al suono del trombettiere francese che chiama alla ritirata.

– Inseguiamoli! – urlano i piú, inebriati dal facile successo.

– Nessuno si muova! – ordina, imperioso, Terra di Nessuno. – Prima fortifichiamo la posizione!

Mario ha tirato uno o due colpi a casaccio, ora è poggiato a un tronco e si deterge il sudore. Lorenzo gli è accanto.

– Andiamo. La vittoria è nostra!

– Ma il sardo ha detto…

– Il sardo ci seguirà.

Mario non sospetta. È troppo impaurito per opporsi. Lorenzo lo spinge sulle orme dei francesi. Lo dirotta abilmente nel folto di un boschetto, tutto ciò che gli occorre è un piccolo vantaggio, cento, duecento metri.

– Ma dove andiamo? I francesi sono scesi per laggiú.

– E noi li aggiriamo. Li attaccheremo quando meno se l'aspettano.

Ecco. Ecco il momento. Lorenzo rallenta, lasciando a Mario qualche passo di vantaggio. Spiana il fucile. Da quella distanza non c'è bisogno di prendere la mira. E lo schiocco dei rami schiacciati dai loro pesanti stivali coprirà il secco rumore della detonazione.

– Ma che fate?

Lorenzo abbassa precipitosamente l'arma. Mario si gira, e allarga le braccia.

– 'A sardo, l'amico, qua, dice che dovemo anna' a caccia de froci…

Terra di Nessuno ha una luce indecifrabile nello sguardo mentre si para davanti a Lorenzo e lo squadra severo.

– Avevo dato un ordine, mi pare.

– Stavamo solo guadagnando un po' di tempo, – ribatte Lorenzo, sostenendo lo sguardo dell'altro. Poi, con un lieve tono di sfida: – Non si attacca piú?

– No. Rientriamo. E niente piú levate di testa, intesi? Ogni uomo è prezioso, ricordatelo.

Mario si accoda, sbuffando, sollevato. Lorenzo li segue soffocando la rabbia.

Il professor Babbage è un uomo di media statura, ha i capelli grigi e ondulati, l'aria stizzosa e altera. Indossa una marsina di panno, una camicia dal candore perfetto e un elegante foulard rosso. Saluta con un certo calore lady Ada mentre i suoi occhi freddi trapassano da parte a parte la Striga.

– Questa fanciulla sarebbe dunque il prodigio della natura del quale mi avete parlato, amica mia?

– Vedrete con i vostri occhi, Charles, – afferma conciliante e ironica la nobildonna.

Babbage annuisce, poco convinto, e dalla pila di carte che ingombra l'austera scrivania nello studio della moderna e bizzarra casa in Portland Place solleva un foglio e, con una certa aria di degnazione, lo porge alla Striga.

– Cominciamo con qualcosa di semplice –. Poi, scandendo bene le sillabe con un tono di voce singolarmente alto, come se si rivolgesse a un'idiota o a una bambina indisponente, chiede: – Che cosa leggete in questa tavola?

– La Striga comprende benissimo l'inglese, Charles. E vi risponderà con il linguaggio dei sordomuti.

– Che io non comprendo, – borbotta Babbage, – quindi, Ada, voi mi farete da interprete. Allora, miss Striga... che cosa vi dice questa tavola?

La Striga pianta gli occhi sereni in quelli del bisbetico matematico. Babbage è costretto ad abbassare lo sguardo, percosso da una scarica che, se non fosse lo scienziato razionale e illuminato che ritiene di essere, attribuirebbe, senza ombra di dubbio, al sovrannaturale. Striga, intanto, ha letto in quello sguardo l'ossessione del numero, l'angoscia del tempo che corre via, la frustrazione di chi è consapevole di portare una luce che la meschinità umana si ostina a rifiutare. Poi china il capo sulla tavola e s'immerge in quel guazzabuglio apparentemente indecifrabile di lettere.

B C D E F G H I J K L M N O P Q R S T U V W X Y Z
B C D E F G H I J K L M N O P Q R S T U V W X Y Z A
C D E F G H I J K L M N O P Q R S T U V W X Y Z A B
D E F G H I J K L M N O P Q R S T U V W X Y Z A B C
E F G H I J K L M N O P Q R S T U V W X Y Z A B C D
F G H I J K L M N O P Q R S T U V W X Y Z A B C D E

G H I J K L M N O P Q R S T U V W X Y Z A B C D E F
H I J K L M N O P Q R S T U V W X Y Z A B C D E F G
I J K L M N O P Q R S T U V W X Y Z A B C D E F G H
J K L M N O P Q R S T U V W X Y Z A B C D E F G H I
K L M N O P Q R S T U V W X Y Z A B C D E F G H I J
L M N O P Q R S T U V W X Y Z A B C D E F G H I J K
M N O P Q R S T U V W X Y Z A B C D E F G H I J K L
N O P Q R S T U V W X Y Z A B C D E F G H I J K L M
O P Q R S T U V W X Y Z A B C D E F G H I J K L M N
P Q R S T U V W X Y Z A B C D E F G H I J K L M N O
Q R S T U V W X Y Z A B C D E F G H I J K L M N O P
R S T U V W X Y Z A B C D E F G H I J K L M N O P Q
S T U V W X Y Z A B C D E F G H I J K L M N O P Q R
T U V W X Y Z A B C D E F G H I J K L M N O P Q R S
U V W X Y Z A B C D E F G H I J K L M N O P Q R S T
V W X Y Z A B C D E F G H I J K L M N O P Q R S T U
W X Y Z A B C D E F G H I J K L M N O P Q R S T U V
X Y Z A B C D E F G H I J K L M N O P Q R S T U V W
Y Z A B C D E F G H I J K L M N O P Q R S T U V W X
Z A B C D E F G H I J K L M N O P Q R S T U V W X Y

– Che cosa diavolo cerca di dirci? – quasi latra Babbage quando, un istante dopo, la Striga si rivolge gesticolando a lady Ada.

– God save the Queen, – puntualizza la figlia di Byron, con un sorriso serafico.

Babbage impallidisce, poi strappa la tavola dalle mani della Striga.

– È solo un dannato colpo di fortuna. O peggio, l'imbeccata di una signora che s'è incapricciata di…

– Non ci provate, Charles, – ride lady Ada, – io amo giocare lealmente, dovreste saperlo.

– Bah! Conoscete la mia passione per i cifrari. Voi stessa siete in grado di interpretare quelli meno complessi. Per giunta, sapevate benissimo cosa c'era scritto su quella tavola. E in ogni caso, non credo che basti cosí poco per gridare al miracolo. Persino i cavalli, opportunamente addestrati...

La Striga, a quel punto, sfila il foglio dalle mani del matematico. Con passo lieve si dirige alla scrivania, s'impossessa di un lapis e scrive qualcosa su un foglio bianco. Infine lo porge a Babbage.

– E questo cosa sarebbe? Ah, un'altra tavola... Cos'è, una sfida?

Babbage compulsa la tavola, si mette a cercare gli occhiali da vista, poi afferra un'altra tavola, la sovrappone alla prima, comincia a scrivere qualcosa.

– Complimenti, – sussurra lady Ada, stringendo per un braccio la Striga, – in un solo colpo avete decrittato l'indecifrabile tavola di Vigenère... E messo alle corde il piú grande genio matematico d'Inghilterra!

– Quattro zampe ha ogni capra, quattro i capretti... – sibila Charles Babbage, riemergendo dalla decrittazione. – Ma che cosa significa?

– Che vi ho portato un genio, amico mio!

Per il resto del pomeriggio, Babbage sottopone la Striga a un fuoco di fila di domande. La provoca sui numeri di Bernoulli, azzarda equazioni a tre incognite, propone operazioni sempre piú ardue. La Striga esegue in frazioni di secondo. Soltanto un lieve rossore e la fronte che, di tanto in tanto, s'increspa denunciano la sua estrema concentrazione. È sera ormai quando Babbage si ricorda che è buona norma far servire il tè e qualche pasticcino stantio. Ed è notte quando l'illustre matematico cade in ginocchio davanti alla Striga e la scongiura di collaborare con lui e con Ada al grande progetto della sua vita. La Striga, con una dolce carezza, lo aiuta a rialzarsi, e mima un messaggio che Ada traduce orgogliosa.

– Vi insegnerò la lingua dei muti, signore.

Babbage è conquistato. Prende la Striga per mano e la conduce, attraverso un freddo corridoio, nel laboratorio. È un luogo ampio e freddo. Alla luce di candelabri portati da due servi compunti, le mostra un enorme cilindro alto dodici piedi e largo sei, racchiuso in una torre lignea dalla quale spuntano altri, piú piccoli cilindri collegati fra loro in verticale da cinghie di trasmissione sulle quali sono appuntate schede traforate di carta.

– È la «seconda macchina» di Babbage, – esclama rapita lady Ada, – è il futuro!

La Striga, con un brivido, capisce che forse, là dentro, in quel cilindro che le pare incomprensibile e che presto, ne è certa, riuscirà a domare, c'è la risposta a tutte le sue domande.

Roma è caduta.

Garibaldi è in fuga verso il Nord con la moglie Anita ammalata e uno sparuto drappello di superstiti, fra i quali Terra di Nessuno. Mazzini, spinto dalle insistenze dei patrioti, ha accettato un passaporto a nome George Moore offerto dal console americano, tramite i buoni auspici di Griffin McCoy.

Mario Tozzi non s'è lasciato sfuggire l'occasione e s'è accodato, trascinandosi dietro una recalcitrante lady Violet. Alla fine, Mazzini ha scelto l'esilio, la salvezza, la vita, dunque.

– Sarà martirio! – aveva proclamato, appena tre giorni prima.

– E resurrezione! – gli aveva fatto eco Lorenzo. Era la parola d'ordine della Giovine Italia.

Mentre l'assemblea cercava un'onorevole via d'uscita diplomatica che nessuna potenza era disposta a concedere, il Maestro, sempre piú isolato e talora apertamente osteggiato, sognava un bagno di sangue.

Se la guerra è persa, c'è ancora modo di trasformare la sconfitta in vittoria, il martirio in resurrezione. Occorrerà lasciarsi massacrare. Strada per strada, casa per casa, uomini, donne, infanti, tutti a versare il proprio sangue benedetto sulla punta delle baionette dei francesi. Roma sarà rasa al suolo come al tempo delle invasioni barbariche. La civilissima nazione francese perderà l'onore al cospetto del mondo. Il sangue di centomila vittime coprirà di vergogna la *Marsigliese*. Andremo al macello cantando, offriremo il petto alle palle nemiche, e ogni scarica di fucileria allargherà lo squarcio che s'apre nell'ipocrisia degli Imperi. Quando anche l'ultimo brandello di carne sarà arso nel rogo della Repubblica, il mondo finalmente aprirà gli occhi. I martiri saranno onorati come eroi. Roma sarà libera. L'Italia una e indipendente. Il papato un'istituzione esecrata per l'eternità.

Lorenzo soffiava sul fuoco, incitava all'olocausto, progettava lo sterminio finale.

– Quando verrà il momento ci rinchiuderemo in una chiesa e ci uccideremo l'un l'altro, come gli zeloti a Masada. Lo faremo, Maestro, e il mio pugnale sarà per il vostro petto!

E, beninteso, la sua parte era già scritta. La parte di Flavio Giuseppe. Quello che sopravvive a un mare di morti, e riporta la pelle a casa per raccontare la storia.

Mazzini lasciava dire. Mazzini annuiva, benediceva, levava il bastone a indicare un punto vago di là dall'orizzonte. Cercando forse un contatto diretto con quel Dio al quale proclama d'ispirarsi ma che sembrava ridersela della sua utopia. O forse, soltanto, sognava Roma deserta in una gelida notte di teschi dalle vuote orbite: l'ultimo monumento alla sua personale, eterna gloria.

Roma è caduta, ma c'è chi per le antiche strade di Borgo resiste ancora. Sono i disperati che preferiscono incrociare combattendo la palla fatale piuttosto che finire bendati davanti al plotone. E con loro gli sciacalli, le avanguardie della restaurazione, i ladroni di strada. E i rinnegati.

Lorenzo si avvia, a mani alzate, verso un drappello di francesi che rastrellano le viuzze intorno al Portico d'Ottavia.

– Sono un funzionario dell'Impero austriaco! – urla, in francese, sventolando le credenziali.

Una palla gli sibila pericolosamente vicina. Si arresta, rinnova l'annuncio, invoca che lo si conduca da un ufficiale superiore. I soldati si consultano, perplessi. Spunta un tenente. Ha occhi gelidi. Compulsa distrattamente le carte che Lorenzo gli porge, le getta per terra, si rivolge ai suoi uomini.

– Fucilate questa spia, – ordina, in italiano stentato. Poi si volta, annoiato, indifferente.

I soldati lo prendono di mira. Lorenzo afferra il tenente per la gola e lo costringe a girarsi. La fedele pistola a un solo colpo è puntata alla tempia dell'ufficiale.

– Ordina ai tuoi uomini di ritirarsi o sei morto, – sibila.

I soldati sono sorpresi, sbandati. Il tenente urla un comando. I soldati arretrano.

– Raccogli le mie carte, idiota!

L'ufficiale esegue. Lorenzo si fa strada avanzando a passo di gambero fra i soldati che gli scoccano occhiate sgomente. Guadagna dieci, venti, cento metri. L'ufficiale piagnucola, gli assicura protezione, si umilia a offrire una somma di denaro in cambio della salvezza.

– *Tais-toi, con!*

Lorenzo se ne sbarazza con una spinta sotto i cancelli che marcano l'inizio del ghetto. Comincia a correre, senza una meta, maledicendo la sua imprudenza. Doveva restare in attesa di tempi piú tranquilli, del rientro della legazione austriaca, era a loro che doveva consegnarsi, non a quei «froci» sbadatamente sanguinari. Procede, fra portoni serrati e finestre che mani invisibili sbarrano al suo passaggio, saltando i cadaveri gonfi di gas di compagni e popolani e le carcasse di animali, circondato da un tanfo inumano di desolazione, di morte. Grida alle sue spalle. I soldati compaiono dietro una svolta. Il tenente guida sbraitando la carica. Lorenzo si ferma di botto, esplode un colpo alla cieca, gli inseguitori sbandano, riprende a correre. Non ha modo di ricaricare. Intasca l'arma. Si guarda intorno in cerca di una grata mobile, di una carbonaia, di una cantina, di un qualunque buco dove nascondersi. Ma il ghetto, immobile nella sua oscura segregazione, il ghetto ride delle sue vane speranze. È finito in un vicolo cieco, quando, da una rientranza nelle mura, una mano si sporge e l'attira a sé. Coglie un fruscio di vesti, un odore di mela e di limoni appena colti lo pervade, intuisce un velo dal quale spuntano lunghi capelli neri e ricci, poi una porta si richiude dietro di lui. Una figura femminile lo conduce giú per antiche scale, sino a una cantina che sa di vino e di umidità. Grandi giare sono accatastate contro le pareti.

– Qua sotto, presto, non abbiamo tempo!

Colpi furiosi echeggiano in cima alle scale. Urla in francese, l'eco di una detonazione. Lei si addossa con tutto il suo peso a una delle giare, che si sposta sulla base, rivelando altri scalini. Lorenzo vi si cala. La donna ruota il vaso in senso contrario. Lorenzo è in un loculo strettissimo, una tomba in verticale nella quale penetrano poche gocce d'aria. L'oscurità è totale. Percepisce un rumore di stivali. Ordini urlati, poi il silenzio. Infine una conversazione che, in altro momento, avrebbe giudicata irreale.

– Qui non c'è nessuno, signor tenente, solo il nostro vino...

– Mentite! Voi nascondete un rivoltoso!

– E dove, se è lecito?

– Dentro i vasi.

– Se cosí fosse, sarebbe ben annegato, signore… Venite, controllate di persona.

Clangore di ferraglie. Il suono di un liquido che cade in un recipiente.

– Buono… anzi, davvero eccellente. Per quanto, come voi saprete, signora, il vino francese non teme rivali.

– Facciamo del nostro meglio, signor tenente. Se volete favorire, anche per i vostri soldati…

– Se non vi è di eccessivo disturbo…

I francesi bevono, apprezzano, si complimentano, il tenente dapprima si scusa, poi si presenta. Ha un nome dolce, forse provenzale. Risa femminili, profonde, di gola. Il tenente saluta militarmente, sbattere di tacchi, passi che risalgono le antiche scale. Silenzio. La giara torna a ruotare. Lorenzo riemerge.

– Cosí, siete tornato a trovarmi… – sorride la sua salvatrice.

Adesso, soltanto adesso, Lorenzo riconosce Esther, la figlia del ganavimme. E ricorda la frase che gli aveva sussurrata all'orecchio quando, mesi addietro, era calato al ghetto in cerca di finanziamenti per l'impresa.

«Tornerete a trovarmi. E io sarò qui ad attendervi».

Vai via, le ha detto Dante Gabriel Rossetti. E non era né una domanda né un rammarico. Era una mera constatazione. Vado via, le ha risposto lei, chinando il capo. Ti chiamo una carrozza. Non c'è bisogno, lady Ada mi ha prestato la sua.

– Mi mancherai. O forse no. Non posso tener traccia di ogni usignolo caduto.

Lady Ada, in carrozza, le prende una mano. La Striga è rinfrancata, fiduciosa. Cerca di spiegarle che, a suo modo, il pittore ha raggiunto un nuovo stadio d'armonia. È, a suo modo, felice nella sua condizione di ebbra ebetudine. A sera, la Striga cerca di spiegare a lord Chatam il grandioso progetto di Babbage e di lady Ada.

– Costruire una macchina del calcolo universale? E perché una macchina dovrebbe essere in grado di sviluppare capacità che già appartengono all'essere umano? Per guadagnare un po' di tempo che faccia guadagnare altri soldi ai ricchi e renda i poveri ancora piú infelici?

– Non si tratta solo di questo, my lord…

– Detesto essere chiamato my lord dall'unica amica che ho.

– Non si tratta solo di questo. Sí, la macchina che abbiamo in mente sarà in grado di compiere operazioni complesse in pochi istanti, ma… il fatto è che… questa macchina penserà… un giorno, potrà sostituirsi all'uomo.

– Ripetimelo piú lentamente, mia cara. Quando sei cosí appassionata, i tuoi gesti sono troppo rapidi per la mia comprensione.

– Sostituirsi all'uomo.

– Oh, oh, allora avevo compreso bene. Mi piace. Una macchina che si sostituisce all'uomo. L'uomo è un'orribile alterazione dell'ordine del creato, ma non cosí tanto orribile da risultare sublime.

– Voi siete il divenire, lord Chatam, – dice lei, seria.

– Quindi, tu ammetti l'idea che gli uomini possano cambiare.

– Voi ne siete la prova vivente.

– Vorrei avere la tua fede nella natura umana, Striga…

E le racconta della piccola Rosie Wexingham, la ragazzina che, in uno slancio di generosità, o forse solo per non essere assordato dal filantropismo di lady Violet, aveva sottratta alla meritata impiccagione.

– Le ho costituito una rendita, tanto per levarmela dai piedi. Ero e sono consapevole dell'intrinseca malvagità di quella creatura irredimibile. Pensavo che avrebbe aperto un negozio di modista, o qualcosa di simile, ma... mi sbagliavo. Ora Rosie gestisce il piú affermato bordello di Londra. Il «numero» d'eccellenza consiste nell'accoppiamento della fanciulla e della sua grassa e lercia madre con l'ospite di turno. I rampolli della nobiltà, assidui frequentatori dell'ameno luogo, ne sono entusiasti.

Come una puntura di spillo, lo percuote l'espressione dolente della Striga. Vorrebbe prenderla fra le braccia, consolarla, ma un inconsueto torpore lo trattiene.

– Perché mi dite questo, signore?

– Per aprirti gli occhi sul mondo, amica mia.

O, forse, perché nessuno può vincere la guerra contro sé stesso.

Esther torna al ghetto con due polli e le ultime notizie. La guerra è finita. I froci sbaraccano, s'insediano napoletani e austriaci. Il ghetto torna a respirare. Il ghetto non verrà chiuso, infondati i timori di quanti paventavano chissà quale vendetta. Il papa ha scelto la giusta via di mezzo: inflessibile coi traditori, generoso con gli indifferenti. Le leggi repubblicane sono state abrogate, ma Sua Santità ha apprezzato l'atteggiamento neutrale dei giudii di casa. Il popolo romano assiste al ritorno in gran pompa delle sottane nere. È la pace, si deve far festa: nei limiti, beninteso, del papale decoro. Quanto agli irriducibili, che se ne restino rintanati fra il putridume e i sorci di cantine e di macerie, miseri, meschini, vinti.

– Io vado, – annuncia Lorenzo.

– È ancora pericoloso, – protesta Esther.

– So il fatto mio, – la rassicura lui, cupo e orgoglioso.

Lei gli scocca un bacio appassionato. Lui ricambia con poco slancio. Sentisse d'amarla, la lascerebbe al suo destino. La sua vita e la sua innocenza sarebbero, cosí, salve. Ma sa già che lei non si lascerebbe abbandonare. Sentisse di rispettarla, fuggirebbe come un ladro nella notte. Si puntellerà, invece, al suo amore senza condizioni. La contagerà della sua depravata angoscia. L'insozzerà sino all'estremo, ne farà la complice delle sue imprese, acconsentirà a che lei varchi, al suo fianco, la soglia dell'oscuro.

Affronta il solleone dopo un mese di clausura. La vista fatica ad adattarsi alla luminosità di una meravigliosa mattinata di fine agosto. Indossa una camicia bianca e calzoni da popolano. I capelli cortissimi, l'andatura indolente, scivola lungo muri e angiporti diretto al consolato austriaco di Monte Cavallo. La partenza dei francesi dovrebbe metterlo al sicuro da sgradevoli incontri. Gli unici dai quali potrebbe temere sono i voltagabbana. Potrebbero denunciarlo per accreditarsi al nuovo potere. Il pensiero di poter essere arrestato, lui, il principe dei delatori, per la delazione di un qualche disgraziato patriota, gli strappa un sorriso amaro. Roma è un tripudio di messe, rosari, *Te Deum*.

Strada facendo, orecchia racconti che corrono di bocca in bocca. Dice che Anita è morta nelle paludi di Comacchio, e il Generale ha pianto, ma ha tirato dritto, perché la lotta deve continuare. Dice che Ciceruacchio ha rifiutato la benda sugli occhi, e cosí pure il figlio minore, e un prete e un altro patriota che stavano con loro. Dice che ha urlato agli austriaci di fare presto. Dice che la prima scarica li ha lasciati vivi, tanto che il ragazzino è restato in piedi, e l'ufficiale che comandava il plotone ha dovuto provvedere di persona al colpo di grazia, perché manco il crucco piú bastardo se la sentiva di spappolare il cranio a un bambino. E dice pure che Ciceruacchio se n'è andato con uno sputo e un augurio a li morti de Pionono. Li hanno ammazzati a mezzanotte, in un posto sperduto sul delta del Po. Dice che gli austriaci sono stati cosí crudeli perché infuriati per la fuga di Garibaldi e di Mazzini. Lorenzo immagina la scena della fucilazione. La vera scena. Probabilmente, Ciceruacchio s'è dimenato e ha invocato la grazia, e il figlioletto s'è messo a frignare, e Anita, negli spasmi dell'agonia, ha maledetto il suo José, cosí bello, eroico e avventuroso, e cosí sconfitto e impotente. Poi arriverà un pittore, e trasformerà il sangue e la merda in mito. E altri illusi crederanno non alla realtà, ma alla sua raffigurazione. Piú saggio il popolo romano, che di tutto questo, ormai, parla senza astio e senza passione, senza gloria né rancore. Questo popolo che ha conosciuto lo splendore del dominio assoluto, la dissolutezza dell'Impero, barbari, saccheggi, re, duci e grandissime puttane, questo popolo eternamente simile a sé stesso ha già triturato Mazzini e i suoi vagheggiamenti, e si prepara a convivere, una volta di piú, con l'immutabilità del potere. Persino il papa, a Roma, è un'entità transitoria.

Il console Von Aschenbach ha dolci occhi grigi e guance da putto sulle quali stentano a consolidarsi i favoriti imposti dalla moda imperiale. Gli offre un'acquavite robusta e una molle stretta di mano. E un dispaccio proveniente da Venezia che gli annuncia la morte dei genitori.

– Comprendo che in questo momento per voi dolorosissimo…

Una palla vagante, esplosa dai difensori della Serenissima, ha fulminato il tenente generale, impegnato nell'assedio della sua città. Sua madre, invece, se l'è portata via il colera. «Donna di nobili sentimenti legittimisti, – recita il documento, – impossibilitata a raggiungere il consorte dalla protervia dei ribelli, che l'avevano segregata nel palazzo di famiglia, adibito a sede di complotti…»

Una mano sul volto, Lorenzo reprime la risata beffarda che gli urge dal fondo dell'animo. Non c'è piú spazio, ormai, nel suo cuore, né per il dolore della perdita né per la mestizia del ricordo. Un altro pensiero s'impone. Parla di libertà riconquistata, della vita che riprende. Il console lo osserva, sconcertato. Già, occorre fingere, simulare, chiunque, al suo posto, in simile frangente... Lorenzo si passa una mano sul volto, atteggiato a una smorfia di contrizione.

– Non è un disonore piangere, – bisbiglia il console, e s'approssima, premuroso, con una lieve pressione del braccio che sa piú di carezza che di consolazione.

Lorenzo nota la mano morbida, perfettamente curata, e percepisce un tenue odore di violetta. Un pederasta, senza dubbio: frocio, ma non francese. E ancora quella risata, maligna, oltraggiosa, che preme, invoca, agogna lo sfogo.

– Mi sarà consentito, ora che... che le cose sono cosí tragicamente mutate... mi sarà consentito di ritornare a Venezia? Per onorare i miei cari defunti, – si affretta ad aggiungere, timoroso d'essersi scoperto oltremisura.

Von Aschenbach sospira. È un bell'uomo, questo giovane rinnegato e traditore. Bello di una bellezza divina, macchiata dal furore dell'angelo caduto. Non ha pianto per la sua famiglia distrutta, pensa a come volgere la disgrazia a suo vantaggio. È Lucifero, il tenebroso, circonfuso da un'aura di seducente malvagità. Von Aschenbach s'immagina fra le sue braccia, oggetto di un piacere rude, spietato, colpevole, e senza remissione. Siamo cosí simili, noi due, vorrebbe dirgli, siamo della stessa razza, amico mio, costretti entrambi alla menzogna e al sotterfugio, tu il traditore, io che sogno impossibili amori. Se da questa affinità potesse nascere un legame... Il console medita una mossa estrema, ma all'ultimo istante si ritrae. L'italiano non capirebbe, o forse cercherebbe di trarre profitto dalla sua debolezza. E sarebbe, per entrambi, la perdizione.

– Voglio esservi sinceramente amico, perché comprendo la vostra condizione... e credo che a Vienna, a volte, siano troppo esigenti con chi ha dato prova di lealtà. Ma quello che mi chiedete, barone, è impossibile. Il bando contro la vostra persona non è stato revocato, né, temo, per il momento, vi sia modo di revocarlo. Il che significa che le proprietà della vostra famiglia sono confiscate e annesse al tesoro dell'Impero, e che la vostra… missione… deve proseguire.

E il dolore, la rabbia di quel meraviglioso amante che non sarà mai tale… Von Aschenbach china il capo, incapace di sostenere lo sguardo ferito di Lorenzo. Le sue ultime parole lo raggiungono mentre cerca di dominare il tremore che s'è impossessato delle sue mani.

– Chiedo un salvacondotto per una persona che intendo portare al mio seguito. Spero che almeno questo vorrete concedermelo, signor console.

Novembre

Lord Chatam prende la mano della Striga e se la porta alla bocca, deponendovi un rapido bacio. Dall'ultimo incontro sono trascorsi giorni di solitudine e di ripensamento. È consapevole di averla ferita, vuol chiederle perdono, dirle che senza la sua compagnia si sente vulnerabile, pericolosamente disponibile all'abisso. Ma la Striga non gliene dà il tempo.

– Venite. Guardate queste meraviglie, – esorta, articolando emozionata le lettere, – oggi è un grande giorno.

Lord Chatam si lascia guidare, obbediente, fra automi in cappa monacale, meravigliose macchine cilindriche, modelli in legno di astrusi congegni protetti da vitree teche. Intorno a lui, Ada Lovelace illustra alla migliore società londinese la Mostra della scienza possibile.

– Questo è il modello della Macchina per la lettura, ideato nel 1572 dall'ingegnere italiano Agostino Ramelli. Un solo lettore, con un semplice movimento dei piedi, agendo su un meccanismo collegato a un rullo trasportatore, è in grado di consultare sino a duecento libri contemporaneamente.

– È magnifico! – osserva, rapita, una contessa di York o di Kent, agitando il ventaglio.

– Duecento libri! – freme il reverendo Cole. – Che spreco! Di libri, mia cara, all'uomo ne basta e avanza uno solo: la Bibbia.

Babbage rapisce la Striga e la presenta a un industriale del ferro che si picca di aver appreso il linguaggio dei sordomuti. Lord Chatam si fa in disparte, evitando accuratamente di ricambiare lo sguardo, carico di speranza, del reverendo, un noto, astioso reazionario. Lady Ada lo prende sottobraccio e lo spinge verso il modello della nuova creatura di Babbage.

– La Seconda macchina differenziale… Con questa, pensiamo…

– … di risolvere grazie ai numeri i problemi dell'umanità. So tutto, me ne ha parlato la Striga.

– E che cosa ne pensate?

– Niente, mia cara. L'atto del pensare mi opprime, voi lo sapete bene.

– Smettila di giocare con me, Chatam. Tutti e due sappiamo che non sei piú il vecchio bastardo di un tempo.

– Quella dannata Striga parla troppo, mia cara…

Lady Ada è sul punto di replicare, quando un pallore improvviso le pervade il volto. Lord Chatam vede la sua gola gonfiarsi, percorsa da uno spasmo che sembra risucchiarle l'aria intorno. Ada barcolla, Chatam la sorregge.

– Che succede, Ada?

– Niente, un malessere passeggero. Ora va già meglio, grazie, amico mio.

– Hai consultato uno specialista?

– Non ce n'è bisogno. Scusami, è arrivato lord Palmerston.

Tutti si fanno attorno allo statista del momento. Lord Chatam ne approfitta per trangugiare un paio di calici di un robusto porto. Cerca la Striga, la vede svettare leggera fra trine e pappagorgie, ma incrocia, sciaguratamente, lo sguardo ottuso di un damerino.

– Questa pagliacciata è organizzata al solo scopo di raccogliere fondi, amico mio. Spero che non cadiate nella rete.

Il giovane Turrey. Pronipote o procugino o cosa diavolo della Regina, visconte di vattelappesca, sedicente erede del Beau Brummel, desolatamente privo di ogni scintilla della benché minima qualità, grasso, pallido, debosciato, il piú stupido degli stupidi. Abbraccia con un'occhiata acquosa la compagnia ed emette un turpe verso di gola a significare il suo alto disprezzo per quel «carnevale umano».

– Per la verità, stavo pensando di finanziare questa impresa, – ribatte lord Chatam, stuzzicato dal gusto della polemica.

– Affari tuoi... A proposito, questa tua amica, com'è che la chiamano? The Witch?

– La Striga, – dice piano lord Chatam, d'improvviso invaso da un presentimento.

– Sí, proprio lei... dimmi, amico mio, è cosí brava come si dice?

– È un genio, Turrey.

– Ma cosa vuoi che me ne importi! Un genio in gonnella! Io dico...

È uno di quei momenti in cui lord Chatam prova un acuto rimpianto per il suo vecchio «sé stesso». Il gesto osceno con il quale quell'idiota di Turrey ha accompagnato il commento sulla Striga evoca l'antica furia omicida. Stringere le sue robuste mani intorno alla flaccida gola di quel bellimbusto, stringere finché l'aria non manchi, stringere sino alla morte...

Risuona una voce indignata.

– E io vi dico che la vostra è una proposizione blasfema!

– Blasfemo è pretendere di farsi interpreti dei disegni divini dall'alto della propria ignoranza, reverendo.

Sotto lo sguardo corrucciato di lord Palmerston, Babbage e il reverendo Cole sono a un passo dal duello. Lady Ada cerca di mettere pace. Lord Chatam si avvicina, dopo un'ultima occhiata a Turrey – mai immaginerà quanto è stato a un passo dalla fine, l'imbecille – e, con tono apparentemente annoiato, chiede lumi.

– Queste macchine, caro signore, – spiega torvo il reverendo, abbracciando con gesto ieratico la mostra, – negano l'esistenza di Dio!

– Al contrario, – insorge Babbage, – la rinforzano, perché sono la prova tangibile della potenza dell'ingegno di cui Egli ha voluto dotare la razza umana.

– Per razza umana intendete, – interviene, sarcastico, Turrey, – anche quella mezza scema che vi portate appresso? Come la chiamate… la Striga?

La Striga sgrana uno sguardo stupito, nei suoi occhi balena una domanda semplice e terribile: perché? Perché tanta cattiveria? Poi, di colpo, si volta e fugge via. Lady Ada la rincorre, chiamandola a gran voce. Babbage si infuria e il reverendo stesso pare colpito dall'eccessiva volgarità del giovanotto. Palmerston si agita, e chiama in tutta fretta il suo lacchè: che gli porti immediatamente il mantello, ci mancherebbe solo di dover testimoniare di una rissa fra un nobile e uno scienziato, se non pazzo, quantomeno «originale». I nobili, annoiati per statuto, si dispongono, invece, a godere degli sviluppi della contesa, che commenteranno poi al club fra un porridge e un sorso di whisky.

Turrey si stringe nelle spalle.

– Non volevo mancarvi di rispetto, ma è un fatto che quella ragazza è considerata da tutti una *idiot savant*…

Babbage lascia partire una sequela d'insulti. Turrey avanza di un passo, pronto alla sfida. Lord Chatam si frappone tra i due, sfoderando un sorriso amabile.

– Suvvia, Turrey, non fa onore né al vostro rango né alla vostra eleganza prendersela tanto a cuore per una questione cosí insignificante. Quanto a voi, Babbage, ho deciso di finanziare la costruzione della Seconda macchina. Che volete che vi dica? Le sfide intellettuali mi affascinano… Però pongo una condizione: che voi due vi stringiate la mano, e che il reverendo Cole sia arbitro della vostra rappacificazione.

E questo accade, sotto gli occhi divertiti di tutti.

La festa riparte. Lord Palmerston depone il mantello. Babbage gli spiega che un ingegnere italiano, Luigi Menabrea, sta procedendo a interessanti esperimenti muovendo dai suoi calcoli differenziali. La politica sembra improvvisamente interessarsi alla scienza. Altri nobili, contagiati dall'esempio di lord Chatam, o forse per pura antipatia verso l'odioso Turrey, promettono di versare fondi all'impresa. La festa riparte. Ma la Striga non ritorna. Lord Chatam la immagina schiacciata contro una parete, le mani intorno alle ginocchia, retrocessa al ruolo di vittima sacrificale. È una visione che si apre un varco dentro di lui, fora un'armatura che sembrava inattaccabile, raggiunge un punto imprecisato che Chatam non immaginava di possedere. È il punto dove si concentra tutto il dolore che un essere umano può provare per l'insensibilità dei propri simili. Un furore gelido lo pervade. Turrey, decide in quell'istante, è un cane morto.

Dicembre

Chi dice che Mazzini è in Alemagna
chi dice che è tornato in Inghilterra
chi lo pone a Ginevra e chi in Ispagna
chi lo vuol sugli altari e chi sotterra
ditemi un po', grulloni in cappa magna
quanti Mazzini c'è sopra la terra?
Se volete saper dov'è Mazzini
domandatelo all'Alpi e agli Appennini
Mazzini è in ogni loco ove si trema
che giunga a' traditor l'ora suprema
Mazzini è in ogni loco ove si spera
versar il sangue per l'Italia intera...

Si divertono i patrioti, quei burloni, alle spalle delle polizie di mezzo mondo. Mazzini di qua... Mazzini di là... la terra che trema... Mazzini è a Lugano. Segreto di paglia, noto alle medesime polizie che, ufficialmente, s'arrovellano nella caccia al cospiratore. Mazzini è a Lugano, a fare il suo mestiere: raccattare fondi per l'acquisto di armi, affiliare disperati, tramare, cospirare. Il problema non è Mazzini, il problema sono le polizie. E, naturalmente, i governi che le manovrano. La situazione è stata chiaramente esposta a Paolo Vittorelli de la Morgière dal nuovo primo ministro piemontese, il marchese Massimo Taparelli d'Azeglio.

– Questo è il suo brevetto. Congratulazioni, capitano. Ho in serbo per lei una delicata missione.

D'Azeglio: aristocratico bleso, pittore, scrittore, inesauribile *tombeur de femmes* e, a suo modo, fautore dell'unità d'Italia. Beninteso, sotto le insegne sabaude. D'Azeglio è uomo d'intelligenza politica sopraffina, oltretutto molto meno antipatico e astioso del giovane conte di Cavour, che ambiva alla stessa alta carica governativa. Per fortuna delle sorti del Piemonte, il giovane re Vittorio Emanuele, successore di Carlo Alberto, alla fine ha scelto D'Azeglio. Che prova, per Mazzini, un odio patologico. Mentre si scalda le mani con il fornello arroventato della pipa, il neocapitano Vittorelli de la Morgière ripensa all'incontro con D'Azeglio. E alla missione.

– Una missione... delicata... eccellenza?

– Mazzini.

– Sono stato a un passo dall'ottenere l'elenco delle sue spie, eccellenza. Ci riproverò, se voi me ne darete i mezzi.

– Le spie sono un problema secondario. Io dico Mazzini e intendo dire che voglio Mazzini. Con ogni mezzo.

– Con ogni mezzo, signore?

– Avete capito bene, capitano. Con ogni mezzo. Prendete Mazzini e portatemelo qua in catene. Gli faremo un rapido processo e lo impiccheremo. Anche se è già condannato a morte. Un certo rispetto formale delle procedure servirà a tacitare le anime belle.

Sí, D'Azeglio ha le idee chiare. Mazzini è solo una pedina del grande gioco diplomatico condotto dagli inglesi e dai francesi. I primi lo proteggono in chiave antifrancese. Sanno che i suoi patetici tentativi insurrezionali non produrranno mai nessun effetto concreto, ma intanto lo usano come spina nel fianco degli odiati rivali d'oltremanica. Persino gli svizzeri rifiutano di consegnarcelo, invocano la tradizionale neutralità elvetica, si appigliano a pretesti formali, tutto quello che si riuscirebbe a ottenere, agendo per via diplomatica, sarebbe l'ennesimo ordine di espulsione, con conseguente nuova fuga a Londra. E quanto agli austriaci, sono schiavi di regolamenti obsoleti e di una mentalità eccessivamente legalitaria.

– Perciò noi gli faremo un bel funerale, e poi ci dedicheremo alle cose serie!

Vale a dire: ci prenderemo l'Italia.

Con ogni mezzo, dunque. È una sera gelida di fine dicembre. La strada sterrata che, tutto attorno al lago di Lugano, s'inerpica impervia serpeggiando verso Gandria, è presidiata da una squadretta di valenti collaboratori personalmente reclutati da Vittorelli. Hanno armi e lanterne cieche per segnalare i movimenti della preda. Malandrini, gente di coltello e di pistola, usi a muoversi nella zona grigia, fra rispetto dell'ordine e affaracci personali. Gente con cui sarebbe disdicevole trattenersi in lieto conversare, ma indispensabile quando sia necessario risolvere problemi con una certa decisione. Già in altre occasioni si erano rivelati utili e discreti. Sulla loro fedeltà Vittorelli è pronto a giurare. Almeno finché non mancheranno lire e tornesi. Che in questo caso poi, grazie alla generosità di sua eccellenza D'Azeglio, abbondano. Il piano è semplice e non presenta rischi. Mazzini è solito passeggiare al tramonto, discretamente scortato da tre o quattro accompagnatori armati. Impossibile un attacco a viso aperto, che comporterebbe scontri e feriti, e l'ineluttabile intervento della gendarmeria ticinese, che, per contro, deve restare all'oscuro di tutto. Piú che altro, dovrà operarsi un «prelevamento» con «restituzione» del cospiratore alla madrepatria: Mazzini sarà preso, legato, imbavagliato, caricato in una carrozza e riportato in Italia con la massima celerità. Per questo, occorre separarlo dai suoi angeli custodi. Alla bisogna, è stato contattato un informatore in loco. Costui, con la promessa di una lauta sottoscrizione finalizzata all'acquisto di carabine per la prossima ventura insurrezione, ha organizzato un convegno segreto invocando la presenza del Maestro da solo. L'appuntamento è imminente. Il fagiano sta per cadere tra le grinfie della volpe. Un triplice fischio echeggia nella notte brumosa.

Guercio, dal basso, segnala l'avvistamento di Mazzini a Portaluppi, piazzato a metà strada. Vittorelli è il terzo uomo. Cento metri piú in alto, accanto alla carrozza, attendono impazienti il Calandra e il Picolít. Vittorelli svuota la pipa e la ripone in una tasca dell'ampio mantello scuro che ha progettato di avvolgere intorno all'esile corpo del rivoluzionario, arma una pistola che spera di non dover usare e si prepara all'azione. Un nuovo triplice fischio, ora piú vicino, echeggia. Vittorelli pregusta la vittoria, un encomio, forse una nuova promozione, e una lauta prebenda in denaro che affettuose mani femminili si affretteranno presto a dilapidare tra i caffè e i teatri di Torino.

Una figura sbuca dalla nebbia. Vittorelli sfodera l'arma e avanza, certo di avere le spalle protette dai complici. La figura che gli viene incontro si appoggia a un bastone, come Mazzini, e indossa un mantello con una cappa che gli copre il capo. Vittorelli trae un profondo sospiro e punta sull'obiettivo con l'orgoglio di chi sta scrivendo la Storia.

– Il signor Mazzini Giuseppe? In nome di Sua Maestà il Re di Sardegna, vi dichiaro in arresto.

Il bastone, che la figura intabarrata impugna, punta, con uno scatto, alla gola del capitano torinese. Una lama affilatissima saetta dalla coda della canna e preme contro la giugulare. Una risata beffarda, e la figura solleva il cappuccio. Non è Mazzini. È un giovane biondo dagli occhi azzurri, occhi che Vittorelli ha già visto, un anno prima, a Milano, quando Mazzini era un alleato e lui…

– Gettate la pistola, o vi trapasserò da parte a parte.

– Voi siete...

– Gettate la pistola. Non mi ripeterò ancora.

Vittorelli lascia cadere l'arma. Il giovane – Lorenzo, si chiama Lorenzo, ricorda Vittorelli in quel momento, Lorenzo barone di qualcosa, sia maledetto – si china, soppesa l'arma, la intasca. È la gemella della sua fedele pistola: minuscola, micidiale. Un'arma da spia.

– Se state meditando qualcosa, – ammonisce, tornando a punzecchiare il piemontese con lo stiletto, – guardatevi intorno.

Dall'oscurità del boschetto che costeggia la strada spuntano Portaluppi e il Calandra. Sono legati, Calandra zoppica, perde sangue da una coscia, si lamenta piano. Quattro uomini vestiti di nero li spingono e li tengono sotto mira con lunghe pistole.

– Come avete fatto a...

– Voi avete sottovalutato Mazzini... – ride il giovane biondo. – Adesso tornatevene alla vostra carrozza e al vostro Piemonte... Ah, e porgete al marchese D'Azeglio i saluti dei patrioti italiani.

Con un colpo lesto e impercettibile, una bruciatura, una carezza maligna, sulla guancia di Vittorelli si apre uno squarcio. Il capitano geme, vacilla, si porta una mano al volto, la ritira imbrattata di sangue. Uno scalpiccio, e gli aggressori sono svaniti.

Il Calandra si abbatte al suolo, scalciando e urlando di dolore. Dal fondo della strada giunge un rumore di cavalli. È una squadra della gendarmeria. Un ufficiale intima l'alt. Troppo tardi per fuggire. Vittorelli alza le mani. I gendarmi controllano le credenziali, li accompagnano alla loro carrozza, caricano il ferito e senza fare complimenti li scortano alla frontiera. Il Picolít è scomparso. Il dubbio s'insinua nella mente di Vittorelli. D'Azeglio rifiuta di riceverlo, in capo a due giorni è trasferito nella fureria di una caserma di Orbassano. Fa ricerche, muove leve, unge ruote, e dopo una settimana la certezza: il Picolít è un patriota al soldo di Mazzini. Il piano è stato seguito passo per passo mentre si evolveva. Hanno fatto la figura dei merli. Ma la colpa è di uno solo. D'Azeglio è un borioso coglione. Nell'esilio torrido dell'avamposto, circondato dalle goffe manovre di ebeti coscritti, Vittorelli si accarezza lo sfregio e medita un clamoroso ritorno, una sensazionale vendetta. Solo lo spionaggio può salvare lo Stato.

Parte quinta

1850

Febbraio

Mai cosí bella e luminosa, la mia Striga, pensava lord Chatam, aspirando una presa di tabacco. Accoglieva come un padrone di casa compito gli invitati che raggiungevano a gruppetti il freddo salone al numero 5 di Greville Street. L'eterogenea folla di signori londinesi e rivoluzionari cosmopoliti conveniva nella scuola italiana per le nozze di lady Violet Cosgrave e del signor Mario Tozzi. Lingue diverse, dal polacco al tedesco, dal gaelico al francese, s'incrociavano. Si commentava con grandi risate il recente agguato al quale Mazzini era scampato a Lugano. I ragazzi italiani distribuivano vassoi colmi di tartine e bicchieri di sidro e di vino a buon mercato. Quando aveva saputo che Cosgrave padre aveva deciso di non partecipare, disapprovando la scelta dello sposo, lord Chatam si era offerto di pagare di tasca propria una cerimonia di ben piú alto livello. La Striga lo aveva dissuaso.

– Lady Violet non vuole. Dice che questa è la sua casa, qui, in mezzo agli italiani.

– Anche a me piacciono gli italiani. Oddio, non tutti... ma non è una buona ragione per giocare ai poveri, quando poveri non si è. Non mi risulta che lady Violet sia stata diseredata.

– È lei che ha deciso di non chiedere l'aiuto del padre. Lei e, naturalmente, Mario.

A lord Chatam Mario non piaceva. Si atteggiava a persona alla mano e godeva di fama di coraggioso rivoluzionario. Eppure, se qualcosa dei poteri della Striga gli era stato trasmesso – e lord Chatam non ne dubitava, ormai –, se era davvero in grado di «leggere dentro gli uomini», di quel damerino c'era solo da diffidare. Elegante lo era, certo, nel suo abito color ciliegia, ispirato a certe passate intuizioni del Beau Brummel, eppure, a ben vedere, sobrio e virile. Nuova moda italiana, l'aveva definita lo stesso Mario, autore del modello e sarto in proprio. Anche l'abito della sposa, di un color crema che disdegnava il bianco della tradizione (e che le circostanze giustificavano), anche quello era stato ideato e realizzato da Mario Tozzi. Il nastro rosa che percorreva il corpetto era una trovata alquanto originale.

– Perché voi inglesi vi vantate di essere i piú eleganti al mondo, ma, lasciatevelo dire, lord Chatam, vestite in maniera orribile!

– Avreste forse qualche idea per rimediare a questa nostra mancanza di gusto? – s'era informato il lord con una punta d'ironia.

– Non mi limito alle idee, lord Chatam. Le idee senza corpo mi hanno stancato. Io ho in testa un progetto...

Lord Chatam si era astenuto dal porre ulteriori domande. Però, mentre osservava l'incedere della coppia, festosamente salutata dagli invitati, non poteva fare a meno di chiedersi se fosse il progetto la causa del malumore che traspariva evidente dal volto pallido e tirato della sposa, di solito molto piú gentile e «morbida», e dai movimenti a scatto, quasi isterici, dello sposo. Quei due hanno litigato. Bel modo di cominciare. Ho sempre pensato che il matrimonio è un'istituzione deleteria, si disse lord Chatam, afferrando al volo un bicchiere di vino denso dal retrogusto dolciastro, e per questo me ne sono tenuto costantemente alla larga. Di tutto il mio passato, questa è una delle poche decisioni che non rimpiango. Ma che cosa intendeva dire il giovane romano con «le idee senza corpo mi hanno stancato»? Semplice, concluse il lord, che ne ha le tasche piene della rivoluzione e vuole diventare ricco. Intanto, ha arraffato su una delle piú cospicue fortune d'Inghilterra. Poi i suoi occhi incrociarono lo sguardo acceso e appassionato della Striga, e lord Chatam provò una punta di vergogna. Perché non sapeva leggere il mondo con lo sguardo puro della Striga? Quei due erano giovani, belli e innamorati. Ma lui non riusciva a godersi la festa. Dopotutto, stava per ordinare un assassinio.

La Striga attraversava la grande stanza a passi vagamente titubanti. Come se fosse impaziente di raggiungere qualcuno, ma temesse il momento dell'incontro. Lord Chatam individuò due giovani sul fondo della sala. Un tipico americano, non aveva rinunciato nemmeno in quell'occasione a un cappellaccio da frontiera e al gilet quadrettato (poi dicono che siamo noi inglesi a peccare di gusto) e un ragazzo dall'aria fosca, moro, riccio, non altissimo, stretto in una giacca lisa. La Striga lo stava fissando. Lui sosteneva lo sguardo. Aveva gli stessi occhi della Striga. Lord Chatam provò una fitta al cuore. Un pensiero gli invase la mente. Se fossi un padre, suo padre... Posò il bicchiere e mosse verso il ragazzo, precedendo la Striga.

Mario, intanto, si era fatto sulla soglia per accogliere lady Ada Lovelace. Da qualche settimana, lei camminava appoggiandosi a un bastone. Era sempre piú diafana e sottile, quasi essiccata.

– Babbage si scusa, è a Manchester per una conferenza della società darwiniana. Come sta la sposa? Non strapazzatela troppo, mi raccomando, nelle sue condizioni...

Cosí, pensò Mario scortando lady Ada verso Violet, tutta Londra sa che ci siamo dovuti sposare in gran fretta perché

Violet aspetta un bambino. Be', che sparlino pure. Che critichino la nostra cerimonia improvvisata, l'avarizia e il sangue cattivo di Cosgrave padre, anzi, che ci ricamino sopra, che s'illudano pure che è il pensiero del padre a intristire la mia sposa.

Mario consegnò Ada a Jane Corrigan, che quasi la stritolò in un potente abbraccio, si liberò in fretta del giornalista americano Griffin McCoy, ansioso di raccontare l'eroica resistenza romana, della quale era stato testimone diretto, e uscí all'aria aperta. Non sta bene che lo sposo abbandoni la festa, ma una pausa lo avrebbe rinfrancato. La notte era fredda e stellata. Mario accese un sigaro sottile e aspirò con voluttà. Solo pochi minuti prima di ricevere il pastore per l'intimo e riservatissimo «sí», lei era stata in procinto di mandare tutto a monte.

– Stai commettendo una pazzia, Violet. In fondo, tuo padre chiede...

– Mio padre chiede un atto di sottomissione. E da me non lo otterrà mai!

– Tu gli vuoi bene, e lui ti adora. Perché questa rottura?

– Anche tu hai rotto con tuo padre, mi pare.

– È una storia diversa. Mi ha maledetto e diseredato. Tu, invece...

– Io dovrei rinchiudermi a Cosgrave Manor, rinunciare alla scuola, agli amici, alla causa, e fare la mamma a tempo pieno? Vedere mio marito a orari comandati, vivere sotto un diverso tetto in attesa che sua grazia si decida a digerire l'idea che ho sposato un rivoluzionario italiano e non il lord vattelappesca al quale ero destinata?

– Dal suo punto di vista...

– Il suo punto di vista è quello di un reazionario che non vuole, come dite voi italiani, perdere la faccia. Perdere la faccia con i suoi amici rimbecilliti del club. Perciò mi manda in penitenza, lascia passare il tempo, poi fra un annetto mi ripresento in società e tutti hanno dimenticato.

– È un sacrificio da niente...

– Ma che razza di uomo sei, Mario? Non capisci che gli dico di no soprattutto per te?

Il pastore, un vecchio amico di famiglia, era sopraggiunto al momento opportuno. La discussione si era spenta. Status quo: lord Cosgrave aveva tagliato i fondi. Mario era senza lavoro, e nelle sue condizioni di profugo le speranze di trovarne uno dignitoso erano davvero scarse. Certo, lady Violet aveva ancora la rendita vitalizia, irrevocabile. Quanto bastava, a stento, per mantenere una decorosa casetta di tre stanze in Haymarket, pagare il corredo e con una nuova vita in arrivo... Maledizione, ma perché era cosí cocciuta? Violet gli aveva proposto di assumere un incarico di precettore presso una famigliola di fabbricanti di birra irlandesi, amici di Janet Corrigan. Ma che ci capiva lui di marmocchi, matematica e belle lettere? Il suo vero lavoro era un altro. Ideare modelli, progettare nuovi stili, tagliare, cucire, organizzare. In quello, non temeva rivali. Se solo fosse riuscito a mettere un piede nella moda! Gli inglesi vestivano male. Un uomo di talento li avrebbe conquistati. Non erano forse stati tutti conquistati dai poeti, dai pittori, dagli artigiani italiani? Perché doveva essere accolto come qualcuno che non era piú – un rivoluzionario – e non come ciò che veramente era: un artista dello stile? C'era un modesto laboratorio a Savile Row, porta a porta con la celebrata sartoria di Henry Poole. Si trattava di metterci le mani e cominciare. Lord Chatam aveva osservato i modelli che aveva realizzato per il matrimonio. Aveva letto l'ammirazione nel suo sguardo. Cominciare. Ma come? I soldi di lord Cosgrave sarebbero stati utilissimi. Tuttavia suo «suocero» non voleva saperne. Trecentocinquanta sterline. Trecentocinquanta maledette sterline. Chiederle a lord Chatam? Lo conosceva poco. Era un soggetto bizzarro. Servirsi come intermediaria della Striga? Poteva essere un'idea. Ma anche la Striga era bizzarra. Imprevedibile. E dire che lui quelle trecentocinquanta sterline già le possedeva. O meglio, possedeva il titolo da cinquecento paoli che aveva, per chiamare le cose col proprio nome, rubato alla Repubblica romana. Quelli presi all'ebrea del ghetto. Cinquecento paoli, scontati in banca, facevano esattamente trecentocinquanta sterline. Peccato che un condannato a morte non potesse scontarli. Peccato che l'unico banchiere italiano attivo nella City, il signor Alessandro Bixio, fosse il fratello del braccio destro di Garibaldi. Se Bixio avesse avuto fra le mani quel titolo ne avrebbe immediatamente indagata la provenienza. E Mario non poteva giustificarsi. Sarebbe stato bollato come traditore. Manco a li cani!

– Chiedo scusa, signore, è questa la scuola italiana del signor Mazzini?

Un giovane alto, elegante, dalle basette perfettamente sagomate. L'accento inglese era perfetto, ma tradiva le origini.

– Sí, – rispose Mario, in italiano, – è questa.

– C'è un matrimonio, mi hanno detto...

– Io sono lo sposo.

– Ah... Permettete che mi presenti? Sono Michele Liberato di Villagrazia.

– Siciliano?

– Italiano.

Eccone 'n artro, pensò Mario con una punta d'amarezza, 'n artro illuso. Dev'essere arrivato da poco. L'avrà invitato Violet, o Jane, o qualcuno della sterminata famiglia dei devoti del Maestro.

– Venite, vi faccio strada, – disse con un sospiro, stringendo la mano che l'altro gli porgeva.

Lord Chatam studiava il ragazzo che aveva attratto la Striga. Diceva di chiamarsi Terra di Nessuno. *No man's land*: aveva un bel suono, in inglese. Si esprimeva in un italiano nervoso e musicale, ricco di sonorità aspre. Immetteva qualche vocabolo inglese di tanto in tanto, scusandosi per la scarsa conoscenza della lingua. La Striga, appassionata come lord Chatam non ricordava d'averla mai veduta, mosse freneticamente le mani. Ti insegnerò io, tradusse lord Chatam, nel suo stentato italiano.

– L'avevo capito, – la fermò il giovane. E rivolto alla Striga, nel linguaggio muto, aggiunse: – Ho imparato a parlare con le mani in carcere, per non farmi scoprire dalle guardie...

Raccontò la fuga di Garibaldi. Lord Chatam socchiuse gli occhi e si abbandonò ai suoni, lasciando perdere le parole. C'era un ritmo, nella voce del ragazzo, che seduceva e inquietava. Un capannello di rivoluzionari lo aveva attorniato, e tutti ascoltavano la narrazione, figurandosi quasi tangibilmente immagini in movimento, come davanti a una lanterna magica. Si era trascinati nelle valli di Comacchio, con il guerriero che piangeva l'amata Anita; si marciava con il drappello di valorosi che requisivano una barca e filavano veloci sulle acque infide del Mediterraneo, passando, oscuri e gravi di dolore, tra le fregate napoletane e le vedette francesi.

Lord Chatam riaprí gli occhi di scatto. Il ragazzo sembrava parlare a tutti, ma i suoi occhi erano fissi dentro quelli della Striga. Lord Chatam avvertí la corrente, serrò i pugni, si schiarí la voce, chiese scusa ai presenti, afferrò per un braccio la Striga e si allontanò con lei, senza badare alla sorpresa generale.

– Che tu possa essere felice, figlia mia, – le disse abbracciandola.

E infine abbandonò la festa. Aveva una missione da compiere.

Lord Chatam raggiunse in carrozza il National Standard Theatre. Perry il Ratto, Frank Gozzo e Mickey Faccia di Morto erano di guardia davanti a un ingresso secondario.

– Tutto come previsto. Il nostro uomo è dentro, my lord, – disse il Ratto.

– Ma 'sto strazio di opera non finisce piú! – sghignazzò Mickey Faccia di Morto.

– Non c'è fretta, – tagliò corto, gelido, lord Chatam. – Sapete quello che mi aspetto da voi.

Entrò nel teatro e si fece scortare al suo palco.

Proprio in quel momento Sims Reeves, il grande tenore inglese, l'unico che potesse rivaleggiare con le acclamate voci del melodramma italiano, attaccava *Come rugiada al cespite*. La folla che assiepava gli spalti del teatro trattenne il fiato. La voce di Reeves si levò, gentile e potente a un tempo. Sui volti di ceree nobildonne presero a scorrere le lacrime, fra la gioventú londinese si scatenarono fremiti, arzille matrone, servendosi dei ventagli a mo' di stiletti, destarono da sonni gottosi gli imparruccati consorti. Lord Chatam inquadrò Turrey. Sbadigliava. Voleva possedere la Striga. Avrebbe avuto la giusta ricompensa.

Un applauso scrosciante salutò l'ultima nota della romanza. Il teatro si alzò in piedi. Donne esaltate dalle generose scollature lanciavano rose al tenore, che, fieramente impalato al centro del palco, accoglieva gli omaggi con un lieve, ironico sogghigno.

Turrey abbandonò il teatro.

– Lord Turrey? My lord?

Al posto del suo cocchiere, Turrey si vide accogliere da un tipo dall'aria equivoca, una specie di ratto maleodorante dai denti guasti e dai capelli stopposi incrostati di sporco. Che cosa mai cercava da lui un simile aborto?

Il primo impulso fu di rifugiarsi nel teatro. L'altro sembrò intuire la sua preoccupazione, allargò le braccia per mostrare che era disarmato e sfoderò un ghigno che voleva essere rassicurante.

– Chiedo scusa, signore, – disse, con un accento che denotava una singolare padronanza dei livelli alti della lingua, – reco un messaggio da parte della piccola Rosie Wexingham.

– È successo qualcosa?

– Oh, no, signore. O meglio, sí... C'è una persona che vi attende nella vostra carrozza.

– La mia... carrozza? E non poteva venire qui?

Il ratto gli fece l'occhiolino.

– Non voleva essere vista... È una questione delicata... Vi dice niente il nome Striga?

Turrey si sentí avvampare.

– Vuoi dire che...

– Presto, my lord, non è stato facile convincerla. Potrebbe cambiare ancora idea.

– Ma tu chi sei, amico mio? Noi non ci conosciamo.

Il ratto si chinò verso Turrey e gli mormorò all'orecchio il nomignolo con il quale veniva chiamato uno dei suoi piú stretti tirapiedi, Joe Penn, detto Faina Joe.

– Io e il vecchio Joe siamo cugini, my lord. Lui è con la ragazza, la tiene d'occhio.

– Allora, andiamo! – tagliò corto Turrey.

Mentre seguiva il ratto per North Shoreditch, Turrey pensava alla sua buona sorte. Alla fine, dunque, il suo messaggio era stato raccolto. Alla fine, dunque, la Striga era come tutte le altre: una bagascia. Chissà se le piaceva il dolore (dopotutto, era passata dalle mani di Chatam), o se preferiva un approccio piú delicato. In ogni caso, era solo questione di momenti.

Cullato da quei dolci pensieri, appena imboccato un vicolo oscuro e puzzolente si ritrovò faccia a faccia con Faina Joe. Due uomini mascherati con sciarpe di lana lo sorreggevano per le braccia. Faina Joe aveva gli occhi spenti e la fronte spaccata a metà.

– Che significa? – piagnucolò Turrey.

Il sedicente cugino allargò le braccia e rivolse un cenno ai due complici.

– Che non bisogna mai fidarsi dei parenti, my lord.

I due lasciarono cadere il corpo di Faina Joe. Un rigagnolo di sangue andò a mescolarsi ai liquami del sozzo vicolo. Turrey fissava affascinato le acque risucchiate da un chiusino quando il primo colpo di pugnale lo prese alla schiena.

Quella notte, lord Chatam bevve whisky e fumò oppio sino all'alba, senza che una tenace, riluttante lucidità l'abbandonasse per un solo istante.

Ciò che non poteva sapere era che, proprio in quelle ore, nell'ospedale di Saint James, il chirurgo personale della Regina lottava per strappare alla morte il corpo martoriato di Turrey. I suoi uomini avevano fallito il colpo. Era stato il cocchiere, si sarebbe appreso in seguito, a ritrovarlo privo di conoscenza e coperto di sangue in un vicolo a pochi passi dal National Standard Theatre. L'uomo, al quale un tizio dalla faccia da ratto aveva recato un falso messaggio del padrone, si era insospettito quando Turrey non si era presentato all'appuntamento nella «nota casa» di miss Wexingham. La Regina in persona pregava per la salute del suo «adorato amico».

Quanto a Mario e lady Violet, si rappacificarono davanti a una torta a tre piani che Carlyle aveva imposto «se non agli sposi, troppo accesi di morale rivoluzionaria per indulgere a simili smancerie, alla mia personale e avida gola». E mentre i festeggiati, sommersi da applausi e urla di giubilo, finalmente scioglievano ogni tensione in un lungo bacio appassionato, Terra di Nessuno e la Striga, in un freddo sgabuzzino ingombro di libri, si abbandonavano alla reciproca, gioiosa conoscenza dei loro giovani corpi.

Giugno

Mazzini sedeva su una panchina nel luminoso giardino di un'amica di Kensington che si era offerta di ospitarlo per qualche giorno. L'estate incombeva su una Londra stranamente mite e ventilata. Terra di Nessuno restava rispettosamente in piedi.

– Volevi parlarmi. Ti ascolto, – lo invitò Mazzini con la sua voce profonda e arrochita dal fumo, accendendosi un sigaro.

Terra di Nessuno prese fiato.

Se solo quel colloquio fosse avvenuto un giorno prima, le cose sarebbero andate ben diversamente. Un giorno prima Terra di Nessuno aveva soltanto certezze. Si sarebbe presentato al Maestro e gli avrebbe detto: Lorenzo di Vallelaura è una spia. Ne sono sicuro. Lo sento. Per questo non ho voluto incontrarlo da quando è tornato a Londra. È vero, mi mancano le prove, ma riflettete, riflettiamo insieme. Quando lo incontrai per la prima volta aveva appena ucciso un uomo. Per salvare la mia vita, disse. Io credo che l'abbia fatto per salvare sé stesso e il suo sporco doppio gioco. Ad Ancona è misteriosamente riapparso quando tutti lo davamo per morto. E ci ha convinti di una storia inverosimile. A Roma io l'ho visto cercare la morte, ma l'ho anche visto mentre stava per uccidere Mario Tozzi. E se l'avesse fatto, sarebbe stato solo per gelosia! È stato inghiottito dalla repressione e ne è riemerso sano e salvo, come per miracolo. I soldi non gli mancano, e non mi si venga a dire che ancora gode di amicizie o protezioni a Venezia, perché è orfano, e bandito... Un traditore, sí, è un traditore. Ma poi la Striga gli aveva raccontato di Lugano, dell'agguato, di come «il soldato biondo» avesse beffato l'agente piemontese salvando la vita di Mazzini. E allora le sue certezze si erano sgretolate. E ora non sapeva piú che cosa dire al Maestro, che l'esortava, paziente, a svelarsi.

– Su, coraggio...

– Si dice che, anni fa, abbiate fatto giustiziare due traditori...

Mazzini sospirò.

– Una calunnia inventata di sana pianta dalla polizia francese e dal governo di quella nazione.

– Dunque, voi non punite i traditori.

– È la Storia a occuparsi di loro. Il pugnale si riserva ai tiranni.

– Quindi, se anche voi sapeste per certo che fra noi c'è un traditore...

– Uno solo? – rise Mazzini, cacciando uno sbuffo di fumo.

Terra di Nessuno tacque, sorpreso. Mazzini annuí, tornando improvvisamente grave.

– Il tradimento è cosa vile, ma se immaginaste, amico mio, quanto può rivelarsi utile in certe occasioni...

– Un traditore, dunque, può anche essere un alleato?

Mazzini lo fissò negli occhi.

– Hai un nome, figliolo?

– È... è solo un sospetto. E forse neanche quello. Non sono in grado di accusare nessuno. Perdonatemi. Vi ho fatto perdere del tempo.

Mazzini restò seduto, lo sguardo perso nel vuoto, la sua voce un respiro sibilante, eppure vibrante di energia.

– Qualcuno pratica il male, e senza saperlo asseconda, con la sua azione, i disegni del bene e del giusto. E qualcun altro, perseguendo la retta via, può involontariamente cagionare il peggiore dei mali. Non torturarti con dubbi vani. Soltanto alla fine della giornata è possibile tirare il conto dei profitti e delle perdite.

– Che cosa volete dire, Maestro?

Mazzini non rispose. Il colloquio era concluso. Il sorriso vago che era comparso sulla sua bocca sottile, il lampo che aveva acceso di ferocia i suoi occhi continuarono a perseguitarlo. Mentre insegnava i rudimenti dell'arte militare ai ragazzini della scuola italiana, cercando di scoprire fra quei visi concentrati il patriota di domani; mentre aiutava Babbage a costruire una macchina meravigliosa della quale non avrebbe mai capito un accidente, nonostante tutti gli sforzi della Striga per introdurlo al regno dei numeri; mentre si rompeva la vista cercando di imparare la lingua di Shakespeare su vecchi dizionari... che cosa aveva voluto dirgli Mazzini? Che sapeva, e lasciava correre, perché ciò assecondava i suoi disegni? Ma chi era veramente Mazzini? Gli parve che molte anime si disputassero la coscienza e le azioni di colui che metà del mondo dipingeva come l'apostolo della libertà, e l'altra metà come un assassino assetato di sangue. Provò l'impulso di raccontare tutto alla Striga. Che cosa ci vedi in lui, voleva chiederle, tu che vedi oltre i nostri corpi, tu che scavi nell'anima? Chi è Lorenzo? Ma poi, come sempre accadeva da quando si erano uniti, si perse nel languore del suo sguardo, e i suoi pensieri presero una direzione diversa. Sognava, a occhi aperti, i campi e i colli aspri della sua infanzia, sentiva l'odore pungente e benefico delle bestie, rivedeva il volto nobile di suo padre...

La Striga lo riportò al presente con un rapido tocco delle sue magiche dita.

– Stai pensando al soldato biondo, – gli comunicò, nel suo linguaggio.

– Non piú, amore.

– Mi ha salvato la vita...

Gli raccontò, allora, tutto quello che nei mesi della passione nascente gli aveva taciuto, eludendo ogni domanda, rimandando le spiegazioni «al tempo giusto, il tempo della conoscenza». Terra pensava dunque di avere a che fare con un vile rinnegato, e scopriva che senza di lui non avrebbe mai incontrato la Striga. Comprese che aveva ancora molto da imparare: dalla Striga, da Mazzini, dallo stesso Lorenzo, dal mondo insomma. E capí che ciò che lo attendeva, nel futuro, era un'interminabile teoria di ombre qua e là accese da sporadiche isole di luminosità. Se avesse saputo dominarle, quelle ombre, o se avesse almeno imparato a conviverci, sarebbe diventato un uomo migliore. Ma sarebbe stato all'altezza di un simile compito?

Il giorno dopo, di buon mattino, Terra di Nessuno bussò alla porta di una casa nel cuore dell'antico quartiere ebraico di Eruv, dove gli era stato detto che avrebbe potuto trovare Lorenzo. Venne ad aprirgli una ragazza bellissima e ricciuta.

– Mi ricordo di voi, – esclamò, riconoscendo Esther, la figlia del giudio di Roma.

Esther lo accolse con un sorriso caldo e gli offrí del tè. Spiegò che venire a vivere nel quartiere ebraico era stata una sua scelta. Raccontò, in poche parole, le circostanze dell'avventuroso salvataggio di Lorenzo. Che, aggiunse, di lí a poco avrebbe fatto rientro.

Terra di Nessuno sfuggiva lo sguardo limpido di Esther, memore del desiderio che, nel loro fugace incontro romano, lei gli aveva scatenato. Ora che il suo cuore era consacrato per sempre a Striga, si vergognava di quel sentimento passeggero. Avrebbe voluto confidarsi con lei, ma si sentiva incapace di farlo.

– Lui è dal Maestro. Tornerà a momenti.

– Lo aspetto fuori, – disse Terra, – non voglio darti noia.

L'attesa durò oltre un'ora. Quando vide spuntare Lorenzo dietro una coppia di vecchi israeliti, lei con una grossa e gonfia gonna nera, lui con la tradizionale kippah e una folta barba bianca, gli andò incontro e gli tese la mano.

– Striga mi ha detto tutto quello che hai fatto per lei, – gli disse serio, fissandolo negli occhi. – Chiunque tu sia, sei mio fratello.

E prima che l'altro potesse aggiungere anche una sola parola, si allontanò a grandi falcate. Lorenzo restò a fissarlo, il cuore serrato in una morsa di ghiaccio.

– Perché un uomo, se è uomo, quando la minchia comanda, se la deve sbrogliare. Sennò si fa il sangue cattivo!

Il baronetto Michele Liberato si rassettò i pantaloni, lanciò una manciata di monete alle due prostitute e raggiunse Mario in attesa dietro un rozzo séparé.

– Tocca a te, amico mio. Ah, ho già provveduto anche alla tua parte.

– Ma non dovevi! I soldi…

– Vuol dire che mi offrirai il pranzo! Avanti, acchiana, picciotto, ti aspetto qua fuori.

Mario aggirò il séparé che assicurava un minimo di riservatezza alla clientela popolare del misero tugurio di Hackney. Le due «signore» lo accolsero con il consueto campionario di moine: erano madre e figlia, indossavano la sola gonna, di una stoffa vaporosa che aveva conosciuto tempi migliori, e un trucco pesante e sbavato. Anch'io ho conosciuto tempi migliori, si disse Mario, con una lieve smorfia di disgusto. Perché continuava a frequentare quel postribolo di basso rango? Perché la difficile gravidanza costringeva Violet a starsene tutto il giorno a letto e sarebbe stato un crimine anche solo sfiorarla con un dito. Ma bastavano le esigenze della minchia, come diceva Michele Liberato, a giustificarlo?

– Allora, signorino?

– Ti è passata la voglia? Vieni, ché te la facciamo tornare noi.

Be', bisogna sapersi adattare, concluse Mario, mentre la figlia gli prendeva una mano e se la posava sul seno e la madre lo baciava in bocca.

Piú tardi, nella sudicia bettola in Middlesex Street, davanti a un boccale di birra scura e calda e agli avanzi di un pasticcio di fegato e patate, il baronetto gli parlò del meraviglioso bordello di Rosie Wexingham.

– Io ci sono stato una volta. Altro che quelle due bagasce di Hackney! Lí, se lo chiedi, ti organizzano persino un *tableau vivant* con sedici ragazze e altrettanti drudi... e tu non hai che da mettere le mani dove ti pare... Ma costa caro, non è posto per giovani rivoluzionari squattrinati. D'altronde, quando la minchia chiama...

Mario si sentiva addosso l'odore penetrante del sesso. Si sentiva sporco. Era stanco. Stanco di quella vita.

– E tu? Perché non ti sposi, cosí la minchia te la sbrogli a casa tua... – proruppe, insolitamente aggressivo.

– Ppi finiri comu a tia, che tua moglie te la fa vedere col cannocchiale? No, grazie, – rise Michele, per niente offeso. – E poi, io mi sposerò a casa mia, quando tornerò in Sicilia. E ci tornerò da padrone, ci puoi giurare.

– Nell'Italia liberata, – ridacchiò sarcastico Mario.

Michele lo fissò con un sorriso affettato, da damerino.

– Perché, non è quello che vai cercando anche tu?

Mario si sporse sul tavolaccio e afferrò un braccio dell'amico.

– Io qua ce starei benissimo, Miche'. A me Londra me piace da mori'. Solo che nun posso fa' quello che me piace.

– E perché?

– Perché mi mancano i píccioli, come dici tu.

– E torniamo a bomba, – concluse il baronetto, soddisfatto. – I píccioli ci mancano perché i nostri riveriti padri, che Dio li abbia in gloria, se li tengono stretti stretti. Mario, noi siamo il progresso, noi siamo il futuro. Dobbiamo vincerla questa guerra, anche se dovesse durare anni. E durerà anni... perché solo quando noi vinceremo, l'Italia diventerà grande. Torneremo vincitori, e faremo i signori, ma i signori veri. E i píccioli saranno loro a venire da noi, e saranno tanti, tantissimi píccioli...

– Ma tu gliele hai mai dette queste cose al Maestro? Cosí, come le stai dicendo a me?

Michele gettò giú d'un fiato l'ultimo sorso di birra e si ripulí con la manica della giacca.

– Il Maestro è un grande trascinatore. Ma è un uomo che demolisce. Lui sa quand'è il momento di abbattere la casa vecchia. E l'Italia oggi è una casa vecchia. Ma poi...

– Ma poi? Vai avanti.

– Ma poi sulle macerie qualcuno ci dovrà costruire la casa nuova. E quelli saremo noi, amico mio. Su, andiamo, s'è fatto tardi. C'è una riunione della Società Italiana.

– Nun ce vengo.

– Ma ci saranno tutti...

– Violet...

– Minchiate! Dimmi la verità, Mario. Tu tieni un pensiero che ti tormenta. Be', sputa la mandorla, no? Gli amici servono a questo.

Mario rifletté. Ma era poi un amico, Michele? Forse sí, ma sino a che punto? Condividevano l'astio per padri reazionari e ottusi. Frequentavano le stesse donnacce. Avevano combattuto dalla stessa parte. Ma poteva fidarsi? D'altronde, disperato com'era...

– Si tratta di questo, – sospirò. E gli consegnò la famigerata lettera di credito.

Il baronetto compulsò il titolo, lanciò un breve fischio ammirato, minchia, cinquecento paoli di Sua Santità, trecentocinquanta, forse quattrocento sterline...

– Capisci, adesso? Mio padre non vuole saperne, di Bixio manco a parlarne, che ci faccio io con questi quattrini teorici? Per me, sono solo carta straccia.

– Forse no, frati, forse no... – disse meditabondo il baronetto. Poi, afferrato d'impulso il braccio dell'amico: – Ti fidi di me? – gli domandò, improvvisamente eccitato.

– Sto in mano a te!

– E allora, – proclamò Michele Liberato, stringendogli forte la mano, – siamo soci!

Settembre

Una settimana dopo che Salvo Matranga gli aveva consegnato la lettera dei cinquecento paoli, pervenuta via vaporetto da Londra, il commendatore Filiberto Praticò lo mandò a chiamare e, con l'aria grave, gli comunicò che il titolo era falso.

– Come sarebbe a dire falso? State babbiando?

– Fàusu è, fàusu! – strillò il direttore dell'agenzia palermitana del Banco Regio dei Reali Domini al di là del Faro, già Banco delle Due Sicilie. – Ve lo giuro sulla Santissima Vergine!

– Ma non è possibile! Mi disse persona d'onore ca veru è!

Il commendatore Praticò, un ometto segaligno, calvo, il volto grigio ornato da imponenti favoriti, inalberò un'espressione offesa.

– Non vi fidate di me, don Salvo!

– No, io...

– Eppure sapete che sono da sempre fedele alla famiglia del signor barone, e... – aggiunse, abbassando impercettibilmente la voce, – alla Società che voi qui degnamente rappresentate.

– E non c'è niente che potete fare, commendatore? È faccenda che mi sta a cuore assai...

Il commendatore scosse la testa, sospirò, estrasse dal panciotto un fazzoletto di lino e si deterse l'ampia fronte.

– Voi mi chiedete l'impossibile. In base al regio decreto numero 249, io sarei tenuto a consegnare il titolo alla tesoreria di Sua Maestà, accompagnato da una relazione nella quale, – e qui tornò nuovamente a un tono bisbigliante, – figurerebbe il vostro nome...

Salvo s'irrigidí. Il commendatore sollevò le braccia, allarmato.

– Naturalmente, io non farò niente di tutto questo, per l'amicizia che ci lega... Potete stare sicuro.

Il titolo scivolò in un cassetto. Il colloquio era terminato. Un sussulto d'onore obbligò Salvo ad alzarsi di scatto, assumere una posa fiera e strafottente, limitare a un impercettibile cenno d'assenso i saluti, e il ringraziamento che di certo il banchiere si attendeva.

Rimasto solo, il commendatore tirò un enorme sospiro di sollievo. Estrasse dal cassetto il titolo papalino, accarezzò il revolver che, per fortuna, non gli era servito, aprí una porticina invisibile, nascosta com'era dalla tappezzeria fiorata del suo ufficio, e con un inchino deferente introdusse don Calò.

– Ho sentito tutto, – disse il capo della Società degli Uomini del barone di Villagrazia. – Ti purtasti bonu, cummendaturi.

– Troppo buono, don Calò... Non volete accomodarvi? Posso farvi servire una granita, un latte di mandorla... Mi hanno appena mandato da Messina una pignolata che resuscita i morti...

– I píccioli, – ordinò secco il don, rifiutando l'invito.

Il commendatore aprí un altro cassetto e ne trasse un fascio di banconote. Si disponeva a contarle, quando il don lo fermò, con un cenno imperioso.

– Quanti sono?

– Settecentocinquanta tornesi, al cambio piú favorevole.

– Sta bene. Date qua.

Con un sospiro rassegnato, il commendatore consegnò il bottino all'uomo di rispetto, che intascò e uscí, senza degnarlo di uno sguardo.

Piú tardi, a mezza mattina, mentre Salvo Matranga, il cuore gonfio di pensieri amari, sovrintendeva alla vendemmia nel podere Aricò, vigilando dall'alto del suo cavallo bianco che le famiglie di contadini non si impossessassero nemmeno del piú misero acino dell'uva pregiata del barone, Peppe Scianca lo raggiunse e gli comunicò che il don intendeva vederlo.

– Finisco il lavoro e vi raggiungo dove sapete.

– Ha detto subito.

– Successe cosa? – si scurí Salvo.

– Cosa tinta, – confermò, grave, Peppe.

Visto che Peppe era appiedato, Salvo smontò da cavallo, legò la bestia a un palo e si dispose a seguire il compare della Società. S'incamminarono verso Villagrazia, che distava poche leghe. Strada facendo, si unirono Cicciu Petracca, Tore e 'u Siccu. Avevano la faccia scura e portavano il moschetto a tracolla. Per tutto il tragitto non si dissero parola. Lo scortarono alla baracca, dove, appena diciotto mesi prima, era stato affiliato. Il don attendeva, seduto a braccia conserte, una brocca e un bicchiere mezzo pieno di vino posati sul tavolaccio.

– Vieni, vieni, Salvu', sieditì qua cu mia, figghiu...

Salvo obbedí. Il don schioccò le dita. Peppe Scianca prese un involto da una borsa posata sul pavimento e lo consegnò al don. Il don spinse l'involto verso Salvo.

– Aprilo, – ordinò.

Salvo scostò la cartaccia grezza e unta. Vide i tornesi, e capí. Il titolo. Aveva cercato di negoziarlo senza informarne il barone padre né il don. L'aveva fatto perché quel titolo era cosa fra lui e il baronetto. Cosa di amicizia fra uomini, dunque cosa sacra. Ma come aveva fatto, allora, il don a venirne a conoscenza? Era stato il commendatore, chiaro. Aveva fatto male a fidarsi di quel bastardo. Era stato ingannato due volte. Il titolo era autentico. E lui era un uomo morto. Aveva sopravvalutato la sua forza, il suo ruolo nella Società. Aveva giocato la partita dalla parte sbagliata. E aveva perso.

– È cosa triste quando fra padre e figlio scorre la discordia, – prese a salmodiare il don. – E tu, – sospirò, puntando il dito contro Salvo, che, suo malgrado, chinò il capo, – tu lo sai che per me sei come un figlio.

– Ho sbagliato, – ribatté, sollevando fieramente la testa, – adesso processatemi.

– Processo? Vòli 'u processo! – rise il don. Il suo sguardo abbracciò i quattro picciotti. Anche loro scoppiarono a ridere, un riso forzato, un riso di obbedienza, e non di convinzione.

Dunque, pensò Salvo, sentendo rinascere un'esile speranza, dunque non mi sono ostili. Li fissò anche lui negli occhi. Lentamente, nell'ultimo anno quei quattro ragazzi, che avevano vissuto tutta la loro vita all'ombra di don Calò, erano diventati suoi amici e complici. Se li era lavorati con abilità sopraffina, era giunto a raccogliere la loro confidenza, a capire che erano insoddisfatti delle loro grame esistenze, che aspiravano a qualcosa di meglio. E lui aveva soffiato sulla brace, alimentando il fuoco. Adesso, forse...

– Non ci sarà nessun processo, – tuonò il don, sbattendo il pugno sul tavolo, – perché c'è già la sentenza!

Uno alla volta, i quattro picciotti annuirono e sfuggirono lo sguardo di Salvo. No, su di loro non c'era da contare...

– Sta bene. Fate quello che dovete fare e fatelo in fretta.

– Nun c'è prescia, – concesse il don, – è chistu 'u problema di vuàutri picciotti… 'a prescia. Vedi, Salvu', io ti capisco. Tu volevi dare un aiuto al giovane barone.

– È cosí, don Calò. Suo padre lo ha diseredato. E a Londra lui fa la fame. Non è giusto. Perché è sangue del suo sangue…

– Ahi, ahi, ahi! – sorrise don Calò. – 'A prescia… Il barone è saggio e guarda lontano. Tutti noi vecchi siamo saggi e guardiamo lontano. Il barone giovane, lui si crede di guardare lontano, e invece non vede a un palmo dal naso. Comu a tia, Salvuzzu, comu a tia…

Salvo fece per replicare, ma il don lo bloccò con un'occhiata terribile.

– Tu, – riprese, con energia, – tu te ne sei andato a vivere in una bella casa a Palermo, mentri ca nuàutri ci teniamo care le nostre capanne. Tu frequenti le donne di teatro e ti vesti comu 'n signurinu… E può darsi che il futuro quello è, e può darsi di no… Solo il tempo può dirlo… Ju sugnu ancora forte, ma haju i me' anni. Un giorno dovrò passare la mano, e pensavo che quel giorno la passavo a tia, la mano… Perciò, ti bastava aspettare un pochino, e quel futuro era tuo. E invece, tu…

Ancora una volta Salvo cercò di inserirsi, e ancora una volta don Calò glielo impedí.

– 'A prescia, 'u vidi? Chi ti dissi? E fammi finiri, no, figghiu? Il futuro, può darsi che il futuro è di 'na manera, e può darsi di 'n'autra… Può darsi che domani Nostro Signore Domineddio si chiama a so' casa 'u baruni patri, e 'u barunettu addiventa 'u signuri… E può darsi ca 'u figghiu mòri a Londra e ccà nun ci scinni cchiú. Ma chi può saperlo? Sulamenti 'u Patreternu! Può darsi che domani io ti devo ringraziare pirchí fusti fedele a Michele Liberato, e può darsi di no… Però tu mi recasti offesa, e recasti offesa alla Società, perché quei píccioli erano e sono del barone padre, e dunque della Società, per la parte che alla Società si conviene. Perciò, figghiu, pensai a questa sentenza...

Il don si alzò, fece segno a Salvo di imitarlo, lo prese fra le braccia e lo baciò tre volte sulle guance. Poi, quando si fu distaccato da lui, i quattro picciotti circondarono Salvo.

Per una settimana restò nella baracca, sorvegliato a vista e amorevolmente curato dai quattro compari. Quando la ferita si fu rimarginata, gli tolsero le bende. Al posto della mano sinistra aveva un moncherino annerito. Peppe Scianca, che al pari degli altri non osava incrociare il suo sguardo, gli disse che per ordine del don era stato retrocesso a guardiano dei maiali del barone. Che la sua casa di Palermo diventava bene della Società. Che sarebbe tornato a dormire nella vecchia casupola di famiglia. Che gli era fatto divieto di rivolgere la parola al don fino a nuovo ordine. Che, infine, se fosse accaduto qualcosa al commendatore, che tanto leale si era mostrato alla Società e al barone, ne avrebbe risposto in prima persona. Salvo Matranga pensò che non puoi mangiare il fico d'India se prima non lo sbucci. E prima di imparare a sbucciarlo, ti devono sanguinare le mani. Era come se avesse inghiottito il frutto con tutta la scorza. Aveva ancora da imparare. Ma don Calò aveva commesso un grave errore. L'aveva lasciato vivere. L'aveva fatto per calcolo e per convenienza. Perché avrebbe potuto esibirlo, come emblema della sua generosità e lungimiranza, se un giorno le cose fossero cambiate, quando il baronetto avesse preso il posto del padre. Salvo giurò a sé stesso che avrebbe risalito la china. Passo dopo passo, sarebbe tornato in cima. Ci sarebbe tornato, sí, ma piú forte, e piú saggio. E allora, soltanto allora, avrebbe assaporato la polpa dolcissima della vendetta.

Qualche giorno dopo, finito di rigovernare i maiali, si procurò carta, penna e inchiostro e scrisse una lettera amara a Michele Liberato. Nel confessare il suo fallimento, si proclamò in debito con lui per settecentocinquanta tornesi e giurò che avrebbe onorato il debito sino all'ultimo centesimo. O che avrebbe pagato con la vita.

Se fosse vissuto, il bambino si sarebbe chiamato Giuseppe, come Mazzini, e Ganesh, come il dio induista del cominciamento. Ma non ci sarebbe stato nessun cominciamento per quella creaturina venuta al mondo cianotica e rinsecchita, e subito rapita al mondo dalla prima sorsata d'aria che i suoi polmoni malformati non erano riusciti a espellere. Lady Violet aveva rifiutato sia i sacramenti che il funerale religioso. Nonostante non si fosse ancora rimessa né dal parto né dalla disgrazia, aveva voluto presenziare alla sepoltura. Pallida, i capelli in disordine, un soprabito gettato con negligenza su una veste bianca, se ne stava immobile, sorretta da Janet, davanti alla fossa scavata dai becchini del cimitero di Brompton, che attendevano, per procedere, il segnale convenuto. Per volere dei genitori, una teca di legno ospitava il corpicino destinato al fuoco. Una comunità dolente si stringeva intorno alla bara. C'erano i ragazzi della scuola, muti e allineati con i visi pallidi e gli occhi bagnati; c'erano esuli, cospiratori e gente del popolo che conservava nel cuore il vivo ricordo della generosità di lady Violet, e si augurava che, un giorno, il sorriso potesse ancora spuntare sulle sue labbra inaridite. C'erano Thomas Carlyle e la sua cerchia, e gli slavi, i polacchi, gli irlandesi. Mancavano solo lady Ada Lovelace e Mazzini. La figlia di Byron ormai malata al punto da non potersi muovere dal letto. Il Maestro ufficialmente indisposto, ma vicino, aveva assicurato, con lo spirito. Certo, con lo spirito, aveva commentato sarcastico Lorenzo.

– Mazzini è capace di piangere per il dolore dell'umanità nel suo complesso, ma quello di un solo uomo e di una sola donna non sa come affrontarlo. Comunque, vi ha mandato una lettera.

Lady Violet non volle leggerla.

Esther intonava a mezza voce una cantilena ebraica. E Lorenzo, nell'abbracciare la sua donna, malediceva il suo cuore inerte: perché nemmeno lo spettacolo straziante di quel dolore riusciva a smuoverlo? Poteva negare con sé stesso di aver provato un istintivo, sottile moto di rivincita quando aveva saputo del bambino? Poteva negare con sé stesso di essersi detto: ecco, Violet, hai scelto l'uomo sbagliato, con me non sarebbe mai successo... Era davvero cosí mostruoso il suo animo? Si accorse che qualcuno lo osservava. Era lord Chatam. Elegantissimo, come sempre, e con l'aria vagamente annoiata, il lord aspirò una boccata dalla sua corta pipa e lo fissò con il suo sguardo algido e penetrante. Come se gli avesse letto dentro. Lorenzo si sentí nudo e chinò il capo. Lord Chatam gli si accostò.

– Vi capisco. Trovo anch'io che la sepoltura sia una pratica disgustosa. Il pensiero del banchetto dei vermi mi fa orrore. D'altronde, lady Violet avrebbe preferito la cremazione, sapete, per via delle sue origini. Purtroppo, le nostre stupide leggi non permettono...

Lorenzo si allontanò di qualche passo, aspirò a pieni polmoni, come se gli mancasse l'aria. Si trovò faccia a faccia con Michele Liberato, che andava da un gruppetto all'altro chiedendo notizie del padre. Lorenzo si strinse nelle spalle: non ne sapeva niente. Il baronetto si diresse a passi veloci verso il parcheggio delle carrozze.

Terra di Nessuno si agitava intorno alla Striga, che dacché aveva appreso della morte del neonato si era chiusa in un mutismo severo. E ora voltava le spalle alla cerimonia, i pugni stretti, lo sguardo che di tanto in tanto si levava verso il cielo, quasi come una sfida, o una minaccia. C'è qualcosa che i numeri non possono spiegare, e nemmeno le macchine meravigliose di Babbage e lady Ada. È il mistero del capretto che una mattina non viene a chiedere il latte alla mamma, e resta immobile quando lei lo sollecita col muso, e non agita la coda per scacciare le mosche e i tafani, e non solleva l'occhio per ricambiare lo sguardo premuroso, il belato ansioso. È l'arco disegnato dal ventre dell'asina circondata dai cani randagi che affondano le zanne nelle parti molli del collo e delle gambe, frettolosi di essere respinti dall'esplosione dei gas che sentono formarsi nel tumulto dei batteri, mentre intorno si spande l'odore dolciastro del corpo inerte. E se un'armonia esiste, e se il numero è alla base di essa, la morte è lo zero, il piú perfetto dei numeri, ma pure il piú neutro, l'indecifrabile. Ma che armonia è mai quella che spegne il capretto e fa scoppiare l'asino? Che armonia può mai tollerare il sacrificio del bambino Giuseppe senza esplodere, essa stessa, dall'interno?

La Striga sentiva che tutta la saggezza, tutta la forza, tutto l'equilibrio che aveva cosí faticosamente guadagnato negli ultimi anni vacillavano. Si scopriva incapace non piú di trovare le risposte, di affrontare il mistero, ma di accettarlo. Perciò, quando si ritrovò davanti il volto puro e amato di Terra di Nessuno, con una rabbia che non credeva di possedere lo serrò nelle sue braccia, poi si sciolse, e con le mani, freneticamente, gli disse: – Mai piú morte, mai piú guerra, voglio un figlio da te, lo voglio adesso.

Il tempo passava. I necrofori si facevano nervosi. Lo vogliamo calare 'sto feretro, sí o no? Ma lady Violet li gelava con un rapido diniego. Non ancora. Non prima dell'arrivo del padre. Ma sarebbe mai arrivato, Mario? Michele Liberato era andato a recuperarlo mentre, ubriaco fradicio, cercava di abbattere a calci la porta delle due puttane di Hackney, che rifiutavano di aprirgli.

– Ma sei impazzito?

– Sto a pezzi, Miche'.

Michele Liberato si dimostrò un vero amico. Con poche parole lo convinse a riprendere il suo posto nel «grande carnevale dell'esistenza». A fare il suo dovere di uomo e di padre. A non cedere al dolore. Lo caricò di peso sulla carrozza e lo riportò di corsa a Brompton. Arrivarono che era quasi il tramonto. Carlyle stava cercando di persuadere gli inservienti a non piantare in asso pala, picconi e cadavere e tornarsene a casa: una sovrana e una manciata di ghinee ottennero il miracolo e la cerimonia poté avere inizio.

Michele Liberato si passò una mano fra i capelli, che cominciavano a cadere a ciocche. In tasca conservava l'amara lettera dalla Sicilia di Salvo Matranga. Non era il momento di parlarne con Mario. Non era il momento di dirgli che la Società, appena nata, era anch'essa già defunta. Le ombre della sera prendevano possesso della scena, e la mesta comitiva era sul punto di sciogliersi, quando una carrozza chiusa, con le insegne nobiliari, si arrestò al centro del piazzale. Un lacchè in livrea aprí il portello. Ne discese un vecchio zoppicante. Era lord Cosgrave. Carlyle gli andò incontro, il cipiglio fiero.

– Finalmente ti sei deciso, vecchio testone!

Il lord lo ignorò e si diresse deciso verso la figlia. Giunto davanti a lei, s'inginocchiò e si scoperse il capo.

– Perdonami, – disse.

Lady Violet gli passò le dita fra i capelli bianchi e lo aiutò a rialzarsi. Si abbracciarono. Non vista, la Striga scivolò accanto a lord Chatam e gli prese una mano.

Parte sesta

1852

Londra

La mattina in cui doveva incontrarsi con Von Aschenbach, Lorenzo passò ancora una volta da Mazzini. E ancora una volta non fu ricevuto.

Da giorni il Maestro non accettava visite e non rispondeva alle lettere. Da quando la madre Maria era morta, un dolore infuocato s'era impossessato della sua anima. Nemmeno agli amici piú intimi era consentito l'accesso a quella solitudine senza ristoro. Donna Maria era morta mentre leggeva l'ultima lettera del suo Pippo, esclamando, pare, «Me figgiu, me figgiu...»

Solo lady Violet era riuscita, brevemente, a incontrarlo. Scoprire che anche Mazzini sapeva provare dolore l'aveva riavvicinata al Maestro.

Mentre Lorenzo si dirigeva al luogo dell'appuntamento, badando di non essere seguito, gli risuonavano in mente le parole di lady Violet.

«La madre era per lui l'ultimo vincolo fra l'Italia e la sua vita personale, Lorenzo. Ora tutto ciò che gli resta è il Dovere. Ma il Maestro è il primo a sapere che il Dovere, senza sentimento, è scarno, pallido, non è nient'altro che il culto freddo di un'idea...»

Quelle parole lo avevano colpito nel profondo. Lorenzo si domandava se anche lui un giorno, ripensando magari a quanto aveva gettato al vento con la sua vita dissennata, sarebbe stato capace di provare un simile rimpianto, un dolore cosí acuto. Per ora, il cuore rimaneva impenetrabile.

Von Aschenbach lo attendeva in un magazzino abbandonato ai dock. I saluti furono freddi.

– A Vienna sono impazienti. Non ci fate avere notizie da tempo. Che succede?

Lorenzo ignorò il rimprovero. Von Aschenbach indossava abiti che si sarebbero adattati a un qualunque borghese benestante dei quartieri alti di Londra.

– Venire a Londra è stata un'imprudenza, colonnello. E insistere per incontrarmi di persona è stata un'imprudenza ancora peggiore.

– Bah, mi avete detto che nessuno vi ha seguito, barone.

– Nessuno che io conosca. Ma non posso escludere che...

– Nessuno, potete starne certo. Ho messo alle vostre costole qualche mio agente...

Il fatto è, ribadí Von Aschenbach, che a Vienna esigono risultati concreti. Sanno che c'è qualcosa nell'aria, ma non sanno che cosa. E diventano di giorno in giorno piú impazienti. Poi, piú dolcemente, aggiunse:

– Ora, se il mio... il nostro miglior collaboratore ci lesina le notizie, abbiamo qualche motivo per essere preoccupati, non vi pare, barone di Vallelaura?

L'austriaco non si sbagliava. Qualcosa di grosso bolliva in pentola. Ma non era ancora il momento di parlarne. Lo avrebbe deciso lui, Lorenzo, il momento. Perché era lui a condurre il gioco, adesso. E questo gli dava potere. E dal potere derivava una gioia selvaggia. Tuttavia, un osso al cane bisognava pur lanciarlo di tanto in tanto.

– Le farò fare bella figura con l'Imperatore, – spiegò asciutto, gustando l'espressione avida che si andava dipingendo sul volto affilato di Von Aschenbach. – M. ha comperato trecento fucili Sharp Rifle grazie a un mediatore. Si trovano in uno dei depositi di birra di Stansfeld, il suo amico deputato.

– Sappiamo niente del mediatore?

– No. È un affare che M. ha trattato personalmente.

– Trecento fucili sono un piccolo esercito... Cosa vuol farsene? Un'insurrezione?

– È probabile.

– Ma dove?

– Questo lo sa solo lui.

– Dovete cercare di scoprirlo. A tutti i costi.

– Ci proverò.

– In ogni caso, con questa storia delle armi otterremo l'espulsione di M. dall'Inghilterra. Stavolta la corona non potrà far finta di niente.

Lorenzo intascò i trenta denari e represse a fatica un sorriso di scherno. Il mediatore? Griffin McCoy. Il finanziatore? Lady Violet Cosgrave. Coi soldi di papà. L'insurrezione? A Milano, ai primi di febbraio dell'anno successivo. Non lo avrebbe detto agli austriaci. Non se i patrioti avessero vinto la guerra. E poteva accadere. Nonostante la catastrofe del Quarantotto e la fine della Repubblica romana. I patrioti avevano fede, entusiasmo, erano ancora pronti a morire per l'idea. Mazzini espulso? Von Aschenbach si faceva delle illusioni.

– Sapete una cosa, barone? – azzardò Von Aschenbach, trattenendo la mano di Lorenzo fra le proprie un istante piú del dovuto. – In un altro tempo, in un diverso contesto, mi sarebbe piaciuto esservi amico. Per esempio, avremmo potuto trascorrere liete ore insieme in questa affascinante e misteriosa città...

Lorenzo se ne andò senza rispondere.

Si affacciò un luogotenente. Von Aschenbach gli ordinò di abbandonare il pedinamento. Aveva ottenuto ciò che gli interessava. La missione a Londra era stata un successo. Il luogotenente chiese se c'era bisogno della carrozza.

– Potete andare. Io resto ancora un po' qui.

– Siete sicuro, signore? Questa è una brutta zona...

– Sono armato e so badare a me stesso. Andate, via!

Cominciò il tempo dell'attesa. Se i suoi calcoli erano esatti, il mediatore al quale si era rivolto dopo aver avute ampie rassicurazioni da un sodale della sua cerchia viennese sarebbe comparso nel giro di una mezz'ora. Quanto bastava per stilare un rapporto ufficiale e inoltrarlo al cancellierato. Era assorbito dalla scrittura quando bussarono alla porta del capannone. Von Aschenbach prese una candela e si precipitò ad aprire. Basta. Il dovere poteva aspettare. Ora era il momento della notte. Con le sue tenebre e i suoi piaceri. Tre figure si stagliarono sull'uscio. Il mediatore aveva condotto due ragazzi. Von Aschenbach contemplò gli abiti dimessi, i capelli stopposi, i visi induriti dal vizio. Un fremito di impazienza lo percorse. Pagò il mediatore e fece strada ai ragazzi verso l'oscurità.

Mario e Michele non riuscivano a farsene una ragione. Da mesi si presentavano, come si dice a Roma, bussando coi piedi, cioè con fruscianti denari in mano, e chiedevano invano di acquistare un immobile. I proprietari li accoglievano educatamente. Mario spiegava che era il genero di lord Cosgrave, e che insieme al suo socio, un rappresentante dell'antica nobiltà siciliana – you know, sir, esquire, Sicily, land of wonderful grapes and lemons... do you remember that sweet sweet wine –, intendeva rilevare il laboratorio per impiantare una sartoria e rivestire di abiti di gran lusso la meravigliosa gente di Londra. Quelli chiedevano un po' di tempo, controllavano le referenze e alla fine dicevano di no. Al settimo rifiuto, consultarono un avvocato. L'avvocato fece le sue ricerche e confermò che l'acquisto si poteva fare. La legislazione inglese non vietava l'acquisizione di proprietà da parte di stranieri. Il nome di lord Cosgrave era una garanzia. I soldi erano buoni. Non c'era, insomma, nessun problema legale.

– E allora qual è il problema?

– Forse, – aveva risposto l'avvocato, intascando l'onorario con espressione impenetrabile, – non gli piace la vostra faccia!

A svelare l'arcano provvide lord Chatam. I due soci lo incontrarono una sera in casa di un baronetto spiantato che, a Chelsea, organizzava partite di whist. Quando il lord sedette al loro tavolo, stavano perdendo parecchio: una fortuna sfacciata sembrava assistere i compagni di gioco, due gemelli, James e Earl qualcosa, anch'essi baronetti.

– Grazie per avermi fatto posto, amico mio, – concesse lord Chatam accomodandosi sulla sedia che Earl, o James, gli aveva ceduto.

– Dovere, my lord, – ribatté quello con una smorfia cupa.

Il gemello non mosse un muscolo. E si affrettò a distribuire la mano. Nel giro di un'ora scarsa avevano recuperato tutto. E poiché anche lord Chatam vinceva, presto il gemello si ritrovò al verde.

– Credo che la fortuna mi abbia abbandonato, signori. Se siete d'accordo, mi ritirerei...

Nessuno obiettò. La partita era finita. Lord Chatam distribuí le vincite, lasciò una generosa mancia e invitò i due italiani a bere un bicchiere in una bettola sui dock. Marinai ubriachi facevano un chiasso d'inferno cantando canzonacce. Tipi dall'aria losca trafficavano con le abbondanti forme di sgualdrine imbellettate.

– Non pensavo che frequentaste simili posti, – osservò Michele Liberato.

– Ah, il profumo del mio sublime popolo... Come sta lady Violet?

– Benissimo. È di nuovo incinta, – sospirò Mario.

Lord Chatam sospirò.

– La proverbiale virilità italiana... Ho saputo che ha generosamente contribuito al prestito nazionale lanciato da Mazzini.

– Be', Violet sa bene cosa fare coi suoi soldi. Io invece...

– Noi, – s'intromise Michele Liberato, – se non fosse stato per voi, Chatam, a quest'ora saremmo sotto il ponte dei Frati Neri a elemosinare...

– Già, – confermò Mario, – non solo avete una fortuna sfacciata, ma ce l'avete anche attaccata!

Lord Chatam attese che il cameriere posasse i boccali con la birra, elargí due pezzi d'argento, incassò l'inchino dell'altro e poi, dopo essersi appena bagnate le labbra, domandò:

– Siete sicuri che si sia trattato di fortuna?

– Che intendete dire?

– I gemelli Lexley sono due abili bari, cari ragazzi. E voi eravate i merli della serata.

– E quindi voi...

– Oh, Earl sapeva bene che se avesse tentato qualcuno dei suoi trucchetti sarebbe finita molto male per lui. Vi serva d'insegnamento. Londra può rivelarsi tanto sorprendente quanto ostile, alle volte.

Il discorso cadde sui vani sforzi dei due amici di avviare la loro sartoria.

– Italian Style Fashion? – ironizzò lord Chatam, increspando un sopracciglio.

– Pensavamo di chiamare cosí la nostra società, – si difese Michele Liberato.

– È proprio questo l'errore. Non ce la farete mai, amici miei. Vi diranno sempre di no, finché non ne avrete abbastanza, finché non getterete la spugna, o finché i vostri soldi non saranno finiti. Voi siete italiani, questo è il problema. Siete stranieri, e questa è un'isola. Vi è consentito di essere cuochi, carpentieri, tintori, mobilieri, mercanti di spezie, tenori, incisori, professori d'arte o di musica, persino cospiratori... Ma non sarti. Lo stile è un affare riservato ai nativi nella terra di lord Brummel e di sir Poole. Datemi retta, lasciate perdere. Nessun inglese accetterà mai di essere vestito all'italiana... e da una coppia di italiani, per quanto geniali possano essere. Un giorno, forse, ma non certo oggi...

I due soci si fissarono costernati.

– Allora non c'è scampo!

– Come sta il vostro signor padre? – chiese lord Chatam a Michele Liberato, apparentemente cambiando argomento.

– Sapete che fra noi non corre buon sangue.

– Avete qualche amico fidato in Sicilia?

– L'avevo... forse l'ho ancora... Perché me lo chiedete?

– Stavo pensando al vino. Mi è stata inviata di recente una bottiglia di un vino liquoroso alquanto gradevole. Marsala, credo si chiami.

– Marsala, – confermò eccitato Michele.

– Ecco, marsala. Viene dalla Sicilia, vero? Credo che dovreste farci un pensierino. La moda è inglese, la birra è inglese... Ma il vino, amici miei, il vino... Il vino è francese, portoghese... e italiano. O mi sbaglio?

Sicilia

Salvo Matranga si presentò al suo nuovo capodecina, Cicciu Capagrossa, 'na bunaca di nenti fresca promossa a Uomo per aver impalmato, previa fuitina, una nipote di don Calò, e gli chiese licenza di un colloquio.

– E che sarebbe 'sta camurría? Un colloquio? Se hai qualche cosa da dire, dilla a mia, che riferisco. E poi, lo sai che a tia il don non ti vuole vedere, che già sei fortunato di essere ancora supra a 'sta terra, monco!

Salvo, a capo scoperto e chino, dissimulando il furore che in altri tempi lo avrebbe spinto a 'stutari con un solo movimento di coltello quel malacarne, tenne duro. In base alle regole della Società, quando un sottoposto chiede espressamente al suo diretto superiore di essere ammesso alla presenza del don, il superiore non può opporsi alla richiesta ed è tenuto a riportarla. Soltanto la massima autorità potrà poi decidere se ricevere il questuante, o se delegare l'incombenza al sottoposto. Perciò, fra un insulto e uno sghignazzo, Cicciu Capagrossa non poté far altro che riferire al don, il quale con sua grande sorpresa, non disgiunta da una certa inquietudine, gli ordinò di condurre 'u guardaporci alla sua presenza.

Ammesso dopo un anno di esilio alla reggia del don, una lurida baracca che puzzava di stallatico, Salvo comparve indossando l'unico abito decente che era riuscito a sottrarre alla «punizione». Al don, che lo contemplava con un misto d'interesse e di diffidenza, spiegò subito che, considerato l'alto onore che gli veniva concesso, aveva inteso presentarsi nel modo migliore.

– Sei sempre stato picciotto sperto e di lingua lunga, Salvo. E in questo tempo ultimo ti purtasti bonu. Allora, sentiamo, di che cosa si tratta?

Ammaestrato dall'esperienza, Salvo aveva deciso di giocare a carte scoperte. In piedi, davanti al don seduto a gambe larghe, sotto lo sguardo fosco di Cicciu Capagrossa, raccontò che il baronetto Michele Liberato gli aveva scritto una lettera proponendogli un grosso affare.

– Un affare, don Calò, unni c'è di vagnàrisi 'u pizzu ppi tutta 'a Sucità... Per voi, per i picciotti, per la Sicilia nostra intera...

– E ppi tia, nenti c'è? – rise il don, ammirando comunque il sangue freddo e il tono rispettoso dell'altro.

– Per me c'è il ritorno, don Calò, – proclamò Salvo, con un guizzo dell'antica fierezza, – perché io so che voi siete un capo saggio, e me lo avete dimostrato rimettendomi al mio posto quando avevo pisciato fuori del vaso. E proprio perché siete un uomo saggio, sapete, come lo so io, che il mio destino non è di fare la guardia ai maiali...

Il don si agitò sulla sedia. Cicciu Capagrossa, male interpretando il gesto, si fece avanti e sferrò un colpo alla nuca di Salvo.

– Minchia, statti quetu, monco!

Il don alzò una mano e fissò il capodecina con i suoi occhi di ghiaccio.

– Qualcuno ti interrogò, Capagrossa?

– Ma vi mancò di rispetto, don Calò!

– Questo lo decido io. Aspettaci fuori, va', ché ti vedo tanticchia nirvusu...

Mentre il capodecina sgomberava il campo, mentalmente santiando e dandosi dello sceccu per la sua intempestività, Salvo capí che la partita era vinta. E che il don, senza saperlo, si stava scavando la fossa con le sue stesse mani. Tuttavia, fedele alle regole, attese che fosse il capo a rivolgergli la parola. Ma il suo cuore cantava di gioia.

– E allora, che sarebbe 'st'affare?

– Vino, don Calò. Un affare di vino.

Salvo estrasse dalla sacca la bottiglia che il baronetto gli aveva fatto arrivare da Londra e invitò il don a gustarne un sorso. Il don contemplò l'etichetta e si compiacque della scritta in inglese. Anche se fosse stata scritta in dialetto, lui, da analfabeta, non l'avrebbe compresa. Fece saltare il tappo e bevve a garganella. Apprezzò con un rutto, si deterse le labbra con la manica della giubba, poi annuí.

– Assèttiti. E spiegati meglio...

Salvo illustrò con pochi e semplici concetti il progetto di Michele Liberato, vantò le conoscenze illustri che il giovane baronetto, il migliore figlio di Sicilia, era riuscito a guadagnarsi nell'esilio londinese, si dilungò sui vantaggi che ne sarebbero derivati alla Società e, in prima persona, al don. Il quale ascoltò, cercando invano di mascherare il crescente interesse, finché, picchiando il pugno sul tavolo, non decise che ne sapeva abbastanza.

– Sta bene. Ora tornatene dai tuoi maiali, e vedi di non appiccicarti con quella testa di sceccu del tuo capodecina. Io non ti dico né sí né no. Ci devo pensare. Poi, ti mando a chiamare.

L'attesa durò una settimana. Per tutto il tempo Salvo ignorò le continue provocazioni di Cicciu Capagrossa. Il capodecina si moriva per sapere di che razza di imbroglio si trattava, ma a tutte le domande, immancabilmente, Salvo rispondeva: «Parlane con il don». E quando, infine, il don lo mandò a chiamare e gli disse che la proposta era approvata, e che il suo aggio sarebbe stato del cinquanta per cento ma che alla Società si sarebbe versata una quota corrispondente al venticinque per cento degli utili, specificando che le spese iniziali erano interamente a carico del baronetto e di Salvo, si inchinò e gli baciò la mano.

Don Calò si compiacque ancora una volta con sé stesso. Capo saggio e lungimirante si era dimostrato! Con un solo colpo di ascia aveva recuperato alla Società un picciotto valoroso che d'ora in avanti avrebbe rigato dritto e un bel mucchio di tornesi. Due giorni dopo Salvo faceva il suo ingresso a Marsala, cancello d'Oriente, porta sull'infinito. E mentre contemplava lo spettacolo maestoso del Mediterraneo mosso da una lieve brezza di ponente, con la mano superstite scriveva al baronetto una laconica missiva: «Tutto a posto, mandate istruzioni. Vostro devoto servo S. M.».

Londra

Esther aveva preso a frequentare la sinagoga di Eruv. In base a certi segni convenzionali che si erano scambiati al termine della funzione, il rabbino Solomon, che la dirigeva, aveva capito che lei era a conoscenza di alcuni rituali dell'antica magia, di solito preclusi alle donne. Esther gli aveva rivelato una discendenza in linea materna dal celebre cabalista Menahem Recanati.

– Il che non giustifica, ragazza mia, la tua conoscenza di una pratica riservata in via esclusiva agli uomini.

– Con tutto il rispetto, rabbi... per quanti divieti e limiti possano trovarsi nella Torah, non c'è scritto da nessuna parte che si devono tenere le donne alla larga dalla conoscenza.

Una ragazza interessante, questa Esther. Aveva lasciato Roma e la comunità, la piú antica del mondo dopo quella di Gerusalemme, per seguire un rivoluzionario con il quale conviveva nel peccato – ma non è forse vero che dove c'è amore autentico non può esservi peccato? Gli aveva confessato che, per scelta di lui, praticavano la congiunzione carnale in modo da evitare la procreazione.

– Con la sua vita, sempre esposta ai pericoli, io lo comprendo, rabbi...

Anche questa, a ben vedere, era dura da digerire, per un'autorità religiosa come il rabbi. Eppure... eppure il rabbi comprendeva e, nel fondo dell'animo, simpatizzava. Non era forse anch'egli, in quanto figlio di Israele, un senzaterra? Non era forse la sua gente perseguitata e umiliata da millenni? Non li chiamavano forse talora anche i londinesi, cosí ufficialmente aperti, cosí impeccabili e cosí gelidi nel cuore, «la razza maledetta»? Non sarebbe forse venuto un giorno in cui, agli ordini del Messia guerriero che dalla notte dei tempi attendevano, avrebbero dovuto imbracciare le armi e conquistarsela, la Terra Promessa?

Esther gli aveva presentato la Striga. Una singolare creatura senza parola, eppure in grado di comunicare, per iscritto o a gesti, con una forza inesorabile. Striga era anche lei una senzaterra, e cosí il suo compagno, un soldato dallo sguardo limpido. Striga era maestra nell'arte dei numeri. Anche senza rivelare nessuno dei segreti riservati agli iniziati, Solomon si era divertito a sottoporle alcuni *gematriot* elementari. In capo a pochi secondi, dopo aver scrutato con estrema concentrazione le tavole, Striga, avvalendosi di Esther come traduttrice, gli aveva detto:

– Queste sono lettere che sono numeri e numeri che sono lettere. Lo scopo è lo svelamento. Di un nome, di un concetto, di un precetto, di un'idea. Il senso è celato nelle infinite combinazioni. È un sistema che serve a mascherare qualcosa che deve restare segreto…

Il rabbino aveva rimproverato Esther.

– Hai detto troppo!

– Vi giuro di no!

Rabbi Solomon si era dovuto arrendere. Non c'era magia, non c'era trucco. C'era solo una creatura che forse mutuava dagli angeli, e forse da una qualche anomalia cerebrale. Una creatura che celava un'immensa ricchezza.

Molte delle sue certezze vennero rimesse in discussione quando, nelle settimane successive, fu presentato dapprima a lady Ada Lovelace – un'altra donna! – e poi al professor

Babbage. La combriccola affascinò il rabbino. A un pubblico dibattito, Solomon, intervenendo in difesa dello scienziato, oggetto degli attacchi rabbiosi del reverendo Cole, astioso reazionario, sostenne che le «macchine intelligenti» non avevano niente di demoniaco. Esse rappresentavano semmai una sfida posta dall'Altissimo all'ingegno umano. Parole che gli erano sgorgate dal cuore, di là dalle sue stesse intenzioni, mentre si perdeva nello sguardo di Striga. Quando Cole prese a inveire contro la Torah, il rabbino Solomon intonò un salmo. La potenza del canto commosse tutti e zittí il campione del conservatorismo protestante. Solomon conquistò Babbage affermando che «persino una macchina intelligente, una macchina che imitasse la capacità di elaborazione del pensiero umano» non avrebbe contrastato con i disegni divini. Anche questa affermazione, che molti avrebbero considerata eretica, era stata pronunciata quasi sovrappensiero. Quasi che una forza esterna gliel'avesse dettata. Ma per quanto si sforzasse di investigare, proprio non riusciva a sentire puzzo di zolfo. Niente Demonio, niente Shaitan, niente Grande Nemico. Solo un passo in avanti. Nel nome di Dio. Nel nome dei tanti, inconoscibili e segreti nomi di Dio.

Un giorno, rabbi Solomon chiese a Striga, a Esther e a Babbage di insegnare la scienza ai ragazzi che frequentavano la sinagoga.

– Lo fate per gli italiani, perché non farlo anche per noi? La scienza non deve avere confini, cosí come gli uomini...

L'offerta fu accolta con entusiasmo.

A Marsala la Società non era cosí forte e strutturata come a Palermo e a Girgenti. C'erano un paio di bunachi, ma facevano storia a sé, campando di guardiania e limitandosi, al massimo, a raddrizzare la schiena a qualche contadino impertinente. Salvo ingaggiò come guardaspalle certi Coppolastorta e 'u Sciancatu, zoppo da una gamba – bel trio che facevano, col monco e il claudicante –, e per il resto dovette fare tutto da sé.

Michele Liberato gli aveva ordinato di individuare i terreni piú adatti a impiantare i vitigni. Salvo fece molto di piú. Un'azienda gli procurò, al baronetto. Se avessero cominciato dal nudo terreno, ci sarebbero voluti almeno quattro anni per il primo vino passabile. E altri anni ancora sarebbero occorsi per farlo come si deve, il marsala. Perché perdere tanto tempo, quando si poteva avere tutto e subito?

C'era un vecchio conte bizzoso che il marsala lo faceva da una vita, e lo faceva anche bene. Peccato che si era fatto mangiare il cuore e la testa da una cantante d'opera e dalle carte. La cantante si era dileguata come cenere al vento ai primi sentori di dissesto, le carte, invece, continuavano a tradirlo con la stessa implacabile monotonia dell'artista fedifraga. Davanti alle monete tintinnanti che Salvo fece cadere sull'ultimo tavolino rococò sfuggito al pignoramento, il conte oppose una blanda resistenza. Ma non era in condizione di tirare sul prezzo, non quanto avrebbe voluto: in capo a dieci giorni, l'azienda chiamata Baglio del Conte passò di mano a seguito di regolare cessione notarile.

Sorgeva, a quel punto, il problema dei creditori.

Contadini, raccoglitori e famigli furono convocati sull'aia della grande casa colonica appartenuta al conte. Salvo li arringò con franchezza: nessuno avrebbe perso il lavoro, e anzi, tutti avrebbero ricevuto la giusta paga. Magari un po' ridotta, dato che l'azienda doveva riprendersi dalla crisi, ma con puntualità e senza saltare neanche una settimana. L'offerta di un generoso anticipo vinse ogni resistenza, e quando i picciotti distribuirono i pochi spiccioli che per quei disgraziati, da mesi ridotti alla fame, rappresentavano la salvezza, grida di giubilo si levarono all'indirizzo di Salvo, 'u novu patruni, un veru signuri. Altri creditori minori furono tacitati con il pagamento sull'unghia di un terzo del debito: grati anch'essi, alla fine, di aver recuperato quattrini che avevano dato persi per sempre.

Piú difficile fu regolare la questione con Boccazza, un tipo tosto e furbo che doveva il soprannome al calcio di un mulo riottoso che, frantumandogli la mascella, gli aveva reso impossibile una corretta chiusura delle fauci. Un tempo uomo di fiducia del conte, questo Boccazza si era a poco a poco impadronito di una certa quantità di effetti che, se fatti valere, lo avrebbero reso proprietario di tutto. La somma che esigeva per liquidare l'affare era spropositata: se Salvo avesse onorato il debito, avrebbe dovuto dichiarare fallimento prima ancora di cominciare.

Un primo abboccamento si rivelò inutile. Boccazza voleva il suo, e lo voleva al piú presto.

I picciotti scalpitavano. Salvo tentennava. Stava per avviare una grande impresa con i soldi di un fuoriuscito. Che non doveva in alcun modo figurare. Tutti dovevano credere che si trattava dell'alzata di genio di un forestiero – lui stesso – che aveva amici influenti in Inghilterra. Si doveva evitare di attirare l'attenzione delle autorità. A Palermo sarebbero bastati due o tre incendi, qualche danneggiamento, l'uccisione di un animale, metti pure l'azzoppamento del capofamiglia. Ma lí le cose non stavano come a Palermo. Tuttavia, Boccazza si era dimostrato restio a comprendere il concetto di «politica», dunque si rendeva necessario il ricorso alla «forza politica». Almeno in minima parte.

Salvo invitò il rivale a una schiticchiata.

– Facciamo un accordo, – propose Salvo, quando erano già alla seconda bottiglia di vino.

– Un accordo? E cchi c'è d'accurdàrisi? – rispose l'altro, sospettoso. – Tu mi dài quello che mi spetta e ti tieni le vigne, i torchi, le quintane, i malazzeni e tutto il resto.

– Io ti dò la metà e diventiamo soci.

– Ju sociu cu tia? Ma cu ti canusci? Tu stai babbiando, Salvo Matranga!

– E che vuoi fare, Boccazza? Veramente ti vuoi pigliare il Baglio?

– E perché no?

– Perché tu il vino non lo sai fare. E in mano tua questa terra marcirà peggio che col conte.

– Vedremo... Intanto, hai 'na simana per pagare. Sennò... aria!

Boccazza sputò per terra, come per porre fine al colloquio. Salvo alzò la mano superstite e sorrise.

– Ancora un momento, per favore...

I picciotti si piazzarono alle spalle dell'ostinato Boccazza, che si girò, inquieto. Salvo non smetteva di sorridere.

– Una volta, – attaccò, pacato, – un amico mio, un gran signore, mi ha parlato di un libro. Dentro questo libro ci stavano le imprese di un condottiero dei tempi antichi...

– Ma che minchia dici?

I picciotti si agitarono. Salvo redarguí Boccazza.

– Statti quetu. È buona educazione stare a sentire quando qualcuno parla…

Boccazza fece il gesto di alzarsi. Poi, intuendo qualcosa, se ne restò fermo dov'era.

– Bravo, – riprese Salvo. – Dunque, questo condottiero, quando voleva conquistare una città, si presentava davanti alle mura con l'esercito e le bandiere bianche. Si faceva portare dal re del posto e gli diceva: amico mio, se tu mi dài la città con le buone, io ti salvo la vita e le case. Basta che mi dici di sí, paghi il tributo, e tutto continua come prima… Ora, se il re diceva di sí, tutto bene. Mi segui, Boccazza?

– E se diceva di no? – spiò l'altro, sempre piú inquieto.

– Se diceva di no, il condottiero salutava, con educazione, e se ne andava. Il giorno dopo tornava. Stesso esercito, ma stavolta con le bandiere rosse. Si faceva portare dal re e gli diceva: amico mio, tu ieri mi hai detto di no, ma io sono una brava persona, una persona ragionevole… Mi segui, Bocca'?

– Ti seguo.

– Bravo. Allora, diceva il condottiero, oggi le condizioni sono cambiate. Io ti risparmio la vita. Però, siccome mi hai fatto perdere tempo, adesso la città la devo distruggere. A quel punto, quasi tutti dicevano di sí. Quasi tutti…

– E quelli che dicevano di no?

– Eh… Il condottiero salutava e se ne andava. L'indomani tornava col suo bravo esercito, ma le bandiere erano nere: ora mi facisti pèrdiri la pazienza, caro re… ora non solo ti distruggo la città, ma ti prendo pure la vita… Mi sono spiegato, Boccazza?

Boccazza si guardò intorno. I picciotti erano immobili. L'aria pesante. Maledisse il giorno in cui quel palermitano arrogante era sbarcato a Marsala. Fu sul punto di cedere. Ma poi ragionò: che possono farmi? Tutti sanno che stiamo litigando per il Baglio. E tutti sanno che oggi ci siamo incontrati. E anche se mi uccidono, le cambiali passeranno ai miei figli. Perciò, non gli conviene. Sta solo cercando di spaventarmi.

– Tu però nun ci ll'hai l'esercitu, Salvo Matranga.

– E tu non sei un re, Boccazza. Vattene in pace. Per ora.

Boccazza aveva concesso una settimana. Per sei giorni ogni suo passo fu seguito dalle ombre invadenti dello Sciancatu e di Capagrossa. Non facevano niente per nascondersi, non muovevano un muscolo, non parlavano. Ma dovunque Boccazza andasse, loro erano lí. Muti, rigidi, indifferenti, lo sguardo concentrato sul bersaglio.

L'ultimo giorno, Boccazza si trascinò sino alla casa colonica. Era pallido, la mascella imperfetta fremente di sdegno.

– Ti porto dalle guardie, Salvo Matranga!

– E che ci dici, Boccazza? Che non ti è piaciuta la schiticchiata?

– I tuoi picciotti...

– Sono liberi di andare in giro dove gli pare... o mi sbaglio?

– Ora esco di qua e porto le cambiali al tribunale. E tu dovrai lasciare questa casa!

– Ne prenderò una a cento metri. I soldi non mi mancano...

Boccazza comprese che non avrebbe potuto resistere a quello stillicidio. Se aveva capito chi era e che cosa rappresentava Salvo Matranga, prima o poi il colpo sarebbe arrivato. E poi, l'altro non aveva torto: per quale reato avrebbe potuto denunciarlo? No, quella era una guerra. E lui, che una pistola manco sapeva com'era fatta, non l'avrebbe mai vinta.

– Va bene, – rantolò, sconfitto, – accetto. Diventiamo soci.

– Mi dispiace. Quelle erano le bandiere di ieri. Bandiere bianche. Oggi è un altro giorno. Le bandiere sono diventate rosse.

Finí che Boccazza fu liquidato con il venti per cento del debito originario e un sovrappiú per la cessione della casa.

– Non è bene che tu resti a Marsala, – gli spiegò affabile Salvo Matranga. – Nun mi piacíu ddu fattu ca sputasti a' me' casa.

Boccazza se ne partí per le Calabrie maledicendo la propria codardia. Salvo depositò il nuovo marchio della società: Baglio di Catafratto, dall'antico nome del podere. Al baronetto sarebbe piaciuto. E fu con malcelato orgoglio che comunicò a Michele Liberato che l'avventura cominciava. Grazie a Dio, a un po' di «forza politica», non piú di quella strettamente necessaria, e a Tamerlano il Grande.

Londra

Lady Violet aspettava un altro figlio. Esther non voleva averne. E Striga non poteva diventare madre. I medici non davano speranze. Non ci sarebbe stato frutto, in quell'unione. Inutile cercare le responsabilità, aveva decretato il rabbino Solomon. Non è questione di responsabilità ma di destino, o meglio, di volontà divina. Se fossi un mio confratello, aveva aggiunto rivolto a Terra di Nessuno, ti parlerei di Ismaele, il figlio della serva. E aggiungerei: la scelta è tua, ma io non scambierei un'unione cara a Dio con il desiderio di duplicare la mia immagine e sostanza. Terra di Nessuno non aveva intenzione di correre l'avventura. Se era destino che restassero soli, soli sarebbero rimasti. Niente e nessuno avrebbe potuto mai allontanarlo dalla sua Striga.

Si consegnò cosí, con ancora maggiore caparbietà, alla causa. Fondi, e talora armi, affluivano senza sosta. Ma né i primi né le seconde bastavano mai. Il carteggio con i patrioti rimasti in Italia si alimentava di scontri, polemiche, slanci, arretramenti, progetti abortiti. Giorno dopo giorno il fronte degli scettici si allargava. Le recenti sconfitte bruciavano, e facevano terra bruciata. Mazzini continuava a parlare di fede, ma i suoi ne perdevano un pezzetto ogni minuto.

Terra di Nessuno era rimasto in contatto con Carlo Pisacane. Si scrivevano ogni mese. Pisacane citava il *Manifesto* di Carlo Marx e Federico Engels. Il rivoluzionario napoletano ne era rimasto letteralmente sedotto. Questo Marx era un grasso e barbuto filosofo tedesco. Aveva preso casa a Soho e cominciava a fare proseliti fra i lavoratori predicando non piú la Patria, ma un'assoluta, radicale, messianica Rivoluzione Proletaria.

«Non ci potrà essere nessuna rivoluzione, se non sarà una rivoluzione sociale», aveva scritto con tono fermo e ispirato. Terra rispose citando un altro Manifesto, quello che Mazzini aveva redatto qualche settimana prima in diretta polemica con Marx:

> La rivoluzione sarà sociale. Ogni rivoluzione è tale o perisce, sviata da trafficatori di potere e raggiratori politici. Né Patria comune può esistere se l'esercizio dei diritti ottenuti coll'armi riesca, per ineguaglianza soverchia, ironia per la classe piú numerosa del popolo – se non si costituiscono piú eque relazioni fra il contadino e il proprietario di terre, tra l'operaio e il detentore di capitali.

Pisacane commentò ironicamente:

> Il dire piú eque condizioni fra contadino e proprietario, fra capitale ed operai non ammette che due casi: o Pippo crede possibile risolvere il problema sociale senza abolire la proprietà, e allora non ha studiato a fondo la società presente; o Pippo parla cosí per non intimidire i proprietari, e allora simula…

Mazzini, però, non simulava. Mazzini attaccava i socialisti con violenza:

> Io non accuso la vasta idea sociale, che è gloria e missione dell'epoca, della quale noi siamo precursori. Io accuso i socialisti, i capi segnatamente, d'aver falsato, mutilato, ringrettito quel grande pensiero con sistemi assoluti, che usurpano a un tempo sulla libertà dell'individuo, sulla sovranità del paese e sulla continuità del progresso, legge per tutti noi… li accuso di aver sostenuto che la vita è ricerca di felicità, mentre la vita è una missione, il compimento di un dovere. Li accuso di aver fatto credere che un popolo può rigenerarsi impinguando, d'aver sostituito al problema dell'umanità un problema di cucina dell'umanità. Di aver detto: da ciascuno secondo le

sue capacità, a ciascuno secondo i suoi bisogni, invece di bandire altamente ad ogni ora: da ciascuno secondo il suo amore, a ciascuno secondo i suoi sacrifici.

Terra di Nessuno era in preda al dubbio. Non aveva bisogno di divorare come il popolo londinese i romanzi a puntate del signor Carlo Dickens, per veder montare, giorno dopo giorno, la massa dei diseredati che si riversavano a Londra, abbandonando le campagne, in cerca di un misero ingaggio. Vedeva crearsi sotto i propri occhi un esercito di disperati pronti a tutto pur di non soccombere alla fame: furto, stupro, omicidio, prostituzione... Pensava che quelle masse turbolente e affamate non si sarebbero infiammate per l'amore e il sacrificio, semmai per il pane e un tetto caldo.

Riandava con la mente alla sua Sardegna, sentiva l'odore delle greggi, ricordava il furore dei pastori davanti al latte cagliato, l'odio nei loro sguardi quando i soldati e gli sgherri dei marchesi violavano le donne e sgozzavano gli agnelli. Quell'odio sapeva di libertà, certo, ma soprattutto puzzava di bisogno, di fame. L'idea che smuove i cuori e le coscienze impallidiva di fronte alla rogna e alla dissenteria. La rivoluzione era quanto mai necessaria e urgente: ma che rivoluzione? Quella di Mazzini, o quella di Marx e di Pisacane?

Ada Lovelace morí il 27 novembre 1852. Se ne andò che era ormai incosciente da giorni, sedata da dosi massicce di laudano e di oppio che l'avevano dolcemente accompagnata attenuando i dolori atroci della malattia. Striga le teneva la mano quando sentí la vita defluire. Un luogo ignoto, forse nessun luogo, attendeva ora il soffio che aveva animato quell'amica unica e insostituibile. Babbage lottava contro le lacrime. Il rabbino Solomon intonava il Kaddish: anche se non c'erano dieci maschi ebrei in età pubere, anche se il luogo era inadatto, anche se la defunta avrebbe ironizzato sulla sua devozione, anche se, anche se… un Dio buono e giusto non poteva non comprendere, e giustificare. Non pregava forse, a suo modo, nel modo terreno di un soldato senza ombre, Terra di Nessuno, non era una preghiera quella che affiorava alle sue labbra serrate, mentre lanciava occhiate tempestose alla morta e ai viventi, mentre il suo sguardo tornava a posarsi a intervalli regolari sulla Striga, quasi volesse proteggerla dal mondo intero? E non pregavano il loro Dio Michele Liberato e Mario Tozzi, e lady Violet e Tabitha, la nutrice indiana che cullava la bambina finalmente nata, che avevano chiamato Cristina – come la principessa di Belgioioso – e anche Devi – come la divinità indú? E non pregava persino il reverendo Cole, che forse non aveva voluto perdersi lo spettacolo e forse, per una volta, provava un briciolo di autentica pietà?

Lord Chatam si sentiva a disagio. La morte è sempre orribile, pensava, ma certe morti sono peggiori di altre. Aveva lasciato precise istruzioni per la propria. Se non fosse morto sul colpo, se fosse rimasto invalido, incapace di badare a sé stesso, alla mercé di chiunque, in quel caso si sarebbe dovuta convocare una commissione di tre medici amici. Costoro avrebbero decretato circa le possibilità di ripresa. In caso negativo, non ci sarebbero stati né agonia né dolori. Un cocktail letale di farmaci era già stato affidato a Clarence. Il vecchio maggiordomo avrebbe provveduto personalmente a iniettarglielo nelle vene.

Michele Liberato si avvicinò furtivo a Mario e gli sussurrò qualcosa all'orecchio. Mario dominò a stento un moto di allegria. In Sicilia tutto andava per il meglio. Le prime botti con il marsala sarebbero state pronte di lí a un anno. Lord Cosgrave avrebbe imposto il marsala del Baglio presso l'alta società londinese. In capo a tre, forse quattro anni, la ricchezza sarebbe affluita. E quando l'Italia fosse stata loro, anzi, «cosa nostra», come amava ripetere Michele Liberato...

Striga prese sottobraccio Babbage. Incapace di trattenersi ancora, lo scienziato scoppiò in lacrime. Nessuno fece caso all'assenza di Lorenzo. Da pochi giorni era partito per l'Italia, in gran segreto, sulle orme di Felice Orsini. Mazzini era già a Lugano, da dove contava di raggiungere Milano per accendere l'insurrezione. Come aveva intuito Lorenzo, la scoperta del deposito di armi non solo non aveva rallentato i tempi dell'operazione, ma non aveva nemmeno scalfito il prestigio di Mazzini. Altro che espulsione! Quando lo avevano accusato di voler fomentare una rivoluzione, Mazzini aveva rilanciato, non scusandosi, ma rivendicando: «Siccome in Italia non c'è la libertà, noi dobbiamo cospirare, procurarci bombe, usare passaporti falsi, contrabbandare materiale, e, se non possiamo fare altro, fare la rivoluzione coi pugnali!»

Lord Chatam invitò tutti presso la sua casa. Nessuno accettò. Sarebbero rimasti a vegliare l'ultima figlia di Byron. Lord Chatam si ritirò con un inchino. Le veglie lo deprimevano, e il cadavere, fra l'altro, cominciava a puzzare. A casa, mentre lo aiutava a liberarsi del mantello, Clarence gli annunciò una visita inattesa. Si trattava del giudice Taylor, un conoscente della sua precedente vita dissoluta. Se non ricordava male, amava indossare pannolini da bebè e farsi frustare da prostitute vestite da monache.

– A che debbo l'onore, vecchio mio?

– Si tratta di Turrey...

– È ancora vivo?

– Andiamo, Jerome! Non solo è vivo, ma assetato di vendetta.

– E allora? Se non sono male informato, ci ha messo un bel po' a riprendersi dall'incidente... Con metà del corpo paralizzato, difficoltà di parola e un occhio coperto da una benda, che pericolo può mai rappresentare per me?

– Be'... per prima cosa, ha intenzione di citarti in giudizio.

– E su che basi?

– Tentato omicidio.

Clarence si materializzò con una bottiglia di marsala e due bicchieri. La conversazione s'interruppe. Il giudice Taylor assaporò il vino e schioccò le labbra.

– Buono. Anche se continuo a preferire il porto.

– Il porto ha i giorni contati, Taylor...

– Jerome...

– Ci sarà un processo?

– No. Non ci sono prove.

– E dunque?

– Ma a corte sono molto irritati con te. Hai superato il segno, amico mio.

– Non sarai venuto sin qui a farmi la morale, spero.

– Non si tratta di morale, ma di un bando.

– Bando?

– Per dirla tutta, la Regina ti vuole fuori dai piedi. Non sei piú persona gradita, qui a Londra.

– Senti senti...

Taylor si sporse dalla poltroncina e afferrò un braccio del lord.

– Io credo che la società non verserà una sola lacrima quando quell'anima nera di Turrey tornerà al suo vero padrone, Satanasso... E credo che tu ti sia assunto l'onere di interpretare in modo, diciamo cosí, fattivo questo diffuso sentimento. Tuttavia, hai fallito il colpo, e credo che un periodo di vacanza nelle tue tenute di Islay ti gioverebbe, mio caro...

– Mi stai dicendo che è un ordine?

– Direi piuttosto un consiglio… un consiglio amichevole… ma molto, molto pressante… – concluse il giudice.

Terra di Nessuno era con Mazzini quando, tre giorni dopo il funerale di lady Ada Lovelace, da Parigi giunse la notizia che Luigi Napoleone, con un audace colpo di mano, si era impossessato della Francia autoproclamandosi imperatore col nome di Napoleone III.

– Tradisce la sua patria come ha tradito la nostra, – fu il laconico commento del Maestro, accompagnato da un sorriso sinistro.

Parte settima

1853-56

Milano, febbraio 1853

Lorenzo entra a palazzo Marino mentre l'attendente di Von Aschenbach volta il capo, in apparenza distratto dall'incedere di una bella nobildonna. La verità è che vuole evitare di scambiare un saluto con la spia. Tutti odiano le spie. A maggior ragione quando si rivelano inutili. La soldataglia di guardia si passa di mano in mano bestemmiando bottiglie di ruvida grappa. Il malumore è palese. Qui, come al Castello, e a Brescia, a Pavia, migliaia di soldati sono stati richiamati quando si è sparsa la voce che gli insorti avrebbero attaccato. Qualcuno è stato sorpreso dall'ordine quando si preparava a rivedere la famiglia per la prima, sospirata licenza dopo tanti mesi. Imprecazioni pittoresche e battute volgari si intrecciano in croato, ungaro, transilvano, veneto, lombardo e furlan. Ha ragione Mazzini a sostenere che un coacervo di etnie cosí diverse non può reggere a lungo sotto la stessa bandiera senza dilaniarla. O dilaniarsi. Ma ha anche torto, perché se una cosa ha capito Lorenzo in questi ultimi mesi trascorsi a cavallo fra le linee imperiali e le avanguardie patriottiche, è che per tanta, tantissima gente, l'Impero è la Patria, l'Italia un'idea astratta. Per questo Lorenzo, infine, ha deciso di svelare il piano dell'insurrezione. Perché sa che i patrioti, ancora una volta, perderanno.

Il piano è semplice e ardito. L'organizzazione: un insieme di nuclei, chiamati decurie, raggruppati a decine per formare il nucleo superiore, la centuria. Al vertice, il comandante del nucleo d'azione, responsabile del comando territoriale: Mantova, Milano, Brescia. La base: popolani e borghesi. Il sistema di comunicazione: il capo di decuria corrisponde soltanto col capo di centuria, e i capicenturia col comandante del nucleo d'azione. Il codice: un sistema cifrato numerico basato sulla terzina dantesca del Conte Ugolino «la bocca sollevò dal fiero pasto...» Armi poche: qualche vecchio moschetto, pistole a retrocarica, punteruoli affilati che possono, alla bisogna, rivelarsi ben piú letali dei piú moderni ordigni. Il sequestro degli Sharp Rifles è stato un duro colpo per l'organizzazione. È anche merito di Lorenzo se si sono ridotti ai punteruoli. Non certo il massimo per una guerra di popolo. Armi poche, fede tanta, secondo lo stile di Mazzini. Eppure, potrebbe funzionare. Se l'attacco alla guarnigione riuscirà, garantito il fattore sorpresa, affluiranno le armi, sottratte ai difensori. Se il cannone del Castello tuonerà, il popolo comprenderà che l'ora è scoccata e si riverserà nelle strade. Se, trascinati dal vento della rivolta, gli *honved*, i soldati ungheresi insofferenti del dominio austriaco, insorgeranno massacrando gli odiati ufficiali... Se... se...

Ma non funzionerà.

Von Aschenbach lo accoglie freddamente.

– La notizia era falsa. Non c'è stato nessun attacco!

– È solo rimandato.

– Oppure, voi siete servo di due padroni, come il vostro Arlecchino...

– Mantenete lo stato d'allerta. Se non è stato per oggi, sarà domani, e se non domani, in settimana. Non smobilitate, datemi retta. Si sono spinti troppo oltre. Mazzini è a Lugano, pronto a prendere il comando delle operazioni. Non torneranno indietro.

– Voglio accordarvi ancora la mia fiducia, barone. Ma un altro insuccesso potrebbe suonare molto sgradito a Vienna.

Dunque,solo l'indubbia simpatia che Von Aschenbach continua a manifestargli lo ha salvato. Per il momento. Ma sospettano di lui. È per via di Mantova. Qualche mese prima gli austriaci hanno scoperto una cospirazione che andava avanti da due anni. A capo c'era un prete. Si dice che, nell'apprendere la notizia, l'Imperatore si sia fatto il segno della croce, percosso da una sinistra premonizione: se anche un prete... allora... che la partita sia persa?

Per quanto Von Aschenbach possa dubitare di lui, e a ragione, Lorenzo ignorava ciò che si stava preparando a Mantova. Mazzini continua a giocare su piú tavoli contemporaneamente: lo ha mandato ad agitare le acque e a controllare il moto milanese, ma gli ha taciuto di Mantova. Una congiura di vaste dimensioni impallinata da un banale errore di calcolo: tutto è venuto alla luce quando si è decifrato il codice segreto dei cospiratori. Per Mantova, la chiave era nell'incipit del *Padre nostro*...

Come possono coesistere nello stesso uomo un simile talento rivoluzionario e una cosí scoperta ingenuità?

Lorenzo abbandona palazzo Marino. La sua meta è l'*Osteria del Monti*, ritrovo degli insorti. Si stringe nello spolverino, che lo ripara a malapena dal vento gelido e dal nevischio. Allegre comitive di borghesi trasmigrano da una festa all'altra cantando in coro canzoni scollacciate.

È stato a un passo dall'arresto. Mentre entra nell'osteria, si guarda per l'ennesima volta alle spalle. Non l'hanno seguito. Almeno, spera.

Il locale è affollato di cospiratori. Lorenzo scambia un cenno di saluto con l'ottoniere Fronti, il tintore Azzi, il cappellaio Vigorelli. Siedono a un altro tavolo il poeta Carta, il ragioniere Strada, il maggiore Brizzi e il dottor Piolti de' Bianchi. Lo stato maggiore della rivolta. L'oste Monti, un uomo mingherlino e nervoso, gli serve vin cotto e una coscia di tacchino. Tutti hanno l'aria grave. Il nervosismo è palpabile.

– Piolti ha deciso per domani, – annuncia Brizzi.

– Dove? Quando?

– Ancora non lo sappiamo.

Monti si unisce al gruppetto. L'oste è inferocito.

– Congiura del cazzo! Si doveva agire stasera, prenderli di sorpresa. E poi, le cose non s'improvvisano. Come facciamo a muoverci senza un ordine preciso? Che gli raccontiamo agli altri? Che li mandiamo a morire senza un piano? E tu... – tuona, puntando l'indice al petto di Lorenzo, – il Maestro s'è fatto vivo almeno con te?

– È una settimana che non ho sue notizie, – si difende Lorenzo.

– Di bene in meglio! – ringhia Monti, sputando per terra, disgustato, poi con uno sguardo di fuoco fulmina Brizzi. – Prima ci dicono di stare pronti, e poi ci mandano gli ufficiali e i dottori per tenerci calmi... Ma come la fate la rivoluzione senza di noi, senza il popolo?

Qualcuno annuisce, qualcun altro protesta. Lorenzo si disinteressa della disputa; è una scena a cui ha assistito innumerevoli volte, un copione già scritto. La sua attenzione è attratta da un drappello di nuovi giunti. Sono cinque, hanno facce segnate dalla strada e tatuaggi sulle braccia muscolose. Li guida Pistrucci, uno dei piú fidati mazziniani. Raggiunge il centro della sala e li presenta. Elenca nomi di battaglia che sanno di carcere, di malavita, di cavalletto e di scorrerie da predoni: il Turco, Sghembo, Ramulàss, Falsopede...

– Sono i capi delle cinque piú importanti bande della città, – sussurra Brizzi, orgoglioso, all'orecchio di Lorenzo,

– li ho reclutati personalmente insieme a Pistrucci. È brava gente, ci daranno una mano.

– Mazzini ne è informato?

– Mazzini disapprova. Verrà sulle nostre posizioni dopo la vittoria!

Mentre banditi, popolani e gentiluomini si scrutano con diffidenza, Lorenzo, osservandoli, assapora l'ultimo goccio di vin cotto. In quel forzato connubio brilla tutta l'ambiguità di Mazzini. Se il moto avrà successo, i delinquenti diventeranno patrioti. In caso contrario, sarà loro la colpa del fallimento, e chi li ha reclutati, contro la volontà del Maestro, sarà bollato dall'accusa di aver inquinato la purezza rivoluzionaria con un'insana commistione. Mazzini è un grande politico, decide Lorenzo. Se gli dessero pieni poteri, farebbe meglio di chiunque. Ma il moto fallirà, e ricomincerà la giostra.

Attaccano alle due del pomeriggio. Attaccano dove nessuno se l'aspetta, in centro, davanti alla chiesa di San Pietro in Gessate, e attaccano dov'è piú prevedibile, al Castello. Respinti, ripiegano sulla Guardia Grande, e qui hanno successo. S'impossessano di un cannone, e lanciano il segnale di fuoco sulla città. Lorenzo è salvo, comunque vadano le cose. La sommossa è scoppiata, come aveva previsto. Chiedergli esattamente dove sarebbe iniziata era fuori dell'umano: marcato a vista dai compagni, non avrebbe potuto disimpegnarsi senza destare i piú gravi sospetti. Von Aschenbach ha di che essere soddisfatto. La città è allertata, la guerriglia non ha speranza.

Ma ci sono piú uomini del previsto, c'è veramente il popolo, e questa è, anche per Lorenzo, una sorpresa. Sta con gli altri a San Pietro in Gessate, dove sono accorsi i miliziani di Porta Tosa. La strada è chiusa da barricate sino a Porta Romana. Lorenzo si limita a sparacchiare qualche colpo, ma è prodigo di parole, proclami e incitamenti. Nessuno dubita di lui.

Il vecchio maresciallo Radetzky mobilita un battaglione di veterani. Soldati di prima scelta, fedelissimi all'Impero, feccia di mille scontri. Si combatte per l'intera giornata. Alla fine, gli austriaci devono ripiegare. Un coro di scherno si leva dalle barricate di Porta Romana salutando la ritirata delle divise bianche. La furia del popolo è inarrestabile. La fede è salda.

Le staffette portano notizie esaltanti. Fuochi di guerriglia si accendono dappertutto, in città e nelle altre province. L'entusiasmo esplode. La vittoria sembra a un passo.

Lorenzo ha le lacrime agli occhi. Dubita di sé stesso. Prende accuratamente la mira e inquadra la schiena di un ufficiale che sta cercando di trattenere i suoi. Il dito si tende sul grilletto. Spara un colpo. All'ultimo momento, ha impercettibilmente deviato la canna verso il basso. Uno della malavita gli batte sulla spalla.

– Mira del cazzo, siúr barún!

Poi tutto precipita.

Gli ungheresi sono asserragliati nelle caserme, il loro duce, il patriota Kossuth, ha sconfessato la rivolta, non c'è stato nessun ammutinamento. Come sempre, il popolo è solo.

E mentre i patrioti versano il sangue sulle barricate, i criminali che si erano uniti ai rivoluzionari fanno il loro mestiere. Rubano nelle case, saccheggiano i cadaveri, devastano i negozi.

Lentamente, inesorabilmente, le giacche bianche riprendono il controllo della città. Verso mezzanotte, anche gli ultimi disperati si arrendono. Sono caduti centocinquanta soldati, due ufficiali superiori e un numero imprecisato di resistenti. Lorenzo passa la notte a casa di Pistrucci. Il giorno dopo varca Porta Tenaglia.

La vendetta opera immediata. Forche improvvisate vengono rizzate sui luoghi della battaglia. Il maresciallo Radetzky vi fa appendere i popolani. Quanto ai capi, riescono a espatriare.

Lorenzo si ricongiunge con Mazzini a Lugano. Come aveva previsto, il Maestro in parte sconfessa il moto, in parte lo fa proprio: giusta l'idea, disastrosa l'esecuzione, naturale il conseguente fallimento.

Accompagnato da una lettera di credenziali firmata dal primo ministro del Regno di Sardegna, Camillo Benso conte di Cavour, fa il suo ingresso nella sede del comando austriaco un ufficiale dal viso sfregiato. Si presenta battendo rudemente i tacchi. È il maggiore Paolo Vittorelli de la Morgière. Offre a Von Aschenbach, in segno d'amicizia, alcune lettere intercettate dalla polizia sabauda.

– Vi si allude a un moto che starebbe per scoppiare nel Cadore. Il mio governo ha pensato che il vostro governo avrebbe apprezzato il gesto.

Von Aschenbach trova detestabile l'uomo, le sue maniere altezzose e insieme aggressive. Ma le informazioni sono di prima mano.

– Il mio governo si domanderà il motivo di tanta generosità, signor maggiore...

Vittorelli osserva con un lieve ghigno quel damerino profumato e impomatato che ostenta modi da gran signore. Il suo istinto di sbirro lo cataloga all'istante fra i pederasti sfrenati. Cavour lo ha reintegrato nel suo rango e gli ha affidato il comando dei servizi di sicurezza. Cavour è un uomo di ingegno sublime. Cavour conquisterà il mondo, o almeno l'Italia. E le spie saranno le sue migliori alleate.

Vittorelli si inchina all'austriaco, asciutto e compito. A tempo debito, mio caro, tutto questo mi tornerà utile...

– È ora che i nostri governi riscoprano il concetto di buon vicinato, eccellenza. D'altronde, abbiamo un nemico comune. La sovversione. E un opportuno coordinamento fra le nostre forze di sicurezza ci aiuterà a combatterlo piú efficacemente. Il conte di Cavour, con l'occasione, mi incarica di porgere a Sua Maestà l'Imperatore i migliori auguri di salute e prosperità…

Red House (Yorkshire), autunno 1853

Per il dorato esilio che chissà mai quando e se avrà fine, lord Chatam ha preferito, alla dorata campagna del Kent, l'aspra desolazione dello Yorkshire. Ha curato personalmente i lavori di rifacimento di una vecchia dimora gentilizia, l'ha ribattezzata Red House, la casa rossa, perché il rosso delle pareti, dei quadri, degli arredi e dei tendaggi è il colore dominante, unico antidoto al grigio uniforme della brughiera.

Per l'inaugurazione ha invitato le persone care. La persona cara, per meglio dire. La Striga. Che nel suo insano amore ecumenico per i propri simili non ha mancato di tirarsi appresso la variopinta compagnia dei londinesi. Cosí lord Chatam si ritrova attorniato da lady Violet e la piccola Cristina Devi, amorevolmente cullata da una fredda e dignitosa nutrice brahmana che risponde al nome di Tabitha, «gazzella» in lingua hindi. Assente giustificato il neo *esquire* Mario Tozzi, alle prese con la nuova attività di mercante di vini nobili, con i buoni auspici di lord Cosgrave padre.

– Ti manda tanti saluti, Jerome. Non dimenticano, né lui né Michele Liberato, che senza il tuo saggio consiglio l'impresa non sarebbe mai nata. E ti pregano di accettare questo omaggio.

Due servi scaricano le cassette con il pregiato marsala del Baglio di Catafratto. Lady Violet si allontana per controllare che neanche una bottiglia del prezioso liquido vada perduta. Il redivivo, sempre emaciato pittore Dante Gabriel Rossetti si accosta a lord Chatam e gli soffia qualcosa in un orecchio.

– Volete sapere il vero motivo dell'assenza del rampante giovinotto? Il bordello di Rosie Wexingham. Ora che può permetterselo, Mario è ospite fisso...

Il nome della ex bambina sventurata, ormai leggendaria maîtresse, provoca un fremito in lord Chatam. Janet Corrigan, la focosa irlandese, l'ultima fiamma del pittore, si avvicina e lo prende sottobraccio, rimproverandolo piano perché «chissà quale maldicenza hai sussurrato al povero Chatam, che già ha abbastanza pene con il suo ingiusto esilio». Lord Chatam guarda allontanarsi la coppia, diretta a un filare di alberelli stenti che, c'è da giurarlo, non sopravvivranno al rigido inverno dello Yorkshire, alla polvere delle miniere che s'insinua dovunque. Al piú cresceranno storti e intisichiti come i figli cenciosi dei pastori del contado. Janet ha giurato di «salvare» Dante Gabriel. Il pittore è ben disposto a lasciar correre l'esperimento, finché non ne avrà abbastanza e tornerà al vizio, o si volgerà a una nuova amante. Sublime dedizione femminile all'impossibile redenzione dei perversi!

Ma l'accenno a Rosie scava nell'animo inquieto di lord Chatam. È cominciato tutto da lei, o per meglio dire, da un innaturale gesto di bontà. Un gesto al quale si era risolto per levarsi di torno l'insistente coppia di suffragette. Eppure, da quando l'hanno allontanato da Londra, nella solitudine dello Shire, lord Chatam si è sentito pericolosamente fuori sentiero. La sensazione di essere agito da una forza esterna s'è fatta strada nei suoi pensieri. Dovrebbe prendere da parte la Striga e parlargliene. Spiegarle che prova rimpianto per i bei tempi andati, che ha preso contatti con un ruffiano di Sheffield, uno che ha il controllo di un discreto gregge di pastorelle... E fascino e orrore se lo stanno disputando.

La Striga è impegnata in una fitta conversazione a gesti con Terra di Nessuno e il rabbino Solomon. Terra è cupo e scostante.

– Non sta attraversando un buon momento, – lo giustifica Striga, quando infine lord Chatam riesce a pilotarla verso un gazebo ornato di rampicanti delle Americhe, – è offeso con Mazzini perché non l'ha coinvolto nell'insurrezione di Milano. Ma io sono felice che non si sia unito a quei pazzi!

– Chiami pazzi i patrioti? Quelli che vogliono liberare il tuo paese dall'oppressione?

– I loro metodi mi sconcertano, lord Chatam. Si può abbattere un tiranno, ma dopo?

– Al dopo si pensa dopo, mia cara, non credi?

– No... Bisogna pensarci adesso. Formare le coscienze. Istruire il popolo. L'istruzione è tutto.

– Ma che brava maestrina, la mia Striga.

E lo dice con dolcezza, senza sarcasmo. Striga lo fissa sconcertata.

– E tu, mia cara, tu che momento stai attraversando?

Un momento confuso, spiega lei. La morte di lady Ada ha inferto un colpo terribile a Babbage. Il matematico torna cento, mille volte sugli stessi calcoli, ripercorre sentieri tante volte tracciati, fa e disfa la sua eterna tela di Penelope. È indeciso su tutto, paralizzato.

– Io credo che non la costruiremo mai, quella macchina meravigliosa...

– Forse non è il momento giusto.

– E forse noi non siamo le persone giuste... – ribatte lei.

Poi, di colpo, il moto delle dita s'arresta, Striga pianta i suoi occhi scrutatori in quelli di lord Chatam e, senza aggiungere una parola, gli volta le spalle e se ne va.

Con una punta di delusione, mentre i servi dispongono le tovaglie sull'ampio tavolo e si intrecciano i commenti sul clima (Pioverà? Con questo sole? Conosci l'Inghilterra, mia cara, sai quanto il clima sa essere imprevedibile, qui da noi), la vede allontanarsi. Perché ha troncato cosí bruscamente la conversazione? Non prova piú interesse per lui? Ha forse intuito qualcosa della tempesta che sta sconvolgendo il suo animo?

A pranzo, Striga è taciturna, pilucca appena un boccone o due delle specialità francesi che il lord ha commissionato all'unica cuoca decente del circondario. Infine è lei a insistere, al tramonto, perché la combriccola rientri in città, dove si potrà prendere l'ultimo treno per la capitale, rifiutando cosí l'invito di lord Chatam a trattenersi per la notte.

– Perché tanta fretta di tornare? – le chiede Terra di Nessuno massaggiandole piano il collo, quando già sono sulla carrozza.

– Ho sentito il soffio del male, – risponde lei, triste.

Londra, primavera 1854

La casa di Rosie Wexingham, il piú famoso bordello di Londra, occupa un edificio discreto, due piani anonimi a pochi passi dall'Old Bailey. Frequentato, pare, da molti giudici e avvocati: casa e putía, comu dicemu nuàutri… A ricevere i visitatori provvede un servo negro, in livrea. Michele Liberato presenta il bigliettino con il nome in codice (sono severissime le regole della casa), e il negro, con un inchino, gli fa cenno di accomodarsi. Nel salone centrale c'è un pianoforte che, a volte, si onora del tocco di affermati concertisti. Alle pareti, quadri mitologici con soggetti lussuriosi. Dal salone, per mezzo di un'ampia scalinata, si accede al piano nobile, detto delle Stanze del Conforto. La Stanza Rossa per gli amanti regolari; quella Grigia per gli amori cinedi; la Nera per le pratiche di bondage e sottomissione morbida; la Viola per gli amori di gruppo eterosessuali; la Marrone per gli amori di gruppo omosessuali; la Bianca per le orge a tema variabile che includono travestiti, ermafroditi e altri scherzi della natura: *freaks*, li chiamano da quelle parti. Un'altra, piú piccola scalinata conduce al sotterraneo. *Dungeon*, lo chiamano da queste parti. Qui vengono accolti i patiti del Divino Marchese, gli appassionati delle perversioni cruente, i cultori dei vasi da notte, i feticisti del vomito. Rosie Wexingham indossa un domino nero che le lascia scoperte le spalle e, tramite un rombo di pelle scarlatta che si solleva, consente l'accesso al suo considerevole posteriore. Chi l'avesse vista appena pochi anni prima, quando era una bambina sporca e macilenta che rubava conigli per i vicoli di Hackney, stenterebbe a riconoscerla nella sofisticata puttana di oggi.

– Da quanto tempo non vi si vede, sir!

– Tirate giú dal letto quel depravato del mio socio, vi prego...

– Siete troppo severo con l'*esquire*... uno dei miei migliori clienti.

– Su, andate, ho una certa fretta.

– Mi è appena arrivata una meravigliosa mulatta dalle Indie occidentali. Pelle di velluto, bocca da sogno, fondoschiena elastico e morbido... Assolutamente pulita e pronta a tutto. Siete sicuro di non volerci fare un pensierino?

– Assolutamente sicuro.

– Come volete. Fra cinque minuti l'*esquire* sarà qui.

Gli occhi pesti, il passo malfermo, l'alito acre... Mario Tozzi è uno schifo. Oppio, sentenzia Michele Liberato, e forse anche assenzio.

– Michele! Come te butta?

– Per sbloccare l'ultimo carico di marsala ho dovuto pagare trenta ghinee all'ispettore doganale.

– Ammàzzate, Miche'! Poi dice che i corrotti siamo noi italiani.

– Il problema è un altro, Mario. Le ho pagate di tasca mia le trenta ghinee...

Mario distoglie lo sguardo e si concentra su uno Zeus in forma di toro bianco che insegue una procace Europa.

– E sai perché ho dovuto pagarle io, Mario? – riprende, implacabile, Michele. – Perché tu, quelle trenta ghinee che avevi preso dalla cassa comune, te le sei sputtanate con queste pulle...

– Michele, io...

– La società è sciolta, Mario.

– Ma te sei bevuto er cervello?

– Al contrario. Sono stanco di reggerti il gioco. Non ne posso piú. Il lavoro è tutto e solo sulle mie spalle, e io in queste condizioni non me la sento di andare avanti.

– Sciogliere la società! E dove vai, senza i miei soldi?

– Ho quanto basta per ripagarti degli investimenti iniziali e liquidare la tua quota al massimo prezzo di mercato.

– Stai a scherza'...

– Sono siciliano, non dimenticarlo. E i siciliani hanno una sola parola!

La minaccia sembra fare effetto. Mario torna rapidamente in sé. Promette che cambierà registro. Si impegna, se non a cessarle del tutto, a ridurre le sue visite al bordello. Giura che sarà piú presente sul lavoro.

Michele Liberato lo lascia dire, impassibile. Interviene solo un secondo prima che le rimostranze si facciano piagnisteo.

– Bene. Voglio darti un'occasione. E c'è un'altra cosa. Datti una ripulita. Violet merita di meglio.

– Che c'entra Violet? Io amo mia moglie. Se solo lei fosse meno... Ma senza donne nun ce posso sta'.

– Tutti possono. Basta volerlo.

– Fai presto a parlare, tu! Da quando facciamo vino sembri un cazzo di monaco.

– Non capisco proprio cosa c'è che non va in Violet.

– E mo' t'o spiego! È un'altra volta incinta... Ma io dico... Passa metà del tempo con la bambina... l'altra metà co' 'a cammeriera indiana e i comitati rivoluzionari, il Partito d'azione, la Società per il prestito, la Società degli amici degli italiani, la Società de 'sto cazzo... E adesso anche quest'altro marmocchio in arrivo. E per me che cosa avanza, eh? Per le mie esigenze di uomo che cazzo avanza?

Michele Liberato si chiede se non sia meglio chiuderla davvero, quella società.

– Un uomo che si fa comandare dalla minchia non è un uomo, – conclude, sprezzante.

C'è una faccia nuova alla riunione mensile del Council of the Society of Friends of Italy. Settanta figure della vita pubblica, eminenti secondo alcuni, e secondo altri basso *demimonde* londinese, che si incontrano per offrire concreto sostegno alla causa e cospirano alla luce del sole in un sottoscala al numero 10 di Southampton Street, nello Strand. La faccia nuova appartiene al dottor Simon-François Bernard. È un francese originario di Carcassonne, magro e dagli occhi penetranti, con capelli neri e fini che lascia ricadere sulle spalle strette e asimmetriche. Veste di nero, come Mazzini, ma i suoi discorsi incendiari trascurano accuratamente di citare il Maestro. Lorenzo sa che Bernard disprezza Mazzini. Lo considera, né piú né meno, un prete esaltato. Terra di Nessuno, che sembra subire il fascino dell'algido francese, glielo presenta come «il famoso Bernard le Clubbiste». E gli spiega che, durante i giorni del '48 parigino, Bernard animava i club giacobini esortando alla rivoluzione piú radicale, definitiva, assoluta.

– Un erede di Saint-Just, dunque, – commenta, asettico, Lorenzo.

– Oh, – si schermisce Bernard, – io non avrei mai commesso i tragici errori dell'Arcangelo dell'89... La virtú al potere mi sembra un'aberrazione. Il potere essendo per sua stessa natura anarchico, soltanto un'identica e contrapposta dose di anarchia potrà combatterlo efficacemente. D'altronde, mi limito a dare il mio contributo alle cause nobili del nostro tempo... e a esercitare la professione di medico e ortofonista.

– Ortofonista?

– Insegna ai muti a parlare, – interviene Terra, con evidente interesse.

– Spesso, – conferma Bernard, – il mutismo affonda radici in un disordine psichico. I miei studi in materia sono alquanto avanzati. E a volte, certo non sempre, i risultati sorprendenti.

L'idea che Terra di Nessuno ha coltivato è che il fatidico dottor Bernard possa restituire la parola a Striga. Lorenzo li accompagna nel viaggio della speranza.

Due signorine troppo truccate li ricevono al numero 28 di Cornhill, dove, in un tetro edificio che puzza di carne macellata, ha sede il gabinetto del dottore. Bernard, sbucato da un paravento con il disegno del Fujiyama coperto di neve, le presenta come Susie e Doris, «mie assistenti, infermiere e amiche». Le ragazze ridacchiano. Lorenzo prova un acuto senso di disagio. Se non si trovasse in un luogo di scienza, si direbbe certo che si tratta di prostitute. D'altronde, Bernard non è forse un teorico dell'eccesso? Non considera i rivoluzionari una manica di boriosi moralisti? Il dottore indossa un camice bianco e brandisce un curioso strumento, una specie di arco con due cuffie metalliche alle estremità.

– Serve a misurare l'intensità dell'apparato uditivo, – spiega, accostandosi a Striga.

Lei fa un passo indietro. Bernard, con aria di sufficienza, le afferra una mano.

Al tocco dell'uomo, il volto di Striga si deforma in una smorfia di dolore assoluto. Dalla sua gola inerte parte un urlo silenzioso. Le ragazze smettono di ridere. Bernard insorge.

– Volete o no che guarisca questa povera pazza?

Terra strappa lo strumento dalle mani del dottore, che si ritrae, offeso. Lorenzo cerca di riportare la calma. Striga è scomparsa. Terra si precipita in strada. Lei è lí, che corre, tenendosi la testa fra le mani. Terra la raggiunge, l'abbraccia. Striga si divincola. Sopraggiunge Lorenzo. Piano piano la ragazza si acquieta. Ma non vuole dire niente.

Quella notte, Striga scivola via di casa. Raggiunge a piedi la stazione di Paddington, compera un biglietto di seconda classe per Sheffield e all'indomani, noleggiata una carrozza, si presenta a Red House. Il dottor Bernard è un'epifania del Male. È il male presente. E lord Chatam sta tornando al Male di un tempo. I numeri sono sconvolti. La sua mente è sconvolta. Un'orchestra malsana l'assorda con i suoi ritmi incomprensibili.

Clarence, il vecchio maggiordomo, ha gli occhi umidi mentre le riferisce che il padrone è partito per un viaggio senza meta.

Striga sa che Clarence mente. Implora il servo di lasciarla entrare. Lord Chatam è malato, e io sola posso curarlo. Clarence è inflessibile.

– Ditegli che io sarò sempre la sua Striga, – digita allora, frenetica.

– Perdonatemi, signora, sapete che io non comprendo il vostro linguaggio.

Si fa dare carta e penna. Scrive quelle poche parole mentre le lacrime la assalgono, irrefrenabili ma vane. Rimonta in carrozza. Clarence richiude piano il portone della Red House.

Lord Chatam ha assistito alla scena dalla finestra della sua camera. Torna verso il letto, dove una ragazza legata e imbavagliata si agita, gemendo. Ordina al ragazzo di impugnare la frusta e di colpire «con molta severità, almeno cinque volte». Poi si accomoda in poltrona, accende una pipa d'oppio e si prepara a gustare la scena.

Troppo tardi, Striga. È troppo tardi. Esistono legni storti che nessuna forza potrà mai raddrizzare.

Sicilia, autunno 1854

– E cu chista su' dúdici!

'U Sciancatu scaraventò nella fossa l'ultima cassa di vino, poi si deterse il sudore e fece un cenno a Mastru Pinu e agli altri cinque picciotti che attendevano, la torcia accesa in una mano, la pistola a tamburo nell'altra.

– Procedete, picciotti!

Uno alla volta, i sei uomini scagliarono le torce nella buca. L'alcol prese fuoco. Un dolcissimo odore di marsala si sparse nell'aria. 'U Sciancatu si voltò verso massaro De Luca e gli scoccò un'occhiata interrogativa.

– Vuliti sapiri si 'sta vota 'u me' patruni capíu 'a lizzioni? Io dico che ormai la terra è cosa vostra!

'U Sciancatu annuí, visibilmente soddisfatto, e gli sparò a un piede.

– Domando scusa, cumpari. Ma andava fatto.

A sera, riferirono a Salvo Matranga che tutto era a posto. Salvo li ricompensò, da quel gran signore che era, e che Dio l'abbia sempre in gloria, e concesse a tutti una giornata di libertà.

Da tre mesi si combatteva una guerra senza esclusione di colpi contro un altro produttore di marsala, un tal Parrini. Il Baglio di Catafratto, l'etichetta del baronetto e del romano, si stava facendo un nome. Ma c'erano concorrenti pericolosi, e andavano fermati. Parrini era uno di loro. Il peggiore. Con la distruzione dell'ultimo carico, Parrini era ora in ginocchio. Questione di giorni, forse di ore, e quel cocciuto testa di sceccu avrebbe capito che per lui Marsala era terra bruciata. Per festeggiare, Salvo Matranga si versò un bicchiere del marsala Parrini. Un vino davvero eccellente. E proprio quello aveva decretato la rovina del rivale. Come al solito, Salvo Matranga era partito con le buone maniere. Ma sia la prima che la seconda offerta, estremamente vantaggiose, erano state rifiutate. 'Sto Parrini era uno della zona, ma aveva studiato all'estero. Parlava un po' come il baronetto Michele, e se non ci fossero stati di mezzo la fedeltà e gli affari, finiva pure che diventavano amici. In un'altra vita, forse. In questa, Parrini era un ostacolo da rimuovere. Perciò era partita la sistematica campagna di danneggiamenti. Un pozzo che va in secco, una vigna che prende fuoco, un manipolo di braccianti che improvvisamente vanno a lavorare a metà paga al Baglio di Catafratto... la solita canzone, insomma. Ma non era stata sufficiente a piegare l'orgoglioso Vito Parrini, che aveva rifiutato anche la terza e conveniente offerta.

E ancora una volta Tamerlano dovette passare alle bandiere nere. Salvo si era comperata la fedeltà di un sovrastante di Parrini, aveva saputo quello che c'era da sapere, e... Uno, due, tre e quattro, e adesso cinque... i carichi finivano in fumo. E ora l'azienda sarebbe stata sua. Del fatto avrebbe informato a tempo debito il barone Michele Liberato, che se ne stava, beato lui, a Londra, ma che in tutte le lettere si dilungava sull'amata terra di Sicilia, sui suoi profumi, odori e via dicendo.

Piú Michele Liberato gli cantava la solfa della nostalgia, e piú a Salvo gli veniva il prurito del viaggio. Che ne sapeva lui del mondo? Com'erano le terre favolose oltre lo stretto, e piú oltre ancora, dopo il mare aperto, all'America, per esempio, o al Perú? Facile parlare per uno come il barone, che il mondo l'aveva girato... facile decidere di tornarsene dopo aver visto. Ma se non hai mai visto niente, di che minchia ti viene la nostalgia?

La terra di Parrini fu presa, con regolare atto notarile, una settimana dopo la distruzione dell'ultimo carico. Fedele alla sua politica morbida, Salvo pagò un prezzo, date le circostanze, piú che equo, e offrí persino un lavoro a Parrini, perché nell'arte del vino, questo era fuori discussione, ci sapeva fare, eccome! L'altro rifiutò sdegnato, e se ne andò a grattarsi la rogna a Palermo. I tecnici, però, quelli che avevano reso cosí particolare e insuperabile il gusto del marsala di Parrini, pagandoli a peso d'oro Salvo riuscí a tenerseli. Per compensare l'esborso, stabilí di ridurre di un quarto di tarí la tariffa giornaliera dei raccoglitori, iniziando da donne e bambini, che a faticare faticavano come gli altri, ma quanto a resa erano decisamente meno produttivi di un uomo giovane e valido. Al primo accenno di protesta da parte di qualche spiritoso, mandò 'u Sciancatu e i suoi a spaccare un po' di teste, e la protesta rientrò. Salvo comunicò l'esito felice della vicenda al barone, e gli chiese se non era il caso di darsi da fare anche con il marchese Florio. La sua azienda controllava il settantacinque per cento del mercato, e se si fosse riusciti a ridimensionarlo, sarebbe stato un bel colpo. Il barone rispose, allarmato, a stretto giro. Florio era INTOCCABILE. Scritto colle maiuscole. Gli inglesi non avrebbero permesso nessuna azione contro di lui. E gli inglesi erano cosa loro. Piuttosto, istruiva il baronetto, si desse da fare per sensibilizzare gli animi in vista di «possibili iniziative politiche», dal momento che Mazzini in persona l'aveva convocato e gli aveva chiesto di «lavorare per la causa» giú in Sicilia. Salvo convocò una riunione dei suoi picciotti per l'indomani sera, e raggiunse Palermo per versare il pizzo a don Calò.

– Ho saputo ca ti pigghiasti terra nòva, – lo accolse il capobastone, sempre nella solita baracca puzzolente, e sempre circondato da Cicciu Capagrossa e dai suoi scherani, sempre vestiti da poveracci, con la solita aria truce e l'odore della fatica addosso.

– Un buon affare fu, – confermò Salvo, mentre pensava: ecco come ci si riduce a vivere tutta la vita legati alla zolla. Come questi primitivi. Con la loro ferocia stupida e la loro violenza di parassiti. Ma è solo questione di tempo...

– Be', – aggiunse don Calò, – e si divide pure su questo, mi pare... O mi pare male?

Salvo si prese un tempo. L'affare era un nuovo affare, e dunque, secondo logica e giustizia, non doveva rientrare nell'accordo. Ma don Calò era troppo avido per lasciarsi scappare l'occasione.

– Vi pare bene, – annuí infine, con tutta l'umiltà di cui era ancora capace, – vinni apposta ccà a riferirvi.

Anche don Calò si prese un tempo. Aveva sentito dire che il picciotto stava mettendo in piedi una sua banda. Che si faceva chiamare «don». Può darsi che un giorno, in futuro, si dovesse intervenire. Ma può pure darsi che, quel giorno, i due si ritrovassero alleati. E finché portava píccioli...

– Bravo, bravo, seguita cosí... Senti 'na cosa, – aggiunse in tono confidenziale. – 'U baruni patri mi dissi c'arrivàu vuci ca 'u barunettu a Londra si porta bonu...

– Mi fa piacere.

– Eeeh, puru a mia! 'Sta cosa di patri e figghiu arraggiati deve finire. Tu facci sapere al baronetto ca so' patri lo pensa sempre... Si 'stu binidittu figghiu si decidesse a dumannari perdono al Re...

– Glielo farò presente, don Calò, – rispose pronto Salvo, pensando che si sarebbe battuto sino alla morte per scongiurare una simile evenienza.

– Bravo, bravo, accussí mi piaci, picciutteddu.

Di ritorno da Palermo, Salvo spiegò ai picciotti marsalesi che da quel momento diventavano tutti soldati di un nuovo esercito.

– Un nuovo esercito?

– Che minchia è?

– E c'avíssimu 'a fari?

– Per ora niente, se non obbedire ai miei ordini.

– Comu fícimu sempri…

– Appunto. E quanto all'esercito, patrioti semu.

– Bedda matri santissima! Patrioti diventammo! Comu 'i libirali… comu 'i giacubini…

– Queti, picciotti, di cchi vi scantati? – rise Salvo. – La nostra causa è l'unità d'Italia. In guerra siamo! E in guerra, – concluse, assumendo un tono improvvisamente minaccioso, – pp'i tradituri nun ci nn'è pietati!

Sibiu (Hermannstadt), Transilvania, dicembre 1854

L'ultimo atto si gioca qui, a Sibiu, in Transilvania. Terra romena, città romena, che i tedeschi, con la loro mania di dominio, hanno ribattezzata Hermannstadt. Il teatro è un grande albergo. L'appuntamento è per il pomeriggio. Sin dal mattino agenti austriaci in borghese occupano il posto, sbarrando ogni via di fuga. Felice Orsini si affaccia in cima alla scalinata, vestito come un damerino inglese, i capelli cortissimi, la barba fluente che figura in tutti i reperti segnaletici delle polizie sacrificata a due imponenti favoriti. Si fa chiamare George Hernagh, afferma di essere un commerciante svizzero. In tasca ha una lettera di pugno di Mazzini: «Ricordatevi che la disparizione degli ufficiali superiori è la vittoria pei due terzi e che pochi decisi possono ottenerla, osservando, studiando le abitudini e i luoghi». Lorenzo si alza di scatto dalla poltroncina rossa sulla quale fingeva di leggere un giornale francese, e lancia un urlo.

– Fuggi! Siamo stati traditi!

Simulando sbigottimento, gli agenti austriaci si lasciano travolgere da Lorenzo. I loro compari si avventano su Orsini, lo circondano, lo immobilizzano. Lorenzo si addentra, indisturbato, nelle stradine del centro. Mezz'ora dopo è su un treno, al sicuro. Ha in tasca il prezzo dell'ennesimo tradimento. Il prezzo della fine dell'ultimo progetto di Mazzini: la compagnia della morte.

Il piano prevede l'addestramento, in ognuna delle principali città italiane occupate dagli austriaci, di una squadretta di arditi, fedeli e pronti a tutto. Saranno reclutati fra individui giovani, sani, incensurati, preferibilmente soli e senza stabili legami, di modo che l'eventuale martirio, che potrebbe conseguire al fallimento dell'impresa, non abbia a ricadere su vittime innocenti. A ciascuno dei prescelti sarà assegnato il compito di pedinare un ufficiale superiore austriaco del presidio di zona. Il prescelto dovrà diventare l'ombra del suo ufficiale. Egli ne studierà con cura meticolosa le abitudini, gli itinerari, gli orari, l'armamento, le particolarità, i pregi e i difetti. Al segnale convenuto, tutti i prescelti, contemporaneamente, in tutte le città, assalteranno e giustizieranno il loro ufficiale. Qualunque arma andrà bene alla bisogna: dal famigerato punteruolo, al coltello da cucina ben affilato, al pugnale istoriato, sino alla rivoltella e alla carabina, non escludendosi la possibilità dell'impiego di esplosivi in una missione suicida. In un solo colpo, in tal modo, le guarnigioni austriache si troveranno acefale, prive di ordini sapienti e di coordinamento operativo. Sarà facile allora agli ardimentosi da un lato seminare il panico fra le truppe devastate dalla decimazione dei capi, dall'altro attaccare e conquistare senza fatica le postazioni nemiche, e da lí aizzare gli elementi nazionalistici presenti nelle file dell'esercito austriaco. Ungheresi, polacchi, slavi e italiani insorgeranno come un sol uomo. E un bagno di sangue saluterà l'unità d'Italia. Per quel suo ultimo sogno, Mazzini s'ispira ai Vespri siciliani. Vezzeggia la sua ultima creatura chiamandola, appunto, «il mio Vespro». Agli intimi ne parla in continuazione, con toni accesi, gli occhi febbricitanti. È un fatto «quasi religioso», ha proclamato, in un crescendo d'esaltazione. Il vero mistero, per Lorenzo, è come abbia potuto Mazzini decidere di affidare un disegno cosí complesso a uno come Felice

Orsini. Forse, sogghigna Lorenzo, il Maestro, in un empito di umanità, ha deciso di offrire al sanguinario romagnolo il martirio come alternativa alle frequenti crisi depressive alle quali va soggetto.

Da cinque mesi Lorenzo segue Orsini in giro per l'Europa. Per il primo tratto del viaggio, un viaggio apparentemente insensato che ha però l'unico scopo di preparare le basi locali per il «Vespro», sono addirittura stati insieme. A Basilea, a Milano, a Losanna, a Lodi, a Bruxelles, a Trieste, a Mantova e a Firenze lo ha visto confidarsi con ogni sorta di cospiratori, finanziatori, giovani imberbi, donne avvenenti e avanzi di galera. Con tutti Orsini ha usato lo stesso sorprendente, imprudente linguaggio esaltato. Persino con improvvisati compagni incrociati in vagoni ferroviari si è abbandonato all'elogio della rivoluzione nazionale italiana. Se il «Vespro» doveva restare un segreto, bene, in mano a Orsini è diventato uno dei segreti piú condivisi d'Europa. Quanti dei patrioti che nel turbine si sono avvicendati sono veri patrioti, e quanti sedicenti tali? Lorenzo ha smesso di chiederselo. Quando Orsini ha annunciato l'intenzione di recarsi a Vienna, Lorenzo si è rifiutato di seguirlo. Troppo alto il rischio di tradirsi.

– Resterò fra Svizzera e Lombardia a mantenere alta la speranza, – ha proclamato. E Orsini gli ha prestato immediatamente fede.

Cosí Felice Orsini è caduto. E adesso lo attendono la galera, gli interrogatori, una piú che prevedibile condanna a morte.

Lorenzo arriva a Londra due giorni prima del Natale. Quando chiede di Mazzini, lo indirizzano al poligono di Wembley. Mazzini è un mediocre tiratore, l'uomo al suo fianco non sbaglia un colpo. Gli viene presentato come Luigi Pianori, calzolaio, da Piacenza.

– Un fratello che farà molto per la causa, – spiega Mazzini.

Conversando con Pianori, Lorenzo capisce che, morto un sogno, Mazzini è già pronto a fabbricarne un altro. Questa volta progetta un attentato. La vittima: Napoleone III, Imperatore di Francia.

Londra, febbraio 1855

Dalle maleodoranti celle del carcere di Newgate, un passaggio sotterraneo mena alle forche che svettano in faccia all'austera cattedrale di Saint Paul.

Il boia di Sua Maestà lavorava alacremente per smaltire il quotidiano carico di disperati che i giudici di Sua Maestà decidevano, con un tratto di penna e una formula ipocrita, di cancellare dal novero dei viventi.

Un rituale ossessivo scandiva l'esecuzione. Il giorno che precedeva il capestro, era fatto obbligo al condannato di inscenare una prova generale. I secondini lo prelevavano all'alba e lo obbligavano a percorrere scalzo il sotterraneo, salire i gradini, inserire il collo nel cappio. Gli assistenti del boia controllavano la tenuta della corda, verificavano il peso del corpo, si accertavano del funzionamento del meccanismo a scatto della botola, destinata ad aprirsi sotto i piedi del reo. Il boia di Sua Maestà, al pari dei giudici di Sua Maestà, non tollerava errori. Poi il disgraziato veniva ricondotto nella sua gabbia. A volte si ammetteva alla cerimonia di preparazione un imputato ancora sotto giudizio. I secondini ne valutavano la condotta, traendone auspici sulla sua sorte futura. E poi scommettevano qualche scellino sull'esito del processo. Era tradizione che l'ultimo pasto fosse offerto dall'amministrazione del carcere. Era un momento molto atteso dai compagni di pena. Di solito il condannato non toccava cibo, e loro potevano finalmente concedersi un pasto degno: privilegio quanto mai raro. Quella sera toccava a Perry O'Hara. Il buon vecchio Perry, noto nel sottomondo londinese come il Ratto per via dell'aspetto rinsecchito e ripugnante, appariva singolarmente di buon umore. Forse a causa della birra da quattro soldi che dal primo pomeriggio aveva preso a tracannare a barili. O forse perché gli era già risalita al cervello la febbre che partiva dalla ferita infetta di una gamba gonfia di pus, al punto da appestare l'ambiente col suo puzzo di cancrena. Mentre i compagni gozzovigliavano, lamentando a gran voce la sorte dello sventurato, e nel cuore ciascuno compiacendosi per averla scampata, Perry rievocava, con toni fra l'epico e il delirante, le imprese della sua vita scellerata.

– Mandato al capestro per il furto di un borsellino, io, the Rat, io che ho violato vergini, bastonato infami, io che una volta ho squartato col mio coltello Barbet l'Alemanno, io che una volta ho persino quasi mandato al creatore un lord...

I compagni lo lasciavano dire, un po' per pietà, un po' perché meglio un morituro ebbro che depresso, e soprattutto perché, finché parlava e beveva, beveva e parlava, loro erano autorizzati a restar svegli e abboffarsi di pasticcio di lardo, ostriche e fegato. Cosí lo pregarono, lo scongiurarono di entrare nei dettagli. Ma Perry s'incupí di colpo, e con enorme stupore di tutti si fece il segno della croce. E nessuna esortazione valse a fargli riprendere il racconto. Fu Ursus Leo, un tempo forzuto del circo, assassino per gelosia di una prostituta, condannato a vent'anni di carcere duro, una bestia coperta di tatuaggi dai muscoli possenti e dalla testa minuscola, a escogitare la trovata giusta.

– Non è mai esistito questo lord di cui parli, Ratto. Sei sempre stato un miserabile rubagalline. Farai la fine che ti meriti!

Tutti fecero silenzio. Era un trucco vecchio come il mondo, eppure funzionò. Perry O'Hara si tirò su dal pagliericcio, si aggiustò con una smorfia di sofferenza la gamba malata, si schiarí la voce e completò il suo racconto.

– A quel tempo lavoravo con due compari, Frank il Gozzo e Mickey Faccia di Morto... Due bravi figli, chissà se hanno avuto piú fortuna di me...

– Su, va' avanti, non ti fermare.

– Be', si presenta questo lord...

– Quello che hai quasi mandato all'altro mondo?

– No, no, quello che mi ha pagato per mandare quell'altro all'altro mondo.

– I nomi! Facci i nomi, Ratto.

– Quello che pagava lo conoscete tutti. È lord Chatam...

Un brusio misto di rispetto e di terrore accolse la rivelazione. Dal fondo della camerata si fece avanti, non visto, un individuo alto dall'aria dignitosa. Era uno straniero. Nessuno riusciva a pronunciare correttamente il suo nome, perciò lo avevano soprannominato l'Italiano. Scontava una condanna a sette anni per traffico di minorenni. Siccome sapeva leggere e scrivere, era uno dei pochissimi condannati ammessi al lavoro interno. Non dava confidenza, ma si rendeva utile leggendo e scrivendo lettere per conto dei compagni di pena, e quando riceveva la misera paga dell'amministrazione, non esitava a dividerla con gli altri. Un buon diavolo, insomma. Se non amato, almeno tollerato. Alla festa d'addio di Perry si era guardato bene dal partecipare. Si uní però alla combriccola mentre il Ratto si affannava a spiegare che l'altro, la vittima, era uno mai visto né conosciuto prima.

– E quante gliene abbiamo suonate, con Mickey e Frank!

– Però è scampato.

– E si vede che era destino.

– Senti senti! E magari Satanasso ti sconta un quarto della pena. Ma perché lord Chatam ce l'aveva tanto con questo damerino?

– Pare che ci fosse di mezzo una ragazza. Una mezza matta. La chiamano Strega, la Strega, o qualcosa del genere.

– Striga… – sibilò una voce.

Tutti si voltarono verso l'Italiano. Aveva gli occhi spiritati, la mascella contratta. Nessuno l'aveva mai visto in quelle condizioni.

– Sí, proprio cosí, Striga… Allora, è italiana come te, – osservò il Ratto.

– Già, – concluse asciutto Lussardi, il mercante di carne umana, registrando l'informazione che, già sapeva, un giorno si sarebbe rivelata preziosa.

Autunno 1855

Lorenzo percorreva con passo deciso il parco di Kensington, aperto al pubblico dopo l'Esposizione universale del '51. Un pallido sole stentava a farsi strada nella nebbiolina di metà mattino. Signore eleganti accompagnate dalle bambinaie si attardavano sulle panchine intorno alla grande fontana dell'Italian Garden. Sullo sfondo, verso i *commons* la cui incuria secolare contrastava con la raffinatezza del parco, i cocchieri oziavano accanto alle carrozze. Un giovinetto abbigliato come un piccolo lord si divertiva a nutrire di mele verdi un imponente sauro da tiro. A Vienna non avevano gradito il tono del suo ultimo dispaccio.

«Incomprensibilmente, pur avendovi per tempo avvertito delle intenzioni del regicida Pianori, gli si è consentito di agire», aveva scritto Lorenzo.

Diavolo, aveva pur visto con i suoi occhi il ciabattino di Faenza esercitarsi alla pistola con Mazzini a Wembley! E aveva tempestivamente comunicato la data di partenza e quella del presumibile sbarco a Parigi dell'attentatore. Perché Vienna non aveva informato l'Imperatore francese? Perché Pianori non era stato fermato?

Von Aschenbach aveva risposto con un freddo telegramma cifrato.

«Non è vostro compito esprimere valutazioni di carattere politico, riservate ad Alta Autorità. Tenetevi piuttosto pronto ad agire quanto prima nel modo piú risoluto. Vienna sta maturando il convincimento di procedere alla definitiva liquidazione dell'affare a voi noto».

Dunque, gli austriaci erano rimasti consapevolmente alla finestra. L'Alta Autorità, a quanto pare, voleva Napoleone morto, al pari di Mazzini. Tuttavia, Pianori aveva fallito il colpo, era stato catturato, processato e giustiziato in men che non si dica. L'Europa aveva tremato, poi il tremore era passato. Dettagli, agli occhi dell'Alta Autorità. Eppure, nello stesso tempo, gli prospettavano un'azione imminente. Meditavano forse di chiedergli la testa di Mazzini? Come si sarebbe comportato, in quel caso? Uccidere Mazzini... Appena qualche giorno prima aveva aiutato il Maestro a riempire con palline di oppio un paltò destinato a Felice Orsini. Doveva servire ad addormentare le guardie e favorire la sua fuga dal castello di Mantova. La salvezza di Orsini era una priorità per il Maestro, che non abbandonava mai i propri uomini.

Uccidere Mazzini... Non voglio pensarci, si disse, non adesso. Si guardò intorno, raggiunse una panchina isolata, protetta da un fitto viluppo di alberi ad alto fusto, cavò dalla tasca l'acciarino e bruciò il dispaccio di Von Aschenbach. Osservò le ceneri che si disperdevano planando leggere su un tappeto di foglie morte. Da quando la rete telegrafica era stata estesa a tutta l'Italia del Nord, le comunicazioni erano diventate molto piú agevoli. E maggiore il rischio di essere intercettati: come escludere che gli uffici postali fossero infiltrati da spie dei cospiratori? Per il momento, usavano il cifrario austriaco. Lorenzo si firmava Elizabeth. L'identità femminile era un omaggio a Mazzini, che da anni usava quello stratagemma, peraltro ampiamente noto.

Una palla rotolò ai suoi piedi. Lorenzo la raccolse e sollevò lo sguardo. Una bimbetta dagli occhi scuri lo fissava, un po' spaventata e un po' speranzosa. Le restituí la palla. Lei ringraziò con una riverenza e corse via. Lorenzo la seguí con lo sguardo. Vide che andava a rifugiarsi fra le pieghe del giallo sari di una ragazza indiana. Riconobbe Tabitha, la governante di Violet. Si alzò di scatto, girò intorno alla panchina, attraversò gli alberi per riportarsi sul viale principale. E si trovò faccia a faccia con il suo amore perduto.

– Lorenzo... mi fa piacere vederti! È da tanto tempo che...

Sí, quanto tempo che non siamo soli insieme, ma è come la prima volta, avrebbe voluto dirle. Sono turbato come allora, e non posso dimenticare.

– Violet... – mormorò, inchinandosi appena.

– Quante formalità! – rise lei. Il suo riso profondo, di gola, accrebbe il turbamento di Lorenzo.

– È solo l'omaggio dovuto a una signora...

– Vieni, – rispose Violet, mentre un'ombra di tristezza le appannava i bellissimi occhi, – facciamo due passi insieme...

– Sono già in ritardo, mi attendono alla sede del partito.

– Vorrei esserci anch'io, – rispose pensierosa lady Violet, – ma una madre ha anche dei doveri. Ti accompagno almeno ai cancelli, vuoi?

Violet lo prese sottobraccio. Lorenzo si lasciava guidare, irrigidito, vigile, disperatamente risoluto a non cedere alla piena del sentimento.

– Ho sentito dire che le acque sono agitate intorno al Maestro, – disse lady Violet.

– Siamo al tutti contro tutti, Violet. La riunione di oggi potrebbe essere decisiva, in un senso o nell'altro.

– Vorrei che riportassi anche la mia opinione, e quella delle persone che mi sono vicine.

– Sarà fatto.

– Non è il momento di cedere allo sconforto, e tantomeno di cercare scorciatoie. Bisogna andare avanti, senza tentennamenti, seguire la strada indicata dal Maestro. Sei d'accordo, spero...

– Assolutamente.

Giunsero ai cancelli. Il sole sembrava aver vinto la propria battaglia contro la nebbia, e la temperatura si faceva di minuto in minuto piú mite. Per un istante si fissarono.

– Sei felice? – osò Lorenzo, chiedendosi da dove gli fosse venuto il coraggio per una simile domanda.

Lady Violet non rispose.

– Vai, vai, o farai tardi.

Lorenzo raggiunse a piedi la sede del Partito d'azione, due locali disadorni nella zona di Earls Court. Una cinquantina d'italiani dispersi, cosí li vedeva Lorenzo, vociavano e disputavano avvolti da dense volute di fumo stagnante.

Il clima era infiammato. La frattura tra moderati e radicali non poteva piú essere ricomposta. Lo si intuiva dalla disposizione delle fazioni. I moderati, piú numerosi e agguerriti, avevano messo con le spalle al muro i radicali. Mazzini, taciturno e ingobbito, sedeva in un angolo, quasi fisicamente protetto dai pochi fedelissimi. È spaesato, notò Lorenzo intercettando lo sguardo del Maestro, che ricambiò con un cenno corrucciato il suo saluto.

Un delegato veneto stava finendo di esporre il pensiero di Manin.

– Noi diciamo basta alla teoria del pugnale, basta all'assassinio e al terrore come basi del programma politico dell'Italia unita. La continua attività cospirativa di Mazzini sta attirando sulla nostra causa il discredito del mondo intero! La sua complicità nell'attentato di Pianori è cosí evidente che nemmeno i suoi amici inglesi lo difendono piú! È ora di cambiare strada! Se vogliamo vincere, dobbiamo trovare una diversa soluzione!

– E quale sarebbe questa soluzione? – urlò di rimando un mazziniano senza macchia e senza paura. – Quella di Cavour? Cavour che ha mandato quindicimila bersaglieri a morire di colera in Crimea per potersi poi sedere al tavolo delle trattative e prendersi un pezzettino d'Italia?

– Non un pezzettino, l'Italia intera! – gli fece eco un altro radicale.

– Per avere l'Italia intera io mi alleerei anche col diavolo! – insorse un moderato.

– Tu sei un nemico della causa!

– È Mazzini il vero nemico della causa!

Si era sul punto di venire alle mani. I radicali si rivolsero a Mazzini: che intervenisse, che sedasse o che infiammasse, ma che prendesse la parola, diamine! Mazzini fece segno di no, lo sguardo sempre piú velato di mestizia e impotenza. Un delegato napoletano spese il nome dell'ultimo discendente di Gioacchino Murat, il napoleonide fucilato a Pizzo Calabro nel 1815 per aver tentato di liberare il Sud.

– I francesi stessi non potranno opporsi, se uno di loro prenderà in mano le sorti dell'Italia.

Un coro di commenti sommerse la proposta. Dal fronte radicale partirono grida di «Viva la Repubblica!» Gli stessi moderati erano divisi tra i filopiemontesi e i sostenitori di Murat. Senza dire una parola, Mazzini si alzò e abbandonò la riunione. Esce come il colpevole, o come il Cristo, si disse Lorenzo, e la spaventosa solitudine del Maestro gli provocò una stretta al cuore. In quel preciso istante decise che le sue mani non si sarebbero mai macchiate del sangue di Mazzini. Avrebbe continuato a tradirlo, e forse sarebbe stato consegnato, per sua causa, al boia. Ma ucciderlo, mai.

Torino, febbraio 1856

Consta allo scrivente, per averlo appreso da fonte confidenziale degna della massima fede, che il nominato Von A. venne informato del progettato attentato Pianori da un suo agente infiltrato nel movimento mazziniano. Detto agente, di sesso femminile, risponde al nome di Elizabeth. Le comunicazioni fra Milano e Londra, ove l'agente in parola opera, facendo parte della piú ristretta cerchia del noto Mazzini Giuseppe, avvengono a mezzo telegrafo. Von A. e il suo agente si avvalgono di un cifrario segreto che è stato decrittato da un nostro collaboratore. Consta inoltre allo scrivente, sempre a mezzo della prefata fonte, che Von A. abbia informato tempestivamente Vienna del progetto Pianori. L'ipotesi avanzata dalla S. V. nel nostro ultimo colloquio corrisponde dunque al vero: pur sapendo dell'attentato, gli austriaci si sono guardati bene dall'informarne tanto i francesi, diretti interessati, che il nostro Sovrano. Se mi è consentito aggiungere una nota personale, l'omessa informazione costituisce uno sgarbo evidente nei confronti della S. V., che sempre si condusse, verso il Von A., con la massima lealtà collaborativa. Quanto al secondo profilo che mi era stato chiesto di indagare, anche in questo caso i sospetti avanzati dalla S. V. hanno trovato puntuale conferma. Il Von A., come effettivamente intuito, è incline agli amori cinedi. Egli mostra una spiccata preferenza per i ragazzi del popolo, spesso contigui alla malavita, dai quali ama farsi legare, frustare e possedere *modo pecudum*.

Vittorelli de la Morgière depose il rapporto, classificato «confidenziale di massimo stato», e piantò due occhi divertiti sul commissario Blasetti.

– *Modo pecudum*?

– Eccellenza, sarebbe a dire... – cominciò l'altro.

– Lo so che cosa significa, Blasetti. Solo mi domandavo: in che altro modo potrebbero farlo, due cupi?

– Perdonatemi, eccellenza, ma non capisco.

– Come dite voi? Due orecchioni? Come diavolo lo fanno due orecchioni se non al modo delle pecore? Va bene, buon lavoro, – tagliò corto Vittorelli, – puoi andare.

Blasetti s'irrigidí nel saluto militare. Vittorelli attese che avesse quasi varcato la soglia prima di richiamarlo.

– Un'altra cosa...

– Comandate!

– Le opinioni personali, in futuro, mai per iscritto. Solo a voce.

– Sarà fatto, eccellenza.

Rimasto solo, Vittorelli si accese la pipa, si slacciò il colletto, si versò un bicchierino di marsala Florio – ecco una buona ragione per patrocinare l'unità d'Italia! – e allungò le gambe sulla scrivania, usando come tappetino il rapporto di Blasetti. Che, tanto, sarebbe stato presto bruciato, perché il succo, quello che contava, era già acquisito agli atti, cioè alla mente, e di lasciare tracce in giro non era il caso. Blasetti. Bravo sottoposto, il napoletano, sbirro nato. In ogni caso, unto e tortuoso come tutta la sua gente. Quando – Vittorelli indugiò sull'avverbio: quando, e non se – quando l'unità sarebbe stata realizzata, i napoletani sarebbero diventati sudditi di Vittorio Emanuele. Sudditi, ancorché formalmente cittadini. La cosa era chiara all'intero stato maggiore piemontese, alla corte, ai militari e ai borghesi che collaboravano al progetto di Cavour. Quando, e non se! E «quando», si sarebbe immediatamente chiarito chi comandava e chi ubbidiva, chi stava sopra e chi sotto. Perché l'unità era una grande idea nella mente degli esaltati, come Mazzini, ma aveva un senso solo se si trasformava in un grande affare. Von Aschenbach, dunque, come aveva sospettato sin dal primo momento, era un pederasta. Eeeh, ma che leggerezza imperdonabile da parte dell'Impero di Vienna! Nessuno è piú controllabile, nessuno piú ricattabile di un uomo schiavo delle proprie passioni. Specie se quell'uomo non sa stare al mondo. E non sa scegliersi gli alleati giusti. Peccato. A suo modo, il finocchio ha stile, doveva riconoscere Vittorelli. Se solo avesse saputo afferrare al volo la cima che gli veniva tesa... Comunque, ora si trattava di provocare il giusto incidente, e di trarne il massimo profitto. Vittorelli risolse di parlarne con Cavour alla prima occasione. Poi buttò giú un altro sorso di marsala e bruciò il rapporto.

Londra, maggio 1856

La sera prima di perdere conoscenza, lord Cosgrave convocò al capezzale Violet e le rivelò di averle intestato la quota maggioritaria dei suoi beni:

– Cosí i tuoi fratellastri non potranno portarteli via... E nemmeno tuo marito.

– Padre...

– Quel Mario Tozzi non mi piace. Non mi è mai piaciuto. Ti farà soffrire. E il denaro, se non può compensare le pene, almeno ti renderà libera.

Morí quella notte stessa. L'ultimo saluto a lord Cosgrave si tenne nell'abbazia di Westminster, un sabato dolce di maggio.

Il reverendo Cole pronunciò un discorso ispirato e, pensava Violet, del tutto ipocrita. Dipingere come un campione della morale cristiana quel vecchio bastardo libertino! Fosse dipeso da lei, ci sarebbero stati canti indiani e una grande bevuta, scandita dalle danze delle donne brune che tanto aveva amato in vita e dalle fucilate dei sepoy che l'avevano onorato come uno di loro. Ma ciò che la infastidiva di piú erano le lacrime dei fratellastri che l'avevano sempre disprezzato, e le occhiate inquiete che si scambiavano con le nuore rose dall'avidità e dall'impazienza: quanto sarebbe durato ancora quello strazio? Quando avrebbero aperto quel benedetto testamento?

Un interminabile corteo di carrozze scortò il feretro alla monumentale tomba di famiglia. Seguí, prima dell'inumazione, un'ulteriore inutile omelia del reverendo. Mario le teneva la mano, affranto come si conviene. Le voci sui suoi ripetuti tradimenti si erano attenuate. Ma lady Violet cominciava a provare come un senso di delusione per quell'uomo: sentiva di amarlo ancora, ma non piú con lo slancio di un tempo, non era piú pronta a gettarsi nel fuoco per lui, a ululare come un cane alla luna, a lasciarsi bagnare dalla rugiada di una notte insonne.

Il reverendo Cole tossicchiò discretamente. Lady Violet si riprese e gettò una manciata di terra sulla bara. Tutti si levarono il cappello, qualcuno pianse. Parrucconi e libertari accomunati nell'estremo omaggio a lord Cosgrave. Hai di che essere fiero, padre!

Striga scrutava la folla cercando lord Chatam. Era certa che avesse ricevuto il suo biglietto. Ma non era venuto. Non voleva piú vederla, e dunque, se mancava, era perché continuava a non voler avere piú rapporti con lei. Ogni volta che pensava a lord Chatam, sequenze confuse le turbinavano nella mente. La disarmonia regnava sovrana, i numeri perdevano ogni senso e ogni costrutto. Aveva ormai abbandonato Babbage e la sua tela di Penelope. Divideva il tempo fra i ragazzi della scuola italiana, i piccoli ebrei del rabbino Solomon e l'amore silenzioso, devoto, di Terra. Ma lo squarcio che lord Chatam aveva inciso dentro di lei era solo momentaneamente coperto da un provvisorio sipario. Presto sarebbe accaduto qualcosa. Lo squarcio era destinato ad allargarsi. Striga lo avvertiva con dolorosa consapevolezza.

Di ritorno dal funerale, Lorenzo disse a Esther che fra qualche giorno sarebbe partito per l'Italia con Mazzini, per una missione segreta dalla quale, forse, non avrebbe fatto ritorno. A Vienna avevano deciso. Lo scenario era mutato.

C'era un accordo con i piemontesi. Doveva consegnare Mazzini. La decisione era irrevocabile. E poi sarebbe stato riabilitato. Libero di tornare a Venezia. Libero di riprendersi la vita.

– E tu, Esther, sei libera di non aspettarmi.

– Ha importanza, forse?

La risposta di Esther lo lasciò interdetto. Per la prima volta lei gli apparve sotto una luce diversa. Era stato franco, con lei, per ricompensarla di tutto l'amore disinteressato che gli aveva elargito in tutti quegli anni. Si era immaginato una crisi di pianto, una richiesta di ripensamento o una dolorosa e muta rassegnazione. Si ritrovava uno sguardo fiero, un tono risentito, due occhi freddi e venati di sarcasmo.

– Credi che non ne abbia?

– Credo che tu non mi abbia mai amato.

– Non ho mai detto di amarti.

– Il rabbino Solomon parte. Ha intenzione di andare in giro per le comunità a raccogliere fondi per la causa della nazione ebraica. Mi ha chiesto di seguirlo. Te ne avrei parlato anche senza questa tua...

– Ti sei innamorata di lui?

Esther distolse lo sguardo.

– Non è l'amore il problema, Lorenzo. È la dignità.

Quella sera stessa Esther si trasferí dalla Striga. Quando, due settimane dopo, Lorenzo e Mazzini s'imbarcarono a Southampton, lei non c'era a salutarlo.

Torino, giugno 1856

Inchiodato al basamento di marmo nero, le mani e i piedi imprigionati da sottili corregge di cuoio, la lingua che correva lungo l'estremità degli stivali da cavallerizzo, Von Aschenbach, in un crescendo d'esaltazione, implorava il ragazzo di affrettarsi col frustino. L'attesa era durata anche troppo. L'orgasmo era prossimo. Ma il piacere, per essere completo, non poteva prescindere dal dolore. Perché il ragazzo esitava?

– Andiamo, su, fai presto... – esortò Von Aschenbach, la voce soffocata come da uno spasmo di sofferenza.

Il ragazzo aveva capelli biondi sparsi sulle spalle ben modellate, labbra vistose esaltate da un trucco esagerato, il volto pallido cosparso di cipria, finti nei e un velo di sudore. Lo chiamavano Elisa l'avvelenata perché dicevano che il suo bacio poteva uccidere. Veniva dalle lontane Puglie, ed era il prostituto piú ricercato di Torino. Contemplò con un sussulto di pietà quell'amante esigente ma gentile che lui stava per tradire nel modo piú vergognoso. Dopotutto erano solo affari, e la protezione della regia guardia era l'affare migliore che gli fosse capitato da quando aveva cominciato a vendere la sua mercanzia nella capitale del Regno. Perciò Elisa posò il frustino, incurante del tono angosciato che andavano assumendo i gemiti di desiderio dell'austriaco, si coprí il membro semieretto con un fazzoletto viola e spalancò la porta. Scambiò un cenno d'intesa con i due uomini che attendevano nell'anticamera della casa del famoso mezzano Calaré, e si fece da parte per lasciarli entrare. Il piú alto e autorevole dei due, un tipo asciutto con il viso deturpato da uno sfregio che sapeva di coltello, lo afferrò per un braccio e indicò Von Aschenbach, il quale non cessava di dimenarsi e invocare a gran voce «la sua giusta punizione».

– Slegalo, – ordinò.

Il ragazzo si avviò senza fretta.

– Chi c'è? Di chi è questa voce? Che succede? – strillò Von Aschenbach.

Le corregge furono sciolte. L'austriaco si girò, balzò in piedi massaggiandosi gli arti indolenziti. E capí che la sua vita era finita.

– Situazione incresciosa, non credete, amico mio?

Con finta comprensione, il maggiore Vittorelli gli porgeva l'elegante kimono con il disegno di grandi onde marine che aveva promesso in dono al ragazzo.

– Su, rivestitevi. Dobbiamo parlare.

– Non ho niente da dirvi, – rispose secco l'austriaco, afferrando l'indumento. – Questa è una casa privata, e voi non avete nessun diritto...

Il commissario Blasetti, che se ne era rimasto nell'ombra, avanzò di un passo e si schiarí la voce.

– In base all'articolo 439 del regio codice sardo-piemontese del 1839, voi siete passibile di sanzione per aver commesso atti di libidine contronatura.

– Conosco le vostre leggi. Gli atti contronatura, come voi li chiamate, non sono punibili se commessi fra adulti consenzienti, a meno che non ci sia pubblico scandalo. E qui dentro, a parte noi...

– Il problema, – osservò pensieroso Vittorelli, – non è il pubblico scandalo, ma il consenso...

Poi fece un cenno a Elisa l'avvelenata.

– Questo signore, – attaccò il ragazzo, la voce blesa e annoiata che tradiva, nelle finali, l'origine meridionale, – mi ha portato qui con l'inganno. Mi ha costretto a fumare l'oppio e a bere sino a perdere conoscenza. Quando mi sono risvegliato, ero nudo e truccato come una puttana, e lui pretendeva che lo frustavo...

– Quanti anni hai, figliolo? – intervenne Blasetti.

– Diciannove.

– Ahi, ahi, un minorenne!

Von Aschenbach incassò la testa fra le spalle. Guardò il ragazzo, i suoi occhi annoiati, senza traccia di un futuro. Povero, stupido bastardo. Ti useranno finché gli farai comodo, e poi finirai in un vicolo con la gola tagliata. O diventerai una vecchia, patetica checca che elemosina un po' di calore agli angoli delle strade. O ti ucciderà prima la sifilide. Vittime, non siamo che vittime.

– Sta bene. Che cosa volete da me?

– Mettetevi qualcosa di piú decente. Andremo a conferire in un luogo forse meno confortevole, ma decisamente piú sicuro di questo.

Piú tardi, quando ebbe fra le mani la lista completa degli agenti austriaci, Vittorelli la scorse febbrile, finché non trovò quello che cercava. Meravigliosi orizzonti gli si spalancarono davanti quando ebbe letto quel nome. Assaporò il profumo della vendetta, e si dispose all'interrogatorio di Von Aschenbach con animo lieto. L'austriaco rispondeva alle domande con voce piatta. Raccontò tutto. Anche ciò che non gli veniva chiesto. Era un uomo spezzato, finito. Vittorelli era persino troppo eccitato per godere sino in fondo del suo trionfo.

– E adesso?... Contate di denunciarmi? Ci sarà un processo?

– Ci mancherebbe! Non mi sono sobbarcato un compito cosí spiacevole per vedervi finire alla gogna. Sta a voi la scelta, Von Aschenbach: o dare le dimissioni, visto che i vostri agenti sono ormai bruciati, e voi con loro. Oppure continuare a lavorare, diciamo cosí, nel ramo delle informazioni... ma in stretto accordo con me.

– Mi state chiedendo di tradire il mio paese!

– Non sareste il primo. D'altronde, non è un buon momento per l'Impero di Francesco Giuseppe. Prima la fuga di Orsini da Mantova... ancora vi ridono dietro in tutto il mondo, sapete... Poi il capo dei servizi di sicurezza pizzicato mentre si fa levare la pelle a frustate da un... da quel ragazzotto... Elisa l'avvelenata... Bel nome da far girare nelle corti d'Europa...

– Non temete che possa raccontare tutto ai miei superiori?

– No. Avreste troppo da perdere. Le conseguenze di un simile scandalo non colpirebbero soltanto voi, ma la vostra famiglia... il vostro patrimonio... Perciò, se avete deciso, dimettetevi pure. Per quanto mi riguarda, vi ripeto, siete libero. Addio, Von Aschenbach, o meglio, arrivederci...

Vittorelli volò a palazzo Carignano. Un ascensore, il primo installato nell'intera penisola, conduceva al gabinetto dove Cavour usava trattare gli affari riservati. Il primo ministro ascoltò annuendo la relazione. Increspò appena un sopracciglio quando Vittorelli rivelò che Von Aschenbach era piombato a Torino perché la sua migliore spia stava per consegnargli Mazzini.

– Ascoltate, maggiore...

E mentre Cavour impartiva al suo collaboratore una salutare lezione sul rapporto di reciproca esclusione fra etica e politica, Von Aschenbach, nell'austero ufficio a lui assegnato dalla legazione dell'Impero, prelevava dalla cassaforte a muro la preziosa rivoltella Colt ricevuta in dono un anno prima dall'ambasciatore americano. Ci sarà un mondo in cui alle passioni potrà essere dato libero accesso, senza ipocrisie né infingimenti. Ci sarà un mondo in cui quelli come me non saranno costretti a nascondersi. Ci sarà un mondo libero. Ma io non lo vedrò. Von Aschenbach ruotò il tamburo, armò il cane, puntò l'arma alla tempia, chiuse gli occhi e fece fuoco.

Torino, giugno 1856

La sorprendente facilità con la quale l'uomo piú ricercato d'Europa riusciva a superare i rigidi controlli dei gendarmi piemontesi stimolò la curiosità di Lorenzo. Mazzini gli confermò che i passaporti impiegati per la missione italiana erano «autentici». Senza aggiungere altro. Delle due l'una, dunque: o i documenti erano stati forniti direttamente dai funzionari di Vittorio Emanuele – cosa improbabile, visto che su Mazzini gravava tuttora una condanna a morte – o le mani del Maestro erano cosí lunghe da essere penetrate sin dentro la burocrazia sabauda, mettendolo in condizione di disporre di falsi perfetti. In ogni caso, a parte il taglio della barba e un foulard a scacchi che interrompeva il lugubre nero, Mazzini non aveva adottato alcuna precauzione particolare. E girava, in apparenza tranquillo e sereno, in territorio nemico.

A Genova furono ospiti, per una breve sosta, dal marchese Pareto. Mazzini non lasciava trapelare nessuna emozione nel rivedere, dopo trent'anni di esilio, la sua città. Preferiva affidare i sentimenti alle lettere e ai diari, che continuava ad aggiornare con meticolosa dedizione, riempiendo fogli e fogli della sua fitta e disordinata grafia. Soltanto una volta Lorenzo lo vide fremere: accadde quando il marchese gli chiese se intendesse rendere visita alla tomba della madre.

– Posso organizzarvi un accompagnamento sicuro al cimitero di Staglieno.

– No, meglio di no, è un rischio, – aveva deciso Mazzini dopo una breve, intensa pausa.

Poi si ritirò, scusandosi e adducendo un'improbabile emicrania. Per buona parte della notte le note della sua chitarra risuonarono negli androni di palazzo Pareto.

Mazzini soffriva.

Ma Lorenzo non aveva piú tempo per il dolore degli altri. Precedette il Maestro a Torino, dove il tradimento doveva compiersi.

Ora attendeva con una certa inquietudine Von Aschenbach al caffè *Fiorio*, amabilmente detto «il caffè dei codini» perché frequentato da dignitari di corte, politici fedeli al Re e militari d'alto grado. Aveva scelto lui il luogo. Lo attirava. Come per una prova generale della sua nuova vita. Avrebbe riavuto il titolo, le terre, il posto che gli spettava nel mondo.

Ma Von Aschenbach non aveva risposto al suo ultimo messaggio. E il ritardo – mezz'ora, un tempo insolito – era sconveniente per un appuntamento cosí risolutivo. Attese ancora qualche minuto, infine pagò il *bicerin* e la torta che aveva appena piluccata, e si alzò di scatto. Von Aschenbach non sarebbe venuto. Era sicuramente accaduto qualcosa. Chissà se Mazzini potrà spiegarmi che cosa, pensò, con amara ironia. Possibile che la sua grande occasione dovesse sfumare ancora una volta?

I due uomini che, dal fondo della sala, non lo avevano perso d'occhio per un solo istante, si alzarono anch'essi e lo seguirono. Lorenzo si affacciò sulla via Po e sollevò un braccio per chiamare una carrozza. Un veicolo nero condotto da due robusti cavalli si fermò a un metro da lui. Lorenzo dette al vetturale l'indirizzo della modesta pensione lungo la

Dora, dove aveva preso alloggio sotto l'identità di Pietro Stefano Maggioli, e montò a bordo. I due uomini, lestissimi, si intrufolarono nell'abitacolo, chiusero il portello, tirarono la tenda in modo da impedire la visione dall'esterno. Lorenzo comprese di essere in trappola e cercò di estrarre la pistola. Il piú alto dei due intrusi gli spianò sulla faccia la propria arma, l'altro lo perquisí.

– È armato.

– Lo era!

Poi picchiarono sul divisorio. Il cocchiere partí.

– Siete austriaci? Piemontesi? Patrioti? Chi siete?

Nessuna risposta. Solo un sogghigno del piú basso dei due, mentre l'altro si accendeva un sigaro da poco impregnando l'aria di un odore pestilenziale. Lorenzo si rese conto che ogni domanda sarebbe stata inutile.

Dopo un tortuoso giro, la carrozza si fermò. Fu bendato. Gli ordinarono di scendere. Un profumo penetrante di erba bagnata e la fresca brezza della sera indicavano che si trovava in collina. Sorretto dai suoi angeli custodi, fu scortato al chiuso. Gli tolsero la benda. Era in una stanzetta disadorna. Una sedia di vimini al centro, pareti nude, eccezion fatta per una stampa di Vittorio Emanuele a cavallo, una modesta scrivania con una poltroncina di cuoio, lampade che emanavano una debole luminescenza verdognola. Gli ordinarono, a gesti, di sedersi. Uscirono, chiudendo a chiave. Rimasto solo, si guardò intorno. C'era una sola finestra di anguste dimensioni, inchiodata al muro. La porta era solida, anche a prenderla a calci non si sarebbe spostata di un millimetro. Nessuna via di fuga, dunque. Non restava che attendere. Trascorse un tempo indefinito, che Lorenzo cercò di ingannare annientando ogni pensiero. L'unica certezza, che gli derivava dalla stampa alla parete, era di trovarsi in mano piemontese. In tal caso, aveva forse qualche carta da giocare. Poi la porta si riaprí. Con i due armati che l'avevano prelevato in via Po c'era un uomo alto dal viso sfregiato. Lorenzo lo riconobbe all'istante. Era l'agente torinese che, a Lugano, aveva cercato di rapire Mazzini. L'uomo che lui, Lorenzo, aveva sfregiato.

– Benvenuto, agente Elizabeth!

Dunque, la sua identità era smascherata. Lorenzo restò seduto, senza muovere un muscolo. Vittorelli liquidò con un muto cenno i due attendenti e si rivolse all'ostaggio con tono ambiguo.

– Mi sarebbe piaciuto porgervi i saluti del comune amico Von Aschenbach... ma purtroppo... egli non è piú fra noi.

– Lo avete ucciso?

– Si è ucciso. E la cosa, devo confessarvelo, mi ha sorpreso alquanto... da un cupio come lui non mi aspettavo una simile manifestazione di virilità... Comunque, prima di compiere l'insano gesto, abbiamo parlato molto di voi.

Vittorelli si concesse una sapiente pausa. Lorenzo restava immobile. Aspettava il suo momento.

– Non dite niente?

– Che dovrei dire? Voi credete di sapere tutto.

– Oh, oh, – rise Vittorelli, – quanta sublime astuzia in quel «credete»...

L'ufficiale piemontese si avventò su Lorenzo e lo afferrò per il bavero. Il suo alito sapeva di menta e di alcol. La cicatrice pulsava per l'eccitazione.

– State per dirmi che Mazzini è atteso a Torino? Lo so già. Se pensavate a uno scambio, siete fuori strada.

Vittorelli si ricompose, fece scrocchiare le vertebre del collo, strinse e aprí piú volte i pugni, come per dominare un nuovo accesso di violenza, e andò a occupare la poltroncina dietro la scrivania.

– Mazzini è stato convocato da Cavour. Vedrà il primo ministro e non è escluso che veda Sua Maestà. Voi non potete dirmi niente che io non sappia.

Questo, dunque, era lo scopo del viaggio! Mentre i moderati credevano di averlo relegato ai margini, Mazzini, con una delle sue improvvise impennate, li aveva scavalcati... E trattava direttamente con Cavour e con il Re... I passaporti, allora, erano veri, non falsi. E lui non aveva intuito niente, niente! Si sentí sporco, colpevole una volta di piú, meschino.

– Continuate a tacere? Eppure, se siamo qui, barone di Vallelaura, è anche nel vostro interesse...

– E sta bene. Che cosa volete da me?

– La questione, – attaccò Vittorelli, ma poi s'interruppe per accendere la pipa, e riprese solo dopo aver aspirato due dense boccate, – la questione non è che cosa vuole l'uomo che vi siede davanti. A quello ci arrivate da solo, – aggiunse, carezzandosi lo sfregio, – perché, vedete, quest'uomo... io... io non conto nulla. Ciò che ha importanza è il mio ruolo al servizio del Piemonte. Dunque, quanto sto per dirvi non contiene niente di personale. Siete pronto?

– Facciamola finita con questa commedia. Volete che lavori per voi?

– Oooh, finalmente un guizzo! Cominciavo a chiedermi se, in tutti questi anni, non vi avessi sopravvalutato... Sí, da questo momento lavorerete per il Piemonte. E, in un certo senso, per l'unità d'Italia.

– Ma non fatemi ridere! Il Piemonte non vuole unire un bel niente. Il Piemonte vuole conquistare a buon mercato un bel po' di terra!

– Vedete? – rise Vittorelli. – Vedete perché Mazzini vi ama tanto? Perché la pensate come lui. O meglio, la pensavate come lui. Perché lui ha cambiato idea. Adesso siamo alleati, caro barone, alleati! Che strana bestia la politica, vero? Il nemico di ieri diventa l'amico di oggi. Non esiste davvero nulla di piú... friabile della politica.

– Ammettiamo che accetti...

– Voi accetterete!

– Non temete che gli austriaci sospettino qualcosa?

– Vi ho liberato di loro. Fa parte dell'accordo con il fu Von Aschenbach. Dovreste ringraziarmi.

Vittorelli aspirò un'altra boccata di fumo.

– Dunque, – riprese, – ci informerete tempestivamente di ogni tentativo di uccidere Napoleone III, perché anche lui è nostro alleato, e senza il suo aiuto l'Italia non sarà mai unita. E questa sarà la vostra consegna finché gli ordini non cambieranno. Perché, dopotutto, non si sa mai... Riceverete disposizioni a mezzo di un cifrario che i miei collaboratori vi consegneranno. Siete perplesso? E per quale mai motivo? Per voi che cosa cambia? In fondo, si tratta solo di sostituire i talleri di Francesco Giuseppe con delle oneste lire italiane. Non lo trovate persino... patriottico?

E con gesto rapido Vittorelli si cavò dalla tasca una borsa di denari e la scaraventò ai piedi di Lorenzo.

– Raccoglietela. Ormai siete al mio servizio. È un ordine.

Lorenzo si alzò e allontanò la borsa con un calcio.

– Non avete pensato che potrebbe esserci un'altra possibilità?

– E quale?

– Potrei fare come Von Aschenbach. Uscire di scena con dignità...

– Ma non fatemi ridere! Se siamo qui è perché siete un codardo. Altrimenti la vostra scelta l'avreste già fatta nel '44... Su, prendetevi i vostri denari e 'nduma!

Lorenzo chinò il capo. E con un gesto stanco raccolse la borsa.

Londra, autunno 1856

D'intesa con James Stansfeld, che era diventato uno dei ministri piú ascoltati da Palmerston, lady Violet aveva deciso di investire una quota dei propri beni in una fonderia nel Sussex.

– L'impresa, – annunciò a Mario, – è sull'orlo del fallimento. La compreremo a condizioni vantaggiose!

– Mi pare una buona pensata. Le fonderie tirano, ci ricaveremo un bel po' di soldi.

– That's not the point, Mario, – replicò lady Violet che nei momenti topici ricorreva alla lingua madre. – È un esperimento. – Impiegheremo solo uomini e donne in età adulta, niente bambini, tanto per cominciare. A ciascuno sarà garantito un equo trattamento economico, le festività saranno pagate e non ci sarà lavoro notturno. In piú, pensiamo di raggiungere gradualmente una forma di partecipazione degli operai agli utili, quando ci saranno utili, beninteso... E in futuro, vorremmo coinvolgere gli operai piú intelligenti nelle scelte di fondo.

– Coinvolgere gli operai nelle scelte di fondo? Ma che dici, Violet? Mi pari Carlo Marx! È pura follia, altro che affari... Ci rimetterai tutto!

– Si tratta solo di un falansterio democratico, mio caro... Mazzini approva. Sarà un ottimo banco di prova per i ragazzi che escono dalla scuola popolare.

Mario, alquanto scettico, decise di parlarne con Michele Liberato. Il baronetto quella mattina non s'era presentato in azienda. E non era nemmeno a casa, la bella casa che aveva preso in affitto a Bayswater. Miss Bridget, la governante tuttofare (ma proprio tutto tutto, pensò Mario, ammirando gli occhi grigi e la complessione giunonica della donna) gli disse che era andato a fare una cavalcata a Heathrow. Avrebbe pure potuto attendere il rientro di Michele Liberato o rimandare la questione all'indomani. Ma una strana urgenza, a metà fra il moto di ribellione e il pericolosissimo bilancio esistenziale dell'uomo «nel mezzo del cammin», lo indusse a noleggiare una carrozza e spingersi sino al lontano sobborgo.

Michele Liberato e Crispi, che si erano un po' persi di vista negli ultimi tempi, sorseggiavano un marsala fuori orario al country club del maneggio di Manor's Green. Niente di meglio per levarsi di dosso la polvere della cavalcata e venire alla questione che stava a cuore a entrambi. Pagava, s'intende, Michele Liberato: cosa che Crispi apprezzava oltre ogni modo. Perché povero in canna, come la maggior parte degli esuli, e perché notoriamente parsimonioso. A Michele Liberato, che gli chiedeva perché fosse tornato a farsi vivo dopo un silenzio di mesi, Crispi rispose che dipendeva dal Maestro.

– Mazzini continua a guardare tanto a Napoli che alla Sicilia. Il suo pensiero oscilla fra i due estremi. A volte si dice certo che la scintilla partirà dalla Campania, altre volte è pronto a puntare su Palermo. In questo momento, il pendolo oscilla dalla parte di Napoli. Nell'attesa che si fermi, noi andiamo avanti anche in Sicilia.

– Allora, era soltanto un'interruzione momentanea.

– Certo. Rosalino Pilo e La Masa sono già scesi, e lavorano sul versante di Messina, Catania e Siracusa. Abbiamo bisogno di elementi sicuri sui quali contare al momento opportuno. A Girgenti penso io. Siamo un po' scoperti su Palermo e Trapani.

– Hai provato coi separatisti?

– Minchiate! – insorse Crispi, tracannando un buon mezzo bicchiere. – I separatisti sono dei sognatori. La Sicilia è Italia. Piuttosto, ci sarebbero quei giovanotti ardimentosi, che se ben indirizzati… Sai di chi parlo, vero?

– Altroché! – rise il baronetto. – Qualcuno è già nelle mie mani e aspetta solo il segnale.

– Chi può sapere quando sarà il momento? – sospirò Crispi. – Nemmeno Mazzini ha il dono della profezia.

– Quando sarà, saremo pronti, – lo rincuorò il baronetto.

Mario raggiunse il country club in tempo per unirsi all'ultimo brindisi all'Italia «una, libera e indipendente». Pur di trovarsi faccia a faccia con Michele Liberato, ansioso di esporgli la questione che tanto gli stava a cuore, pagò di tasca propria il viaggio di ritorno a Crispi. Ma il baronetto liquidò i suoi dubbi con quattro argomenti inoppugnabili.

– Primo: i píccioli sono di tua moglie.

– E di questo devo ringraziare la buonanima di mio suocero…

– Che fece bene, perché, secondo: Violet è femmina sperta, e non corre dietro i fantasmi come a volte fai tu.

– E terzo?

– Terzo: se la fabbrica funziona, i píccioli tornano alla casa e quindi c'è guadagno, e dove c'è guadagno non c'è perdenza.

– Vedremo, co' le idee de quella matta… E quarto?

– Quarto: il sarto torni a farlo in Italia, dopo che abbiamo vinto!

D'accordo, bisognava cedere. Però un tarlo, Mario, se lo portava sempre dentro. D'accordo, aveva smesso di frequentare il bordello di Rosie Wexingham... di frequentarlo assiduamente (una bottarella ogni due, tre mesi che sarà mai, via), e seguiva con maggiore concentrazione l'azienda del marsala. Ma non era la sua vita. La sua vita era la moda, la sua vita era la creazione di abiti fantasiosi e originali che continuava a disegnare nell'indifferenza generale. Ah, se almeno avesse avuto il conforto di un uomo di gusto... chessò, un lord Chatam... Ma lord Chatam se ne stava beato nel suo esilio dorato dello Yorkshire, non rispondeva agli inviti, non mandava messaggi e dei vecchi amici se ne fregava. Intanto il tempo passava, i ragazzini crescevano, Violet diventava freddina pure a letto, e lui era né piú né meno che un mantenuto di lusso. Era in preda ad amari pensieri, dunque, quando sulla via del ritorno intravide Lorenzo.

Sedeva solitario, il colletto slacciato, al tavolino di un caffè dall'aria alquanto sordida. Davanti a una bottiglia vuota a metà. Anvedi come s'è ridotto il veneziano! Gli sembrò impossibile di aver provato, un tempo, gelosia per quell'uomo. Di averlo persino temuto. Se non altro, aveva evitato che Violet finisse nelle braccia di un fallito. E si chiese se, con la sua recente freddezza, sua moglie non volesse, in modo oscuro, far sentire anche lui un fallito. Perché si ha un bel dire di passioni rivoluzionarie, della causa, dei nobili pensieri... La donna sempre donna è, e da che mondo è mondo la donna premia i vincenti e scarica i perdenti. E lui non era forse un perdente? Non erano tutti loro, co' la testa sempre appresso a 'sto cazzo d'Italia unita, non erano tutti perdenti?

Dal suo tavolino d'angolo, Lorenzo vide passare Mario in carrozza. Lo immaginò fra le braccia di lady Violet, poi ripensò alla tristezza che aveva letto negli occhi di lei quando, un anno prima, si erano incontrati ai giardini di Kensington, e bevve l'ennesimo bicchiere di assenzio alla salute del passato da rimpiangere e del presente da compiangere.

In tasca aveva l'ultimo, furibondo dispaccio di Vittorelli, il suo nuovo padrone. Mazzini, ancora una volta, aveva beffato tutti. A Torino aveva incontrato Cavour. Cavour cercava un pretesto per scatenare un incidente con gli austriaci e poi intervenire a sostegno dei patrioti. Mazzini aveva assicurato il suo appoggio e poi era scomparso. A Milano non era successo niente. Erano scoppiati moti in Lunigiana, a Livorno, persino nel Trentino, in territorio austriaco. Contemporaneamente, un soldato di fede repubblicana, tale Agesilao Milano, aveva cercato di bucare a colpi di baionetta le prominenti trippe del Re di Napoli. C'era la mano di Mazzini anche dietro di lui? «Facíteme tante casecavalle», aveva tuonato Francesco Ferdinando, cioè impiccatemi 'sto Milano e i suoi accoliti, allungategli il collo come il noto formaggio. Il Piemonte era al centro delle critiche per l'ospitalità che offriva a molti fuoriusciti. Cavour era andato su tutte le furie. Aveva denunciato l'accordo. Aveva dichiarato pubblicamente di essere intenzionato ad appendere Mazzini a un palo nella sua Genova. In quei giorni, Mazzini era proprio a Genova. Nascosto, ancora una volta, dai Pareto. I poliziotti avevano perquisito la dimora del marchese senza trovarlo. Poi avevano disposto una sorveglianza esterna, ventiquattr'ore su ventiquattro. Mazzini si era tagliato la barba ed era uscito in pieno giorno, un toscano fra le dita. Aveva chiesto da accendere al commissario che dirigeva il plotoncino degli assedianti. Quello gli aveva porto l'acciarino. Mazzini aveva cortesemente ringraziato e si era dileguato, per ricomparire, due settimane dopo, a Londra. Vittorelli sospettava che il commissario l'avesse riconosciuto e avesse deciso di non arrestarlo. Per timore della ritorsione dei patrioti; per non passare alla Storia come il boia del rivoluzionario; perché in cuor suo adepto della causa. Vallo a sapere. In ogni caso, Vittorelli aveva concluso che Mazzini era piú amato e temuto di quanto si pensasse. E che l'agente Elizabeth era stato un pessimo affare. Lorenzo avrebbe risposto a suo tempo al dispaccio. Il tempo di lasciar calmare le acque. Avrebbe spiegato a Vittorelli che Mazzini non si fidava di Cavour. Che se i moti fossero scoppiati dove Cavour voleva, lui sarebbe intervenuto per reprimerli e accreditare il Piemonte come l'unica potenza in grado di contenere le smanie degli estremisti. Cavour voleva usarlo? Mazzini aveva usato lui. Fra i due uomini s'era instaurato un duello mortale. Quanto al suo ruolo di spia, era stato tenuto all'oscuro di tutto. Mazzini diffidava anche di lui? O si trattava della solita strategia del *divide et impera*? L'assenzio era finito. Lorenzo ne ordinò una nuova bottiglia. Il cameriere gli fece osservare che era già troppo ubriaco e forse era il caso di smettere. Lorenzo gli allungò un paio di scellini. La bottiglia fu consegnata. Lorenzo indugiò sul fondo del bicchiere. Nel liquido verdognolo si andava componendo il volto amato di Violet. Come donava, ai suoi occhi, la tristezza!

Londra, inverno 1856

Per la prima volta da quando era stata ammessa in società, quell'inverno lady Violet non fu invitata all'annuale gran ballo a Buckingham Palace. Per ordine espresso della Regina, le era interdetto l'ingresso, a meno che non facesse pubblica abiura della sua amicizia con Mazzini. Per solidarietà con l'amica, Carlyle e la sua cerchia decisero di boicottare il ballo. Un piccolo scandalo di corte, insomma, che lasciò costernati soprattutto Mario Tozzi e Michele Liberato. Poiché la fama di cui godeva il Baglio di Catafratto veniva dalla frequentazione con l'alta società. E dal livello delle relazioni pubbliche dipendevano direttamente le vendite del marsala. L'ostilità dei nobili poteva condurre in tempi rapidi alla rovina. I due soci pensavano che, in fondo, una insignificante abiura non sarebbe costata niente, a Violet. La quale era inglese dopotutto, mentre erano semmai loro, gli italiani, a dover insorgere, protestare, organizzare comitati per contrapporsi ai conservatori che invocavano a gran voce l'espulsione dall'Inghilterra del «terrorista» Mazzini. Dovettero tenersela per sé. Quanto a Mario, le cose con Violet andavano sempre peggio, e lui sospettava che, al minimo accenno di perplessità, la moglie avrebbe chiesto il divorzio. Michele Liberato, dal suo canto, non poteva giocarsi la reputazione. Non con quello che si preparava in Sicilia. Ma cos'era successo, poi, di cosí devastante?

Un vecchio patriota dei tempi andati, un tal Gallenga, aveva scritto una voluminosa *Storia del Piemonte*. Fra i tanti episodi, ne narrava uno risalente a vent'anni prima. Era il 1833. I patrioti erano inferociti contro il Re Carlo Alberto, che, tradendo l'immeritata fama di liberale, aveva fatto fucilare decine di rivoltosi. Jacopo Ruffini, il piú grande amico di Mazzini, era stato incarcerato e si era tagliato la gola per non tradire. Mazzini aveva allora deciso di uccidere Carlo Alberto. Gallenga, sicario designato, e volontario, si era tirato indietro all'ultimo momento. Ora Gallenga si faceva chiamare Luigi Mariotti ed era diventato deputato piemontese. Sosteneva di aver riesumato quella vecchia storia per amore della verità. Mazzini, lungi dal difendersi, aveva a suo modo rivendicato. Nei circoli rivoluzionari e in quelli conservatori si passavano di mano in mano la sua apologia sul caso Gallenga. I primi per esaltare la tempra incorruttibile del rivoluzionario, i secondi sperando di essere incappati nell'occasione buona per liberare Londra dalla sua ingombrante presenza.

> II fatto, – aveva scritto Mazzini, – doveva compiersi in un lungo corridoio all'interno della Corte; il Re vi passava ogni domenica per andare alla cappella regia. Con un biglietto privilegiato si ammettevano alcuni sudditi, solo per vedere il Re passare. Il Comitato riuscí a procurarsi uno di questi biglietti, e il Gallenga andò con quello, senz'armi, a studiare il luogo; vide il Re, e fu piú intenzionato che mai ad ucciderlo, almeno cosí diceva. Fu cosí stabilito che la domenica successiva avrebbe potuto agire. Impauriti di procacciarsi, in quei momenti di terrore, un'arma a Torino, m'inviarono un membro del Comitato, Sciandra, un commerciante, [...] a chiedermi l'arma e ad avvertirmi del fatidico giorno. C'era sul mio tavolo un pugnaletto con un manico di lapislazzuli, che era un carissimo dono, io indicai quello, lo Sciandra acconsentí, lo prese e partí. Ma io, non considerando quel fatto come parte del lavoro insurrezionale che io dirigevo, non facendone calcolo, mandavo a Torino un certo nostro Angelini, sotto altro nome, per fare altre cose nostre. L'Angelini era

del tutto ignaro del Gallenga e di ogni altra cosa, ma a Torino prese alloggio nella stessa via dove, in una cameretta, alloggiava il Gallenga. Fu preso da un forte sospetto quando, tornando nel suo alloggio, lo vide invaso da carabinieri; riuscí a scantonare e si pose in salvo. Ma il Comitato, quando apprese da lui il fatto, e che a due porte da quella del regicida erano scesi i carabinieri, e sapendo che l'Angelini non era al corrente dell'attentato che doveva avvenire, sospettò che il Governo avesse avuto avviso del progetto e fosse in cerca di Gallenga, lo fece uscir di città sistemandolo in una casa di campagna fuori Torino, dicendogli poi che non si poteva tentare in quella stessa domenica, solo se le cose si mettevano in quiete lo avrebbero richiamato per una delle domeniche successive. Due domeniche dopo vollero avvicinarlo, ma il Gallenga non lo trovarono piú; era partito. Io molto tempo dopo lo rividi in Svizzera.

In poche parole, Gallenga se l'era squagliata senza accoltellare nessuno, e non ci faceva una gran figura.

Pochi, e fra questi Lorenzo, al quale il Maestro aveva raccontato con tono leggero l'episodio, pochi sapevano che i «certi affari» che incombevano all'altro agente mazziniano, l'Angelini, consistevano nell'attentato al duca di Modena, in quei giorni di passaggio a Torino. Mazzini meditava di uccidere, insieme, il Re di Sardegna e il duca di Modena. Un clamoroso «colpo doppio» che avrebbe cambiato la storia. Tutti seppero, invece, che il membro del comitato che aveva spalleggiato Gallenga era l'attuale ministro Melegari. Che, dopo le rivelazioni di Mazzini, fu costretto alle dimissioni. La guerra fra Cavour e Mazzini continuava. Cavour mandava avanti Gallenga per screditare Mazzini, e Mazzini impallinava un ministro di Cavour. La sera del gran ballo, tutti i «proscritti» si riunirono nella villa di Stansfeld. Si fece musica, si bevve il marsala del Baglio di Catafratto, si formularono progetti per il radioso domani, si raccolsero fondi per la causa.

Quella stessa sera, dopo sei anni e mezzo di galera dura, beneficiando di un esiguo condono per buona condotta, Lussardi abbandonava il carcere di Newgate. Di tutto il suo passato gli restavano quindici sterline di paga, un cappotto infeltrito che cascava sulle spalle smagrite rendendolo simile a un grottesco spaventapasseri, un'inestinguibile sete di vendetta e un nome che sapeva di ossessione e di speranza: Turrey.

Parte ottava

1857-58

Torino, marzo 1857

Felice Orsini è nella leggenda. Fugge dal castello di Mantova calandosi dagli spalti con una fune troppo corta. Salta dieci metri e si spezza una gamba. Noncurante del dolore, con eroico sforzo si trascina, con l'aiuto di misteriosi amici la cui identità non sarà mai rivelata, sino ai confini del Lombardo-Veneto. Da lí, in carrozza, a cavallo, su un battello, in treno, a piedi, raggiunge la salvezza. Il mondo ride del gigante austriaco beffato. Ritratti dell'eroe in posa tribunizia sono appesi ai pali del gas nelle piú eleganti strade del centro di Londra. Le sue conferenze al *Paul's Café* sono affollate di signore ingioiellate e sospirose. Alto, corrucciato, prestante, Orsini arringa le democratiche folle ostentando la gamba offesa: la ferita, in realtà, è ampiamente guarita, ma un po' di effetto scenico non guasta.

Rispunta al suo fianco una vecchia conoscenza: Simon-François Bernard. L'ortofonista è divenuto il suo inseparabile compagno. È stato Bernard a convincerlo a scrivere un libro di memorie che va a ruba. Bernard a indurlo a rompere con Mazzini.

Mescolato alla folla che assiepa il *Viking's Terrace*, Lorenzo assiste a una sorta di parricidio rituale. Orsini spende parole di fuoco contro il suo antico Maestro. Mazzini uomo vile e inetto, Mazzini incapace di organizzare nient'altro che una catena di penosi fallimenti, Mazzini vanaglorioso e codino, Mazzini mandante morale di ogni sorta di turpitudine. Orsini si candida a capo spirituale della Rivoluzione italiana. Forse è persino tentato dall'anarchia.

Il Maestro non replica, non ribatte, soffre in silenzio e continua a raccogliere fondi per la causa. Il Maestro ha in mente qualcosa, ma, come sempre, lo tiene per sé.

Lorenzo relaziona diligentemente a Torino. Paolo Vittorelli, fresco di promozione al grado di tenente colonnello, riporta preoccupato le nuove a Cavour.

– Non bastava Mazzini, eccellenza. Ora dobbiamo guardarci le spalle anche da quest'altro fanatico.

– Fanatico… entro certi limiti…

Cavour, con uno dei suoi soliti sorrisi indecifrabili, porge all'ufficiale un documento. Vittorelli legge, e non crede ai propri occhi. È una lettera di Orsini. Offre lealtà incondizionata a Sua Maestà, chiede contatti e finanziamenti per la causa dell'«Italia una e Vittorio Emanuele», assicura che, con la sua collaborazione, il pericolo repubblicano sarà debellato.

L'incendiario si fa pompiere. Inverosimile. Oppure, truffaldino.

– Mandiamogli un po' di danè, – dispone Cavour, con gesto molle e vagamente isterico.

– E non potrebbe essere… pericoloso? Dopotutto, resta sempre un nemico, un rivoluzionario.

– Orsini scardina l'autorità di Mazzini, e, come si dice, monsú *le colonel*… il nemico del mio nemico è mio amico…

Vittorelli ripiega, poco convinto. A volte gli capita di pensare che Cavour sia fatto di una stoffa diversa da quella degli altri esseri umani. Una stoffa non poi tanto diversa da quella di Mazzini. Ma certe contorsioni dell'ingegnosa mente del primo ministro non potrebbero poi rivelarsi cosí contorte da rasentare la stupidità?

In ogni caso, anche senza averne ricevuto ordine esplicito, ammonirà il suo agente di stare all'erta. Vigilare, riferire, anticipare, se possibile. I fondamenti del mestiere, da non dimenticare mai, a nessun costo.

Londra, maggio 1857

Quando Mazzini lo ha coinvolto nella missione, Terra di Nessuno non ha esitato un istante.

Dopo otto anni di inerzia, il ritorno all'azione lo esalta, lo riconcilia con la sua vera natura, annulla tutte le diffidenze che nel tempo si sono venute accumulando, cancella i residui dubbi sul metodo insurrezionale, risuona nella sua anima con il fragore di un crescendo rossiniano. Vincere, o morire.

Ma un pensiero lo ossessiona. Striga. Avrà il coraggio di parlargliene, o non preferirà, piuttosto, partire di nascosto, come un ladro nella notte, lasciandosi alle spalle una vana lettera di giustificazioni? Che cosa la ferirà di meno: una fuga improvvisa o l'attesa dell'abbandono? Con le parole non è mai stato bravo, Terra, e una strana paura cresce in lui man mano che si avvicina il momento della rivelazione. Se lei gli chiedesse di non andare, resisterebbe o si arrenderebbe? Si confida con Mazzini.

– Puoi andare o non andare.

– Maestro...

Mazzini lo ferma con un gesto ieratico.

– Già troppe ombre di compagni morti frequentano i miei incubi, Terra. La causa non si serve solo versando il sangue. Ma non posso essere io a sciogliere il tuo dubbio. Qualunque sia la tua decisione, ti chiedo di mantenere il piú assoluto segreto. Il fatto si deve risapere solo a cose avvenute. Tutto dipende da questo.

Terra decide che partirà. E non affronterà Striga. L'inutile lettera gli appare il male minore.

Ma il giorno avanti la partenza, mentre abbandona il laboratorio della scuola italiana, dove ha appena insegnato a un gruppo di vivaci marmocchi l'intaglio di un modellino di veliero, lei gli si para davanti.

– Portami con te.

– Dove? – chiede Terra, con finto stupore.

– Quando menti, arrossisci.

– È un segreto.

– Segreti? Fra noi?

– Non posso, perdonami. Se parlassi, tradirei tutti.

Striga lo fissa, serena. E nello stesso tempo determinata. Terra sa che da quegli occhi promana una forza misteriosa, alla quale non si può resistere. Non può distogliere lo sguardo. Il flusso d'energia lo investe. Energia che dilania come una freccia incandescente, che brucia come un fuoco devastatore.

– Maledizione, Striga! Vado in Italia. Con Carlo Pisacane. Attaccheremo dal Sud e risaliremo la penisola. O tutto o niente.

Terra argomenta, disputa, giustifica. Striga ascolta quelle parole di distruzione, ardimento e morte. Terra è lucido, appassionato. Costruire l'Italia, questo il sogno. Prima di costruire, però, occorre abbattere il vecchio edificio. Striga tentenna. Ha sempre creduto che la costruzione sia un atto di gioia, una volizione proiettata verso il futuro. Mentre la distruzione è macerie, rovina, morte. Ma Terra è convincente. Non si può costruire soltanto, senza prima distruggere.

Ma che numeri, si domanda Striga, che numeri incarnano la costruzione, e quali la distruzione? Che cosa alimenta la dialettica fra i due estremi? E Terra… All'improvviso, il pensiero che lui possa non tornare, che una palla possa spegnere quegli occhi ardenti, arrestare il battito del cuore contro il quale trova ogni notte la pace, e dal quale viene la passione, il pensiero di perderlo cancella ogni altra considerazione. Dimentica i numeri e le teorie, e come qualunque altra creatura sofferente, come il capretto separato dalla madre, come l'agnello che trema fra le braccia del pastore, Striga piange. Quel pianto silenzioso e assoluto tormenta Terra oltre ogni dire, oltre il pensiero dell'esito incerto dell'avventura, scava un solco nel suo cuore. Per la prima volta il Dovere gli appare un muro invalicabile e ostile. Eppure, sa che andrà.

Escono insieme dalla scuola italiana, sorreggendosi come naufraghi, sotto gli sguardi incuriositi dei bambini. Non fanno caso all'operaio che li osserva salire su una modesta carrozza, al cenno che rivolge ai due uomini seduti a cassetta di un calesse trainato da un ronzino tutto pelle e ossa.

Londra, giugno 1857

Da cinque mesi Lussardi è l'artefice della vendetta di Turrey. Da quando è riuscito a farsi ricevere da quel grottesco rottame umano e a riferirgli quanto aveva appreso nelle celle della prigione.

Perry il Ratto, al secolo Perry O'Hara, ha lasciato il collo a Newgate, ed è dunque ormai al di là della giustizia umana. Ma è stato lui, Lussardi, a mescolare all'ultima birra di Frank Gozzo la dose letale di laudano. Ed è stato lui, tre giorni prima, ad affettare la gola di Mickey Faccia di Morto. Lussardi: il giustiziere. Lussardi: l'angelo sterminatore. Lussardi: l'uomo che rimette a posto le cose.

Una borsa di sovrane passa dal cassetto di Turrey alle tasche del toscano. Il peso è considerevole. Turrey non bada a spese con chi lo serve lealmente. Il problema è che, stando all'accordo iniziale, la storia dovrebbe finire qui. Ma Lussardi non ha nessuna intenzione di rinunciare alla sua gallina dalle uova d'oro. Lussardi sa come mantenere viva la fiamma della vendetta.

– Avete pensato alla mia proposta, my lord?

– Lord Chatam? Non credo che riusciresti a colpirlo. È al di fuori della tua portata.

– Convengo con voi. Ma io non parlavo di quel tipo.

– E allora?

– Ho trovato la Striga.

Wesley, metà segretario, metà maggiordomo, faccendiere e tuttofare di Turrey, sa per esperienza che origliare alle porte del padrone è alquanto pericoloso. Una governante ci ha rimesso il posto per averci provato. Perciò, quando l'italiano esce soppesando con aria soddisfatta la pesante borsa di sovrane, si fa trovare seduto nella poltrona in fondo all'anticamera, un libro di Orazio fra le mani, l'aria finta annoiata.

– Ti accompagno.

– Conosco la strada, grazie.

Lussardi è a metà delle scale quando Turrey comincia a scampanellare. Per un istante il toscano si chiede se non sia stato un errore cedere alle insistenze del lord e lasciargli il reperto. Sarebbe stato meglio sbarazzarsene, come aveva fatto la volta precedente con la mano di Frank Gozzo. Ma il lord ha preteso, il lord ha pagato per questo. Lo preoccupa l'idea che Wesley sia messo a conoscenza del patto. Chiederebbe la sua parte, e passi, sarebbero pur sempre soldi del lord. Il fatto è che meno persone ne sono a conoscenza e meglio è. Un giorno o l'altro, conclude montando in carrozza come un vero signore, un giorno o l'altro dovrà affrontare con Turrey il problema del suo segretario. O provvedere di persona.

Wesley attende una buona mezz'ora, poi, aprendo con il passepartout, entra in biblioteca. Lord Turrey russa, abbandonato su una *dormeuse*. La maschera d'argento è sul tappeto. La metà deforme del suo viso sembra pulsare di umori maligni. Ma non è da lí che proviene l'odore disgustoso che aveva già percepito prima, quando gli aveva servito la mistura di oppio e laudano che per un paio d'ore placherà la sua angoscia. Wesley si avvicina al pacco che ha lasciato l'italiano e lo scarta. Un grido d'orrore gli sfugge quando vede la testa coperta di sangue raggrumato. Una testa umana.

Dal diario di Terra di Nessuno
Giugno - Luglio 1857

Genova, 4 giugno.

Stanotte si è tenuta la riunione decisiva. Il Maestro e Pisacane ci hanno informati dei dettagli dell'operazione. Salperemo da Genova, mescolati ai normali passeggeri, con il vapore *Cagliari* dell'armatore Rubattino. Il padre di Enrichetta, la compagna di Pisacane, è agente della compagnia per il Piemonte. In alto mare ci impadroniremo del battello e lo dirotteremo a Ponza. Qui libereremo i prigionieri, e insieme proseguiremo per Sapri, luogo previsto per lo sbarco. Strada facendo, saremo raggiunti in mare dalla goletta di Rosalino Pilo, un compagno siciliano, che ci rifornirà di armi. Sbarcheremo a Sapri, sulle coste del Cilento. In contemporanea si accenderanno rivolte a Genova e a Livorno. Siamo forti, coesi, consapevoli, impazienti di agire.

Genova, 10 giugno.

Fosche nubi si addensano sulla spedizione. La goletta con le armi è stata colta da una violenta tempesta. Il carico è finito in mare. Charles (è questo il nome adottato da Carlo Pisacane) ha incontrato due volte Garibaldi. Il Generale rifiuta di aderire all'impresa. Non si muoverà senza un accordo con il governo del Piemonte. Non si possono immaginare uomini di temperamento piú diverso. Pisacane è illuminato, generoso, a volte eccessivamente nervoso. Garibaldi è aspro, gelido, tiene tutti a distanza, ama l'umorismo da caserma, mi sembra poco disposto a rischiare. Il Maestro consiglia prudenza, si dice pronto ad annullare tutto. Non so che partito prendere. Da un lato, l'urgenza dell'azione mi preme; dall'altro, un ennesimo fallimento potrebbe essere fatale alla causa. Pisacane ha deciso di partire per Napoli, sfidando la polizia che gli dà la caccia in quanto disertore dell'esercito borbonico.

Genova, 19 giugno.

Pisacane è tornato da Napoli con notizie eccellenti. Il Sud è pronto ad accendersi alla prima scintilla. I dubbi sono sciolti. La partenza è imminente. Il banchiere Adriano Lemmi ha consegnato a Charles ventiduemila lire. Mazzini ha conferito alla cassa comune diciassettemila sterline. Charles si è chiuso nel suo studio e ha scritto un «testamento politico» che ha promesso di farmi leggere.

Sul vapore *Cagliari*, 26 giugno.

Siamo partiti ieri al tramonto. Mazzini era sulla banchina, mescolato alle donne e al popolo, incurante della condanna a morte che pende sul suo capo. Due ore dopo, già in alto mare, al segnale convenuto, ci siamo calati un berretto rosso e al grido di «Italia, Libertà, Repubblica» abbiamo sequestrato la nave, dichiarandola patrimonio della causa. Daneri ha preso il comando. Né il capitano né gli altri membri dell'equipaggio hanno opposto resistenza. I viaggiatori si sono dimostrati entusiasti dell'impresa. C'è qui a bordo un signore inglese, asserisce di fare il giornalista. Abbiamo scambiato qualche parola nella sua lingua. Mi ha fatto notare, con una certa ironia, che il *Cagliari* appartiene a Rubattino, e che Rubattino è socio del governo di Torino. Se ne argomenta che Cavour sa della nostra impresa e ci manda avanti, in attesa di trarne profitto, se dovesse riuscire, o di sconfessarla, in caso di fallimento. Charles, interrogato sull'argomento, non ha fornito spiegazioni.

Sul vapore *Cagliari*, 28 giugno.

Divisi in tre squadre, abbiamo assalito Ponza e liberato trecentoventi prigionieri, che ora sono a bordo con noi. Ho partecipato all'assalto accanto a Pisacane. Abbiamo sparato pochi colpi, uccidendo un ufficiale che non voleva arrendersi. Charles ha reso onore al suo coraggio. Mentre ci consegnavano i prigionieri, Charles salutava qualche suo antico compagno del collegio militare della Nunziatella. Sorrideva al pensiero che proprio lui, ex ufficiale del Re, stava infliggendo al Borbone quello smacco applicando la strategia imparata alla sua piú prestigiosa accademia! I cuori sono gonfi di speranza mentre puntiamo decisi verso Sapri. Si dice che duemilacinquecento uomini ci attendano. Si dice che Napoli sia pronta a insorgere. Si dice che dalla Lucania stia partendo un esercito di dodicimila patrioti. Il mare intorno è calmo. Al tramonto, ho visto nuotare, agili e divertiti, due delfini.

Sapri, 29 giugno.

Sbarcati su una spiaggia deserta. Deserti i dintorni. Nessun comitato di accoglienza. Uccisa e divorata una pecora, da dividere in tanti, troppi per la fame che comincia a farsi sentire. In paese, ingresso all'alba. Nessun movimento di truppe. Strade vuote, case vuote, finestre sbarrate. Un pescatore ci informa che la gente è in chiesa. Pregano per l'anima del Re. Un pastorello ci chiede se siamo briganti. Due dei detenuti che abbiamo liberato fuggono. Altri tre o quattro sfondano un portone, disposti alla razzia. Charles li ferma e li scudiscia. Un altro gesto simile e saranno fucilati, ammonisce. Poco dopo, anche loro fuggono. Ci si comincia a chiedere se sia stato un buon affare liberare i forzati. Charles rassicura la popolazione: non siamo briganti, ma patrioti. Ho l'impressione che le nobili parole del suo proclama siano accolte nell'incredulità generale. Quando li cerco con lo sguardo, borghesi e popolani sfuggono i miei occhi. Un canonico ci porta in un magazzino dove sono custoditi pane e formaggi. Charles insiste per pagare: non è ancora il tempo delle requisizioni. Sono riuscito a procurarmi una copia del suo testamento politico. «Io credo, – ha scritto, – che il solo socialismo [...] espresso dalla formula Libertà e Associazione, sia il solo avvenire non lontano dell'Italia, e forse dell'Europa [...] sono convinto che le ferrovie, i telegrafi, il miglioramento dell'industria, la facilità del commercio, le macchine, per una legge economica e fatale, finché il frutto del riparto del prodotto è fatto dalla concorrenza, accrescono questo prodotto, ma l'accumulano sempre in ristrettissime mani, ed immiseriscono la moltitudine; perciò questo vantato progresso non è che regresso: e se vuole considerarsi come progresso, lo è nel senso che accrescendo i mali della plebe, la sospingerà a una terribile rivoluzione, la quale, cangiando d'un tratto tutti gli ordinamenti sociali, volgerà a profitto di tutti quello che ora è a profitto di pochi».

Idee ammirevoli: ma saranno comprese da questi italiani che si rinchiudono nelle loro case?

30 giugno, Casalbuono.

Deserti Torraca e Fortino. Scomparsi i liberali sul cui aiuto Charles contava. Continua l'emorragia dei condannati, che ci lasciano ormai apertamente, a drappelli. Per la prima volta provo tangibile il senso del fallimento. E se nessuno si muove? Creperemo. Ci riuniamo a consiglio. Possiamo puntare sulla Calabria, o attraversare il Vallo di Diano, aspettando gli insorti lucani. Se esistono insorti lucani. A Casalbuono, strade deserte. Le case dei liberali abbandonate. Fuggono. Codardi. Temono la vendetta del Re. Un pensiero si fa strada nella mente di molti. Abbandonare l'impresa. Ripiegare. La fame cresce. Bucci ha rubato in una casa. Un improvvisato consiglio di guerra lo condanna alla fucilazione. Mi oppongo, invano. Chiedo che si aspetti almeno il ritorno di Charles, in quel momento assente. Non s'intende ragione. Lo ammazzano come un cane, ed era un fratello che aveva ceduto a un istante di debolezza. Charles, rientrato cupo da una missione inutile, ratifica. Diritto rivoluzionario. È la prima volta che mi sento in acuto contrasto con lui. È la rivoluzione che divora i suoi figli, cerco di spiegare. Mi lascia senza risposta. Eppure, ha scritto: «Non ho che i miei affetti e la mia vita da sacrificare e non dubito di farlo. Sono persuaso che se l'impresa riesce, avrò il plauso universale: se fallisce, il biasimo di tutti. Mi diranno stolto, ambizioso, turbolento, e molti, che mai nulla fanno e passano la vita censurando gli altri, esamineranno minutamente la cosa, porranno a nudo i miei difetti, mi daranno la colpa di non essere riuscito per difetto di mente, di cuore, di energia».

Quanti errori ancora, prima della vittoria? Quanto lunga ancora la notte, prima dell'alba?

Padula-Buonabitacolo, 2 luglio.

A Padula troviamo cibo, alloggio, la complice solidarietà di una terra gentile e d'animo libertario. Conserverò sempre nel cuore, per il tempo che mi resta da vivere, il ricordo della buona gente di Padula. Un battaglione borbonico ci assale all'alba. Abbiamo pochi fucili, Charles dispone gli uomini disarmati sulle colline, con bastoni, a simulare il fuoco che non possediamo. Una breve scaramuccia ci decima. Fuggiamo giú per il piano. A Buonabitacolo, il barone Picinni

Leopardi fa schierare la guardia urbana. Siamo centocinquanta, male armati, stanchi, affamati, vinti. La nostra farsesca rivolta è morta prima ancora di nascere. Charles rifiuta d'ingaggiare battaglia. Ci raggiunge a sera il notabile C. Dopo la nostra fuga, i borbonici si sono vendicati di Padula. Sono arrivati al punto di uccidere una donna e il suo lattante. Vittime che pesano sulla mia coscienza.

Campagna intorno a Sanza, 3 luglio.

Un pastorello promette di condurci in paese. Ma dopo un giro tortuoso ci ritroviamo in questa boscaglia amara. Oltre un fitto vallo, dovrebbe esserci Sanza. Ma chi ha la forza di andarci? Respingiamo un primo agguato, le guardie sono poche e hanno meno voglia di noi di battersi, ma presto arriverà il grosso della truppa. Charles ordina un'ora di riposo prima di riprendere il cammino verso il Cilento. Per continuare a combattere. Per continuare a sperare. Ancora. Un uccello lancia un grido d'allarme. S'è avvertito un movimento nel fogliame. Parte una scarica di mitraglia...

Londra, luglio 1857

Immensa è l'eco dell'impresa di Sapri. «Per noi che preferiamo il martirio al successo, John Brown è piú grande di Washington, come Pisacane è piú grande di Garibaldi», ha scritto Victor Hugo. Persino il «Times» rende omaggio al rivoluzionario assassinato: «Per noi inglesi è quanto mai sorprendente vedere energia, coraggio indomabile e ferma tenacia di propositi basata su sogni nei quali a fatica immaginiamo che qualcuno possa credere sul serio». Mai il sogno, mai come in questo momento in cui tutto sembra crollare, mai è stato cosí vivo, esaltante, popolare, venerato. Cavour s'è affrettato a sconfessare. La stampa reazionaria schiuma di rabbia. Il clericale «Armonia» tuona: «Pisacane [...], l'Italia, la libertà, il progresso sono ciance. La guerra è contro il mio e il tuo, contro le disuguaglianze sociali che lasciano nel mondo ricchi e poveri, padroni e servi, sudditi e Re. Si mira a un totale cambiamento, cioè alla distruzione dei ricchi e dei padroni». Non possono fare complimento migliore alla memoria dei martiri di Sanza. L'Italia unita è sulle bocche di tutti. I Borboni sono additati al mondo intero come carnefici. Cavour è in difficoltà. Il partito dei radicali riprende fiato. La stampa inglese pubblica stralci delle opere di Pisacane: «E se mai nessun bene frutterà all'Italia il nostro sacrificio, sarà sempre una gloria trovare gente che volenterosa s'immola al suo avvenire...» Ecco un esempio di sconfitta che si muta in modo inatteso, in trionfo. Ma di tutto questo, che cosa importa a Striga? Le notizie dall'Italia sono ancora incerte, filtrano velate dalla censura. Nessuno sa quanti morti sia costata la spedizione. Nessuno sa quale sia il destino di Terra.

Lorenzo e lady Violet attivano propri canali d'informazione. Lady Violet tortura i giornalisti amici, accorsi in Italia a verificare di persona; si appella, perché sia fatta luce, alla tradizione di indipendenza della stampa britannica; solletica l'antico odio di Palmerston per i governi reazionari; quando si apprende che sessanta prigionieri attendono il giudizio nel carcere di Salerno, redige una petizione per obbligare la corte a intervenire, raccomandando clemenza. Lorenzo tempesta di dispacci Vittorelli. Non era informato della missione. Non ne sapeva piú di loro, a Torino, che si lasciavano cosí tranquillamente portar via sotto il naso un battello di Stato. Ve la prendete troppo a cuore, risponde Vittorelli, cinico. Lorenzo insiste, si fa volpe: riferitemi quanti piú particolari sapete, serviranno a seminare la discordia e il turbamento fra i radicali fuoriusciti. Vittorelli abbocca, o finge di farlo. Cominciano pian piano ad affluire particolari raccapriccianti sull'eccidio. Pisacane e i suoi fedelissimi, attorniati da una torma di soldati regolari e «volontari», cioè malandrini e briganti – non escluso qualcuno dei galeotti liberati a Ponza dal generoso barone –, Pisacane e i suoi depongono le armi e chiedono di essere processati secondo giustizia. Gli assalitori non se ne dànno per intesi. A Pisacane squarciano la testa con una sciabolata mentre cerca scampo in un fosso. Ditemi dei sopravvissuti, incalza Lorenzo. Vittorelli de la Morgière telegrafa un elenco dei patrioti che attendono la sentenza in prigione. Lorenzo può correre da Striga e dirle che il suo uomo è salvo. Sotto processo per sedizione e banda armata, attende la sentenza nel carcere della Favignana.

– Voglio andare da lui, – dice Striga.

Lady Violet si offre di organizzare il viaggio. Propone di impiantare una delegazione, coinvolgendo membri del governo inglese o altre autorevoli personalità, e di portare personalmente la domanda di grazia al Re di Napoli. Ma Striga vuole andare dal suo uomo. Vuole andarci subito.

Lorenzo frena gli animi. È pericoloso per una donna sola affrontare un viaggio nelle Due Sicilie. Specie se si tratta della donna di un rivoltoso. La arresterebbero appena sbarcata dal vapore. E che aiuto potrebbe mai dare, allora, al suo Terra? Occorre prima investigare, accertarsi di come stanno le cose. Si potrà scrivere a Terra: Michele Liberato, che ha solidi contatti con la Sicilia, curerà la trasmissione della lettera. Che Terra sappia che lei gli è vicina, ma che sia lui a decidere se Striga dovrà affrontare il rischioso viaggio. Striga cede. Aspetterà qualche giorno. Lady Violet e Lorenzo si appartano. Lui le prende una mano. Per la prima volta dopo tanti anni si sente pulito e degno. Violet gli depone un bacio sulla guancia, poi torna con l'animo turbato ai figli, al suo tormentato presente.

Isola di Favignana, agosto 1857

Nel carcere della Favignana non si muove foglia che Camorra non voglia. Nel carcere della Favignana la Camorra detta legge. Chiunque voglia ottenere un qualche trattamento speciale, o semplicemente passare in pace la sua galera senza sottostare a ricatti, estorsioni e violenze, deve scendere a patti con la Camorra. Chiunque. Persino le agguerrite 'ndrine calabresi. Persino gli Uomini della Società: ché Favignana è territorio siciliano, s'intende, ma Favignana non è Palermo, dove picciotti e bunachi spadroneggiano. La Favignana è un'altra cosa. La Favignana è il luogo sacro della Fondazione, il mitico isolotto dove il cavaliere Carcagnosso, apparizione fatta carne di san Michele Arcangelo e di Nostro Signore Gesú Cristo, pose per la prima volta, in un bel giorno in cui c'era e non c'era il sole, le basi della consorteria di coraggiosi chiamati a governare, con pugno di ferro e guanto di velluto, sulla vita della strada.

Perciò, per adempiere al compito che il baronetto Michele Liberato gli ha assegnato, Salvo Matranga ha stretto un patto con Totò 'o Meschiniello, *crimine*, cioè capo riconosciuto dei camorristi della Favignana. Io ti dò una cosa a te e tu mi dài una cosa a me è pratica comune fra uomini che parlano lo stesso linguaggio. E poi Favignana è terra di Trapani, e a Trapani, giorno dopo giorno, la parola di don Salvo Matranga conta sempre di piú.

L'accordo è suggellato da una stretta di mano: a Salvo costerà un po' di quattrini integrare di tasca sua il mantenimento delle famiglie di certi condannati e chiudere un occhio sul passaggio di casse di armi e munizioni attraverso i terreni di sua proprietà, ma per il baronetto questo e altro. In cambio, il prigioniero Terra di Nessuno ci guadagna una lettera da recapitare immediatamente e, cosa ben piú importante, lo status di uomo di rispetto. Il che equivale a dire galera comoda, cumparielli al servizio e nessuna rottura di coglioni, nemmeno dal fronte delle guardie.

Ma di colpo le acque si fanno torbide.

– Sta bene, don Salvo. E chi è 'sto cumpariello nuovo?

– Si chiama Terra di Nessuno. Sta coi politici.

– I politici? Ah, scusate, ma voi non avete parlato chiaro. Mi dispiace. Non se ne fa niente.

Ordini superiori, spiega 'o Meschiniello, restituendo a malincuore, ma con lealtà criminale, le due borracce di prezioso marsala, la pipa e la borsa di tabacco che servivano a stringere l'accordo.

– Coi politici niente accordi. Mi dispiace, 'o vero. Ma chesta è roba d'o Re!

– E da chi provengono questi ordini superiori?

– Ah! – ride 'o Meschiniello. – Nuje simme tutti ommene 'e Dio, 'o sapite! Tutti teniamo una fede, tutti rispondiamo a un capo. Il nostro capo e il nostro Dio noi non lo possiamo nemmeno annommenare! Se chiamma 'o Masto, e nisciuno tene guapparia 'e ce mettere ll'uocchie 'ncuollo. Si isso nun ve chiamma, vuje nun 'o putite sape' addo' sta... E si cercate d'o scummiglia', è 'o stesso: ce sta la «nomina» pe' chesti ccose... mettere 'e spalle 'o frisco!

– Ma non chiedo certo di incontrarlo, – replica soave Salvo, risospingendo i doni verso il camorrista. – Vi chiedo soltanto di fargli pervenire un mio messaggio. Io di voi mi fido come di mio fratello, don Totò. E sono sicuro che saprete trovare la parola giusta...

– Io? Ma se v'aggio ditto ca... E sta bene! – taglia corto Totò, arraffando il marsala. – Ma nun ve pozzo preggia' niente...

Dopo che le guardie hanno accompagnato all'uscita l'uomo senza una mano – un carlino per ogni sbirro: 'sto muzzo siciliano è uomo d'onore, si capisce da come si muove in mezzo alla brava gente –, don Totò scrive con la sua incerta grafia una lettera in gergo al gran capo di Napoli. Tanto per tenersi a posto con la coscienza, avverte i suoi luogotenenti che, sino a nuovo ordine, a chillu guaglione sardagnuolo ca steve cu chillu scurnacchiato 'e Pisacane nun c'he 'a 'ntrucchia' nu pilo 'ncapa. Niente pizzo pe' la lampa di li francisi, cioè tangente da versare ai cumparielli, niente violenze né utili né inutili, e cordone sanitario pure 'nfaccia a 'e surice, di fronte ai sorci, le odiate guardie. E alle rimostranze degli uomini – Ma comme facimme cu 'e surice? Qua ci sta l'accordo di darci un poco di tortura al giorno, ai politici –, assicura che parlerà lui col direttore e metterà le cose a posto.

Dunque dunque, riflette don Tore De Lorenzo, 'o Masto, quando tre giorni dopo gli viene debitamente consegnata la lettera dalla Favignana. Di ritorno da un giro di mazzette per i quartieri spagnoli, il capo dei capi affida al segretario personale il bastone d'avorio, si accomoda nella poltrona francese, gentile omaggio di un marchese ricchione rovinato dalle carte, e si immerge nella lettura.

Dunque dunque:

> Con il presente vi fo a dire come è giundo Matranga Salvo inteso degli Uomini della Sucità di Marsala, il quale si è presentato come fratello della Sucità detta, condicente che nu tale agnello «Con Checche» nominato Terra 'e Nisciuno, sardagnuolo, ancorché politico, addiventa cugino in camicia, facennosi di agnello lupo, sotto la diretta protezione della detta Sucità. Poiché su questo agnello pesa

nomina d'o Re personale, addimanno a' grazia vostra che condotta tenere.

La questione esige accurata riflessione, dunque dunque. Ci sta un politico, agnello Con Checche, che il Re non lo può soffrire, ci dette 'a nomina, e si capisce pure, dal momento che isso e 'o masto suoie, Pisacane, ci ire dint'o culo a 'o Re… Però, 'ncoppa a 'stu curdisco s'è stesa la mano dei siciliani. Tore De Lorenzo, capo saggio, valuta i pro e i contro. Al momento la Camorra è forte, diciamo pure fortissima. Ma la Favignana è pur sempre terra siciliana. E i siciliani crescono, e si fanno giorno dopo giorno piú forti e arroganti. Una politica di buon vicinato è dunque auspicabile. D'altronde, come camorrista, don Tore è fedele al suo Re. E quanto ai politici, arrassusia! Che siano lontano, peggio della peste bubbonica! Epperò, con tutto quello che si vede e si sente, magari prima o poi qualcuno che al Re gli tira di misericordia, cioè di pugnale, o di tricche-tracche, vale a dire di rivoltella, si trova pure. E allora certi favori potrebbero essere ricompensati. Senza contare che lui, Tore, può benissimo imporre un ordine negativo, ma senza la certezza che il sottoposto Totò 'o Meschiniello poi lo esegua. Sta in terra straniera… si sente circondato… magari 'sto siciliano, don Salvo Matranga, è abile conduttore di trattativa… e il comandamento della Camorra non consente forse al subalterno di farsi strada nell'organizzazione anche assumendo iniziative personali? Insomma, i sí prevalgono nel foro interiore del Masto: e sotto sotto, andare in culo al Re, che a volte col bastone ha pure ecceduto, a don Tore non dispiace. Si può fare. Alle condizioni della Società, risponde di suo pugno, e il biglietto due giorni dopo è alla Favignana.

È cosí che Terra di Nessuno riceve dall'uomo monco, scortato dalle guardie insolitamente rispettose e dal capobastone dei camorristi, i saluti del barone Michele Liberato e la lettera della Striga. E la sentenza di morte, che da un momento all'altro si attende, d'improvviso non gli fa piú paura.

– Se volete rispondere, fate pure, signore… – gli dice il monco, e un curioso rispetto vibra nella sua voce. – Il qui presente Salvo Matranga è al vostro servizio…

Londra, agosto 1857

La Striga la prendono al tramonto. Sono in quattro, quattro bravi ragazzi reclutati nelle bettole di Shoreditch, silenziosi, discreti e ben unti dai denari di Turrey. Hanno i volti coperti da fazzoletti di seta nera e portano con sé un tappeto e stracci imbevuti di laudano. Saranno loro a fare il colpo, mentre Lussardi resta di guardia alla carrozza, ferma fuori dal cancello della casetta con giardino a Turnham Green, dove Londra muore confondendosi con il verde dei sobborghi occidentali. Di tanto in tanto, mentre attende, il toscano si caccia nel naso una presa di tabacco. Massima prudenza, ha raccomandato.

– Non fatevela sfuggire. Immobilizzatela. Avvolgetela nel tappeto e portatela via di corsa. E non guardatela negli occhi, per nessuna ragione!

– Oh, l'italiano ha paura! Che ti pensi, che è una strega?

Non sanno quanto sono vicini alla verità, i bravi ragazzi. Non immaginano nemmeno quanti guai può procurare quella puttana muta. In ogni caso, l'affare per lui si chiude qua. Ne ha abbastanza di Turrey, della sua faccia deforme e della sua lurida vendetta. Ha spremuto quanto ha potuto, e ne ha quanto avanza per tornare in Italia da gran signore. Che lui sappia, in Italia non è ricercato. Il suo debito con la giustizia l'ha pagato in Inghilterra, e basta e avanza non per una, ma per due, tre vite. E poi l'Italia è la sua terra. Lui è di Carrara. Ha nostalgia delle Apuane e del litorale di Versilia, dei rudi scherzi dei cavatori, del dolce accento delle sue terre. Tornare, e da signore. Trovarsi una donna, smettere di lavorare, oppure limitarsi al minimo indispensabile, un colpettino qua e là. Ogni tanto, alla bisogna.

Un tenue fischio di segnalazione, passi ansimanti che sprofondano nell'erba che si viene coprendo della guazza notturna, i ragazzi tornano reggendo il pesante bottino. Sono quasi all'uscita quando parte un concerto di belati. Gli uomini si agitano, il tappeto, col suo prezioso carico, quasi sfugge loro di mano. Lo sgomento delle bestie sembra averli contagiati. È il contagio della Striga, ovvio. Persino Lussardi, che credeva di esserne immune, prova per un istante un brivido di terrore arcano.

– Aprite la stalla. Lasciatele libere. Si calmeranno.

Gli uomini rifiutano di obbedire. I belati crescono d'intensità, accompagnati da uno stridere di corna, dal battito furioso degli zoccoli. Lussardi corre verso la stalla, armeggia col palo, spalanca il cancello. Le bestie lo investono con la loro foga puzzolente. È costretto a scansarsi per non essere travolto. Gli uomini, intanto, hanno caricato Striga sulla carrozza. Lussardi li raggiunge ansimando. Alle sue spalle, il concerto s'è placato. Solo un irco testardo si ostina ancora a ululare il suo disappunto alla luna di mezzo agosto.

– Via, via! – comanda il toscano. Via da questa storia, via da questa città maledetta, via a incassare, e poi a casa, nella bella e amata Italia. A godere.

Quando riprende conoscenza, Striga crede sulle prime che l'abbiano riportata alla grotta di Calabria, dove tanti anni prima tutto era cominciato. Lo stesso odore di umido, lo stesso freddo che penetra nelle ossa. Ma lentamente, impercettibilmente, un altro odore, piú dolce e nello stesso tempo aggressivo, si impone. Odore d'incenso. Striga si guarda intorno, e la sua mente inquadra rapida le dimensioni dell'ambiente. L'hanno chiusa in una gabbia. Sedici sbarre per ogni lato. Una bacinella con dell'acqua in un angolo, un'altra, forse per il cibo ma vuota, accanto alla prima. La gabbia è al centro di una cantina, torce proiettano sulle pareti incerti guizzi di fiamma. Ogni parete ha sessantaquattro pietre perfettamente squadrate. L'odore dell'incenso viene da otto catini dove brucia la sostanza. Sono posti sul pavimento, fatto della stessa quadratura petrosa. Centoventotto massi. Poi il suo sguardo si posa sull'uomo. Siede su una poltrona di velluto rosso. È in penombra. Ansima. Metà del volto è coperto da una maschera di ferro.

– Chi sei? Perché mi hai portato qui? Che cosa vuoi da me?

L'uomo non dà segno d'intendere il linguaggio dei sordomuti. Striga impugna le sbarre, cerca di scuoterle. Sono solide, resistono. L'uomo si alza. Cammina a fatica, trascinando la parte sinistra del corpo come un peso inerte. Si blocca a due passi dalla gabbia. Striga cerca i suoi occhi. L'uomo sostiene lo sguardo. Striga legge malvagità. Quell'uomo non ha paura di lei, quell'uomo non teme il suo sguardo, quell'uomo è ormai al di là di ogni limite. Lui riprende ad avanzare. La porta della gabbia si apre. Striga serra i pugni. Il primo colpo la prende alla testa. Viene sbattuta contro la parete, cerca di rialzarsi, arriva un secondo colpo, poi un terzo. L'uomo è sopra di lei. Striga accenna mugolando la vecchia canzoncina, quattro zampe ha ogni capra, quattro i capretti...

Accolta dalla quiete di una scena di pace campestre, lady Violet scambia con Tabitha uno sguardo interrogativo. L'indiana si stringe nelle spalle. La casa di Striga è in ordine, le bestie pascolano serene, i cuccioli cercano con rapidi colpetti del muso le mammelle materne. Striga è uscita, strano, Violet sa con quanta ansia attende la lettera di Terra di Nessuno. La cercano per il resto del giorno, invano. Né Mario né Lorenzo né i ragazzi della scuola hanno piú notizie di lei. Capiscono, o credono di capire, che Striga è partita. Non ce l'ha fatta a reggere il peso dell'attesa. Striga è partita. Lady Violet rilegge la lettera di Terra: non venire per nessun motivo, non voglio che tu mi veda in questo stato, non voglio che, se dovesse succedere, non voglio che tu veda la mia testa spappolata da un colpo di fucile. Ma Striga è partita. Tabitha accende una *puja* a Shiva, il signore dei mutamenti, e posa una mano sulla spalla di lady Violet.

Yorkshire, agosto 1857

Lord Chatam è a un bivio. Da un lato il sole, dall'altro l'abisso. Uno stupido ragazzotto ha consegnato a Clarence il biglietto di Turrey: ho la Striga, ti aspetto a Londra, tu per lei. Che primitivo gusto letterario, e che rozza grafia!

Sette anni dopo la salutare lezione, il buon vecchio Cranio Marcio si riaffaccia alla scena. Peccato non aver completato la punizione. D'altronde, a ben vedere, è storia vecchia. Che interesse può ancora avere per lui la Striga?

Sotto lo sguardo vacuo di Clarence, lord Chatam appallottola il biglietto e lo getta via. Troppo tardi, Striga, troppo tardi. Clarence resta a fissarlo, inespressivo, immobile.

– Che c'è? Che hai da guardare? Questa storia ha smesso di appassionarmi da anni.

– Non ho detto niente, my lord.

– E non hai nemmeno pensato niente, vero, Clarence?

– La vostra parola è legge, my lord.

Clarence s'inchina, volta le spalle, si ritira, curvo di anni, l'andatura ingobbita. Clarence lo ha giudicato. Giudicato e condannato. Lord Chatam cerca conforto nell'oppio e nell'alcol. L'oppio ha un sapore disgustoso, l'assenzio gli va per traverso, provocando un accesso incontrollabile di tosse. Lord Chatam suda, ed è normale, data la stagione. Ma lord Chatam prova brividi di freddo, e questo non è normale, perché il sudore non si ferma, zampilla come da una fontana, ma i brividi crescono, e lord Chatam si ritrova a fissare nello specchio il suo volto pallido, disseminato di rughe e foruncoli, le mani che non riescono ad arrestare un insensato tremore. Come allora, pensa lord Chatam, come quando avevo il collo rotto... lei mi chiama e io devo decidere. Di qua il sole, di là l'abisso. Clarence ricompare, l'aria assente di sempre.

– È arrivata la nuova ragazza, my lord.

Lord Chatam dovrebbe ordinare di introdurla, poi osservarla, annusarla per decidere se è necessario un bagno o se preferisce il suo odore naturale. Contadine e pastorelle ne hanno uno inconfondibile, muschiato, a mezzo fra la bestia e la paglia, le operaie sanno di fuliggine e sudore, a volte la mistura è gradevole, altre volte eccessivamente aspra. Poi dovrà contrattare il prezzo della prestazione, scortare la prescelta in camera da letto, optare, strada facendo, tra il frustino e il fallo crestato di caucciú strappato a suon di sovrane d'oro alla collezione di un noto *connoisseur*. Si limita a un rantolo che muore sulle sue labbra secche.

– Mandala via.

– Già fatto, my lord.

– Preparami la carrozza.

– È pronta, my lord.

Favignana, agosto 1857

All'ora d'aria, due guardie affiancano Terra, lo separano dai compagni e lo portano di peso nell'ufficio della matricola, dove lo attende, seduto al posto del direttore, Totò 'o Meschiniello, la faccia che s'intuisce scura dietro il mellifluo rispetto di circostanza.

– Trasite, 'on Terra 'e Nisciuno, assettàteve! Gradite nu poco di latte di mandorla?

Terra declina l'offerta con un cenno del capo e resta in piedi, vigile.

– Come volete, – concede il camorrista, tracannando una bicchierata del denso liquido bianco.

Restano a fissarsi per un po', finché il camorrista non decide di rompere il silenzio.

– 'on Terra, com'aggia fa' cu vuje?

– Ve l'ho già detto. Lasciatemi perdere.

– E come si fa? Vuje mi site debitore…

– Mi sono già offerto di ripagarvi, ma voi avete rifiutato.

– E si capisce, si capisce!

– Non vi capisco.

– 'A faccia! – proclama teatralmente 'o Meschiniello, schiaffeggiandosi il volto. – Chesta ccà! Mo', – aggiunge, sporgendosi sulla scrivania del direttore, tono serio, corrucciato, – voi mi state facendo perdere la faccia! Perché rifiutate l'aiuto che vi offro?

– Ve l'ho già spiegato, don Totò. Voi e io siamo due cose diverse, apparteniamo a due mondi diversi. Voi siete un uomo della vostra società, e io un soldato.

– Ma 'o barone Pisacane che voi rimpiangete sempre, scusate, per fare la sua rivoluzione ai fratelli miei s'è appoggiato... o mi sbaglio?

– No, non vi sbagliate. Ma abbiamo visto tutti e due com'è andata a finire.

– E quante storie! Simme ommene... Vuje site ommo, e pur'io song' ommo! O no?

– Questo nessuno lo contesta, don Totò. Solo che non posso accettare favori mentre i miei compagni sono in catene.

– Vabbuo'. Non volete capire. Jatevenne!

E don Totò, con un comando che sa di ruggito, chiama le guardie e riconsegna il prigioniero, poi si finisce la brocca di latte di mandorla e si consegna alle piú nere riflessioni. Brutto affare, brutto affare. Da un punto di vista, 'o sardagnuolo merita rispetto, perché è fedele alla sua società. Però, nu mumento! Ci sta Società e società. Chella d'o sardagnuolo è società politica, e tutte le società politiche sono società 'e niente, società 'e signure, società in fallimento permanente... Se si trovava al posto del sardo, lui, don Totò, il privilegio se lo prendeva tutto, perché accussí se porta 'n ommo vero.

Ma a parte questo, ce sta sempe 'a faccia!

Don Totò è garante di un accordo fra 'o Masto e il siciliano monco. Una specie di ministro degli Esteri della Camorra in terra di Società siciliana. È stato deciso che il sardagnuolo si fa la sua santa galera, finché dura. Ora, riflette don Totò, l'accordo può saltare: se al Masto gli girano, o se il Monco fa qualche sgarro. E allora, pace. Ma finché questo non accade, don Totò è tenuto ad assicurare il privilegio. E siccome non s'è mai visto un privilegiato che rifiuta il privilegio, l'affare è brutto assai.

Che fare? Si può ricorrere a una soluzione radicale. Niente sammartino però, niente coltello. Un incidente, ecco, sí, un bell'incidente. 'E surice, le guardie, sono maestre d'incidenti. 'O sardagnuolo cade dalle scale, si scassa 'a capa e rende prematuramente l'anima al Creatore. Magari era ubriaco, ha perso l'equilibrio, eh, sí, sí, è proprio cosí che è andata... E poi 'o Masto ci dovrebbe credere? Sí, se gli fa comodo credere. E se non gli fa comodo, la volta appresso si sa già a chi tocca 'a cagliosa, il colpo fatale: a don Totò, 'o garante ca nun preggiàie nu cazzo. Perciò, niente soluzione radicale. Brutto guaio, brutto guaio!

Il direttore bussa sommessamente alla porta.

– Ci starebbero certe carte da firmare, don Totò, avrei bisogno della mia scrivania...

Il camorrista si alza con fare indolente, squadra dall'alto in basso quel miserabile che s'è venduto la sua autorità di carta in cambio di un meschino obolo mensile, e si avvia senza degnarlo d'un saluto alla sua galera.

– Don Totò, scusate...

– Che volete ancora?

– Con quel politico che si fa? Continua a rifiutare il sopravvitto e ha preteso che gli rimettessimo le catene.

Il camorrista allarga le braccia. Speriamo che non vincano mai, 'sti rivoluzionari, o veramente l'ordine costituito andrà a farsi fottere.

– Facite ammuina, – ordina don Totò, folgorato da un'ispirazione, – mettetelo da solo, separatelo dagli altri, domani tenetelo a digiuno, e 'o juorno appresso portategli 'na bella gallina... Facite rummore stanotte e silenzio dimane.

– E secondo voi funzionerà?

– E chi 'o sape?

E cosí la notte si fa rumore. Ma cosí tanto di quel rumore che persino il pesantissimo sonno di don Totò ne viene disturbato. Il camorrista picchia sulle sbarre della cella e richiama le guardie. Il piantone accorre premuroso.

– E che d'è 'stu vurdiello?

– Sono i politici, don Totò. Hanno inscenato una protesta…

– E sai la novità!

– Ma questa volta è diverso.

– E pecché, che è succiesso stavòta?

– È uscita la sentenza. Tutti condannati a morte!

– Grazie, guaglio'. Comme te chiamme?

– Castaldo Pasquale, di Afragola, per servirvi, don Totò.

– Bravo, bravo. Domani passa dal camorrista di giornata e portagli i miei saluti. Lui saprà ricompensarti.

Don Totò torna a dormire, rasserenato, cullato dai ringraziamenti del piantone e dal pensiero del gran culo che lo assiste. Condannati a morte. L'accordo salta per cause di forza maggiore. I' aggio fatto tutto chello ca putevo, reverendissimo Masto, e mo' nun m'abbuffate cchiú 'a uàllera!

Londra, agosto 1857

Rosie Wexingham è di pessimo umore. Marie-France, una stupida *grignotte*, una creola haitiana impastata di superstizioni selvagge, minaccia di raccontare alla polizia che nel *dungeon* tengono segregata una donna contro la sua volontà.

– E tu come fai a saperlo?

– Ci sono stata.

– È vietato!

– Ci sono stata perché lei mi ha chiamato.

– Ma se è muta!

– Mi ha chiamato con la mente.

– Quanto oppio hai fumato stamattina, Marie-France?

– Devi lasciarla andare, miss Rosie. O lei ti porterà alla morte.

– Tu hai le rotelle fuori posto, Marie-France.

– È una mambo, signora, una mambo di Ogun. Non puoi tenerla prigioniera. Lasciala andare, o ci ucciderà tutte!

Le è costato un bel po' di sovrane liberarsi di quella rompiscatole. Denaro di lord Turrey, d'accordo, ma la storia assume proporzioni inquietanti. Si era parlato di due, tre giorni al massimo, e la prigionia va avanti da oltre una settimana. Poi, cosí come è venuto a saperlo Marie-France, anche qualche altra ragazza o, Dio non voglia, qualche ospite di riguardo potrebbe capitare nel *dungeon*. Se la notizia dovesse trapelare, sarebbe la fine per Rosie Wexingham. Le leggi sono severissime, nella libera Britannia. Come le ha spiegato una volta un deputato *whig* in vena di confidenze, la schiavitú è ammessa per gli indiani, i proletari e i negri d'America, ma vietata per le puttane. Se la notizia dovesse trapelare, i potenti che hanno fatto prosperare il bordello la mollerebbero subito. E Rosie Wexingham si ritroverebbe sulla strada. Quella vera. Questo è il problema. Il destino di quella stupida vacca italiana sulla quale Turrey sfoga la sua rabbia di mezzo impotente e deforme non conta niente per Rosie. Perciò ha deciso di affrontare lord Turrey. La sera stessa. Rilancerà. Se Turrey ha tanto a cuore questa storia, non farà obiezioni. Il rischio ha un prezzo. Rosie Wexingham ha adocchiato una proprietà a Eastbourne. La porterà in dote a un qualche baronetto spiantato che, in cambio, la onorerà del proprio titolo. Madame Rosie, baronessa di Sangue del Diavolo di Vattelappesca. Rosie Wexingham scende la scalinata che conduce all'atrio, saluta Percy, la guardia del corpo, e si avvia alla carrozza, che attende a pochi passi dal portone discreto di Mayfair.

Favignana, agosto 1857

È finita che 'o Re ci ha ripensato e ha dato la grazia ai condannati a morte. Non la grazia proprio proprio, ché se cosí fosse, i problemi di don Totò 'o Meschiniello sarebbero finiti, ma 'na miezza grazia: vale a dire che la pena capitale è commutata in ergastolo a vita.

– E restano accà, alla Favignana? – s'informa inquieto dal direttore.

– A quanto pare sí.

Mannaggia 'a morte! Ma che re è chesto, ca si rimangia la parola? Li hai mandati alla forca, e appiènnile, no? Oppure falli fucilare, basta ca l'accide! Che cazzo so' 'sti ripensamenti? Solo i cornuti tornano sui propri passi. Nu re ca cagna parola è comm'a nu santo ca nun face cchiú miracoli, comm'a 'na femmena ca se mette dint'a capa 'e studia' da dottore, comm' nu sgarrista ca se crede Masto. 'O Re diventa buono! Ma che sfaccimme! Nu re buono è contro l'ordine del mondo, perciò nu re buono è nu re muorto. E il problema del privilegio del sardagnuolo rivive. Totò convoca Salvo Matranga e gli espone il caso.

– Ma don Salvo... si può aiutare chi se ne fotte del tuo aiuto?

Salvo Matranga pensa che il sardo sarebbe un eccellente Uomo nella Società degli Uomini. Leale, sprezzante del pericolo, coraggioso... Bravo, bravo picciotto. Se don Michele può contare su un certo numero di valorosi di tal fatta, allora la causa è destinata a prevalere.

– Ma che cosa chiede in fondo don Totò? Che anche gli altri abbiano lo stesso trattamento.

– E sí, e mo' 'a galera addeventa 'a reggia 'e Caserta!

– Abbiamo fatto un accordo, non dimenticatelo.

– Un accordo per uno, mica pe' tutti i socialisti del Regno di Napoli.

– Dove si è fatto per uno, si può fare per tutti.

– Ma non è in mio potere, e vuje 'o sapite.

– E voi diteci questo al Masto: diteci che quelli che oggi sono banditi, domani potranno diventare ministri. Fate un tentativo.

Banditi che diventano ministri! O è una follia, pensa 'o Masto quando gli viene recapitato il nuovo messaggio dalla Favignana, o i siciliani sanno qualcosa che noi non sappiamo... E allora chesta nun è follia, ma profezia. 'O Masto si prende due giorni per decidere, e poi decreta: fate, ma fate politicamente. E al messaggio allega istruzioni dettagliate.

Don Totò recepisce, interpreta, si consulta con il direttore e finalmente, l'ultimo giorno del mese, fa il suo ingresso trionfale nella camerata dei politici. Lo scortano il camorrista di giornata e tre cumparielli di infimo rango con le braccia cariche di cestini colmi di ogni ben di Dio.

– È festa, guagliu'! – proclama il capobastone, mentre i cumparielli depongono sulla tavolata corde di salame, taralli, pagnotte, pezze di cacio, barattoli di olive passuluna, fichi e fiaschi di vino.

I compagni fissano Terra di Nessuno, perplessi. Le guardie si eclissano, tirandosi alle spalle il pesante cancello.

– Su, che aspettate? È tutta roba di prima qualità! – esorta 'o Meschiniello.

Terra, con un gesto deciso, ferma i compagni, che hanno gli occhi già accesi, e trascinando le gambe legate dalla catena affronta il camorrista.

– Vi avevo detto che non voglio favoritismi. Senza offesa, riprendetevi la vostra roba.

– Niente favoritismi. Questa è roba di tutti. Su, servitevi...

Poi prende in disparte Terra di Nessuno e gli spiega – sono parole suggerite dal Masto, che Totò ha imparato a memoria e riporta con aria solenne – che la sua dedizione alla causa ha «profontamente impressiunate» 'o Masto, che ha deciso «pertando» un nuovo accordo. Cioè, lo stesso di prima, ma esteso a tutti.

– Chesta è pe' vuje, – conclude, consegnando a Terra di Nessuno il biglietto di lady Violet che annuncia l'imminente visita della Striga.

E mentre Terra legge e rilegge quelle poche parole appassionate, mentre i compagni si avventano sulle vettovaglie, don Totò si complimenta con sé stesso e col Masto, e loda silenziosamente la grandezza di Mamma Camorra. Perché 'o giacubine se vòle sèntere uguale agli altri, e noi ce lo facciamo sentire, uguale agli altri. Quanto a esserlo, quella è un'altra storia. Importante è che la vita possa riprendere ordinata. Ringraziando Iddio e 'o Masto, che per gli sbirri è un'ira di Dio, ma nei cuori semplici dei camorristi siede sullo stesso gradino del Padreterno.

Londra, agosto 1857

Lavorare come uomo di fiducia nel piú famoso bordello di Londra ha i suoi pro e i suoi contro. I contro vengono tutti dalle ragazze: ora ciarliere e sovraeccitate, ora depresse e taciturne, sempre lunatiche, invidiose l'una dell'altra, competitive all'eccesso, orgogliose della propria abilità nell'arte di Venere, insomma, donne. I pro si chiamano sesso gratis, un bel pacco di quattrini a settimana, protezione altolocata che emenda certi peccati di gioventú e, naturalmente, Rosie Wexingham. Una brava padrona, generosa, puntuale nei pagamenti, mai eccessiva nelle pretese e talora prodiga di deliziosi lavoretti di bocca. Percy non ha di che lamentarsi: fra i compagni di gioventú c'è chi ha fatto una fine molto peggiore della sua e adesso aspetta l'ultima alba a Newgate, mentre lui deve solo eseguire gli ordini e non fare troppe domande. Perciò, rapidamente, come gli è stato ordinato da Rosie in persona, Percy licenzia le ragazze, sorprese e irritate di essere sbattute fuori di casa sul fare della notte, e rimborsa i clienti indignati per l'improvvisa serrata del piacere.

– Sorry, sir. Questa notte si chiude prima. Una festa privata... – ripete a tutti.

Rosie lo accoglie nel suo boudoir, in compagnia di tre uomini. Uno è Wesley, il segretario dello storpio Turrey, quello che tiene una schiava nel *dungeon*: presenza ingombrante, Percy si augura che quella storia finisca quanto prima. Il secondo è un gentiluomo attempato, decisamente elegante, un damerino vestito all'ultima moda. Faccia nota, che però Percy non riesce ad associare a un nome. Forse un cliente che non si faceva vivo da tempo, forse uno di quei provinciali che si concedono, di tanto in tanto, una costosa evasione londinese. Il terzo uomo ha i capelli rasati a zero e l'aria stolida del forzato evaso dal bagno penale.

– Fatto, – annuncia Percy.

– Puoi andare, – ordina Rosie, la voce atona.

Percy è perplesso. C'è qualcosa di strano fra quei quattro. Qualcosa che non lo convince.

– Sei sicura che vada tutto bene? – sussurra passando accanto a Rosie, cercando di non farsi sentire dagli altri.

– Va tutto benissimo, buonanotte, – replica lei, sullo stesso tono piatto di prima.

Percy si avvia all'uscita, deciso a restare nei paraggi, pronto a intervenire se necessario. È quasi arrivato all'ingresso quando la prima coltellata lo prende alla schiena. Riesce appena a voltarsi, e il secondo colpo gli spacca il cuore.

Mallory, un mozzaorecchi irlandese ingaggiato con la promessa di un passaporto falso e di trecento sterline, rientra asciugandosi il coltello su una manica. Rosie si prende la testa fra le mani. Lord Chatam fa un cenno a Wesley.

– Va' a prendermi Cranio Marcio.

Wesley si precipita. Mallory lo segue. È costato mille sterline, Wesley, piú un appezzamento nel Sussex. Caro prezzo, ma senza di lui lord Chatam non avrebbe mai saputo dove Turrey nascondeva la Striga.

Rosie è terrorizzata.

– Chatam…

– Sí, mia cara?

– Ma che ti aveva fatto Percy? Perché l'hai ucciso?

– Che domanda sciocca! A me piace infliggere sofferenza ai miei simili…

– Prenditi quella maledetta strega e portatela via! Lasciami andare. Sparirò da Londra, me ne andrò per sempre, non sentirai mai piú parlare di me…

– Avrei dovuto lasciarti al boia, dolcezza…

– Chatam, per amor di Dio…

– Portami da lei, su. Questa attesa mi infastidisce.

Mentre si avvicinano al *dungeon*, lord Chatam si sforza di dominare l'emozione che lo devasta. Che una mano di calce bianca cancelli tutto ciò che sono stato e tutto ciò che sono, prega, che da questa notte cominci la mia nuova vita. Che la volontà del destino si compia.

Rosie apre con una piccola chiave. Lord Chatam, con un sospiro, varca la soglia.

Striga ha avvertito la sua presenza prima ancora di vederlo. Scuote le sbarre della gabbia con la poca forza che le è rimasta. Una donna accende le torce alle pareti. Lord Chatam si ferma accanto a lei. Poi fissa la Striga. Striga è investita da un'ondata di gelo. Le mani si staccano dalle sbarre.

– No, – digita furiosamente, – non farlo, ti prego, non farlo…

Lord Chatam fa segno di no. No, Striga. Poi, con gesto fulmineo, afferra la testa della donna e la fa ruotare su sé stessa. Si avverte uno schiocco secco. La donna si affloscia, cade, il corpo grottescamente disarticolato. Striga piange. Il soffio del male la schianta con il suo furore insopportabile. Lord Chatam avanza a passi calmi, fa scattare la serratura, si avvicina per abbracciarla. Striga si stringe sul fondo della gabbia, fugge da lui, fugge dal suo salvatore, gli occhi inondati di lacrime, quattro zampe ha ogni capra, quattro i capretti…

La voce di lord Chatam è un lamento flebile ma deciso.

– Andava fatto. Devi capire!

Ma Striga non vuole capire. Eppure, le mani di lord Chatam sono calde, e le sue carezze quelle del padre che non ha mai conosciuto, dell'amico che non può farti del male. Lord Chatam canta *Greensleeves*. Parla di valli antiche, di dame e cavalieri, di un amore perduto, del rimpianto del passato. Ma sulla bocca di Chatam quei versi disperati sanno di caldo e di buono. E Striga sente scendere sul cuore un senso di pace. Lord Chatam percorre le sue costole incavate, deterge le lacrime dal suo volto smagrito. Striga, che ti hanno fatto, Striga, questo mondo è pensato per quelli come me, e quelle come te sono le nostre vittime, questa è la mia colpa, Striga, e questa la mia grandezza, io ho invertito il destino della vittima e quello del carnefice, Striga, una complicità ci lega, non siamo niente l'uno senza l'altra… È cosí che li trovano Mallory e Wesley quando trascinano nel *dungeon* Turrey, piú morto che vivo, coperto di bava, il viso tracciato da solchi di sangue. Lord Chatam non degna d'uno sguardo il suo vecchio nemico. Si leva la giacca e la posa sulle spalle della Striga.

– Vieni. Prenderemo la mia carrozza. È finita, Striga, tutto è finito.

Lei lascia fare. Non piange piú. Il soffio del male c'è ancora, ma è mutato il suo senso, è mutata la sua cifra. I segni s'invertono, la dissonanza si fa armonia, una nuova, piú complessa visione dell'ordine dei numeri si afferma nella sua anima. Lord Chatam la prende in braccio, la conduce verso la libertà mentre alle sue spalle si perdono le grida disperate di Turrey. Mallory e Wesley hanno ricevuto ordini precisi. Cranio Marcio sarà legato e imbavagliato all'interno della gabbia. Il bordello sarà distrutto e dato alle fiamme. Lord Chatam porta Striga nella sua antica casa londinese. Clarence prepara un brodo bollente e un bagno caldo. Domani parleremo, domani progetteremo il futuro, il mio, il tuo, quello del tuo amore, quello di tutte le cifre spaiate di questo universo incomprensibile… Io sono un uomo posseduto dal Male, e mai riuscirò a liberarmene. Ma farò del Male che mi possiede uno strumento di redenzione. E la violenza sarà il mio braccio armato. Domani, domani…

E nel cuore di quella stessa notte, che prima, nella sua vita nera, si annunciava carica di un'inattesa speranza, lord Chatam passa quietamente dal sonno alla morte.

Isola di Favignana, Natale 1857

Alla fine dell'ora d'aria, mentre si prepara a tornare nella camerata coi suoi compagni, due sorveglianti affiancano Terra di Nessuno e gli ordinano di seguirli. Lui accenna una protesta. I sorveglianti si scambiano un'occhiata divertita, poi, a spinte e smanacciate, lo indirizzano verso la porticina che mena agli uffici del carcere. Terra si volta a guardare i suoi. Legge nei loro sguardi la stessa muta domanda, lo stesso insidioso sospetto. Non dipende da me, non ne so niente, vorrebbe urlare, ma i sorveglianti hanno perso la pazienza e con un calcio ben assestato gli fanno varcare la soglia, e la porticina si richiude alle sue spalle. Intrappolato fra i guardiani, sale due piani di una stretta scalinata, attraversa un corridoio che gli pare interminabile e, alla fine, si ritrova negli appartamenti del direttore. I suoi accompagnatori gli indicano una tinozza colma di acqua fumante.

– È pe' vuje.

– Faciteve nu bagno, ca fetete comm'a 'na latrina!

Si spoglia, ancora incredulo, davanti ai loro sguardi impassibili, e si immerge nell'acqua che sa di limone. Per un istante chiude gli occhi, assaporando la gioia incredibile del liquido che lava le croste di mesi di carcere, felice e ignaro come un bambino. Poi di colpo si scuote. Che cosa significa tutto questo? Che senso ha questo trattamento speciale? Lui non vuole privilegi, sono mesi che l'ha messo in chiaro con

Totò e gli altri camorristi. Finché si tratta di scambiare messaggi con i comitati rivoluzionari, è cosa che riguarda il bene comune, e l'accordo può reggere. Ma questo… questo è troppo. Si alza di scatto, nudo com'è esce dalla vasca e affronta i guardiani.

– Che significa? Che volete da me?

– Vuje facite troppe domande, – sibila annoiato uno dei due.

L'altro gli getta ai piedi un pacco.

– So' vestiti, vestiti nuovi. Metteteveli, ché siete atteso.

– Ah, sono atteso? E da chi? Da Sua Maestà Re Bomba? Andate al diavolo, voi e i vostri vestiti!

– Siete un uomo fortunato, voi.

– Già, tenite culo. Ma cercate di non esagerare, signuri'!

Con un'ultima occhiata e un'alzata di spalle, gli sbirri decidono di averne abbastanza e se ne escono, lasciandolo solo, coperto di schiuma, infreddolito. Terra si asciuga come può e indossa i suoi vecchi panni incrostati di sporcizia e sudore. Tenta la porta, è chiusa. La prende a calci urlando bestemmie, finché qualcuno dall'altra parte non fa scattare la serratura. Terra indietreggia, pronto a combattere. Compare don Totò 'o Meschiniello, la faccia gaia, le mani giunte come in preghiera.

– Ma scusate… Io vi porto 'o riàlo 'e Natale e vuje facite tutta 'st'ammuina!

Il camorrista si scosta. Dietro di lui si affaccia Salvo, il monco.

– Siete pronto?

– Ma pronto a che? – insorge Terra, però meno aggressivo, piú gentile.

Il siciliano si acciglia.

– E non vi hanno detto niente? – trasecola, fulminando con un'occhiataccia il camorrista, che si stringe nelle spalle.

– Vuliva essere 'na maraviglia!

E poi appare Striga. Terra vacilla. Fatica ad articolare un singolo suono, le orecchie prendono a ronzare, deve appoggiarsi alla parete per non crollare. Striga, Striga! Il siciliano scambia un cenno con il camorrista. I due si ritirano. Striga avanza verso di lui. Terra ha un improvviso pudore di abbracciarla. Teme che il contatto con il suo corpo provato dalla galera, l'odore dei vestiti, la faccia ispida la respingano. Striga gli prende le mani fra le sue, se le passa sul viso, poi depone un bacio sulle sue palpebre.

– Ora capisco veramente chi sei e ora so veramente chi sono, – dicono le sue mani.

Restano cosí, mani nelle mani, a capo chino, gli occhi chiusi, come usavano fare in certi pomeriggi in cui non c'era bisogno di parole. Poi siedono l'una accanto all'altro. Restano cosí, passandosi il reciproco calore, finché non bussano discretamente alla porta, e il siciliano, con l'aria desolata, annuncia che il colloquio è terminato. Striga si alza e segue docile il monco. Quand'è sulla soglia, si volta e gli regala il suo sorriso. Tornano le guardie, e con loro don Totò.

– Stasera siete ospite mio personale! – proclama il camorrista, allontanando gli sbirri che cercano di afferrare Terra.

Londra, 17 gennaio 1858

Molto prima che vi pervengano queste righe il telegrafo vi avrà annunziato in che modo miracoloso la divina provvidenza che regge i destini dei popoli, preservando ieri sera la vita di Napoleone III da infernale attentato, abbia rimosso dalla Francia e dall'Europa intera una tremenda catastrofe. Quello però che il telegrafo non giunse a poter trasmettervi è il quadro commovente che dalle 9 di ieri sera fino ad un'ora dopo la mezzanotte offriva ieri la nostra capitale. Essendosi la nuova dell'esecrabile misfatto propagata con la rapidità del baleno per tutta Parigi, si videro a un tratto vuotarsi tutti i teatri, sospendere tutte le veglie e le brigate, abbandonare i caffè e i divertimenti pubblici per iscendere sulla via ed accorrere presso il Boulevard des Italiens, presso cui sorge l'Accademia imperiale di musica, ossia l'opera francese. In mezzo alla densa folla stipata sui boulevard non udivasi dapprima che l'ansiosa domanda: «Est-ce qu'il est arrivée quelque chose à l'Empereur?» Alla risposta negativa, ognuno a benedire il cielo ed effondersi in imprecazioni contro i ciechi e vili strumenti della società regicida, che formatasi dalla feccia degli emigrati politici di ogni nazione risiede a Londra, e mentre cerca di estendere le sue tenebrose trame contro tutti i troni d'Europa, perseguita principalmente del suo implacabile odio l'Imperatore dei francesi, divenuto la pietra angolare dell'ordine sociale.

Erano circa le 8 e 30. Passando sul Boulevard des Italiens mi soffermai per caso con un amico sull'angolo della Rue Lepelletier, la quale conduce all'Accademia imperiale dell'opera, posta alla distanza di circa cento passi dal *Café Riche*, dinanzi al quale rimasi confabulando con un amico. Vidi benissimo giungere la carrozza, in cui le due Maestà imperiali, seguite da un drappello di lancieri della guardia imperiale, recavansi all'opera per assistere alla serata a beneficio del baritono Massol, il quale ritirasi dalle scene. Una delle principali attrattive dello spettacolo era l'esimia Ristori, che aveva acconsentito a rappresentare gratuitamente la *Maria Stuarda*. La piú scelta società di Parigi riempiva tutti i palchetti, tanto piú che sapevasi avere le LL. MM. deciso d'udire e di applaudire nella dolce lingua del Tasso l'incomparabile artista dell'età nostra. Come suolsi fare ogni qual volta l'Imperatore onora di sua presenza l'opera, l'ingresso della Rue Lepelletier era illuminato da due candelabri a forma di piramidi composte da infinità di fiammelle a gas, cifrate in cima nel nome di Sua Maestà e con suvvi all'ingiro la corona imperiale. Quand'ecco le fiammelle di gas estinguersi a un tratto e tutta la Rue Lepelletier compresa la facciata esterna dell'Accademia rimanere nel buio. Nel medesimo tempo due violente esplosioni simili a scoppio di mortaretti s'intendono, ed alle quali coll'intervallo di circa un minuto tien dietro una terza ancora piú gagliarda. Al primo momento vedendosi spegnere il gas lungo tutte le case, ognuno s'avvisa provenire la triplice detonazione da qualche fessura dei tubi gasiferi. Ma in meno di tre minuti il gas è riacceso per ogni dove mercé la sollecitudine dei pompieri di guardia ed allora un tremendo spettacolo non lascia piú dubitare dell'infame attentato contro la vita dell'Imperatore. L'Imperatrice ebbe il vestito asperso di sangue (proveniente, come tosto verificossi, dalla ferita del generale Roguet, il quale sedeva nella carrozza delle Reali Maestà sul davanti in faccia all'Imperatore); l'Imperatore egli stesso ebbe sulla guancia destra una scalfittura dalla quale spuntavano alcune goccie di sangue, il suo cappello era perforato come da una palla di archibugio. Giacevano a terra due lancieri della guardia imperiale, gravemente feriti; due lacchè dell'Imperatore e circa una cinquantina di altre persone, che trovavansi presso la carrozza imperiale, furono piú o meno gravemente feriti. Un cavallo della carrozza di S. M. rimase ucciso sul colpo, e la carrozza, il cui timone spezzossi, era sforacchiata in diverse parti. Tutte le invetriate del vestibolo del teatro andarono in pezzi ed il portico coperto che forma l'entrata principale vedevasi guasto come se la mitraglia ne avesse lacerati i muri. Il suolo era coperto di proiettili acuminati, quali contengono le cosiddette bombe fulminanti. L'Imperatore, in questa terribile circostanza, spiegò tutta l'imperturbata sua calma e presenza di spirito. Dopo la seconda esplosione discese egli subito dalla carrozza, e prendendo l'Imperatrice per mano la fece smontare.

Lorenzo finí di leggere la corrispondenza della «Gazzetta di Milano» e si versò un goccio di assenzio. Tre giorni erano trascorsi dall'attentato di Parigi, e già la polizia francese aveva arrestato i responsabili: Felice Orsini e tre improvvisati compagni d'avventura, un medico lucchese, Pieri, un marinaio napoletano senza né arte né parte, Gomez, e un giovane nobile spiantato, Carlo di Rudio. Avevano usato bombe al fulminato di mercurio rinforzate con pezzi di ferro per esaltarne l'effetto devastante al momento dell'impatto. Le chiamavano già «bombe Orsini». Con un misto di ammirazione per il coraggio del rivoluzionario romagnolo, e di delusione per l'ennesimo fallimento del regicidio. Il bilancio ufficiale parlava di otto morti e oltre cento feriti, piú un numero imprecisato di cavalli e danni per milioni di franchi, tuttavia, a Lorenzo veniva da pensare «naturalmente», l'Imperatore era rimasto illeso. Non solo aveva assistito alla rappresentazione, ma poche ore dopo era comparso a un ballo a corte, accolto dalle ovazioni delle teste coronate d'Europa. Una fortuna sfacciata, contraria alle leggi del buon senso, proteggeva Napoleone III. O forse il destino, Dio o chi per lui, stava senza dubbio dalla parte dei potenti.

Vittorelli lo aveva redarguito. Vittorelli chiedeva prove per inchiodare Mazzini. «A costo di rendere testimonianza in prima persona e di bruciare la vostra copertura», recitava, con allarme, il dispaccio cifrato del suo attuale committente. Povero Vittorelli! C'era ben poco da sapere, e ancor meno da bruciare, in quella storia. C'era una sola spiegazione plausibile al silenzio della spia: la verità. E la verità era, anch'essa, una e una sola: Mazzini era estraneo all'attentato. Lorenzo poteva essere testimone diretto dello sgomento con cui il Maestro aveva accolto la notizia: quasi una crisi di nervi che solo il provvidenziale intervento delle sue premurose amiche inglesi era riuscito a placare.

No, Mazzini non c'entrava con quella storia. Chi ne sapeva qualcosa era forse Francesco Crispi. Solo lui aveva ancora rapporti con Orsini. Qualche mese prima Crispi aveva preso contatti con un operaio che progettava di minare le fondamenta di Notre-Dame durante la cerimonia per il battesimo del figlioletto di Napoleone III. Ma non se ne era fatto niente. Crispi era davvero coinvolto nell'attentato di Orsini? Non c'erano prove. E in piú, a Torino non sapevano che farsene di lui. Loro volevano la testa di Mazzini.

Lorenzo pagò l'assenzio e si avviò all'ufficio postale di Tottenham. «Serve tempo per ciò che chiedete», scrisse, asciutto, nel telegramma cifrato per Vittorelli. Ma non l'otterrete mai, aggiunse a mezza voce e a esclusivo beneficio di sé stesso. Perché la solitudine della spia gli impediva di condividere con chiunque l'intimo e perverso piacere che in quel momento provava.

Isola di Favignana, marzo 1858

Dalla notte di Natale, Terra era stato associato ai camorristi. Vedeva Striga una volta alla settimana. Viveva nell'attesa di quei brevi momenti. Nel resto del tempo, progettava la fuga. Il siciliano, al quale aveva chiesto aiuto, giudicava il progetto irrealizzabile. Ma doveva pur esistere il modo di fuggire dalla Favignana. Cinquant'anni prima c'erano riusciti dei vecchi carbonari. Perché lui non poteva farcela? Doveva lasciare quel carcere. Striga lo imponeva, Striga lo esigeva. Striga lo chiamava a sé. A sé e alla lotta.

Gli aveva raccontato il rapimento, la liberazione, la morte di lord Chatam. Gli aveva spiegato il senso del suo primo messaggio: anche la violenza ha il suo numero. La violenza è parte dell'ordine generale perché è parte di noi stessi, della nostra esistenza, della vita di ciascuno. Ora so, diceva la Striga, che la tua lotta non potrà mai farne a meno. E ora so che la tua lotta è anche la mia. E sarà violenta.

Terra aveva sondato con cautela i camorristi. Invano. Né don Totò né i suoi uomini erano interessati a una fuga. Vivevano il loro carcere quietamente, paghi del privilegio che consentiva loro di spadroneggiare sugli altri «comuni», leali all'accordo stipulato con Salvo, fiduciosi in un'amnistia. Il Re non era forse malato e, si diceva, prossimo alla morte? Bene. È tradizione che, morto un re, il successore si ingrazi la plebe con l'amnistia. Quindi, i camorristi aspettavano. Ma nessuna amnistia avrebbe mai rimesso in libertà i nemici giurati della monarchia. Perciò, lui e i suoi compagni non potevano aspettare. E lui, per giunta, era rimasto solo. Totò gli aveva assicurato che i compagni erano stati trasferiti in altre carceri.

– E qualcuno ha addimandato 'a 'razia a 'o Re.

– Questo non posso crederlo.

– E mica so' tutti capatosta comm'a vuje!

Totò era uno strano animale. Un misto di astuzia, fedeltà alle regole e spregiudicatezza. Ignorante come una capra, sapeva a malapena abborracciare quattro parole nel linguaggio cifrato della Camorra e dipendeva dal mitico Masto, il gran capo al quale aveva giurato obbedienza cieca «sino alla morte». O finché non gli fosse riuscito di prenderne il posto. E come lui, gli altri: non le belve assetate di sangue descritte dalla propaganda. Semmai, uomini come tanti, uomini i cui vizi e difetti, pregi e virtú erano enfatizzati dalla reclusione. Non animali di una diversa razza, ma nemmeno compagni sui quali contare nel momento del bisogno. Con uno di costoro, però, Terra aveva stretto un legame che poteva dirsi vicino all'amicizia. Si chiamava Gigginiello. Era basso e ricciuto. Un figlio dei quartieri spagnoli, sagace, brillante, generoso. A volte si vantava delle sue imprese, accoltellamenti, risse, furti, altre volte lo vedevi cupo, immerso in chissà quali livorosi rimuginamenti. La scintilla fra loro era scattata quando Gigginiello si era presentato da Terra e gli aveva chiesto licenza di preparargli la branda.

– Perché, pensi che non sono capace di farmi il letto da solo?

– È na comanda 'e don Totò. Scusatemi, ma vuje site ospite di riguardo, e io sono stato assignato a vuje.

– Be', ringrazia don Totò da parte mia, ma digli che qua siamo tutti uguali. Tutti prigionieri allo stesso modo.

– E quello, don Totò, a chesta lengua nunn'a capisce.

– Mi dispiace, ma neanche io capisco la vostra lingua.

Gigginiello ci aveva pensato un po' su, poi era tornato alla carica con una proposta di mediazione.

– Facciamo cosí: voi ci dite a don Totò che lo ringraziate, e che i' song' nu bravo guaglione… poi vi facite 'o lietto e tutto sta a posto.

Terra aveva accettato il compromesso. E Gigginiello gli aveva chiesto di insegnargli a leggere e a scrivere. Terra si era dedicato con passione al compito, inorgoglito dai progressi del suo vivacissimo allievo. Finché, una sera, Gigginiello non gli aveva chiesto di spiegargli in due parole perché uno come lui, nu surdato, nu signore, era finito in prigione.

– Per la rivoluzione, – aveva risposto fiero Terra di Nessuno.

– Cioè a cacciare 'o Re e mettervi al posto suo!

– Cioè a cacciare il Re e mettere al posto suo la repubblica e l'Italia unita.

– E poi?

– Be', è già un buon inizio.

– No, dico, e poi… 'sta repubblica, che mi sta a significare?

– Per esempio, che gli uomini sono tutti uguali.

Ne avevano discusso sino all'ora del coprifuoco, quando Terra aveva notato con la coda dell'occhio che Gigginiello si era appartato a confabulare con don Totò.

La mattina dopo il capobastone si manifestò, il cipiglio fiero.

– Vuje l'avite a ferni' 'e mettere 'sti tavani dint'a capa 'e guagliune!

– Quali sciocchezze?

– Ca simme tutti euàle, e cose accussí!

– Avete parlato con Gigginiello, eh?

– Chillu è nu bravo guaglione. Tiene famiglia, fora accà. Ancora due anni, si 'o Re nun mòre apprimma, e sarà libero. E quando esce fuori, deve riprendere la sua vita. E la sua vita è di essere nu bravo camorrista. Ma se voi gli mettete 'ncapa le male idee, quello smette di essere nu bravo camorrista e addeventa nu scunnúto... Mi capite?

– Don Totò, io ho capito solo una cosa. Che voi dovreste cambiare capa... Voi, non Gigginiello.

Terra si ritrovò steso al suolo, il naso sanguinante, prima ancora di poter azzardare una difesa. Il camorrista aveva perso la pazienza. E quando cercò di rialzarsi, sei, otto, dieci mani potenti lo inchiodarono nella sua scomoda posizione, faccia a un centimetro dalle scarpe di don Totò, vinto, impotente.

– Avite capito? Vengono qua a fare la rivoluzione, e mo' ci insegnano pure comm' amm'a campa'! Tiratelo su a 'stu strunze!

Lo rimisero in piedi. Totò 'o Meschiniello era una maschera d'odio.

– Vuje nun me putite fare la morale a me. Pecché vuje site peggio 'e nuje! Peggio, sissignore! Cumpa', – strillò, rivolto agli altri, – 'o sapite ca 'o signurino se crede che i compagni suoi stanno, che saccio, alla Vicaria o al castello di Trapani...

Un coro di risa sguaiate sommerse le ultime parole del capobastone. Con lo sguardo velato dal sangue e dal dolore, Terra intravide Gigginiello: se ne stava in disparte, sfuggendo il suo sguardo, i pugni stretti.

– I compagni vostri, lo volete sapere dove stanno? E venite con me, ché ve li faccio vedere... Jamme, giacubine!

I camorristi agivano come una sola mano. Non c'era nemmeno bisogno che Totò li spronasse. Sapevano esattamente che cosa fare. A ciascuno il suo compito, nella macabra recita che seguí.

Bussarono alla porta di legno. I superiori aprirono. Totò e altri due presero di peso Terra di Nessuno e gli fecero ruzzolare le scale sino al cortile. Una folla di detenuti comuni e di guardie si accodò alla processione. Insultavano, sghignazzavano, sputavano, intonavano canzoncine irridenti sulla Repubblica e l'Italia unita. Dal cortile presero un camminamento che Terra ignorava. Un grido potente cominciò a risuonare: «Alla fossa! Alla fossa!» Spintonato da ogni parte, i vestiti laceri, Terra si ritrovò in cima a un'enorme cisterna chiusa da un masso di pietra viva. A un comando di Totò, la pietra venne spostata quel tanto da permettere la vista. Un fetore inumano lo investí.

– Guarda, strunze, guardali i tuoi compagni!

Erano là sotto. Venti, almeno. In sette metri di spazio, avvinti a due a due per i piedi, a loro volta incatenati, illuminati dall'unica fioca luce che penetrava da un altissimo lucernario. La pietra sbarrava l'accesso, possibile solo dall'alto, a mezzo di una carrucola condotta da funi corrose.

Terra si ritrasse. Totò 'o Meschiniello lo afferrò per le spalle, lo costrinse a fissarlo negli occhi.

– Ah, fete, eh, fete 'a morte! Statemi bene a sentire: vuje nun site comm'a chelli là, vuje nun site euàle a isse. Vuje site... cchiú euàle, mi sono spiegato? E mi dovete dire grazie, grazie, don Totò, perché se non era per me... e pe' l'amici vuoste siciliane... a chest'ora...

Terra squadrò il camorrista. Poi raccolse il fiato e gli sputò in faccia. E prima che quello potesse riprendersi dalla sorpresa, si lanciò nella cisterna. Striga, pensò cadendo sul mucchio cencioso dei suoi compagni, Striga, sono tornato a casa. Tu capirai, e se un giorno ci rivedremo, non dovrò giustificarmi.

Salvo Matranga portò personalmente la notizia a Striga, e con tutto il garbo del quale era capace la persuase a tornare a Londra. Non ci sarebbero stati piú incontri, chissà per quanto tempo; le regole erano cambiate, colpa di una... di una «stretta repressiva» del Borbone che rendeva impossibile qualsiasi accordo con i politici all'interno della Favignana. Poi le consegnò una lettera sigillata per Michele Liberato. «Preparate la Striga al peggio, – c'era scritto, – nelle attuali condizioni, non posso nemmeno garantire che chi sapete sopravviva alla vendetta dei camorristi». Mentre Striga si allontanava vacillando, dopo aver rifiutato l'offerta di una carrozza, Salvo Matranga pensava che sí, il sardo sarebbe stato un degno membro della Società, ma che fra la Società del sardo e quella di Salvo non ci sarebbe mai potuta essere vera comunanza. Alleati, forse, ma a tempo, in vista di un obiettivo, poi ognuno per sé. Mai, come in quel momento, con l'eco ancora calda del sacrificio del sardo, mai le regole della Società gli erano apparse in tutta la loro sacra saggezza. Era tutta questione di politica. Un Uomo non si sarebbe mai lasciato cunsumari in nome di un astratto principio di uguaglianza. Avrebbe tratto invece profitto dal privilegio, magari per cercare poi il modo giusto per aiutare gli altri e per rivalersi sui carcerieri. In questo, concluse meditabondo accendendosi un sigaro, in questo sta la differenza fra noi e loro: noi la politica sappiamo farla davvero.

Londra, aprile 1858

– Non colpevole!

Un immenso boato accoglie il verdetto dei giudici. Dagli spalti della sala grande dell'Old Bailey, una marea umana travolge le transenne, i poliziotti di guardia, i cancellieri e gli ufficiali giudiziari, e si avventa sul banco degli accusati per stringere nel suo euforico, rovente abbraccio l'uomo che sino a un istante prima rischiava il capestro e che ora potrà tornare, libero e rispettato, a seminare il suo verbo rivoluzionario.

Lorenzo sente scivolare via la mano di lady Violet, che ha stretto con dolce furore e segreta speranza per tutta la durata dell'interminabile attesa della sentenza, e la vede fuggire eccitata, trionfante. Il suo sguardo incrocia quello del procuratore generale. Sir Fitzroy Edward Kelly, una maschera di stizzito stupore, ripiega i suoi inutili incartamenti con un'occhiata di gelido disprezzo verso i tre giudici che hanno mandato assolto uno degli imputati piú protervi e colpevoli che gli sia mai capitato di incastrare. I rivoluzionari di tutto il mondo si stringono intorno al dottor Simon-François Bernard. Assolto per insufficienza di prove! Libero! Bernard è strapazzato, sbaciucchiato, cronisti da tutto il mondo invocano una sua dichiarazione. Ma Bernard tace. Il suo volto è pallido, la giacca blu cosparsa di grani di forfora. Sembra piú stupito e stizzito lui del pubblico ministero.

Lorenzo raggiunge l'uscita sopraffatto da un tumulto di pensieri. Bernard non si aspettava l'assoluzione. Bernard non voleva l'assoluzione. Bernard voleva il martirio. Glielo hanno negato. E lui ha capito di essere un uomo finito. A che pro minacciare di morte gli agenti che lo hanno arrestato? Perché rivendicare l'attentato di Orsini, giurare che, semmai libero, sarebbe tornato a Parigi per eliminare personalmente ogni singolo tiranno che avesse osato prendere il posto di Napoleone III, perché rispondere sprezzante ai suoi avvocati, che gli mostravano i crani in formaldeide dei condannati a morte e gli chiedevano: «Volete finire cosí?», perché rispondere: «Ebbene, se è destino...» Perché, perché? Ma per la gloria, diamine, per la traccia lasciata nell'infinito, per la vanità!

Lorenzo può leggere nell'animo di quel rivoluzionario perché lo sente profondamente simile al proprio. Sarebbero stati perfetti come gemelli, lui e il dottor Bernard. Orsini e Pieri ghigliottinati un mese prima a Parigi, Bernard, il mandante, l'ispiratore, libero. Ingiustizia, all'apparenza. Profonda saggezza della Storia, in realtà. Quale mente raffinata, se non quella sorretta dal soffio divino, poteva immaginare per l'ambizioso Bernard una pena peggiore?

A sera, sono tutti a cena da lady Violet. Gran parte delle spese legali sono state sostenute da lei.

Lady Violet è marmo, è granito, è purezza e forza. Attraversa i peggiori inganni ma è sempre disposta a concedere una seconda chance. A tutti. Meno che a lui. Poco prima, cercando di approfittare del fuoco della passione rivoluzionaria, ha cercato di strapparle quel bacio che attende da anni. Lei è scoppiata a ridere: ma che fai? Ti pare il momento? Alla fine, si ritroverà beffato. Proprio come Bernard. Che non ha nemmeno le parole per descrivere la sua impresa, e adesso ascolta, mogio, taciturno, l'elogio di una testa calda polacca, o forse irlandese, e cerca di annegare i cattivi pensieri nello champagne, mentre con una mano fruga distrattamente sotto le gonne della sua vicina di tavolo. Un'ardente rivoluzionaria, *of course*.

Torino, agosto 1858

Appena ricevuto l'ultimo dispaccio da Londra, Vittorelli si precipitò a riferire a Cavour. Gli toccò un'ora abbondante di attesa. Nell'anticamera del gabinetto privato dello statista aleggiava un delicato effluvio femminile. E lui che lo aveva immaginato immerso in chissà quale affare di stato! L'attesa, comunque, la diceva lunga sulle arti amatorie del conte: re Vittorio, per intendersi, era molto piú sbrigativo con le sue amanti, e decisamente piú alla mano. Giravano leggende e pettegolezzi, al riguardo, a corte. Come su Cavour, d'altronde. La storiella piú velenosa era stata messa in giro dalla leggendaria contessa Martini, nata Salasco. Cavour se l'era fottuta per mesi con l'accordo del marito complice. La Martini si vantava di aver convocato, alla stessa ora e nello stesso luogo, quattro dei suoi innumerevoli amanti: l'ambasciatore di Francia, un lord inglese, Cavour e il nipote. A ciascuno aveva fatto sapere che, a un segnale convenuto – il trillo di un campanellino –, abbandonassero il nascondiglio loro assegnato – un angusto sgabuzzino – per manifestarsi e godere delle sue grazie. Solo che il segnale era stato dato contemporaneamente a tutti. Cosí i quattro becchi s'erano ritrovati insieme nel boudoir della signora. Avevano reagito, si diceva, da uomini di mondo. Tutti, tranne Cavour. Ma, era notorio, il conte detestava perdere…

– Allora?

Tanto dedito all'*ars amandi*, comunque, quanto stringente sul punto, il conte.

– Non ci sono prove del coinvolgimento di Mazzini nell'attentato di Parigi, e mai ce ne saranno. Dobbiamo rassegnarci.

– Tutto qui?

– Se non cesserà la campagna di stampa contro di lui, Mazzini minaccia di rivelare... Mi lasci controllare, voglio riportare le parole esatte del mio informatore... Ecco, minaccia di rivelare «la vera identità di coloro che occultamente finanziarono Orsini, armandone in definitiva la mano».

– Prevedibile. Vada avanti.

– Mazzini sa di Plombières.

Le collere di Cavour potevano essere sbalorditive e lasciare di stucco anche chi, come gli intimi, era avvezzo a certi spettacoli. Il conte, di solito rubizzo, si faceva di colpo paonazzo, poi impallidiva a vista d'occhio, come se il suo sangue fosse d'improvviso defluito da qualche misteriosa apertura, e quindi prendeva a smanacciare l'aria, quasi incapace di respirare, finché il suo respiro si mutava in un rantolo, e dal rantolo partivano raffiche di frasi incomprensibili, e con le mani, nel frattempo, Cavour devastava tutto ciò che gli stava intorno: carte, quadri, specchi, tappeti, finestre, bibelot. Inutile qualunque forma d'intervento: sarebbe stato come schiaffeggiare un epilettico. Non restava che rassegnarsi, e attendere.

D'altronde, la notizia andava data, e Cavour, quando *compos sui*, era abbastanza saggio da capire che «ambasciator non porta pena». Sí, Mazzini sapeva. Un mese prima, Cavour e Napoleone III si erano incontrati in gran segreto ai bagni termali e avevano stipulato un accordo, per cosí dire, ufficioso. Il contenuto: la guerra contro l'Austria. Lo strumento: una catena di piccoli incidenti e pressioni, fra il diplomatico e il militare, per indurre l'Austria a muovere contro il Piemonte. A quel punto, Napoleone III sarebbe intervenuto. E Piemonte e Francia avrebbero combattuto insieme, fianco a fianco, contro Francesco Giuseppe e le sue (si sperava) stanche armate. La posta in gioco: l'Italia. Be', forse non tutta l'Italia – Napoleone aveva le sue idee in merito –, ma quantomeno un pezzo d'Italia. Poi si sarebbe visto. Come diceva Cavour, partito il primo sasso la frana è inevitabile. Cavour era molto orgoglioso della propria creatura e temeva la fuga di notizie. Non era stato facile convincere Napoleone. Non facile, ma nemmeno impossibile. Per dirla tutta, l'Imperatore si era preso un bello spavento dopo l'attentato. Un conto è scampare all'agguato di un sicario isolato o di un illuso complottardo, un altro ritrovarsi in mezzo alle bombe a mitraglia, fra cavalli morti e gendarmi sventrati. Specie se dietro – e questo a Napoleone non glielo toglieva nessuno dalla testa – c'erano le ombre della massoneria e degli inglesi. Non erano forse le bombe che tutti chiamavano «alla Orsini» ideate e fabbricate dall'ingegner Thomas Allsop, persona notoriamente inserita nell'establishment londinese, nonché, si vociferava, addirittura vicino alla corona?

A ragionare con lucidità, si doveva ammettere che il terrore paga: Napoleone non si sarebbe mai deciso a cambiare politica se non avesse visto la morte in faccia. Si dice – ma Vittorelli non aveva trovato nessuna conferma ufficiale – che, uscito illeso dalla carrozza, avesse esclamato: «Mon Dieu! Pourquoi tant de haine?» Se non l'ha detto, concluse Vittorelli, di sicuro l'ha pensato. E avrà anche pensato: a questi stramaledetti italiani diamogli pure un osso, o non mi lasceranno mai in pace. E, alla fine, Cavour avrebbe sbancato il tavolo. Come sempre.

– C'è dell'altro?

Placata la furia, Cavour tornava lucido. Di lí a pochi istanti la sua prodigiosa intelligenza avrebbe escogitato il macchiavello per rimettere le cose a posto. Ma il colpo doveva essere stato duro. A volte Vittorelli pensava che Cavour provasse una segreta invidia per Mazzini. Forse avrebbe voluto essere amato come lui. Forse per questo voleva distruggerlo a ogni costo.

– C'è dell'altro, dunque?

Veramente, dell'altro ci sarebbe pure stato. L'efficientissimo servizio segreto di Mazzini aveva scoperto la storia della duchessa di Castiglione. La diciottenne Virginia Oldoini, bellissima nipote di D'Azeglio, era stata praticamente infilata nel letto di Napoleone III. La sua missione: informare, e favorire *by any means* la causa dell'unità d'Italia. Geniale esempio di politica dell'alcova, *n'est-ce pas*? Ma forse non era il caso di esagerare, per quel giorno.

– È tutto qui, eccellenza.

– Bene. Potete andare.

Dopotutto, concluse Vittorelli prendendo educatamente congedo, date le circostanze, la Castiglione può attendere.

Parte nona

1859

Guildford (Surrey), aprile

Una primavera malinconica tratteggia di ombre tenui la campagna del Surrey. Lady Violet accoglie Striga nel suo nuovo ufficio a Guildford. Una statuetta di Ganesh, il dio elefante protettore dei cominciamenti, vigila sul libro mastro che un contabile ha appena consegnato alla padrona.

Una stampa con cani pezzati è l'unico ornamento delle austere pareti. Sono otto, calcola Striga, e ognuno ha sei macchie perfettamente simmetriche. Sanno della forza serena della tradizione, pensa Striga. Proprio come lady Violet. E come le preziose tazzine di porcellana di Meissen nelle quali l'amica insiste per versare personalmente il tè.

Striga le porge un fascio di ritagli.

– Non si parla d'altro a Londra che di questa fonderia.

Fabbrica modello, falansterio, avamposto del comunismo in terra d'Albione... La stampa abbonda in definizioni nel descrivere «l'esperimento» di Guildford. Si descrivono l'asilo per i figli delle operaie, la scuola per i giovani piú dotati, i dormitori ordinati e puliti. Colpisce soprattutto il divieto di lavoro per i fanciulli e nelle ore notturne. Il «Times» considera l'erede di lord Cosgrave una pazza scriteriata. I progressisti sono divisi.

Lady Violet depone i ritagli con un sorriso ironico.

– Sono venuti a trovarmi Marx e Engels, amica mia! Non si possono immaginare due tipi piú diversi. Engels dice che tutte queste attenzioni per gli operai faranno fallire la fabbrica. Sembra mio marito. E Marx ha sentenziato: servi e padroni non siederanno mai alla stessa tavola! Il proletariato farà giustizia di tutto ciò!

L'accento tedesco del dottor Marx, sulla bocca di Violet, è irresistibile. Striga ride come una bambina.

Piú tardi, lady Violet l'accompagna in visita alla fabbrica. Fuori dai cancelli, una torma affamata e lacera attende in disciplinata fila il colloquio per l'assunzione. Dentro i capannoni le macchine sono già in funzione, animate dai primi trenta operai, ragazzi della scuola italiana di Londra scelti fra i piú robusti e i meno attratti dal latino e dalla matematica. I tre figli di Violet, la piú grande e i gemelli, scorrazzano nel verde delle aree libere sotto lo sguardo divertito di Tabitha.

– Dipendesse da me, – sospira Violet, – li assumerei tutti. Ma non si può, non ancora. Selezioneremo i piú bisognosi e faremo in modo che ogni famiglia abbia almeno una persona impiegata. Credo che per qualche tempo mi trasferirò qui nel Surrey armi e bagagli, e...

– E la lotta? E la guerra? – incalza Striga.

Un'ombra passa sul volto di lady Violet.

– Non so che fare, amica mia. Me lo chiedo da giorni...

Se lo chiede da quando, il 23 aprile, l'Austria ha dichiarato guerra al Piemonte, e la speranza di vincere, finalmente, si è fatta strada nei cuori dei patrioti. Il primo impulso è stato quello di partire. Affidare i bambini a Tabitha e correre questa nuova avventura. Ma non l'ha fatto. Si è accorta con sgomento che l'entusiasmo di un tempo è svanito, lasciando il campo a una stanchezza estenuata. Mille volte meglio rilevare la vecchia fonderia e farne un modello di avanzato sviluppo industriale, mille volte meglio svernare nel Surrey circondata da persone dedite al fare e non alla distruzione, mille volte meglio...

– È per i bambini, vero? – insiste, dolce, la Striga.

No, non si tratta neanche di questo. La Violet d'un tempo non avrebbe esitato un istante a lasciarli, confidando nella loro capacità di adattarsi e nella propria incoscienza. La Violet di oggi, se avesse deciso di partire, li avrebbe forse portati con sé. Non è la rivoluzionaria che si scopre madre. È l'approdo di un percorso tortuoso eppure in fondo prevedibile. È il bisogno di un «fare» diverso, qualcosa che puoi toccare con mano, che genera gratitudine, severità e anche gioia. Questa è la sua guerra, oggi.

– C'è molto lavoro, qui. Vorrei che tu restassi. Potresti occuparti della scuola, e degli alloggi, e…

Striga le prende una mano e la fissa. Non c'è modo di sfuggire al suo sguardo indagatore. Striga legge la delusione del cuore, avverte l'odore della rinuncia, percepisce l'estremo sussulto di una rivolta domata prima ancora di esplodere.

– Credi che lui tornerà? – digita piano, con affetto.

Violet abbraccia l'amica. Come vorrebbe poterle rispondere: sí, tornerà, torneremo tutti, ricominceremo, ci aspetta una nuova alba, e come vorrebbe cancellare quel sottile, perfido senso di invidia che prova per lei, per la sua speranza, per il suo amore che non conosce limiti.

Torino, maggio

Il club dei mazziniani torinesi si riunisce in casa di un gran maestro della massoneria. Ci sono deputati, un senatore, avvocati, il maestro della loggia Thaon. È la borghesia illuminata e repubblicana che sogna l'Italia di domani, il nerbo della cospirazione, la faccia nobile e bella della lotta. L'eccitazione è massima. Tutti si aspettano la vittoria, ora che Napoleone III combatte al fianco del Piemonte.

Naturalmente, manca il popolo: ma a questa sua latitanza, prima o poi, persino Mazzini finirà per abituarsi. Lorenzo espone in poche, concise parole il messaggio da Londra.

– Il Maestro è contrario a questa guerra. E ci chiede di liberare il mondo dal tiranno francese.

I patrioti si fissano costernati. Il loro stupore è indicibile. Possibile che Mazzini non capisca? Possibile?

– Per amore di Dio, scongiuratelo in tutti i modi di non dar corso a questo insano progetto!

– Adesso che finalmente possiamo vincere!

– Senza i francesi saremmo schiacciati in un amen!

– Intanto facciamo l'unità, al resto penseremo dopo!

– È come nel '57, come con Pisacane. Ci chiese di minare le fondamenta dell'arsenale di Genova, di assaltare a mano armata le caserme…

– Mazzini ha perso la testa!

– Sta scivolando fuori dalla Storia!

– Fermatelo! Dovete fermarlo!

– Riferirò, – promette Lorenzo.

La riunione si scioglie. Il gran maestro prega Lorenzo di trattenersi, sforzandosi di restare freddo.

– Girano voci sul vostro conto…

Lorenzo assapora il liquore, domina il tremolio che sta per invaderlo, si stringe nelle spalle.

– E allora?

– Siete stato visto entrare nel palazzo… quello che noi chiamiamo delle spie di Cavour…

– Sono autorizzato dal Maestro in persona a prendere contatti ai piú alti livelli, – ribatte, serafico.

E suona convincente. Non foss'altro perché, per una volta, sta dicendo la verità.

È una strana guerra, riflette Lorenzo quando, piú tardi, s'imbatte in un soldato francese e uno sardo. Entrambi feriti, entrambi immersi nella lettura all'ombra di un faggio, nel parco in costruzione intorno alle rovine del vecchio castello del Valentino. Il francese legge Balzac, il sardo Leopardi. Lorenzo porta da bere, siede accanto a loro.

– Come va la guerra?

– Né bene né male, – risponde il francese, un pezzo d'uomo alto e biondo con un braccio al collo, – gli austriaci si difendono con l'artiglieria, ma davanti alla baionetta fuggono come conigli.

– E noialtri? – chiede al sardo.

Quello corruga la fronte.

– Noialtri… i volontari combattono per l'Italia, i mercenari per la paga! E la tragedia sono gli ufficiali… ci trattano come escrementi, parlando con rispetto, per loro siamo solo carne da macello. Per questo, se appena possiamo, pensiamo a portare a casa la pelle. Per i francesi è diverso. I loro ufficiali sono amici, compagni, fratelli, frequentano gli stessi caffè, si scambiano il cibo e i vestiti, combattono… ecco, combattono con amicizia, diciamo pure con amore, mentre noi…

Sí, conclude Lorenzo, è una strana guerra.

Sicilia, maggio

– Prima volta in Sicilia?

– Yes.

Il viaggiatore è vestito all'inglese, parla un inglese impeccabile, esibisce un passaporto con la corona di Sua Maestà, un passaporto nuovo di zecca intestato a sir James Allwhorty, commerciante di vini e di pistacchi. Anche se i tempi sono quanto mai incerti, anche se da piú fonti è segnalata la presenza di spie al soldo del terrorista Mazzini e del feroce Garibaldi, non si deve eccedere con la sicurezza. Ne va della reputazione del Regno, già duramente compromessa dalle abili manovre propagandistiche dei cospiratori. E gli inglesi, poi, figurarsi, sempre pronti a dare addosso a re Ferdinando... Infine, non c'è proprio niente che non vada, in quel borghese dal volto onesto, che ispira fiducia. Il tenente della guardia borbonica saluta il passeggero sbattendo i tacchi e gli fa segno che può sbarcare.

– Welcome in the Kingdom of the Two Sicilies! – declama, infine, portandosi una mano al chepí.

Michele Liberato ringrazia con un cenno del capo. Appena i suoi piedi si posano, dopo dieci anni di esilio, sulla terra di Sicilia, deve reprimere l'impulso di chinarsi a baciare il suolo della patria. Lo fa qualche minuto dopo, quando la carrozza dai vetri oscurati lo deposita al Baglio. Salvo Matranga lo accoglie, gli occhi lucidi di commozione, poi il baronetto si rialza, i due uomini si abbracciano, e solo il pudore e la presenza dei picciotti silenziosi schierati come in parata d'onore sull'aia della masseria impediscono al pianto di trovare libero sfogo.

– Facesti cose grandi, Salvo.

I grappoli sono gravidi di uva ancora acerba, i filari ordinati, i contadini chiamano Salvo Matranga «don» e «padrone» e si scappellano al suo passaggio, rispettosi, devoti.

– Ma non dimentico che il padrone siete voi, barone.

In quel preciso istante, specchiandosi nell'uomo che per fedeltà e amicizia ci ha rimesso una mano, il baronetto Michele comprende che la partita sarà vinta. Forse non oggi, forse nemmeno domani, ma sarà vinta. Quelle terre torneranno non solo formalmente sue. Villagrazia tornerà sua, la Sicilia tornerà sua. S'immagina deputato, magari pure ministro, circondato dall'affetto e dal timore dei liberi cittadini di Sicilia, e ricco, immensamente ricco… Poi lo folgora il pensiero del padre, quel padre che da dieci anni gli nega persino il conforto di una sola parola, e sente montargli dentro una spaventosa ondata d'odio. Si domina a fatica, ma sa che anche quella partita, prima o poi, andrà giocata, e giocata sino in fondo.

– Che notizie abbiamo del nostro fratello che sta alla Favignana?

Salvo Matranga sospira, desolato.

– Non so nemmeno se è ancora vivo.

Al tramonto, i picciotti arrostiscono un capretto. Salvo Matranga si dilunga, inorgoglito, nella descrizione dei suoi picciotti. Ottanta uomini pronti a tutto, divisi in otto decine, obbedientissimi ai suoi ordini. Una vera e propria forza armata che attende solo il segnale giusto per scatenarsi.

– Che si dice a Palermo, Salvo?

– Per il momento è tutto calmo. L'aristocrazia fedele al Re è ancora forte. Vostro padre…

– Riesci a organizzarmi un incontro?

– Col barone? Pericoloso è, don Michele.

– Devo vederlo. Se riuscissi a convincerlo...

– Vedrò quello che posso fare.

La sera è una sinfonia che sprigiona languori seppelliti in fondo all'anima dell'esule che ritorna. Un picciotto mette bocca allo zufolo e intona una nenia triste. Il vino scorre. All'improvviso, un lontano rintocco di campane, seguito a breve intervallo da una furiosa armonia di note allarmate. Rimbombano colpi di cannone, lugubri, ripetuti. Michele e Salvo balzano in piedi. Pensano alla rivolta, pensano al segnale che attendono, pensano che Crispi e gli altri fratelli inviati in gran segreto da Mazzini in Sicilia abbiano già compiuto il miracolo. Un picciotto viene mandato in avanscoperta, per indagare. Torna dopo pochi minuti, eccitato, con la notizia.

Favignana - Napoli

– 'O Re è morto! 'O Re è morto!

Urlando la notizia, gli sbirri invadono lo stanzone dei camorristi, che si scambiano un'occhiata e in un istante sono tutti vestiti a lutto. A un ordine di Totò 'o Meschiniello, cominciano a piangere, lamentando l'incommensurabile perdita. Altri sbirri scendono nella fossa e prendono a menare alla cieca i politici che hanno salutato con battimani e cori di scherno la dipartita da questo mondo di Ferdinando II, Re di Napoli e delle Due Sicilie, boia, assassino e torturatore. Pungolati dalle baionette, spintonati e coperti di sputi, i politici sono trascinati nel piazzale, dove, al cospetto della bandiera a mezz'asta, il direttore improvvisa una commossa commemorazione del defunto. I camorristi non la smettono con il loro concerto di lacrime, tanto che il direttore è costretto a imporre il silenzio. Terra di Nessuno, i piedi piagati dai ferri, divorato dalla dissenteria, è rimasto nella fossa. Una guardia, che l'aveva preso per morto, ha smesso di colpirlo a calci solo quando un gemito s'è levato da quel mucchio di stracci maleodoranti. La cerimonia finisce. Le guardie riprendono a pestare sistematicamente i politici, i camorristi tornano in camerata. Passa mezz'ora, forse un'ora. Il carcere piomba nel silenzio. Don Totò chiama tutti a raccolta al centro dello stanzone. Ordina a un fedelissimo di aprire il deposito segreto, un vano scavato nella roccia a fianco del bugliolo comune, e di portare il vino buono. I camorristi si passano la bottiglia, trattenendo a stento le risate che urgono nelle gole, il grido che lancerebbero con tutta la voce che hanno in corpo. Un brusio sommesso si leva da quei delinquenti incalliti che intravedono ora, concreta, la speranza di una prossima libertà. L'ufficiale di ronda si manifesta con colpi secchi al portale, poi irrompe. I camorristi hanno già fatto sparire le bottiglie.

– Che d'è 'st'ammuina?

– Preghiamo per l'anima di Sua Maestà, – bela contrito don Totò.

L'ufficiale si ritira.

Sine, sine, pensa don Totò, priàmme pe' l'anima 'e chi l'è muorte, 'sto grandissimo fetiente, priàmme ca da chell'ata parte ce sta quacche caporiàvulo ca 'o face a isso chillu ca isso ne facette a nuje... E soprattutto, preghiamo che la grazia di Dio illumini il suo successore.

Uomo saggio, don Totò. Uomini avveduti, i camorristi. È morto il Re, viva il Re. Questo nuovo è guagliunciello, ha studiato, parla le lingue, è magro e ascetico tanto quanto suo padre era grasso e gaudente, la guerra gli ripugna, vuol conquistarsi con le opere buone e la mitezza il cuore dei sudditi. Ma o ha sbagliato mestiere, o ha sbagliato sudditi. Amnistia. Liberi tutti, i delinquenti. E per i politici, anche per loro qualche spicciolo di clemenza. No, non è tagliato per fare il re, 'stu Franceschiello! Il regolamento viene ammorbidito. I nobili trasferiti in carceri piú degne, la fossa chiusa, riaperte le camerate, aboliti i ferri. Nuova vita, aria nuova: cosí quelli si rimettono in forze, e domani, se devono fare un colpo, statte cierto ca nunn'o sbagliano cchiú!

Liberato, don Totò si affretta a ritornare a Napoli. Il suo primo atto è l'omaggio al Masto. Tore De Lorenzo si lascia baciare la mano, poi ammonisce tutti a stare in guardia. So' tiemp' 'e rivoluzione, non si sa che cosa riserverà il futuro, bisogna tenersi stretti stretti alla legge della Società, nessuno sgarro è ammesso, ogni minima mancanza sarà punita con la massima severità. Totò china il capo, e come lui fanno tutti: crimini, capibastone, capizona, cumparielli, sgarristi e aspiranti. Poi, finito il sermone, chi ha una famiglia ci torna e per un poco s'illude d'essere isso 'o re del proprio piccolo regno domestico. E chi un focolare non lo tiene, si va a svacare il ventre cu quacche femmena 'e sang'. La vita, insomma, ricomincia.

Torino, giugno

– Coj lí son dij drit!

Quei furbacchioni dei patrioti si sono dimostrati piú abili del previsto. Vittorelli sperava che uscissero allo scoperto, cosí da farne un bel mazzo. Ma nessuno ha raccolto l'ennesimo invito di Mazzini al regicidio, e lo stesso Maestro, come lo chiamano loro, è sceso a piú miti consigli. O per meglio dire, ora cerca di mettere il cappello sull'impresa di Cavour. Lorenzo di Vallclaura fa la spola fra Torino e Genova, è sempre prodigo di eccellenti informazioni, ma in questo caso a doppio senso: Mazzini lo usa come suo agente, e Vittorelli è sfiorato dal sospetto che sia al corrente del doppio gioco. Ma, intanto, è utile, innegabilmente utile. In ogni caso, questa è davvero una strana guerra. Prendi i bollettini, per dirne una. Si susseguono, monotoni nella loro prosa enfatica che vuol essere rassicurante: ma a chi ha orecchie per intendere suona goffa, finanche fastidiosa. La guerra non va bene. La guerra ristagna. Lo Stato pontificio resta una roccaforte inattaccabile. Perugia è insorta, e gli zuavi di Pio IX l'hanno domata massacrando donne e bambini: raro esempio di carità cristiana. La guerra ristagna. Anche se i principini e le duchessine si sono affrettati a sgomberare il campo, e adesso Modena, Parma, Piacenza, Guastalla, Parma e persino Firenze e Livorno sono terra italiana. O forse sarebbe meglio dire piemontese… La guerra ristagna. Di combattenti veri se ne vedono pochi: Garibaldi e i suoi volontari, da tenere a bada con ogni mezzo, e naturalmente i francesi. Gente che l'arte della guerra ce l'ha nel sangue e nel corpo a corpo è insuperabile. Fra gli italiani, del resto, i migliori restano sotto la bandiera austriaca. E vendono cara la pelle. I francesi irridono apertamente l'incompetenza del nostro esercito. Stimano solo Garibaldi. E, ovviamente, il Re. Il Re che se ne sta impavido, ritto sul suo cavallo bianco, fianco a fianco con Napoleone sotto la mitraglia nemica, incosciente ed eccitato come un ragazzino. Uno per tutti, uno su tutti, questa è l'Italia ai loro occhi. Vale piú Vittorio Emanuele da solo della soldataglia senza ambizioni che i suoi generali, tiepidi calcolatori piú amanti del fruscio di vesti muliebri che del clangore delle baionette, spingono ciecamente al massacro. Il Re che ama la guerra tanto quanto Cavour brama l'intrigo. Una bella coppia, non c'è che dire. Una sola fortuna ci assiste, diciamo pure un gran culo: che i comandanti dell'Imperatore d'Austria sono altrettanto asini quanto i nostri. E invece di attaccare Torino sguarnita e prendersela in un dí, si attestano in una guerra di trincea che alla lunga li logorerà... La guerra prima o poi finirà, conclude Vittorelli, e allora ci sarà da divertirsi.

Sicilia, luglio

Pallida ombra del giovane guerriero di un tempo, Terra di Nessuno trascina una gamba resa deforme da mesi di ceppi.

Ha i capelli impastati di grasso e lerciume, i denti guasti, il colorito verdognolo di chi è piú dell'altro mondo che di questo.

– Che notizie mi portate della rivoluzione? – chiede, sedendo nella sala dei colloqui davanti a Salvo Matranga.

Salvo quasi prova vergogna dei suoi abiti freschi e puliti, dell'odore del dopobarba, delle poche misere vettovaglie che è riuscito a contrabbandare nel carcere.

– Metà Italia è liberata.

– E l'altra metà?

– Sonnecchia.

– Dal sonno alla morte il passo è breve.

– Sentite, mi hanno accordato soltanto pochi minuti. Il barone di Villagrazia vi manda i suoi saluti e vi esorta a non disperare.

– Ringraziatelo da parte mia.

È un uomo vinto? Piegato dal carcere? Un moribondo? O, per qualche oscura ragione, diffida di me? Pensa che potrei essere un agente provocatore, una spia?

– Dovete fidarvi, – lo incoraggia Salvo. – Se avete qualche messaggio per qualcuno…

Solo ora Terra solleva lo sguardo. C'è ancora vita, in quegli occhi.

– Non ditele che mi avete visto in queste condizioni. Fatele sapere che... che si consideri libera di vivere la sua vita. Che non mi aspetti...

Poi si alza, e con un cenno di saluto chiede alle guardie di ricondurlo in camerata. Il pacco che Salvo ha portato da Marsala non l'ha nemmeno guardato. Una parte di quest'uomo è rassegnata, un'altra lotta ancora per rivedere la luce.

– Aspettate!

Terra si blocca, si volta lentamente.

Le guardie lasciano fare: sanno sin troppo bene chi è Salvo Matranga.

– Lei mi ha incaricato di dirvi che vi aspetterà per sempre. Cercate di non farvi vincere dallo sconforto.

Terra accenna una smorfia di assenso. Salvo torna al Baglio con l'animo sollevato. Sa riconoscere un uomo quando ne incontra uno. Il sardo è un uomo. Deve vivere. Vivrà.

Al Baglio, Salvo trova Michele Liberato in preda a un'esaltazione febbrile. Dopo una dura trattativa, il barone padre ha accettato di incontrarlo. A portare la notizia è uno dei picciotti di don Calò, incaricato della mediazione. Si conviene d'incontrarsi presso la nota baracca, in zona di don Calò. Il picciotto detta le condizioni: solo Michele Liberato da una parte, e dall'altra don Calò e il barone padre. Salvo diffida immediatamente. La trattativa è andata avanti per un mese intero, e Salvo ha intuito che è legata all'esito della rivolta siciliana. La quale non è ancora scoppiata, nonostante l'intero continente, da Torino agli Abruzzi, sia in fiamme. Una rivolta che non scoppierà mai, conclude, cercando di convincere Michele Liberato a rinunciare a quella follia.

– È una trappola.

– Mio padre è un uomo d'onore. Non si macchierebbe mai di un tradimento simile.

– Vostro padre forse no, ma don Calò è una serpe. Da lui mi aspetto di tutto.

– Devo vedere mio padre, Salvo. A volte mi chiedo se tu capisca davvero quanto è importante per me questo incontro...

Forse il barone ha ragione, e Salvo, che di suo padre ricorda solo il bastone e l'odio delle notti insonni costellate dai rantoli della madre battuta e dall'odore acido del vomito, Salvo non capisce. E forse Michele ha torto, e i padri, se gli conviene, non esitano a tradire i figli. Don Calò, con inusitato rispetto, nel corso degli ultimi due colloqui l'ha chiamato «figghiu miu» e non piú «figghiu», e si è complimentato perché «ti portasti egregiamente», e non soltanto bene. Nel comune linguaggio, ciò sta a significare il riconoscimento della nuova forza di Salvo. Ottanta soldati non sono uno scherzo, quasi pareggiano l'armata palermitana di don Calò. Ma trattare da pari a pari, impiegare la politica abbandonando la forza politica, non necessariamente equivale a stabilire un accordo. Piuttosto, una tregua. E le tregue si fa presto a romperle. Salvo ha accarezzato per qualche giorno l'idea di un colpo. Un assalto improvviso, per liberarsi una volta per tutte di don Calò e della sua cosca. A trattenerlo è stato il baronetto: pensa, gli ha spiegato, che quegli uomini potrebbero essere utili in caso di sommossa. Poi, i conti, li regolerai dopo.

Michele sta perdendo la testa, conclude Salvo. Ha troppa fretta di rivedere il padre. E l'uomo che ha fretta sbaglia.

Perciò prende le sue precauzioni. Prepara due sacche, con soldi in contanti e abiti di ricambio, documenti falsi, schioppi, pistole e polvere da sostenere un assedio. Ordina allo Sciancatu e a Mezzacoppa di scortarli su un calesse sino alla baracca, e di restare nascosti a bordo, armati sino ai denti. Si fa scivolare in tasca il revolver con l'impugnatura modificata che ha imparato a usare discretamente con la mano sana, e offre una pistola anche a Michele Liberato.

– Mi chiedi di andare armato da mio padre?

– Non è tempo di signori, don Michele, ma di soldati. Comunque, fate come credete.

Consegna ai guardaspalle due binocoli.

– Controllate tutto. E se vedete qualcosa di strano, arrivate di corsa e sparate.

Infine, scendono dal calesse e si avviano. È un giorno di calura insopportabile, la biancheria si appiccica al corpo, il concerto assordante delle cicale echeggia in ogni dove nella campagna bruciata dal sole. Sono a pochi metri dalla baracca quando scorgono la carrozza del barone, riparata all'ombra di un filare di carrubi.

– Hai visto? È venuto, non c'è tradimento...

Michele Liberato comincia a correre, poco manca che si metta a invocare il nome del padre, e un po' Salvo invidia questo suo entusiasmo infantile, un po' prova un'oscura rabbia, perché il barone è barone e sempre resterà barone, e lui, invece... Ma lo segue, forzando anche lui il passo, e intanto impugna la pistola, e proprio mentre Michele sta varcando la soglia, con la coda dell'occhio coglie uno scintillio, un riflesso del sole su una canna, e capisce che i suoi peggiori timori erano fondati. Lancia un grido d'allarme, e si getta per terra. Due, forse tre palle gli sibilano vicine.

Michele entra, incurante dell'allarme. Dalla carrozza escono uomini armati, muovono correndo contro di lui. Salvo rotola su un fianco, poi sull'altro, esplode colpi alla cieca, svuota il tamburo, deve fermarsi per ricaricare, è allo scoperto, continua a rotolare, la mano monca gli impedisce di difendersi nel modo migliore, dovrebbe fuggire, ma non può abbandonare Michele. Un grido alle sue spalle. Si volta. Mezzacoppa cade, colpito alla gola. 'U Sciancatu muove qualche altro passo, poi cade anche lui. Salvo si alza, la pistola è scarica, e va bene, ha perso, e si avvia a passo lento verso la baracca, guardiamola in faccia 'sta morte, sono qua, avanti, sparate, curnutazzi, fitusazzi, figli di cagne impestate, li sfida, mentre i quattro che lo fronteggiano ricaricano le doppiette e si preparano a fare fuoco. Ma tra lui e la linea di tiro si frappone un uomo alto dai radi capelli. A un suo ordine rabbioso, i fucili si abbassano. L'uomo gli va incontro. Impugna una rivoltella, ma tiene bassa la canna. Salvo lo riconosce. È Corrao. Pensava che stesse con Crispi.

– Tradituri! – sibila Salvo.

– Don Calò vuole vederti, – dice l'altro, ignorando l'insulto.

Michele Liberato siede pallido al tavolaccio, guardato a vista da due altri armati. Don Calò saluta l'ingresso di Salvo e del suo accompagnatore con un sorriso beffardo.

– Ah, e ora ci semu tutti pari!

Corrao china appena il capo e si piazza, rivoltella spianata, alle spalle di Salvo.

– Era una trappola... – si lamenta affranto Michele Liberato.

Salvo resta immobile, come pietrificato. Don Calò allarga le braccia.

– Salvuzzu, Salvuzzu... e iu c'aveva tanta spiranza ppi tia, figghiu!

– Avanti, sparateci e fatela finita!

– Sparari? Ju sparari a lu barunettu? Chi pirdisti 'a testa, Salvuzzu? 'U barunettu 'u cunzignamu a so' patri, e iddu 'u cunzigna a' giustizia... Don Michele qua presente farà atto di contrizione a Sua Maestà e tutto tornerà come prima.

– Mai! Non lo farò mai!

– Lo farete, lo farete, – concede pacato don Calò. – Forse non oggi e manco domani, ma lo farete…

– E tu che ci guadagni, eh, Giuda Iscariota?

– 'A sapiti 'na cosa, baruni? A mia mi piaci 'u marsala…

– Si prende il Baglio di Catafratto, – traduce Salvo, e sputa per terra in segno di disprezzo.

Gli uomini di don Calò rumoreggiano. Capagrossa arma il cane della doppietta. Don Calò mette pace e con aria untuosa si avvicina a Salvo, giunge le mani, scuote la testa.

– Nuàutri nun semu signuri, Salvuzzu. Nuàutri semu Omini, ca è megghiu di signuri… Ma nun semu ancora signuri… Nuàutri semu 'a Sucità… i signuri ponnu canciari bannèra…

– Ma che dici, vecchio! Nuàutri semu maestri di canciari bannèra!

– Eeeh, figghiu! Ma sulu si è bannèra ca vinci. Nuàutri semu 'a Sucità, e 'a Sucità, da che mondo è mondo, sta dalla parte di cu vinci. La rivoluzione in Sicilia nun si fici. Vincíu 'u Re, e nuàutri stamu cu lu Re… Capisti, ora?

– Capísciu ca oggi tu si' 'u cuteddu e iu 'a carni… E che domani, tuttu pò canciari.

– Troppu assai parlammu, – taglia corto don Calò. Poi, a Capagrossa: – Fai quello che sai!

E mentre il barone lancia un urlo disperato, Salvo chiude gli occhi e si maledice per non essersi fatto coltello al momento giusto.

All'improvviso risuonano un colpo secco e un grido.

– Sicilia, Italia e Francesco Crispi!

Salvo spalanca gli occhi. La testa di Capagrossa è scoppiata, divelta quasi dal tronco da una palla a bruciapelo, il corpo ancora si agita spruzzando sangue nella baracca. Corrao punta contro don Calò, che scansa il colpo tuffandosi per terra e rovescia, per proteggersi, il tavolaccio. I quattro soldati di don Calò cominciano a sparare all'impazzata. Corrao ne fulmina uno, poi un altro, ha una mira micidiale. I superstiti raggiungono il don al riparo del tavolaccio. Salvo si avventa su un fucile senza padrone, ma Corrao gli urla, furioso.

– Va', presto! Pígghiati 'u baruni e vai!

– Ti chiedo scusa, – dice umile Salvo.

– E vai!

Il baronetto se ne sta inebetito al centro della baracca, il volto pallido, incapace di reagire. Salvo lo afferra per un braccio e lo trascina all'aperto: anche se è chiaro che hanno ordine di risparmiarlo, una pallottola vagante ci può sempre scappare.

Grida, detonazioni e bestemmie li inseguono nella fuga. Salvo monta a cassetta sulla carrozza del barone. Raggiungono il calesse, si impossessano delle sacche, sciolgono i cavalli, ne prendono uno per ciascuno e lasciano liberi gli altri, per ritardare l'inseguimento. Qualcuno esce di corsa dalla baracca, sparando contro di loro. Addio, Corrao, pensa Salvo spronando la sua cavalcatura, il tuo nome va ad aggiungersi all'elenco di quelli da vendicare.

Torino, luglio

La guerra è finita. Napoleone e Francesco Giuseppe si sono incontrati a Villafranca e hanno concluso una pace separata. Milano e la Lombardia sono cedute ai francesi, che graziosamente le girano a Vittorio Emanuele. Venezia resta austriaca, ma con lo status di «provincia italiana federata». Roma non si tocca, e quanto al Regno delle Due Sicilie, il giovane re si è abilmente tenuto lontano dalla mischia, e la millantata insurrezione è rimasta nelle menti ottenebrate dei cospiratori.

In fondo, pensa Vittorelli, una mezza vittoria è meglio di niente. Però sono tutti scontenti. I mazziniani rialzano la testa. Garibaldi raccoglie fondi per nuove imprese. Cavour s'è dimesso dopo aver mandato a quel paese il Re. Proprio tutti scontenti, anche Cavour.

La guerra è finita, ed è scoppiata la pace.

È la pace l'origine e la causa di ogni male. A parte poche menti elette, di che cosa credete che si parli, nei palazzi, nelle piazze e nei caffè di Torino? Dell'unità? Di Roma e Venezia? Del dilemma fra monarchia e repubblica? Ma andiamo, signori! Si parla di affari. Nient'altro che affari. Eccola qua, l'Italia. Eccola qua, la pace.

Vittorelli passa metà della giornata a registrare i rapporti delle spie, e l'altra metà a smistare le piú inverosimili richieste. Non c'è tenente fallito, sedicente patriota frustrato, capitano bellimbusto che non rivendichi un comando, una stelletta, una divisa o, in alternativa, una commenda, una pensione, un ristoro di danni, una prebenda, un cespite purchessia. Tutti cercano incarichi e soldi, ognuno temendo di essere escluso dal gran banchetto. Siano nati in Sicilia o nel Cadore, son tutti vincitori. E rivendicano. Patrioti da due soldi. Attenti a non sporcarsi le mani, ma pronti a tuffarle nel bottino.

Non che ci sia qualcosa di male nel pensare alla ricostruzione. La vita deve pure andare avanti, non si può vivere in eterno di guerre e di conquiste. Ma qui si sta esagerando.

Prendi Farini. Un medico rapace, e per giunta in odor di malattia: mal francese, si vocifera, o forse pazzia allo stato puro. Appena nominato dittatore di Modena, s'è avventato sull'argenteria. La sua signora sfodera toilette ardite. Il popolo finirà per odiarlo.

Prendi Bettino Ricasoli, anche lui dittatore, a Firenze. Il popolo lo chiama Bet-Bey perché veste alla turca, con tanto di ridicolo *tarbush*, e nelle caricature lo si rappresenta con un bastone infilato su per il culo. Impalatelo! Non si farà odiare perché i fiorentini sono arroganti e spocchiosi come lui, e dunque, pur non amandolo e canzonandolo, alla fine lo riconosceranno come proprio simile.

Prendi Milano, città piú avanzata ed europea della grigia Torino, la splendida Milano, oggi presidiata da una legione di funzionari sabaudi ottusi e ligi a obsoleti regolamenti. Già i lombardi rumoreggiano di «occupazione», e in certi circoli apertamente si rimpiange l'illuminata strafottenza degli austriaci.

Parte proprio bene, quest'Italia! Vittorelli, nel presente di esaltazione e furore, ostenta distacco. Atteggiamento che tornerà utile in futuro, quando la tempesta si sarà placata. E per la prima volta, si scopre vicino a Mazzini: non accetterà mai la follia sanguinaria che anima le sue idee, ma sulla forza morale c'è poco da fare. E se, ultimata la conquista, i governanti di Torino non sapranno dimostrarsi all'altezza, be', il minimo che si potrà dire è che l'Italia nasce nel male, e che Mazzini l'aveva previsto. Ora è in Toscana, formalmente ricercato, in realtà nascosto e protetto dal Bet-Bey, che lo sollecita a immaginare leghe e federazioni repubblicane. Ricasoli esibisce i muscoli al cospetto di un Piemonte reso acefalo dalle dimissioni di Cavour. Ma sottobanco neutralizza Mazzini impedendogli qualunque azione.

L'agente Elizabeth vigila e riferisce. Mazzini sarà anche una nobile figura, però mai abbassare la guardia. È ancora lui l'unico e vero pericolo. Grazie al cielo, cosí non mi mancherà il lavoro, conclude Vittorelli. Nemmeno nella nuova Italia.

Firenze - Parma, ottobre

Lorenzo è a Parma. Doppio incarico: riferire a Vittorelli sullo stato dell'ordine pubblico nella città che il Piemonte progetta di annettersi, e a Mazzini sulle possibilità di riorganizzare i repubblicani degli ex ducati.

Quando si sono salutati, alla stazione Leopolda di Firenze, due giorni prima, il Maestro gli è apparso stanco e deluso come non mai. È costretto a tornare a Londra perché Ricasoli gli ha negato ogni ulteriore protezione dai piemontesi. Quanto a Vittorio Emanuele, ha proclamato un'amnistia selettiva: tutti liberi, salvo Mazzini, l'unico grande escluso. Mezza Italia è fatta, anche grazie a lui, soprattutto grazie a lui, e il nuovo governo vuole ancora impiccarlo.

Lorenzo lo scorta nel vagone di seconda classe. Ha i capelli cortissimi e ha dovuto sacrificare la barba alle esigenze di sicurezza. Viaggerà verso Livorno mescolato ai contadini e ai borghesucci, a quel popolo che proclama tanto di amare e che non giungerà mai a conoscere nel profondo. È solo, Mazzini, solo e sconfitto. Lo dicono sanguinario, ed è anche vero. Ma questi mediocri figuranti, questi nuovi signorotti che hanno abbandonato vigliaccamente la sua Venezia, questi gli fanno orrore.

Parma, dunque. Una breve ricognizione gli è sufficiente per fiutare l'aria. «Parma è in mano alla canaglia», riferisce a Vittorelli in un conciso dispaccio. Non riceve risposta. Nei caffè e nelle osterie vede addensarsi le stesse facce che affollavano dieci anni prima gli angiporti di Ancona. È una storia che conosce sin troppo bene. Nel disordine del doporivoluzione, bande di strada scorrazzano estorcendo denaro a chi ha da temere la vendetta del nuovo ordine. Vecchie e nuove consorterie consumano oltraggi all'insegna del patriottismo. I patrioti veri lasciano fare: perché impauriti, perché incapaci, o forse, peggio, collusi. Prendono il colonnello Anviti, definito dalla stampa libera il «famigerato boia dell'Ancien Régime». Lo prendono mentre fugge a bordo di una carrozza. Lo riportano a Parma, dove viene provvisoriamente rinchiuso nella caserma dei carabinieri piemontesi. Cinque, al piú sei uomini vigilano sulla sua incolumità. Una calca rissosa si concentra fuori dell'edificio. Gli ufficiali superiori si rifiutano di prendere provvedimenti. Avvertito per telegramma, il dittatore Farini non dà segni di vita. La caserma è assediata. Lorenzo cerca di placare gli animi, spiega ai piú esagitati che un'esecuzione sommaria sporcherebbe irrimediabilmente la conquista, metterebbe in pericolo la stessa annessione dei ducati al Regno di Sardegna, vero obiettivo politico della stagione. Anviti sarà anche stato una canaglia, argomenta, ma quanti peggiori di lui si sono affrettati a rifarsi una verginità patriottica? Lorenzo viene isolato, strattonato, sospinto ai margini dalla vociante marea umana. Un tipo alto e alquanto male in arnese cerca di colpirlo con un pugno. Lorenzo schiva, e a sua volta affonda il colpo. Il tipo squadra Lorenzo con odio, lancia una bestemmia in inglese, torna a tuffarsi nella mischia. Inglesi? Inglesi nella canaglia a Parma? Qualcosa nella fisionomia dell'assalitore gli riporta alla mente antiche memorie che credeva per sempre sopite. Ha la netta sensazione di averlo già visto, quell'uomo.

Un distinto anonimo, in marsina e bombetta, lo prende in disparte.

– Lasciate che il popolo risolva la situazione, interverremo al momento opportuno.

È un agente governativo? Un poliziotto in incognito? Un fedelissimo di Farini? Un mazziniano? Possibile che il Maestro sia sceso cosí in basso? Possibile che il furore si sia a tal punto impossessato di lui?

– Chi siete?

– Uno che fa il vostro stesso lavoro.

Lorenzo decide di stare al gioco.

– Quali sono i vostri ordini?

– Gli stessi che avete voi, immagino.

Lorenzo indica il presunto inglese, che sta incitando una squadraccia a passare all'azione immediata.

– Conoscete quel tizio?

– Chi? Lussardi? Fossi in voi, me ne terrei alla larga. È uno di quelli che tornano utili nel gioco sporco, ma meglio lasciarlo perdere. Venderebbe la madre per un tornese.

Il passato gli ghermisce la nuca. Il passato ha gli artigli strazianti di un uccello nero e beffardo. Lussardi! Intanto, la folla penetra nella caserma. I carabinieri fuggono senza sparare un colpo. Trovano Anviti, tremante, nascosto dietro un mobile. Lo afferrano, lo portano sulla pubblica piazza. Lo ammazzano a calci, pugni, sassate. Trascinano il cadavere in un'osteria malfamata, gli spiccano la testa dal busto, forzano le mascelle e vi versano dentro del caffè.

La buriana si placa al tramonto. Sazia di sangue, la folla si ritira. Restano sul campo, a menar vanto dell'impresa, i carnefici. Lussardi conciona, attorniato da tagliagole plaudenti. Lorenzo è al suo tavolo. Mescolarsi alla canaglia è il suo mestiere, dalla facilità con cui gli riesce di passare per uno di loro si direbbe la sua vera vocazione. Leva di continuo in alto il bicchiere, ascolta e riascolta il racconto delle sevizie, attende paziente. A notte, quando il toscano si separa dalla compagnia e si avventura ebbro nella città deserta e buia, Lorenzo gli scivola dietro; e quando l'altro imbocca un porticato stretto e oscuro, lo sorpassa correndo, poi si volta di scatto e gli blocca la strada.

– Ho un messaggio per voi, signor Lussardi.

– Da parte di chi? – farfuglia l'altro, i sensi ottenebrati dal vino.

– Da parte della Striga, – sorride Lorenzo, e affonda la lama nel collo dell'aguzzino.

Si lascia investire dagli schizzi di sangue, lacrime affiorano, lacrime perdute, lacrime di chi è senza remissione.

Farini, il dittatore, si manifesta dopo una settimana. Recita un nobile proclama, arresta qualche innocente, scarcera tutti in fretta e furia con tante scuse. I veri colpevoli, intanto, sono stati allontanati con la massima discrezione. E remunerati, gli spiega a cose fatte il misterioso anonimo. Questa la situazione: il governo piemontese vuole sostituire Farini con il vecchio D'Azeglio. Farini freme di sdegno. Farini ha ottime relazioni con la canaglia. Farini scatena la canaglia. Omicidio Anviti. D'Azeglio è debole. Farini si precipita a Parma, opera qualche arresto di facciata, con un proclama di fuoco promette pace e sicurezza ai borghesi terrorizzati. Il gioco è elementare, e proprio per questo riesce. I borghesi, ansiosi di riprendere in pace i loro affari, tumultuano: D'Azeglio è un incapace, per tenere a freno la canaglia ci vuole un uomo di polso. Farini è confermato dittatore a furor di popolo.

Tornato a Torino, Lorenzo relaziona a Vittorelli. Intuisce, dallo stupore del piemontese, che la trama gli era ignota. Dalla descrizione che Lorenzo gli fa dell'anonimo, crede di riconoscere un suo ex agente, licenziato per indegnità. Lorenzo comprende che anche a Torino è in corso una guerra per bande. Servizi segreti in proprio. O al miglior offerente.

– Azioni simili rafforzano quelli che voi combattete, – conclude, amaro, – i reazionari in primo luogo, e poi Mazzini. Lui non si è mai spinto a tanto.

Vittorelli incassa senza battere ciglio.

– Si cercherà di trarre utili insegnamenti dalla vicenda, – concede, suo malgrado turbato.

E tutto viene dimenticato. Nei giorni successivi, il bavaglio imposto alla stampa fa scomparire la notizia dalle prime pagine dei giornali. L'attenzione viene dirottata sui preparativi del plebiscito che sancirà l'adesione dei ducati al nuovo Stato. Ciò che conta, ciò che resterà nei libri di Storia, è l'immensa impresa realizzata con l'astuzia da Cavour. A Farini e a quelli come lui intitoleranno delle strade, e poi nessuno si ricorderà piú di loro. Anche uomini mediocri, persino ladri, possono giovare alla causa, in ogni caso con loro si tratterà sempre meglio che con i puri di cuore. Con questi ultimi, alla fine, non ci sono che due strade: o dargliela vinta o spegnerli. Ma Dio salvi l'umanità dai puri di cuore, pensa Vittorelli.

Guildford (Surrey), dicembre

Questa scena di padroni e operai che danzano insieme la giga al suono dei violini irlandesi non piacerebbe al signor Engels, e men che meno al dottor Marx, pensa lady Violet, sorseggiando l'ottimo champagne che è il dono di fine anno di Carlyle. Con una serie di spericolati articoli sul «Times», il loro amico reazionario ha difeso l'esperimento di Guildford dimostrando anche ai piú scettici che una fabbrica di stampo umanitario non solo può funzionare, ma riesce persino ad arricchire i suoi proprietari.

– Oltre a costituire, caro Joseph, un utile argine contro le follie dei socialisti.

Carlyle brinda con Mazzini, come sempre vestito di nero, ma stanotte insolitamente affabile. Si è ripreso in fretta dalla delusione italiana. E come sempre, si è rimesso all'opera. Ha persino suonato alla chitarra un paio di canzonette popolari, che i ragazzi della scuola e le figlie dei minatori poveri, neoproletari del Surrey, hanno illustrato con i loro rozzi movimenti di danza.

Lady Violet ha anche inaugurato, un mese prima, un ambulatorio. Risultato: il contagio da Tbc è crollato in tutta la zona. La sana alimentazione e gli orari umani di lavoro hanno fatto il resto, e la folla di quanti cercano un lavoro degno nella fonderia cresce ogni giorno di piú. Peccato, sospira lady Violet, che tutti gli utili se ne siano andati con il marsala del

Baglio, dal momento che Sua Maestà il Re borbone ha confiscato i terreni e l'azienda in Sicilia, e Violet è dovuta intervenire di tasca propria per sanare le perdite. Un altro semestre cosí e lady Violet sarà costretta a intaccare il capitale per andare avanti. E forse, se non accadrà qualcosa, entro due mesi i lavori di ampliamento dei capannoni dovranno arrestarsi.

– Musica!

Il violinista attacca *Finnegan's Wake*. Janet Corrigan scioglie la chioma rossa e si avventa al centro della pista improvvisata, roteando le gonne. Striga stringe forte la mano di Michele Liberato. Non si separa dal barone da quando lui, tornato incolume dalla disastrosa spedizione siciliana, le ha detto che Terra è vivo, sta bene, pensa sempre a lei. Striga si fa ripetere per la millesima volta le parole esatte pronunciate dal suo uomo... Striga innamorata, Striga ricca di speranza...

– Pipe, tabacco e punch di whisky!

Gli irlandesi se la ridono, della morte. Tutti bevono e cantano alla salute di Tim, che alla fine della storia risorgerà invocando l'ultimo cicchetto, o forse il primo della sua nuova vita.

Mario si accosta a Mazzini e Carlyle. Da quando è tornato povero, il gusto della lotta s'è di prepotenza riacceso in lui. Povero Mario, pensa Violet, cosí affettuoso e cosí preso di ardore rivoluzionario! Tormenta Mazzini invocando una nuova spedizione. L'Italia è di colpo in cima ai suoi pensieri, povero Mario, che vuol tornare per riprendersi ciò che è suo, povero Mario, cosí scontato e trasparente, eppure lady Violet non può fare a meno di pensare che i tempi stanno cambiando. La stanchezza estenuata piano piano svanisce, l'idea di una ripresa di speranza si fa strada dentro di lei, torna a rivivere anche l'amore fisico, e forse, dopotutto, la vita può ritrovare ancora il sapore di un tempo.

Lorenzo deve aver sentito qualcosa. Spesso lady Violet s'è chiesta perché si sceglie quell'uomo e non un altro, perché la chimica dei nostri sensi ci indirizza verso un abbraccio e non un altro, perché lei si è innamorata, e sente di riprendere ad amare, un uomo forse sbagliato, mentre quello giusto era a portata di mano, e se solo lei volesse, a un suo cenno... Janet Corrigan ne fa questione di passione, di cuori bruciati, di sudore che si ghiaccia, di orecchie ronzanti e umori grondanti. Striga crede che tutto stia nell'armonia dei numeri. Se è cosí, uno come Lorenzo dev'essere assolutamente disarmonico, pensa lady Violet, e nel pensarlo un po' se ne vergogna, un po' ne prova godimento, perché in fondo essere desiderate, essere contese, come principesse antiche, è pure un piacere.

– Fate girare veloci il cicchetto, che il diavolo vi porti, credevate davvero che Tim fosse morto?

Uno scoppio di risate, un violento battimani salutano la resurrezione di Tim Finnegan, il Risvegliato. Janet si stringe a un giovane operaio che cerca di darsi un contegno. Ma lei lo afferra per un braccio e lo obbliga a ballare. Il violinista attacca *Johnny I Hardly Knew Ye*, una canzone contro la guerra, e in tutti sale la tristezza. Janet respinge il bel giovanotto. Lorenzo intercetta il sorriso vago di Violet, e comprende che non è dedicato a lui. Indifferente agli umori della compagnia, si avvicina a Mazzini, che duella amabile con Carlyle. Il Maestro sta dicendo al suo amico che Garibaldi è furioso.

– Vittorio Emanuele ha ceduto la sua Nizza alla Francia.

– Ah, voi italiani! – ride Carlyle. – Sarete l'unico paese al mondo il cui eroe nazionale è nato all'estero.

– Fatto che non resterà senza conseguenze, statene certo.

– Rientra fra le... conseguenze anche il tentativo, di cui vi accusa il «Times», di assassinare re Vittorio Emanuele?

Mazzini accenna una delle sue ambigue risate. Le parole che pronuncia, sottolineate dal raschio sibilante della sua profonda voce da fumatore, giustificano il terrore che in molti quest'uomo riesce a incutere.

– Un assassinio del tutto inutile non mi è mai appartenuto, né mai mi apparterrà, amico mio.

Uccidere il Re, insomma, non serve, e per questo l'impresa non è contemplata nel calendario del cospiratore.

Una voce possente intona la *Wexford Carol*, e tutti, ma non Mazzini, si fanno il segno della croce. Il Maestro si accorge di Lorenzo.

– Ah, siete qui… Come avete trovato il nostro vecchio nemico Vittorelli?

– Be', – risponde sorpreso Lorenzo, – vi ho già riferito dei nostri incontri a Torino. Siete stato voi a mandarmi da lui…

– Certo, certo… dimenticavo…

Mazzini lo fissa, ironico.

Lorenzo impallidisce e sfugge lo sguardo del Maestro. Mazzini gli posa una mano sulla spalla e sospira, come a dire: «il nostro destino è ineluttabile, mio bravo», e poi gli volge le spalle, riprendendo a questionare con Carlyle.

Lorenzo si scuote, vorrebbe affrontarlo, chiedergli conto delle sue parole. Ma un tocco lieve lo sfiora. La Striga è accanto a lui. I suoi occhi riverberano di un bagliore che sa di mestizia, di rimprovero, ma anche di comprensione.

– Basta! – protesta Janet Corrigan. – Cos'è questo mortorio? È una festa o un funerale?

I suonatori attaccano un motivetto allegro, che sa di campane a festa e di mattinate di primavera. I cuori si riempiono di una precaria, forse insensata felicità. Si riformano coppie, ripartono le danze.

Carlyle prende sottobraccio Mazzini.

– Certo che come ballerini voi italiani non avete rivali. Come rivoluzionari, esclusi i presenti, lasciate un po' a desiderare…

– Fra sei mesi, – ribatte gelido Mazzini, – saremo in Sicilia!

Parte decima

1860

Sicilia, aprile

Il delegato borbonico prese posto dietro la scrivania e iniziò a compulsare i documenti. Barone di Sant'Anna. Persona sicura. Passaporto timbrato. C'era persino da scusarsi per avergli fatto perdere tanto tempo. D'altronde, date le circostanze...

Lady Violet Cosgrave, gran signora di Londra, un po' scura di carnagione per un'inglese, e con quegli occhi un po' orientali, occhi che portano alla perdizione...

– La madre di my lady era una principessa indiana, – lasciò cadere il barone, quasi gli avesse letto nel pensiero. Il delegato timbrò il passaporto senza indugiare oltre.

Item. La fimmina rossa. Miss Janet Corrigan, inglese d'Irlanda, e qui, fra chioma, capelli e quel ciauru, quel profumo penetrante che solo le donne di pelo rosso possono vantare, qui non c'è trucco e non c'è inganno. Dama di compagnia. Passaporto timbrato.

Item. I due zerbinotti. Esq. Latimore & Esq. Morrison. Commercianti della City.

– I miei amici sono interessati a certe tenute nella zona del marsala, – spiegò il barone.

Il delegato timbrò anche gli ultimi passaporti, chiedendosi cu si futtía a chi. Magari tutti insieme, appassionatamente, o magari 'u baruni, beato lui, aveva messo gli occhi addosso a quelle femmine, e l'affare del marsala era tutta una commedia... Purché non succedesse qualche guaio, ché di guai abbastavano e avanzavano quelli causati dai banditi e dai canazzi di bancata.

– Potete andare, signori. Ma mi raccomando, prestate attenzione. Sono momenti difficili. Gira voce che il noto bandito Giuseppe Garibaldi intenda sbarcare sull'isola per seminarvi il disordine e la rivoluzione.

– Non dimenticate che i signori sono miei ospiti, – rammentò il barone.

E il delegato, con un inchino umile, ammise di aver esagerato.

Appena fuori dal palazzo della delegazione, prima ancora di montare in carrozza, lady Violet volle consegnare al barone le cinquecento sterline ricevute da Mazzini alla partenza. Andavano ad aggiungersi alle settecento donate dagli amici inglesi. Denaro che serviva a finanziare la nuova spedizione in Sicilia.

– Prendetele voi, barone. Se dovesse accadere qualcosa, durante il viaggio...

– Signora, il viaggio per Palermo sarà breve e senza pericoli. Questa è la mia terra.

Il barone ordinò comunque a uno dei quattro uomini scuri, tarchiati e taciturni che non si separavano mai da lui di caricare sulla carrozza la borsa dei denari.

– Ho una sola raccomandazione per voi due, – aggiunse, rivolto ai sedicenti Latimore & Morrison, – ricordatevi di fare gli inglesi finché non ve lo dirò io.

Meno di un'ora dopo, nella tenuta di Sant'Anna, Michele Liberato poteva riabbracciare Salvo Matranga. Sant'Anna mostrava le sue terre a lady Violet, Janet e Mario Tozzi. E raccontava di come, spacciandosi per codino, devoto al trono e all'altare, gli fosse riuscito d'ingannare i sorci, cioè i reazionari, organizzando un'armata di trecento fedelissimi campieri pronti ad accogliere Garibaldi a braccia aperte. Lady Violet e Mario ammiravano estasiati la magnificenza dei muretti a secco, le enormi pale dei fichi d'India, il gioco di luci e di ombre del sole e delle nubi che rende unica, pensava il barone, la terra di Sicilia. Unica nei suoi contrasti che non ammettono mezzi termini. La Sicilia che ti costringe a scegliere, una volta per tutte, una volta sola nella vita, da che parte stare. La Sicilia cosí profondamente italiana da essere la quintessenza dell'Italia stessa, e nello stesso tempo cosí lontana dalla meschinità dei borghetti di montagna, porta sull'Oriente, porta sul mondo... E nel guardare i due sposi che si tenevano per mano, una languida tenerezza lo invadeva, mentre cercava di rubare prospettive segrete della giunonica irlandese, cosí sola, cosí appassionata, forse, chissà, cosí pronta.

– Rosa fresca aulentissima ch'apari inver' la state... – declamò, prendendole la mano.

Torino, maggio

– Siamo arrivati a Genova poche ore dopo la partenza di Garibaldi. Dal molo abbiamo fatto in tempo a vedere i piroscafi che uscivano dall'imboccatura del porto.

Vittorelli si accese un sigaretto con fare annoiato.

– La capacità del vostro Mazzini di sfuggire al richiamo delle armi è stupefacente! Si direbbe che abbia paura dello scontro fisico… D'altronde, molto piú facile ordinare assassinii standosene fra le braccia di qualche bella inglesina che affrontare il combattimento a viso aperto…

– Era malato alla schiena, – lo difese Lorenzo, – non poteva muoversi. Posso esserne testimone diretto.

– Era malato e adesso è guarito, vero? Ch'ël l'é un drit l'ho sempre detto, datemi retta. Perché non partire subito, perché non raggiungere quei… come li chiamate? Ah, i Mille… due buoni fucili in piú, ammesso che li si sappia maneggiare, possono sempre servire…

– Mazzini non parte perché la spedizione ha un motto che non gli piace.

– «Italia e Vittorio Emanuele» non mi sembra poi cosí da disprezzare, non vi pare?

– «Italia una e libera» è molto piú affascinante, ai suoi occhi…

– Garibaldi e i suoi si sono finti passeggeri e poi si sono impadroniti dei due battelli, il *Piemonte* e il *Lombardo*.

– Stessa tecnica di Pisacane. Fa parte dell'accordo con l'armatore Rubattino.

– Garibaldi non è Pisacane.

– Per fortuna, – concluse Lorenzo.

O purtroppo? No, per fortuna, per fortuna, convenne Vittorelli. La Storia non si può fermare. Fortuna, fortuna che aiuta gli audaci. Fortuna alla quale tocca dare una spintarella. E chi è piú maestro di Cavour in certe arti oscure eppure indispensabili? Sono mesi che Cavour unge lo stato maggiore napoletano, promettendo a questo e a quello incarichi e prebende a cose fatte. Una resistenza morbida, ecco ciò che ci si attende dall'esercito di Franceschiello, come chiamano il giovane e inesperto re. E poi, se dovesse andar male, sarà colpa di Mazzini, di Garibaldi, dei soliti facinorosi... Vittorelli buttò giú d'un colpo il suo elisir all'anisetta. Lorenzo aveva appena toccato l'assenzio. Sedevano da qualche minuto al solito caffè *Fiorio*. La vita della capitale scorreva quieta e operosa davanti ai loro occhi, indifferente ai clamori della guerra, al sogno unitario. Torino era restia a sentire come cosa propria ciò che non comportava un'immediata utilità. Eppure, continuava a pensare Vittorelli, non c'è utilità, non c'è convenienza che non abbia, da qualche parte, una radice chiamata utopia.

– Vi vedo insolitamente meditabondo, barone di Vallelaura.

– E se partissi? Se mi unissi alla spedizione?

– Contravverreste agli ordini, con le conseguenze del caso...

– Mazzini dubita di me, – ammise, infine, Lorenzo, – mi ha fatto strani discorsi.

– Strani come?

– Credo che abbia intuito qualcosa del nostro... rapporto.

– Però vi ha portato con sé a Genova.

– Non sarei qui, altrimenti.

– È naturale, dati gli ordini che egli stesso vi aveva impartiti, che noi due ci si incontri. Ne deduco che ha voluto mettervi alla prova. Giocate d'anticipo, questa volta. Riferitegli voi stesso che ci siamo visti. Ditegli che sono stato io a cercarvi. Fategli balenare la possibilità di un'amnistia a cose fatte…

– Non accetterà mai un'amnistia.

– Provateci ugualmente. Forse si ammorbidirà un po'. Non abbiamo bisogno di un martire repubblicano, non ora. In ogni caso, non avete niente di cui preoccuparvi. C'è dell'altro che volete dirmi?

– A cose fatte, come dite voi…

– Ebbene?

– Io sarò libero?

– Questo lo vedremo al momento opportuno, – concluse Vittorelli, allontanandosi senza porgere la mano.

Sicilia, maggio

Dalle parti di Calatafimi, la banda del barone di Sant'Anna si uní ai Mille. I picciotti parteciparono ai primi duri scontri con i borbonici, comportandosi, agli occhi di Salvo, con onore. Lui stesso, ormai divenuto esperto tiratore con la mano buona, tolse dai guai un tenente piemontese, abbattendo uno dopo l'altro i tre sorci che l'avevano circondato e stavano per moschettarlo. Gesto che gli guadagnò, da parte dell'ufficiale, una simpatia che – Salvo aveva dovuto ben presto constatare – non era né condivisa dai commilitoni in camicia rossa né estesa al resto dei siciliani. Eppure, il sangue che tutti versavano, siciliani e continentali, non aveva lo stesso colore?

– Voi ci considerate piú o meno dei barbari, – si era lamentato al bivacco notturno con l'ufficiale, che teneva una specie di diario della spedizione.

– L'altroieri ho visto cani che banchettavano con i resti di soldati borbonici abbrustoliti. Non è uno spettacolo che fa onore alla cosiddetta civiltà siciliana...

– Sono siciliano anch'io.

– Ma voi siete diverso.

E dove stava, la diversità? Nelle possibilità che gli aveva dato Michele Liberato di diventare istruito, di padroneggiare la lingua italiana, di mettere al servizio di una causa la violenza che si portava dentro sin da ragazzino? E allora quegli altri, quelli che non avevano avuto le stesse opportunità, co-s'erano quelli, bestie? Ufficiali e soldataglia ironizzavano sui loro costumi, sulla lingua per loro incomprensibile, sulle donne che si rintanavano nelle case al passaggio della truppa, persino sull'abitudine, vecchia di millenni, di cibarsi delle fave crude. Anzi, nemmeno fave le chiamavano fra loro, ma baccelli, ché la fava, aveva appreso da un ribaldo volontario toscano, la fava indica l'onore dell'uomo. Ma non venitemi a parlare di onore! A Salemi, approfittando di un momento di distrazione del tenente piemontese, Salvo aveva sbirciato nel suo diario. Donne velate come le saracene... i pastori dei contorni vengono sul sentiero a inchinarsi a Garibaldi... aspetto strano di questi semiselvaggi vestiti di pelli di capra... Salemi è una topaia saracena... questi picciotti (ragazzi) e noi diam loro un tal nome perché tra loro si chiamano cosí, amano la guerra, ma senza pregiudizio dell'integrità personale... E commenti sugli odori, scherzi sulla scarsa dimestichezza delle genti di campagna con l'acqua e il sapone... ai siciliani, che impararono dagli arabi, come gli aveva spiegato Michele Liberato, l'arte dell'abluzione rituale, e insegnarono al mondo intero la pulizia... Una sera, Salvo fu ammesso al desco di Garibaldi. Il Generale si concedeva al barone di Sant'Anna, a Michele Liberato, alla signora inglese e al marito di costei. Gli occhi profondi di quella donna, i lampi di passionalità che li accendevano, ricordavano a Salvo Matranga le donne di Sicilia. Ma nessuna donna di Sicilia, specie se di ricca condizione, avrebbe mai trovato il coraggio di farsi guerriera e abbandonare i figli, l'agio e la riservatezza che incombe al sesso gentile. Ma se lady Violet l'aveva fatto, allora si poteva fare! Salvo si disse che avrebbe fatto follie se Dio gli avesse donato in sorte una donna come lei. E gli fu doloroso scacciare un desiderio cosí sconveniente. Si concentrò sui conversari dell'illustre tavolata. Il generale Garibaldi amava l'attenzione degli altri, e ce n'era poco per chiunque in sua presenza. Si doveva ascoltare, soprattutto i racconti di guerra e i proclami tonanti. Si doveva approvare, applaudire.

– Ah, questi picciotti! L'altra notte mi hanno derubato della coperta mentre dormivo.

– Ma è inaudito! Ditemi i nomi, prenderò provvedimenti...

– Calma, Bixio! Era solo uno scherzo. L'ho trovato molto divertente. Il sangue ribaldo fa buona guerra, non dimenticarlo.

Garibaldi andava a dormire all'ora delle galline, e quando il Generale usciva di scena, saliva alla ribalta Nino Bixio. Gran combattente, deciso e generoso, ma sicuramente, aveva concluso Salvo vedendolo all'opera, con la mente alquanto marcia. La cena si protrasse a lungo. Fu verso la mezzanotte che il tenente piemontese illustrò ai pochi ancora svegli – fra loro, oltre a Salvo, Michele Liberato, lady Violet e il marito – la sua teoria delle «due Italie».

– Sí, signori miei, due Italie. Una onesta, laboriosa, tenace, composta dai popoli che abitano le montagne e le pianure del grande Nord, e un'altra ritardata, molle, incline all'ozio, asservita all'ignoranza e al crimine, che va da Roma sino alle sponde di questa magnifica isola... Magnifica per la sua natura selvaggia, ma, ahimè, altrettanto selvaggiamente popolata.

Salvo rimase deluso dal silenzio di Michele Liberato. Il barone si era limitato ad alzare le spalle, proponendo un brindisi, l'ennesimo, all'unità, che avrebbe sanato le ferite storiche delle diverse genti italiche, proiettandole, tutte, verso un luminoso futuro comune. Quel silenzio offuscava la grandezza del suo mentore. Del resto, anche il rivoluzionario romano se l'era cavata con spallucce e battutine di circostanza. Era forse Salvo diventato eccessivamente suscettibile? Aveva forse lui stesso dei pregiudizi contro i compagni d'arme? Stava dimenticando che anche il loro sangue correva fra i monti e le valli di Sicilia?

– Ciò che dite è inaccettabile, tenente. Voi parlate peggio di un sorcio!

Era stata lady Violet a insorgere. L'ufficiale replicò, conciliante.

– Ma mia cara signora! È un dato storico ineludibile, che si basa su precise acquisizioni scientifiche. Io non parlo certo di individui, e non nego che vi siano siciliani evoluti, come il barone Michele, o il mio amico Salvo...

– Evoluti? Evolute sono le scimmie che si fanno uomini, mio caro signore! – urlò lady Violet.

Per nulla turbato dalla violenza dell'interlocutrice, l'ufficiale sospirò, paziente.

– È la storia dei popoli che ha condotto a tanto, signora. Il Nord fu dei celti, dei regni romano-barbarici, e poi dei comuni e dei difensori della libertà. Il Sud, caduta Roma, non fu che latifondo e miseria. La conformazione fisica stessa di codeste genti ne rimarca la profonda diversità. Pensate ai lombardi, ai gallo-liguri, ai toscani, cosí alti, magri, persino ascetici, e ai meridionali, scuri, rotondetti, dagli occhi e dal sangue sicuramente invaso dall'elemento saraceno...

– Conosco piú di un siciliano biondo, – intervenne, pacato, Michele.

– Merito della dominazione normanna, amico mio.

– Voi mi siete cordialmente odioso, signore! – sibilò lady Violet.

Il tenente perse le staffe. E malgrado i tentativi di Michele Liberato e di Mario di mettere pace, picchiò un gran pugno sul tavolo e puntò un dito minaccioso contro la donna.

– Se non foste una signora...

– So tirare come e meglio di voi!

– Non sapete quello che dite!

– Lo so benissimo!

– Voi siete inglese, vero? Vogliamo parlare di come la vostra gente considera gli irlandesi, oppure gli indiani? Volete parlarne, my lady?

Violet abbandonò la tavola, sdegnata. Mentre il marito e il barone si premuravano di scusarne la condotta disdicevole, Salvo, d'impulso, la seguí.

– Vi ringrazio per aver difeso la mia terra. E vi sono debitore.

E fuggí via, senza attendere risposta, il cuore in tumulto.

Due giorni dopo, lady Violet, per conto di Garibaldi, lo incaricò di volare alla Favignana e di liberare, come da ordinanza del dittatore, tutti i detenuti politici.

– State vicino a Terra di Nessuno, voi che lo conoscete. Se non è in grado di unirsi a noi, affidatelo in mani sicure. Poi tornate da me. Penserò io a riferire alla Striga.

– Sarà fatto, signora.

– Salvo... con questo, il vostro debito è ripagato.

– Il mio debito non sarà mai ripagato, – affermò lui, deciso.

Lady Violet lo fissò esterrefatta, come se si accorgesse per la prima volta di lui, come rendendosi conto, all'improvviso, del turbamento che aveva provocato in quel giovane contorto e indecifrabile.

– Non dite sciocchezze! – concluse secca.

E lui volò alla Favignana, con il cuore ferito.

Sicilia, maggio - luglio

Avevano combattuto ad Alcamo, a Partinico e a Misilmeri, al Passo di Renna, al Pioppo e a Gibellina, a San Martino sopra Monreale, a San Giuseppe dei Mortilli, a Corleone e al Parco. Dovunque scontri, marce forzate, trascinamento di cannoni, scaramucce, agguati, lamenti di feriti, scannamenti, eroismi, fughe, ardimenti e viltà. Le bombe Orsini scompaginavano le file dell'esercito borbonico del generale Landi, baionette e pugnali facevano il resto. E i baroni facevano a gara a unirsi alla rivolta. Giorno dopo giorno le squadre s'ingrossavano, ma la loro era una guerra parallela, appartata. Combattevano sotto le stesse insegne, combattevano come fratelli ma non erano fratelli, né mai lo sarebbero diventati. Combattevano i piemontesi da una parte, i siciliani dall'altra. Combattevano detestandosi, mai amandosi.

Alle porte di Palermo, Salvo rivide Corrao, che aveva creduto morto per mano di don Calò.

– Morto mi finsi, e accussí 'u babbiài!

Corrao godeva di grande stima fra gli alti gradi garibaldini. Era un siciliano di quelli buoni, gli fece notare Salvo con una certa amarezza.

Corrao si fece improvvisamente serio.

– So chi sei e che cosa rappresenti, Salvo. La Società ci è stata utile, questo è innegabile. Ma dopo, a cose fatte, dovrete cambiare. Tu per primo.

– La Società non cambierà mai, tu lo sai.

– E allora vuol dire che cambierai tu solo. Ti procurerò un impiego.

– Ne ho già uno, con il barone.

– E allora vedi di svolgerlo in modo onesto. I vostri metodi sono ammessi in guerra, ma la pace è un'altra cosa.

Salvo lo lasciava dire. Gli doveva la vita, e dunque il rispetto. D'altronde quella di Salvo era una guerra temporanea, non aveva niente a che vedere con la rivoluzione immaginata dal valoroso amico. Se anche l'idea di una vita diversa per un breve momento l'aveva sedotto, combattere fianco a fianco con i nuovi padroni lo aveva radicato nella sua fede nella Società. La Società non tradisce e non può essere tradita, la Società non cambia e non può essere cambiata. Perché la Società è la natura stessa dell'Uomo, e solo chi è Uomo è degno di farne parte. Perciò, se i siciliani combattevano per parte loro, Salvo combatteva per sé stesso e per la Società.

Entrarono in Palermo il 28 maggio. Eressero barricate, espugnarono la città casa per casa, palazzo per palazzo. I borbonici invocarono una tregua. Garibaldi si affrettò a concederla. Se avessero attaccato da sud, prendendo la città d'infilata mentre ancora si stavano organizzando le nuove linee di difesa, i borbonici li avrebbero fatti a pezzi. Gli svizzeri di Von Mechel attaccarono ugualmente, violando gli accordi. Le barricate furono spazzate via. Fu il generale Landi a fermare gli svizzeri, richiamandoli al rispetto della parola data. O non c'erano piú strateghi a Napoli, oppure il tradimento imperava.

Fu nei giorni della tregua che Salvo chiuse il conto con don Calò. Il barone padre, fedele sino all'ultimo alla reazione, era asserragliato nel palazzo di famiglia con i pochi armati fedeli. Salvo riattivò un antico contatto con un picciotto di don Calò, tale Cavatorta.

– Il barone vuole morire per il Re, maledicendo suo figlio e tutti i giacobini, – riferí Cavatorta.

– Lo voglio vedere, lo voglio proprio vedere...

– Don Calò, invece, è disposto a tradire. In cambio vuole un salvacondotto per sé e per i suoi uomini.

– E noi glielo daremo. Organizzami un incontro. A Villagrazia.

Don Calò e i suoi, non piú di una ventina ormai, arrivarono a Villagrazia alla spicciolata, scortati da Cavatorta e da certi picciotti di fiducia. Ad accoglierli trovarono Michele Liberato e Salvo stesso, vestito poveramente, come ai tempi in cui il don lo aveva mandato a spalare merda di porco. Michele Liberato aveva dato disposizione di addobbare la Sala del Banchetto. Don Calò e i suoi furono fatti sedere a una tavola sontuosa.

– Prima delle parole, cibo e buon vino, – proclamò Salvo, con un tono di finta umiltà.

Mangiarono, bevvero, si raccontarono vecchie storie dei vecchi tempi. Alla fine, don Calò aveva le lacrime agli occhi. E quando si gettò ai piedi di Salvo, si vide risollevare da due braccia amorevoli e stringere in un abbraccio filiale.

– Salvami, figghiu miu!

– Voi siete stato come un padre per me, don Calò...

Era il segnale. In venti sfoderarono i pugnali e si avventarono sugli «ospiti». Li scannarono come capretti uno dopo l'altro, incuranti delle urla, delle invocazioni e delle bestemmie. Salvo si riservò l'onore di strappare con la mano sana il cuore del vecchio don, innalzandolo ed esibendolo a mo' di trofeo di una blasfema sacra rappresentazione. Michele Liberato aveva assistito sgomento al massacro. Salvo, temendo che si sarebbe opposto, lo aveva tenuto all'oscuro di tutto.

– Credetemi: era l'unica soluzione, – lo confortò Salvo a cose fatte, mentre i suoi uomini accatastavano i cadaveri e si preparavano a bruciarli.

Il barone, davanti all'ammazzatina, si era domandato quanto di umano e quanto di bestiale ci fosse in Salvo, e nella Società. Ma non fece a sé stesso la medesima domanda quando si ritrovò davanti suo padre. Un vecchio ancora altero e bizzoso che rifiutò ogni abbraccio, ogni stretta di mano, e si limitò a chiudere gli occhi disgustato dal puzzo di carne bruciata che invadeva l'aia.

Con voce calma e fredda, Michele Liberato comunicò al padre che, dall'indomani, sarebbe stato esiliato in perpetuo nella masseria di Balestrate, guardato a vista da uomini di sua fiducia e con divieto di allontanarsene. Poi gli fece firmare l'atto di donazione delle proprietà e infine consegnò il vecchio a Cavatorta, ordinandogli di portarlo via.

Michele Liberato, ormai nuovo barone di Villagrazia, trasferí a Mario Tozzi, a titolo di compensazione per il capitale inizialmente versato nell'azienda del Baglio, la proprietà di un palazzotto nel cuore dell'antico quartiere arabo della Kalsa. Il patto societario fu riscritto da un notaio su basi di assoluta parità. Il nuovo accordo fu festeggiato con un pranzo esagerato. Poi i due soci e amici se ne andarono per qualche giorno a Marsala, per rimettere in sesto il Baglio dalla dissennata gestione del defunto don Calò.

Spirata la tregua, i borbonici proposero un piú lungo armistizio. Nel suo ufficio del palazzo Pretorio, dal quale si dominavano le macerie di via Toledo spianata dall'artiglieria di Von Mechel, Garibaldi, assistito dal console inglese, dettò le condizioni. I napoletani chinarono il capo. Palermo era presa. Garibaldi, nominato dittatore a furor di popolo, pensava già a Napoli, alla capitale del Regno. Una folla festante si riversò nelle strade, sparando fucilate e mortaretti in segno di giubilo. I preti benedicevano la bandiera italiana, i soldati regi si spogliavano della bianca uniforme borbonica per indossare la camicia rossa.

E in quel preciso momento Salvo Matranga capí che la sua guerra di liberazione nazionale era finita. Finita con la piú totale, assoluta delle vittorie.

Napoli, giugno-luglio

'O munno ca va sottoncoppa, il mondo che va alla rovescia. 'Na rivoluzione. Prima 'o Re nuovo, già benemerito di amnistia, concede la costituzione e 'n'ata amnistia, estesa, questa volta, ai liberali moderati. Poi s'imbarca i liberali moderati suddetti dint'o govierno, e gente che sino al giorno prima se ne stavano alla galera o allo spavento dint'e ccase, dalla sera alla mattina si mettono a cummanna'. Poi il prefetto capo degli sbirri, nu fetiente iradiddio, viene gentilmente messo a riposo e al posto suo spunta 'stu don Liborio Romano, che dicono culo e cammisa nientemeno ca cu Caribardo. Appena 'ncopp'a poltrona, 'stu prefetto nuovo di zecca che fa? Niente. Guardie che nelle strade votano 'a capa, zero controlli e coprifuoco 'e notte. E allora, strade libere ai cumparielli, pugnali sciolti e affari a gonfie vele. Cu 'e liberale ca si vantano: «Napule 'a tenimmo nuje», e invece tutti sanno che per la via spadroneggia Mater Camorra. Ma la cosa dura solo due giorni. Poi il prefetto 'ccillente si desta dal suo sonno, ma invece di fare all'uso solito, mitraglia, bastone, confino e prigione, convoca con mille riguardi nel suo bel palazzo don Tore De Lorenzo, 'o Masto, 'o capintesta, e...

– Cumpa', da questo momento nuje addiventammo la regia guardia delle Due Sicilie!

Mescolato all'assemblea di capizona, capibastone e cumparielli sciolti, Totò 'o Meschiniello davvero stenta a credere alle proprie orecchie. Niente niente don Tore fosse asciuto pazzo? Sentimento condiviso dalla legione di bravi ragazzi convenuti nella taverna di Marianna 'a Sangiovannara, che del capintesta è cugina e cunsigliera, 'na femmena di sangue reale, secondo i parametri dell'associazione, testimone, dico-no, dello storico colloquio. Tutti stentano a credere, tutti col-tivano il medesimo dubbio sulla sanità di mente dell'amato e temuto loro duce, e tutti invocano a gran voce il Masto per-ché ripeta, e nel dettaglio, l'incredibile racconto. E 'o Masto non si fa pregare. E per rendere ancora piú solenne il momen-to, si concede un'escursione nel territorio, appena men che ignoto, della lingua italiana.

– Andai, e ci baciai la mano a quello grande uomo. Isso mi disse: Salvato', l'ora è grave. 'O Re tiene i minuti conta-ti. Presto arriverà Caribardo. Io vi sto dando un'occasione storica, proprio accussí ha detto, un'occasione storica. Re-dimetevi...

– E che sarebbe? – domanda qualcuno.

Marianna appioppa un ceffone alla nuca del disturbato-re. Qualcuno ride, qualcun altro sghignazza. Don Tore ful-mina la platea con una delle sue tristemente note occhiate assassine. Torna il silenzio. Don Tore riprende il racconto.

– C'amm' addeventa' brave guagliune...

– Ma nuje simme brave guagliune!

Adesso nessuno interviene a reprimere, e anzi, tutti rido-no. Don Tore sospira, pensando in cuor suo che hanno ragio-ne i preti, dai quali ha studiato svogliatamente da ragazzo: so-lo il buon pastore può tenere ordinato un cosí brado gregge. E da buon pastore, paziente, riattacca l'omelia.

– Redimetevi. Io vi faccio guardia cittadina, e da doma-ni siete voi incaricati di mantenere l'ordine in città. In cam-bio, tutti, anche quelli che prima erano... insomma, i cum-pari senza l'amnistia, mo' ce l'hanno...

– Tutti?

– Tutti!

– Pure io che ho ammazzato...

– E io che sto fuggiasco da cinqu'anni?

– E io che...

– Aggio ditto tutti, cap' 'e cazz'! – sbotta don Tore, picchiando sul tavolo un pugno che fa rovesciare la caraffa del suo amato vino rosso di Salerno.

Per l'ultima volta si fa silenzio. Don Tore si alza impettito, e portandosi una mano sul cuore declama ispirato.

– E fu allora che io ci dissi: eccillenza, state sicuro ca tutti i nostri cumpagni sono avvertiti. La vita nostra sta nelle mani vostre!

No, non è impazzito don Tore. Don Tore è un grande capo, grande e saggio. E la sua parola è legge. Legge, e buona regola della Camorra. Pecché 'o munno se ne pò pure i' sottoncoppa, basta che 'a Camorra resta acoppa, e sotto tutto 'o munno che avanza. Nei giorni successivi, tanti bravi cumpari prendono i gradi, e don Totò, caro al cuore del Masto, appresso a loro. E a tutti viene data una bella divisa fresca e nuova, e una coccarda tricolore da inalberare appuntata al petto, e a fine mese, nei ranghi regolari della nuova guardia, si contano trecento uomini di don Tore, armati, riveriti e rispettati.

E chesto, conclude don Totò mentre incassa la quotidiana parte di tornesi al mercato della frutta, non piú lacrimata estorsione di criminale ma tributo esatto dal difensore dello Stato, chesto è 'o munno dritto pe' dritto: era prima ca isso, 'o munno, steve sottoncoppa. Prima, e no mo'!

Sicilia - Calabria, agosto

Il picciotto di guardia al palazzo di lady Violet si vide arrivare due uomini laceri, coperti di sangue, gli occhi pieni di spavento. Li giudicò borbonici scampati alla giusta collera dei nuovi padroni e armò la lupara.

– Via, sciò, nun è postu ppi vuàutri, chistu!

Quello piú alto e vestito meglio esibí una coccarda tricolore.

– L'avvocato Gangemi sono. Devo vedere il barone, subito!

– 'U baruni nun c'è cchiú. Chista è 'a casa d'a signura 'nglisi e di so' maritu, – spiegò il picciotto, piú rispettoso. – Ora dormunu. Si vuliti, putiti tràsiri e aspittari ccà.

– Ma è questione di vita o di morte!

Presero a protestare, con toni sempre piú concitati, finché il vocio non destò Violet dal torpore meridiano.

– Siamo qui per avere giustizia, signora, – dissero quando infine, dopo essere stati lavati, rifocillati e rivestiti di tutto punto, vennero ammessi alla presenza della castellana.

– I borbonici vi hanno usato qualche prepotenza? – si informò lady Violet.

– I borbonici non c'entrano, – rispose l'avvocato.

– Su, dite, dunque!

Per la prima volta lady Violet sentí parlare di un paese chiamato Bronte. Si trovava nei pressi di Catania, in un'altra Sicilia, in un altro mondo. A Bronte, Garibaldi era stato accolto come il Messia degli ebrei. A Bronte, contadini e notabili insieme avevano combattuto e versato il sangue per la libertà. Si aspettavano dal nuovo duce la restituzione delle sciarelle, le terre del latifondo usurpato dal Borbone. Quelle terre che per la povera gente significavano lavoro, pane, la fine della miseria, la speranza di un futuro.

Ma Garibaldi era lontano. Garibaldi non sapeva, o era male informato. Le camicie rosse erano venute ed erano passate, e le sciarelle restavano sempre nelle stesse mani. Cosí, era scoppiata la rivolta. Una rivolta violenta, estrema. Bronte era stata messa a ferro e fuoco, il teatro bruciato, l'archivio devastato.

– I pazzi ci presero la mano, signora!

C'erano stati eccidi, ragazzini scannati insieme alle madri, ricchi squartati, preti crocefissi al portale della chiesa. Un ufficiale intelligente aveva patteggiato una tregua. L'ordine era tornato. Poi era arrivato Nino Bixio.

– Una furia di Dio, – attaccò l'avvocato Gangemi. – Mandava fiamme dagli occhi. Bestemmiava Dio e i santi a ogni parola. I veri colpevoli erano già fuggiti quando lui è arrivato. Ha preso i primi che trovava, gente che non c'entrava niente o moderati che avevano cercato di mettere pace, e dopo un processo sommario li ha condannati a morte e fucilati.

– E altri cento poveri cristi ora sono in prigione, – intervenne l'altro, – senza colpa. Noi stessi siamo scampati per miracolo. Garibaldi deve sapere.

– È una questione di giustizia!

Lady Violet svegliò Mario da un sonno di sudore stantio e lo mise al corrente dell'accaduto.

– Ah, Bronte… – bofonchiò lui, per niente sorpreso.

– Che cosa ne sai di questa storia?

– È una questione di proprietà.

Una questione di proprietà, certo. Lady Violet ascoltò Mario in un crescendo di incredulità. La famigerata questione delle sciarelle coinvolgeva il feudo che nel 1799 era stato donato dal Re borbone all'ammiraglio Nelson, in ringraziamento dell'aiuto prestato dagli inglesi nello stroncare i moti napoleonici nel Sud.

– Capito? Ora questi rivoluzionari... non tutti, diciamo i comunisti... vogliono che queste sciarelle diventino proprietà comune. E gli inglesi, i paesani tuoi, non vogliono mollare. È chiaro, e chi rinuncia alla sua proprietà? Anche perché c'è di mezzo il pistacchio...

Il famoso pistacchio di Bronte. Prodotto d'eccellenza della magnifica terra di Sicilia. Pistacchio, cioè guadagno, utile, convenienza. Che gli eredi di Nelson non erano per nulla disposti a mollare a una massa di contadini cenciosi.

– Perciò, il console inglese ha bussato a Garibaldi, e Garibaldi ha mandato Bixio. È chiaro adesso?

Mentre le raccontava la storia, Mario rideva, sempre piú compiaciuto. L'impresa di Bixio, ai suoi occhi, era un capolavoro di strategia politica.

– Hanno massacrato degli innocenti, Mario!

– Innocenti? Mica tanto. E poi, Violet, Bixio e i suoi l'hanno fatto pure per noi...

– What do you mean?

– Ma certo! Se non li fermiamo, i comunisti si prenderanno casa tua, questo palazzo, e magari pure la fonderia...

Lady Violet sentí montare una collera fredda.

– Voglio parlare con Garibaldi.

– Ma se t'ho appena detto che è stato lui a mandare Bixio a Bronte!

– Ci voglio parlare lo stesso.

– È partito. È andato a liberare Napoli.

– E tu lo sapevi! E non mi hai detto niente… Eravamo d'accordo di partire con lui!

Mario chinò il capo. La testarda determinazione di Violet di seguire Garibaldi sino a Roma aveva del patetico. A Roma Garibaldi non ci sarebbe mai arrivato. Non questa volta. E se ci avesse provato, la tenaglia tra Cavour e i francesi lo avrebbe stritolato. Mario aveva lasciato che Violet coltivasse il suo sogno, ma per quanto lo riguardava la guerra era finita. Palermo era la stabilità, erano gli affari che riprendevano. Palermo era la sua nuova casa. Almeno per il momento.

– So what? Cat got your tongue, darling?

– Guarda che ormai ho telegrafato a Tabitha di raggiungerci qui con i bambini.

– Tu hai fatto questo?

– È la cosa piú sensata, amore mio. Qui noi potremo…

Lady Violet corse nelle sue stanze. Preparò un sommario bagaglio, controllò il suo passaporto inglese, si tagliò i capelli a forbiciate furiose, indossò abiti di foggia maschile e si dispose a raggiungere il porto, pronta a pagare sino all'ultima sterlina per un passaggio verso il continente.

Ritrovò Mario accasciato su una seggiola, pallido, incredulo. Nel vederla attraversare il vestibolo ebbe un sussulto. Se ne andava davvero?

– Violet…

Lei esitò, colta da un improvviso panico.

Un tempo, per seguire l'idea, non aveva esitato ad abbandonare suo padre. Anche allora si era tormentata nel dubbio, ma infine aveva deciso. E ora? Perché ora esitava? Perché non sei piú sola, Violet. Perché c'è chi fa le spese di ogni tuo singolo gesto. Mario. Aveva amato quell'uomo e poi gli era diventato estraneo, e poi era tornata ad amarlo. Ma amava lui, la persona, il padre dei suoi figli, il corpo che il desiderio la spingeva a esplorare, o amava ciò che Mario aveva rappresentato ai suoi occhi? Lo amava quando condivideva il suo slancio per l'impresa, e soltanto allora? Il suo, dunque, era un amore riflesso, egoistico, parziale, l'amore vano di Narciso?

I bambini. Li immaginò sbarcare a Palermo, immaginò la delusione sui loro volti fiduciosi, mamma non c'è, è andata a seguire un generale vestito di rosso, ha scelto lui, si vede che questo signore conta piú dei suoi figli... Maledisse la sua condizione di donna. Pensò all'ironia impalpabile con cui Tabitha aveva liquidato la sua dedizione alla causa.

«Un giorno vi accorgerete di quel che siete, una donna e una madre».

E la causa, poi... Poteva ancora considerarsi sua dopo Bronte?

La valigetta le scivolò dalle mani, cadde sul pavimento con un tonfo sordo. Lady Violet accolse, passiva, l'abbraccio di Mario.

I bambini arrivarono una settimana dopo.

In quegli stessi giorni di agosto, un generale spagnolo che vestiva la divisa del Borbone si presentò al carcere di Reggio e convocò a colloquio i sessanta ergastolani che vi erano detenuti. Il generale fu conciso e convincente: il Re accordava la grazia a tutti, a condizione che accettassero di entrare nel nuovo esercito «irregolare» che doveva condurre la «guerriglia» contro i piemontesi.

– Niente divisa, paga doppia, e quello che vi guadagnerete col vostro schioppo potrete tenerlo, senza dividerlo con nessuno.

– Ma c'avimu 'a fàciri? – s'informò un vecchio brigante guercio e gottoso che chiamavano il Calabrotto, ma anche 'u Fitusu, per via dell'odore nauseabondo che emanava.

– Quello che avete sempre fatto: rubare, ammazzare e prendervi le donne, – tagliò corto il generale. – Allora? Chi viene con me?

– Viva 'u Re!

Una poderosa, collettiva esplosione d'entusiasmo sommerse le sue ultime parole.

Napoli, settembre

Garibaldi è entrato trionfalmente a Napoli il 7 settembre. Ma prima ci è arrivato tranquillo, in treno, dopo un viaggio niente affatto logorante. E come l'ombra che segue la propria carcassa umana, dieci giorni dopo Mazzini l'ha raggiunto. Mentre passeggiano insieme sul rettifilo, in un fresco tramonto appena agitato da una piacevole brezza, Paolo Vittorelli de la Morgière strapazza Lorenzo con pungente sarcasmo.

– Com'è che recitava il vostro dispaccio di agosto? Desidero tanto, prima di morire, un anno di Walham Green o di Eastbourne, e lunghi silenzi, qualche parola amica per addolcire la vita, tanti gabbiani e placidi sonni... Erano parole di Mazzini, vero? Almeno cosí mi avete scritto.

– Ha cambiato idea, sapete com'è fatto l'uomo... È a Napoli per incontrare Garibaldi.

– E il Generale?

– Non l'ha ancora ricevuto.

– Dobbiamo mandarlo via. Inventatevi qualcosa.

– E voi inventatevi qualcosa per me. Sono stanco di questo gioco. Voglio tornare libero.

– Lo chiamate gioco, barone? Sí, forse sí, forse non è altro che un maledetto gioco. Ma finché dura... Datevi da fare. E non badate a spese. Sapete dove trovarmi.

Vittorelli ha appuntamento con una signora americana. È incredibile la quantità di avventurieri, sognatori, agitatori che accorrono ogni giorno a Napoli attratti dal fascino di Garibaldi. Pare che Mazzini stesso sia stato respinto da sei alberghi prima di reperire un modesto alloggio, sicuramente inadeguato allo status di padre della patria che, in fin dei conti, gli spetterebbe di diritto. La signora in questione si dichiara entusiasta della causa italiana, e pronta a scrivere un libro definitivo sul grande condottiero. Che, per il momento, non ha ancora vinto le ultime resistenze dell'esercito borbonico. In compenso, la signora, per il momento, non disdegna le attenzioni di un coraggioso ufficiale piemontese (cosí si è presentato Vittorelli) accorso a Napoli per mettere il suo braccio e il suo cuore al servizio dell'unità d'Italia. In realtà, Vittorelli ha ordini assai diversi. Impedire a ogni costo che si consumi qualche folle tentativo per Roma. Evitare che Mazzini e Garibaldi tornino alleati dopo dieci anni di reciproca diffidenza. In caso estremo, liquidare il Generale e i suoi accoliti. L'unità è diventata una lotta contro il tempo. Garibaldi ha sempre nel cuore Roma, e Vittorio Emanuele pare troppo affascinato dal condottiero per calcolare le conseguenze di un'avventura per la quale i tempi non sono ancora maturi. Conseguenze inimmaginabili: Napoleone III che cambia bandiera e si allea col Borbone, una guerra totale con un clamoroso disavanzo di uomini, le annessioni che si sfarinano, duchi, duchini e principessine che tornano a forza nelle terre ormai perdute, il progresso che s'arresta, il capolavoro di Cavour annientato da un manipolo di pazzi esaltati. Per questo Cavour è stato costretto a invadere l'Umbria e le Marche. Strangola lo Stato pontificio per salvare il papa e Roma. Ancora una volta, la Storia è maestra di ironia e paradosso: l'invasione era il piano originario di Mazzini. Cavour l'ha attuato. Comprensibile che, oggi piú che mai, il primo ministro voglia morto il rivoluzionario. Vittorelli attraversa via Toledo. I vecchi quartieri spagnoli brulicano di un'umanità tanto febbrile nell'apparenza di traffici innominabili, quanto languida nella sostanza di un ozio che nessun governo riuscirà mai a vincere. E la chiamano Italia, questa «stracciopoli» che sa di unto, di urina, di femmine sguaiate, di tipi tosti che roteano il bastone ringalluzziti da improvvisate coccarde patriottiche, di miseria e di indolenza. E la chiamano Italia! E saranno costretti a governarla, a rimetterla in riga, questa landa di primitivi, saranno costretti a farlo perché l'hanno voluta, tanto fortemente voluta, e adesso che è «cosa loro» non resta che sperare di trarne il massimo utile. Prima di abbandonarla al suo destino. Sempre che, un giorno o l'altro, ci si riesca. È giunto alla meta, infine. Miss Scarlet gli apre il suo boudoir. Una nube di cipria e di baci lo avvolge. Vittorelli si slaccia la marsina e pregusta il piacere.

Il capitano Riario Sforza sospira.
– Domanda respinta.
Terra di Nessuno insorge.
– Si prepara la guerra, e voi lo sapete bene, capitano. Un soldato con la mia esperienza può esservi utile...
– Mi dispiace, non posso arruolarvi tra i miei ufficiali.
– Prendetemi come soldato semplice, allora. Ho combattuto nel '48, sono stato a Roma con Garibaldi, e poi con Pisacane a Sapri... Voi conoscete la mia storia.
– La conosco fin troppo bene, signore. Sul vostro capo pende una condanna a morte, mai revocata, per quel disdicevole episodio di Sardegna. Non c'è bisogno di aggiungere altro, credo...
– Voi, che sino a ieri stavate col Borbone, dite a me, che...
– Un'altra parola e vi faccio arrestare!

Terra di Nessuno è a Napoli da quindici giorni. Ha preceduto Garibaldi, è andato ad accoglierlo alla stazione mescolato alla folla in tripudio, ha invano domandato udienza. Tutto inutile. Se non ci avesse messo tanto a riprendersi dalla «cura» carceraria di Sua Maestà, avrebbe combattuto a Palermo, a Milazzo, sarebbe salito sul vapore per la Calabria, avrebbe, avrebbe...

– Sono un soldato senza gloria, – confida, amaro, a Striga. – La guerra mi passa accanto e io non riesco ad afferrarla...

Striga gli accarezza i capelli, lo stringe, lo bacia. Terra lascia fare, distratto, vinto. Sta da un'altra parte. Ha perso l'armonia. Lady Violet ha scritto da Palermo: tornate, la vostra compagnia mi è preziosa. Anche lady Violet soffre, prigioniera della sua nuova vita di madre e moglie. Anche lady Violet ha perso l'armonia. I numeri vorticano impazziti, pensa Striga. Nel momento della vittoria si accumulano le tante minime disfatte individuali. E forse, la vittoria stessa non è che la risultante di tutte quelle sconfitte. Un'equazione irrisolta, un teorema indimostrabile, una formula bizzarra che in nessun laboratorio potrà mai essere sottoposta a verifica. Vedere il suo uomo cosí affranto la sconquassa. Striga, ricongiunta al suo amore, si sente sola come sui monti di Calabria, sola come nel *dungeon* del bordello, sola con il medaglione che lord Chatam le ha regalato la notte della sua morte, il medaglione col ritratto e quelle tre parole: «Be witch forever». Che tu sia Striga per sempre. Ma Napoli e la guerra hanno cancellato tutta la magia di Striga. Il tocco delle sue mani ha perso ogni potere. E i numeri non sanno piú stare al posto loro.

Totò 'o Meschiniello incassa una borsa di denari e la promessa che non ci saranno doganieri a controllare il prossimo carico «pe' zi' Peppe», cioè le casse di camiciotti di seta e robusti calzoni di tela importati dalla Toscana che i camorristi rivendono al mercato nero, esente dazio, come proprietà del dittatore Garibaldi: roba d'o zi' Peppe, zio Giuseppe, appunto. Don Totò non dubita che l'agente governativo manterrà la parola: quel Lorenzo, un veneziano dall'aria decisa, gli è sembrato abbastanza consapevole delle regole del gioco per tentare qualche brutto scherzo. E poi, senza l'appoggio dei cumparielli, il suo piano fallirebbe miseramente, e dunque...

Lorenzo ha appena voltato le spalle a quella merda d'uomo che il suo sporco mestiere l'obbliga a blandire, quando un grido soffocato lo costringe a tornare sui propri passi. Totò è con le spalle al muro del vicolo della Reginella, e un uomo lo sta prendendo a pugni coprendolo d'insulti. Lorenzo medita se intervenire o meno, ma poi incrocia lo sguardo del camorrista, intercetta la sua muta richiesta d'aiuto, afferra lo sconosciuto per le spalle e lo allontana.

– Lorenzo!

– Ah, 'o canuscite, a chest'assassino!

Lorenzo tacita con un gesto secco il camorrista e si getta nelle braccia di Terra di Nessuno.

– Ah, e site pure culo e cammisa!

Forse, pensa Totò, forse devo rivedere il giudizio su 'sto barone d'a uàllera. E chi me lo dice che sta veramente dalla parte dell'ordine e non è uno che vuole rimettere il mondo come stava prima, cioè sottosopra? Totò lancia un triplice, prolungato fischio. E la notte nel vicolo si popola di ombre.

– Pure io ti conosco, infame! – urla intanto Terra, cercando di avventarsi su Totò. – E non mi sono dimenticato di quello che mi hai fatto alla Favignana!

Ma non c'è tempo per un nuovo assalto. Le ombre, materializzandosi, si trasformano in camorristi vestiti dell'uniforme della guardia civica. Mani possenti afferrano Terra e Lorenzo, li immobilizzano, li costringono a inginocchiarsi al cospetto di don Totò.

– E mo', spiegatèmi a 'st'ammuina.

– Una parola da solo a solo, don Totò, – invoca Lorenzo.

– Vabbuo', ma facimm' ampressa.

Si appartano, mentre gli sgherri non mollano la presa su Terra.

– È un giovane valoroso, è come un fratello per me.

– E allora?

– Lasciateci andare. Garantisco io per lui.

– E se invece vi porto a tutti e due a Montefusco? 'O carcere ce sta ancora, vuje 'o sapite...

– Fatelo, e perderete cento lire piemontesi.

– Ah, sí? E dove stanno queste ciento lire piemontesi? I' nunn'e bbeche.

– Domani mattina. Alle dieci in punto. Alla taverna di Marianna.

– I' me vulesse fida', signuri', ma di questi tempi... 'A fiducia costa cara!

– Centocinquanta.

– E allora vuol dire che per amore vostro e di Vittorio Emanuele vi voglio fare questo gesto di carità. Ma dicitencello a 'o frate vuoste ca chesta è a primma e l'urdema vota... Guagliu', jammuncenne!

Restano soli, ma scortati da cento occhi sospettosi, finché non abbandonano il vicolo e si tuffano nella calca del centro.

– Sono qui con il Maestro, – spiega Lorenzo, – spera ancora di convincere Garibaldi a prendere Roma.

Terra è cupo, scontroso.

– Te la fai con quella gente, adesso?

– Quella gente ci ha consegnato Napoli senza farci versare una goccia di sangue.

– Era meglio versarlo, allora...

Arrivano a un vecchio palazzo dall'aria cadente. Un'orrida megera sbarra loro il passo. Provoca Terra con il gesto inequivocabile del pollice e dell'indice.

– 'A pigione, signuri'!

– La settimana non è ancora passata.

– Le regole sono cambiate. Se volete restare qua, voi e la signora, dovete pagare anticipato. Sennò... aria!

Lorenzo le getta in faccia una manciata di tornesi.

– Non dovevi, – protesta Terra.

– Siamo fratelli, – dice Lorenzo, e se lo trascina via.

Nel rivedere il vecchio amico, gli occhi di Striga si illuminano di gioia. Ma presto la tristezza li offusca. Ancora disarmonia, confusione, ancora il bene e il male mescolati. Striga ha un giramento di testa. Lorenzo la soccorre. Terra versa un bicchiere di vino e rivela a Lorenzo il suo angoscioso desiderio di partire per la guerra, l'impossibile reclutamento, la frustrazione del soldato lontano dal campo di battaglia.

– Puoi aiutarmi?

Lorenzo cerca gli occhi di Striga. Una muta domanda: che devo fare?

– Fa' che torni l'armonia, – risponde lei.

Due giorni dopo, Terra viene arruolato con il grado di tenente nell'esercito garibaldino. Striga partirà con lui, seguirà la spedizione dalle retrovie. Terra è un uomo rinato. Dalla sua figura s'irradia un'energia contagiosa. Abbraccia Lorenzo.

– Vieni anche tu!

– Non posso lasciare il Maestro. È solo, stanco, circondato da opportunisti e rinnegati... Tu, piuttosto, promettimi che tornerai.

– Ci proverò. Ma se non ci dovessi riuscire, ti affido Striga...

Lorenzo lo accompagna all'improvvisato accampamento, pochi chilometri fuori dall'abitato. Terra non saprà mai quanto deve alla Camorra e a Vittorelli. Ennesimo prezzo del tradimento. Purché torni, purché non diventi il prezzo della morte.

Quella sera, Lorenzo si ubriaca alla taverna, fa a braccio di ferro con Totò 'o Meschiniello, vince ai dadi una puttana, si ritrova a letto con una ragazzina sfrontata che giura di essere vergine. Un'ondata di schifo lo sommerge. La possiede ugualmente, con una violenza che lo sgomenta. La ragazza vorrebbe fuggire. Lui si svuota le tasche. Lei incassa e scappa, insultandolo in dialetto. Appagato, torna a bere. Farnetica, mettendo a parte dei suoi pensieri il piú improbabile degli interlocutori, don Totò. Il tradimento può generare voluttà? Essere il salvatore di un uomo giusto e il boia di un altro in che scala numerica mi mette, Striga?

– Jatevenne, avete bevuto troppo, – lo consola 'o Meschiniello. – Vuje tenite qualche brutta cosa dentro... Nun ce penzate, lassate sta', 'a nuttata passa.

L'ultimo giorno del mese, Totò e i suoi organizzano una manifestazione sotto le finestre della modesta dimora che Giuseppe Mazzini divide con Carlo Cattaneo. Morte a Mazzini, gridano i camorristi, e con loro i figuranti abbondantemente remunerati, i mestatori per passione che sfogano il livore accumulato in misere esistenze contro chiunque goda di una certa fama, i borbonici che rialzano la testa, quelli che odiano Crispi e quelli che cominciano a detestare Garibaldi. Tutti contro un solo uomo. Lorenzo è accanto al Maestro, che osservando la folla si stringe nelle spalle. «Te n'ia' i'», te ne devi andare, gridano dabbasso. Ebbene, si arrende Mazzini, se non sono gradito... sia fatta la volontà del popolo.

Napoli, dicembre

– Non credete, colonnello, che escludere ancora Mazzini dall'amnistia generale sia un gesto, oltre che ingeneroso verso una figura cosí eminente, anche controproducente per l'immagine della nuova Italia?

– Controproducente per chi, se posso chiedere?

– La stampa inglese è inviperita contro il ministro Cavour, colonnello. E anche da noi in America la vostra durezza verso i repubblicani è commentata sfavorevolmente…

Paolo Vittorelli de la Morgière si accende la pipa e con un gesto premuroso allontana il fumo, impedendo che vada a inoltrarsi nelle cespugliose narici dell'intervistatore. Nella sua nuova qualità di commissario straordinario all'informazione, alle dirette dipendenze del luogotenente Farini – non bastavano i guai che ha combinato a Modena e a Parma, anche a Napoli doveva ritrovarselo fra i piedi, quell'asino matto –, gli tocca pure scambiare alcune parole con mister Griffin McCoy. Un massone ultraradicale già legato a Garibaldi sin dai tempi della Repubblica romana e, oltretutto, amico personale dell'agente Elizabeth.

– La posizione del governo che rappresento è chiarissima: Mazzini è un terrorista condannato piú volte a morte, e come tale sarà trattato se dovesse finire nelle nostre mani…

– È la posizione del vostro governo, colonnello, o quella del conte di Cavour? Si dice che il Re in persona abbia sollecitato il perdono per Giuseppe Mazzini.

– Non so da dove vi sia giunta questa notizia, signore, ma so che essa è frutto della disinformazione abilmente fomentata dai disfattisti. Il mio governo è fermo e unito nella sua posizione, a partire dal Re sino all'ultimo dei fantaccini!

– Allora prendetelo, processatelo e poi impiccatelo. Tutti sanno che Mazzini è qui a Napoli.

– Davvero? A me non risulta. Riferirò ciò che mi dite a chi di dovere.

– Dite la verità: non osate farlo perché il ridicolo e la vergogna vi sommergerebbero!

– Sentite, mister McCoy: Garibaldi, quel grand'uomo, ha vinto al Volturno. I borbonici sono stati debellati. Garibaldi ha consegnato l'Italia al Re e se n'è andato, novello Cincinnato, nella sua bella Caprera. Vittorio Emanuele è re di tutti… di quasi tutti gli italiani. L'Italia è fatta. Non pensate che per una volta i vostri lettori potrebbero essere piú interessati a questa luminosa impresa, piuttosto che a vecchie polemiche ormai dimenticate?

Il colloquio lascia Vittorelli irritato. Stampa! Ecco un settore nel quale intervenire im-me-dia-ta-men-te e senza nessun tentennamento. L'Italia è fatta, che diamine, almeno al novanta per cento, è ora di mettersi a lavorare, di abbandonare le vecchie polemiche, di rimboccarsi le maniche. È, in definitiva, l'ora di smetterla di rompere i coglioni.

Lorenzo si presenta qualche minuto dopo. Invoca un colloquio che non gli viene concesso. Vittorelli gli fa dire dal fido ispettore Blasetti che gli ordini non cambiano. Partirà con Mazzini, appena quel grandissimo rompiscatole si deciderà a levare le tende. Blasetti torna dopo pochi minuti, alquanto imbarazzato.

– Eccellenza…
– Ebbene?
– Non vuol sentire ragioni. Dice che vi ha servito lealmente, e che a questo punto sperava, da parte vostra, in un gesto di clemenza.

Clemenza! E in nome di che, medita amaro Vittorelli, accarezzando lo sfregio.

– Allora? Che devo dirgli?

– Niente. Uscite da una porta secondaria e andate a festeggiare l'unità d'Italia. Quando si sarà stancato di aspettare, che vada pure al diavolo. Dopotutto, non gli ho promesso un bel niente.

Hai voglia ad aspettare la tua libertà, concluse fra sé e sé Vittorelli, battendo il fornello della pipa contro il tacco dello stivale d'ordinanza. Hai voglia, spia!

Parte undicesima

1861-62

Torino, giugno 1861

Stroncato, ha scritto un cronista in gramaglie, dall'enciclopedica fatica... Cosí sarebbe morto Camillo Benso conte di Cavour. Un accesso tanto furioso quanto rapido di un misterioso male se l'è portato via dopo poche ore di lucida agonia. Vittorelli siede al *Caffè del Cambio*, il volto atteggiato come conviene alla circostanza. Attende da un istante all'altro la «chiamata» che deciderà il suo destino. Paradiso o inferno. Tutto dipende dal lascito di Cavour. Mentre sorseggia la Bevanda Tricolore all'Agrume di Sicilia che qualche bello spirito ha ideato, non foss'altro per dimostrare che, quantomeno sul piano alcolico, l'unità s'è davvero realizzata, accoglie, saggiamente diffidente, l'omaggio di quanti lo sapevano caro al cuore del defunto e lo reputano tuttora potente. Con uguale grugno rabbuiato si accodano *clientes* d'ogni genere. Ognuno di costoro porta, accanto alla speranza di un qualche lucro imminente, la propria «voce» sulla tragedia. Già in dicembre Cavour aveva affrontato, e vinto, un male misterioso. Mistero destinato a infittirsi, a farsi leggenda.

– Avvelenato da agenti mazziniani...

– Un miscuglio di veleni provenienti dalle Indie gli fu iniettato da una dama inviata personalmente da Napoleone III, geloso dei suoi successi...

– «Ah, Mazzini, tu m'uccidi, assassino», esclamò sul letto di morte...

– No, maledisse il Re di Napoli...

– Piuttosto, la Martini...

– Ma cosa dite! I borbonici hanno infiltrati dappertutto. Sono i napoli che hanno finto entusiasmo per l'unità e sotto sotto brigano per disintegrarla...

Mazzini, i borbonici, Napoleone... e perché non La Marmora, allora, o Rattazzi, o lo stesso Re? Quanti odiavano Cavour e ne erano invidiosi? Chiacchiere di donnicciole. Che una dama possa averci messo lo zampino è probabile, con la vita che il Conte conduceva. In tal caso, non ci sarebbe stato bisogno alcuno né del veleno né dell'India: bastano e avanzano, è noto, altri fluidi a trasmettere l'inesorabile mal francese. Agenti mazziniani poi, una vera stupidaggine! Anche se Mazzini resta esule e proscritto, i suoi uomini sono dovunque, infestano addirittura il parlamento. Sono quelli vestiti di nero, con la faccia sempre incupita, neanche oggi, oggi che avrebbero motivo di gioire della scomparsa di un grande nemico, neanche oggi li vedi dismettere la loro inossidabile tetraggine. Comprensibile, pensa Vittorelli, che gli estremisti non gioiscano della morte di Cavour. Grande nemico, sí, ma soprattutto nemico grande. Sanno, come lo sa tutta Torino, che nella rosa degli aspiranti delfini del Benso non ve n'è uno che sarebbe stato degno, lui vivente, di baciargli un'unghia del piede.

Vittorelli ha chiesto al suo agente a Londra una dettagliata relazione sullo stato d'animo di Mazzini. Già, peraltro, intuisce la risposta. Vittorelli immagina Mazzini colpito, percosso, persino commosso dalla morte di Cavour. Perché questa morte apre un vuoto, e sarà arduo colmarlo. Perciò niente misteri, solo il corso naturale delle cose. In fondo, il poetico cronista non ha tutti i torti. Cavour è davvero stato stroncato dall'enciclopedica fatica di fare l'Italia. Se è vero che è dalla mossa finale che si giudica il buon giocatore del faraone, Cavour, piú che essere rapito dalla Falce, l'ha chiamata a sé, uscendo di scena con l'inchino e lo sberleffo del guitto consumato. Ha fatto l'Italia, l'Italia a modo suo, e che altro gli restava da fare se non andarsene? Mentre Mazzini resisterà finché non avrà deciso che l'Italia, fatta dall'altro, gli somigli abbastanza per poter calare il sipario. Oppure, vinto, si ritirerà in buon ordine. Speculari, quei due. Con una grande differenza. Cavour disprezzava i propri simili, ritenendoli inadeguati, mai all'altezza della sua superiore intelligenza, intimamente perversi, una massa da manovrare senza tenere in nessun conto i suoi desideri, le aspirazioni, la volontà. Tanto era chiaro, al suo genio dominante, che si trattava nient'altro che di meschina avidità e convenienza. Mazzini, al contrario, quell'umanità l'ama di un amore profondo e convinto, crede di poterla spronare verso i piú alti traguardi. Il minimo che si potesse dire era che, accecato dall'odio, Cavour si perdeva anche i migliori, accomunati nella sua condanna senza scampo dell'umanità intera: dominato dal suo amore, Mazzini si prende anche i peggiori. E a volte li scambia per eroi. Entrambi vittime di una distorta visione della realtà: Cavour eccessivamente maligno e pessimista, Mazzini troppo buono e ottimista. Un vero coglione! Ragione per la quale al funerale dell'esule avrebbero partecipato folle oceaniche, mentre a quello di Cavour, pure presidiato, per obbligo, dai notabili e maggiorenti sabaudi, piuttosto che rimpiangere l'uomo, l'amico, l'amante ovvero lo statista, si ciacolerà di pettegolezzi venerei, e si passeranno in rassegna i candidati alla successione. Speculari, sí, quei due... Se il Conte fosse davvero riuscito a mettere le mani sul «signor Strozzi», c'era da giurare che l'avrebbe davvero fatto appendere, e il giorno dell'esecuzione lo avresti visto in prima fila nel parco dell'Acquasole, a menar vanto. Ma compunto, come si conviene all'uomo di Stato.

Ma quanto fosse bastardo nell'animo il suo mentore, Vittorelli lo realizza soltanto qualche settimana dopo, allorché, insediatosi il nuovo gabinetto presieduto da Bet-Bey Ricasoli, si vede *ipso facto* destituito da ogni incarico e trasferito a un reggimento nell'ostile Calabria. E quando chiede spiegazioni, gli mandano gli originali di certi rapporti stilati durante la guerra del '59. Quei rapporti nei quali Vittorelli si era divertito a ironizzare sulla figura dello stizzoso barone fiorentino. La vignetta in cui lo si raffigura con un palo su per il culo non doveva essere piaciuta troppo al nuovo primo ministro. Va da sé che era stato Cavour in persona a girare il dossier al diretto interessato. Eccolo, il lascito dell'uomo che aveva servito con fedeltà adamantina per tanti anni. L'inferno lo attende, altro che il paradiso! E se si fosse fatto mazziniano? Se avesse fatto il grande salto? Se fosse diventato, a sua volta, spione dello spiato?

Calma, calma, Vittorelli. Non tutto è perduto. Perso un mentore, ne spunterà un altro. Non si getta alle ortiche in un istante la sapienza accumulata in anni. Calma, rassegnazione, la buriana sfurierà.

Le cose cambiano.

Paga, dunque, di tasca propria uniforme e armamenti nuovi di zecca, cavallo, biada e alloggiamento in Cosenza. Sceglie la dimora, insospettabilmente ben tenuta, dell'ormai defunto giudice Saraceni, a suo tempo sterminatore dei cospiratori del '44. Unica concessione dei nuovi potentati: il distacco del fedele commissario Blasetti, che, terrone la sua parte, quantomeno potrà essergli utile come interprete di quei luridi cafri e ottentotti che lo mandano a domare.

Calabria, inverno 1861

Ammu pusato chitarra e tammure
pecché 'sta musica s'adda cagna'
simmo briganti e facimmo paure
e cu 'a scuppetta vulimmo canta'
hei hei ah ah ah ah
hei hei ah ah ah ah.

A Borgopane erano passati i piemontesi, e le spie avevano riferito che il sindaco e il prete si erano inchinati al capitano che comandava la compagnia.

Il Calabrotto e la sua banda arrivarono a Borgopane al tramonto. Fiordaliso, che li aspettava a due leghe dall'abitato, fece segno che i piemontesi se n'erano andati e la via era libera. Il Calabrotto ordinò alla colonna di mettersi in marcia.

Il Calabrotto faceva la guerra in nome del Re di Napoli e in nome di sé stesso. La divisa che il generale spagnolo gli aveva consegnato dopo la scarcerazione l'aveva barattata con un giaccone di pelle di capra. Aveva conservato però gli stivali di buona fattura, e integrato l'uniforme con il berretto e la sciabola prelevati a un tenente piemontese. Quando gli aveva cavato gli occhi dalle orbite, l'uomo era già morto. Occhi chiari, giovani. Gli avrebbero fatto comodo, con la vista di merda che si ritrovava.

Per qualche tempo aveva fatto lega con Cipriano e Giona La Gala, principi del Taburno. Avevano bruciato e saccheggiato castelli e masserie, rapito possidenti liberali e oltraggiato le loro femmine, esatto decime da nobili tremebondi che si erano divertiti a tenere sulla corda finché non era scoccata anche la loro ora. Avevano invaso e devastato villaggi, accampamenti e campi e monti. Poiché, però, come si dice, due galli in un pollaio non possono convivere, a un certo punto, quando l'aria s'era fatta pesante, il Calabrotto e una trentina di fedeli avevano ripiegato verso l'interno. Che Cipriano si divertisse pure a mangiare orecchie e intestini di preti e bersaglieri! Lui, il Calabrotto, sapeva che prima o poi la guerra sarebbe finita e voleva riportare la pelle a casa. E ce l'avrebbe fatta. Perché un brigante piú accorto del Calabrotto non s'era mai visto, né mai si sarebbe visto. Il giaccone era tornato assai utile quando il cielo s'era fatto cupo e le forre della Sila s'erano imbiancate di neve. Il Calabrotto faceva la guerra per sé stesso, perché in fondo, del Re, non gliene fotteva piú niente a nessuno.

E mo' cantammo 'na nova canzona
tutta la gente se l'adda 'mpara'
nuie cumbattimmo p'o Re burbone
e 'a terra nosta nun s'adda tucca'.

L'accoglienza delle popolazioni l'aveva lasciato stupefatto. Quando entravano in un villaggio erano feste, scoppi di mortaretti, municipi impavesati, campane che suonavano a stormo, Gloria e Paternoster di ringraziamento. Ed erano gli stessi posti dove, appena due, tre anni prima, giravano gli avvisi di cattura colla sua faccia stampata sopra. E quelli che adesso facevano a gara nell'offrirgli la casa, la mensa, il bagno caldo e talvolta il letto erano gli stessi che, appena due, tre anni prima, si facevano il segno della croce sussurrando il suo nome in preda a un mistico terrore. È proprio vero che nella vita non si finisce mai d'imparare, e finché c'è vita c'è speranza. Era nato brigante, sarebbe dunque morto eroe? Meno di due anni che comandavano i piemontesi, e già la gente invocava il ritorno del Re. Perché siamo di due razze diverse, argomentava il Calabrotto, noi uomini, loro animali. Noi dovremmo stare sopra e loro sotto, e invece il mondo va alla rovescia, e alla fine perderemo, ma qualche soddisfazione ce la siamo pure levata! Il generale spagnolo che combatteva per il Re era stato preso e fucilato, ma la guerra continuava. Borgopane era un villaggio di traditori, un villaggio piemontese. Magari fra la gente di quel posto c'era pure qualche bravo cristiano, ma a questo avrebbe pensato al momento opportuno. Se c'era tempo.

Chi ha visto 'o lupo e s'è miso paure
nun sape buono qual è 'a verità
'o vero lupo ca magna 'e criature
è 'o piemuntese c'avimm'a caccia'.

Quando s'imbattevano in una squadra di piemontesi, la regola era: o noi o loro. Non si facevano prigionieri. I piemontesi erano superiori di numero, meglio armati ed equipaggiati, ma non conoscevano la sua terra e non parlavano la sua lingua. Negli scontri in campo aperto i briganti erano destinati a soccombere, ma nella guerriglia nessuno li superava. Perciò il Calabrotto evitava la guerra. E poi, il popolo sta con noi! Non c'è villaggio, non c'è stazzo o casolare che non sia frequentato dalle nostre vedette. Sappiamo nomi e indirizzi di tutte le spie piemontesi. Andiamo a prendercele nottetempo, casa per casa, e qualcuna la crocifiggiamo al portone della chiesa, a qualcun'altra gli tagliamo i cugghiuna e glieli cacciamo in bocca, e non c'è campo, forra o vallata dove non risuoni la canzone del brigante.

Tutte 'e paise d'a Basilicata
se so' scetate e vonno lutta'
pure 'a Calabria mo' s'è arrevotata
e 'stu nemico o facimmo tremma'.

Entrarono a Borgopane al calar del tramonto. Non si muoveva un fiato, non si sentiva una voce. La chiesa era sbarrata, sbarrato il municipio. Ma il Calabrotto sapeva che occhi terrorizzati li fissavano dalle finestre dagli infissi sconnessi, dagli sfiatatoi delle cantine, dalle fenditure fra le assi delle stalle. Portò i suoi uomini in piazza. Ancora nessun movimento. D'improvviso echeggiò un grido. Il portale della chiesa si spalancò e ne uscirono di corsa i carabinieri, sparando all'impazzata. Fiordaliso si gettò in ginocchio, urlando che non ne sapeva niente, che lo risparmiassero, che non era lui il traditore. Il Calabrotto gli piantò una palla nell'occhio, poi tirò un calcio al cadavere, ancora agitato dagli ultimi fremiti, e con un grido inumano comandò la carica. Il Calabrotto sapeva che i piemontesi erano soldati di leva, spesso ragazzini spaventati, che solo l'autorità dei capi, i veri bastardi, riusciva a tenere in riga. Con la minaccia delle decimazioni e ogni sorta di punizione corporale. Perciò, incurante delle palle che gli fioccavano intorno e dei compagni che cadevano, si avventò digrignando i denti verso il cuore della mischia. Dalle finestre, intanto, qualcuno aveva preso a sparare contro di loro.

Femmene belle ca date lu core
si lu brigante vulite aiuta'
nunn'o cercate, scurdateve 'o nomme
chi ce fa guerra e nun tene pietà.

Una palla lo prese di striscio al fianco, ma il Calabrotto non se ne dette per inteso. Aveva individuato il bersaglio. Un capitano. Impettito nella sua uniforme, se ne stava al centro di un quadrilatero di protezione, nel bel mezzo del sagrato, la sciabola sguainata, e abbaiava ordini in quella sua parlata da ricchione. Il Calabrotto lasciò cadere la pistola e impugnò una corta scimitarra. Un'arma micidiale. Ne aveva già sperimentata la lama sul legittimo proprietario, un marchese che secoli addietro l'aveva presa a un corsaro turco.

Un fendente. Un corpo che ruzzola. Uno schizzo di sangue. Un insulto. Un gemito. Una bestemmia. Un altro insulto. Un nuovo fendente. Un nuovo caduto… Il Calabrotto colpiva e colpiva, lo sguardo fisso sulla figura sempre piú vicina del capitano piemontese. Quando gli fu davanti, in un miracoloso deserto di presenze umane, si fermò e lo fissò dritto negli occhi. Lesse il terrore. Il terrore antico che si prova davanti a una bestia indomita o a un dio selvaggio, il terrore che paralizza e fa perdere la ragione.

Fu certo di aver vinto anche quella battaglia. Con un gesto lento, quasi ieratico, vibrò un solo colpo con quanta forza aveva in corpo. La testa del capitano fu spiccata dal busto. Il Calabrotto si chinò a raccoglierla e la sollevò verso il cielo, lanciando il suo feroce urlo di trionfo. I piemontesi sbandarono. I briganti si avventarono su di loro e li fecero a pezzi. Poi si dedicarono alla gente di Borgopane. Entravano senza fretta nelle case e ne uscivano coperti di sangue e di bottino. Al sindaco riservarono un trattamento di riguardo. Lo scovarono nascosto in una cantina. Violentarono davanti a lui la moglie e le figlie, che decisero di risparmiare perché braccia, gambe e minne di latte potevano sempre tornare utili, poi lo obbligarono a scavarsi la fossa. A turno, uno alla volta, prima il capo poi i venticinque scampati al fuoco piemontese, tutti gli dettero una santa coltellata. Lo gettarono nella fossa che ancora rantolava. Lasciarono il villaggio all'alba. Un branco di lupi, attratto dall'odore del sangue, si preparava al banchetto, rumoreggiando in attesa che i briganti sgomberassero il campo.

Ommo se nasce, brigante se more
e fino all'urdemo avimm'a spara'
ma si murimmo menate nu sciore
e 'na preghiera pe' sta libertà
hei hei ah ah ah ah
hei hei ah ah ah ah.

Torino, primavera 1862

Al Signor Deputato Terra di Nessuno, in Torino.

Isola (tristissima) di Santo Stefano, 15 aprile 1862.

Egregia Eccellenza,

chi Vi scrive è il Vostro vecchio compagno di patimenti Servaddio Antonio, inteso, e a Voi noto, quale Totò 'o Meschiniello. In nome del percorso che insieme attraversammo oso rivolgermi a Voi con il nome di battaglia che il giorno, per me indimenticabile, nel quale ci conoscemmo, aveste la compiacenza di comunicarmi. Poiché Vi è nota la mia scarsa attitudine alle lettere, ho pregato il signor tenente Federico Filippo Reyes, già al servizio del Re di Napoli, di farsi interprete, per iscritto, dei miei sentimenti. Il signor tenente Reyes è un gentiluomo onesto e leale che patisce le pene dell'inferno per essersi mantenuto rispettoso del giuramento di lealtà a suo tempo rivolto al sovrano deposto. Per questo solo motivo egli è ora incatenato con ferri ai piedi, e soltanto un miracolo di Nostro Signore ha permesso che sopravvivesse alla funesta piaga del cholera, qui condizione abituale del detenuto. Mi indirizzo a Voi, che so uomo onesto e combattente e soldato senza macchia, nella Vostra qualità di Deputato all'Eccellentissimo Parlamento Italiano in Torino. Anche se da lontano, ho infatti appreso, per il gran rumore che se ne fece in Napoli, della Vostra sublime condotta sul campo di battaglia del Volturno, allorché, con ardita manovra, attaccando da solo un avamposto del nemico, e attirando sulla Vostra persona il fuoco a mitraglia, recuperaste la Bandiera salvando, nello stesso momento, la vita di un generale e di tre alti ufficiali. E ho appreso che, in conseguenza di questo Vostro eroico gesto, Vi fu concessa la Croce Militare, e con essa l'amnistia, in forza della quale avete potuto partecipare alle elezioni risultando eletto trionfalmente dal Vostro popolo sardo. Signor Deputato, il Masto, che siede accanto a me, mi prega di unire, ai miei, i suoi saluti, e di augurarVi ogni bene e prosperità.

Signor Deputato, in questa fortezza che fa disonore agli uomini e agli dèi, in questo luogo di lacrime nel quale ogni giorno qualcuno di noi chiude gli occhi per non riaprirli mai piú, e i cadaveri, chiusi nei sacchi, sottratti alla pietà che a nessun defunto si nega, vengono abbandonati alle acque dell'impietoso Mare Tirreno, qui, Eccellenza, languono in condizioni tristi e indegne del piú miserevole dei cani randagi oltre cento dei miei compagni di un tempo, piú un altrettanto numero di uffiziali e soldati del deposto Re. E se, Dio mi perdoni per queste parole, questi ultimi devono considerarsi nemici vinti nella guerra, noialtri, che di quella guerra fummo vincitori, siamo, dunque, ancora piú tristemente assoggettati a una sorte immeritata. L'ingratitudine del nuovo Governo è tanto illimitata quanto insensata. Senza la nostra opera, Napoli non sarebbe mai stata presa. Se noi ci fossimo schierati col Borbone – e rimpiangiamo mille e mille volte di non averlo fatto – il sangue di Garibaldi e dei suoi uomini avrebbe arrossato il Vesuvio. E mi corre l'obbligo di rammentarVi che se io non mi fossi adoperato, insieme agli altri Compari, per ottenere la sospensione della Vostra condanna, forte del prestigio che in quel momento la coccarda della Guardia Civile mi conferiva, Voi non sareste mai partito per il Volturno, e oggi non siedereste in Parlamento.

Signor Deputato, Eccellenza. Tutto ciò che noi chiediamo, come fratelli italiani, è giustizia e riconoscenza. La giustizia che impone il riconoscimento delle leggi che regolano il trattamento dei prigionieri di guerra, la riconoscenza che si deve a chi ha versato il proprio sangue per una causa che, oggi, non sente piú come sua.

Se né l'una né l'altra ci saranno accordate, Signor Deputato Terra di Nessuno, Napoli e l'intero Meridione d'Italia torneranno a imbracciare le armi, e la prossima passeggiata trionfale di Re Vittorio nelle terre appena conquistate sarà la mesta e terribile sfilata di un becchino nel cimitero dei suoi fratelli rinnegati.

Il giorno dopo aver ricevuto la lettera dall'ergastolo di Santo Stefano, Terra di Nessuno, per la prima volta da quando, due mesi prima, era stato eletto deputato per la circoscrizione di Lanusei, prese la parola e pronunciò un discorso in parlamento. Lodò doverosamente la repressione della Camorra, misura dolorosa ma necessaria perché la purezza dell'impresa garibaldina non fosse inquinata dalla presenza di mestatori, traditori e agitatori, e poi sferrò un attacco durissimo e documentato alla politica governativa nel Meridione. Accusò carabinieri e bersaglieri dello sterminio delle popolazioni di campagne e cittadine che erano ostili all'unità non per vocazione, ma perché deluse dall'avidità e dall'ottusaggine dei funzionari inviati da Torino. I briganti, disse, sono scellerati nelle loro imprese, ma in fondo reagiscono contro un'occupazione che sentono ingiusta e arbitraria, e che fa rimpiangere a molti la dominazione del deposto Re. Evocò lo scenario di una saldatura fra il malumore e il risentimento delle plebi e le manovre, ancora in corso, dei nostalgici dell'antico regime. Scongiurò i comandi militari di porre fine alla spietata repressione che stava insanguinando il Sud, di revocare lo stato d'assedio. Parlò poi della sua Sardegna, una terra che da un momento all'altro poteva insorgere, col suo mezzo milione di analfabeti a fronte di meno di ventimila individui acculturati. E quando spese il nome di Mazzini, che aveva definito «terza Irlanda» proprio la Sardegna, un drappello di corifei del governo si lanciò contro di lui, a pugni tesi e agitando giornali ripiegati. Mazzini non si può evocare, Mazzini non si può nominare, *damnatio memoriæ* anche in vita! L'estrema sinistra insorse, facendo quadrato intorno all'animoso oratore. Si sfiorò la rissa, a stento sedata dai deputati questori.

Fu sospeso per due mesi dalle funzioni parlamentari.

Mentre percorreva piazza Castello, s'imbatté nel vecchio D'Azeglio. Con sua grande sorpresa, il bizzarro marchese gli andò incontro e gli porse la mano con un gesto educato.

– Ho fatto revocare la vostra sospensione.

– Non ve l'avevo chiesto.

– Infatti. Ma era un atto di giustizia. Voi parlate bene, e io mi riconosco nelle vostre parole.

– Voi? Siete per caso diventato radicale?

– Tutt'altro. Io penso come voi che non si può fondare nessuna associazione umana su una serie di furberie, di perfidie, di bugie...

– Parlate come Mazzini, marchese.

– E se anche fosse? Cavour ha unito un paese che non aveva mai visitato, del quale gli sfuggiva l'anima profonda. È qui che noi due dissentiamo, egregio signore. Voi credete che basti il buon governo a risolvere i mille problemi dell'Italia...

– Il buon governo è un errore, dunque?

– No, certo, non si tratta di questo... È che noi, noi italiani e i meridionali, non siamo fatti gli uni per gli altri. Non c'è buon governo che tenga quando si è cosí profondamente diversi... e ostili.

– Dovremmo dunque dividerci? Tornare agli staterelli? Al dazio? Alle barriere doganali? Ognuno per sé?

– Bah! No, non accadrà. Ma saremo costretti a convivere, malgrado tutto. E questo causerà infinite divisioni, lutti, tragedie... Credo che unirsi a Napoli sia come andare a letto con un ammalato di vaiolo... Perdonate, l'espressione è forte, ma è cosí che la vedo. E la Storia mi darà ragione. Statemi bene, e riguardatevi.

A sera, confidò a Striga che ciò che piú lo addolorava era di essere tributario della sua attuale condizione alla Camorra.

– Non alla Camorra. A Lorenzo, semmai, – gli ricordò lei, dolcemente.

– Allora diciamo: ai traffici di Lorenzo.

– L'ha fatto per te. Perché tu fossi felice... perché noi due fossimo felici...

– E la chiami felicità, questa?

Erano sogni infranti, utopie divelte, l'arroganza trionfante, le meschine beghe di cortile che si andavano a stampare, sputi indelebili e contagiosi, sulle targhe splendenti con le quali la retorica di regime celebrava i nuovi dèi. Sputi che, a Torino, a Genova, a Milano, a Napoli, a Firenze, a Palermo, dovunque, assumevano la forma delle banconote di regio corso. L'Italia dei danè. E a Striga non era stato consentito di aprire una scuola popolare perché non aveva mai conseguito un titolo di studio. Perché soltanto dopo il matrimonio, celebrato con rito civile, aveva potuto acquisire un'identità, un nome e un cognome che fra loro non usavano e non avrebbero mai usato.

Efisio Piras, detto Terra di Nessuno.

Rosa Raffaele, detta Striga.

Ma nonostante l'anagrafe, nell'Italia unita una donna insegnante «non si fa, non sta bene», in quanto la donna è madre, sorella, sposa o, se ricca di nascita, possidente, ovvero cortigiana, e altro ruolo per lei non è possibile immaginare.

E mentre Mazzini non cessava di esortare alla cospirazione e Garibaldi aveva ripreso ad agitarsi, e mentre Striga scambiava lettere con lady Violet, Efisio Piras detto Terra di Nessuno si domandava se ci fossero ancora speranze di cambiare il corso della Storia, e soprattutto se ne valesse ancora la pena.

Calabria, luglio 1862

Vittorelli e la sua colonna entrarono a Borgopane Nuova nel primo pomeriggio. Strade deserte, sbarrato il sagrato. Occhi che li fissavano nascosti dietro finestre serrate. Cantine, presumibilmente, affollate di tremebonde famiglie. Famiglie di traditori. Distrutto dai briganti, il villaggio era stato ricostruito a poche centinaia di metri dal luogo dell'eccidio. I superstiti e i nuovi abitanti erano passati dall'altra parte. E meritavano una lezione. Vittorelli aveva alle sue dipendenze cinquanta lancieri: una dotazione insufficiente in caso di scontro diretto, ma quanto bastava per un'operazione di rastrellamento. Cinquanta bravi ragazzi strappati alle famiglie per combattere una guerra sudicia e infame. La mancanza di sonno, la scarsezza di cibo, la penuria di femmine li trasformava, giorno dopo giorno, in belve. Quello che ci voleva.

Vittorelli schierò la truppa sulla piazza centrale, davanti alla chiesa, una baracca di legno con un rozzo crocifisso inciso sul portoncino. Attese qualche minuto, poi diede una voce al fido Blasetti.

– Non ci sono briganti, se ci fossero stati avrebbero già attaccato.

L'ex ispettore, promosso attendente, scattò.

– Comandi, signor colonnello!

– Sai quello che devi fare.

Blasetti lanciò un comando. I soldati scesero da cavallo e si sparpagliarono per le case, baionetta in resta.

Seguivano un copione consolidato, una tecnica ideata dal generale Pinelli e dal colonnello Fumel. Nel giro di pochi minuti, tutto il villaggio era schierato sulla piazza. Vittorelli, senza smontare da cavallo, passò in rassegna quell'umanità dolente e spaventata. Non è vero che i meridionali puzzano. Hanno un odore diverso, tutto qui. E chissà che la ragione di tanta ostilità non stia nella pigmentazione...

Ciò detto, in effetti, puzzavano.

– Questo, questi due, questo, questo ragazzo e questi altri tre...

Vittorelli procedeva alla selezione in base all'aspetto fisico. C'era chi aveva la faccia da brigante e chi da brav'uomo. Con i primi, si doveva essere inesorabili. Per gli altri, si decideva caso per caso. Certo, dopo ogni azione si levava alto il coro umanitario della stampa liberale e di estrema sinistra. Ciechi: si ripuliva il territorio, dopotutto, anche nel loro interesse. D'altronde, ci si era risolti a misure eccezionali per colpa di una magistratura pavida e asservita a obsoleti princìpi liberali. Nella prima fase ci si era limitati alle retate dei sospetti, tradotti a giudizio e regolarmente processati. Ma a Napoli e a Reggio erano stati presi cinquecento sovversivi e li si era rinviati a giudizio. Assolti per mancanza di prove. A Torino schiumavano di rabbia per quei cavilli da legulei che rischiavano di alimentare la piaga del brigantaggio. I giudici, si diceva, erano fedeli al vecchio Re, che tanti privilegi aveva loro concessi. O, piú semplicemente, non capivano che le cose erano cambiate, che non erano piú tempi di fioretto, ma di sciabola. I giudici si sarebbero adeguati, riprendendo il posto che loro spettava al tavolo dei potenti. Nel frattempo, meglio lasciare mano libera ai militari. Talora si commetteva qualche errore, certo, come fucilare i cittadini che, in base a uno dei tanti bandi, si presentavano spontaneamente a consegnare le armi. Era accaduto, in effetti, un paio di volte. Poi si era corretto il tiro. Vittorelli aveva saputo che a Torino si discuteva se concedere una pensione privilegiata alle vedove di queste vittime incolpevoli. L'opinione prevalente era per il no.

– Schierateli come sapete.

Quelli con la faccia da brigante contro una parete, il resto su altre due. La quarta parete la lasciavano libera. Un ragazzo, faccia schietta da brigante, si fece avanti.

– Signor colonnello, c'è un errore. Io mi chiamo Santi Vincenzo, sono il figlio del sindaco di Acquascile. La mia famiglia è sempre stata devota al governo, sono studente all'istituto di Castrovillari. Mi trovo qui in visita alla mia promessa sposa…

Accento civile, una sfumatura dialettale nelle finali, abiti composti, ma la faccia… la faccia non può ingannare, e si sa quanto i briganti siano maestri d'inganni.

– Va bene, vai con gli altri.

– Grazie, signor colonnello.

Il ragazzo raggiunse il gruppetto delle donne e dei vecchi. Vittorelli lo vide abbracciare con slancio una fanciulla dai capelli scuri e dai seni impertinenti. Pessimo indizio, ragazzo mio. Si sa che i briganti esercitano un grande fascino sulle giovinette, e un brigante istruito, poi…

Vittorelli si accese un sigaro e ordinò a quelli con la faccia da brigante di correre verso la parete rimasta libera. Poi, a un suo cenno, i soldati aprirono il fuoco. I briganti caddero come birilli. I paesani furono attraversati da un fremito immenso, partirono alte grida. I soldati spianarono i fucili. Tornò il silenzio.

– Tu, – disse, puntando l'indice contro il sedicente figlio del sindaco, – tornatene da tuo padre!

– Grazie, eccellenza.

Il ragazzo abbracciò la mora pettoruta e si avviò, forse ancora incredulo della sua buona sorte. Vittorelli scambiò un'occhiata con Blasetti. L'attendente fece finta di non aver colto il segnale. Vittorelli tossicchiò. Ancora niente. Va bene, era uno sporco lavoro, ma qualcuno doveva pur farsene carico.

– Farsini! – urlò Vittorelli.

Un soldato si fece avanti, puntò la carabina, prese accuratamente la mira, abbatté il ragazzo con un solo colpo alla nuca. Nella vita civile, uno come Farsini sarebbe finito bandito. La divisa dava un senso al suo gusto di uccidere. I paesani sopravvissuti ripresero a rumoreggiare. La ragazza bruna si lanciò, ululando come un animale, sul corpo del sedicente figlio del sindaco. Blasetti distoglieva lo sguardo dal suo superiore.

– Che si fa? – chiese il comandante in seconda, un tenente toscano.

Vittorelli non aveva ordini precisi. Il suo grado, d'altronde, gli consentiva di decidere senza appello e senza conseguenze. C'era, fra i suoi colleghi del comando, chi propendeva per rendere ancora piú drastiche le misure già estreme. Fumel, per dirne una, non avrebbe esitato a passare per le armi l'intera popolazione, donne e bambini compresi, poiché dietro ogni gonna e ogni lacrima poteva celarsi l'insidia, e, in ogni caso, quella gente odiava i piemontesi. Vittorelli aveva idee diverse. Seminava per il futuro, dal momento che non aveva né l'intenzione di lasciarci la carcassa, in quella merda di guerra, né di finire la carriera indossando una divisa che gli andava già troppo stretta.

– Mandatemi Burlando.

Il fotografo si fece largo, muovendo dalle retrovie con la sua pesante apparecchiatura. Ci volle un'ora per raggiungere un risultato soddisfacente. Le immagini della folla attonita di Borgopane Nuova, i primi piani dei volti dei briganti morti, il ragazzo con la nuca spappolata, le lacrime della sua promessa sposa. Tutto questo sarebbe finito sulle prime pagine dei giornali torinesi, a testimonianza dei successi della campagna repressiva, e nei gabinetti di ricerca, per la gioia degli studiosi che misuravano la bontà e la cattiveria del genere umano in centimetri di cervelli, menti, barbe e lobi auricolari.

– Andiamo.

La truppa rimontò a cavallo. Solo Farsini restava ostinatamente fermo al centro della piazza.

– E tu non ti muovi, soldato?

– Signor colonnello, chiedo il permesso di prendermi la ragazza.

– Monta a cavallo o ti spacco la testa, animale!

Anche rapitore di fanciulle, no, questo no, che sia pure guerra sporca, ma da qualche parte c'è una cosa che si chiama «onore del soldato». Anche se Vittorelli ne aveva le tasche piene della parola «soldato».

Quella notte, e le successive, stentò a prendere sonno. La campagna di Calabria lo stava distruggendo, chiaro. Non era il suo posto quello, ma se solo un certo affare fosse andato in porto…

E l'affare andò in porto, infine. Arrivarono, nello stesso giorno, due dispacci. In quello ufficiale si affermava che, in seguito a un'inchiesta disposta dalla locale procura del Re, si era accertato che il ragazzo fucilato a Borgopane Nuova era effettivamente il figlio del sindaco di Acquascile. La condotta di Vittorelli veniva pertanto apertamente stigmatizzata, ma si concludeva che, date le circostanze e per evitare guai peggiori, non si sarebbe comunque proceduto contro di lui. Il soldato autore del misfatto, peraltro, andava immediatamente consegnato alla corte marziale.

Il secondo dispaccio era segreto. Consisteva in una breve frase nervosa e recava il sigillo della persona piú importante del Regno. Vittorelli lesse, distrusse col fuoco, e dopo mesi di oscuro tormento, Blasetti ebbe la sorpresa di veder spuntare sulle labbra del suo comandante un franco sorriso. E sí che le notizie che Blasetti recava, appena trasmesse da una staffetta, erano di quelle da far tremare le vene e i polsi.

– Colonnello! Garibaldi ha eluso il blocco navale ed è fuggito da Caprera. Si attende da un momento all'altro che sbarchi in Sicilia... pare che voglia puntare su Roma... a Torino stanno per proclamare lo stato d'assedio... c'è ordine di mobilitazione generale...

– Ah, ah, ah!

– Colonnello Vittorelli, con tutto il rispetto, vi pare il momento di ridere?

– No, pensavo solo... se quegli altri li hanno chiamati i Mille, questi qua come li chiameranno? I Dieci? O i Centomila? Ah, ah, ah! Comunque, non mi riguarda.

E sotto gli occhi sbigottiti del povero attendente, Vittorelli prese a spogliarsi della divisa.

– Non restartene cosí impalato, mio caro! Io me ne torno a casa. Tu che fai? Vieni con me o continui a spassartela coi tuoi paesani?

Calabria, agosto 1862

Terra di Nessuno fuggiva. Striga indicava la strada, di tanto in tanto si fermava, leggeva segni nel tronco cavo d'un albero, nelle pietre di un ruscello, nel canto di un uccello sconosciuto, poi ripartiva, fissava il cielo, inseguiva con rapidi movimenti delle labbra l'arcana armonia dei suoi numeri, infine prendeva Terra per mano e indicava la direzione giusta. Striga conosceva le bacche che nutrono e quelle che uccidono, le erbe che risanano e quelle che intossicano. Striga sapeva quando un'acqua limpida nasconde un cuore putrido, e quando un pozzo maleodorante è invece innocuo e sicuro. Senza di lei, sarebbe stato perso cento volte. Terra giurò a sé stesso che l'avrebbe riportata indietro. E che la sua vita sarebbe cambiata ancora.

La rivolta era nata, la rivolta era fallita. Prima ancora di cominciare. Senza combattere. Risalivano la Calabria diretti al Nord, forse Salerno, forse Napoli, dove trovare un imbarco o attendere tempi migliori. Striga faceva la rotta. Passavano i giorni, e Striga diventava sempre piú parte della sua Calabria. Lui l'amava da sempre, mai come in quei momenti. La rivolta era fallita. S'era consumato tutto in un fuoco convulso. Bersaglieri e carabinieri avevano tirato al bersaglio grosso. Garibaldi, colpito alla coscia e al malleolo, aveva dato ordine di non rispondere al fuoco. Non si spara contro i propri fratelli. Ma i piemontesi erano mai stati loro fratelli? Terra aveva visto il Generale issato a mezzo di funi a bordo di una fregata presidiata da ufficiali odiosi. Un quarto di bue imbracato con il piede penzolante che buttava sangue. Terra si era dato alla macchia non fidandosi dell'amnistia, e dubitando persino che il suo status di deputato fosse sufficiente a proteggerlo dai generali sabaudi.

Uomini di vino e di tradimento.

Terra aveva capito che sull'Aspromonte era morta l'Italia per la quale aveva lottato. Garibaldi non si sarebbe mai avventurato nell'impresa se da Torino non gli avessero dato il via libera. Poi, come sempre, avevano tradito. E ora Terra cercava solo di salvare Striga. Striga che da due giorni era nervosa, inquieta. Striga che cambiava continuamente strada, tornava sui suoi passi per aggirare un canalone che avevano già quasi guadato. Striga che fiutava il pericolo e la notte prima, abbracciandolo, gli aveva detto: «Io qua ci sono nata e qua vogliono farmi morire. Ma se tu resterai con me, non moriremo». Striga, che credeva di conoscere e non avrebbe mai veramente conosciuto.

S'erano appena addentrati in una macchia quando se li videro sbucare davanti. Erano quattro, laceri, le barbe incolte, mandavano odore di bestia ed erano armati, anche loro sorpresi di trovarsi di fronte a un fuggiasco con carabina e a una donna dai capelli rossi in abito maschile.

Briganti.

Lui afferrò Striga e la trascinò con sé dietro il grande tronco di un alto pino.

– Andatevene per la vostra strada, – urlò al quartetto, – andatevene, o vi sparo!

Ma furono i briganti ad aprire per primi il fuoco. Spazzarono a mitraglia il suolo davanti al tronco, sollevando stecchi, sterpi e foglie, mentre una coppia di cervi volanti si lanciava in un pazzo volo verso la salvezza. Terra prese la mira e ferí alla gamba uno dei briganti. Quello cadde con un gemito. Gli altri continuarono ad avanzare. Terra prese nuovamente la mira. In quel momento, Striga abbandonò il nascondiglio e uscí allo scoperto.

– Ma cosa fai? Sei impazzita! Striga! – urlò Terra, dimenticando che lei non poteva sentirlo.

Scagliò via la carabina, sfilò dal taschino la pattadesa e la seguí, pronto al corpo a corpo. Striga avvertí la sua presenza e gli fece segno di fermarsi. Fra lei e i briganti c'erano quattro, forse cinque metri. Il ferito continuava a gemere. Ma i tre briganti ancora in piedi, per qualche inspiegabile ragione, invece di sparare a quel facile bersaglio, abbassarono le armi.

Striga si avvicinava al ferito. Le sue mani si muovevano freneticamente, comunicavano un messaggio che Terra, trovandosi alle sue spalle, non riusciva a decifrare. Ma gli altri, i briganti, qualcosa dovevano capire. Perché presero a ritirarsi, l'aria confusa, mentre i lamenti del ferito lasciavano il posto a una rauca litania interrotta, qua e là, da secchi ordini.

Ora che se la vedeva venire incontro, il Calabrotto non aveva piú dubbi. Già nell'intravederla nell'intrico del fogliame, quella chioma rossa lo aveva fatto subito pensare alla Striga. Si era detto che quelle cose succedono solo nei sogni o nelle fantasie dei vecchi. Si era detto che Striga era morta e sepolta da chissà quanti anni. Si era detto che, se pure era un fantasma, lui non credeva ai fantasmi, e quindi Striga non aveva nessun potere su di lui. Poi la palla gli aveva bucato la coscia e il sangue aveva preso a schizzare dappertutto, e il Calabrotto aveva pensato che i fantasmi non hanno armi e non possono ferire. E allora aveva capito che la ferita era di quelle che non guariscono, ed ecco perché la Striga era tornata, era tornata per prendersi la sua vita. Stava morendo. E ai tre ultimi disgraziati che gli erano rimasti accanto dopo che la banda era stata sterminata aveva ordinato di abbassare le armi e di andarsene, ché quella era una terra maledetta, che la Striga era maledetta, e che se le avessero sparato addosso le pallottole si sarebbero messe a girare a mezz'aria e sarebbero tornate indietro nella canna del fucile, e la canna sarebbe esplosa, e con la canna anche loro sarebbero esplosi, perché dalla Striga non c'è salvezza, perché la Striga era venuta a prendersi la sua anima, e quindi stava per morire. La Striga aveva una mano fresca e gentile, e mentre il sangue scorreva dalla ferita e le forze venivano meno e la vista s'indeboliva, il Calabrotto se la immaginava, la Striga, circondata da un'aureola come quella delle sante nella chiesa del paese, e la giubba marrone da soldato se la figurava di rosa e di celeste come il manto di Maria, e gli sembrava persino di capire il significato di quelle labbra mute, era come se cantassero una canzone, quattro zampe ha ogni capra, quattro i capretti, e sentí che una specie di soffio lottava con le viscere e il respiro che si faceva affannoso, lottava per trovare la via d'uscita, lottava per raggiungere la luce, e seppe che era suo preciso dovere aiutarlo, quel soffio, perché la lotta lo stava straziando, e portava il dolore dei cani, e il fuoco negli occhi, e l'arsura del veleno, e quello era il soffio che voleva Striga, e se glielo avesse dato allora sarebbe stato salvo, la sofferenza sarebbe cessata e sarebbe tornata la pace. Cosí, con un estremo sforzo, lo sputò via da sé, soffio maledetto, e finalmente fu libero.

Londra, novembre 1862

Il dottor Simon-François Bernard fu seppellito a mezzogiorno del 30 novembre. In mille si erano dati convegno per l'estremo saluto al piccolo medico di Carcassonne che aveva fatto tremare le teste coronate d'Europa. Lorenzo si guardava intorno, ricordava l'entusiasmo che aveva accolto, quattro anni prima, l'assoluzione dell'ispiratore della strage di Rue Lepelletier.

Come si era sbagliato!

Bernard non era stato dimenticato, era ancora un mito per tanti rivoluzionari e cospiratori, russi, italiani, polacchi, irlandesi, ungheresi, tedeschi, slavi, che sognavano, come lui aveva sognato, la palingenesi della bomba, la catarsi del sangue. Illusi che avevano trasformato un sogno in religione, oppure vincitori. Dopotutto, se l'Italia era stata fatta, era anche grazie ai Bernard e alle loro bombe. Ma su una cosa non si era sbagliato. Il tramonto era stato amaro, per Bernard. Niente splendido martirio, ma la sordida degenerazione della malattia venerea.

Un anno prima, in pieno stato confusionale, Bernard si era fatto diciannove miglia aggrappato alla pensilina di un treno metropolitano. A maggio aveva perso l'uso della parola e l'avevano rinchiuso alla Brooke House, il manicomio di Hackney. Nelle ultime settimane era subentrata una paralisi totale. Negli ultimi giorni avevano dovuto imboccarlo di pappine. Lorenzo si guardava intorno, riconosceva i volti noti e segnati dagli anni degli ardenti rivoluzionari di un tempo, scrutava le fisionomie fiere dei giovani che si preparavano a raccoglierne l'eredità, e pur in mezzo a tanta gente si sentiva disperatamente solo. Da diciotto mesi Vittorelli non rispondeva ai suoi messaggi. Da Torino nessuno si era fatto vivo. I soldi non arrivavano piú. Per arrangiarsi si era messo a dare lezioni di italiano alle figlie di Stansfeld. Di tanto in tanto, Terra, o Striga, o la stessa lady Violet gli scrivevano. Non rispondeva mai alle loro lettere, ma ogni domenica, secondo il volere della Striga, deponeva un fiore sulla tomba di lord Chatam. E quando Mazzini, con il consueto sorriso indecifrabile, gli aveva domandato perché non tornasse anche lui in Italia visto che non era ricercato, aveva risposto: «Tornerò quando anche la mia Venezia sarà libera». Per aggiungere, a mezza voce: «E poi, il mio posto è qui...»

Nel dirlo, si era sentito ancora piú solo.

Mazzini, senza commentare, si era rituffato in un saggio su Buddha e l'induismo che stava componendo sotto l'influsso delle lettere di lady Violet. L'aveva convinto? E chi poteva sapere che cosa passava davvero in quella mente? Persino Buddha, adesso! Dal suo canto, Lorenzo in parte era stato sincero, in parte no. Di Venezia, ormai, anche la memoria gli era svanita, e per un senza patria, Londra o un posto qualunque avevano lo stesso valore. Eppure, non si decideva a staccarsene. E non si decideva a staccarsi da Mazzini.

L'austera bara di Bernard fu calata nella fossa comune, nella zona sconsacrata riservata agli atei. Da mille gole proruppe un grido: – Viva la Repubblica, democratica e sociale! – E, subito dopo, si levò potente la *Marsigliese*.

Sí, cantate, cantate...

Quella sera, arrivando in compagnia degli Stansfeld alla casa di Mazzini, al numero 2 di Ouslow Terrace, a Brompton, ne vide uscire, acchittato come un diplomatico di prima classe, proprio Vittorelli. Prima che potesse riaversi dallo stupore, l'altro lo prese sottobraccio, allontanandolo dalla compagnia.

– Non facciamo chiasso, barone. Vi spiegherò tutto domani. Ora noi due siamo alleati. Ah, a proposito, se vi capita l'occasione… ho contato ben quindici cardellini svolazzanti nello studio del signor Mazzini… anch'io amo gli uccelli, ma fategli sapere che cambiare l'aria, di tanto in tanto, non sarebbe male…

Parte dodicesima

1863-64

Monreale, febbraio 1863

Le spose smontarono dal tiro a otto, cavalli ingualdrappati di bianco, bianca e rosa la carrozza, e dalla folla che presidiava il sagrato partí un applauso. Janet Corrigan si strinse forte al braccio di lady Violet.

– Guardale là, le nobildonne, Violet... tutte sorrisi da fuori e veleno da dentro.

– Gli hai portato via un bel bocconcino, direi, amica mia.

– Ah, non è questo. Se scopro chi ha messo in giro la voce, ti giuro che le torco il collo come a una gallina.

– Inutile. Io ci sono passata. Dopo un po' si dimentica tutto. Piuttosto, umiliale con la tua indifferenza. Ridi, e non potranno sfiorarti. Emiliano ti ama, c'è bisogno di altro?

– Come invidio la tua sicurezza, Violet.

– Io sono solo una candela che si spegne, tesoro.

– Sei davvero cosí triste?

– Non oggi. Oggi è un giorno di festa. Andiamo, su, gli sposi aspettano.

Altri applausi, mentre incedevano maestose verso il duomo. Applausi, e commenti.

– Provò la sposa prima dell'altare, – disse, ammiccante, un nobile.

– Mischinu, non volle finire come a Garibaldi, che stava per sposarsene una incinta di un altro! – gli fece eco un secondo nobile.

– Però, cchi pezzu 'i sticchiu… – sibilò, ammirato, un terzo nobile, piú giovane e focoso.

Michele Liberato e il barone di Sant'Anna avevano deciso di celebrare insieme le rispettive nozze. Per la cerimonia, che doveva essere esagerata, memorabile come esigevano la santità del rito e la sicilianità, non potevano scegliere cornice piú congrua del duomo normanno di Monreale. La data, invece, una domenica di metà febbraio, era stata imposta – stando alla voce popolare – da esigenze di diversa natura: Janet Corrigan, futura baronessa di Sant'Anna, era in dolce attesa. Una calunnia bella e buona, ma, come spesso accade, per molti era verità.

A dirla tutta, un fatterello da annotare con una strizzatina d'occhi e una gomitata, un sorrisetto d'invidia benevola per il toro nostrano ca si futtía la gagliarda fimmina 'nglisi. L'eccentricità della scelta non smuoveva piú di tanto un'aristocrazia avvezza alla pesca, per cosí dire, in mare straniero: di spose inglesi, francesi e alemanne se n'erano già viste, a Palermo. Persino una turca, una volta, ma di poca durata, perché troppo gelosa lei o troppo cornuto lui, vallo a capire. Con le straniere sempre problema c'è, e poi una soluzione sempre si trova. Piuttosto, nella tenacia di certi insistiti e malevoli riferimenti giocava un ruolo non secondario una certa mal disposizione d'animo che investiva lo sconveniente radicalismo del quale Sant'Anna non mancava di far mostra.

Vero è che un anno prima, al tempo dell'Aspromonte, il barone, come l'intera Palermo, aveva accolto con entusiasmo il ritorno di Garibaldi, e mille e mille giovanotti, i «nuovi Mille», s'erano detti pronti a versare il sangue per il riscatto dell'isola, e via dicendo. Ma erano manifestazioni formali: tutti sapevano che Garibaldi sarebbe partito da solo, e tutti sapevano che se avesse vinto si sarebbe ricordato di loro, se avesse perso, come poi era accaduto, nessuno avrebbe potuto prendersela con loro.

Sant'Anna, invece, il gioco delle riapparse camicie rosse l'aveva giocato sul serio. I cospicui píccioli che il generale aveva raggranellato nell'arco delle entusiasmanti giornate palermitane venivano dal suo patrimonio personale, cosí come erano uomini del barone quelli che avevano seguito Garibaldi in Calabria, inquadrati e governati con mano ferrea da Giovanni Corrao, promosso dall'Eroe dei Due Mondi generale sul campo per il suo valore indiscusso. Corrao che, si vociferava, si futtíu 'a testa.

Quanto a Michele Liberato, nessuna critica, nessun commento. Semmai, un coro unanime di elogi. Lui si era presa una contessina, di famiglia piuttosto in disgrazia quanto ad averi ma di alto e consolidato lignaggio. Fimmina scialba, dai fianchi larghi di fattrice, educata castamente in un collegio di monache, esperta nell'arte del ricamo, occhi bassi e capo chino a indicare la consapevolezza del ruolo che la tradizione le assegnava. In altri termini, Sant'Anna sposava l'avventura, Michele Liberato la pace. Quanto all'avventura, se gli veniva voglia di andarsela a cercare altrove, nessuno l'avrebbe criticato.

Mescolato a sindaci, delegati governativi, un paio di senatori del Regno appartenenti alle famiglie piú in vista dell'isola e al parterre aristocratico al gran completo, Salvo Matranga non sfigurava in cosí eccelsa compagnia. A furia di studiare Michele Liberato, s'era impadronito di certi suoi modi ed era riuscito a scrollarsi di dosso quell'aria da picciotto di stalla che era il marchio originario della sua condizione.

– Ti nomino barone ad honorem per meriti di stile! – aveva proclamato il barone, apprezzando il completo che Mario Tozzi gli aveva cucito su misura. – Però, quando arriva il fotografo, mettiti in seconda fila, non vorrei che ti scambiassero per lo sposo.

Belle parole, ma la stalla non la puoi cancellare. Con Violet si erano scambiati un sommario saluto. Avrebbe dato la mano che gli restava per togliere la tristezza dal suo sguardo. Il marito, che ingrassava e rideva, forse trovava che quella tristezza le donasse.

Quando ne ebbe abbastanza della cerimonia, Salvo uscí dal duomo e si accese un sigaro sul sagrato. Qualche picciotto che aveva avuto la sua stessa idea lo salutò con deferenza. Salvo ricambiò con un cenno. I picciotti, inorgogliti, si inchinarono, e presero a dardeggiare occhiate minacciose. Fate largo, dicevano i loro sguardi, arriva la Maffia. Da qualche mese, per indicare la Società, in tutta la Sicilia era diventata di moda una parola: Maffia. Nessuno sapeva esattamente chi fosse stato il primo a pronunciarla. Salvo ne aveva sentito parlare da un attore, un capocomico di poca fortuna, un certo Giuseppe Rizzotto. Questo Rizzotto aveva scritto un dramma, *Li mafiusi di la Vicaria*, e diceva che a suggerirgli il titolo era stato un mafiusu in carne e ossa, il taverniere Iachinu Funciazza, cioè Gioacchino Grugno di Porco. La rivelazione sarebbe avvenuta nei giorni del festino della santuzza, la festa di Santa Rosalia, il luglio precedente. Comunque stessero le cose, il gioco era evidentemente piaciuto, e ora tutti parlavano e sparlavano di questa Maffia. Anche se nessuno sapeva che cosa volesse dire Maffia, visto che in tutta la Sicilia, mafiusu significava, da che mondo è mondo, bello, valente e prestante, e a guardare i picciotti, sul valente e sul prestante si poteva anche convenire, ma quanto a bellezza… E anche se l'origine poteva essere ignota o casuale, tutti sapevano sin troppo bene che cos'è la Maffia. E agli altri, agli ignoranti, ci pensavano i picciotti a spiegarlo. I picciotti…

I picciotti, improvvisamente, gli fecero tristezza. A onta della loro tracotanza, infagottati in abiti che non appartenevano alla loro vera natura, i picciotti sembravano... ecco, maschere, attori su un palcoscenico scadente. Impazienti di finire la rappresentazione e passare dal botteghino a riscuotere. Maschere. Era questo che voleva dire il capocomico Rizzotto? Che la Maffia era una maschera? Che prima o poi arriva uno e te la strappa via?

– Salutiamo, – disse Corrao.

– Salutiamo, – rispose Salvo.

– Succedono cose tinte, Salvo.

– Perché? A me sembra una cerimonia bellissima...

– Non fare finta di non capire. La Sicilia sta andando a picco. Chisti di ora sono cento volte peggio dei Borboni.

– Bisogna adattarsi, Giuva'...

– Io dico che le cose devono cambiare.

– E come?

– E te lo devo spiegare? Con la forza!

Corrao indossava l'alta uniforme di un esercito che non esisteva piú, quello garibaldino. E anche i suoi sogni appartenevano a un'altra epoca. Corrao aveva portato la Sicilia al Generale, e non capiva che era venuto il momento di ritirarsi.

– T'arricampasti, – tagliò corto Salvo, indulgente, – e fu cosa giusta. Non è cchiú tempu di guerra.

Gli sposi uscivano dal duomo, preceduti da una folla in tripudio. I bambini presero a lanciare il riso. Le campane suonavano a stormo. Lady Violet scambiò un abbraccio tenero con Janet. Salvo si tenne alla larga da lei. Intuiva il pericolo, e voleva fuggirlo con tutte le forze. Il barone aveva fatto di lui una creatura incompiuta, una via di mezzo fra il passato e il presente.

Un niente.

Il barone gli aveva insegnato a sognare oltre i propri limiti.

Quanto piú felici i picciotti, con le loro femmine sottomesse e le pulle per sbrogliare la minchia.

Londra, primavera 1863

Quattro casse di fucili, quattro di bombe, sedici di munizioni, una quantità indefinita di detonatori, due bauli stracolmi di esplosivi. Il tutto rubricato come birra e marsala per il mercato italiano. Partenza prevista da Londra in treno fra venticinque minuti. Arresto del convoglio previsto, per cause tecniche, dopo venti miglia. Lí una carrozza blindata prenderà in consegna il tutto, per poi inoltrarlo verso la reale destinazione: l'Est europeo. Paolo Vittorelli e Lorenzo sovrintendevano alle operazioni di stivaggio in una chiara mattina di primavera. Mazzini aveva fatto un ottimo lavoro. Mazzini aveva i contatti giusti, e il suo servizio segreto meritava rispetto.

– Ma come diavolo fate a sapere sempre le cose che contano prima degli altri? – aveva chiesto Vittorelli al Maestro in uno degli ultimi incontri.

– Uso il cervello.

– No, no, qua non si tratta di cervello, ma di informazioni. Prendiamo Farini, per esempio. Gli avete diagnosticato la demenza prima ancora del suo medico! Andiamo, signor Mazzini…

– Diciamo che posso contare su qualche amico fedele… e che a volte so trarre partito anche dagli infedeli.

Sembrava di sentire Cavour. Da non credersi.

Perso Cavour, Vittorelli si era trovato un nuovo mentore. Non certo scaltro e lungimirante come il defunto conte, ma infinitamente piú potente: il Re d'Italia. A trentacinque anni, Vittorio Emanuele ne aveva abbastanza di vivere della gloria riflessa di statisti, generali e rivoluzionari che la gente italica considerava, secondo lui a torto, gli unici artefici dell'unità. Che li si amasse o li si odiasse, era sentimento comune che Garibaldi, Mazzini e Cavour avevano fatto la Storia. E il Re era un buon diavolo, una specie di contadinotto che sbuffava nell'uniforme, molto piú a suo agio nei panni del cacciatore che nei ricevimenti di gala, eccellente doppietta, instancabile amante, ma, rispetto alla Storia, pallida figura, emulo sbiadito, fortunato beneficiario, per sorte ereditaria, delle altrui imprese. Persino sulle sue origini si ironizzava: cosí taurino, virile e sanguigno, questo re, tanto diverso dagli esangui Savoia, da autorizzare ogni sorta di pettegolezzo. Chi lo dava per figlio di un macellaio, chi di contadino, chi si vantava di aver organizzato una sostituzione di neonati destinata a innervare l'agonizzante stirpe di Carlo Alberto… Il Re sapeva tutto, e lasciava correre. In pubblico era il solito rude e accattivante compagnone di sempre, nel privato un gelido livore si veniva progressivamente impadronendo della sua anima. Per lui, decidere di porre termine a quello stato di cose e tendere una mano all'abile capo dei servizi segreti di Cavour, ormai caduto in disgrazia, dunque ugualmente ambizioso di riscatto, era stato un tutt'uno.

– Che cosa deve fare un re per passare alla Storia? – aveva chiesto a Vittorelli, nel colloquio che doveva rivelarsi decisivo per entrambi. – Ho vinto due guerre e nessuno se n'è accorto!

– Con il dovuto rispetto, Maestà, erano guerre di altri.

– E allora?

– E allora, dovete vincere una guerra vostra.

– Nessuno può vincere una guerra da solo. Nemmeno Napoleone... Napoleone il grande, non il nipotino, neh... ci riuscí!

– Allora dovrete scegliere alleati meno ingombranti.

– E ammesso che li trovi, che faremo?

– Ci prenderemo Roma e Venezia.

Cosí era nato il progetto. Che cosa mancava ancora all'Italia? Roma e Venezia. Bene. Vittorio Emanuele le avrebbe prese entrambe. Chi gli avrebbe dato una mano? Mazzini con i repubblicani. Come avrebbe fatto? Scatenando una serie di rivolte nazionalistiche alla periferia dell'Impero, armando serbi, bulgari, romeni e slavi, strizzando l'occhio al Sultano di Turchia, provocando, seminando e, infine, attaccando. Prima Venezia e, al momento giusto, Roma. Lo strumento: una diplomazia parallela affidata al sagace Vittorelli, ufficialmente «commerciante», in realtà plenipotenziario. Il Re pagava, Mazzini rastrellava armi, il Re le spediva ai congiurati ai quattro angoli dell'Impero austriaco, Mazzini sobillava gli animi. Un piano semplice, ardito, pressoché perfetto. Che avrebbe fatto montare su tutte le furie il politicume tosco-napoletano che ormai s'era impossessato del Regno, e lo avrebbe consegnato alla Storia come il vero artefice dell'unità d'Italia. Vittorelli non aveva dubitato un istante dell'adesione di Mazzini. L'uomo aveva dato, nel tempo, ripetute dimostrazioni di realismo politico. Pur di compiere l'unità, era pronto ad allearsi col diavolo: l'aveva detto e ripetuto, e non si era tirato indietro adesso che l'ora sembrava scoccare. Quanto a Garibaldi, gli avrebbero dato uno sciabolone, una pistola e un po' di soldati, e tutto il mondo avrebbe ammirato lo spettacolo dell'eroe che cavalca invitto al fianco del suo re. O, per meglio dire, un'incollatura dietro.

– Fatto. Possiamo partire.

E quant'era esaltante il ritorno all'unico gioco che amava giocare! Vittorelli intravedeva già geometricamente le linee di sviluppo. L'alleanza non poteva che essere instabile. L'ego dei protagonisti reclamava lo scontro e poi il regolamento di conti. Il Re avrebbe cercato di fregare Mazzini, sul cui capo, in fondo, gravavano due o tre condanne a morte; Mazzini stava già cercando di fregare il Re, e si adoperava per suscitare moti repubblicani un po' dovunque, inclusa la molle Roma, molto piú acquiescente al suo papa dominatore di quanto gli accesi cospiratori immaginassero. Alla fine, che ci fosse la guerra o no, a Vittorelli poco importava. Con il tre per cento che si era riservato su ogni singola partita d'armi era già, dopo tre spedizioni, largamente in attivo. Il tempo incalzava, l'età incombeva, si doveva pensare al futuro: esaltante il gioco, sí, ma anche una serena e ricca vecchiaia non era da buttar via. Senza contare che l'impresa aveva ringalluzzito il sempre ombroso agente Elizabeth. Vittorelli si era lavorato Lorenzo con consumata abilità, alternando aperte blandizie e velate minacce. Ora che lui, Vittorelli, non era piú un «uomo pubblico», il loro rapporto non poteva che proseguire in forma di collaborazione alla pari. Dalla liberazione di Venezia tutti avrebbero tratto benefici. Lorenzo sarebbe tornato in patria carico di onori. Siamo davvero alleati adesso, pensò Vittorelli. E la convenienza è reciproca.

Preceduto da un sibilo lacerante, il treno si avviò lentamente. Sprofondato nel vagone di prima classe, Vittorelli osservava con aria annoiata l'espressione accesa di Lorenzo. Gli aveva allentato le briglie, gli lasciava assaporare il profumo della libertà. Se non fosse stato per la cicatrice che gli pulsava sul viso, be', lui stesso ci avrebbe quasi creduto. Siamo alleati. Per ora.

Sicilia, agosto 1863

Sei picciotti in divisa da carabiniere presidiavano il bivio che, all'altezza della Montagnola Santa Rosalia, dal villaggio di Capaci mena a Palermo. Da un momento all'altro, dal lato dell'Isola delle Femmine, sarebbero sbucati Salvo Matranga e Giovanni Corrao. I due si avvicinavano all'agguato a passo lento. Da quando erano partiti, ore prima, dalla masseria dove Corrao aveva fissato il suo quartier generale, Salvo aveva cercato incessantemente di dissuadere l'antico compagno dal folle progetto.

– Basta. Il tempo delle parole è finito. È ora di muoversi.

Corrao pensava a una vasta insurrezione. L'obiettivo: cacciare dall'isola i piemontesi, offrire la dittatura a Garibaldi, separarsi dall'Italia ingrata, proclamarsi repubblica indipendente, oppure, a seconda, chiedere una federazione ai francesi, agli inglesi o persino agli americani, gente tosta, che la sua libertà se l'era saputa conquistare con la polvere e la baionetta.

– Sant'Anna è con me, i mazziniani sono con me, i vecchi borbonici delusi sono con me, persino una parte della Società sta con me. E tu, Salvo Matranga, tu da che parte stai?

– Io sto dalla parte del mio barone.

– E il tuo barone da che parte sta?

L'insofferenza per il governo piemontese era palpabile. La leva obbligatoria decimava le famiglie. I nuovi baroni si erano trasformati, nel breve volgere di un mattino, da liberali in aguzzini peggiori dei loro padri. I funzionari sbarcati dal continente rubavano a man bassa. Lo stato d'assedio era la regola. Per chi protestava c'erano l'ammonizione, il confino, la galera. L'eco di Bronte era ancora viva nelle campagne. I legittimisti riprendevano fiato. Ma tutto questo non riguardava Michele Liberato. Michele Liberato era rimasto liberale, e come padrone non gli si poteva rimproverare niente. Faceva i suoi affari, non angariava nessuno, pagava il giusto. Con una serie di abili manovre dilatorie era riuscito, sino al mese precedente, a ottenere per i suoi uomini l'esenzione dalla leva. Michele Liberato viveva e prosperava. Ma era, e lui era il primo a saperlo, un prosperare precario. Lealtà e onestà non erano valori particolarmente graditi ai nuovi governanti. Il destino di ogni uomo, onesto o corrotto che fosse, era ancorato al capriccio di un re lontano e dei suoi rapaci fiduciari. Michele Liberato, quando gli parlarono del piano di Corrao, fu tentato di aderire.

– Se perdiamo, ni cunsúmanu a tutti pari, – aveva obiettato Salvo.

– Ma se le cose non cambiano, ni cunsúmanu 'u stissu!

– Forse una via c'è...

Avevano disputato, ma alla fine il buonsenso di Salvo aveva prevalso. Torino era stata informata dei progetti di Corrao. La risposta era giunta a stretto giro: risolvete la questione.

A meno di una lega dal bivio, Salvo si piantò al centro della strada e afferrò Corrao per le spalle.

– Tornatene a casa, Giovanni.

– Ancora con questa storia! Io voglio sentirmelo dire da Michele Liberato che non sta con me. E tu mi hai promesso di portarmi da lui. Ché, ti scanti, Salvo Matranga?

– La Società non ti seguirà, Giovanni.

– La Società di una volta, forse. Ma la Società di adesso è cambiata. Abbiamo combattuto già insieme e lo faremo ancora. Ma non vi ha insegnato niente Garibaldi? Prima eravate solo ladri e malandrini, parassiti, gente povera che succhiava il sangue a gente ancora piú povera… Garibaldi vi ha dato una bandiera, un onore…

– Tu ti fai illusioni, Corrao. La Maffia non cambia.

– Andiamo, va', che mi faccio cattivo sangue a parrari cu tia…

Si rimisero in cammino. Povero amico, povero illuso! La Maffia non cambia. La Maffia sta sempre con chi vince. A Salvo non piaceva quello che doveva fare, ma era cosa che andava fatta. E ci sarebbe stata convenienza per tutti.

– Carabinieri! Be', non abbiamo niente da nascondere, no, Salvo? – esclamò Corrao, e andò risoluto incontro ai falsi militari.

Fu solo quando il primo colpo lo prese alla spalla che finalmente capí, e cercò con lo sguardo smarrito gli occhi del traditore. Ma Salvo annuí piano, e la mattanza si compí.

Una settimana dopo, per decreto regio, il barone Michele Liberato di Villagrazia ottenne per sé l'esenzione speciale dai tributi, e per tutti i dipendenti delle sue aziende e i famigli iscritti in apposito registro, la dispensa perpetua dalla leva obbligatoria.

Parigi - Londra, gennaio 1864

Il 3 gennaio, a mezzo pomeriggio, una squadra della gendarmeria parigina irrompe in una stanza dell'*Hôtel de Naples*. Dentro ci sono due musicisti italiani, Raffaele Trabucco e Pasquale Greco. I gendarmi procedono a una meticolosa perquisizione, che porta a rinvenire bombe alla Orsini complete di foconi armati, esplosivo, carabine, pugnali e pistole. Qualche ora dopo, due altri italiani, complici dei predetti, vengono arrestati mentre bevono cognac da quattro soldi in un bistrot del quartiere latino. Pasquale Greco, interrogato, esibisce lettere autografe – a suo dire – di Giuseppe Mazzini. E confessa: sono venuto a Parigi per uccidere Napoleone III. Il mandante: Mazzini, *ça va sans dire!* Fulminato dalla rivelazione, Vittorelli si precipita a Londra e strapazza Lorenzo.

– Eravamo alleati! Siamo alleati! E guardate che cosa mi combina il vostro capo!

– Non ne sappiamo un accidente di questa storia. Né Mazzini né io. E poi, non è il mio capo.

Mazzini smentisce. La smentita sembra sincera. Le lettere in possesso di Pasquale Greco, palesemente contraffatte, inconciliabili con lo stile forbito ma diretto di Mazzini, si rivelano un falso grossolano. Vittorelli riflette: se ha capito qualcosa in tutti quegli anni è che Mazzini non manda. Non manda mai a uccidere: semmai, comanda, comanda su uomini e ideali, suggerisce, agita, propone. E, al momento opportuno, dispone. Metti uno come Greco: veterano, ancorché giovanissimo, dei Mille, si presenta col progetto del regicidio. Mazzini né lo sprona né lo deprime. Si limita a seguirlo, forse lo assiste finanziariamente, di sicuro non lo denuncia, e comunque lo ammette nella grande famiglia dei rivoluzionari. Ma non lo ha mandato lui, questo è certo. Vittorelli acquisisce elementi. Il piano sembra frutto della mente di un deficiente, e di Mazzini tutto può dirsi, fuorché non possegga una mente raffinatissima. Greco e i suoi si sono vantati in pubblico di volere uccidere l'Imperatore. Greco e i suoi hanno disseminato tali e tante tracce che persino un cieco le avrebbe decifrate.

L'affare puzza. Vittorelli torna a Torino e muove certe conoscenze. Fra i tanti, l'attende Blasetti. È tornato commissario di pubblica sicurezza e non ha voluto seguirlo nella diplomazia parallela, ma gli è rimasto fedele. È da costui che proviene la giusta dritta. Vittorelli fa domande, lascia cadere allusioni, riannoda vecchi legami. Alla fine, il quadro è chiaro. Greco è un agente del governo piemontese. Per incastrare Mazzini gli hanno promesso un vitalizio di seimila franchi all'anno. Mazzini non ha cercato di fregare il Re, e il Re non ha cercato di fregare Mazzini. È intervenuta, nel gioco, una variabile della quale Vittorelli non aveva tenuto conto. Non si finisce mai d'imparare, nella vita. Qualcuno ha informato i vari Rattazzi, Depretis, Gualterio, i ratti che spolpano Torino, della diplomazia parallela del Re. E loro sono corsi ai ripari. Greco che incastra Mazzini significa il tramonto dei sogni di Vittorio Emanuele. Nessuna guerra in proprio, dunque. Un complotto. Dunque.

Eppure, Londra è in tumulto. Eppure, Mazzini è insolitamente agitato. Non solo perché tornano le accuse di assassinio e terrorismo.

Il fatto è che Mazzini sembra davvero temere le rivelazioni di Pasquale Greco.

– Forse non è del tutto estraneo alla trama, – confida Lorenzo a Vittorelli.

– Curioso! Io che lo difendo, e voi che ne dubitate... A ogni buon conto, – Vittorelli allarga le braccia, – ho già mosso le mie leve a Torino. Crispi è ancora legato al suo antico Maestro. E io l'ho informato.

In parlamento, infatti, si comincia a vociferare di un dissidio fra il Re e il suo governo. Lo scandalo è a un passo dall'esplodere, poi, nel tacito accordo, si sgonfia. Il Re cede e rinuncia alla progettata guerra. I cortigiani tirano un sospiro di sollievo. Hanno vinto.

– Omuncoli. Traffichini, – si sfoga Vittorelli. – Si illudevano di replicare la politica di Cavour e manderanno l'Italia a puttane!

– E come sempre, l'unico a pagare sarà Mazzini, – conclude amaro Lorenzo.

Vittorelli si accende un sigaro. Sono alla Victoria Station. È un mattino brumoso, ostile.

– Ho perso tutto in questo affare, – sibila Vittorelli.

– Non pretenderete che mi metta a consolarvi...

– Voi invece ne uscite bene, barone. Io non posso piú niente contro di voi, ora siete davvero libero.

Lorenzo lo vede partire con l'espresso delle 9 e 40.

Cosí è davvero libero. Libero! Libero grazie all'assurdità della Storia, ai progetti falliti, ai sogni che non si realizzano, agli errori di una spia che si credeva troppo furba, all'ambiguità di un rivoluzionario, alla vanagloria di un re, al lavorio di mediocri cortigiani.

Ma che farsene della libertà? Con chi dividerla?

Tutto è rovina. La terra è desolata.

Pace. Oppure, oblio. Oppio. Assenzio.

Surrey - Londra, primavera 1864

Mia cara Striga,

vi scrivo dal villaggio di Stevanstiapol, in una fredda notte di ottobre. Domani incontrerò il signor Kucinski. È un fratello polacco, mi ha garantito un cospicuo finanziamento per la causa. Conto, con questa somma, di impiantare una prima colonia in Sudamerica. Il primo passo per insediamenti piú ampi. Essi dovrebbero preludere, nel mio pensiero, alla fondazione di una serie di comunità ebraiche che potrebbero poi raccordarsi fra loro, sino a diventare un vero e proprio Stato. La patria che inseguiamo da millenni appare ora un sogno realizzabile. Poiché si dice che noi ebrei siamo particolarmente versati negli affari, quella terra che da mille anni ci è stata strappata con la violenza ce la ricompreremo col denaro, e la manterremo col sudore della fronte. Ma proprio mentre il sogno è vicino ad avverarsi, sento scendere sul mio cuore un manto di gelo. E mi chiedo se il sogno sia quello giusto. Mi chiedo se, muovendomi nella convinzione di assecondare un disegno divino, non sia invece finito nelle braccia di un demone. La mia ossessione, Striga, è la verità. Quella verità che voi cercate nel Numero è la stessa che io cerco nel mio annoso vagabondaggio. Noi siamo molto simili, Striga. Voi cercate nella matematica quello che io cerco nella natura umana, e in Dio. Quel Dio che un giorno ci ha abbandonati al nostro destino, nascondendosi chissà dove, e che né le formule della nostra Qabala, né l'esercizio quotidiano della preghiera, né la piú stretta osservanza dei precetti, né, infine, lo strepito assordante del nostro dolore è ancora riuscito a richiamare... Eppure, io credo che un legame molto piú profondo leghi la vostra ricerca alla mia. Da quando sono partito per questo viaggio della speranza, ho incontrato una gran quantità di confratelli. Alcuni avevano il cuore puro, ed erano i meno. Molti altri, ed erano i piú, erano cosí intossicati dall'avidità, dalla sete di potere, dalla miseria o dalla violenza da aver smarrito il senso stesso del loro essere uomini. Spesso mi sono domandato, trovandomi al cospetto di costoro: che cosa ne penserebbe la Striga? Troverebbero un posto costoro nell'armonia del suo universo di numeri? Esiste un posto per costoro? Non so perché mi sia risolto a scrivervi questa lettera. Forse perché il pensiero pericoloso della vanità si sta impadronendo della mia coscienza. Non è forse vano questo viaggio? Non è vano sperare che un giorno la mia gente trovi la sua terra promessa, qui, su questo mondo, in quest'epoca o in una prossima a venire? Non vi dite forse anche voi delusa, voi che pure, adesso, una patria l'avete conquistata? Infine, voi, Striga, voi, che una volta mi avete confessato di non credere ai confini e alle nazioni, voi non siete già oltre tutto questo, in un mondo in cui nessuna tribú avrà bisogno di misurare in palmi di terra la distanza dai propri simili, e tutte le tribú si fonderanno in un'unica gente, godranno delle medesime gioie, onoreranno l'unico Dio, parleranno la stessa lingua? Forse quella dei numeri? Esther si sta risvegliando. Devo aver fatto troppo rumore. È ora che al corpo provato sia concesso il meritato riposo. Spero che gli incubi non tormentino anche questa notte.

Esther vi saluta con affetto.

Vostro rabbi Solomon

Il plico, che recava il timbro postale dello Zar delle Russie, conteneva anche un ritaglio di giornale in cirillico. Striga se lo fece tradurre da un'operaia figlia di immigrati del Baltico. Nelle campagne intorno al villaggio di Stevanstiapol era scomparso un bambino cristiano. La popolazione aveva accusato gli ebrei di averlo rapito per un rito di sangue. Una folla inferocita aveva assaltato e devastato le case degli ebrei, scatenando il pogrom. Rabbi Solomon ed Esther erano stati bruciati vivi insieme ad altri cinquanta fra uomini, donne e bambini. I soldi che rabbi Solomon aveva raccolto per la nuova Israele se li erano spartiti gli assassini. Il piccolo cristiano era stato ritrovato, sano e salvo, a cose fatte: era fuggito, raccontò, perché stanco di essere continuamente preso a calci e pugni dal padre ubriacone.

Striga prese il primo treno e si precipitò a Londra. Dopo l'Aspromonte, Terra di Nessuno si era dimesso da parlamentare, e lui e Striga erano tornati in Inghilterra. Si dividevano tra il falansterio di Guildford e Londra, dove Terra si era messo a disposizione di Mazzini «non piú per le nazioni, nelle quali ho smesso di credere, ma per lavorare insieme a voi per lo sviluppo della coscienza dell'uomo». La formula, alquanto retorica, era stata accolta con un sorriso ironico dal Maestro, ma l'offerta era stata accettata. Ora anche Terra, come Striga, insegnava ai giovani: insegnava il valore della libertà, dell'uguaglianza e della giustizia, insegnava loro a ribellarsi alle prepotenze, cercava di educarli a un futuro piú giusto.

Era fine marzo.

Nello stesso giorno sbarcava a Londra, accolto da un inatteso delirio di folla, Giuseppe Garibaldi. Striga voleva consegnare a Lorenzo la lettera di rabbi Solomon. Ma né Terra né Mazzini stesso avevano ormai da giorni, da settimane, notizie di Lorenzo. Ora lo davano partito per l'Italia, ora per l'America, ora in compagnia di un nuovo amore, ora persino suicida per il dolore della sua Venezia. Ma Striga sentiva la sua presenza, Striga sentiva la forza della sua disperazione. Dov'era? In che modo si stava perdendo?

«Neanche Dio riesce a seguire la traccia di ogni passero che cade», le aveva detto, un giorno, rabbi Solomon.

Ma Striga quella traccia sentiva di doverla seguire. Se n'erano persi già tanti, in quegli anni eroici e terribili. Possibile che l'armonia avesse abbandonato il mondo? Non era forse suo compito battersi per riportarla fra noi?

Mentre Garibaldi passava da un ricevimento all'altro, da un palazzo a un teatro, da una cena di nobili a un'assemblea operaia, da una riunione di loggia massonica a un conciliabolo con Mazzini, Striga batteva senza tregua e senza fortuna quartieri ricchi e malfamati, ispezionava alberghi cadenti e dimore lussuose, pagava vetturali e tavernieri. Una sera credette di riconoscere Lorenzo nella sagoma di un viandante ubriaco. Un'altra, in un damerino che montava su una carrozza in compagnia di una cortigiana. Ma erano errori, abbagli. Lorenzo era stato inghiottito dal ventre nero di Londra.

Striga andò a deporre un fiore sulla tomba di lord Chatam. Lord Chatam che viveva, da qualche parte dentro di lei, in compagnia di tutti quelli che si erano persi, di tutti quelli che si sarebbero persi ancora. Era inginocchiata davanti al sepolcro, quando avvertí il tocco di una mano gentile. Si voltò lentamente, e si ritrovò faccia a faccia con lady Violet.

– Sei tornata.

– Riparto presto.

Striga percorse con le dita i tratti dell'amica. Lesse stanchezza, torpore, infelicità.

Quella sera, lady Violet riuscí a procurare a lei e a Terra un invito al ricevimento che la duchessa di Shaftesbury aveva organizzato, in onore del condottiero, alla prestigiosa Fishmongers' Hall. Garibaldi appariva gentile ma distaccato. Quando vide Terra, gli fece cenno di avvicinarsi. Confabularono a lungo, poi Terra tornò dalle due donne.

– Se ne andrà presto. Mi ha detto che, fra tanti nobili e lustrini, si sente come un leone in gabbia...

– È stata un'esibizione, – commentò lady Violet, – un'esibizione in perfetto stile inglese... Con tanto di *Garibaldi biscuits*, bluse rosse che chiamano *Garibaldies*... bande, marcette, scozzesi in gonnellino, dame sospirose... Tutti cortesi, tutti eccitati e tutti strafottenti. Come diceva Shakespeare, molto rumore per nulla...

– Il presidente Lincoln gli ha offerto un'armata.

– E lui ha risposto che accetterà quando l'America diventerà socialista! Andiamo, su, mi hanno raccontato che si è messo a battezzare neonati in nome della Nuova Religione di Cristo e Garibaldi... quasi lo preferivo sconfitto. Il successo gli ha dato alla testa.

– Quanta amarezza! – osservò Terra, conciliante.

Lady Violet gli accarezzò una guancia.

– Non puoi capire.

Poi un decrepito lord, che era stato amico di suo padre, se la portò via. D'improvviso, Striga capí che anche Violet era sull'orlo della perdizione. E capí che lei e Lorenzo erano le due metà di un corpo unito che misteriose ragioni avevano, un giorno, diviso. Quelle due metà non avrebbero mai trovato pace finché non fossero state ricongiunte. Doveva spiegarlo a lady Violet. Non riuscí piú a parlarle.

– È tornata in Italia, – le dissero.

Milano - Torino, settembre - novembre 1864

All'appuntamento ai Navigli si presentarono in due. Un milanese di mezza età e un giovane veneziano dai lunghi boccoli biondi e dagli occhi azzurrissimi.

– C'è un'osteria qua vicino, – propose il milanese. Vittorelli aderí con entusiasmo. Occorreva mostrarsi disponibili. Almeno finché l'affare non fosse concluso.

Piú che un'osteria, era una bettola. Un covo di radicali, del genere che Vittorelli, quando era ancora in servizio, non mancava mai di tenere sotto stretta sorveglianza. Si avvaleva, al tempo, di agenti in borghese e di sedicenti rivoluzionari prezzolati. Mentre prendeva posto a un tavolo d'angolo, non poté fare a meno di chiedersi chi fra gli astanti fosse un sincero patriota e chi una spia. Davanti a un bicchiere di rosso robusto al punto da apparire torbido, il milanese si qualificò come «capitano» della Falange Armata, la nuova associazione che l'eterno Mazzini aveva fondato a Londra.

– Vi ho detto il mio grado, – incalzò il milanese, massiccio, glabro, sui cinquanta, di evidente estrazione popolare. E già sulla difensiva.

Quanto al ragazzotto veneziano, la sua mano era corsa al giustacuore, dove era sicuramente custodita un'arma, forse un pugnale. Vittorelli comprese che doveva essergli sfuggito qualcosa. Forse un segnale convenuto, o una parola d'ordine. Si affrettò perciò a proporre al milanese il saluto massonico. Il cospiratore ricambiò, e l'ombra di diffidenza svaní dal suo sguardo. Il ragazzo mise le mani ben in vista sul tavolo.

– Quante armi avete? – chiese il milanese.

– Sono sei casse di carabine e sei di munizioni. In questo momento si trovano in un deposito.

– Qui a Milano?

– A Torino, – rispose Vittorelli con un sospiro.

Il milanese lasciò partire una sonora bestemmia.

– Al sicuro? Torino sarebbe sicura? Con quello che sta succedendo...

Vittorelli allargò le braccia. Il vecchio cospiratore non aveva tutti i torti. Meno di una settimana prima, quando si era sparsa la voce che, in virtú di un accordo con i francesi, la capitale del Regno sarebbe stata trasferita a Firenze, Torino era insorta. Le truppe di quell'incompetente del generale Della Rocca, degno epigono della tradizione d'incompetenza dei suoi precedessori, avevano aperto il fuoco sulla folla che si era riversata in piazza Castello e in piazza San Carlo. Esito della brillante alzata d'ingegno: cinquantadue morti e centottantasette feriti, un'epidemia di dimissioni fra politicanti e burocrati d'alto rango, il temporaneo esilio di Sua Maestà, sempre pronto a giocare a nasconderella al primo sentore di impopolarità. L'ennesimo capolavoro politico dei nipotini degeneri di Cavour aveva portato l'Italia sull'orlo di una crisi senza ritorno.

– Caro amico, anche contrabbandare un carico di dodici casse da Torino non era il massimo della sicurezza, con quello che sta succedendo... – rimarcò Vittorelli.

– E allora?

– Si tratta solo di avere qualche giorno di pazienza, poi le acque si calmeranno. Voi versatemi quanto pattuito e fra una settimana riceverete il carico.

Il milanese schioccò la lingua.

– Niente da fare. Non erano questi gli accordi. Lo scambio deve avvenire nello stesso momento.

– Non vi fidate?

– Per quanto mi riguarda, potreste essere una spia.

– Sapete bene chi mi manda.

– Chi mi assicura che intascati i danari non ve la filerete, lasciandoci a becco asciutto?

– Quand'è cosí, cercatevi qualcun altro.

Vittorelli si alzò di scatto.

– Aspettate! – lo frenò il giovane veneziano. Poi, rivolto al suo compagno: – Potrei andare io a Torino con lui... cosí saremmo sicuri che non ci tradirà.

– Potrebbe essere un trucco, Guido, – insorse il milanese. – Non era mai accaduto prima che un... un nostro corriere ci chiedesse i danè in anticipo!

– Il problema, – sospirò Vittorelli, e si rimise seduto, – è che io non sono soltanto un corriere. Io sono il solo che può trovare le armi di cui avete... di cui abbiamo bisogno! Vedete, mio caro amico, le cose sono molto cambiate a Londra... perché voi sapete che è di là che vengono le carabine... La simpatia che un tempo accompagnava la nostra causa è un po' scemata.

– O forse gli inglesi hanno i loro problemi con l'Irlanda e l'India...

– Può darsi. Ma sento dire sempre piú spesso: ah, questi italiani, ormai la loro patria ce l'hanno, che cercano ancora? La stessa popolarità del Maestro è in declino. Chi un tempo ci riforniva perché nostro alleato, oggi pretende di essere pagato sull'unghia... Pensate che vi chieda i soldi per darmi alla bella vita? Ma andiamo! Non sarei qui con voi a rischiare l'arresto se fosse cosí... Con quei soldi salderò il debito residuo e acquisterò una nuova partita... È chiaro il concetto?

Suggellarono il patto con una stretta di mano. Vittorelli si complimentò con sé stesso. Era ancora bravo nel mestiere. Il piú bravo, per dirla tutta. Quelle casse di armi erano gli ultimi avanzi della sciagurata impresa di Vittorio Emanuele. Un po' di roba era riuscito a rivenderla a ungheresi e montenegrini. Ma quella gente pagava una miseria. Era stato costretto a riprendere contatto con i mazziniani. Aveva dovuto fare tutto da solo, visto che l'agente Elizabeth era ormai perso. Ma che s'impicchi pure! Ciò che conta, in questo tempo di rinnegati e di imbecilli, è unicamente il tornaconto personale. E poiché gli unici ancora interessati a fucili e pallottole sono gli irriducibili sognatori, è con loro che si deve chiudere l'affare.

Erano al terzo giro di rosso quando entrò nell'osteria un vecchio con una chitarra. Il milanese si alzò per salutarlo, poi lo invitò al tavolo.

– Signore, vi presento Toni el Ciaparàt…

– Acchiappa i topi? Non capisco… – azzardò il ragazzo veneziano.

Il vecchio scoppiò a ridere.

– E che topi! Certi topazzi alti e grossi, coi baffi e la divisa austriaca…

– Siete un veterano del '48! – s'illuminò il ragazzo.

Il vecchio arrossí di piacere e si lanciò in una roboante descrizione di agguati, sparatorie, testa a testa con il nemico… Doveva essere un personaggio popolare questo Ciaparàt, dal momento che gli altri avventori avevano smesso di chiacchierare per ascoltarlo, e un silenzio carico di fervore regnava nella bettola. Vittorelli, che ne aveva abbastanza, cercava un pretesto qualsiasi per piantare la compagnia, beninteso portandosi dietro il ragazzo, la sua garanzia personale. Ma Ciaparàt era inesauribile. Un'ora dopo era sempre lí a vantarsi, e i nemici uccisi erano saliti a duecento. Qualcuno gli chiese di imbracciare la chitarra. Il *miles gloriosus* non se lo fece ripetere e attaccò una brillante marcetta.

Se vorrii fà l'Italia per de bon
mandèe in galera il re e Napoleon
vun l'ha imparàa dal zio a fa' el robott
l'alter dal pà a vess traditor, bigott.
Ma el zio lè andàa a Sant'Elena a crepà
e a Oporto, de rabbia, è mort el pà...
Sperem che i discendenti, coi istess vizzi,
vaghen anca for istess a precipizzi.
Oh sí, la nostra Italia desgraziada,
passà la ciocca, la dervirà i œucc...

Un applauso frenetico segnò la fine dell'esibizione.

– E voi non applaudite? – domandò il milanese a Vittorelli, che faticava a nascondere la noia.

– Vi confesso, non ci ho capito una parola.

Il milanese tradusse. Vittorelli annuí.

– Cosí, passata la sbronza, la nostra Italia disgraziata dovrebbe aprire gli occhi... Voi lo credete davvero? Credete che apriremo gli occhi?

Poi, visto che il guitto, innaffiato del vino generosamente offerto dai radicali illusi, stava per passare al secondo atto, afferrò per un braccio il veneziano e se lo trascinò via.

Vittorelli ospitò il ragazzo per una settimana in una sua tenuta a Moncalieri. Come aveva previsto, le acque si andavano lentamente placando. Il ragazzo, Guido Toso, aveva diciannove anni. Apparteneva a un'antica dinastia di vetrai muranesi. Era figlio e fratello di patrioti morti di colera nell'assedio del '49. Il riscatto della patria era la sua ragione di vita. Sembrava l'agente Elizabeth da giovane, rifletté Vittorelli, con una certa ironia.

– Cominciate col rimediare un passaporto piú decente.

– Cos'ha questo che non va? Me lo hanno consegnato i fratelli milanesi. Loro dicono che...

– Insospettirebbe persino un croato sbronzo, ecco cosa c'è che non va. Domani ve ne porterò uno fatto come si deve.

Nei giorni che trascorsero in forzato contatto, Vittorelli gli raccontò una serie di menzogne abilmente confezionate. E quando, revocato il coprifuoco, tornato l'esercito nelle caserme, Torino fu di nuovo sicura, il ragazzo aveva una fiducia assoluta in lui. Conclusero l'affare di prima mattina, alla luce del sole. Dopo un'iniziale titubanza, il ragazzo aveva rinunciato a controllare il carico. Vittorelli, con gesto di magnanima fratellanza, rifiutò di contare il denaro. In cambio di un modesto compenso, Blasetti, accompagnato da quattro gendarmi ignari, sovrintendeva alle operazioni di carico. Le dodici casse, ufficialmente «strumenti ottici», finirono su una carrozza noleggiata a nome di un inesistente cavalier Selva di Coddè. Al momento del congedo, Guido Toso aveva le lacrime agli occhi. Vittorelli non vedeva l'ora che si levasse di torno. Dopotutto, con quell'ultima vendita, aveva accumulato abbastanza per cambiare ramo. Si sarebbe riconvertito al mercato immobiliare. Informato per tempo del trasferimento della capitale, aveva già investito a Firenze. Un giorno, anche Venezia e Roma sarebbero stati ottimi territori da esplorare... Ma il ragazzo non si decideva a congedarsi.

– Allora siamo a posto...

Il ragazzo, d'impeto, gli afferrò un braccio.

– Voi che siete stato a Londra... avete conosciuto forse Lorenzo di Vallelaura...

– Perché me lo domandi? – s'irrigidí Vittorelli.

– Perché è il nostro eroe! Ditegli, vi prego, che il giorno in cui Venezia sarà finalmente libera noi ragazzi veneziani gliela consegneremo. Ditegli che il suo esempio fulgido ci ha tenuti vivi in tutti questi anni... ditegli che combattiamo per lui!

Quella notte Vittorelli non riuscí a prendere sonno. Si rigirava nel letto dell'antico *Hôtel de l'Europe*, fra via Roma e piazza Castello. Forse nello stesso letto nel quale aveva dormito quel mulatto bizzarro di Dumas. Un altro che voleva cambiare il mondo. Ma era stato inutile cercare la pace fra le braccia dell'allegra modista che, di tanto in tanto, assolveva con diligenza alla funzione muliebre di riscaldare il talamo.

– Non vuoi confidarti con me, tesoro?

– Lasciami perdere, Doretta!

Una brava figliola, ma ignorante come una capra. Come avrebbe potuto, una come lei, penetrare gli abissi di amarezza nei quali Vittorelli sentiva di sprofondare? Per tutta la vita aveva coltivato con diligenza, di piú, con meticolosa dedizione, con sovrana intelligenza, l'arte della menzogna e del mascheramento. Si era reso consapevole strumento di inganni e abiezioni, e il paradosso della Storia aveva fatto sí che da quegli inganni e da quelle abiezioni nascesse una nuova nazione. Una nazione forse zoppa, imperfetta, ma comunque una nazione. Ora si trovava alle prese con un nuovo, e ai suoi occhi doloroso, paradosso: Lorenzo, che nel gioco era stato coinvolto suo malgrado, Lorenzo, la cui vita era stata rovinata da quel gioco, Lorenzo si dimostrava, alla fine di tutto, miglior giocatore di lui. Lorenzo, il piú lurido traditore che diventa il faro di quegli implumi apprendisti cospiratori. Guido Toso lo aveva appestato per un'ora con le gesta del mitico barone di Vallelaura, dalla prima spedizione in Calabria ai vent'anni di esilio londinese. Ma va' 'l pielu ant el cul!

Fu soltanto all'alba che riuscí ad addormentarsi. Merito di un'ideuzza che si era lentamente fatta strada, sostituendosi alla frustrazione, all'odio, ai propositi estremi che pure aveva carezzato. Se cosí vanno le cose, fedele agli insegnamenti dell'unico maestro che avesse mai avuto, Cavour, ebbene, quel paradosso l'avrebbe trasformato nella sua forza.

Due mesi dopo, re Vittorio Emanuele si fece vivo, e come niente fosse gli ordinò di riprendere i contatti con Mazzini. Vittorelli accettò di buon grado, ponendo, come unica condizione, un sensibile ritocco delle provvigioni.

Parte tredicesima

1866-67

Londra, estate 1866

Il rimedio contro la disperazione, la via maestra verso la fine: due parti di assenzio, una di alcol puro, una pallina d'oppio frantumata e disciolta nella bevanda. Lorenzo è arrivato a pesare sessanta chili, i denti gli ballano, le pupille ridotte a capocchie di spillo. Anche in questo giugno di eccezionale calura, brividi di freddo lo scuotono. Il cinese è in ritardo. Le mani cominciano a tremare. Conati di vomito secco risalgono dall'esofago. Indossa il cappotto, l'unico che possiede, e accende il camino. Si sdraia su un pagliericcio davanti alle fiamme, e osserva comporsi le figure mostruose che non gli dànno tregua: un drago che spalanca le fauci e minaccia d'inghiottirlo, lady Violet in domino rosso, poi nuda, impiccati che hanno le sembianze del Trevigiano, der Berva, di Lussardi e degli altri uomini senza un nome del cui sangue si è macchiato, Mazzini, diavolo cornuto, che suona la chitarra e ride di lui. Poi gli appare il suo proprio teschio, vermi vomitati dalle orbite strisciano lungo le pareti, e sempre, sempre un beffardo rintoccare di campane. Bussano alla porta. Lorenzo si trascina ad aprire. Feng Li ha portato l'oppio, ma chiede di essere pagato. Lorenzo si fruga nelle tasche. Sono vuote. Il cinese si irrigidisce. Lorenzo lo implora di fargli credito un'ultima volta.

– Tre mesi senza pagare.

– Mi riprenderò.

– Dite tutti stessa cosa. Mi dispiace. Niente soldi, niente oppio.

Ma non può restare senza. Non adesso. Domani, forse, domani, quando tutto cambierà... Si avventa sul cinese, non credeva di averne ancora la forza. Feng Li è minuto e agile. Soprattutto, sano. Sa come si trattano gli oppiomani, è nel ramo da vent'anni. Conosce tutti i trucchi le astuzie le miserie di quei disgraziati che gli dànno da vivere. Lorenzo è sopraffatto prima ancora di colpire. Le mani del cinese gli artigliano la gola.

– Posso uccidere!

– Fallo, allora, – rantola Lorenzo, – strozzami, e facciamola finita!

La presa si allenta. Lorenzo inala l'aria malsana della stamberga di Clapham Commons. L'ultimo rifugio, dopo non ce ne saranno altri. La settimana sta per scadere. Lo aspettano i ponti.

– Bello questo!

Lorenzo si rimette in piedi tossendo. Feng Li ha adocchiato il bastone animato che Lorenzo ha rubato dallo studio di Mazzini. Il cinese gioca con il meccanismo, fa scattare la lama e la rinfodera, ride estasiato. Poi estrae dal taschino un panetto d'oppio, lo tende a Lorenzo, agita il bastone.

– Dare e avere?

Lorenzo annuisce. Feng Li lascia cadere l'oppio. Lorenzo si precipita a raccoglierlo. Feng Li lo allontana con un calcio. Lorenzo striscia dietro il prezioso frammento, l'afferra, ne stacca una pallina, la inghiotte. Il cinese ride. L'oppio comincia la sua lenta discesa. Lorenzo chiude gli occhi. Impercettibilmente, il tremito si placa, la nausea scompare, sopravviene un silenzio carico di pace.

Dopo un tempo imprecisato è di nuovo in piedi. Sudato, febbricitante, il cuore in tumulto. La dose che ucciderebbe chiunque altro è stata appena sufficiente a un istante di oblio. Inghiotte dell'altro oppio. Non succede niente. Si guarda intorno. Il cinese è andato via. Il fuoco agonizza nel camino. In un sussulto rabbioso, Lorenzo fa a pezzi l'unica sedia superstite e la scaglia nelle fiamme. Ma qualcosa deve aver ostruito la cappa. Un fumo denso invade la stanza. La nausea lo afferra alla gola. Vomita, cade, si rialza, vomita ancora. Il fumo si condensa in una nebbia fitta, la vista viene meno. Lorenzo sa che a pochi passi c'è la porta, la salvezza. Ma è stanco. La via maestra verso la fine: tosse, fumo, i polmoni spappolati. Ho pietà di me stesso, pensa, e un attimo dopo si corregge: non merito pietà. Si avvicina al cuore delle fiamme, che ora crepitano selvagge. Aspira furioso il fumo, perché tutto sia finito. Crolla. Un rumore remoto lo percuote. Una ventata d'aria pulita lo solletica. Una mano fresca gli carezza la fronte. Avverte intorno un vociare confuso. Ha la sensazione di volare, è tardi, vorrebbe gridare, ma dalla bocca non gli escono che rantoli e grumi di materia immonda. Un'altra carezza sulla fronte, poi un getto d'acqua gelida, che lo costringe a tossire. Apre gli occhi. È in strada. China su di lui, Striga, il suo tocco dolente che sembra restituirgli il sapore ormai dimenticato della vita.

Palermo, settembre 1866

Sentu friscura d'ariu
lu celu è picurinu:
'nca c'è spiranza, populi,
la burrasca è vicinu!

Due giorni prima della data fissata per il Nuovo Vespro, Salvo Matranga accompagna lady Violet e i ragazzi al porto. Si è convenuto che i ragazzi siano spediti, per sicurezza, a Londra. Li accompagnerà Tabitha. Al momento dell'imbarco, i gemelli abbracciano Salvo con trasporto chiamandolo «zio». Cristina Devi, che a quattordici anni comincia a rivaleggiare in bellezza con la madre, gli stringe la mano, regalandogli un bagliore dei suoi occhi sognanti. Salvo li vede partire con la morte nel cuore, sommerso dal rimpianto per la vita che poteva essere e che non sarà mai.

Da due anni lady Violet e il marito non si parlano. Violet apre ogni pomeriggio il palazzo ai figli della strada, li copre di doni, insegna loro a leggere e a scrivere. A sera, marito e moglie cenano alle due estremità di un grande tavolo, fingendo armonia davanti ai ragazzi. Mario è una leggenda fra le pulle di Palermo. Salvo ha visto lady Violet consumarsi giorno dopo giorno in un'inerzia cupa e furente. Mentre tornano a piedi al palazzo, nota certe piccole rughe sul suo volto purissimo, e la trova ancora piú desiderabile, e si chiede se una stilettata al cuore del suo inutile marito non potrebbe...

– Perché non stai coi ribelli, Salvo?

La domanda lo coglie di sorpresa. Poi si rende conto che lei gli ha dato del tu, e avvampa.

– Perché io sto col governo, – risponde, incerto.

– Il governo della fame, della miseria, dell'oppressione... è con questa gente che stai, Salvo?

– Noi non abbiamo questi problemi.

– Noi chi?

– Io, il barone, il signor Mario... voi, lady Violet... di che cosa vi lamentate?

– E per te gli altri non esistono, vero? Non contano niente! I bambini che mandate a morire nelle miniere di zolfo a sette anni, quelli che nascono, crescono e invecchiano in mezzo alle capre... e le bambine che le madri vendono per miseria ai nobili... e i contadini che alzano la testa e la mattina dopo li ritrovano sparati alla schiena... tutto questo non conta, vero?

– È facile parlare quando si è nati nella ricchezza, come voi. Ma la Sicilia...

– La Sicilia, la Sicilia... siete anche voi italiani. Una grande delusione, amico mio, credimi, la piú grande delusione della mia vita.

Le parole di Violet scavano, scendono nel profondo, sprigionano bagliori, scatenano esplosioni esaltanti. Salvo corre a Marsala e riunisce i suoi luogotenenti.

Il 15 settembre, cento picciotti in armi, guidati dal barone Michele Pasciuta di Ribera, entrano cantando in Palermo. La guardia civica e la prefettura, colte di sorpresa, si arrendono agli insorti senza sparare un colpo. Nelle vie della città araba s'improvvisano barricate. Preti, avvocati, contadini; baroni, medici, borghesi e mazziniani; carrettieri, disertori e pecorai; malandrini, popolani, vecchi borbonici e garibaldini. Questa volta sono tutti d'accordo. Il comitato segreto s'è pronunciato. Palermo è insorta. Le campagne sono insorte. La morte di Corrao ha solo rallentato, non cancellato quest'ennesima pazzia siciliana.

Gli obiettivi sono confusi: democrazia, separatismo, restaurazione, Garibaldi dittatore, torni il Re, abolizione della tassa sul raccolto, autonomia isolana, no alla leva obbligatoria, viva Mazzini. Tutto pur di buttare a mare l'odiato piemontese. La Sicilia è stanca di soffrire. La Sicilia ha voglia di sangue, brama di vendetta, sete di libertà.

Una colonna improvvisata punta sulla Vicaria. Assaltare le carceri, scatenare i prigionieri, politici o comuni non fa differenza, creare una forza di resistenza, mettere Firenze, la nuova capitale, di fronte al fatto compiuto, e poi trattare. Ma la Vicaria resiste. E cosí il grosso delle truppe acquartierate nei casermaggi. Questa volta sono tutti d'accordo. Persino la Maffia. Questa volta sono tutti d'accordo. Ma non Michele Liberato. Informato da un laconico messaggio del barone, il maggior generale Gabriele Camozzi, comandante della piazza e veterano garibaldino, ha rinforzato per tempo le carceri della Vicaria, e quel che piú conta, prima è riuscito a informare il governo di Firenze.

Quando giunge l'ordine di tranciare i fili del telegrafo è già troppo tardi. Dieci, cento popolani si scagliano contro i pali, li abbattono a colpi d'ascia, svellono i fili, li intascano: saranno utili per strangolare bersaglieri e carabinieri, figli di una cagna, assassini, stupratori di femmine. Ma è già troppo tardi. Non resta che la strada. Tutti d'accordo, anche la Maffia. Di tutti i baroni, solo Michele Liberato è rimasto fedele al governo. I suoi uomini, gli uomini di Salvo, con lui. Non tutti, però. Qualcuno ha tradito e adesso sta coi rivoltosi. Quando Salvo gli rivela che a Marsala e a Villagrazia sono passati dall'altra parte, Michele Liberato fa fuoco e fiamme.

– Quelli che abbiamo bastano e avanzano. E sono i piú decisi, – lo rassicura Salvo.

– Garantisci tu?

– Come ho sempre fatto.

Quaranta picciotti fedeli vigilano sul palazzo di Michele Liberato, altri quaranta proteggono Mario Tozzi. Hanno scorte per sopportare mesi di assedio, lame, canne e carabine per offendere. Hanno l'arma piú potente: la disperazione. È un viaggio senza ritorno. O di qua o di là. Se la rivolta sarà stroncata, avranno in mano la Sicilia. Se la rivolta avrà successo, perderanno tutto.

Ma la rivolta non può trionfare.

Michele Liberato ha la vista lunga. Gli altri baroni lo odiano. Gli affari vanno a gonfie vele, la sua famiglia è protetta e rispettata. Che la Maffia, per il momento, stia dall'altra parte non è un problema. Salvo Matranga e i suoi migliori uomini restano fedeli. Michele Liberato è in una botte di ferro. Per quanto lo riguarda, la rivolta può anche durare dei mesi. E se dovesse scapparci l'ammazzatina di qualche rivale, allora ci sarebbe persino convenienza. I picciotti meno conosciuti fanno la spola tra le barricate e i palazzi. Raccontano di eccidi, raccontano di fucilazioni di massa, raccontano di saccheggi e di violenze. Tutta Palermo sta con loro, sta con gli altri.

Anche lady Violet.

– È scappata! Si è unita alla rivolta!

Mario si torce le mani.

– 'Sta matta! Capace che se fa' ammazza'! 'A dovemo trova', Michele.

– Accomodati pure, – sibila gelido Michele Liberato, – ma non sognarti di sottrarre un solo uomo alla difesa dei palazzi.

– Io? E che posso fa' da solo? Là de fòri ce sta l'inferno...

I picciotti squadrano Mario, qualcuno sputa per terra in segno di disprezzo. Se era uomo, se l'andava a riprendere la sua donna. Se era uomo, anzi, lei non se lo sognava neppure di muoversi. Se era uomo... Ma 'stu romano è uomo di pulle e di pilu. 'Stu romano è uomo di niente.

Salvo resta in disparte, in apparenza disinteressato. Mario incrocia il suo sguardo sarcastico. Il barone stappa una bottiglia di marsala invecchiato.

Piú tardi, Salvo convoca Cusumanno e Buscemi, due picciotti che si farebbero bruciare per lui. Si presentano al portone vestiti di nero, con il fucile e la cartuccera a tracolla, i pugnali nella cintura, un paio di bombe alla Orsini e grossi sacchi pieni di viveri. Non c'è bisogno di parole, fra loro. A un cenno di Salvo, si avventurano nella notte.

Brookwood (Surrey) - Londra, settembre 1866

– Grazie.

Sono le prime parole di Lorenzo, nel vagone che dal Surrey li porta a Londra. Terra di Nessuno azzarda un sorriso, Striga prende la mano di Lorenzo e la sente fredda, inerte. Si può vivere contro il proprio desiderio di morire? Si può cedere cosí alla disarmonia? Terra fruga nella sacca da viaggio e consegna all'amico un passaporto. Lorenzo annuisce e intasca il documento senza degnarlo di uno sguardo. Terra cerca invano nella sua espressione assente una minima traccia d'interesse.

– È stato Mazzini a trovarti, – spiega.

Il servizio segreto del Maestro, al quale nulla sfugge. Mazzini, e poi Carlyle, che ha pagato di tasca propria i tre mesi di degenza all'Asylum di Brookwood, la costosa, angosciante disintossicazione che ha ricostruito una mente sconvolta dagli incubi. Ratti, scheletri e fantasmi sono svaniti.

– Perché? – chiede infine Lorenzo, afono, rassegnato.

– Mazzini ti vuole a Venezia.

– A Venezia? Che succede a Venezia?

– Che cosa è successo, vuoi dire…

Il treno percorre indifferente la campagna, già tinta dei colori dell'autunno. Lorenzo rabbrividisce in un paltò troppo largo per la sua spaventosa magrezza. Radi sussulti sono tutto ciò che gli rimane degli ultimi due anni. I sussulti, e quella dolorosa voglia sfrenata di oppio che non lo abbandonerà mai.

Che cosa sta dicendo Terra?

Austria e Prussia scendono in guerra. L'Austria offre Venezia all'Italia in cambio della neutralità. Vittorio Emanuele respinge sdegnato l'offerta e dichiara guerra all'Austria. Vuole il suo posto nella Storia, il tiranno, e non gli importa quanto sangue costerà la conquista. L'esercito italiano è ben armato e addestrato, e l'ansia di riunire Venezia alla madrepatria dovrebbe scatenare nei combattenti istinti di belva.

– Eh, già, ma ci sono i generali, per fortuna del nemico! – sottolinea sarcastico Terra.

I generali La Marmora e Cialdini, e poi, come se non bastasse, l'ammiraglio Persano. Veterani di cento sconfitte, maestri insuperabili d'intrighi. Perdiamo a Custoza, la flotta è sbaragliata a Lissa, le campagne venete restano inerti, si battono da leoni gli italiani, sí, ma quelli di parte imperiale. Solo il vecchio Garibaldi, distrutto dall'artrite, sa ancora come si fa a combattere. Massacra il nemico a Bezzecca e si apre la strada verso il Trentino austriaco. Avanza inarrestabile. È a un passo da Vienna quando Sua Maestà lo richiama all'ordine.

– Ha risposto con un telegramma: obbedisco! E la guerra è finita! Ajò!

Il treno entra a Paddington. Lorenzo si passa una mano fra i capelli. Qualche rada ciocca gli resta fra le dita. Il medico l'aveva previsto: caduta dei capelli, debolezza dei denti, difficoltà di digestione, predisposizione alle infezioni. Non si scherza con l'oppio.

– Che stai cercando di dirmi, Terra? – mormora infine Lorenzo, scuotendosi dal torpore.

– Stai tornando a casa, – ride l'altro, – non l'hai ancora capito? Guarda quel benedetto passaporto, Lorenzo...

Lorenzo sfoglia il documento. C'è il suo nome, il suo vero nome, e i timbri del Regno d'Italia.

– Il Maestro ci ha sempre saputo fare, coi falsi.

– Il passaporto è vero. Venezia è italiana. Sei un uomo libero!

Lorenzo rimane freddo.

– Me l'hanno già fatto questo scherzo, – dice fra sé e sé, tanto non capiranno, e se anche capissero, a questo punto...

– Guarda che non è uno scherzo. Venezia è italiana.

– Ma se abbiamo perso la guerra...

– E che vuol dire? Ce l'ha regalata Napoleone! Su, torna a casa, amico mio. Ti aspetta un mucchio di lavoro, laggiú...

– Torna da Violet, – digita piano Striga.

Palermo, settembre 1866

Fucilate, roghi, scoppi, pianti, puzzo di cadaveri. Salvo esce tutte le notti. Batte i quartieri, penetra nei palazzi, scala le barricate. Cusumanno e Buscemi, fedeli, caritatevoli, micidiali, gli stanno accanto.

Non c'è stato tradimento nella Società di Salvo Matranga. È stato lui a disseminare gli uomini sulle opposte sponde. Un patto che non può essere sciolto lega la Società. Il vincitore farà montare il vinto a bordo del proprio carro. Nessuno potrà dire, chiunque vinca, che la Società ha fatto la scelta sbagliata. La Società sta da tutte e due le parti, com'è giusto che sia. La Società si barrica nel palazzo del governo e aspetta le cannoniere di Firenze, e la Società sta nelle barricate insieme al suo popolo.

Lu populu si jeva rivutannu
ma si rivutirà tuttu lu Regnu
aspittamu 'stu jornu e (cu sa quannu?)
vinnitta si farrà sangu ppi sangu!

Entrano nelle case dei rivoltosi, dispensano pane, vino, olio, formaggio, zucchero, farina e frutta rubati in casa del barone. Vecchi contadini baciano loro le mani. Giovani impazienti chiedono di essere affiliati. Salvo Matranga ha per tutti una parola buona, per tutti una speranza. Di tanto in tanto s'imbattono in un bersagliere che ha perso contatto con la sua compagnia, in un borghese che sta cercando rifugio presso i legittimisti. Salvo e i suoi li scannano come capretti. I nobili legittimisti fremono di sdegno. Propalano voci di cannibalismo: domani, alla Vucciria, venderanno coratella di piemontese, fegato di miserabile: è una colossale menzogna, ma è una menzogna utile. Si deve avere terrore dell'ira del popolo. Si deve schiacciare la testa al popolo irato. In casa di un ciabattino tengono un tenente dei carabinieri. È ferito, non sanno che farsene di lui. Salvo si accosta al suo capezzale. È un ragazzo del Nord, trema di paura. Salvo si mostra affabile, gentile.

– Che sai dirmi della moglie del romano, una signora inglese che sta dalla nostra parte?

Il tenente non ne ha sentito parlare. Salvo annuisce. Dà disposizioni. Il tenente è trascinato in strada. Lo inchiodano alla porta di una chiesa, gli cavano gli occhi. Non c'è colpo di grazia. Muore dopo tre ore. Lasciano il corpo insepolto, sia di monito ai vili. Si deve avere terrore dell'ira del popolo. Si deve scendere a patti con il popolo irato.

Ogni sera una missione, ogni sera un trionfo e un fallimento. Salvo cerca lady Violet, ma lei è invisibile, inghiottita dal ventre tumultuante di Palermo. La chiamano l'Anglisi, vola come un angelo sulle barricate, assiste i miserabili, cura i feriti, procura salvacondotti ai disperati. Sta con la rivolta e sta con la pace. Anche lady Violet sa che è giusto stare da tutte e due le parti. Ma è un gioco pericoloso. Se non riuscirà a trovarla, per lei sarà la fine.

I giorni e le notti si susseguono. Salvo uccide e lenisce, piange, scanna e guarisce. Le cannoniere sbarcano nel porto. Un'ultima carica dei rivoltosi al carcere è respinta con forti perdite. Le cannoniere aprono il fuoco. Palermo è un cumulo di macerie. Il comitato dei rivoltosi propone una tregua.

La tregua è respinta. Le cannoniere continuano a infierire. Dalle macerie si leva fetore di decomposizione. Alla Vucciria piangono le teste mozzate del popolo di Palermo. I picciotti di campagna riguadagnano bagli, stazzi e masserie. Salvo ordina a Marsala e Villagrazia di cambiare bandiera. Le cannoniere martellano senza pietà. I capi si arrendono, invocando la clemenza dei piemontesi. Cominciano le retate. Salvo e i suoi si uniscono ai rastrellatori, per riconoscersi usano coccarde regie e segni convenzionali. Le prede di Salvo sono condotte in silenzio alla periferia e lí lasciate libere. Salvo batte le strade cercando lady Violet, ma lady Violet è un'ombra, lady Violet non c'è piú.

Un capitano sbarcato dal *Rosalino Pilo*, ebbro di vino o forse di sangue, fa fucilare senza processo ottanta prigionieri. Si sparge la voce che fra loro c'era una donna dell'aristocrazia. Salvo si precipita a verificare. Il capitano gli sbarra il passo. Salvo gli punta la rivoltella alla tempia. Il capitano si ritira. Salvo fruga tra i cadaveri, agita corpi scomposti, si immerge nel sangue ancora fresco che disegna ghirigori senza senso su facce ignote. Lady Violet non è tra i morti. Salvo si apparta col capitano. Quand'è certo di non essere visto, gli taglia la gola. Pulisce la lama sulla sua giubba. Gli arresti si susseguono. Si imbastisce in tutta fretta una corte marziale. Michele Liberato e Mario Tozzi vengono invitati a vigilare sulla regolarità del processo come osservatori. La corte è convocata su una spianata di fronte al porto. Quindici disgraziati attendono rassegnati l'esito scontato della farsa. Il maggiore che presiede il collegio giocherella con una collana di smeraldi. Salvo riconosce il gioiello. L'ha visto al collo di lady Violet. Il processo dura un amen. Le fucilazioni ancora meno. A sera, Salvo si presenta al maggiore. Loda la sua determinazione, gli porge da bere, una, due, tre bottiglie del miglior marsala si prosciugano. Salvo gli dice che una certa signora, molto bella e molto discreta, ha assistito al processo ed è rimasta colpita dal suo aspetto. Propone un incontro riservato. Quando? Adesso, subito, domani potrebbe essere troppo tardi. Il maggiore si tira su a fatica, rutta, lo segue speranzoso e allupato per i vicoli dietro la Vucciria. Quando sono lontani dai rumori della notte, gli pianta il coltello alla gola e affonda piano.

– La collana.

– Te la dò, non mi ammazzare, ti prego!

– Me ne fotto della tua collana. Voglio sapere come l'hai avuta.

– Una donna... l'abbiamo presa stamattina...

– E allora?

– Mi ha dato la collana e l'ho lasciata andare.

– Dove?

– Giú al porto...

– Grazie.

Salvo giustizia il maggiore e corre al porto. Picciotti fidati lo salutano. Picciotti sperti lo indirizzano a un vecchio contrabbandiere. Salvo non ha bisogno di spendere parole. Tutti a Palermo sanno che cerca l'Anglisi. Tutti sono pronti a dare la vita per il nuovo capintesta della Maffia.

– Partí, – rivela, asciutto, il contrabbandiere, – è salva.

Salvo torna a palazzo, rasserenato eppure malinconico. Avrebbe voluto salvarla con un gesto eroico, offrire il petto per lei, avrebbe voluto...

Forse è meglio cosí.

Il barone gli dà da bere e da fumare. Mario Tozzi parla dei nuovi progetti, di aprire una sede a Venezia, di riprendere l'idea di un atelier per abiti da sposa. Lady Violet è ignorata, dimenticata. Il barone è affettuoso come non mai.

– Ho grandi piani per noi, Salvuzzu! La mente e il braccio, che bella coppia, eh?

Dorme un sonno di piombo, senza immagini, senza memoria.

All'alba vengono ad arrestarlo. L'accusa: sedizione, appartenenza alla consorteria criminale denominata Maffia, omicidio di un ufficiale del regio esercito.

Mentre lo portano via, incrocia il barone. Michele Liberato finge di non conoscerlo e tira dritto sulla sua carrozza. È stato lui a denunciarlo. Quell'idea balzana di «disseminare» le forze rischiava di comprometterlo, e il barone ha dovuto prendere provvedimenti. E poi, Salvo cominciava a fare ombra. Va rimesso a posto. Raccomanderà in seguito al delegato di Firenze di non calcare troppo la mano. Qualche anno di prigione sarà piú che sufficiente a fargli calare la cresta.

Quella notte, dalle camerate della Vicaria, si leva alto e dolente un canto.

Ju di tutti canusciu la mancanza:
cu ha vinti tarí vulissi 'n'unza;
ogni omu si nutrisci di spiranza
e assuppa, assuppa, megghiu di 'na sponza.
'U Quarantottu fu la cuntradanza
lu 'ncugna e scugna, lu conza e lu sconza
Sigilia dissi: arrísicu la panza;
quannu si sburdi 'na cosa, si conza.
A lu Sissanta Sigilia chi accanza?
Li cani grossi mancianu la sponza.

Venezia, ottobre 1866

Nebbia, pioggia sottile, e sullo sfondo il canto dei gondolieri, grida evanescenti di gabbiani. Venezia era e non era piú la sua città.

Un ufficiale austriaco aveva abitato l'antica casa di Lorenzo. Tracce, dovunque, di una fuga precipitosa. Un ritratto di famiglia: il gentiluomo in alta uniforme, folti baffi e spadino al fianco; la moglie, austera, una luce stanca nello sguardo; due figli alti e biondi, cani pezzati, un orizzonte di laguna immersa nella foschia del primo sole. Non la sua famiglia. Di quella, solo poche memorie accatastate nella vasta soffitta. La vecchia giacca da camera del padre. Un ritratto di Lorenzo bambino, gli occhi pieni di fede e di affetto che percorrono l'imponente figura del tenente generale. Uno scrigno forzato. Dentro, il fossile di una blatta, una ciocca di capelli neri con l'odore della mamma. Trapestio dagli interstizi: sbucò la sagoma inquieta di un musatto. Uomo e ratto restarono a fissarsi per un breve momento, immobili, curiosi l'uno dell'altro. Poi la bestia prende coraggio, muove qualche passo. Lorenzo si fruga nelle tasche, ci trova una briciola di pane, la offre al ratto. La bestiola si avvicina, circospetta. Annusa. Afferra. Si ritira, scivolando irraggiungibile nel suo buco.

Era, e non era piú, la sua casa.

Da tre giorni a Venezia.

Ventitre anni dopo. Nessuna emozione. E un pensiero che si faceva strada, ossessivo: dove procurarsi dell'oppio? A Mestre, forse? O da qualche gondoliere?

Giacinto, un valletto reclutato a Dorsoduro, piú o meno la sua stessa taglia. Lo aveva spedito con gli ultimi risparmi a rinnovare il vestiario. Poca roba, e pratica. Eccolo di ritorno con due galoppini del piú rinomato sarto degli Schiavoni.

– È per prendere le misure, sior barone.

– Non ho i soldi per pagarli, Giacinto.

– I ga dito che par vu no xe question de moneta... Non si fanno pagare, sior Lorenzo.

Ma va' al diavolo! Lo sconcerto dei galoppini. Si lasciò prendere le misure. Elargí due monete inglesi, a titolo di mancia.

– Queste le teniamo in cornice, barone!

Insultavano? Lo deridevano? Eppure...

– C'è gente che vuol vedervi, barone.

– Chi?

– Due uomini, uno piú anziano, l'altro giovanotto.

– Mandali via. C'è rimasto del vino?

– Una bottiglia, sior barone, l'ultima.

Bere, visto che altro non è concesso. Perché diavolo Striga e Terra si erano dati tanta pena per la sua anima dannata? Perché non l'avevano lasciato morire? E se avevano deciso, per qualche misteriosa ragione, che era ancora degno di restare in vita, perché privarlo dell'oppio, che siano maledetti?

Uno scoppio di voci, quasi un coro, e accordi di chitarra. Una serenata sotto le sue finestre. Amanti perduti, forse? Il pensiero correva a lady Violet. L'ultimo messaggio della Striga: torna da lei, non lasciarla sola... Che follia! Che inutile spreco! Avrebbe mai ritrovato il coraggio per farla finita?

– Sior barone! Sior barone! Venite, venite, affacciatevi alla finestra.

La sera era fredda e buia. Solo fra qualche giorno la nuova amministrazione, i nuovi padroni, avrebbe dato l'ordine di riaccendere i lampioni. Prima, aveva ironizzato Giacinto, devono mettersi d'accordo su come spartirsi gli appalti. Giacinto, nostalgico dell'Imperatore e del '48 nello stesso tempo. Ma sotto le sue finestre, lanterne, rapidi fari saettavano chiazze luminose sulla sagoma oscura del campanile di San Marco.

– Eccolo!

– È lui!

– Viva!

– Viva Lorenzo di Vallelaura!

– Viva il barone! Viva l'eroe!

– Mazzini! Mazzini!

– Garibaldi! Garibaldi!

E infine il coro, possente: Fratelli d'Italia, l'Italia s'è desta…

Un colpo di pistola. No, mortaretti. E fuochi d'artificio. Una festa in piena regola.

– Che cos'è questa buffonata, Giacinto?

– Non è una buffonata, amico mio. È il giusto tributo che la città riserva al ritorno dell'eroe invitto.

Alle sue spalle s'era materializzato Vittorelli. Un inchino beffardo, una vigorosa stretta di mano, persino un abbraccio che Lorenzo tollerò senza muovere un muscolo.

In pochi istanti si ritrova la casa piena di gente. Lacchè portano vassoi pieni di frutti di mare, ceste di pane, casse di bottiglie.

C'è il Pittore, qualche filo grigio tra i capelli, che rievoca l'impresa del '44 in Calabria e si prenota per un ritratto «con le spalle alla laguna e l'Italia turrita che attraversa in gondola il Canal Grande». C'è Griffin McCoy, latore di un messaggio personale dell'ambasciatore americano e di un'offerta di affiliazione alla massoneria.

– Direttamente al trentesimo grado, un onore riservato a pochi!

C'è un giovane biondo, occhi azzurrissimi, che si getta ai suoi piedi e gli abbraccia le ginocchia, e in un impeto di oratoria mista a lacrime e singhiozzi lo proclama «il piú puro fra i puri, l'eletto fra gli eletti, bandiera e speranza della Nuova Serenissima d'Italia».

– Si chiama Guido Toso. Ha perso la famiglia nel '48. Un esaltato, ma ci sarà utile, – spiega Vittorelli, tirandosi in disparte Lorenzo. – Lasciatelo dire, dategli soddisfazione, oppure mandatelo via, pensate a divertirvi, il resto a domani...

E donne. Ragazze delle famiglie un tempo eminenti, nei cui visi Lorenzo riconosceva i tratti, ringiovaniti, delle madri amate prima dell'esilio, e cortigiane sconosciute dalle risa acute e dai seni arroganti, musici, e vino, e allegria. E Vittorelli, insinuante...

– Su, che cosa aspettate? Non avete che da scegliere quella che piú vi aggrada.

– Ma sí, ma sí, dopotutto, perché no...

Si risvegliò all'alba. Una forma femminile di traverso sul letto, capelli castani sparsi su spalle lentigginose, nell'aria odore di profumo dolce e di sesso acre.

Vittorelli, il colletto slacciato, innaffiava del fondo d'una bottiglia di bianchetto una coscia fredda di pollo.

– L'oggi ci appartiene, amico mio. Volete servirvi?

– Vorrei capire.

– Sedete qui accanto a me. Capire? Non c'è niente da capire. C'è solo da afferrare. Siete l'uomo del momento, Lorenzo. Ventitre anni di esilio, ventitre anni accanto a Mazzini, fanno di voi un idolo per i repubblicani e i garibaldini.

La vostra specchiata carriera senza macchia... sulla quale, badate bene, non mi sogno nemmeno di ironizzare... la vostra carriera fa di voi il candidato ideale per i progetti futuri di questa gente.

– Ma se non ho nemmeno combattuto per Venezia!

– Perché una grave malattia nervosa vi costringeva a Londra. Essa è insorta al primo manifestarsi delle intenzioni di Vittorio Emanuele. L'ansia di versare il sangue per la patria ha piegato la vostra costituzione, già messa a dura prova dall'esilio... Volevate partire, lo volevate con tutte le vostre forze, sono stati i medici a impedirvelo. Avete cercato persino di fuggire, e vi hanno dovuto rinchiudere in quella clinica per evitare che la fatica e l'angoscia del ritorno vi uccidessero.

– Ma è tutto falso!

– Be', mi sono ispirato a Mazzini. La sua ritrosia per la prima linea è nota, non sono io a dovervi ricordare quante febbri cerebrali e tabe dorsali lo hanno sempre tenuto prudentemente alla larga dal vivo della mischia. Perciò, da questo punto di vista siete coperto.

– Coperto! Ma come parlate?

– Statemi a sentire. Fra breve ci saranno le elezioni. Voi vi candiderete. I repubblicani, che qui sono molto forti, vi voteranno in massa. E io, modestamente, vi porterò anche i moderati. Basterà rassicurarli sulla vostra... disponibilità per certe operazioni che stanno loro a cuore.

Affari immobiliari, spiega Vittorelli. Rilevare terreni e renderli edificabili. Impiantare alberghi e sale da gioco. Concedere licenze, ottenere concessioni, attivare una linea di vaporetti con la terraferma.

– Io non farò niente di tutto questo, Vittorelli.

Uno stupore sincero si dipinge sul torinese. Lo sfregio manda scintille.

– Ma perché?

– Perché sono tornato a Venezia per un unico motivo: morire in pace.

Vittorelli sospirò.

– Ah, quanto romanticismo! Bene, non voglio litigare con voi. Avete tempo per pensarci...

– Ho già deciso.

– Suvvia, non precipitiamo le cose! Dopotutto, se volessi, potrei sputtanarvi in qualunque momento...

– Fatelo.

Solitudine. Mandò Giacinto a liquidare la ragazza, non ne ricordava nemmeno il nome. Per l'intera giornata servi e lacchè ripulirono la casa. Arrivarono mobili nuovi e antichi, scrittoi, quadri, carta da lettere, poltrone. Tutto in omaggio all'eroe. Sul far del tramonto, si avventurò in San Marco. Dovunque, al suo passaggio, battimani, richieste di colloqui confidenziali, occhiate complici, offerte di libagioni.

E se avesse accettato? Poteva provare a giocare con Vittorelli, arrischiarsi a giocarlo. Tramare, sí, ma per costruire scuole, aprire fabbriche, avviare un programma di riforme sociali. Richiamare Mazzini dall'esilio, offrirgli la cittadinanza, corrompere funzionari governativi per estorcere in suo favore la sempre negata grazia. Poteva ricomporre la linea retta dell'esistenza tornando al punto in cui si era spezzata. Aggrapparsi al Potere per piegare il Potere. Vittorelli lo avrebbe massacrato. Era stanco. Meglio forse morire da eroe, visto che ci tenevano tanto.

Sgattaiolò per vicoli dimenticati, costeggiò canali periferici, si soffermò sotto antichi palazzi impavesati a festa. Un giovane ebreo dell'arsenale lo benedisse. Assaporò il puzzo dolciastro delle acque. Si specchiò nelle onde tremolanti, trovandosi vecchio, appannato, vano.

Quando tornò a casa, a notte fonda, lady Violet era lí ad attenderlo.

Venezia, novembre 1866

Lei addormentata, in un mattino chiaro. Lui esplorava con tocchi leggeri, quasi spaventati, quella fisionomia tanto a lungo desiderata e adesso, finalmente, posseduta. Gli occhi neri che il tempo non aveva guastati, arricchendoli, anzi, di una sfumatura dolorosa che riverberava nelle pagliuzze iridescenti. Gli zigomi alti, che l'età aveva ammorbiditi, il collo svettante che ancora resisteva all'avanzata di segni e rughe. La carnagione, che s'era fatta piú scura; i capelli, sempre nerissimi ma esaltati qua e là dalla comparsa di un ribelle filo candido. In quel primo mese trascorso insieme lei era cambiata. I segni della metamorfosi erano continui, tumultuosi. Giorno dopo giorno Violet somigliava a un'antica divinità indú. Violet era la Devi. Una Grande Madre dispensatrice di tenerezza, custode del fuoco e dell'aria, origine e causa prima di ogni forma vivente. Violet tornava alla madrepatria dopo aver combattuto per una patria vana e straniera. È amore, il suo? Lorenzo non saprebbe dirlo. A volte i suoi baci la trovano cedevole, altre volte assente. Non si nega mai, ma nel concedersi c'è un'indecifrabile sospensione, una trattenuta vigilanza. Forse è solo questione di tempo, e forse non sarà mai amore. Forse sta solo cercando in lui un rifugio. Altre volte il profilo della Devi sembra mutarsi in una maschera di furore. Sono brevi istanti, impercettibili a chiunque ma non a lui. La Devi è, insieme, principio e fine, vita e morte, pace e furore. La Devi è fuoco, rifugio, e anche devastazione.

– Ti amo, – mormorò piano Lorenzo, – ti amo e nello stesso tempo ho paura di te.

E lui, povero uomo schiacciato dal peso della colpa, custode di un segreto inconfessabile... Dirle la verità? E perderla? Non avrebbe mai trovato un simile coraggio. Se l'avesse avuto, si sarebbe lasciato spappolare il cranio in quella cella calabrese. Se neanche l'oppio l'aveva ucciso, allora in tutto quel vagabondare non poteva che esserci un solo e unico senso. Lui doveva vivere. E vivere con Violet. Come aveva predetto la Striga. Avevano discusso dell'offerta di Vittorelli. Lorenzo tentennava. Si era accennato confusamente a una partenza.

– Venezia ti fa paura?

– Perché mi chiedi questo, Violet?

– Perché si direbbe che vuoi fuggire da qualcosa o da qualcuno.

La Devi vedeva lontano. Non doveva insospettirla. Aveva chiesto tempo. Il tempo era ciò di cui aveva bisogno per insegnarle ad amarlo. Per rinascere, da un'altra parte. Abbandonare l'Italia, patria impura e straniera. Richiamare i ragazzi. Costituire una nuova famiglia. Rifugiarsi a Madras, o a Benares.

Violet sospirò. Lorenzo si ritrasse, con un gesto troppo precipitoso.

– Continua. Mi piace.

– Non volevo svegliarti.

– A che pensi?

– A tutto il tempo perduto e a tutto il tempo che verrà.

Violet chiuse gli occhi. Talora si sentiva preda di un furore che non sapeva dominare. Doveva fare ordine nella sua vita. Risolvere la partita con Mario. Prima o poi lui avrebbe accettato il divorzio. Lorenzo voleva partire. Si diceva attratto dall'India. Lo faceva per compiacerla? Perché sapeva che lei, Violet, apparteneva all'India e un giorno si sarebbe ricongiunta alla sua vera madre? O era davvero in fuga? Da chi, da che cosa? Amava Lorenzo? L'aveva sempre amato, senza mai rendersene conto? O tutto ciò che cercava in lui era la certezza che si poteva ancora porre rimedio agli errori del passato?

Non sapeva dirlo, non poteva dirlo. Forse, col tempo… Ma che amore era mai quello, amore di baci freddi, di abbracci stentati, complicità di naufraghi, ennesima illusione, cos'era, infine? Era volata fra le sue braccia in preda alla disperazione. Palermo era stata l'ultima tappa verso l'abisso. Se ne era ritratta un istante prima di precipitarvi. Tutto ciò in cui aveva creduto si era mutato in sangue e tradimento. Lorenzo era l'ultimo punto fermo. Lorenzo era una nebbia gentile che proteggeva il suo cuore tormentato e gli dava pace. Ma non si sarebbe accontentato. La venerava come un'antica dea, ma in cambio, presto, avrebbe preteso l'amore. E se l'amore, l'amore dell'estasi, l'amore che non conosce condizioni, se quell'amore non fosse mai esistito? Si sarebbero odiati, un giorno?

Venezia, dicembre 1866

Capi e militanti del Partito d'azione si riuniscono al tramonto nel magazzino di fronte alla chiesa di San Moisè. Passa, di mano in mano, l'opuscolo che la notte precedente ignoti hanno fatto pervenire, in trenta esemplari, al giovane Guido Toso.

La verità sul Barone di Vallelaura
Come si trasforma un traditore in un eroe

L'autore si dichiara «un anonimo patriota». Rivendica la solidarietà degli «uomini seri che studiando la storia della loro epoca, vogliano penetrare al fondo delle cose, e non si contentano di conoscerne la superficie». Lamenta il dolore che gli causa l'oneroso compito di infliggere una cosí cocente delusione agli animi dei patrioti puri. Evoca consapevolmente il rischio dello scandalo, per poi subito aggiungere, con orgoglio da spia rotta a ogni infamità: «quelli che mi avranno letto e che vorranno rendere giustizia alla moderazione del mio linguaggio, riconosceranno che se vi ha scandalo non è mia colpa, ma colpa dei fatti». Lorenzo di Vallelaura sarebbe dunque una spia di antica data. Reclutato dagli austriaci nel '44 in cambio dell'annullamento della condanna a morte per i fatti di Calabria, incaricato di sorvegliare e, all'occorrenza, calunniare Mazzini; assassino di compagni; organizzatore di bande criminali in Ancona; pugnalatore alle spalle della Repubblica romana; reo della cattura di Felice Orsini e del fallimento dei moti milanesi del '53; successivamente, venduto, sí, venduto, perché altro termine non si può usare, ai piemontesi in seguito a una sordida vicenda di diplomatici dediti ad amori cinedi; complice di traffici illeciti con altre spie alla corte di Cavour; incaricato di far arrestare Mazzini durante i suoi viaggi in Italia nel '56 e nel '57, arresto fallito soltanto grazie alla preveggenza del Maestro; agitatore di moti e omicidi politici nei ducati durante il 1859; artefice, in combutta con la peggiore genia dei camorristi, della cacciata di Mazzini da Napoli nel '60; infine, tossicomane dedito all'oppio e alcolista votato all'assenzio; ricoverato in manicomio in seguito a crisi acuta, da cui la mancata partecipazione alle battaglie del '66: da qui, e non dalla sedicente, pietosa e quanto mai opportuna «febbre cerebrale» che la leggenda gli attribuisce...

Menzogna, urlano tutti, menzogna ben congegnata, ma pur sempre menzogna.

Manovra dei moderati per screditare Lorenzo, urlano in coro.

Manovra produttiva, se è vero che, informato dell'opuscolo, il barone ha dichiarato di rinunciare alla candidatura e di voler lasciare per sempre Venezia.

– Se ci abbandona siamo fregati. Perderemo le elezioni. I moderati si spolperanno la città!

– Non è detta l'ultima parola. Vittorelli sta ancora cercando di convincerlo.

Guido Toso assiste alla disputa rinchiuso in un cupo mutismo. Si chiede perché l'anonimo abbia scelto proprio lui come destinatario del messaggio. È stato a trovare Lorenzo. Non ha voluto riceverlo. Ha lasciato il libriccino nelle mani di Violet. Il palazzo era ingombro di bauli. La coppia si prepara a partire, a quest'ora, forse, ha già lasciato Venezia. Lorenzo non si difenderà. Un dubbio tormenta Guido Toso. E se fosse vero? Se Lorenzo fosse un traditore? Forse anche qualcun altro si pone la stessa domanda, ma nessuno oserà formularla apertamente.

Vittorelli si affaccia. Tutti gli vanno incontro, avidi di notizie. Vittorelli fa segno di no con la testa. La costernazione dilaga. Vittorelli lancia nervosi sbuffi di fumo dalla pipa. Ha fatto credere agli altri di aver tentato un ultimo disperato assalto a Lorenzo. In realtà, se n'è stato chiuso in casa a meditare. E se avesse commesso il piú grande errore della sua vita? Da quando si è trasferito a Venezia, la sua popolarità fra i radicali è in crescita costante. Garantito da Guido Toso, ha presto assunto il ruolo di ministro delle Finanze dei repubblicani. A spingerlo sulla sponda sinistra dello schieramento politico è stato un semplice calcolo: ci sono troppi moderati in giro, e tutti troppo affamati. Per concretizzare affari lucrosi bisogna lavorare nella nicchia dei duri e puri, scavarsi una tana, afferrare le prime briciole e da lí, briciola dopo briciola, salire sino alla tavola reale e assicurarsi il posto d'onore al gran banchetto. Lorenzo era l'uomo giusto. Ma Lorenzo è perso. Quando gli ha annunciato che sarebbe partito per l'India con Violet, Vittorelli ha avuto una reazione... puerile, sí, puerile. Sí, l'opuscolo è stato un errore. La meschina vendetta tardiva per lo sfregio di tanti anni prima. Un errore catastrofico. Non ha capito che i patrioti hanno fame di sogni, che la realtà non è il loro territorio. Ha sottovalutato la loro brama di utopia. Ignoreranno la verità, anche se è documentata e inoppugnabile. Bisogna correre ai ripari. Vittorelli richiama l'attenzione schiarendosi la voce.

– Compagni! Fratelli! Non perdiamo tempo in chiacchiere. La doppiezza degli agenti governativi è risaputa. Gente che non si ferma davanti a niente. Anche se escluso dalla competizione elettorale, Lorenzo di Vallelaura resta figura fulgida del nostro partito. I moderati hanno tutto l'interesse a calunniarlo. La calunnia serve a seminare lo sconcerto, la paura. La calunnia ci induce a domandarci: e se fosse vero?

Si concede una pausa sapiente. Tira dalla pipa, fissa a uno a uno gli altri, si sofferma un istante piú del dovuto su Guido, che abbassa lo sguardo. Allarga teatralmente le braccia, lascia partire un sogghigno amaro.

– Sí, è cosí, inutile fingere con noi stessi! Oggi troppi di noi dubitano. Troppi sentono vacillare la fede... Sento dire che non dovremmo presentarci alle elezioni. Sento dire che dovremmo far confluire i nostri voti su un moderato accettabile. Sento dire che senza Lorenzo di Vallelaura la nostra battaglia è persa. Sciocchezze! Io vi dico che dobbiamo reagire. Anche contro la volontà del diretto interessato, se necessario. Lorenzo di Vallelaura è un uomo che ha molto sofferto, al punto da rimetterci la salute. Ora egli non desidera che la pace. E noi dobbiamo rispettare questo suo desiderio. Lasciamo dunque che vada. Ma non possiamo permettere che il suo abbandono travolga la nostra causa!

Li ha catturati, lo avverte. Vede accendersi di nuovo entusiasmo volti sino a quel momento spenti, percepisce il loro fremito, è in sintonia con le reazioni primitive che la sua retorica scatena.

– Mandiamo un messaggio a Mazzini. Invochiamo una sua autorevole presa di posizione in favore di Lorenzo. Stampiamo un manifesto pubblico a difesa di Vallelaura. Gridiamo che sí, un eroe si ritira perché indignato dall'ingratitudine dei compatrioti. Ma altri raccoglieranno la sfida. Scegliamo per le elezioni una persona degna di presentarsi come il continuatore della sua battaglia, come colui che ha raccolto la bandiera che, in un istante di comprensibile amarezza, Lorenzo ha lasciato cadere!

L'assemblea si scioglie in un'ovazione convinta. Scoppia un applauso frenetico. Vittorelli si accosta a Guido Toso, lo afferra per un braccio, lo trascina al centro della sala.

– Guido correrà per noi e per Lorenzo. Guido vincerà per noi e per Lorenzo. Guido Toso sarà l'alfiere della Nuova Venezia!

Guido si schermisce. Le grida si spengono. Tutti fissano il prescelto, attendono un suo cenno, una sua parola. Guido, lo sguardo spaurito, cerca Vittorelli. Ecco, in questo momento si decide tutto. Restano a fissarsi, e senza bisogno di parole, in un istante si sono detti tutto. Sí, l'anonimo sono io. Sí, Lorenzo è un traditore. E sí, ragazzo, questa è la tua grande occasione.

– È un onore per me, – esclama commosso Guido, – spero solo di esserne all'altezza...

Anche Lorenzo e Violet si dicono tutto con uno sguardo. Accade quando lei lo raggiunge nello studio e gli porge, il volto tirato, il libriccino. Lorenzo china il capo.

– Guardami, Lorenzo.

Ma gli manca la forza per farlo. Si prende la testa fra le mani e lascia partire un lamento prolungato, un sospiro di animale ferito. Violet si avvicina al caminetto, scaglia tra le fiamme quelle pagine maledette, le osserva accartocciarsi e crepitare sinché non si dissolvono in un tappeto di cenere.

Una carezza sui capelli di Lorenzo, l'eco di una risata amara, ed esce per sempre dalla vita di lui.

Roma, ottobre 1867

O Roma o morte!

Via delle Quattro Fontane 16. Casa di Pippo e Amalia Spada. Il quartier generale degli insorti. Lorenzo si presenta con i suoi veri documenti. Pippo Spada lo abbraccia calorosamente.

– Ora capisco perché sei andato via da Venezia. Per darci una mano a liberare Roma.

Nessuno, nemmeno per un istante, ha preso sul serio il libercolo diffamatorio. I circoli rivoluzionari si sono stretti con affetto indignato intorno al fratello calunniato. Mazzini ha calato l'asso con una nobile lettera di credenziali. Nessuno ha creduto alla verità. Solo Violet. Violet persa per sempre. Per questo Lorenzo è a Roma. Per cercare la bella morte. I compagni gliene saranno grati. E lui l'attende come una liberazione. Nella casa, un viavai eccessivo di cospiratori e congiurati. Lorenzo sente puzza di spia. Il deputato Francesco Cucchi cospira alla luce del sole. Sparla del comitato nazionale, ispirato dal Re e in apparenza votato alla liberazione di Roma, definendolo un covo di infiltrati e di spie. Sostiene che esista un patto segreto fra Vittorio Emanuele e Napoleone III: invaderanno insieme Roma, massacreranno i garibaldini.

Anche un famoso banchiere cospira alla luce del sole. Fedele a Vittorio Emanuele, sparla dei mazziniani, sanguinari terroristi. Sostiene che il progetto di Mazzini prevede l'arresto e la deportazione del papa. Non si stupirebbe se quei pazzi fanatici si spingessero sino a ordinare la fucilazione di Sua Santità. Di certo, per il momento, preparano stupri di monache e martirio di preti.

Lorenzo consegna a Cucchi una bella somma raccolta da Mazzini. Dei giovani che da tutta Italia dovrebbero raggiungere, frementi di ardore rivoluzionario, la Dominante (cosí chiamano Roma i parrucconi in tonaca), non si vede l'ombra. Sotto un'acquerugiola fastidiosa, la città appare sonnolenta e infastidita come i suoi famosi gatti. La puzza di spia si fa ammorbante.

Lorenzo incontra al ghetto una coppia di cospiratori. Progettano di far saltare in aria la santabarbara papalina e la caserma degli zuavi, i piú feroci nella repressione. Dispacci da Napoli e da Firenze riferiscono dell'atteggiamento ondivago del Re. Se Garibaldi vincerà, si accoderanno; se Napoleone continuerà a difendere il papa, si ritireranno; se Roma insorgerà, ci penseranno. I giorni scorrono fra incontri, convegni, appuntamenti segreti che di segreto hanno solo il cifrario di gesti che si dispiegano sotto l'occhio onnipresente delle immancabili spie. Mazzini, malato a Lugano, invia ordini a raffica incitando all'insurrezione.

Lorenzo si trasferisce all'*Hôtel d'Angleterre*. Un cortese funzionario vidima il suo passaporto italiano con un gesto beffardo. Il bagaglio, che comprende pistole e carabina, viene ignorato.

La notte del 22 ottobre Lorenzo di Vallelaura indossa un mantello e raggiunge i ragazzi del generale Cairoli.

La mattina è a villa Glori. Combattono in ottanta, gli attesi rinforzi non arrivano mai. Vede cadere i compagni, uno dopo l'altro. Si espone costantemente in prima linea, ma le palle hanno schifo del suo petto. Si ritirano quando le staffette comunicano che il tradimento ha fatto scoprire i depositi d'armi.

Assaltano il Campidoglio e villa Matteini, e vengono respinti.

Al Foro Boario si combatte accanitamente, ma anche questo è un fuoco di paglia.

Dovunque Lorenzo si lancia nel vivo della mischia. In molti lo seguono, contagiati dal suo esempio. In tanti cadono, mentre lui schiva ogni colpo. Sparatemi, sono qua, lo sentono urlare. Lo tirano giú, gli dànno da bere, lo sospingono amorevolmente nelle retrovie.

I due cospiratori che aveva incontrato al ghetto fanno esplodere la caserma Serristori al Borgo. Muoiono trentasei zuavi, quasi tutti musicisti della banda. Il papa benedice le barricate.

Alla fine della giornata, la pace regna su Roma. In centro si balla, le chiese sono aperte e le tonache intonano possente il *Te Deum*. Il 23, il 24, il 25. Giorni irreali. Cospiratori e spie, nobili e popolani, a braccetto per le strade ormai sgombre dalle rade barricate. A Roma, semplicemente, non è successo niente.

Garibaldi vince a Monterotondo, i francesi sperimentano i nuovi fucili Chassepots e si prendono la rivincita a Mentana. Garibaldi è arrestato, ma tutti dubitano che il Re troverà il coraggio di processarlo. Cucchi continua a girare senza controlli, sfidando spie e sbirraglia. Nel vestibolo dell'*Hôtel d'Angleterre* Lorenzo s'imbatte in due ufficiali in alta uniforme: è convinto che siano venuti ad arrestarlo e mette mano alla pistola. I due ufficiali gli passano accanto, lo ignorano, corteggiano una dama in velluto rosso.

Un ragazzo passa correndo per il Pincio. Grida a squarciagola che si combatte ancora a Trastevere. Lorenzo si precipita a Trastevere. Insorti sono asserragliati nel lanificio

Tavani, in casa Aiani. Sono operai e repubblicani. Li guida Giuditta, una combattente coraggiosa. Gli zuavi si preparano all'irruzione, ancora furenti per i camerati fatti a pezzi dall'attentato alla caserma Serristori.

Sono pazzi, pazzi e disperati, se pensano di resistere ancora, quando tutto è finito. Pazzi e disperati: la sua gente.

Lorenzo prende gli zuavi alle spalle. Ne abbatte due, si fa strada correndo in mezzo agli altri, sorpresi dalla sua follia, spara ancora qualche colpo a casaccio, gli aprono dall'interno, penetra nell'edificio, sale sul terrazzo. Si passano i fucili e le pistole di mano in mano, sparano, ricaricano, si proteggono dalla mitraglia nemica. Sparano, ricaricano, qualcuno cade, qualcun altro, già ferito, si taglia la gola per non finire vivo in mano agli sgherri del papa. Gli zuavi sfondano il portone. Le munizioni scarseggiano. Lorenzo si avventa contro l'avanguardia che s'inerpica sulle scale del lanificio. Un vecchio operaio, si chiama Orazio, divide con lui una borsa piena di bombe. Le lanciano a una a una contro il grosso dei nemici. Fanno strage. Prendono colpi, ne rendono altrettanti. Gli zuavi incalzano. Lorenzo riceve una botta in testa e perde i sensi. Lo risvegliano a calci. È su un mucchio di cadaveri. Donne, vecchi, ragazzini, nessuno è stato risparmiato. Giuditta ha la gola squarciata, accanto a lei il figlio tredicenne, la fronte spappolata dal piombo. Dalle carni lacerate dalle baionette colano umori dall'odore dolciastro. Mani robuste lo afferrano, qualcuno gli massaggia le costole a calci, un ufficiale ordina di legarlo e metterlo insieme agli altri.

A notte lo portano al carcere del San Michele.

Ancora vivo.

Epilogo

Paolo Vittorelli de la Morgière

Roma, ottobre 1870

Due cannonate, mezza dozzina di schioppettate, e abbiamo preso Roma. Tarattatà ta tarà tattèra tarattatà taratarattatà e arrivano i bersaglieri. Mai conquista fu piú semplice e indolore. Altro che «O Roma o morte!» Commedia, e non tragedia: questa è l'Italia! Rovinosamente debellato dai prussiani, Napoleone il minore, del quale infine si può liberamente dire corto di statura e anche d'ingegno, ha perso in un baleno la dignità, l'onore e, quel che piú conta, il suo impero di latta. Sgomberata la capitale dalle truppe francesi, il resto è stato un gioco da ragazzi. I bersaglieri sono entrati a Roma a passo di carica, com'è loro abitudine, *n'est-ce pas*, tarattatà, appunto. La truppa ordinaria sfilava fra strade deserte, balconi chiusi, botteghe serrate. Avvezzi all'accoglienza trionfale di Modena, Parma, Napoli, gli ufficiali storcevano il nasino, mentre la soldataglia sbirciava per vicoli e anfratti in cerca di fanciulle disponibili. O, all'occorrenza, delle puttane, qui dette mignotte, che godono di fama universale, amplificata dalle memorie degli esuli. Verificheremo nei prossimi giorni.

Personalmente, ho raggiunto la futura capitale del Regno in treno, con tutto comodo, qualche giorno dopo l'enfatizzata breccia di Porta Pia: una scaramuccia scenica a uso e consumo di fotografi e cronisti a libro paga del Savoia. Preso alloggio all'*Hôtel d'Angleterre*, ho iniziato le mie esplorazioni, forte dell'esperienza ormai consolidata, della protezione che Sua Maestà mi accorda a periodi alterni (dipende dal tasso di sconto e dalle provvigioni, in ultima analisi) e di un progetto che s'è dimostrato vincente a Venezia, a Torino, a Firenze e a Napoli. Da anni mi appoggio alternativamente alla destra e alla sinistra: al fondo, le due estreme sono simili. Governare appare un'arte difficile ai profani, ma quando sei inserito nei meccanismi, tutto è molto, molto piú semplice. Destra e sinistra si alternano al timone. Esprimono dirigenti selezionati in base a un duro *cursus honorum*. Il potere nel partito corrisponde al potere nello Stato. La scalata è resa ardua dagli appetiti di una pletora di aspiranti. Ma non vince solo chi ha piú appetito. Vince chi ha il respiro piú lungo, perché respiro significa tempo. Il tempo significa fondi. In definitiva, è tutta questione di danè. Rastrellare denaro e metterlo a disposizione dei concorrenti è la missione che mi sono assunto da quel lontano giorno – sono passati ormai quasi dieci anni – in cui la morte si portò via il conte di Cavour, l'unica aquila in questo cielo di superflui lucherini. È una missione per molti versi affascinante. Poiché non sono animato da spirito umanitario, e considero la politica lordura, lo scopo finale dell'intrapresa non può che esaurirsi nel tornaconto personale. Intendiamoci: non mi riferisco esclusivamente alle provvigioni che impinguano le mie riserve bancarie, né alle acquisizioni immobiliari. Sono diventato un uomo ricco, sia di contante che di mattone, ma non è questo il punto. L'accumulazione è roba da poco, al cospetto della inebriante sensazione di potenza che mi deriva dall'essere arbitro di cosí tanti destini. L'artefice, il demiurgo se preferite, di vertiginose ascese e di catastrofici inabissamenti. Lavoro sulla mediocrità umana, il che mi assicura ampia disponibilità di materia prima e mi garantisce la massima libertà di scelta. Opero scorrerie nella pianura, rifuggendo tutto ciò che odora pericolosamente dell'aria purissima delle vette; navigo sottocosta, abile a catturare ogni alito di vento e a mutare direzione con il mutare di quello. Scelgo individui senza qualità, mezze calzette divorate dall'ambizione, fanatici pronti a tradire alla prima occasione, incendiari che vagheggiano il getto d'acqua che spegnerà il loro ardore, esponenti delle classi subalterne che si vendono come nuovi Masanielli e minacciano di dar fuoco alla polveriera del castello mentre in cuor loro spasimano per un invito nel boudoir della castellana. Scelgo, individuo, seleziono, mi faccio avanti, fornisco la qualità che a costoro manca, li coinvolgo in uno o piú affari, ne divento l'ombra inseparabile, e alla fine li lancio in pista. Qualcuno ottiene clamorosi successi, altri naufragano, dal momento che non sempre si riesce a cavar forma da legni inadatti. Nel complesso, però, il saldo è in attivo. E il mio potere cresce. Controllo deputati a Venezia, Torino, Firenze, Napoli; manovro mie creature in Sardegna e in Sicilia, in Romagna e nelle Marche. Ho creato una rete destinata a durare nel tempo. Se qualcuno (ed è persino accaduto) osa sollevare la testa, ansioso di affrancarsi, lo riconduco alla ragione. Se insiste, lo polverizzo. È sufficiente mettere in giro certe voci... divulgare certe informazioni... puntare il dito contro il vizio privato o la pubblica malversazione, fornendo, se del caso, le prove all'avversario di turno... e il pericolo svanisce all'orizzonte. L'attività di raccolta di informazioni, che devo a Cavour, è il vero motore di uno Stato moderno. Chi la controlla, controlla lo Stato. Ed è del tutto irrilevante, e può anzi rivelarsi dannoso, che costui rivendichi pubblicamente un qualche ruolo. Cosí come non ha senso occupare in prima persona poltrone di prestigio. Ho sempre coerentemente rifiutato tutti gli incarichi che mi venivano proposti: perché affaticarsi a fare il lavoro sporco, quando c'è chi lo fa per te, esponendosi con docile rassegnazione al mutevole gioco del fato? Se ho commesso anch'io degli errori? Sí, certo; puntare sull'agente Elizabeth, per esempio. Ma ne sono uscito brillantemente.

E ora sono a Roma.

L'uomo giusto dovrebbe essere un certo Mario Tozzi. L'ho già incontrato, e mi pare abbastanza malleabile e coglione da prestarsi al gioco. Ha un passato da rivoluzionario, vero o presunto che sia conta poco nell'Italia di oggi. Risulta proprietario, *iure hæreditatis*, di un atelier con annessa sartoria nel quartiere del Borgo. L'impianto, che abbiamo visitato insieme, è in sfacelo, abbandonato dopo la morte del padre, papalino irriducibile. Il che comporterà l'esborso iniziale di una somma considerevole: parte sarà messa a disposizione dallo stesso Tozzi, e parte attinta a fondi depositati sui miei conti di Lugano. Il prestigio dell'uomo e la mia abilità faranno il resto. Mario Tozzi sarà deputato, forse ministro, un giorno. La sua collocazione ideale è nel fronte moderato: d'altronde, ho già sotto controllo troppi uomini di sinistra, è necessario un riequilibrio. Sull'avidità dell'individuo ancora non mi pronuncio. Aspetto di conoscerlo meglio. Se dovesse rivelarsi, come dicono qui, un gargarozzone, lo sposterò di partito. Roma, d'altronde, è terreno vergine. È incredibile con quanta noncuranza i papi che si sono avvicendati al soglio e i nobili che hanno retto loro bordone hanno condotto al degrado questa meraviglia dell'universo. C'è un mucchio di lavoro da fare, a Roma. Lavoro in senso fisico e morale: strade e palazzi da costruire, vecchi borghi da sventrare, quartieri da inventare. Si dovrà ripulire l'anima godereccia della città dalle incrostazioni moralistiche di secoli di dominio ecclesiastico; e nel contempo, al papa va tesa una mano, perché è impensabile che san Pietro resti in eterno alla finestra, e dunque meglio recuperare i preti all'Italia che consentir loro di riprendersela approfittando delle nostre tante magagne.

Scende un tramonto incendiario sui sette colli dell'Urbe. Intravedo rosseggiare in lontananza le cime alte dei pini della via Appia. Se c'è una zona d'ombra nella mia vita si chiama Cavour. La nostalgia di quel grasso bastardo non mi abbandona. Mi chiedo come sarebbe il presente, se non avesse deciso di uscire cosí presto di scena. Curiosamente, quando penso a Cavour non posso fare a meno di associarne l'immagine a quella di Mazzini. L'unico altro grande rapace, l'unico che potesse stargli alla pari. Ma se di Cavour posso dire di sapere quasi tutto, Mazzini resta un mistero. Ho sempre creduto, mi sono fatto un punto d'onore di credere, che l'essenza della vita sta nel cambiamento. Solo chi cambia, e cambia di continuo, è vivo. Chi resta immobile, fermo nelle sue convinzioni, è un morto. O un idiota. Mazzini è l'unico Uomo che, pur non cambiando mai, pur restando sempre fedele a sé stesso, non è mai morto, e non è mai stato un idiota. Per fortuna, è unico nel suo genere. Ce ne fossero tanti altri come lui, la mia intera visione dell'esistenza sarebbe clamorosamente, tragicamente smentita. E l'idiota, alla fine, sarei io. Ma se Cavour e Mazzini avessero messo da parte l'odio… se avessero trovato un accordo su che cosa farne di questa Italia… oh, be', è semplice: per uno come me non ci sarebbe stato futuro.

O forse no? Meglio lasciar perdere.

Nell'elegante caffè di piazza Colonna ho chiesto un vermouth. Non sanno cosa sia. Non ne hanno mai sentito parlare. C'è davvero molto, molto lavoro da fare, a Roma.

Lady Violet Cosgrave

Londra, febbraio 1871

Siamo riuniti nella casa di Mazzini a Fulham Road. I canarini, che il Maestro ama lasciare liberi, vengono in via eccezionale chiusi in gabbia. Siamo riuniti nella casa di Mazzini. Ed è l'ultima volta.

Il Maestro ha le spalle curve e la barba bianca. Tossisce a ogni frase, ma non si separa mai dal suo sigaro. Il medico italiano che lo assiste è rassegnato all'intemperanza del suo illustre paziente. Mazzini versa da bere agli ospiti e allarga le braccia: vivo, amico mio, una ben misera vita, lasciate almeno che mi consoli il pensiero di mandarla in fumo! Ha deciso di tornare in Italia per combattere l'ultima battaglia. M'illudevo di costruire l'Italia, ha detto, mi trovo davanti al suo cadavere. Fonderà un giornale, contrasterà le idee di Carlo Marx, spenderà le sue ultime energie lottando per il diritto di voto alle donne. Nessuno piú di lui ha creduto cosí tanto nelle donne. E ora torna in Italia a morire. Il poeta Swinburne declama il suo *Augurio a Giuseppe Mazzini per il nuovo anno*. Swinburne si sente bello, come si sentí bello un tempo Dante Gabriel Rossetti, ormai ingrigito e appesantito dal vizio. Ma Swinburne è basso, goffo, la sua voce ricorda lo stridio di una sega su un ciocco di legno. Furono i famigliari a chiedere a Mazzini di occuparsi del giovane poeta irrequieto e pericolosamente avviato sulla strada della dissolutezza. Dopo il primo incontro, Swinburne si fece repubblicano, rivoluzionario e massone. Lo preferivo, sinceramente, quando scriveva versi d'amore.

Invecchio anch'io, penso, mentre Cristina Devi mi porge da bere, e si allontana levitando leggiadra e leggera fra quelle barbe ingrigite e quei cappotti che puzzano di fumo, e la sua bellezza luminosa va ad accostarsi a un ribelle irlandese dagli occhi profondi e seducenti. Invecchio, acida, carica di fallimenti e di delusioni. L'ironia è diventata la lente con la quale giudico e condanno il mondo. Senza appello. La passione è solo un ricordo degli ingannevoli tempi che furono. Per questo, anche per questo, vorrei poter dire a questa mia figlia: «Fermati!» Ma so che se soltanto osassi pronunciare una sola parola, la perderei per sempre. È giusto che Cristina Devi viva la sua vita. Che vada pure a dilapidare la sua fragranza innocente con un patriota squattrinato che la baratterà con un seggio in parlamento. Che avanzi pure, cieca come fui io, fra miserie travestite da grandezze, inganni mascherati da eroismo. Avrà pure i suoi momenti di felicità, come li ho avuti io. Ogni parola di troppo, a questo punto, sarebbe nient'altro che invidia di vecchia per il sangue giovane.

Carlyle loda Mazzini per i suoi studi su Byron. Già, già, ridacchia il Maestro, e poi aggiunge, superato un colpo di tosse: che grande critico sarei stato, magari l'Italia ne avrebbe tratto giovamento, non credete, amico mio? Carlyle si affretta a smentire, finge indignazione. Entrano Striga e Terra di Nessuno. Bevo un altro bicchiere. Terra perde i capelli, Striga invece sembra sfidare il tempo. Con loro c'è una bambina dall'aria sussiegosa. È la figlia di un'operaia, madre nubile, morta di tisi. Come nel romanzo di Victor Hugo: Terra ne ha ottenuto la custodia, l'ha strappata al parroco che la voleva destinata a qualche sperduto convento oltreoceano. È la figlia che hanno sempre desiderato. L'hanno ribattezzata Liberty. All'anagrafe faceva Mary Ann. Duri a morire, i sogni!

Terra e Striga si accorgono di me. Mi indicano alla bambina, che accenna una riverenza. Mi vengono incontro, sui loro visi, nei loro occhi, il sublime, immutabile affetto di sempre. Bevo ancora. Ho lasciato a Striga il falansterio nel Surrey. Hanno coinvolto nella gestione gli operai. Vivono di poco, come hanno sempre fatto. La forza del loro amore indissolubile mi offende. Bevo ancora. Voglio andarmene da qui. Non voglio essere contaminata dalla loro felicità ottusa: mi ferisce. Voglio ferirli io. Voglio strappare la maschera della loro benevolenza. Voglio... Sono diventata una donna cattiva?

Mazzini vede Terra, gli fa segno di accostarsi. Il robusto soldatino esita, poi si avvicina, a capo chino, al Maestro. La bambina afferra al volo un cioccolatino, lo scarta, lo ingoia con gioiosa avidità. Terra non voleva venire, mi spiega Striga, una vena che pulsa, preoccupata, sulla sua fronte, ha paura che Mazzini lo rimproveri, non vuole discutere con lui, il socialismo li ha divisi...

Terra: eccone un altro stregato da Carlo Marx!

Mazzini dice qualcosa, tossisce, poi allarga le braccia. Terra accoglie l'invito. È l'abbraccio di un padre al figlio scapestrato, ma di gran cuore. Carlyle accenna un ironico applauso: è vero, dunque, che Joseph Mazzini è anche l'anima nera dei comunisti! Melassa rivoluzionaria. Disgustosa. Bevo ancora. Intercetto lo sguardo attonito di Striga. E allora? Cosa hai letto adesso nei miei occhi, povera italiana pazza, presunto genio mai sbocciato? Desiderio di fuga? Fantasie di morte? Quale altra mistica panzana stai per propinarmi? Ho scoperto un algoritmo che potrebbe completare le ricerche di Babbage, digita Striga, e il governo di Londra mi ha chiesto di assumere un incarico. Accetterai? Striga fa segno di no. È probabile che ne facciano un uso militare, e per me non va bene. Le domando se sogni ancora di lord Chatam. Non ho bisogno di sognarlo, lui è sempre con me, come tutti quelli che abbiamo amato… anche quando non sapevamo di amarli, aggiunge, e mi prende una mano. Striga, Striga… la vertigine che mi fa vacillare è colpa del troppo vino, ma non posso fare a meno di abbandonarmi al flusso che mi invade. Una dolcezza strana, che non credevo piú di provare né di meritare. Striga mi lascia la mano. La bambina ha le labbra sporche di cioccolato, mostra un po' vergognosa i buchi fra i dentini. Un'ondata di pietà mi sommerge. Grazie, Striga, grazie, sarà bello, dice lei, con sicurezza d'acciaio, che cosa, domando, l'India, la tua casa, forse un giorno verrò a trovarti. Dovrei chiederle: come fai a sapere? Nessuno sa, non ne ho parlato con anima viva, nemmeno con i miei figli, nemmeno con Tabitha…

Ma è inutile chiederlo. So perché sono Striga, direbbe lei, con semplicità.

Swinburne mi assale quando sono già prossima all'uscita di scena. Non vi è piaciuta la mia ode. State a sentire. Il piccolo sgraziato vate richiama l'attenzione. Mazzini impone il silenzio. Swinburne si schiarisce la voce e assume la posa, certo a lui piú adatta di quella del cospiratore, del poeta decadente.

Nel mutare degli anni, nella spirale delle cose
nel clamore, nel rumore della vita che verrà,
noi, bevendo amore alle piú lontane fonti
custoditi come un albero dall'amore,
noi potevamo diventar simili agli angeli lassú,
pieni d'amore dal cuore alle labbra,
stretti nella sua mano, nel calore delle sue ali,
o amore, mio amore, se tu mi avessi amato!

Swinburne si concede una pausa. Mazzini sembra apprezzare il ritmo. Il mio cuore è in tumulto. Sento su di me lo sguardo di Lorenzo. Pallido e smagrito come non mai, è l'inseparabile ombra del Maestro, l'icona vivente dell'espiazione.

Fermi come le stelle saremmo stati
e ci saremmo mossi come si muove la luna
che ama il mondo; avremmo visto
il dolore sparire come cosa rifiutata
e la morte consumarsi come ben misera cosa.
Due metà di un cuore perfetto, un'anima
stretta all'altra davanti alla rovina del tempo
se una volta mi avessi amato, ma non mi hai mai amato
se avessimo avuto fortuna, ma non l'abbiamo avuta.

Terra stringe a sé Striga, e lei, con i suoi occhi incantati, guarda e abbraccia il tutto e il nulla. Qualcuno accenna a un applauso. Stizzito, Swinburne si schiarisce la voce.

Andrò per la mia strada, sul mio cammino
riempirò i giorni del mio respiro d'ogni giorno
con cose vane di cui non farò tesoro;
farò come fa il mondo, dirò quello che dice
ma se ci fossimo amati...
Se tu avessi sentito sotto i piedi
il mio cuore scalpitare forte di piacere
e calpestato farsi polvere e morire
non avrei accettato la mia vita e dato
tutto quello che concedono e gli anni e la vita
il vino e il miele, il balsamo e il lievito
i sogni altissimi e le speranze infrante.

Vieni vita, morte vieni, basta parole!
Dovrei perderti vivendo, e da morto tormentarti?
Non te lo dirò sulla terra, mai; e in cielo
se allora griderò a te, mi sentirai, saprai?

Vado vicino a Lorenzo. Guardami, gli ordino, come quell'ultima volta, guardami, e se puoi, perdonami.

Domani partirò per Benares. Sola. Non tornerò indietro.

Salvo Matranga

Palermo, agosto 1871

Il bastimento salperà fra meno di un'ora. Siedo sul ponte di terza classe, schiacciato fra un contadino che indossa una buffa camiciola a quadretti e mi offre una scaglia di formaggio di Ragusa. Come vi siete fatto quella, chiede indicando la mano monca, dopo che ho declinato l'offerta. Un incidente di lavoro, rispondo, indifferente. E che lavoro facevate? Uno come tanti, taglio corto. Qualcosa nel mio tono, o forse nell'aspetto, lo intimidisce. Azzarda una parola di scusa, si tuffa nel formaggio, allunga uno scappellotto a un monello, forse il figlio, forse il nipote, che sta importunando un vecchio che s'è steso poco distante, e russa, un filo di bava bianca che gli cola dalla bocca semiaperta. Passano pochi minuti, il tempo perché la fuga non appaia sconveniente mancanza di rispetto, e il contadino va a sistemarsi sul lato opposto del ponte. Ha capito chi sono, e non s'è chiesto nemmeno per un istante che cosa ci faccio in mezzo ai miserabili. Se lo chiede, invece, Nino Provenzano. Le sirene del *Regina Margherita* hanno già lanciato il primo richiamo di basso profondo nell'afoso pomeriggio di Palermo quando mi si materializza davanti, insaccato in un goffo completo di colore verde arricchito da un improbabile cravattino rosso sgargiante. Miiinchia, mi dissero che stavi qua pure tu e io non ci volli credere, miiinchia, e che ci fai in mezzo ai puvirazzi, miiinchia, e nun ti scanti di tuttu 'stu fetu di merda? Due mazzieri lo scortano, Nisimeri e Musujancu, vecchi picciotti sopravvissuti a coltellate e galere.

Si fanno largo nella calca distribuendo calci e spintoni, e ci sono donne che si aggrappano ai loro calzoni chiedendo una lira o un pezzo di pane, e bambini che li divorano con sguardi ammirati, sognando di essere, un giorno, temuti e rispettati come loro. Nino Provenzano, al tempo del «sette e mezzo», la rivolta di Palermo, stava dalla parte della rivoluzione. Negli ultimi anni gli affari devono essergli andati a gonfie vele, se può permettersi una cabina di prima classe e un guardaroba fornito dal quale mi invita a scegliere qualche capo piú consono al mio status di uomo d'onore. L'onore si futtíu, Ninuzzu beddu, mi lascio scappare, e quello un po' mi guarda interdetto e un po' gli viene da ridere. Compaiono marsala, olive, melanzane e carciofini, un robusto salame, pane fresco di giornata. Ti tratti bene, Nino. Si fa quel che si può, risponde. I picciotti ridono. Mi chiede di raccontargli la mia storia. C'è poco da dire. Il barone mi fece arrestare, il barone mi fece liberare. Si presentò all'alba di ieri alla Vicaria con l'ordine di scarcerazione e quattro picciotti armati di rinforzo. I piemontesi ti volevano condannare a morte, Salvuzzu, ma io intercessi per te. Adesso un uomo libero sei. Ma siccome sei sempre stato una testa matta, non vorrei che ti venissero altre idee pericolose come quella della «Maffia disseminata». Un uomo nella mia posizione, davanti a uno come te, ha due possibilità: o ti cunsuma o ti nni manna. Magari, un altro avrebbe scelto la prima strada, che è piú sicura e definitiva, perché gli uomini possono sempre nuocere, ma i cadaveri no, pace all'anima loro. Ma io sono un padrone sincero e un amico fedele, e non mi scordo che cos'è la riconoscenza, e ho deciso che ti meritavi una possibilità. Perciò, eccoti un vestito nuovo, cinquanta lire e il biglietto di terza classe per l'America. C'è anche una lettera di presentazione per un mio amico di Nuova York. Ti servirà a sbrigare le pratiche dell'immigrazione e a trovare un lavoro. Questi bravi ragazzi ti guarderanno a vista finché non sarai imbarcato. Se ti piglia desiderio di una fimmina, dopo tutti questi anni di prigione, hanno aperto una nuova casa ai Bastioni. Ci puoi andare a nome mio, e a credito. Lo vedi, lo vedi che amico sono, Salvuzzu? A Nuova York, ride Nino Provenzano, e si dà violenti schiaffi sulle cosce. I picciotti ridono con lui. Ma a Nuova York ci vanno i puvirazzi che vogliono veramente un lavoro. No, no, Salvo, tu sei un fratello, tu sei un Uomo della Società, lasciamolo agli altri il lavoro, ai miserabili. E che, se volevamo lavorare ci facevamo Uomini? Tu verrai con me a Nuova Orleans. Sí, è vero, è un posto strano, pieno di negri che fanno strane cose, ma è anche il posto unni me' frati Bernardino, che c'è andato nel '59, havi già tre negozi di frutta. Noi andiamo a raggiungerlo – i picciotti annuiscono – e tu vieni con noi. La vedi questa cabina? Lo vedi questo ben di Dio? Paga Bernardino Provenzano, un brindisi al miglior fratello di questo mondo! E tu verrai con noi, Salvo Matranga. Abbiamo grandi progetti. I negozi diventeranno cinque, sei, sette. Chi vorrà stare con noi, bene, e per gli altri, piombo e cuteddu! Sta bene, sta bene, annuisco, mentre il piroscafo scioglie gli ormeggi e le sirene, ora festose, accompagnano i sogni di speranza di tanti emigranti, io adesso me ne torno al ponte, m'è venuto sonno. Tu al ponte? Un Uomo come te al ponte? Ma che, 'u carciri ti fici jarrusu? Tu resti con me, la mia casa è la tua casa, e che minchia! Piuttosto, picciotti, adesso abbiamo una bocca di piú da sfamare… I picciotti salutano, e io d'istinto mi accodo, ignorando i richiami di Nino Provenzano. Scendiamo sul ponte di seconda. Qui ci sono famigliole, impiegati, l'aria è piú dignitosa, meno fetente. I picciotti perlustrano, scrutano, individuano, puntano, procedono.

Si avvicinano a un tizio in bombetta, parlottano, quello fa cenno di no con la testa, i picciotti lo stringono contro il parapetto, l'uomo mette mano al portafogli, estrae qualche banconota. I picciotti ringraziano e passano al prossimo. La scena si ripete sei, sette volte. Scendiamo al ponte di terza. Ci riconoscono subito. Il contadino con la camicia a quadretti è il primo a offrire spontaneamente poche monete. Torniamo nella cabina. Beviamo ancora. Mangiamo. Nino Provenzano mi strizza l'occhio. C'è una signora in una cabina poco avanti. Costa poco ed è pulita. Nino l'ha imbarcata d'accordo col capitano. Costa poco, ma per un Uomo è gratis. Noi siamo la Forza e la Forza Politica, penso mentre busso alla porta di quell'ignota, il pesce grosso che si mangia quello piccolo, noi siamo la Società, in Italia o in America non fa differenza, noi siamo la vita che è degna di essere vissuta.

Piú tardi cercherò invano, in quel corpo volgare che sa di profumo da quattro soldi, il profilo nobile e straziante di lady Violet.

Lorenzo di Vallelaura

Pisa, 10 marzo 1872

Quando mi lasciano entrare nella stanza al primo piano dei Nathan, capisco che il Maestro morirà. Un odore insieme acido e dolciastro impregna le pareti, una tenda leggera mantiene l'ambiente austero nella penombra fiocamente illustrata dalle fiamme di un pesante candelabro a sette braccia. Mi accosto al letto. Mazzini rantola, cereo, la barba ispida e ribelle.

Fummo scarcerati lo stesso giorno, io dal San Michele, lui dalla fortezza di Gaeta, dove l'avevano rinchiuso per timore che si prendesse Roma prima del Re. Restammo nella nuova capitale, la capitale dell'Italia finalmente unita, una sola notte. Dividemmo una cena frugale e la mansarda di una misera locanda. Il Maestro non volle tornare sui luoghi della Repubblica romana. Era taciturno e cupo come non mai. Fumava un sigaro dietro l'altro, incerto del futuro, disperato del presente.

Per due anni sono stato per lui ombra, custode, guardiano, amico, confidente. L'ho seguito sulla tomba della madre al cimitero di Staglieno. Ero al suo fianco quando l'ultima sorella, cattolicissima e pia, lo scongiurava di non presentarsi a non so quale cerimonia di famiglia, per evitare polemiche con i preti. Ho salutato insieme a lui gli amici inglesi – ma di questo non voglio parlare, mi è troppo doloroso. Ho assistito al suo incontro, in un treno diretto a Lugano, con un giovane filosofo tedesco di nome Federico Nietzsche e con la sua insopportabile, tirannica sorella. Discutevano dell'abisso e del fascino che esercita sugli uomini, della vita come missione, del potere come rappresentazione. Nietzsche era sbalordito dall'acutezza di Mazzini. Gli chiedeva di esporre il suo punto di vista sulla violenza. Non dimenticherò mai il sorriso che vidi affiorare sulle labbra del Maestro nel sentir pronunciare quella parola. Violenza.

Amnistiato, ha rifiutato l'amnistia. Abbiamo viaggiato sempre con documenti falsi, e sempre sotto gli occhi di ogni sorta di spia. L'affetto, l'adorazione che lo circondano è di tanto superiore alla paura che ancora il suo nome incute a chi ha l'anima dannata. I bambini amano Mazzini. Le donne amano Mazzini. Gli umili amano Mazzini. Gente che non ha letto una riga delle sue opere ama Mazzini. Persino i cani e tutti gli altri piccoli animali lo amano. Sbaglia chi dice che Mazzini è tutto intelligenza. Mazzini è soprattutto cuore. L'Italia di oggi lo disgusta. A me, che a renderla cosí disgustosa ho contribuito forse piú di chiunque, il compito di una confessione.

Non so se sia ancora cosciente. Non so se possa capirmi, ma gli vado vicino, mi chino su di lui, aspiro il suo fiato flebile impastato di morte, e dico, infine, ciò che va detto: io vi ho tradito. Sin dal primo momento io vi ho tradito.

È il gioco delle ombre ad accendere la mia immaginazione, o davvero Mazzini sorride? È la coscienza della mia colpa a scatenare questa fantasia, o le sue labbra si muovono e si sforzano di articolare una risposta? Lo so, l'ho sempre saputo, era ciò che andava fatto, continuate la mia opera. È realtà la mano che mi artiglia la spalla, o è sogno? Sono i suoi occhi che, improvvisamente spalancati, scrutano nei miei e sembrano volermi trasmettere l'energia che abbandona il suo corpo?

E ancora quelle parole, continuate la mia opera…

La realtà è la morte. La realtà è la vita. L'opera non può interrompersi. Sono stato investito del compito. Dedicherò a esso ciò che resta della mia vita.

Giuseppe Mazzini a lady Violet Cosgrave
nel giorno della morte del suo bambino

L'onda del mare è salsa e amara: il labbro rifugge dal dissetarsene. Ma quando il vento soffia su di essa e la solleva in alto nell'atmosfera, essa ricade dolce e fecondatrice. E la vita è come l'onda: si spoglia dell'amaro che la invade, levandosi in alto. Non chiedere alla vita felicità: peccheresti, e senza pro, d'egoismo. Non disperare della vita: la disperazione è l'ateismo dell'anima. La vita è un dovere. Spesso, per chi lo compie rassegnatamente sereno, Dio manda, negli affetti, un raggio di felicità, come il sole, simbolo di Dio sulla terra, manda un suo raggio tra le nuvole o frange la sua luce, dopo la tempesta, in arcobaleno. E dove anche il raggio non scendesse a rallegrarti la vita, serba, o fanciulla, la fede: la speranza è compagna sua inseparabile, e la speranza è il frutto in germoglio. Come il fiore ha le sue radici sotterra e si fa bellezza e profumo trapassando in altro elemento, le aspirazioni, i santi concetti della tua vita, sono promesse di felicità e si svolgeranno in fiore di verità in un altro stadio del tuo essere, a cui questo ti è scala e preparazione.

Grazie a Tiziana, Severino, Paolo, Valentina, Guglielmo Muntoni, Davide Morganti, Luigi Biscardi, Giuseppe Galzerano, Michael Gregorio, Mario Martone, Daniele Sanzone, Gaetano Savatteri, Alberto Toso Fei, Vincenzo Roselli, Mimmo Gangemi.

G. D. C.

Indice

Stampato per conto della Casa editrice Einaudi
presso Mondadori Printing S.p.a., Stabilimento N.S.M., Cles (Trento)
nel mese di ottobre 2010

C.L. 20211

Edizione							Anno			
1	2	3	4	5	6	7	2010	2011	2012	2013